KB156073

『경성일보』 문학 · 문화 총서 ④
# 장편소설 생활의 무지개·격류

# 〈『경성일보』 수록 문학자료 DB 구축〉 사업 수행 구성원

**연구책임자**

　　　김효순(고려대학교 글로벌일본연구원 교수)


**공동연구원**

　　　정병호(고려대학교 일어일문학과 교수)

　　　유재진(고려대학교 일어일문학과 교수)

　　　엄인경(고려대학교 글로벌일본연구원 부교수)

　　　윤대석(서울대학교 국어교육과 교수)

　　　강태웅(광운대학교 동북아문화산업학부 교수)


**전임연구원**

　　　강원주(고려대학교 글로벌일본연구원 연구교수)

　　　이현진(고려대학교 글로벌일본연구원 연구교수)

　　　임다함(고려대학교 글로벌일본연구원 연구교수)


**연구보조원**

　　　간여운　이보윤　이수미　이훈성　한채민


**주관연구기관**

　　　고려대학교 글로벌일본연구원

京城日報

일본학 총서
47

『경성일보』
문학·문화 총서
04

장편소설

# 생활의 무지개·격류

기쿠치 간(菊池寬)·히사오 주란(久生十蘭) 지음 | 김효순·엄기권 옮김

역락

# 〈『경성일보』 문학·문화 총서〉 기획 간행에 즈음하며

　본 총서는 고려대학교 글로벌일본연구원에서 한국연구재단 토대 연구사업(2015.9.1~2020.8.31)의 지원을 받아 〈『경성일보』 수록 문학자료 DB 구축〉 사업을 수행하는 과정에서 발굴한 『경성일보』 문학·문화 기사를 선별하여 한국사회에 소개할 목적으로 기획한 것이다.

　조선총독부의 기관지로서 일제강점기 가장 핵심적인 거대 미디어였던 『경성일보』는, 당시 정치, 경제, 문화, 사회 지식, 인적 교류, 문학, 예술, 학문, 식민지 통치, 법률, 국책선전 등 모든 식민지 학지(學知)가 일상적으로 유통되는 최대의 공간이었다. 이와 같은 『경성일보』에는 식민지 학지의 중요한 한 축을 구성하는 문학·문화의 실상을 알 수 있는, 일본 주류 작가나 재조선일본인 작가, 조선인 작가의 문학이나 공모작이 다수 게재되었다. 이들 작품의 창작 배경이나 소재, 주제 등은 일본 문단과 식민지 조선 문단의 상호작용이나 식민 정책이 반영되기도 하고, 조선의 자연, 사람, 문화 등을 다루는 경우도 많았다. 본 총서는 이와 같은 『경성일보』에 게재된 현상문학,

일본인 주류작가의 작품이나 조선의 사람, 자연, 문화 등을 다룬 작품, 조선인 작가의 작품, 탐정소설, 아동문학, 강담소설, 영화시나리오와 평론 등 다양한 장르에서, 식민지 일본어문학의 성격을 망라적으로 잘 드러낼 수 있도록 구성하였다. 아울러 본 총서의 마지막은 〈『경성일보』수록 문학자료 DB 구축〉 사업을 수행하는 과정에서 발굴된 문학, 문화 등 기사를 대상으로 식민지 조선 중심의 동아시아 식민지 학지의 유통과정을 규명한 연구서 『식민지 문화정치와 『경성일보』: 월경적 일본문학·문화론의 가능성을 묻다』(가제)로 구성할 것이다.

　본 총서가 식민지시기 문학·문화 연구자는 물론 일반인에게도 널리 읽혀져, 식민지 조선의 실상을 바라보는 새로운 시각을 제시하고 동아시아 식민지 학지 연구의 지평을 확대시킬 수 있기를 기대한다.

2020년 5월
〈『경성일보』수록 문학자료 DB 구축〉 사업 연구책임자 김효순

## 일러두기

1. 「생활의 무지개」는 1934년 1월 1일부터 1934년 5월 18일까지 경성일보 및 『나고야신문(名古屋新聞)』, 대만일일신문(台湾日日新聞)』에, 「격류」는 1939년 10월 20일부터 1940년 2월 23일까지 『경성일보』에 연재되었다. 또한, 「격류」는 『대만일일신보(台湾日日新報)』에 1939년 10월 29일부터 1940년 2월 23일까지 총 113회에 걸쳐 연재되었고, 『나고야신문(名古屋新聞)』에는 「애정의 행방(愛情の行方)」이라는 제목으로 1939년 10월 16일부터 1940년 2월 21일까지 총 126회에 걸쳐서 연재되었다.

2. 현대어 번역을 원칙으로 하나, 일부 표현에 있어 시대적 배경을 고려하여 당대의 용어와 표기를 사용하기도 했다.

3. 인명, 지명 등과 같은 고유명사는 초출시 ( ) 안에 원문을 표기하였다.

4. 고유명사의 우리말 발음은 〈대한민국 외래어 표기법〉(문교부고시 제85-11호) '일본어의 가나와 한글 대조표'를 따랐다.

5. 각주는 역자주이며, 원주는 본문의 ( ) 안에 표기하였다.

# 차례

# 생활의 무지개
## (生活の虹)

기쿠치 간
(菊池寛)

•

삽화 시무라 다쓰미

# 1

## 엘리베이터 걸(1)

다마노미야이(玉の宮居) 근처 오사카(大阪)계 자본으로 새로 지어진 좀 독특한 양식의 빌딩. 마루빌딩만큼 장대하지는 않지만 그만큼 아담하고 느낌이 좋은 건축이다.

8층까지 창문을 쭉 낸 2백 개 가까이 되는 사무실에는 유명한 회사, 변호사 사무실, 협회, 상회, 잡지사 등이 자리를 잡고 있다.

엘리베이터가 정면에 5대 늘어서 있다. 지하실에는 맛에 비해 가격이 싸서 인기를 끌고 있는 식당 오로라 그릴이 있고, 홀, 휴게소, 다방 등도 있다. 그러니까 보통 빌딩보다는 어딘지 모르게 화려한 분위기가 감돌고 있다.

열일곱에서 스물 한두 살 정도 되는 소녀들이 약 열다섯 명 정도

교대로 엘리베이터 운전을 하고 있다.

녹슨 쇳빛이라고나 할까 장중한 느낌이 나는 문, 짙은 초록색 승강기에 흰 칼라가 달린 제복을 입은 소녀들이 하나씩 타고 있다. 그녀들 역시 근대문명이 낳은 제복의 처녀들이다.

작은 핸들을 올렸다 내렸다 하는 것으로 엘리베이터는 살아있는 생물처럼 쑥쑥 올라갔다 내려갔다 한다. 그녀들의 검고 예쁜 머리 위에 놋쇠로 된 명찰이 달려 있고 ○○코(子)라는 명찰이 걸려 있다.

"몇 층세요?"

'이세요'를 줄여서 발음하고 있다.

"4층."

미국인처럼 밝은 표정을 하고 있는 청년과 키도 복장도 손색이 없을 만큼 당당한 일본 신사가 4층에서 내렸다.

1층에서 4층까지 눈 깜짝할 사이에 이루어진 두 사람의 대화에 뷰티풀이라는 말이 두세 번 왔다 갔다 했다.

그것은 그들을 태운 엘리베이터 걸들에 대한 비평인 것 같다.

그 소녀의 머리 위에는 모토키 아야코(元木綾子)라는 명찰이 걸려 있다.

뷰티풀이라는 말이 과하지 않을 만큼 멋진 검은 머리카락, 그리고 탐스러운 눈썹과 눈동자의 소유주이다. 살을 베어서 삐져나온 듯한 작고 붉은 입술이나 턱 주변의 고귀한 느낌, 전체적으로 가난한 직업여성 치고는 범접할 수 없는 기품을 지니고 있다.

그녀는 손님에게 아양을 떨지도 않고 그렇다고 해서 무뚝뚝하지도 않고 엘리베이터에 부속되어 있는 아름다운 로봇처럼 쓸데없는 말도 하지 않고 쓸데없는 동작도 하지 않으며 정연하게 직무를 다하고 있다.

"8층입니다. 많이 기다리셨습니다."

그때까지 딱 한 명 남아 있던 중역급으로 보이는 노인이 싱긋 음탕한 미소를, 약간 위를 향한 아야코의 머리 위에 남긴 채 복도에 내렸다.

(1934.1.1)


## 2

### 엘리베이터 걸(2)

내려갈 때는 5층에서 여사무원이 한 명 탔을 뿐으로 그 외에는 아무도 타지 않았다. 1층까지 내려가더니, 네임 플레이트를 손에 든 통통하고 귀여운 소녀가 속삭이며 아야코와 교대를 했다.

"교대입니다."

지하실에 있는 대기실로 돌아오자 동료 미즈노(水野)가 아야코를 맞이하며 물었다.

"아야코, 4층에 새로 생긴 영화 수입회사 사장 화족(華族)이래. 너 아직 태운 적 없어?"

'아, 방금 전 태운 사람이 바로 그 사람이었구나' 하며 바로 알아차렸지만, 흥미가 없다는 듯 대답했다.

"아, 그래, 태웠을지도 모르지."

"미우라(三浦)는 한번 태워 보고 싶어, 태워 보고 싶어 하고 있는데 아무래도 잘 안 된대."

이제 아야코는 이 말에 대답하지 않았다.

동료 아가씨들이 엘리베이터를 타는 사무실의 젊은 사원들 이야기를 할 때면, 아야코는 항상 초연하게 있으려고 애썼다.

실제로 그녀는 그런 들뜬 기분은 조금도 들지 않았다.

그녀는 돈이 있는 청년 신사와 결혼하여 안락해진다든가 화려한 생활을 한다든가 하는 식으로 남의 힘에 의지할 생각은 조금도 없었다.

2년 전에도 쇼치쿠(松竹)의 가마타(蒲田) 스튜디오[01]를 탈퇴한 배우들이 야마토(大和) 영화주식회사라는 것을 조직하여 이 빌딩에 사무실을 둔 적이 있다.

아야코의 미모는 바로 그들의 눈에 띄었다. 남우들뿐으로 여우 기근 현상에 고심하던 간부들은 온갖 수단을 강구하여 그녀에게 여우 제의를 했다. 월급 150엔, 입사 승낙료는 따로 일시불로 3백 엔, 겨우 일급 90전을 받는 그녀에게 그것은 커다란 유혹이었다.

---

**01**  쇼치쿠 가마타 촬영소(松竹蒲田撮影所, 1920.6~1936.1.15). 일본의 영화스튜디오로 다이쇼시대(大正時代)부터 1945년 전까지 쇼치쿠 키네마(松竹キネマ)의 현대극 영화 스튜디오로서 가동. 초기에는 할리우드에서 기술자를 초대하거나 스타 시스템을 도입하는 등 일본영화 여명기를 리드했던 촬영소.

"네가 스크린에 나오면 오이카와 미치코(及川道子)<sup>02</sup>, 이치카와 하루요(市川春代)<sup>03</sup>, 가쓰라 다마코(桂珠子)<sup>04</sup> 같은 애들은 상대도 안 될 거야. 걔네들보다 네가 훨씬 아름답기도 하고 너에게는 걔네들한테는 없는 기품이 있어. 게다가 네 얼굴은 영화에 이상적이야."

가마타에서 남자배우 중에는 넘버원이었다는 배우가 그런 말을 하며 그녀를 구슬렸다. 그러나 그녀는 그런 말에도 단연코 고개를 저었다.

그녀는 자신의 용모를 자본으로 생활을 하고 싶지 않았다. 그것은 결국 남의 힘에 의지하는 생활이다. 그렇기 때문에 자신의 용모로 남성에게서 사랑을 받고 싶지 않았다.

그것은 게이샤를 하고 있던 어머니의 만년이 얼마나 비참했는지를 자신의 눈으로 직접 보고 절감했기 때문이다.

(1934.1.3)

---

**02** 오이카와 미치코(及川道子, 1911.10.20.~1938.9.30). 일본의 여배우. 1920년대 후반에서 30년대 전반 일본영화에서 청초하고 근대적 캐릭터를 다수 연기하여 '영원의 처녀(永遠の処女)'로 불림. 대표작에 「항구의 일본아가씨(港の日本娘)」(1933).

**03** 이치카와 하루요(市川春代, 1913.2.9.~2004.11.18). 일본 영화배우, 가수. 1945년 이전 무성영화시대에서 시작하여 토키영화기에 실력을 발휘, 1945년 이후에도 오랫동안 현역으로 활동. 대표작에 「긴자 세레나데(銀座セレナーデ)」(1930).

**04** 가쓰라 다마코(桂珠子, 1912.7.15.~몰년 미상). 일본의 여배우. 대표작에 「만몽 건국의 여명(満蒙建国の黎明)」, 「프랑스 인형(ふらんす人形)」.

# 3

**엘리베이터 걸**⑶

아야코는 가미메구로(上目黑)의 이모 집에서 고지마치(麴町)의 빌딩으로 출퇴근을 하고 있다. 이모부는 분재상을 하고 있었지만 요즘에는 불경기라 한 달 중 절반 정도밖에 일이 없다. 아이들은 셋 있지만 열일곱이 되는 장남이 마루빌딩에 있는 회사의 급사가 되어 살림을 좀 도와주고 있는 정도로 살림도 풍족하지는 않다. 하지만 이모부는 워낙 견실하고 좋은 사람이라 아야코에게도 잘 해 준다. 오히려 육친인 이모 쪽이 빈둥빈둥하다 자신의 처지가 곤궁해지면 어떻게든 조카의 미모를 팔려고 들며 아야코에게 들으라는 듯이 이렇게 떠들곤 한다.

"정말이지 아야코 정도의 미모를 가지고 있으면서 엘리베이터 운전을 하고 있다니 아깝지 않아? 요 골목 막과자집 딸이 그 얼굴에도 돈을 좀 버는지 비단 기모노를 입고 살랑거리며 나다니잖아!"

사실 아야코가 야마토영화회사에서 제의를 받았을 때는 뒤로 둘러 둘러 이모에게 권유를 하러 온 남자에게 홀딱 넘어가서 입사승낙료 3백 엔 중의 50엔을 계약금으로 받았을 정도이다. 그때 이모부는 강경한 태도로 이모에게 당장 돈을 돌려주라고 했다.

"본인이 싫어하는 일을 시킬 수는 없지. 경우에도 없는 그런 돈은 하루든 한나절이든 지니고 있을 수 없어."

아야코는 눈물을 흘리며 이모부에게 감사를 드렸다.

현대에는 꿈을 꾸는 가난하고 젊은 아가씨들이 ― 가난하지 않아도 스스로 화려하게 살고 싶어 하는 아가씨들이 카페로 댄스 홀로 레

뷰 무대로 쇄도하는 동안, 모토키 아야코가 천성의 아름다움을 지니고 있으면서도 감연히 엘리베이터 핸들을 손에 잡고 직업제복을 입은 처녀의 순결을 지킬 수 있었던 것은 이 이모부의 힘이 크다.

그렇다고 해서 이모도 여급이 되지 않는다든가 여배우가 되지 않는다든가 하여 아야코에게 모질게 대하는 나쁜 여자는 아니다. 게다가 아야코는 수입 중 월 10엔씩을 이모에게 내고 있기 때문에 모질게 대할 이유도 없다.

그녀는 엘리베이터 걸을 하면서 여자 전검(專檢)[05] 준비를 하고 있다. 여학교를 2학년까지나 다녔으면서 그만두어야만 했던 아쉬움을 아직 포기하지 못한 것이다. 전검을 패스한 후에 어떻게 해야 할지는 그녀로서도 아직은 모른다.

"아야코 씨, 8층에 가 봐."

8층은 옥상이다.

맑게 개인 날에는 높고 낮은 기와지붕이 죽 이어진 도쿄 시내 외곽으로 바다나 후지산(富士山)이 신기루처럼 떠 있는 것을 보는 것이 좋았다.

아야코는 그 장려(壯麗)한 경치를 보면서 마음속으로 미래의 무지개를 그려 보는 것이 현재 삶의 낙 중의 하나였다.

(1934.1.5)

---

05  제2차세계대전 전 구제 전문학교 진학을 위한 시험인 '전문학교입학자검정시험(專門学校入学者検定試験)'의 약칭.

# 4

## 엘리베이터 걸(4)

아야코의 미모는 빌딩의 꽃이었다. 그렇기 때문에 은막의 유혹—영화(榮華)에 대한 유혹—그런 것만이 아니라, 이 빌딩에서 근무하는 젊은 청년 사원이나 불량 중역들로부터의 유혹은 이루 헤아릴 수 없을 정도였다.

그중 몇 명은 오르내릴 때 아야코의 엘리베이터를 골라서 탔다. 아야코와 다른 엘리베이터 걸의 승강기가 나란히 함께 올라갈 때면, 아야코의 승강기는 만원이고 다른 승강기에는 아직 여자에 아무 생각 없는 급사나 여사무원이 한두 명 타고 있을 뿐인 경우가 있었다.

그 치들은 아야코가 혼자다 싶으면 말을 붙였다.

"밤에는 몇 시까지 근무하지?"

"아침에는 몇 시부터 일하지?"

"하루 종일 서 있으면 다리 아프지 않아?"

"그 유니폼은 회사에서 만들어주나?"

이렇게 비교적 점잖은 말에서 시작하여 아래와 같이 무례한 질문을 하기도 한다.

"자네 몇 살이지?"

"자네 집은 어디야?"

"지금 퇴근할 거면 데려다줄까?"

더 심한 경우에는 핸들을 잡고 있는 아야코의 어깨에 슬쩍 손을 올려놓고 대담하게 추근댄다.

"있잖아, 나 당신 좋아해."

더 집요한 경우에는 3층에서 내려야 하는 것을 7층까지 갔다가 다시 1층까지 따라와서는, 1층이라고 아무리 분명하게 말을 해도 다시 위로 올라가서 두 사람만 남게 되는 기회를 기다리는 뻔뻔한 남자도 있었다.

그러나 아야코는 이들 모든 남자들에 대해 현대의 가구야히메(かぐや姫)[06]처럼 초연했다. 온갖 구애의 수단도 그녀에게는 소용이 없었다.

3층에 있는 사기꾼 같은 어떤 회사 사장이 아야코의 손에 몰래 쥐여준 10엔짜리는 내던지듯이 돌려주었다.

6층에 있는 잡지사의 젊은 사원은 아야코를 진지하게 좋아하게 되서 둘이 있게 되자 아야코의 뺨에 뜨거운 숨을 내뿜으며 몇 번이나 고백을 한다.

"나, 당신 정말 좋아해. 나하고 결혼해 주지 않겠어?"

이렇게 고백을 하지만, 상대의 성의는 충분히 인정해 주면서도 분명하게 거절을 한다.

"저, 당분간 결혼하지 않을 거예요."

그녀는 이렇게 무례한 말이나 유혹도 모두 한 귀로 듣고 한 귀로

---

06 『다케토리이야기(竹取物語)』의 여주인공. 대나무에서 태어난 미녀로 세상의 뭇 남자들로부터 구애를 받고 황제에게서까지 청혼을 받지만 모두 거절하고 하늘로 올라가 버림.

흘리며 매일 기계처럼 움직였다. 그렇기 때문에 그녀는 모든 승객에게 미소 한 번 띤 일이 없었다. 미소 한 번 잘못 띠었다가 그 호의가 어떤 식으로 전개될지 모른다고 생각했기 때문이다.

그러나 그녀가 미소를 띠지 않았다 해서 무뚝뚝한 것은 아니었다. 빌딩에서 중요한 승객에게는 조용히 목례만 하는 식으로 직무를 소중히 하며 일을 했다. 그렇기 때문에 신설 영화회사 사장이 화족이든 지에조(千惠蔵)<sup>07</sup>를 닮았든 그녀로서는 아무 상관도 없는 것이었다.

(1934.1.7)

# 5

### 젊은 자작(1)

화족들 사이에서 신인으로 알려진 구도(工藤) 자작은 지하 다방에서 지인인 B잡지사의 스가노(菅野)와 차를 마시고 있다가, 그곳에서 나와 엘리베이터가 있는 곳까지 동행을 하며 아직 구미 여배우 비평을 하고 있다.

---

**07** 가타오카 지에조(片岡千惠蔵, 1903.3.30.-1983.3.31). 일본의 시대극 배우. 본명은 우에키 마사요시(植木正義). 「국사무쌍(國士無双)」, 「아카니시 가키타(赤西蠣太)」, 「다라오 반나이(多羅尾伴内)」 시리즈, 「긴다이치 고스케(金田一耕助)」 시리즈, 「문신 판관(いれずみ判官)」 시리즈 등.

"하지만 자네, 도로테아 위이크[08]의 아름다움은 컷팅(斷裁)의 아름다움이라구. 그녀는 화장 같은 건 상상도 못 할 거야."

"컷팅의 아름다움이라니!"

"그러니까 윤곽의 미라는 거지. 조각처럼 새겨 놓았다고나 할까. 그런 얼굴의 예술적 매력이라는 것은 의외로 뻔한 것 아닌가?"

최근 독일에서 미국으로 건너간 도로테아 위이크론을 펼치고 있는 것인데, 엘리베이터의 지시판 바늘이 3에서 2로 옮겨가자 그는 물고 있던 담배를 버리고 그것을 구둣발로 밟아서 끄며, 아마 이 가운데 승강기는 아야코가 운행을 하고 있을 것이라 생각했다.

그는 이 빌딩에 사무소를 낸 지 3일 되던 날부터 이미 모토키 아야코에게 관심을 갖기 시작했다. 그것을 청년들에게 흔한 단순한 바람기라고만 생각하는 것은 이 젊은 자작을 너무 모욕하는 것이다. 물론 그에게 그런 기분이 전혀 없다는 것은 아니다. 하지만, 그보다 그가 서양 여배우의 아름다움을 예술적으로만 감상할 수 있는 것처럼, 모토키 아야코의 소녀로서의 아름다움을 단지 아름다움으로서만 사랑하는 기분이 9부 정도 작용했다.

이렇게 아름답고 고귀한 소녀가 칙칙한 금속 상자 구석에서 놋쇠로 된 핸들을 잡고 하루 종일 빌딩의 동체 안을 오르내리는 것이 어쩐지 딱하게 여겨졌다. 아깝다는 생각이 든 것이다.

---

**08** 도로테아 위이크(Dorothea Wieck, 1908~1986). 독일의 여배우. 「제복의 처녀」 (1931).

그보다 고귀하고 품위 있는 그녀가 많은 남성들의 호기심과 호색적 시선에 노출되어 때가 타는 것이 몹시 불쌍했던 것이다. 물론 그녀의 아름다움에 주목하는 같은 빌딩의 많은 남성들 사이에서 그녀를 쏙 빼내어 자기에게서 더 가까이에 두고 싶은 유희심도 작용했다.

그러니까 그는 그녀와 단둘이 있을 수 있는 기회를 몰래 기다리고 있었던 것이다.

이윽고 그가 서 있는 앞으로 엘리베이터가 소리 없이 내려오고 문이 열렸다.

"많이 기다리셨습니다. 1층입니다."

그녀의 명랑한 목소리가 안에 있던 사람들을 부드럽게 내보냈다.

B잡지사의 스가노는 아야코를 한 번 보더니, 자작의 귀에 입을 갖다 대고 농담을 했다.

"여기에도 커팅형(斷裁型) 미인이 있군그래. 이 사람의 매력도 바닥이 뻔한가?"

"이 사람에게는 아직 그런 매력은 없지."

자작은 뒤에서 살짝 아야코를 변호했다.

"아니 별말을. 얼굴이 이렇게 예뻐도 대단한 경우가 있으니까 말일세."

자작은 스가노가 아는 체하는 것이 싫었다.

(1934.1.8)

# 6

**젊은 자작⑵**

4층에서 내리려던 자작은 그곳을 지나쳐 6층까지 올라갔다. 그것은 방금 전, 스가노와 아직 발매 전인 B사의 이번 달 잡지를 받기로 약속을 했기 때문이다.

스가노는 6층 복도를 걸으며 말했다.

"모토키 아야코는 괜찮기는 한데 애교가 없어서 말이네."

"아니, 그래서 좋은 거네. 양식의 급사나 자동차 운전수, 엘리베이터 걸은 될 수 있는 한 자신을 기계화하는 것이 이상적이지. 그러니까 말이나 동작 모두 감정을 배제하는 것이 좋다고."

"그러니까 로봇이 되는 것이군그래."

"그렇지, 그렇지."

"그러면, 로봇이 되고자 하는 엘리 걸을 잘 구슬려서 넘어오게 하는 것이 좋지 않은가? 하하하하."

자작도 장단을 맞추며 웃었다. 하지만, 그런 식으로 많은 빌딩 청년들의 표적이 되고 있는 그녀의 위치에 더 많은 불안을 느끼지 않을 수 없었다.

자작은 스가노에게서 잡지를 받고 다시 엘리베이터 앞에 섰다. 그 순간 우측 엘리베이터가 위에서 내려왔지만, 자작은 그것을 모르는 척 그냥 보내고 가운데 엘리베이터가 아래에서 올라오기를 기다렸다.

그것은 6층을 지나쳐서 8층까지 올라갔고 자작은 그제야 내려가는 버튼을 눌렀다.

아야코의 엘리베이터는 그 앞에 딱 멈추었다.

타고 보니 열네다섯 살 정도 되는 소년 급사 혼자만 타고 있을 뿐이었다.

"4층이십니까?"

벌써 자작을 보고 기억을 하고 있는지, 아야코는 이렇게 물었다.

"아니, 1층까지!"

자작은 갑자기 자신의 사무실이 있는 4층을 그냥 지나치고 1층까지 가 볼 생각이 든 것이다.

지금이 바로 말을 붙일 기회다. 아래층까지는 1분도 걸리지 않을 것이고 또 다른 손님이 몇 층에서 탈지도 모르고…….

"저, 모토키 씨. 당신, 엘리베이터 일을 그만두고 제 회사에 와 주실 수 있나요?"

아야코는 깜짝 놀라 돌아보았지만, 그 하얀 얼굴이 싹 붉어질 뿐 아무 대답도 하지 않았다.

자작은 풀이 좀 죽었지만, 용기를 내서 계속 말을 이었다.

"저희 사무실에 좋은 사람이 없어서 난처합니다만, 와 주신다면 가능한 한 우대를 하겠습니다."

말씨도 정중하고 일시적 기분에 하는 말이 아니라는 것은 아야코도 잘 알았다. 하지만 대답은 하지 않았다.

3층에서 세 명의 일행이 타 버리고 말았다.

(1934.1.9)

### 7

### 젊은 자작(3)

세 명이었던 손님이 2층에서는 순식간에 일곱 명이 되는 바람에, 그날 대화는 그렇게 끝나 버리고 말았다.

아야코는 그것이 지에조를 닮은 젊은 자작이라고 생각했다. 이 사실은 빌딩의 중역급 노인에게서 몇 번이나 들어서 귀에 못이 박힐 정도였지만, 상대가 젊은 자작이든 아니든 별 상관은 없었다.

중간에도 입을 다물고 있었고, 집으로 돌아가서 이모에게도 이야기하지 않았다.

그러나 자작은 첫 실패가 머릿속에서 맴돌며 떠나지 않았다. 이야기가 어정쩡하게 끝이 나서 어떤 식으로 오해를 받을지 모른다고 생각하니, 기분이 나빴다. 게다가 설령 자신의 말에 대답할 시간이 없다고 해도 그대로 흘려들었다는 사실이 상당히 기분이 나빴다.

그러나 부정적인 대답을 한 것은 아니고, 그런 태도를 보인 것도 아니기 때문에 완전히 실패했다고만 생각할 수는 없었다. 다만 기분이 상당히 나빠서 3, 4일간은 처음 계획을 그대로 밀고 나갈 생각이 들지 않았다.

그로부터 딱 1주일이 지났을 무렵이었다. 마침 2시 무렵으로, 오르내리는 손님이 가정 적은 시각이었다. 자작은 운 좋게 아야코의 엘리베이터를 혼자서만 탈 수 있었다.

순간, 오늘은 꼭 확답을 들어야 겠다고 생각하며, 아야코와 반대편

구석에 몸을 기대며 말을 걸었다.

"매일 힘들겠군요."

"네, 하지만 익숙해져서요."

4층 바닥과 승강기 바닥을 딱 맞춰서 핸들을 정확히 맞추더니 도어를 열고 목례를 하며 말했다.

"도착했습니다. 내리세요."

깊고 깊은 눈동자, 야무진 입가에서 턱에 걸쳐 미소는 조금도 없었지만, 복숭아 같은 사랑스러운 매력을 발산하고 있었다.

"아니."

자작은 자신도 모르게 가슴에서 손수건을 꺼내 코 주변을 힘주어 닦으며 말했다.

"옥상."

둘이서만 이야기를 하기 위해서는 이렇게 하는 수밖에 없었다.

4층에서 엘리베이터를 세우고 이야기를 하면 운행에 방해가 되기도 하고 또 금방 승객이 올지도 몰랐다. 옥상까지라면 적어도 5층, 6층, 7층에서는 둘이서만 이야기를 할 수 있을 것이었다. 4층에서 더 위로 올라가는 손님은 여간해서는 없을 것이다.

엘리베이터가 위쪽으로 움직이기 시작하자 자작은 말했다.

"아니, 나는 옥상에 간다기보다는 일전의 일에 대해 당신에게 사과를 하고 싶습니다. 느닷없이 그런 식으로 말을 꺼냈으니, 아마 당신은 나를 무례한 사람이라고 생각하지는 않을까 해서!"

어딘지 모르게 순수한 자작은 쑥스러운 마음에 두 뺨이 살짝 붉어졌다.

(1934.1.10)

# 8

### 젊은 자작(4)

아야코는 자작이 옥상에는 볼일이 없고 단지 자신과 이야기를 하고 싶을 뿐이라는 의중이라는 것을 알고 있으면서도 엘리베이터를 그대로 위로 운전해 갔다. 얼굴을 살짝 붉히기는 했지만, 당황하지도 않고 혐오의 표정도 보이지 않는 점에 자작은 용기를 냈다.

"나는 절대로 일시적인 기분으로 당신에게 그런 말을 한 것은 아닙니다. 나는 얼마 전, 이 빌딩에 새로 회사를 냈습니다만, 여자 직원이 한 명 있었으면 합니다. 전화 응대나 기타 자잘한 일을 해 줄 싹싹한 사람이 있었으면 해서요. 당신이라면 여러 가지 면에서 이상적인 사람이라고 생각합니다만."

아직 세상에 익숙하지 않은 어색한 자작의 말씨에 아야코는 오히려 호감이 갔다. 여러 가지 좋은 미끼를 내세우며 그녀를 유혹했던 치들과는 어딘가 달랐다.

게다가 일도 견실한 일이다. 자신의 미모를 이용하겠다는 것은 아니다. 아야코의 마음은 지금까지와 달리 조금 움직였다. 하지만 대답은 하지 않았다.

옥상에 도착하자 아야코는 곧 다시 엘리베이터를 아래쪽으로 움직이기 시작했다.

"최대한 대우를 해드릴 테니 꼭 와 주었으면 합니다."

5층에서 내려가는 버튼을 누른 사람이 있는지 부착된 시그널표에 빨간 사인이 들어와 있다.

자작은 '부끄러워하는 것일까, 화를 내고 있는 것일까' 하는 생각이 들었다. 핸들을 쥔 채로 옆으로 돌린 얼굴에서는 아무런 표정을 읽을 수 없었기 때문이다.

자작은 하릴없이 어색한 분위기를 견디다 못해 한마디 덧붙였다.

"꼭 지금 대답을 하지 않아도 됩니다."

아야코는 그 순간 할 말이 생각난 것처럼 대답했다.

"그러면 2, 3일 생각을 해 보고 나서."

"아, 예, 그렇게 하시죠."

자작은 마음이 놓였는지 뭔가 귀부인에게 응답을 하기라도 하듯 대답을 했다.

5층에서 멈추고 보니 승객이 두 명 있었다.

아야코는 자작을 위해 말없이 엘리베이터를 4층에 세웠다.

자작은 뭔가 중대한 임무를 수행한 것처럼 가벼운 마음으로 내리려 했지만, 승강기가 복도보다 4, 5치 정도 높은 곳에 멈춰 있다는 것을 깨달았다.

"죄송합니다."

아야코는 깜짝 놀라 핸들을 움직이려 했지만, 자작은 괜찮다며 복도에 내렸다. 아야코가 손님이 말을 붙여서 이렇게 동요하는 것은 이번이 처음이었다.

(1934.1.11)

# 9

### 그의 누이⑴

여사무원!

보라색 근무용 코트를 입고 사무실 책상 앞에 앉아 있는 여사무원의 모습이, 2, 3일간 핸들을 쥐고 있는 아야코의 머릿속에 떠올랐다가는 사라지곤 했다.

그것은 엘리베이터 걸보다는 있어 보이기도 하고 수입도 더 좋을 것이 틀림없다. 하물며 될 수 있는 한 대우도 잘 해 주겠다고도 한다. 아야코의 마음은 상당히 혼란스러워질 수밖에 없었다. 그 어떤 동료도 그런 이야기가 나오면 흔쾌히 승낙을 했을 것임에 틀림이 없다.

그러나 아야코는 남에게 특별한 은혜를 입는다는 것이 어쩐지 싫었다. 그것은 결국 타인의 호의에 의지하여 사는 것이다.

엘리베이터 일은 고달프다. 그러나 그것은 머리를 조금도 쓰지 않아도 되느니만큼 공부에는 지장이 없었다. 몸도 건강하여 육체적으로도 별로 힘들지 않았다. 귀찮게 말을 거는 사람도 있기는 하지만, 오르내리는 시간은 1, 2분이고 그동안만 참으면 된다. 게다가 두 사람만 남게 되는 일은 좀처럼 없다.

그리고 요 2년간 같은 일을 하면서 계속 준비를 하고 있는 전검 시험도 8부까지는 되어 있다.

지금 직업을 바꿨다가 감정에 동요가 일거나 뜻하지 않은 번거로운 문제라도 생긴다면 큰일이다. 어쨌든 이대로 일을 하면서 전검을 패스하고 나면, 이쪽에서 부탁을 해서 사무원이 돼도 괜찮다. 지금까지 여러 가지 유혹이나 유혹까지는 아니더라도 달려들고 싶을 정도로 좋은 조건의 권유를 물리치고 여기까지 온 것이므로 지금 직업을 바꾸기에는 아쉽다.

견실하고 현명한 아야코는 결국 이렇게 결심을 했다. 이렇게 결정한 이상, 될 수 있으면 빨리 거절을 하자. 다음에 그분이 먼저 말을 꺼내기 전에 내가 먼저 회사로 찾아가서 거절을 하자. 오늘 오후 쉬는 시간에라도 찾아갈까?

11시 무렵 잠시 손님이 끊겼다. 1층에 승강기를 세워 놓고 손님을 기다렸지만 아무도 타는 사람이 없었다. 옆에 있는 미즈노 씨의 승강기도 겨우 손님 한 명을 태우고 지금 막 올라간 참이다.

마침 그때 입구의 문 너머로 보이는 거리에, 한눈에 봐도 엔타쿠(円タク)[09]와는 구별이 되는 눈에 띄는 모양의 자동차가 멈추는가 싶더니, 운전수가 내려서 문을 열 새도 없이 가뿐하게 내린 것은 마침 아

---

**09** 다이쇼시대(大正時代) 말기에서 쇼와시대(昭和時代) 초기에 걸쳐 1엔 균일 요금으로 도쿄-오사카 간을 달리던 택시. '1엔 택시'의 준말.

야코와 거의 동년배로 보이는 숙녀였다. 일본인으로서는 극히 드문 회색 아스트라한[10] 하프 코트, 검은 스커트가 잘 어울리는 화려한 양장에 검은 모자를 쓰고 있고, 그 때문에 흰 뺨과 예쁜 모양의 빨간 입술이 선명하게 눈에 띄는 장신의 여성이었다.

그녀는 성큼성큼 아야코의 엘리베이터로 뛰어들더니 고압적으로 —확실히 아랫사람을 보는 태도로 물었다.

"PS영화사는 몇 층이죠?"

(1934.1.12)

## 10

### 그의 누이(2)

사람의 얼굴은 가급적 보지 말자 주의인 아야코였지만, 드물게 보이는 세련된 양장과 약간 거만해 보이기는 했지만 이리에 다카코(入江た分子)[11]를 연상시키는 고귀한 구석이 있는 미모에 끌려, 그 숙녀가

---

**10**  아스트라한(astrakhan). 아스트라한 모피(새끼 양의 꼬불꼬불한 털이 붙은 모피) 또는 그것을 본떠서 짠 털실·모직물·빌로도 따위.

**11**  이리에 다카코(入江た分子, 1911.2.7~1995.1.12). 다이쇼시대부터 쇼와시대 초기의 일본 영화배우. 대표작에 기쿠치 간의 소설 「도쿄행진곡(東京行進曲)」(1928.6~1929.10)을 영화화한 무성영화 「도쿄행진곡」(1929).

이쪽으로 다가오는 동안 시선을 맞추고 있었다. 상대가 말을 걸고 나니 사람을 너무 무시하는 듯한 거친 태도에 기분이 좀 상해 별 반응도 하지 않고 그대로 핸들을 잡고, 다른 손님도 없었기 때문에 4층까지 단숨에 운전을 했다. 그제서야 비로소 엘리베이터를 멈추고 대답을 했다.

"PS영화사라면 4층입니다. 엘리베이터를 내리셔서 오른쪽 복도로 가시면 됩니다. 오래 기다리셨습니다."

약간 마음에 동요가 일어서인지 승강기를 바닥보다 한 치 가까이나 위에 세웠고 당황해서 다시 핸들을 움직이자 이번에는 두세 치 아래쪽에 세웠다.

그러자 숙녀는 허둥지둥하는 그 모습이 좀 불쾌했던 모양인지 혼자 중얼거렸다.

"아이, 짜증나."

아야코는 얼굴이 빨개져서 사과를 한다.

"죄송합니다."

숙녀는 아스트라한을 입은 어깨를 서양 여배우들처럼 폼나게 살짝 흔들어대며 내리려고 했지만, 재수가 없을 때는 어쩔 수 없는 모양으로 무엇보다 뾰족한 하이힐의 굽이 단차가 있는 바닥에 걸려 아슬아슬하게 비틀거렸다.

"아, 뭐야, 너무하잖아. 조심을 해야지. 매일 같은 일을 하면서 이렇게밖에 못해?"

뒤를 돌아보며 아무렇게나 내뱉고는 오른쪽으로 돌아가 버렸다.

아야코는 끔찍한 모욕으로 얼굴을 제대로 한 대 맞은 느낌이었다. 같은 여성에게서 모욕을 당한 만큼 더 견딜 수 없고 분해서 온몸이 부르르 떨렸다. 직업상의 모욕은 어지간하면 참는 것이 습관이 되어 있는 그녀도 상대와 자신의 신분상의 차이를 생각하자 점점 더 분해서 눈물까지 글썽였다.

그 순간에는 문을 닫는 것도 잊었고, 시그널 표에 5층으로 내려간다는 신호가 들어와 있는 것도 알지를 못했다. 겨우 정신을 차리고 엘리베이터를 위로 움직이면서 PS영화사를 찾아올 숙녀라면 필시 전의 그 젊은 자작의 애인이거나 아니면 누이일 것이라고 생각했다. 누이이든 애인이든 그런 여성이 출입하는 회사에서 누가 일을 하겠어?

'아 다행이다. 승낙하지 않길 잘했어! 승낙을 해서 그런 곳에 들어갔다가는 저런 여자한테 어떤 험한 꼴을 당할지 몰라.'

이렇게 생각을 하자, 아야코는 자신의 결정이 잘못되지 않았다는 것이 다행스러웠다. 역시 이 직업이 좋아. 이 직업으로 착실하게 일을 하는 것이 자신으로서는 가장 올바른 삶이라고 생각했다.

아무리 분한 일이 있어도 아야코는 기계처럼 움직여야만 했다. 즉 그녀는 기계의 일부이기 때문이다. 손님에게 어떤 모욕을 당하더라도 무쇠 같은 마음으로 튕겨내야만 한다.

그래도 그것이 동성, 게다가 같은 연배의 사람에게 모욕을 받은 만큼 그녀에게는 타격이 컸다. 그러나 아무리 커도 그녀는 핸들의 연장이다. 즉 인조인간으로서 심장이 없는 인간으로서 참아야 하는 것이다.

5층에서 세우려 했는데 6층에서도 다운 불이 들어오는 바람에 그녀는 그대로 6층으로 올라갔다.

6층에는 B사의 직원들뿐이었다.

그중에는 스가노도 있었다. 그는 여느 때처럼 말을 붙였다.

"오늘은 운이 좋은 날이군그래. 이것으로 모토키 씨를 세 번째 만난 거네. 퇴근하기 전까지 한 번 더 타면 오늘은 운수대통이지. 저, 모토키 씨, 내 운세는 당신으로 점친다구."

평소 같으면 옆얼굴에 어련무던하고 온화한 미소를 띠었겠지만, 오늘은 아까 받은 마음의 상처가 아직 사라지지 않아서 웃음기가 전혀 없었다.

사람의 안색을 잘 살피는 스가노는 아야코의 옆얼굴을 슬쩍 보고는 그대로 입을 다물어 버렸다.

(1934.1.13)

## 11

### 그의 누이(3)

3층과 4층에서 손님을 태우고 1층에 내려놓자 바로 또 4층에 다운 사인이 들어왔다.

아야코는 엘리베이터를 움직여서 다시 올라갔다. 평소 같으면 기분 좋게 할 수 있는 일이 오늘은 매우 거북스러워서 핸들을 가볍게 움직이는 손이 무거웠다.

4층에서 멈추자 두 팔로 우편물을 안은 여자 급사가 기다리고 있었다. 그 여자 급사를 태우고 문을 닫으려는데 요란한 구두 소리를 내며 발걸음을 서둘러 오른쪽 복도에서 나온 것은 젊은 자작과 방금 전 올라올 때 태운 그 숙녀였다.

'역시 애인이나 동생이군' 하는 생각이 들자 아야코는 온몸이 굳어지는 것 같고 그쪽을 정시할 수 없어 고개를 숙이고 가만히 핸들을 잡고 있었다.

두 사람은 엘리베이터 안쪽의 금속 벽에 등을 기대고 나란히 서 있었다.

"오로라 그릴 맛있어?"

숙녀가 물었다.

"응, 먹을 만해."

"그래?"

"특히 런치는 상당히 연구를 한 모양이야."

"오빠, 그런 거로 때우려는 거야? 어디, 긴자에 데려가 주지 않을 거야?"

"안 돼. 일이 산더미야."

"뭐, 그런 식으로 핑계를 대는 거겠지."

"그렇게 오빠를 우습게 여기면, 당장 S·P라인은 상대에게 돌리

고 큰일을 해 보일 거야. 하하하하."¹²

2층에서 1층으로 올 때 자작은 누이에게 뭔가 속삭이는 것 같았다. 아마 '이 사람이야. 내가 회사에 들이고 싶은 사람은'이라고 한 것 같다. 그러자 숙녀는 다 들리게 큰 소리로 물었다.

"어머, 이 여자?"

그리고는 두세 걸음 아야코에게 다가가서 옆얼굴을 빤히 들여다 보았다. 1층에서 엘리베이터가 멈추자 문을 열고 파르르 떨리는 목소리로 '1층입니다'라고 하는 아야코의 얼굴을 정면에서 빤히 살펴 보았다. 그러자 자작은 누이의 조심성 없는 행동이 신경이 쓰여 재빨리 걷기 시작했고, 숙녀는 그런 오빠를 따라가서 두세 마디 속삭이며 또 아야코 쪽을 돌아보았다. 그 미소 속에는 어쩐지 가난한 사람에 대한 경멸의 빛이 있음을 아야코는 간과할 수 없었다. 전신이 불처럼 뜨거워졌다. 자작까지 미워졌다.

그런 식으로 내가 들리는 곳에서 내 면전에서 나에 대해 이러쿵저러쿵 품평을 하다니. 내가 나를 고용해 달라고 부탁을 한 것도 아닌데. 자기가 멋대로 나를 쓰고 싶다고 했으면서 면전에서 나에 대해 귓속말로 품평을 하는 그런 무례한 짓을 하다니! 아야코의 작은 심장은 분노로 가득 찼다.

---

**12** 『경성일보』에서는 1월 14일 자를 11회로, 15일 자를 13회로 표기하고 있지만, 단행본에서는 이 부분부터 11회를 2회분으로 나누고 있다. 여기에서는 『경성일보』에 따라, 12회 없이 15일 자를 13회로 표기한다.

왜 그때 단칼에 거절하지 않았던가? 내가 2, 3일 동안이나 대답을 하지 않고 미적거린 것이 잘못이지. 자작이 4층 사무실에 돌아오면 바로 그 길로 거절을 하러 가야지. 아야코는 이렇게 결심했다.

* * *

자작은 오로라 그릴에서 누이 동생 노리코(典子)와 점심 식사를 하고 있었다.

"오빠 취향도 참 독특해. 엘리베이터 걸 같은 여자한테 관심을 갖고 말이야."

"그래도 그 여자, 기품이 있잖아. 그런 일을 하게 내버려 두기에는 어쩐지 불쌍하지 않니?"

"하지만 분명 머리가 나쁠 거야. 아까도 엘리베이터를 바닥에 딱 맞춰서 세우지 못하고 더 올라갔다 내려갔다 하게 세워서 구두 굽이 걸려 버린 걸. 굽이 망가지지 않았으려나?"

이렇게 투덜거리며 노리코는 테이블 아래 있는 자신의 구두를 잠깐 살펴보았다.

"머리는 틀림없이 좋을 거야. 그런 눈빛을 하고 있는데 머리가 나쁠 리가 없어."

"호호호호, 어지간히 싸고 도네. 하지만 그런 일을 하는 여자애들은 이미 타락을 한 거라구."

"그럴 리가 있겠니? 여급 같은 일을 하지 않고 그런 일을 하는 여자들은 필시 지조가 굳고 기특한 아이들이라구."

"호호호호. 난 엘리베이터 걸 같은 건 싫어. 그보다는 이곳 웨이트리스 쪽이 느낌이 더 좋아."

그렇게 말하면서 노리코는 지금 막 생선 요리를 가져온 여급사를 돌아보았다.

(1934.1.14)

# 13

### 사절(1)

자작은 노리코가 긴자에 같이 가자는 것을, 일이 있으니까 3시 무렵 콜롬반에서 만나자고 약속을 하고 돌려보냈다. 그러고 나서 혼자 4층 사무실로 돌아왔다.

그는 누이가, 부르주아 아가씨들이 흔히 그렇듯이, 가난한 동성(同性)을 이유 없이 경멸하는 것이 상당히 불쾌했다. 그는 스무 살 전후에 톨스토이의 소설을 읽은 적이 있어서 인도주의적인 정의감을 지니고 있기 때문에, 사람의 직업이나 위치로 그 사람을 평가해서는 안 된다는 생각을 가지고 있었다.

누이가 아야코를 헐뜯자 점점 더 그녀를 자기 곁에 두고 쓰면서 그녀의 두뇌가 얼마나 좋은지, 그녀가 인격적으로 얼마나 훌륭한지를 누이에게 보여주고 싶었다.

이런 이유에서라도 2, 3일 안에 가부를 알려준다고 한 아야코의 대답이 몹시 기다려졌다.

그는 애용하는 담배 캐멀에 불을 붙이면서 자꾸 아야코 생각을 했다.

그때 젊은 사원이 사장실 문을 열고 들어왔다.

"저, 모토키라는 사람이 뵙고 싶다고 합니다."

예기한 일이기는 하지만, 어쩐지 가슴이 철렁하는 느낌이 들어 자작은 얼굴이 빨개진 것이 아닌가 걱정했다.

"이 방으로 들여보내 주게."

자기 방으로 오라고 하는 것이 더 친근감을 보여주는 것이라 생각했기 때문이었다.

사원의 안내를 받고 들어온 아야코의 얼굴에는 뭔가 긴장하여 열에 들뜬 기색이 역력했다.

"어이쿠, 이쪽으로 오세요."

자작은 아야코에게 자신의 의자 앞에 있는 손님용 팔걸이의자를 가리켰다.

"이쪽으로 오셔서 앉지 않겠습니까?"

하지만 아야코는 앉으려 하지 않았다. 영화 포스터나 스틸 사진을 붙여 놓은 파티션을 배경으로, 그 스틸 사진 중 하나가 튀어나온 듯한 단려한 얼굴을 하고 가만히 서 있었다.

"앉지 않으시겠습니까?"

"아니요. 이렇게 서 있어도 됩니다. 저, 일전의 그 말씀 역시 거절을 해야 할 것 같습니다."

자작은 십중팔구는 승낙을 할 것이라 생각하고 있던 만큼 가벼운 실망의 빛이 역력했다.

"왜죠? 나는 당신이 승낙해 줄 것이라 믿고 기대하고 있었는데요."

아야코는 역시 한동안 고개를 숙이고 입을 다물고 있었다.

"여러 가지로 생각해 봤습니다만, 역시 고민하지 않는 것이 좋다고 생각해서요."

"고민한다! 고민한다고 하셨나요? 나는 당신이 이곳에서 일을 해 주시면 충분히 책임을 질 생각입니다. 지금 하시는 일보다 훨씬 안정적이기도 하고, 실례지만 수입도 훨씬 좋아질 것이라 생각합니다. 그래도 고민한다고 하실 건가요?"

자작은 완전히 열을 올리고 있었다.

(1934.1.15)

## 14

### 사절(2)

처음으로 가까이에서 정면으로 보는 아야코의 뺨은 크림처럼 윤기가 있었지만, 흥분과 긴장 탓인지 땀으로 번들거리고 있었다. 예쁘게 살짝 말려 올라간 속눈썹이나 아직 정욕을 모르는 꽃봉오리 같은 콧망울은 고급 도기처럼 정밀하고 얄상하며 신경이 잘 통하고 있었다.

보고 있는 동안 자작은 아야코에 대한 새로운 애착이 생겨 어떻게든 해서 자기 가까이에 두고 싶은 욕망에 사로잡혔다.

"당신에게 희망이 있으면 어떤 말이라도 들어줄 테니, 조건이 있으면 어려워 말고 말씀해 주셨으면 합니다만."

자작이 그렇게 정성을 다해 말을 하면 할수록, 아야코는 아까 자작의 누이로 보이는 여성에게서 받은 모욕이 가슴 속으로 밀려 올라와서 거절하고자 하는 의지가 점점 더 강해졌다.

"아니요. 조건이나 희망 문제가 아닙니다. 다만 일이 바뀌면 당분간 안정이 되지 않을 것이고, 또 지금 하는 일을 바꾸고 싶은 생각은 조금도 없습니다……."

"아하!"

자작은 팔짱을 끼고 알 수 없는 소녀를 내려다보고 있었다. 조금이라도 월급이 더 많고 조건이 좋으면 달려드는 것이 현대의 인정인데, 어떻게 된 일일까? 설마 내가 야심이 있을 것이라고 의심하는 것 아닌가 하는 생각이 들어 물어보았다.

"나를 의심하는 것은 아니지요?"

"……."

아야코는 말없이 고개를 저었다.

"다시 한 번 생각해 줄 수 없을까요?"

자작의 말은 애원에 가까웠다.

"하지만, 저 지금 좀 공부를 하고 있기도 해서요. 일이 바뀌어서 공부가 중단되거나 하면 아쉬울 것이거든요……."

"공부라니, 무슨 공부요?"

아야코는 바닥에 눈길을 주고 있었다.

자작은 계속해서 물었다.

"그 공부는 언제 끝나는 것이죠?"

"1년이나, 잘 안 되면 2, 3년 걸릴 거라 생각합니다."

"무슨 공부죠? 그게……."

아야코는 그런 대답을 할 계제가 아니라고 생각을 하기는 했지만, 이 사람의 누이에게서 경멸당한 것이 분해 내게도 올바른 청운의 꿈이 있다는 것을 알리고 싶었다.

"여자 전검 시험을 치려고 해요."

자작은 뜻밖의 대답에 당황했다.

"전검이라니 그게 뭡니까?"

"그 시험을 치면 여학교를 나온 것과 같은 자격이 생깁니다."

너무나 성실하고 너무나 반듯하고 너무나 세속적이지 않은 깨끗한 꿈에 자작은 앗! 하고 소리를 지를 만큼 눈이 휘둥그레졌다.

(1934.1.16)

## 15

### 사절(3)

아야코는 아까까지는 주저 없이 자작의 눈을 빤히 바라보고 있었지만, 자신이 하고 싶은 말을 술술 해 버리고 난 지금은 뺨으로 피가 확 쏠려 처녀답게 고개를 숙이고 두 손을 비비기 시작했다.

자작은 자작대로 사랑스러운 비둘기 같은 아야코의 희망을 처음으로 듣고, 묘령의 여성을 앞에 놓은 달콤한 기분은 싹 사라지고 그 기특한 마음에 압도되어 버리고 말았다.

이제는 전검을 치고 어떻게 할 것이냐라든가, 공부를 할 시간도 주고 학비도 내줄 테니까 우리 회사에 와라라든가, 마음속에서는 이런 생각을 하면서도 그것을 입 밖에 내서 말로 할 생각은 싹 사라져 버렸다.

아야코 정도의 소녀들은 영화사라는 말만 들어도 그런 분위기에서 일을 해 보고 싶다고 생각하겠지만, 아야코는 생각이 전혀 달랐다. 이런 식이라면 내가 아무리 좋은 조건을 내세워도 소용없을 게 뻔하다.

그는 역력히 실망한 목소리로 침울하게 말했다.

"그래요. 역시 그런 공부라면 지금까지처럼 생활하는 것이 마음이 흐트러지지 않아서 좋을 겁니다. 생활이 바뀌면 마음 자세도 바뀔 것이고, 그러면 여러 가지 면에서 공부를 하기 힘들겠지요. 어쩔 수 없군요. 나는 대단히 아쉽지만 마음을 접겠습니다."

자작의 말씨는 아야코의 마음을 조금 누그러뜨렸다. 그녀는 자작이 진심으로 자신을 위해서 마음을 쓰고 있다는 것을 그 말투로 분명하게 안 것 같았다. 그래서 진심으로 감사의 인사를 했다.

"여러 가지로 신경을 써 주셔서 진심으로 감사드립니다."

"아니 저야말로 내 마음대로 말을 해서 귀한 시간을 빼앗았습니다. 죄송합니다."

두 사람은 그곳에서 서로 허심탄회한 눈빛을 주고받으며 호의적 미소를 나누었다.

"그럼 실례하겠습니다."

"그러시겠습니까? 정말 신경 쓰이게 해서 미안합니다."

자작도 자리에서 일어나 문 입구까지 아야코를 배웅했다.

아야코도 의지는 강하지만 따뜻한 순정과 처녀다운 감수성을 지니고 있었다. 자작에게 거절을 하고 2층 대기실로 돌아와 보니, 자작의 기품 있는 이마나 선량해 보이는 눈, 느낌이 좋은 입매무새, 전체적으로 풍족하고 청결한 느낌이 나는 좋은 인품이 새삼 생각나서, 진심으로 자신을 생각해 준 사람에게 건방진 누이에 대한 증오 비슷한 감정을 아직까지 가지고 있는 것이 미안하기도 하고 부끄럽기도 했다.

내일부터 자작이 승강기를 타면 담담하게 대해야지. 불쾌하게 토라진 표정을 보이지는 말아야지. 그리고 전검을 합격하면 제일 먼저 그 자작에게 알려야지. 생각이 여기까지 미치자 아야코의 마음은 며칠간 끼어 있던 안개가 걷히고 마음이 가벼워져서 옥상에 올라가 도쿄 시내를 바라보려고 생각했다.

(1934.1.17)

# 16

사절⑷

자작은 노리코가 콜롬방에서 기다리고 있기 때문에, 아야코를 보내고 바로 갈색 오버코트에 같은 갈색 모자를 쓰고 스네이크 우드의 은제 손잡이를 들고 빌딩을 나섰다.

콜롬방에 가자 아스팔트 거리가 내려다보이는 2층 박스에서 오렌지 에이드인지 뭔지를 마신 듯한 노리코는 긴 빈 글라스를 앞에 놓고 불만스러운 모습으로 늦게 온 자작을 노려보고 있었다.

"너무 늦어서 돌아가 버릴까 하는 참이었어."

"돌아가지 그랬어……."

"아, 정말 오빠 왜 그래? ……숙녀한테 그렇게 말하는 법이 어디 있어?"

"숙녀인지 아닌지 알 게 뭐야."

이렇게 남매답게 티격태격 장난을 하면서 자작은 노리코 앞에 앉았다. 하지만, 곧 이런저런 이야기를 하기 시작하는 누이의 존재를 잊은 듯 거리에 시선을 두고 뭔가 골똘히 생각에 잠긴 모습이다.

"있잖아, 오빠. 나 용돈이 좀 모자라. 오빠가 좀 보태 줄 거지? 그렇지? 오빠……. 됐어. 전혀 들어 주지 않네."

단단히 화가 난 듯한 목소리에 자작은 좀 놀란 듯했다.

"뭐가,……모자란다는 거지?"

"쳇,……. 됐어. 됐다구. 이제 오빠한테는 아무것도 의논하지 않을 거야."

자작은 쓴웃음을 지으며 대답했다.

"미안. 좀 생각할 게 있어서."

"무슨 생각……? 일 때문에……?"

노리코는 진심으로 상냥하게 물었다.

"음. 감동했어. 정말 보기 드문 여성이 있더라고."

"뭐지……? 오빠 마음에 안 들어. 또 엘리베이터 걸 쓸 생각하고 있는 거지?"

"쓰려고 했던 모토키 아야코 양에게 지금 막 거절을 당해서 완전히 감동을 했어."

"거절을 했다고……? 오빠가 부탁을 했는데?"

"음."

"어머. 건방지네. 뭐라고 하면서 거절했는데?"

"전검 시험을 볼 준비를 하고 있어서 익숙한 엘리베이터 운전을 하는 것이 좋다는 게 이유야……."

"호호호호."

노리코는 갑자기 웃음을 터트렸다.

"전검 같은 거 패스해서 뭐 하게? 소학교 대용 교원이라도 될 생각인가 보지? 없는 집 여자애가 할 수 있는 생각이네. 호호호호."

노리코는 또 오빠가 감싸고 도는데 적의를 느끼는지 더 호들갑을 떨며 비웃었다.

"얘, 그만해."

자작은 오빠답게 위엄 있는 말투로 노리코의 입을 다물게 했다.

노리코는 정말로 시시하다는 표정을 지으며 오빠 쪽으로 옆얼굴을 보이고 있었는데, 그 코와 턱 주변이 어딘지 모르게 아야코의 얼굴과 비슷한 구석이 있었다.

이 아이와 아야코는 단지 부의 차이가 있을 뿐, 아야코는 아름다움을 제복으로 감싸고 엘리베이터 운전을 하고 있다. 동생은 버릇없이 호사스럽게 산다.

그러나 아야코는 얼마나 성품이 좋은 여자인지, 자작은 다시 한 번 절감했다.

(1934.1.18)

# 17

## 사랑에 가까워지다(1)

여동생이 비웃으면 비웃을수록 자작은 점점 더 아야코 생각이 났다.

얼마나 구김살 없고 반듯하고 또 기품이 있는 소녀인가? 순진 그 자체이고 총명 그 자체이며 음전하고 잘난 체하지 않고 지조는 굳고 조신하다. 마치 인간 주옥같다. 그에 비해 여동생은 용모는 고아(高雅)하지만 하는 짓마다 경조부박하고 따뜻한 구석이 없어서…….

오빠가 마음속으로 자신을 그렇게 제쳐 놓고 있는 줄도 모르고— 노리코는 오렌지 에이드 빨대를 손가락으로 빙글빙글 돌리며 찌직

소리를 내며 말했다.

"있잖아, 오빠. 아까 후미코(芙美子)한테 전화했어. 곧 올 거라 했어!"

"왜 온다는 거지?"

오빠는 불만스럽다는 듯이 물었다.

"그래도 걔, 오빠를 만나게 해 달라고 한걸."

"쓸데없는 짓 하고 있네."

오빠는 쓸쓸하게 웃으며 보이가 가져다준 홍차에 설탕을 넣었다.

후미코라는 것은 미쓰이합명(三井合名) 회사 중역의 딸로 노리코와 학습원(学習院) 시절부터 친구였는데, 동생과의 관계로 자작과 두세 번 만난 적이 있다.

"있잖아, 오빠. 후미코가 오면 셋이서 방악좌(邦樂座)에 가지 않을래?"

"벌써 그런 프로그램까지 짜 둔 거야?"

"응, 맞아. 어제 후미코네 집에 가서 다 짰어."

자작은 후미코가 아름답다는 생각은 했다. 또한 여동생 보다 훨씬 더 온화하고 얌전해서 어느 정도 호의를 가지고 있었다.

"오빠, 그런데 말야. 가난한 집 딸하고 부르주아 딸하고 어느 쪽이 더 좋아? 비교해 봐. 그런 금속성 관 같은 상자 안에 들어가 있으니까 어떤 여자애라도 좀 불쌍해 보이는 거라고."

노리코는 아직도 엘리베이터 걸이 눈엣가시 같았다.

자작은 그 물음에는 아무 대답도 하지 않았다.

"여사무원이 필요한 것이라면 아마 후미코도 기꺼이 할 걸?"

"바보 같은 소리 마! 그런 부잣집 딸이 그런 일을 할 수 있겠어?"

"하려고 하면 못 할 것도 없지. 후미코는 오빠를 위해서라면 여사무원이라도 기꺼이 할 걸. 호호호호."

노리코는 의미심장한 듯 자지러지게 웃었다.

아직 노리코의 웃음이 멈추기도 전에, 화제의 주인공은 짙은 청자색 바탕에 연노랑으로 근대화된 국화 모양의 기모노에 적갈색 무지 하오리(羽織)[13]를 입은 장신의 모습을 하고 계단에서 나타났다.

(1934.1.19)

## 18

### 사랑에 가까워지다(2)

후미코는 자작에게만 살짝 고개를 숙여 인사를 했을 뿐 노리코와는 친한 사이라서 인사 없이 그 옆에 털썩 앉았다.

"있잖아."

순식간에 밝은 웃음소리와 함께 이야기가 시작되었다.

"지금 미장원에 갔는데 그곳 마담이 말야. 크림은 맥스 팩터[14]가

---

**13** 위에 입는 짧은 겉옷.

**14** 맥스 팩터(Max Factor, 1877-1938)라는 폴란드계 유대인 미용사가 설립한 화장품

좋다고 추천하더라. 2엔 50전이야. 비교적 싸기도 하고, 나 그래서 샀어. 좋으면 너한테도 줄게.”

“어머, 고마워. 맥스 팩터라면 할리우드제지? 할리우드 여배우들이 사용하는 것이라면 아마 좋겠지.”

“응. 마담도 그렇게 말했어. 할리우드라고 하니까 말인데, 나 브로마이드 샀다. 도로테아 위이크하고 프레드릭 마치[15].”

“어디, 어디.”

“봐, 닮았지?”

“닮았어, 닮았어. 완전 똑같아.”

두 사람은 한 장의 브로마이드를 서로 빼앗으며 자작의 얼굴을 보고는 의미심장하게 또 못 참겠다는 듯이 호들갑스러운 표정으로 웃기 시작했다.

“뭐야, 뭐가 닮았다는 거지?”

자작은 자기도 모르게 물어보았다.

“후미코가, 오빠가 프레드릭 마치하고 닮았다며 요즘 마치의 브로마이드만 모으고 있잖아. 어때, 봐, 닮았지?”

---

메이커. 1991년부터는 P&G 화장품 브랜드가 되었고 현재는 미국 향수 메이커 코티의 브랜드.

**15** 프레드릭 마치(Fredric March, 1897.8.31~1975.4.14). 미국의 영화·연극배우. 1929년 영화 「더미」로 데뷔. 「지킬 박사와 하이드씨」와 「우리 생애 최고의 해」로 2번 아카데미 남우주연상 수상.

노리코가 건네는 것을 쓸쓸히 웃으며 받아들고는, 뭐야, 이건, 이 두 아가씨는 만나면 옷이나 화장품, 영화 이야기밖에 안 하잖아, 라고 속으로 경멸을 하며 물었다.

"어디, 뭐야, 이건?"

"「제복의 처녀」의 도로테아 위이크야."

후미코가 내밀었다. 받아들고 보니, 보면 볼수록 모토키 아야코와 똑같다. 모토키 아야코가 나이를 먹으면 도로테아 위이크처럼 될까?

영리하고 순정적으로 보이는 입매무새, 옅은 잔머리. 이 입술에서는 비싼 화장품 이름도 영화배우 이름도 튀어나오지 않겠지.

반듯한 희망과 순정적인 사랑, 세상에 보기 드문 처녀여.

자작은 브로마이드를 바라보며 모토키 아야코를 떠올리고는 마음속으로 그리워했다.

"오빠, 방악좌에 데리고 가 줄 거지?"

"뭐 하고 있는데?"

"「제니의 일생」하고 또 뭐 하나 할 거야."

"나는 시사회에서 봤는데."

오빠의 말에 노리코는 가늘게 그린 눈썹을 잔뜩 찌푸리고 말했다.

"아유, 오빠, 마음에 안 들어. 숙녀가 가자고 하면 보셨어도 안 본 척해야 하는 거라고."

(1934.1.20)

# 19

**사랑에 가까워지다**(3)

"하지만 시사회에서 본 걸.「제니의 일생」하고「두 인 부다페스트
(ヅイン ブダペスト)」둘 다 시사회에서 보았어."

자작은 씁쓸하게 웃으며 말했다.

"하지만 사교라는 것도 있잖아."

"아무리 사교라고 해도 둘 다 본 걸 어떻게?"

"알았어. 그럼 후미코한테 그거 다 꼰지를 거야. 있잖아, 후미코!"

노리코는 후미코의 어깨에 손을 얹고 목에 두른 털을 만지작거리
며 말했다.

"오빠 정말 요즘 엄청 신경질적이라니까. 무지 고풍스러운 페미니
스트(여성존중자)가 되어서 말야. 웃겨 죽겠다니까."

"페미니스트라니! 멋지지 않아요?"

"그런데 그게 그렇지가 않아. 여성을 존중하기는 하지만 유한부인
은 안 된다는 거야. 그리고 나하고는 일일이 의견이 충돌하고 있다고.
그래서 너한테 응원하러 와 달라고 한 거야."

깜찍한 장난이 재미있어 죽겠다는 듯한 눈빛으로 오빠를 노려보
며 말했다.

"얼마 안 됐어. 그래서 나는 지금 오빠를 전향시키려는 거야. 후미
코, 나하고 공동전술 펴기다, 알았지?"

후미코는 어떻게 된 일인지 잘 모르지만 노리코의 말에 흥미가 생

겨 거들었다.

"어쩐지 꽤 재미있는 이야기인걸. 나도 끼워 주라."

"알았어. 꼭이야. 너한테도 생명선에 관한 문제라고. 그러니까 둘이서 오빠를 위협해 주자고. 어때, 오빠? 각오해야 할걸!"

자작은 후미코를 앞에 놓고 고압적으로 나오는 노리코에게 실소를 느끼며 놀렸다.

"마치 「핑크색 갱」[16] 같은 소리를 하고 있네. 좋아 「핑크색 갱」이라면 그런 줄 알고 상대해 줄게."

"어머, 우리를 「핑크색 갱」이라니. 알았어. 호호호."

후미코는 배꼽을 잡고 웃어댔다. 그대로 드러난 목덜미의 여유 있고 통통한 피부가 역시 아름답게 빛나고 있다. 자작을 제대로 쳐다보기에는 너무나 관심이 많기 때문에 옆에 있는 노리코에게 몸을 많이 기울이고 웃고 있었지만, 그런 부자연스러운 자세 때문에 오히려 더 요염해 보였다.

(1934.1.21)

---

**16** 「핑크색 갱(桃色ギャング)」(1933). 도고 히사요시 프로덕션(東郷久義プロダクション)의 아사오카 요시오(浅岡吉雄) 원작, 각본, 오니와 기하치(大庭喜八) 감독의 드라마.

### 20

**사랑에 가까워지다(4)**

자작 역시 후미코가 지니고 있는 붉은 모란꽃 같은 농염한 아름다움에 마음이 약간 움직여서 뺨이 달아오르는 것을 느꼈지만, 노리코는 오빠의 그런 표정은 눈치 채지 못한 듯 점점 더 도전을 했다.

"이 갱 굉장히 무서울 것이니까 각오하고 있어."

"너희들은 영화를 보고 배워서 아마 확실하겠지."

오빠의 이 응수에 노리코는 대답했다.

"그럼 상대를 할 생각이네. 알았어. 후미코 잠깐만,⋯⋯."

노리코는 자신에게 완전히 몸을 기울이고 있는 후미코의 귀에 대고 뭔가 속삭였다.

"노리코 쓸데없는 말 하지 마!"

오빠의 이 말에도 노리코는 여전히 후미코의 귓가에서 입을 떼려하지 않았다.

"그렇게 노닥거리다가는 「제니의 일생」 못 볼걸."

자작은 이렇게 나무랐다.

"그럼, 오빠가 전향하겠다고 해."

상당히 집요했다.

자작은 좀 성가셔서 식어가는 커피를 휘저으며 동생이 무슨 말을 해도 대답을 하지 않기로 하고 쓸쓸한 미소를 띤 채 동생의 건방진 얼굴을 바라보고 있었다.

"할 말이 없으니까 그렇게 입을 꼭 다물고 있네. 오빠 능구렁이."

노리코는 갑자기 표정을 홱 바꾸더니 후미코와 그녀가 요즘 기르기 시작한 시바견(柴犬) 이야기를 하기 시작했다.

하지만 후미코는 아까 귓속말로 얼핏 들은 말 때문에―귓속말인 만큼 뭔가 더 불안하고 초조한 기분이 되어 사랑하는 자작의 목전에서 점점 더 어색하고 불편해졌다. 그녀는 테이블 밑으로 손목시계를 보며 노리코에게 물었다.

"시간 아직 괜찮아?"

"괜찮아."

노리코는 대답을 하며 오빠를 재촉했다.

"오빠, 같이 가지 않을래?"

"글쎄 나는 이쯤에서 실례했으면 해. 후미코 씨에게는 미안하지만 어쨌든 시사회에서 봐서 말야."

"그럼, 2, 3일 안에 후미코에게 밥 사 줄래?"

"물론 그건 괜찮지."

자작은 의외로 가볍게 대답했다.

"완전 엎드려 절 받기네. 호호호."

하지만 후미코는 기쁜 듯이 웃었다.

그때 한 무리의 손님이 왁자지껄 2층으로 올라왔다.

(1934.1.22)

### 21

### 사랑에 가까워지다(5)

들어온 손님들은 남자 둘에 여자 세 명으로 여자 쪽은 한눈에 봐도 여사무원으로 보이는 것이, 핸드백을 아무렇게나 끌어안고 털실로 짠 숄을 불량소녀들 모양으로 목에 휘휘 두르고 있었다.

그중 한 명이 또렷한 목소리로 말했다.

"저 창가가 좋지 않겠니?"

왁자지껄 어수선한 분위기로 옆 테이블에 그 무리들이 앉는 것을 눈썹을 찌푸리며 보고 있던 노리코는 명백하게 경멸의 빛을 띠며 말했다.

"숍 걸(판매원)들이네."

그리고는 서둘러 자리를 뜰 준비를 하며 립스틱을 꺼냈다.

후미코는 무릎에 놓여 있는 호화로운 악어가죽 핸드백 잠금장치를 열어 콤팩트를 꺼내고는 대답을 했다.

"꽤 거칠어 보여."

이 말을 들은 노리코는 갑자기 오빠의 얼굴을 정면에서 바라보며 물었다.

"오빠! 좀 봐. 직업여성들 어때?"

웃는 얼굴만은 사랑스럽게, 뭐든지 다 들어주는 자작의 얼굴을 지켜보았다.

자작은 동생이 그런 식으로 아야코를 간접적으로 모욕하자, 아야

운전수에게 경쾌하게 명령을 하고는 쿠션에 푹 기대어 다시 후미코의 편지를 꺼내 봉투를 뜯었다.

구도 자작님께.

어제는 실례했습니다. 마음이 상하신 것 같아서 헤어지고 나서 저까지 우울해지는 바람에 영화도 별로 재미가 없었습니다. 오늘 아침이 되어도 마음에 걸려 오늘 귀사로 전화라도 드리고 싶었지만, 또 갑자기 그렇게 하면 불쾌해하실 것 같아서 편지를 씁니다. 회사 일이 괜찮으시다면 회사 쪽으로 찾아뵙고 싶습니다만, 전화로 자세히 말씀드리겠습니다.

후미코 올림.

편지는 이렇게 끝났다.

'대체 후미코 양은 무엇을 이렇게 신경을 쓰고 걱정을 하는 것일까? 쓸데없이 말이야.'

이렇게 생각하기는 했지만, 여자답고 상냥한 마음씨는 절대 불쾌하지는 않았다.

그는 편지를 주머니에 집어넣고 머릿속에서 두 사람의 얼굴을 그려 보았다.

'후미코하고 아야코 중 누가 더 예쁠까?'

후미코도 보기 드문 미모의 여성. 풍족한 생활환경에서 자라 그윽한 향기가 풍기는 것이, 아야코 같은 아가씨에게는 없는 특별한 매력을 풍겼다.

그러나 아야코의 얼굴은 후미코처럼 새초롬하지 않고 그의 마음에 미소를 띠게 하기도 하고 부끄러운 듯 노려보기도 하며 생생하게 표정을 바꾸면서 말을 걸어왔다.

'제발 아야코의 엘리베이터를 탈 수 있기를.'

그는 순식간에 후미코의 편지도 후미코 자체도 모두 잊어버렸다.

(1934.1.25)


## 24

**이미 사랑으로**(3)

자동차를 내리자 몸으로 기세 좋게 쿵 하고 빌딩 문을 열고 다섯 대의 엘리베이터에서 그 사람의 모습을 찾느라 눈이 등잔만 해졌다.

한 대, 한 대, 또 한 대. 아야코의 모습은 어디에도 보이지 않았다. 자작은 실망을 해서 맥이 탁 풀린 상태에서, 문을 열고 그가 타기를 기다리는 엘리베이터에 타 버렸다.

2층에서 누가 버튼을 눌렀는지 신호가 하얗게 되어 있다. 늘 올라갈 때는 승객이 없는 2층이기 때문에 멈춘 것도 의외였다. 아야코가 없다면 단숨에 4층까지 올라가고 싶었다.

2층에서 탄 사람은 전혀 생각지도 못한 아야코였다. 그녀는 휴식 시간 중인지 손에 참고서 같은 서적을 한 권 들고 있었다.

"어이구."

자작은 자신이 생각해도 부끄러울 정도로 큰 소리를 내고는 깜짝 놀랐다.

그로서는 아무리 큰 소리를 질러도 부족할 만큼 그때 아야코의 모습은 신기하고도 뜻밖의 일이었던 것이다.

아야코는 생긋 웃으며 가볍게 인사했다.

"어디를,……."

"옥상에 햇볕 좀 쐬러 갑니다."

그는 4층에서 내린 것이 정말 아깝고 한심했지만 어쩔 수가 없다.

자작은 자신의 사무실에 오자 한순간이라도 아야코를 만난 것이 기뻤다.

책상 앞에 앉아서 우선 캐멀 한 개비에 불을 붙여 보았지만, 그로서는 해야 할 업무가 많은 것도 아니고 마음은 어정버정 옥상으로 올라가 공부를 하고 있을 아야코에게로 한없이 달려갔다.

'내가 옥상에 올라가면 그녀는 분개를 할까? 정말이지 한두 마디, 이 캐멀을 다 피울 때까지만 내가 옆에 있어도 안 될 건 없겠지?'

그렇게 생각하고 자작은 과감하게 다시 엘리베이터를 탔다.

"8층이요."

이렇게 부탁을 하고 옥상으로 나갔다.

옥상의 바람은 11월도 말이므로 피부에 차갑게 부딪혀 왔다. 햇살은 화창하고 승강기 기계실 뒤는 바람도 피할 수 있어서 따뜻할 것 같았다. 하지만 자작은 '이런 곳에서 공부를 하다니, 감기에 걸릴 거야'라고 입 밖으로 소리를 내어 중얼거리며, 기계실 벽에 기대어 정신없이 책을 읽고 있는 아야코를 가급적 놀라게 하지 않으려 몇 발짝 전에 말을 걸었다.

"이야, 공부를 하고 있나요?"

아야코는 역시 방해가 되었는지 말없이 미소를 지을 뿐이었다.

"내가 와서 방해가 되었지요? 곧 내려갈게요. 나는 옥상은 처음이기도 하고 넓은 하늘을 좀 바라보고 싶기도 했습니다."

"저희들과 달라서 언제든 바라보실 수 있으시잖아요……."

"비웃는 건가요?"

이렇게 말하면서 자작은 아야코가 자신의 어리석은 출현을 별로 민폐로 여기지 않는 것 같아 차차 안심을 하고 마음의 평정을 되찾았다.

(1934.1.26)

## 25

**이미 사랑으로**(4)

"늘 이곳에 올라와서 공부를 하시나요?"

자작은 아야코가 등을 기대고 있는 벽과 같은 벽에 등을 기대고 물었다.

"아니요. 간혹 가다가요."

"그럼 집에 돌아가서 공부를 하나요?"

"네."

"낮에는 일을 하고 밤에도 또 공부를 하시다니, 몸에 무리가 가지는 않나요?"

따뜻하고 성의가 담긴 자작의 말에 아야코는 살짝 뺨을 붉히며 대답했다.

"네, 몸은 비교적 건강합니다."

"전검 시험을 봐서 합격을 하시면 어떻게 할 생각인가요?"

아야코는 고개를 숙이고 중얼거리듯 대답했다.

"뭔가 실제적인 학교에 들어가서 제 스스로 생활을 할 수 있게 되었으면 합니다."

"형제는 없나요?"

자작은 고개를 숙인 아야코의 목덜미의, 향기가 나는 듯한 솜털을 예쁘다고 생각하며 자신의 질문이 너무 깊이 들어간 것이 아닌가 걱정을 했다.

"형제는 없습니다. 아무도 없이 혼자입니다."

"그럼, 부모님도 안 계신가요?"

"네."

아야코는 있는 사실 그대로가 아직 별로 친하지도 않은 자작에게 알려지는 것이 부끄러워 고개를 숙이고 있었다.

"부모님도 안 계신다!"

자작은 탄식을 하듯이 말했다.

"그것참 안 됐군요. 그럼 친척 집에라도……."

옥같이 미려한 자질을 품고 있는 이 가련한 소녀를 둘러싼 운명이 너무나 가혹하여 젊은 자작의 순정은 당황스러웠다.

"하지만 이모님 댁에 신세를 지고 있어요. 그러니까 외롭지는 않아요. 하지만 빨리 혼자서 생활할 수 있었으면 해요."

"아, 그렇군요. 그럼 당신은 모토키가(元木家)를 재건할 책임이 있는 것입니까?"

"어머, 재건이라니요. 호호호호."

아야코는 처음으로 귀엽게 웃었다. 하지만 마음속으로는 예기 노릇을 하다가 만년에 급속도로 불행한 삶으로 전락을 해 버린 어머니와 아직 본 적도 없고 알지도 못하는 아버지 생각이 나서 슬펐다.

"그러면 당신은 아무에게도 신세 지지 않고 혼자 살고 싶다는 것인가요?"

"네."

"역시, 감동적입니다. 그럼 내가 어떤 의미로든 당신에게 도움이 되고자 해도 소용이 없겠군요. 하하하하."

자작은 조금 슬픈 듯 웃었다.

"꼭 그런 것은 아니지만요……."

아야코는 자작의 순정에 마음이 좀 움직여서 살짝 뜨거워진 뺨을 찬바람에 쐬어 가며 일어섰다.

(1934.1.27)

# 26

## 이미 사랑으로(4)

하늘은 소춘(小春)의 따뜻한 날씨로 온화하고 파란 모수자(毛繡子) 처럼 빛나고 있었다.

아야코는 자작과 함께 아버지와 어머니, 즉 이미 세상을 떠난 육친 이야기를 했기 때문에 어쩐지 센티멘털해져서 차갑고 푸른 하늘을 올려다보자 돌아가신 어머니가 생전에 즐겨 사용했던 선명한 색의 장식용 깃이 떠올랐다.

신기루처럼 후지산과 첩첩이 겹쳐지는 산들이 희미하게 흐려 보이고 푸르스름한 도쿄만(東京灣)이 보인다.

자작은 자작대로 얼마 안 되는 임금을 위해 노동을 하는, 그것도 보통 아가씨들 같으면 부끄러워할 노동을 하면서도 전혀 주눅 들지 않고 활짝 핀 커다란 연꽃처럼 향기로운 아야코의 태도에 진심으로 감동을 했다.

"댁은 어디신가요? 이곳에서 대충 어느 쪽이에요?"

"저기쯤이요."

아야코는 손가락으로 가리킨다.

"오사키(大崎) 쪽이군요."

"네, 가미메구로예요."

"야학에는 안 나가나요?"

"1주일에 이틀만 다니고 있어요. 영어하고 수학은 자신이 없어서요."

"학교는 댁에서 가까운가요?"

아야코는 방향을 홱 바꾸어 높고 낮은 꿈을 떠올리며 저 멀리 보이는 마을의 끝자락을 가리켰다.

"오쓰카(大塚)니까 저쯤일 거예요."

"오쓰카. 그럼 퇴근하려면 힘들겠군요."

"하지만 성선(省線)으로 갈 수 있으니까 익숙해지면 별 것 아니에요."

"시험은 언제,……?"

"4월 1일부터 5일간."

"과목은……?"

"아홉 과목이래요……."

"음."

깊고 맑은 아야코의 눈동자 속에 텅스텐처럼 타오르는 신념. 그것이 소녀다운 단순한 것인 만큼 자작은 점점 더 몸이 정결해지는 느낌이 들었다. 그리고 아야코를 사랑스럽게 생각하는 마음이 가슴 깊은 곳에서 뜨겁게 끓어올랐다.

"건강을 조심해야 해요. 그렇게 튼튼해 보이지도 않으니……."

진심으로 따뜻하게 다독이는 자작의 말에 아야코는 어린아이 취급을 받은 것 같아서 부끄러운 듯이 고개를 숙이고 진심으로 감사의 인사를 했다.

"감사합니다."

"제가 당신에게 도움이 된다고 할 수는 없지만 당신에게 만일 곤란한 일이 생기면 반드시 제게 이야기해 주세요."

자작은 이렇게 대답했다.

아야코는 마침내 자작의 성의에 감동을 받아 뺨을 붉히며 고개를 숙였다. 그리고 자작에게 그런 불쾌한 동생이 있다는 사실조차 잊을 뻔했다.

그때 기계실 옆문이 안에서 열리며 두세 명의 젊은 사람들 소리가 나는 바람에 아야코는 흠칫하며 일어섰다.

자작도 옥상에 올라온 치들이 젊은 사원들이라면 자신과 둘이 있던 아야코가 쓸데없이 놀림을 당할 것이라는 것을 눈치채고 친근한 눈빛으로 인사를 하고는 갑자기 빠른 걸음으로 걷기 시작했다.

(1934.1.28)

## 27

### 정찰(1)

자작이 사무실로 돌아온 지 얼마 안 돼서의 일이다.

탁상 위의 전화가 따릉따릉 요란하게 울리는 바람에 골똘히 생각에 잠겨 있던 자작은 깜짝 놀라 수화기를 들었다. 그것은 후미코에게서 온 것이었다.

회사 빌딩 지하 오로라 그릴에서 잠깐 뵙고 싶은데 폐가 되는 것은 아닌가, 단지 그 이야기를 하기 위해 수줍어하면서 가끔씩 떠듬떠듬

말을 더듬는 것이 자작으로서는 미소가 지어지면서 오히려 냉정한 기분으로 들을 수 있었다.

"그러지요……."

이 말만 하고 전화를 끊었다.

후미코는 긴자 근처까지 나와서 전화를 건 것 같았다. 5, 6분 지나자 그릴에서 또 전화가 걸려왔다.

자작은 아래층으로 내려갔다.

화려하게 화장을 한 후미코는 그릴 살롱의 가죽 소파 한쪽 구석에 몸을 기대고 그를 기다리고 있었고, 모여서 차를 마시고 있는 젊은 회사원들은 그런 그녀에게 흘깃흘깃 시선을 보내고 있었다.

"어이쿠."

"죄송합니다. 바쁘신 것 아닌가요?"

"아니요, 지금 마침 차라도 마시러 내려올까 하고 있던 참입니다."

"그것참 마침 잘됐군요. 저도 한 잔 사 주실 거죠?"

애써 호들갑을 떨며 어리광을 부렸다.

"차 정도라면 언제든지 사 드리지요."

"그래요. 기분 좋네요."

자작은 살롱 여자를 불러 차와 치킨 샌드위치를 주문했다.

"저 오늘 딱히 볼일이 있어서 온 것은 아니에요. 단지 당신 회사를 보고 싶었어요. 당신이 사장 일을 어떻게 하시는지 보고 싶었어요."

"사원이래야 다해서 일곱 명 밖에 안 되는 회사의 사장을 말인가요? 보여 드리죠. 하하하하."

자작은 쾌활하게 웃었지만, 그 순간 문득 생각이 났다. 이는 필시 여동생의 사주를 받고 모토키 아야코를 보러 온 것일 것이다.

자작은 원래 후미코에게 감정상의 책임을 지고 있지 않았다. 후미코가 자신을 사랑한다든가 결혼을 하고 싶어 한다든가 하는 이야기는 여동생의 입을 통해 몇 번이나 들었지만, 그때마다 그런 사람은 싫다고까지 한 정도는 아니지만, 절대로 좋다고 한 적은 없기 때문이다.

실제 후미코에 대한 자작의 감정에는 구체적인 것은 아무것도 없었다. 그러므로 후미코에게서 제약을 받을 이유도 전혀 없었다.

그러나 모토키 아야코를 강적으로 여기고 암암리에 정찰을 하러 온 후미코도 미운 구석은 전혀 없었다. 다만 배후에서 조종을 하고 있는 여동생이 미울 뿐이었다.

후미코가 차를 다 마셨을 무렵 자작은 말했다.

"자, 이제 가 보지요."

후미코는 역력히 기쁜 기색을 보이며 일어섰다.

(1934.1.29)

## 28

### 정찰⑵

후미코를 데리고 4층으로 가려고 자작은 엘리베이터 앞에 섰다. 그러나 후미코의 의중을 벌써 알아차린 그는 어떻게든 해서 후미코가 아야코가 운전하는 엘리베이터에 타지 않게 하려고 머리를 썼다.

그것은 후미코에게 아야코를 보여주는 것이 싫었다기보다 아야코에게 후미코를 보여주고 싶지 않았기 때문이었다.

누이에 비해 훨씬 더 온화한 후미코이므로 절대로 아야코를 모욕하는 태도를 보일 리 없으므로 그 점은 안심할 수 있다. 하지만, 아야코의 눈에 후미코가 자신의 애인처럼 보이는 것이 싫었던 것이다. 아야코의 눈에는 자신은 여자 관계에 있어 청정무구하고 아무 문제가 없는 것으로 비쳐졌으면 하는 것이다. 그렇기 때문에 엘리베이터 앞에 섰을 때 공교롭게도 아야코가 타고 있는 엘리베이터 왼쪽에서 가장 가까운 엘리베이터가 문을 열고 손님을 태우려고 하고 후미코가 그쪽으로 걸어가려 하자 자작은 일부러 불러 세웠다.

"그쪽은 좀 혼잡스럽군요. 조금 기다렸다 탈까요?"

"그러죠."

후미코는 순순히 되돌아왔다.

곧 자작 앞에 있는 엘리베이터가 내려왔다.

거기에는 아무도 타는 사람이 없었다. 자작과 후미코 두 사람뿐이었다. 후미코는 타고 나자 곧 엘리베이터 걸의 명찰을 주의 깊게 보기도 하고 핸들을 움직이는 소녀의 옆얼굴을 살펴보기도 했다. 그 아가씨는 체격이 왜소한 귀여운 아이였지만 남자의 주의를 끌 정도로 아름다운 구석은 어디에도 없었다.

"여기에는 예쁜 엘리베이터 걸이 있다면서요?"

후미코는 작은 목소리로 자작에게 속삭였다.

"그래요? 등잔 밑이 어둡다더니……."

자작은 쓸쓸히 미소를 지으며 겸연쩍게 대답했다. 4층에서 내리자 자작은 후미코를 자신의 사무실로 안내했다.

"어머, 사장실이 있네요. 비교적 깔끔하군요."

후미코는 방안을 휘 둘러보며 말했다.

"노리코 녀석 나를 허울뿐인 사장이라고 놀리는데, 그래도 당당한 사무실을 가지고 있죠. 이 소파도 꽤 괜찮은 것 같죠?"

"훌륭해요."

후미코는 기쁜 듯이 소파에 앉았지만, 아직 아름다운 엘리베이터 걸이 신경이 쓰이는지 또 물어보았다.

"엘리베이터는 하루에 몇 번 정도 타세요?"

(1934.1.30)

## 29

### 정찰⑶

자작은 마음속으로 쓸쓸히 웃으면서 말했다.

"엘리베이터 말인가요? 글쎄요 몇 번이나 탈까요. 하루에 세 번은 오르내릴까요. 왜 그런 걸 묻죠?"

그렇게 되묻자 후미코는 가슴이 철렁하며 얼굴이 새빨개져서 대답했다.

"아니, 뭐 그냥 물어봤어요……."

이렇게 대답을 하고는 혼자 쿡쿡대고 웃었다. 그렇게 요염하게 수줍어하는 것이 자작으로서는 밉지가 않았다.

"요즘 골프 하세요?"

잠시 후에 물었다.

"회사를 차린 후 사무에 전심전력하고 있습니다. 기특하죠?"

"그래요. 저도 뭔가 돕고 싶어요."

후미코는 눈을 치뜨며 자작을 올려다보았다.

"도와준다고요? 그럼 당신도 여성 사원 즉 제 비서라고 되겠다는 말씀이신가요?"

"그래요. 그렇게 해 주시면 기쁘죠."

"그럼, 이야기가 다르지 않나요? 당신도 그렇고 노리코도 그렇고 직업여성은 싫어하는 것 아닌가요?"

"어머! 하지만 당신의 비서가 되는 것이라면 괜찮아요."

"소꿉놀이 비서, 유한 비서는 곤란해요. 하하하하. "

"아니요, 일을 하겠어요. 꼭 도움이 될 거예요."

"어떻게요? 하하하하."

자작은 농담으로 받아들이고 상대를 하지 않았다. 그러나 자신에 대한 후미코의 집착이 의외로 강한 것을 알고 깜짝 놀랐다.

자작은 자기 회사에서 최근 수입하게 된 독일 영화 스틸 사진을 꺼내서 보여주었다.

후미코는 30분 정도 있다가 일어서며 말했다.

"그럼, 저 실례하겠어요."

자작도 곧 일어났다.

"바래다 드리지요."

"괜찮아요. 일하시는 데 방해가 되면 죄송하잖아요."

"아니, 레이디를 전송하는 것은 예의죠."

이렇게 말하며 같이 복도로 배웅을 하러 나갔다.

그는 후미코를 아야코의 엘리베이터에는 태우고 싶지 않았다.

"이제 어디로 가시나요?"

"할리우드요. 그곳에서 노리코하고 만나기로 약속했어요."

"어제는 콜롬방, 오늘은 할리우드인가요?"

"어머, 그러니까 저희들을 유한여성들이라고 놀리시는 거죠?"

"그런 건 아닙니다만."

"그렇게 유한여성이라고 말씀하시면, 저 오기로라도 당신 비서가 될 거예요."

자작은 웃으면서 오른쪽 끝 엘리베이터가 내려온 것을 잘됐다 싶어 (그것이 아야코가 운전하는 것이 아니라고 안심을 하면서) 후미코를 유도하려 했다. 그런데 이번에는 후미코가 먼저 말했다.

"사람이 너무 많으니 다음 것을 탈까요?"

그리고 보니 자신이 아까 그 수법을 썼으니 만큼 싫다고 할 수는 없었다.

(1934.1.31)

### 30

### 정찰(4)

그때 마침 올라갔다 내려온 승강기는 아야코가 타고 있는 것이었다.

"아, 빈 것이 왔어요."

후미코는 그쪽으로 다가갔다.

이렇게 아름답고 호사스러운 모습을 한 숙녀와 둘이서 보란 듯이 아야코의 엘리베이터를 타고 싶지 않았지만, 이제 와서 사람이 너무 많다고 할 수도 없고 그렇다고 해서 '이만 실례하겠다'고 하며 돌아갈 수도 없어서 자작은 어쩔 수 없이 같이 탔다.

하지만 승강기 안에 한발 들여놓았을 때, 자작은 휴 하고 안심을 했다. 후미코가 사장실에서 이야기를 하는 동안 엘리베이터 걸들의 교대시간이 왔는지 모토키 아야코라는 이름 대신 스도 마사코(須藤まさ子)라는 명찰이 걸려 있었다. 스도 마사코는 엘리베이터 걸 중에서 가장 못생겨서 젊은 회사원들은 엘리베이터를 타기 전에, '제발 마사코가 아니길'하고 기도를 하며 탄다고 한다.

후미코는 그래도 신경이 쓰이는지 운전을 하고 있는 그녀의 옆얼굴을 들여다보았지만 안심을 한 듯이 자작에게 속삭였다.

"예쁜 엘리베이터 걸은 어디에 있어요?"

"그런 사람이 어디 있겠어요?"

"하지만 노리코가 엄청 예쁜 사람이 있다고 했어요."

"거짓말이에요."

"호호호호. 당신이 보여주지 않는 것 아니에요?"

"노리코가 그런 말을 해서 속인 거군요."

"그럴지도 모르죠."

선량한 후미코는 그렇게 믿고 새삼 자신의 경솔함을 부끄러워하듯 하얀 두 뺨을 살짝 붉혔다.

1층에 내리자 자작은 인사를 했다.

"그럼, 다음에 뵙죠."

후미코는 밖에 세워 둔 장대한 자신의 자가용 나시[18]에 가볍게 올라타서는 명령했다.

"긴자로 가 줘요!"

내가 구니오 씨한테 너무 열중하니까 노리코가 나를 놀린 거야. 엘리베이터 걸 따위 중에 문제가 될 만큼 예쁜 여자가 있을 리가 없어.

그녀는 이렇게 안심을 하고는 구니오와 결혼을 하는 것은 단지 시간문제이며 자신의 노력 하나에 달려 있다고 생각했다.

'구도 자작부인, 나쁘지 않아.'

고생을 조금도 모르는 그녀의 가슴은 두근두근했다.

(1934.2.1)

---

**18** 1916년 찰스 W 나시(Nash)가 설립한 자동차 회사. 이후 토머스 제프리와 통합되어 크라이슬러로 이어짐.

# 31

정찰⑸

후미코가 할리우드에 가 보니, 노리코는 머리에 컬을 하고 매니큐어를 바른 후에 후미코가 오기를 기다리고 있었다.

둘은 나란히 밖으로 나왔다.

"엘리베이터 걸 좀 봤어?"

노리코가 물었다.

"아니, 못 봤어. 보고 싶었지만 네가 말하는 것처럼 예쁜 여자는 없었어."

"그래도 엘리베이터 앞에 서서 내려오는 엘리베이터를 하나하나 점검해 봤어?"

"어떻게 그래. 구니오 씨가 같이 있었는걸."

"그럼 오빠가 경계를 해서 그녀를 못 보게 한 거네."

"그런가?"

"당연하지."

두 사람은 후미코의 자동차를 그곳에 남겨 둔 채 긴자 거리를 걷기 시작했다.

"그래도 내가 본 여자들은 별로 예쁘지 않았어. 그런 여자들 가운데 그렇게 멋진 여자가 있을 거라고는 생각하지 않아."

후미코는 마음을 푹 놓은 듯 말했다.

"그런데 오빠가 좋아한다는 여자는 꽤 예뻐. 건방지게 좀 예쁘단 말이지."

"어머, 그런 말을."

두 사람은 또 평소처럼 콜롬방으로 들어갔다.

"너, 오빠 회사에 들렀어?"

"응, 들렀어. 사장실에서 한동안 이야기했어."

"그럼 내려올 때는 혼자였겠네. 그때 실체를 확인했으면 됐잖아."

"내려올 때도 오빠가 바래다준 걸."

"그래? 점점 더 이상해지네. 친절을 가장해서 네 행동을 속박한 거야."

"아유. 예쁜 엘리베이터 걸 따위 아무 데도 없다고 하셨다고."

"사람을 우습게 아는 거네."

호호호호 하며 두 사람은 같이 웃었다.

"분해."

후미코도 좀 진진한 표정이 되었다.

"있잖아, 후미코. 어제 오빠가 너한테 맛있는 것 사 준다고 했잖아. 그러니까 내일 둘이서 그쪽으로 쳐들어가자. 그리고 그 여자가 운전하는 엘리베이터를 타고 대대적으로 시위운동을 하자."

"어머나!"

"내가 오빠의 동생이라는 것은 알고 있을 거야. 그러니까 이번에는 네가 오빠의 애인이라는 것을 제대로 보여주자고."

"어머나, 하지만 그런 짓을 했다가는 구니오 씨가 화를 내지 않을까?"

"괜찮아, 그게 너를 위한 길이기도 하고 오빠를 위한 길이기도 해. 오빠가 엘리베이터 걸에 정신이 팔렸다가는 가문의 수치가 되는 거지."

호호호호. 두 사람은 또 같이 즐겁다는 듯이 장난스럽게 웃어댔다.

(1934.2.2)

# 32

### 상처⑴

산양 가죽 구두, 조금 낡은 스틱을 팔에 걸고 가뿐하게 자동차에서 내린 자작은 요즘 자신의 출근 시간이 눈에 띄게 빨라진 것이 자신이 생각해도 우스워서 후훗 하고 쓴웃음을 내뱉으며 눈은 재빨리 유리문을 통해 정면에 있는 엘리베이터로 갔다.

"어이쿠, 일찍 나왔구먼."

벌써 누군가하고 업무상 약속이라도 있는 듯 오른편 찻집 문 앞에 서 있던 B사의 스가노가 인사를 했다.

"자네도 정근(精勤)하고 있지 않은가."

인사에 대답을 하며 머리 위에 있는 엘리베이터 게시판을 올려다보니, 세 대 모두 한두 층 차이로 올라가는 중이었다.

스가노는 찻집으로 들어가다 말고 휙 돌아보며 말했다.

"모토키 양은 가운데 엘리베이터네."

자작은 속마음을 들킨 것 같아 얼굴이 좀 빨개졌다.

'그래? 가운데 타고 있다고?'

이렇게 생각하자 우선 아침의 부담스러운 기분이 일소되고 마음이 가뿐해졌다.

마침 운 좋게 가운데 엘리베이터가 내려왔다. 아야코가 접이식 문을 열고 자작에게 인사를 했다.

옥상에서 허심탄회하게 잠깐 이야기를 나눈 후 자작을 보는 아야코의 눈동자는 훨씬 친근감이 더해졌다. 자작을 경계하는 빛은 전혀 없었다.

아야코의 환하고 밝은 얼굴 표정을 보자 자작은 뭔가 안도의 기분이 느껴져서 자신의 회사가 4층이 아니라 8층이라면 좋겠다, 아니 뉴욕의 스카이스크레퍼처럼 20층, 30층 높은 곳에 있었으면 좋겠다 하며 쓸데없는 희망을 품기까지 했다.

휘파람이라도 불고 싶을 만큼 즐거운 기분으로 스틱을 겨드랑이에 다시 끼우고 나니 4층에 도착해 문 가까이 몸을 기울였다. 그런데 그만 옆구리에서 비스듬하게 삐져나온 스틱 끝이 마침 아야코가 열려고 한 자동 접이식 문에 끼였다. 아차 할 새도 없이 그 스틱을 잡고 있는 자작의 손가락까지 접히는 금속 문에 딸려 들어갔다.

"앗!"

자작이 깜짝 놀라 손을 뗐을 때는 이미 손에서 새빨간 피가 두세 방울 뚝뚝 떨어지고 있었다.

"앗!"

아야코도 깜짝 놀라 핸들을 놓았다.

"죄송합니다. 죄송합니다."

피가 나는 자작의 손끝을 보고 아야코는 자신의 실수이기라도 한 듯, 자기도 모르게 자작의 손을 꼭 잡았다.

(1934.2.3)

## 33

**상처(2)**

"아니 제 부주의 때문입니다. 제가 오히려 미안합니다."

골수를 통해서 어깨 근처까지 전해지는 통증을, 눈물을 글썽이는 아야코가 눈치채지 못하게 하려고 자작은 재빨리 손수건으로 손가락을 덮었다.

"어머, 어떻게 하죠."

소녀 같은 마음은 그저 안타깝고 당혹스러울 뿐이었다.

"난 항상 이렇게 덜렁대서 참."

"아니요, 제가 잘못했어요. 저, 2층에 외과의가 있으니까 그곳으로 가시겠어요?"

"그럴까요?"

아야코는 창백해진 얼굴을 숙이고 엘리베이터 핸들을 잡았다.

3층에서 기다리던 손님이 있었음에도 불구하고 아야코는 그냥 지나쳐서 2층으로 운전을 했다.

"오른쪽 복도 쪽이에요. 제가 안내해 드리겠어요."

아야코는 바닥에 내리더니 앞장서서 가려고 했다.

"괜찮아요. 괜찮아요. 나 혼자 갈 수 있어요. 당신은 당신 일 하세요."

"아니에요. 괜찮아요."

아야코는 앞장서서 오른쪽 복도로 돌아가더니 사쿠마외과(佐久間外科)라는 간판이 달린 방 앞에 섰다.

"고마워요."

자작은 아야코의 엘리베이터에서 다친 것이 슬프기는커녕 오히려 기뻤다. 육체적 고통은 그 이상의 정신적 기쁨을 동반했다.

"저, 엘리베이터 다른 사람에게 대신 봐 달라 하고 바로 올게요."

아야코는 그렇게 말하고 돌아갔다.

"그럴 필요 없어요. 정말 별 상처 아니니까요."

자작이 뒤에서 불러 세우는 것도 듣지 않고 아야코는 달려가 버렸다.

의사는 개업한 지 얼마 안 돼 보이는 젊은 의사였다.

"손가락을 좀 다쳤습니다만."

"엘리베이터 접이식 문에 스틱이 끼는 바람에,……."

"어이쿠, 그런 일이 있었습니까? 엘리베이터 걸이 어지간히 거칠었군요."

의사가 이렇게 말하자 자작은 허둥대며 아야코를 변호했다.

"아니, 제가 부주의해서 그런 겁니다."

"어쨌든 어디 좀 봅시다."

자작은 손수건을 떼고 의사에게 보여주었다.

"아하. 중지를 다치셨군요. 이거 꽤나 아프시겠는데요."

의사는 거즈에 소독약을 묻혀서 피를 닦아주며 말했다.

"심각한 것은 아니지만 뼈를 부딪쳐서 2, 3일 아플지도 모르겠습니다."

자작은 상처가 더 컸으면 하는 생각까지 들었다.

(1934.2.4)

## 34

### 상처(3)

의사에게 처치를 받고 대기실로 나오니 그곳에는 아야코가 약간 창백한 얼굴로 서 있었다.

"어떻게 되셨어요?"

"아무렇지도 않아요. 걱정 마세요."

"아프지 않으세요?"

"좀 아프기는 하지만, 별 것 아니에요. 당신이 걱정하는 게 더 마음이 아파요."

두 사람은 나란히 병원을 나왔다.

아야코는 자작이 자신의 실수 때문에 다쳤다고 생각했고 자작은 자기 책임이라고 생각하여 두 사람은 급속도로 친해졌다.

"일하시는 데 지장은 없을까요?"

"괜찮습니다. 오늘 하루 정도 손을 쓰지 않아도 괜찮아요."

두 사람은 2층 엘리베이터까지 왔다.

"제발 빨리 나았으면 해요."

아야코는 이렇게 말했다.

"당신이 그렇게 말씀해 주시는 것만으로도 벌써 통증이 다 가신 것 같습니다."

자작은 밝게 웃으며 말했다.

"그럼 저는 이만 실례하겠습니다. 친구에게 일을 대신 부탁을 하고 와서요……."

그렇게 말하고 아야코는 마침 위로 올라갔다 내려오려는 중앙 엘리베이터 앞으로 갔다.

"그럼 나도 당신 엘리베이터를 타죠. 당신이 아래층에 갔다 올 때까지 기다리죠."

자작이 말했다.

"호호호호."

아야코는 마음이 푹 놓인 듯 웃었다.

"저, 이제부터 정말 조심을 할 테니까 이걸로 실망하시기 없기에요……."

"별말을요. 내가 조심을 해서 당신에게 폐를 끼치지 않도록 할 테니 앞으로도 당신 엘리베이터 타도 되죠?"

"어머나, 호호호호. 저야말로 잘 부탁드려요."

이렇게 둘이는 기분 좋게 미소를 주고받았다.

중앙 엘리베이터가 멈추고 문이 열렸다.

"죄송합니다. 제가 교대를 할게요."

이렇게 말하고 아야코가 안으로 탔다. 그리고 자작에게 목례를 하고는 아래로 내려갔다.

'다치길 잘 했어. 얼마나 재수 좋은 상처야. 이 사건으로 적어도 친구는 될 수 있어. 이 기회에 더 여러 가지로 호의를 보여줄 수 있어. 조금 아프기는 하지만 행복한 상처야.'

이런 생각을 하고 있는 동안 아야코의 엘리베이터는 쭈욱 올라왔다.

문이 열리고 아야코는 함빡 웃으며 말했다.

"오래 기다리셨습니다."

(1934.2.5)

## 35

### 상처(4)

아야코는 그날 밤 집에 돌아가서도 자작의 상처가 계속 생각났다. 자작의 상처를 생각하면 슬픈 것 같기도 한데 또 즐겁기도 했다.

하지만 어쩐지 아직 제대로 사과를 하지 못한 것 같았다. 아무래도 자신이 문을 너무 세게 당긴 것 같았다. 그분을 태우면 어쩐지 마음의 평정을 잃게 되어서 그런 실수를 저지른 것이다. 역시 내 잘못이다. 편지라도 써서 확실하게 사과를 하고 싶다. 말로 하면 그분이 뭐라 해서 늘 애매해지고 만다.

이런 생각을 하며 편지를 쓰려고 했지만 쓰는 동안 부끄러운 생각이 들어 다섯 장이고 여섯 장이고 쓰다가 구겨버리고 말았다.

'오늘은 통증이 완전히 가셨으면 좋을 텐데.'

다음 날 아침, 이런 생각을 하면서 여느 때처럼 출근을 했다.

시계가 10시를 가리키자 아야코는 자작의 모습을 기다리며 어쩐지 안절부절못하게 되었다. 이 무렵이면 자작은 필시 내 엘리베이터를 탈 것이기 때문에 이제 슬슬 모습을 드러낼 때가 된 것이다.

기계적으로 핸들을 움직이면서 위에서 1층으로 내려올 때는 기대로 마음이 부풀었다.

'이번에는 오셨을 거야.'

그렇게 생각하고 하강을 할 때는 아무래도 좀 스피드가 올라간다.

스마트한 자작이 하얗게 손가락을 처매고—어쩌면 하얀 삼각 붕대로 오른손을 내려뜨리고 오실지도 몰라.—그런 모습을 보는 것은 마음이 아프지만 그래도 빨리 뵙고 싶어.

밖은 날씨가 화창하게 개어 있었다. 현관의 넓은 유리문을 통해 보이는, 손님을 기다리느라 죽 늘어선 자동차 차체에 따사로운 햇살이 밝게 빛났다.

엘리베이터가 내려올 때마다 아야코는 기다리는 사람들 속에서 자작의 모습을 찾고 헛되이 거리에 눈길을 주며 그곳에 서 있는 자동차까지 주의해서 보았다.

하지만 11시가 넘어도 12시가 되어도 자작의 모습은 보이지 않았다.

'다른 엘리베이터를 탔는지도 몰라.'

이렇게 생각을 해 보기도 했지만, 설령 다른 엘리베이터를 탔다고 해도 점심 식사 때는 한 번은 오로라 그릴에 내려가는 자작이다. 하물며 어제 그 일이 있고 오늘인데, 내 엘리베이터를 타지 않을 리가 없다.

허망하게 오후가 되자 아야코의 불안감은 점점 더 커져갔다.

손가락 상처로 인해 끔찍하게도 생인손을 앓게 된 이야기를 어젯밤 이모부에게서 들었다. 만약 그 상처가 심해져서 — 이런 생각이 들자 아야코는 완전히 우울해지고 말았다.

(1934.2.6)

## 36

### 상처(5)

교대시간에 대기실로 돌아왔을 때 아야코는 미우라라는, 늘 구도 자작에 대해 떠들어대는 동료에게 물었다.

"너 오늘 구도 씨 태웠어?"

"아니, 안 태웠는데. 하지만 내 엘리베이터를 탈 리가 없잖아. 구도 씨는 한 대가 되었든 두 대가 되었든 다 지나 보내고 모토키 네 엘리베이터만 탄다잖아. 소문이 그렇게 났어."

이렇게 역습을 당하고 나니 아야코는 얼굴이 새빨개졌다.

3시부터 또 근무를 시작해서 6시까지 3시간 동안 아야코는 끝내 구도 자작의 모습을 보지 못했다.

근 한 달 동안 일요일 이외에는 반드시 모습을 보였던 사람이니 만큼 아야코의 불안은 심해졌다. 6시가 되어서 모두 퇴근 준비를 서둘렀지만 아야코만은 그대로 집에 돌아갈 생각이 들지 않았다.

문안을 묻는 편지를 써 볼까? 하지만 그러면 답장을 받을 때까지 걱정이 될 것이고 일단 전화를 걸어 볼까? 전화를 걸었다가 헤픈 여자로 여겨지지는 않을까? 하지만 걱정이 되어서 견딜 수가 없어. 전화를 걸어도 괜찮을까? ─

아야코는 드디어 결심을 하고 빌딩 현관 옆에 있는 자동전화 안으로 들어갔다.

구도 구니오─그 이름은 일찍이 구도의 팬인 미우라에게서 들어서 알고 있었다.─라는 이름을 찾아 보았다. 금방 찾아졌다. 혼조구(本所区) 미도리초(緑町)와 고지마치구 기오이초 이렇게 두 명이 있었다. 물론 고지마치구 기오이초 쪽일 것이라 생각하고 그 번호를 댔다.

전화를 받은 사람은 서생인 듯한 남자였다.

"구도 자작님 댁이신가요?"

"그렇습니다. 누구시죠?"

"O빌딩의 모토키라고 합니다만, 저,……."

아야코는 멈칫멈칫하며 무슨 용건이라 해야 할지 몰랐다.

"무슨 일이신지요?"

상대는 그렇게 물었다.

"저, 죄송하지만 자작님은 계신가요?"

간신히 이렇게 물었다.

"계십니다만."

"죄송하지만, 잠깐 바꿔 주실 수….."

아야코로서는 그 정도로 말하기 위해 필사적으로 노력을 했다.

"잠깐 기다려 주세요."

서생은 그렇게 말하고 들어갔다.

1, 2분 사이가 10분, 20분으로 여겨졌다.

"저 구도입니다만, 누구신지요?"

자작은 아야코인 줄 모르는 모양이었다.

"저, 모토키입니다. 모토키 아야코입니다."

"모토키 씨!"

의외의 기쁨에 뛰어오를 듯한 자작의 마음이 전화선을 통해 아야코의 가슴에 전달되어 왔다.

(1934.2.7)

# 37

**도넛⑴**

"다친 곳은 좀 어떠세요?"

아야코가 묻자 자작으로서는, 상처보다 그녀에서 전화가 온 것이 열배는 더 중대한 문제인 것처럼 흥분을 하며 물었다.

"상처야 뭐 별문제 아닙니다. 그보다 당신은 어디에서 전화를 거신 건가요?"

"회사에서요. 오늘 오시지 않아서 걱정이……."

"그래요. 그럼 지금 제가 그쪽으로 가도 될까요?"

"어머나!"

"당신이 그렇게 걱정이 되신다면 지금 바로 그쪽으로 갈 수 있습니다. 자동차로 가면 10분도 안 걸려요."

"어머, 어떻게 그런!"

"보고 싶어요. 잠깐만이라도 좋아요……."

자작은 붕대를 하고 대단한 모양을 하고 출근하는 것이 싫기도 했고, 또 붕대를 한 손을 아야코에게 보여주는 것이 그녀의 책임을 조금이라도 추궁하는 것 같아서 그것도 싫었다. 그래서 오늘은 하루 쉬려고 생각한 것이다.

"아, 예!"

목마른 사람이 우물을 판다는 것처럼 만나고 싶다는 자작의 말을 듣자, 아야코도 이상하게 가슴이 두근거렸다.

"아직 그쪽에 계시면 제가 잠깐 가겠습니다."

전화로는 얼굴을 서로 대면할 때보다 훨씬 더 대담해진다.

"어머, 그러시면. 저야말로 문병을 가야 하는데요……."

이 말에 자작은 곧 말꼬리를 잡듯이 말했다.

"문병을 와 주신다고요? 그럼 제가 모시러 갈게요."

"어머, 그렇게까지 하지 않으셔도……."

"그럼 기다리고 있을 테니까 꼭 와 주세요. 꼭이요. 한번 천천히 드리고 싶은 말씀이 있습니다. 저희 집은 기오이초입니다. 시미즈다니 공원(淸水谷公園) 앞을 똑바로 가면 파출소가 있을 거예요. 그곳에서 물어보시면……."

아야코는 그럴 생각으로 전화를 건 것은 아니었지만, 이야기를 하는 동안 결국 자작의 열정에 그만 넘어가 기호지세(騎虎之勢)라고 호랑이 등에 탄 것처럼 결국 문병을 가야 하는 처지가 되었다. 그러나 그것은 꼭 민폐로 여겨지지만은 않았다. 자신도 그렇게 해야 한다고 생각은 하면서도 어쩐지 마음속으로는 즐거워서 좀이 쑤셨다. 다만 자작의 동생을 생각하면 발걸음이 좀 무거웠다. 하지만 자작이 그렇게 말을 하는 이상 역시 가는 것이 좋다고 생각했다.

(1934.2.8)

# 38

도넛(2)

문병을 간다면 역시 여자답게 선물이 필요했다. 내가 가난한 것을 알고 있으니까 그냥 마음의 표시 정도면 되겠지. 그렇게 생각하고 찻집에 가서 도넛을 다섯 개 샀다. 그곳 도넛은 맛이 있어서 빌딩 내에서도 평판이 꽤 좋다.

제복을 출퇴근용 양장으로 갈아입었다. 그것을 입자 아야코는 완전히 여학생으로 보였다.

기오이초라면 와세다(早稲田) 행 버스를 타는 것이 좋다고 생각해서 히비야공원(日比谷公園) 앞에서 탔다.

역시 가슴이 설레었다. 대저택을 혼자서 방문하는 것은 태어나서 처음 하는 경험이었고 조추나 서생이 자신을 어떻게 볼지를 생각하니 제 정신이 아니었다.

버스에서 내려서 자작이 일러준 대로 파출소 앞까지 가서 순사에게 물었다.

"구도 씨의 저택 말씀이신가요? 지금 당신이 온 길을 돌아가면 왼쪽에 콘크리트 담이 있어요. 그 담을 따라 돌아가면 오른쪽 양옥집입니다."

순사는 이렇게 가르쳐 주었다.

고맙다는 인사를 하면서 아야코는 너무나 가슴이 두근거려서 그냥 이대로 집으로 돌아갈까 하는 생각을 할 만큼 기가 죽었다.

일러준 대로 걸어가니 자작의 저택 문이 나왔다. 돌기둥 사이로 쇠
격자 문이 달려 있는 위풍당당한 문이다. 집 안에는 굵은 자갈이 아름
답게 깔려 있고, 유입전향[19] 식으로 심은 나무들 사이로 하얀 벽돌의
양옥 창문에서 저녁 등불이 반짝이는 것이 보였다.

'그렇구나.'

아야코는 문 앞에서 3, 4분 정도 멈춰 서서 생각했다. 하지만 거짓
말을 했다고 여겨지는 것은 싫었다. 최대한 용기를 내서 몸을 숙여 문
안으로 들어갔다. 현관까지 100미터나 될 만큼 멀었다.

드디어 도착했다 싶자 현관 벨을 눌렀다.

아야코가 벨을 누르는 것을 이제나저제나 기다리고 있었는지 후
다닥 달려오는 발자국 소리가 나고 문이 열렸다.

"모토키 씨이신가요? 아까부터 도련님이 기다리고 계십니다."

조추가 정중하게 인사를 하면서 슬리퍼를 내주었다.

아야코는 자작의 세심한 지시가 느껴져 기분이 좋았다.

조추가 앞장서서 왼편 객실로 안내를 해 주고 나가고나니 차도 나
오기 전에 벌써 편안하게 오시마(大島) 유카타[20]를 입은 자작이 문을

---

**19** 유입 전향(流入轉向). 현관이나 차고 앞에 자동차나 마차를 도입하기 위한 원형이
나 타원형 정원. 문과 현관 사이에 설치하며 잔디나 나무를 심는다.

**20** 오시마는 오시마쓰무기(大島つむぎ)의 줄임말로, 가고시마현(鹿児島県) 오시마에서
나는, 붓으로 살짝 스친 것 같은 무늬가 많은 명주. 유카타(浴衣)는 목욕을 한 뒤 또
는 여름철에 입는 무명 홑옷.

열고 툭 튀어 들어왔다.

"당신이 와 주시다니 마치 꿈을 꾸는 것 같습니다. 저는!"

자작은 솔직하게 기쁜 마음을 마구 드러냈다.

(1934.2.9)


## 39

### 도넛⑶

그 방의 장식은 오래되어 보였지만, 묵직하고 차분해 보였다. 클래식한 서양화로 그린 귀부인 액자가 벽에 걸려 있고 경주마로 보이는 씩씩한 모습의 말 조각상이 장식용 격자 위에 놓여 있다. 의자도 영국풍의 고아한 모습을 띤 것이었다. 아야코는 언젠가 영화에서 본 영국 귀족의 가정을 떠올렸다.

"어서 오세요. 이쪽으로 앉으세요."

아직 멍하니 서 있는 아야코를 팔걸이의자에 앉혔다.

"어쩐지 문병을 오라고 강요를 한 것 같아서 미안합니다. 폐가 되지는 않았는지요?"

"아니요."

아야코는 얼굴을 붉히며 대답했다.

"나는 별문제 없으니 부디 안심하세요."

자작은 이렇게 말했지만, 왼손이 보이지 않을 만큼 칭칭 감은 붕대를 보니 역시 마음이 좀 아팠다.

"회사에 오시지 않아서 걱정을 했어요. 상처 때문에 아파서 그러신 것 아닌가 했어요."

"아니요, 상처는 아직 붕대를 풀지는 못했지만, 별 것 아닙니다. 실은 아버지가 오랫동안 편찮으셔서 오늘 의사가 새로 오기로 했거든요. 그래서 그 의사를 만날 필요도 있고 또 내가 손에 붕대를 감고 가면 당신이 쓸데없이 걱정을 하게 될 것 같아서, 오늘 하루는 출근을 하지 않기로 한 거죠."

"어머나!"

자작이 그 정도까지 자신을 생각해 줬나 싶자 아야코는 갑자기 온몸이 뜨거워졌다. 하지만 마음은 좀 진정이 되었다.

아야코는 가지고 온 도넛 봉지를 손에 든 채 앉아 있었는데 그렇게 약소한 것을 주는 것이 어떨까 싶어 아까부터 망설이고 있었다. 그러나 아무리 별것 아닌 것이라도 자신의 마음의 표시라고 생각하고 용기를 냈다.

"이거, 아래층 찻집에서 산 도넛입니다. 이런 것 드실지 어떨지 모르겠지만 가지고 왔습니다."

그렇게 말하며 커다란 마호가니 테이블 위로 내밀었다.

자작은 그것을 보더니 환희에 싱글벙글하며 그 봉지를 뭔가 천금(千金)은 되는 선물이라도 되는 듯 받아들었다.

"선물인가요? 대단히 고마워요. 도넛이라니, 저 엄청 좋아해요. 아무한테도 주지 않고 저 혼자 먹어야겠어요."

자작은 도넛을 받아들면서, 동시에 아야코가 전혀 기가 죽지 않고 약소하지만 선물을 가지고 오는, 인간으로서의 순정과 솔직함도 같이 받아들였다. 가난하면 가난한 대로 그에 상응하는 선물을 가지고 오는 것이 당연하고, 그 가난한 선물 안에 얼마든 진심을 담을 수 있을 것이라는 것이다.

얼마나 구김살 없고 정직한 마음의 소유자인가? 조신하게 학생복을 입은 아야코는 어떤 양갓집 규수보다 더 고귀하게 빛나 보였다.

(1934.2.10)

# 40

### 도넛(4)

조추가 홍차와 양과자를 날라왔다.

"저녁 식사는 아직인가요?"

자작이 물었다.

"아니요, 먹었습니다."

아야코는 당황하여 부정을 했다.

평소에 늘 집에 돌아가서 먹기 때문에 밥은 아직 먹지 않았지만, 식사 대접을 받게 되면 큰일이라고 생각했기 때문이다.

"그럼, 과자를 드세요. 다음에 기회가 있으면 같이 밥을 먹고 싶군요."

"……."

아야코는 부끄러워서 대답을 할 수가 없었다.

"저는 당신의 생활태도에 감동을 했습니다. 건전하고 수수하고 뭐랄까……?"

인사치레치고는 너무나 진지한 자작의 표정이다.

"어머, 저 같은걸."

아야코는 조신하게 홍차에 설탕을 넣으며 대답했다.

"아니, 무슨 말을. 제 동생에게 당신의 천분의 일만이라도 진지한 구석이 있으면 좋겠다고 얼마 전부터 생각했어요."

"어머나, 그렇게나 예쁘신데요."

아야코는 깊은 모욕을 받은 데 대한 원망의 마음을 억누르며 말했다.

"아니, 마음이 나쁘면 용모까지 점점 못쓰게 돼요. 어렸을 때는 참 착했는데요."

"형제분은 두 분뿐이신가요?"

"그렇습니다. 어머니가 3년 정도 전에 돌아가셔서 영 못쓰게 되었어요. 당신하고 교제를 하면서 좀 착실한 생활이 뭔지 알게 하면 좋을 것 같습니다."

"어머나 그렇게 말씀하시면,……."

그런 말만은 사양했으면 좋겠다고 마음속으로 생각했다.

"음악 좋아하시나요?"

"네, 좋아해요."

"음악회 가자고 하면 같이 갈 건가요?"

"저 같은 사람이 그런 교제를 할 수 있나요?"

아야코는 자작의 호의는 기뻤지만, 좀 낮간지러운 생각이 들었다.

"그럴 리가 있나요. 당신은 어떤 숙녀보다 어떤 양갓집 규수보다 훌륭해요. 당신은 신데렐라예요."

"어머나. 어머나."

아야코는 부끄러워서 고개를 들 수가 없었다. 신데렐라란 가난한 집에서 자랐으면서도 타고난 성품이 기품이 있고 순정적이어서 왕자님과 결혼한 동화 속 공주이다.

"당신을 신데렐라라 해도 내가 왕자님이라는 것은 아닙니다. 나는 그런 자격은 없습니다. 당신을 태울 마차의 마부라도 되고 싶습니다."

자작은 진심으로 그렇게 생각하는 듯, 최상급으로 아야코를 칭찬하기에 조금도 주저하지 않았다.

아야코는 어찌 대답해야 할지 몰라서 그저 얼굴만 새빨개졌다.

그때 자작의 뒤에서 문을 가볍게 노크 소리가 나더니 자작의 허락을 기다리지도 않고 문이 확 열렸다.

"오빠, 손님 있어요?"

그것은 노리코였다.

(1934.2.11)

### 41

### 거듭되는 모욕(1)

노리코는 한걸음 방에 들어오다 자작의 방문객이 누구인지를 확인하고는 소리를 지르며 걸음을 멈추었다.

"어머나!"

맑은 도자기 같은 얼굴이 확 붉어지더니 순식간에 눈가가 험악하게 일그러졌다.

"노리코, 손님이 있으니까 용건이 있으면 나중에 이야기해."

자작은 동생의 표정을 알아차리고는 아야코에게 더 이상 무례하게 굴지 못하도록 동생에게 약간 거칠게 말했다.

"하지만, 나도 손님이 왔는걸!"

엘리베이터 걸 따위 때문에 배신을 당할 수 있을 것 같냐는 식으로 팩 토라지며 말했다.

"손님이라면 나중에 만날게. 기다리라 해. 나중에 만날게!"

"하지만, 후미코라고. 후미코가 일부러 문병을 와 준 거라고."

오빠의 대답도 기다리지도 않고 복도로 뛰어나가더니 방안에까지 들리도록 큰 소리로 말하며 후미코의 어깨를 감싸고 둘이서 들어왔다.

"애, 후미코. 들어와. 괜찮아. 상관없다니까……."

연보라색 바탕의 옷단에 서양 화초가 흐드러지게 핀 모양을 넣은 외출복을 입고 커다란 국화꽃을 수놓은 허리띠를 가슴 높이에서 묶고 있다.

자작은 여동생이 버릇없이 아야코의 존재를 무시하는 듯한 태도에 격노하여 부르르 몸을 떨었다.

아야코의 면전에서 동생에게 고함을 지르면 오히려 아야코의 입장이 난처해질 것이라 생각하여 조용히 평정심을 유지하면서도 동생을 노려보는 수밖에 없었다. 후미코가 들어온 것을 보고는 이번에는 후미코에게 직접 말했다.

"저, 지금은 손님이 있으니, 저쪽에서 잠깐 기다려 주시지 않겠습니까?"

"네, 알겠습니다."

사랑하는 자작의 말을 거스를 수도 없어 순순히 물러나려는데, 노리코가 옆에서 아야코를 곁눈으로 흘겨보며 말했다.

엉거주춤 의자에서 일어나다 말고 인사를 할 기회를 기다리던 아야코는 순순히 자작에게 인사를 했다.

"저는 이만 물러가겠습니다. 실례 많았습니다."

마음속으로는 노리코에게 거듭 모욕을 당하여 전율을 하면서도 기가 죽지는 않았다.

(1934.2.13)

# 42

**거듭되는 모욕(2)**

"아니, 당신이 돌아가시다니! 천천히 계시다 가세요. 모처럼 오셨는데. 부디 천천히 계시다가……."

자작은 필사적으로 아야코를 붙잡았다. 아야코도 어쩔 수 없이 다시 앉았다.

그러나 방안의 공기는 아야코에게도 후미코에게도 또 노리코에게도 유쾌하지 않았다.

후미코는 이것이 바로 노리코에게서 들은, 자작이 좋아한다는 엘리베이터 걸인가 하여 아야코를 다시 보았다. 노리코는 나쁘게 말을 하고 있기는 하지만, 과연 자작이 좋아할 만큼, 초라한 학생복을 입고 있으면서도 맑은 눈동자도 그렇고 기품 있는 콧망울 주변도 그렇고 험담을 하고 있는 자신보다 더 기품 있는 아름다움을 지니고 있다.

'이거 보통 강적이 아닌걸. 엘리베이터 걸이라고 얕잡아 봐서는 안 되겠어.'

이런 생각이 들자 용기를 내서 자작에게 말을 걸었다.

"저, 상처는 어떠세요? 붕대를 칭칭 감고 계시네요."

마음이 아프다는 듯이 눈썹을 찌푸리며 물었다.

"아니, 별일 아닙니다."

자작은 무엇보다 아야코를 신경을 쓰고 있었다. 대수롭지 않은 손가락 상처 하나가 유한 숙녀들의 과장주의로 인해 수선을 떠는 것은 몹시 민폐라는 표정을 지었다.

"이렇게 문병을 오실 만큼 대단한 상처는 아닙니다. 그렇죠, 모토키 씨?"

자작은 아야코의 난처한 입장을 조금이라도 편하게 하려는 듯 최대한 따뜻한 마음을 담아 말을 걸어 보았다.

그러나 아야코는 고개를 숙이고 아무 말도 없었다.

"그럼 이상하네, 모토키 씨는 문병을 와도 되고 후미코는 오면 안 된다는 건가?"

노리코가 일좌의 분위기를 점점 더 험악하게 하자 자작은 울컥 화가 났지만, 노리코를 야단을 치면 점점 더 걷잡을 수 없는 파국으로 치달을 것이므로 간신히 참으면서 설명했다.

"이분이 운전을 하는 동안에 내가 실수를 해서 다친 것을, 이분은 자신의 책임이라고 생각하고 문병을 와 준 겁니다."

이렇게 말하는 것이 아야코의 입장을 조금이라도 편하게 하지 않을까 생각했기 때문이다.

"후미코, 어쨌든 앉아."

노리코는 아직도 그대로 서 있는 후미코를 앉혔다.

"오빠도 참 못 말린다니까. 오늘 아침에 손톱이 빠질지도 모른다고 했으면서 아무것도 아닌 것처럼 속이고 있네. 네가 문병을 올 가치는 충분히 있어."

마치 아야코 따위는 전혀 안중에 없는 것처럼 오빠를 올려다보며 말했다.

(1934.2.14)

# 43

**거듭되는 모욕⑶**

자작은 이제 더 이상 참을 수가 없어서 나무랐다.

"노리코, 쓸데없는 말 하지 마. 후미코 씨, 네 방에 데려가."

그러자 노리코는 오히려 더 화가 난 듯이 후미코를 돌아보며 말했다.

"엘리베이터도 운전하는 사람이 주의하지 않으면 꽤 위험한 것이네. 나도 지난 번 구두 굽이 걸렸어."

"어머나, 그런 일이."

후미코도 호들갑스럽게 대응을 했다.

"그때도 역시 이 분이었어."

비웃듯이 눈썹을 찌푸리며 아야코를 보았다.

아야코는 바늘방석에 앉은 기분이었다.

"야! 노리코, 네 방에 가라고 했잖아."

자작은 다시 동생에게 고함을 질렀다. 하지만 노리코는 움직이려 들지 않았다.

"엘리베이터 운전이 그렇게 어려운 것인가요?"

후미코가 말했다.

"뭐가 어렵겠어. 나도 바로 할 수 있어."

"노리코!"

안절부절못하며 자작은 노리코를 야단쳤다. 그때 아야코는 일어섰다.

"저 이만 가 볼게요."

노리코가 하는 말을 못 들은 척하고 있었지만, 도를 넘은 무례함을 견딜 수 없었던 것이다.

자작은 당황스러워하며 일어서서 아야코를 말리려 했다.

"아직 더 계셔도 되잖아요. 모처럼 와 주셨는데."

하지만 아야코는 조용히 물러나 벌써 문의 손잡이에 손을 대고 있었다.

"잠깐, 모토키 씨!"

자작은 필사적으로 불러 세웠다.

"안녕히 계세요."

비통하게 인사를 하고는 복도로 휙 나가서 빠른 걸음으로 현관 쪽으로 걷기 시작했다.

"모토키 씨, 모토키 씨."

자작은 뛰어나가려 했다. 그러자 노리코가 말렸다.

"됐어요. 오빠!"

"바보 같은 게. 너, 너무 심하잖아, 노리코!"

자작은 동생이 내민 손을 뿌리치며 현관으로 나갔다.

"모토키 씨, 내 서재로 와 주세요. 당신이 이대로 가 버리면 저는 도저히 견딜 수가 없습니다. 그러니 제발 꼭 서재로 와 주세요."

현관문을 잡고 있던 아야코를 그렇게 불렀지만 아야코는 들리지 않는다는 듯 휙 달려가 버렸다.

(1934.2.15)

### 44

**거듭되는 모욕⑷**

그것을 붙잡으려고 자작은 현관문을 열었지만 아야코는 신발을 신고 막 나가려던 참이었다.

"아야코 씨!"

자작이 불러 세우자 역시 멈춰 섰다.

"기다려 주세요. 아무래도 돌아가시겠다면 지금 자동차로 바래다 드릴 테니까."

이렇게 말하고 차고 쪽에 대고 소리를 질렀다.

"이봐! 사이토(斎藤), 차 준비해!"

"됐어요. 괜찮아요."

아야코는 작은 목소리로 대답하고 다시 걷기 시작했다.

"아야코 씨. 그렇게 돌아가 버리시면 제가 어떻게 되겠어요. 내가 같이 바래다줄게요."

벗어놓은 후미코의 신발 이외에는 아무것도 없는 댓돌 위에서 우물쭈물하면서 자작은 손을 뻗을 듯 조바심을 냈지만 어떻게도 할 수 없었다.

"됐어요. 괜찮아요."

두 번 정도 뒤를 돌아보고 인사를 하더니 이미 자갈이 깔린 정원 그늘로 모습을 감춰 버렸다.

"아야코 씨!"

불러보았지만, 이제 대답은 없었다. 대문 등의 희미한 빛 속에 저건가 싶은 그림자가 얼핏 움직였을 뿐이었다.

'가 버렸네!'

현관에 돌이 박힌 듯이 선 채 자작은 무어라 형언할 수 없는 불안하고 아쉬운 감정에 휩싸였다. 나는 이제 그녀를 사랑하는 것이다. 사랑하는 것이 아니라면 이렇게 아쉽고 슬프지 않을 것이다. 그건 그렇고, 노리코 계집애 생각을 하니, 노리코는 자신과 아야코가 놀고 있는 천국의 정원에 난입한 독뱀같이 미워졌다.

전철을 타고 돌아갈까? 군중들 속에서 몸을 부대끼며 굴욕감에 눈물을 글썽이고 있을 아야코의 흰 뺨을 상상하니, 자작은 당장이라도 쫓아가고 싶은 생각마저 들었다.

그러나 그것도 후미코 입장을 생각하면 너무 추한 짓이다.

자갈길을 소리를 내며 자동차가 현관으로 돌아 들어왔다.

자작은 차를 타고 쫓아가 볼까 하고 생각했지만, 첫째는 아야코가 그렇게 유난을 떠는 것을 어떻게 생각할까 생각하니 용기가 나지 않았다.

"이제 필요 없어. 손님은 가 버렸어!"

이렇게 말하고 복도로 돌아왔다.

그러나 응접실로 돌아가서 노리코의 얼굴을 보는 것도 싫어서 그 앞을 획 지나가려는데, 노리코가 황급히 문을 열고 말했다.

"후미코가 문병 선물을 가지고 왔는데, 먹지 않을래?"

(1934.2.16)

### 45

**거듭되는 모욕(5)**

노리코가 말을 걸어왔기 때문에 자작은 어쩔 수 없이 다시 응접실로 들어갔다. 하지만 노리코의 얼굴을 보자, 후미코가 있음에도 불구하고 참을 수가 없었다.

"노리코, 손님에게 어떻게 그렇게 무례하게 굴 수 있지? 내 입장이 어떻게 되겠어?"

이렇게 야단을 치자 노리코는 바로 뿌루퉁해져서 대들었다.

"그래도 그런 사람에게는 예의를 차릴 필요 없다고. 첫째로, 오빠가 그런 사람을 응접실에 들인 것인 잘못된 거야."

자작은 또 울컥했다.

"뭐가 그런 사람이라는 거야? 착실하게 일을 해서 생활한다는 점에서는 너보다 얼마나 더 훌륭한지 몰라."

"어머나, 오빠가 그렇게 빨갱이 같은 말을 하다니 우습네. 누가 일하는 게 나쁘다고 했어? 하지만 일을 하고 있으면 자연히 인간이 천해지는 법이라고."

"그 사람의 어디가 천하다는 거지?"

"그렇게 꼬질꼬질한 양장을 하고 있는 사람은 질색이야. 나 그런 사람하고 동석하고 싶지 않다고."

"그럼 들어오지 않았으면 됐잖아."

"하지만 그런 사람 때문에 후미코가 의미도 없이 기다리는 것 나는 참을 수 없어."

결국 후미코 대 아야코의 우열 문제가 될 것 같아서, 자작은 동생에 대해 끓어오르는 반감을 억누르고 화제를 전환하는 수밖에 없었다.

"하지만, 어쨌든 내가 손님으로 받아들인 이상, 너는 오빠의 손님으로서 그에 상응하는 예의를 다했어야 해. 그 정도 경우도 넌 모른다는 거니?"

자작의 얼굴은 창백하게 긴장되어 있었다.

"미안하네요! 오빠의 애인을 모욕해서!"

갑자기 각도를 바꾸어서 역습을 한다.

"바보 같은 게."

자작도 얼굴이 시뻘게졌다. 이렇게 말하면 저렇게 말하고 저렇게 말하면 이렇게 말하는 동생이었다. 지기 싫어서 억지를 쓰는 데는 천재적이어서 이치고 뭐고 없이 그저 대들뿐이었다. 하지만 느닷없이 애인이라고 하니 자작도 어쩐지 자신의 마음속을 들킨 것 같은 느낌이 들어서 입을 다물어 버렸다.

"후미코가 문병을 와 주었잖아. 우선 그 엘리베이터 걸을 기다리라 하고 먼저 후미코를 만나는 것이 당연한 것 아냐? 오빠야말로 손님에 대한 예의를 모르는 거라고."

노리코에게는 노리코다운 명분이 좀 있었다.

후미코는 자신이 문제가 되기 시작하자 당황하여 노리코의 팔을 잡아끌며 말렸다.

"노리코, 이제 됐잖아.

(1934.2.17)

### 46

**젊은 외교관(1)**

노리코는 후미코에게 팔을 잡아끌리며 말했다.

"됐어. 이번 기회에 오빠도 반성을 하지 않으면 큰일 날걸. 후미코도 정신 똑바로 차리지 않으면 안 돼."

하지만, 후미코는 자작이 지금 돌아가 버린 엘리베이터 걸의 일로 노리코에게 진심으로 화를 내고 있는 것을 보니, 그것은 사랑하는 사람의 약한 모습으로 갑자기 불안해져서 노리코에게 맞장구를 칠 수 없었다.

가냘프고 당혹스러운 눈으로 자작을 보자 자작도 후미코에게는 미안한 생각이 든 모양이다.

"정말이지 노리코가 저렇게 제멋대로 구니 어이가 없군요. 늘 이렇게 나를 괴롭힌답니다."

이렇게 말하며 후미코를 보고 웃었다.

"거짓말쟁이! 오빠야말로 우리들을 난처하게 만들고 있잖아."

또 노리코가 끼어들었다.

"왜?"

"그런 엘리베이터 걸에게 정신이 팔려서 말야! 후미코."

이번에는 노리코가 후미코의 손을 잡아당겼다.

"정신이 팔리다니! 그냥 같은 인간으로서 동정을 하고 있을 뿐이야!"

"그렇다면 엘리베이터 걸 전체를 다 동정하지 그래. 그렇게 예쁘 장한 사람만 동정을 하니까 웃기는 거지."

"그 사람은 예쁘기만 한 게 아냐. 진지하고 기품이 있어."

"또 시작이네. 엘리베이터 걸을 상대하더니. 또 화족의 체면 문제 가 생길 거라고."

"바보 같은 게!"

노리코가 말도 안 되는 소리를 하자 자작도 결국 씁쓸하게 웃고 말 았다.

마침 그때였다.

"떠들썩하군."

이렇게 인사를 하며, 안내도 청하지 않고 검은 바탕의 양복에 줄무 늬 바지를 입은 소탈한 청년이 들어왔다. 옆구리에 서류 가방을 들고 있다.

"어머, 무라야마(村山) 씨, 어서 오세요."

노리코가 서둘러 일어나서 자기가 앉아 있던 팔걸이의자를 내주 며 말했다.

"아까 댁으로 전화했는데 안 계셨어요."

"잠깐 마루젠(丸善)[21]에 뭐 좀 사러 갔어요. 실례했어요. 난 여기서

---

**21** 정식 명칭은 마루젠유쇼도(丸善雄松堂) 주식회사. 일본의 대형서점, 출판사. 1869 년 2월 일본의 근대시기 서양문화, 학술 소개에 공헌, '마루젠문화'를 형성. 서점 이외에 학술 정보, 복식, 고급문구 건축 등 폭넓은 사업을 함.

괜찮아요."

노리코가 내준 의자에 앉지 않고 벽가의 소파에 아무렇게나 앉으며 물었다.

"노리코 씨하고 오빠하고 또 말싸움하는 건가요?"

예리하고 날카로운 가무잡잡한 얼굴에 로이드 안경이 잘 어울렸다. 자작의 친구로 외교관으로서 파리에 4, 5년 있다가 작년에 막 돌아왔다.

노리코는 지금 이 청년에게 열을 올리며 외교관 부인을 꿈꾸고 있다.

(1934.2.18)


## 47

**젊은 외교관⑵**

"아니, 말싸움 같은 거 안 해."

이렇게 부정하지도 않고 무라야마의 얼굴을 보고 또 오빠의 얼굴을 흘깃흘깃 장난스럽게 바라보았다.

"오빠도 참 이상하네. 그게요, 손가락에 붕대를 감고 있잖아요. 엘리베이터 걸에 너무 정신이 팔려서 다치는 바람에 엘리베이터 양이 문병을 왔다니까요."

"아. 참 사이가 좋군요……."

무라야마는 그곳의 분위기를 훨씬 더 가볍게 보고 평소처럼 자작에게 미소를 보이다가, 쇳덩이같이 차가운 자작의 표정에 미간의 세로 주름이 보통 일이 아니구나 하는 것을 나타내는 것 같았다.

"그게 말이죠. 담담하지 않아요. 저, 후미코하고 같이 오빠를 경멸했어요. 그랬더니 오빠의 신데렐라인 엘리베이터 양이 히스테리를 부리며 분연히 자리를 박차고 돌아갔어요."

무라야마는 시가 케이스에서 필터가 없는 양절(兩切) 담배를 꺼내 불을 붙이며 말했다.

"노리코 씨가 옆에서 오기를 부리고 있어서 그랬겠죠."

"아니에요."

노리코가 딱 잘라내듯이 새된 소리를 짧게 내뱉자, 무라야마는 좀 놀라서 그녀의 얼굴을 바라보았다.

"건방져요. 예의도 모르고 아무것도 몰라요."

"건방진 건 너지. 예의를 모르는 것도 너고."

자작의 목소리가 낮고 날카롭게 노리코에게 날아갔기 때문에 그 자리는 잠시 얼어붙었다.

그동안 무라야마는 그간의 사정을 머릿속에서 그려 보았다.

그가 이곳에 왔을 때 구도 저택의 문 앞에서 하얀 털실로 짠 숄에 턱을 깊이 묻고 하마터면 자신에게 부딪힐 뻔하며 나간 아가씨가 문제의 엘리베이터 양일 것이다.

얼핏 본 옆얼굴은 밤눈에 보기에 분명하지 않지만 연약해 보이는 미모로 보였다. 자작은 상당히 난처할 것이다. 노리코는 천성이 지기 싫어하는 성격으로 천한 신분의 동성을 배척하고 있는 것이란 말인가? 참 어려운 아가씨다. 그는 천천히 말을 끊으면서 담뱃재를 떨어트렸다.

"나, 그 아가씨 만났어요. 문 있는 데서,……얌전해 보이고 날씬한데 좀 추워 보여서,……노리코 씨. 오빠하고는 그만 싸우고 다이아몬드 게임이나 하죠. 나 그 게임의 비결을 연구해서 오늘은 지지 않을 거예요."

노리코는 사람들 앞에서 오빠에게 야단을 맞은 것이 분해서 견딜 수가 없었다.

뭔가 한마디 신랄하게 오빠에게 보복을 하고 싶었다. 그렇기 때문에 무라야마의 말 따위에는 귀도 기울이지 않고 오빠를 가만히 노려보았다.

자작은 무라야마에게 쓸쓸한 미소를 보이며 말했다.

"나는 잠깐 실례하겠네. 이 유한 숙녀들을 자네에게 부탁하네."

그리고는 방을 나가 2층 서재로 올라갔다.

(1934.2.19)

# 48

**젊은 외교관(3)**

서재로 돌아가 혼자가 되자, 처음에는 당장이라도 O빌딩에 문의해서 아야코의 집을 찾아가 아야코를 만나 동생의 무례한 행동에 사죄할까 생각했다.

문병을 와 준 따뜻한 심성. 그에 대한 지각없는 모욕. 자작은 노리코에게 부글부글 끓어오르는 분노가 느껴졌고, 그 불똥은 후미코에게 튀어 후미코에게 품고 있던 약간의 호의도 온데간데없이 사라져 머릿속은 온통 아야코에 대한 생각으로 가득 차게 되었다.

아래층 방에서는 레코드를 틀었는지 라켈 멜러[22]의 「머리핀의 꽃」이라는 감미로운 이탈리아어 노래가 희미하게 애수를 띠며 흘러나왔다.

자작은 실내에서 왔다 갔다 하다 결국은 책상 앞에 다소곳이 앉아, 책상 서랍에서 새하얀 켄트지로 된 편지지를 꺼내 남자답고 힘찬 글씨체로 '모토키 아야코 씨께'라고 쓰기 시작했다.

나는 당신에게 뭐라 사과해야 할지 모르겠습니다. 그때 당장이라도 당신의 뒤를 따라가서 당신의 마음이 풀릴 때까지 사과를 하고 싶었습니다.

나는 당신이 우리 집에 와 주셔서 정말이지 뛸 듯이 기뻤던 만큼, 이런 결과를 초래한 지금에 와서는 정말이지 어떻게 해야 할지 모르겠습니다.

---

**22** 라켈 멜러(Raquel Meller, 1888.3.9~1962.7.26). 스페인의 팝가수. 1920-30년대 유럽, 미국에서 활약. 「La Violetera」, 「El relicario」가 대표작.

용서해 주세요. 이렇게 말씀드려도 당신의 불쾌감이 사라지지는 않을 것이고…. 나는 오늘 일 때문에 내게 조금이라도 가지고 있었던 당신의 호의가 사라진다면 정말이지 견딜 수 없을 것 같습니다.

나는 당신을 생각하지 않고 회사에 나간 적이 없습니다.

제 잘난 맛에 사는 동생의 태도는 오빠인 저로서도 너무 부끄럽습니다. 그러나 동생과 저는 다른 인간이라고 생각해 주실 수 없을까요? 나의 당신에 대한 마음은 동생의 그것과는 극과 극으로 다릅니다. 내가 당신에게 품고 있는 감정은 가난한 사람에 대한 부자의 그것이라든가 약자에 대한 강자의 연민이나 동정과 같은 것은 절대로 아닙니다.

외모도 곱고 마음씨도 고우며 씩씩하게 생활전선의 파도를 헤쳐나가는 당신에게 깊은 존경과 지금까지 다른 여성에게 느껴본 적이 없는 순정을 느끼고 있습니다.


**여기까지 단숨에 써 내려가고 나서 자작은 이마의 땀을 닦았다. 그는 지금 완전히 진지했다.**


부디 이런 나의 미충을 용서하고 오늘 동생의 있을 수 없는 악담을 잊어 주었으면 합니다.

그리고 제발 지금까지와 같이 변함없는 미소로 나를 맞이해 주기를 진심으로 바랍니다.

구도 구니오.

자작은 봉투를 봉하고는 처음으로 러브레터를 쓴 청년처럼 안절부절못했다.

너무 호들갑스럽게 쓴 것 같기도 하고 또 아무 말도 쓰지 못한 것 같기도 했다.

그는 마음을 진정시키기 위해 담배에 불을 붙였다.

(1934.2.20)


## 49

### 젊은 외교관(4)

다음 날 아침 10시 무렵 자작은 진지한 기분을 전신에 드러내며 O 빌딩 엘리베이터 앞에 섰다.

서서 지시판을 올려다볼 것까지도 없이 눈앞에 한 대의 엘리베이터가 내려왔지만, 자작은 흠칫하며 자기도 모르게 두 다리에 힘이 들어갔다. 엘리베이터의 금속 격자 사이로 보인 것은 아야코였다.

두 사람은 얼굴을 마주 보았다. 그리고 목례를 하며 고개를 숙였다.

평소에는 아침의 상쾌한 기분을 느끼게 하던 아야코의 표정에 얼핏 보이는 쓸쓸한 미소의 음영과 아무렇지 않게 고개를 숙이며 인사를 하는 슬프고도 데면데면한 태도에, 자작은 가슴이 찔린 듯 새삼 날카로운 고통을 느꼈다.

자작이 엘리베이터를 타자 아야코는 그대로 뒷모습을 보이며 잠시 다음 손님이 오기를 기다렸다. 하지만 타는 사람은 아무도 없었다.

아야코는 핸들을 돌려 도어를 닫았다.

자작은 외투 안주머니에 넣어 둔 편지를 만지작거리며,……그래 지금이야……하고 생각했다……. 그러나 받아줄까……? 결심을 하고 오기는 했지만, 자작은 그렇게 불쑥 편지를 건넬 것을 생각하니 가슴이 옥죄였다.

엘리베이터는 올라가기 시작했다.

2층, 3층, 그때마다 엘리베이터의 격자를 통해 익숙한 회사의 문이 보인다. 자작은 잔뜩 기가 죽은 목소리로 불렀다.

"아야코 씨."

"……."

아야코가 돌아보자 자작은 재빠른 동작으로 포켓에서 편지를 꺼냈다.

"이것을 읽어주시지 않겠습니까?"

눈빛에 애원하는 빛이 담겨 있다.

아야코는 조금 망설이더니 맑은 눈동자로 바라보았다.

……4층이다.

자작의 표정은 진지하고 심각하다. 피부는 창백하게 굳어 있고 어두운 금색을 배경으로 움직이지 않고 가만히 있다.

아야코는 자작의 표정에 마음이 움직인 듯, 손을 내밀어 흰 봉투를 받아들었다. 손끝이 떨리고 있었다.

아야코도 어젯밤은 잠을 제대로 자지 못했다.

자작 동생의 버릇없는 말은 자작에게 품고 있던 그녀의 풋풋하고 달콤한 기분을 물거품처럼 사라지게 했다. ……조만간 사죄를 하겠지.

아야코는 받아든 편지를 손안 깊숙이 꼭 잡았다. 동시에 무슨 말인가 듣고 싶고 뭔가 위로를 받고 싶은 심정이었다. 그녀는 부끄러워하면서도 내려가는 자작의 뒷모습을 바라보며 다시 편지를 주머니에 집어넣었다. 빨간 불이 그녀를 부르고 있다. 6층이다. 문을 닫고 그녀는 올라갔다.

(1934.2.21)


## 50

**젊은 외교관(5)**

교대 휴식 시간이 오자 아야코는 참고서를 들고 옥상으로 올라갔다. 그러나 오늘은 공부를 하기 위해서가 아니라 자작에게 건네받은 편지를 읽기 위해서이다. 대기실이 아니라 혼자서 살짝 읽어보고 싶었던 것이다.

옥상으로 나오자 아야코는 주머니 속의 편지를 꺼내 참고서 사이에 끼웠다. 그리고 바람을 피해 늘 하던 대로 벽에 몸을 기댔다.

옥상은 나날이 추워지는 날씨 탓에 와서 담배를 피우는 사람도 없어 조용하고 한랭 막에 덮힌 듯한 희끄무레한 초겨울 하늘만이 아득하게 바라다보였다.

인기척이 없으니 마음이 차분해졌다. 아야코는 자작의 편지를 뜯었다. 손끝이 조금 떨렸다.—어제 저녁 자작의 저택 현관에서 달려나올 때의 비통하고 분한 마음과 처량한 마음이 가슴에 남아 있기는 하지만 자작의 편지는 기뻤다.

순백의 레터 페이퍼에 또박또박 가늘게 쓰여 있었다.

한 줄 한 줄 읽어가는 동안 아야코는 자작의 소탈하고 진지한 마음에 마음이 움직였다.

어제 저녁 자신을 그런 식으로 돌려보낸 후의 자작의 괴로움이 손에 잡힐 듯 느껴졌다. 자작의 순정에 마음은 점점 더 끌려갔다. 자작은 자작, 동생은 동생, 동생 때문에 자작에게까지 마음의 문을 닫아서는 안 되겠다고, 아야코는 생각했다.

'자작은 내 마음을 잘 알아주셔. 진심으로 나를 위해 주고 있어!'

닫혀 있던 마음이 다시 피어나는 꽃처럼 조용히 열렸다. 상처받은 마음이 위로를 받은 듯, 기쁨이 미소가 되어 뺨에 드러났다.

아야코는 자작의 편지를 깊숙하게 집어넣고 대기실로 돌아왔지만, 오늘 아침까지 비통하고 분한 마음에 닫혀 있던 가슴이 조금 후련해졌다.

다음 근무 시간에 아야코는 승강기 속 사람이 되어 단조로운 승강을 시작했다.

그리고 4층을 지날 때마다 '혹시 그가 타지 않을까'하는 희미한 기대에 가슴이 설레었다.

3층에서 사람을 두 명 태우고 있는데 1층에 하얀 불이 들어왔다. 그대로 단숨에 내려가서 문을 여니, 내리는 사람과 엇갈려서 들어온 청년 신사가 아야코를 보고 화들짝 놀란 듯 눈이 둥그레졌지만 조심스럽게 엘리베이터 한쪽 구석에 서서 스틱에 두 손을 올려놓고 정중하게 부탁을 했다.

"4층 부탁합니다."

"알겠습니다."

정중한 음성에 아야코는 호감을 갖고 핸들을 돌려 4층으로 운전을 했다.

"대단히 고맙습니다."

청년은 친절하게 수고를 위로했다.

"많이 기다리셨습니다."

아야코는 대답을 하고 올려다보았다. 어디에선가 본 듯한 얼굴 같았다.

청년은 어젯밤 아야코와 서로 엇갈려서 구도가를 방문한 무라야마로, '아 바로 이 사람이구나….' 하고 한눈에 알아보았다.

(1934.2.22)

### 51

**젊은 외교관(6)**

아야코에게 편지를 건넨 자작은, 어제 하루 쉬는 바람에 쌓여 있는 서류들을 훑어보려고 사무용 책상 앞에 앉았다. 하지만 역시 불안하게 가슴이 계속 두근거리고 있다.

아야코가 순순히 자신의 마음을 받아들여 줄까? 자신과 동생을 확실하게 구분해서 생각을 해 줄까? 사랑하는 마음이 있기 때문에 자꾸 더 겁이 났다.

한 시간 정도 있다가 아야코가 어떤지 보러 갈까 하는 생각도 했지만, 편지에 구구절절 썼기 때문에 얼굴을 마주하는 것이 부끄러워 책상 앞을 떠날 수가 없었다.

일이 정리가 되자, 그 다음에는 2, 3일 후에 시사회를 하기로 한 수입영화 대본 번역을 훑어보기도 하고 마침 찾아와 있는 신문사 영화기자와 잡담을 하기도 하면서 시간을 보내고 있었다. 하지만 마음은 끊임없이 아야코에게 날아가서 그녀가 그 편지를 기분 좋게 읽어 주었으면 하고 바라고 있었다.

점심 식사 시간에 크게 기대를 하고 아래층에 내려가 보았지만, 올라갈 때도 내려갈 때도 아야코의 모습은 보이지 않았다.

좀 아쉬운 마음에 다시 사무실로 돌아와서 30분 정도 지나자 마침 무라야마가 찾아온 것이다.

"아이쿠, 어서 오게."

자작은 살아났다는 듯한 소리를 냈다. 그리고 무라야마가 모자와 스틱을 벽에 걸려는 것을 말리고 얼굴을 보며 말했다.

"마침 잘 왔네. 따분하던 참에. 아래로 내려가세."

그러나 그 기쁨은 따분함을 달래줄 친구가 와서 기쁜 것이 아니라 아래로 내려가기 위해 승강기를 탈 자연스러운 기회를 얻은 데서 온 것이었다.

"응."

무라야마는 그대로 앞장서서 복도로 나갔다. 나란히 걸어가며 무라야마는 히죽히죽 웃으며 말했다.

"어제 이야기했던 그 사람 봤네."

그리고 덧붙였다.

"방금 전 타고 온 엘리베이터를 운전하고 있었네."

자작은 씁쓸히 웃으며 대답을 하지 않았다.

엘리베이터 앞에 가자 무라야마는 오른쪽에서 두 번째 엘리베이터 앞에 서며 말했다.

"이 엘리베이터네. 이 엘리베이터야."

그리고는 마침 그때 내려온 가운데 엘리베이터는 타지 않고 7층에 가 있는 아야코의 엘리베이터가 내려오기를 기다렸다.

자작은 무라야마가 반쯤 흥미 삼아 아야코의 엘리베이터를 타려고 마음을 써 준 것이 매우 기뻤다.

정말 그 엘리베이터에는 아야코가 타고 있었다. 아야코는 자작과 무라야마가 서 있는 것을 보더니, 얼굴을 확 붉히며 마음의 동요를 보였다. 하지만 조용히 문을 열었다.

아야코의 얼굴은 환하지는 않았다. 그러나 자작을 걱정시키는 불길한 기색은 조금도 없었다.

자작은 뭔가 한마디라도 하고 싶었지만, 무라야마 앞이라서 그럴수도 없었다.

(1934.2.23)

52

**젊은 외교관⑺**

무라야마를 앞세우고 엘리베이터를 내리며 자작이 잠깐 뒤를 돌아보니, 아야코는 비로소 살짝 미소를 지어 보였다. 아침하고는 다른 환한 미소였다.

'편지를 보았구나. 기분이 풀어졌어.'

자작은 마음이 놓여 만면에 미소로 그에 답을 했고 마음은 단번에 가벼워졌다. 오로라 그릴에 가는 지하로를 지나면서 무라야마가 물었다.

"아까 그 사람이지?"

"음."

자작은 자랑스러운 듯 대답했다.

오로라 그릴의 살롱 소파에 나란히 앉아 차를 주문하고 나서 자작은 말했다.

"자네, 어떻게 생각하나? 아까 그 사람."

"괜찮아 보이는데."

무라야마는 미소를 보이며 바로 덧붙였다.

"단아하고 위엄이 있고 웃으면 애교가 있어. 괜찮은 아이야. 자네, 좋아하나?"

"좋아한다는 것은 아니지만, 엘리베이터 운전을 하게 내버려 두기에는 아깝지 않은가?"

"그럼, 바로 자네 회사에서 쓰면 될 것 아닌가?"

"그런데 지금 전검 시험 준비를 하고 있어서 그 시험에 붙기 전에는 현재의 직업을 바꾸고 싶지 않다고 하네!"

"전검?"

"여학교 졸업과 같은 자격을 얻기 위해 치는 시험이라더군!"

"감동적인데. 그런 기특한 여성이 지금 세상에 존재한단 말인가?"

"내가 꼼짝 못 하는 것도 무리는 아니겠지?"

"음, 저 정도라면 그래도 되지."

"노리코가 저 아이를 경멸하는 것은 부당하다고 생각하지 않는가?"

"부당하지. 용모로 봐도 노리코 씨하고 대항할 수 있겠어. 게다가 어딘가 닮았어. 코 생김새라든가, 엄청 닮았어."

"엘리베이터 걸이라고 해서 그렇게 괜찮은 아이를 경멸하다니 괘씸하네. 어제 저녁은 아무리 내 동생이라고 하지만 정말이지 꼴도 보기 싫었어. 동생의 무례한 언행을 용서받기 위해 나는 무슨 일이라도 하고 싶었네."

"오호, 그렇게나 진지한가? 그럼 차라리 결혼을 하지 그러나?"

무라야마는 반 농담으로 말했다.

"아니, 나도 그런 생각을 했네. 상대방만 그럴 생각이 있다면 결혼해도 된다네."

"결혼하자고 하면 설마 전검 준비를 하고 있다고 안 된다고 하지는 않겠지? 하하하하."

"하하하하."

두 사람은 쾌활하게 웃었지만 자작의 기분은 친구의 찬성을 얻어 점점 더 고조되어 갔다.

(1934.2.24)


## 53

### 결혼 신청(1)

다음 날 아야코의 승강기를 탄 자작의 마음속에는 이제 확실한 목표가 있었다.

지금까지 아직 연애와 동정 사이에서 왔다 갔다 하던 자작의 마음은 친구 무라야마의 열성적이고 진지한 말에 확연한 결심으로 바뀌었다.

자신이 이제부터 평생을 함께할 상대로서 아야코를 바라보니, 또 새롭게 보여 아야코에 대한 호감은 각별해졌다.

지금까지 잘 알지 못했던 사소한 버릇이나 청초하고 단아한 동작이 신선해 보였고, 자신에게만 허락된 것 같은 비밀스러운 친근함으로 아야코를 지켜보며 즐기는 것이었다.

평소보다 좀 늦게 그릴에서 점심 식사를 하고 돌아오는 길에 자작은 또 아야코의 엘리베이터를 탔다. 아야코는 수줍어하며 고개를 숙이고 그에게 접은 종잇조각을 건넸다.

그것은 자작의 편지에 대한 답장이었다.

> 편지 감사했습니다. 염려를 해 주셔서 진심으로 감사합
> 니다. 제가 어찌 당신을 나쁘게 생각하겠습니까?
> 당신의 마음은 잘 알고 있습니다.
> 저 같은 것이 댁을 찾아간 것이 잘못이었습니다. 저의
> 경솔함으로 인해 마음 아픈 일이 생겨 버려 깊이 사과드립
> 니다.

문구는 이것뿐이었지만, 자작은 '저 같은 것'이라는 말을 읽자 자신이 걱정하고 있는 아픔이 아야코의 마음속 깊이 새겨진 것이 눈에 보이는 듯했다.

자신과의 차이! 그렇게 생각되는 것이 가장 괴로운 일이었다. 하나의 인격으로 볼 때 아야코에게 아무 결점이 없는 이상, 같은 인간으로

서 대등하게 생각했으면 좋겠다고 생각했다.

물론 동생이 그런 태도를 보인 이상, 아야코가 아무리 구김살이 없는 여자라 하더라도 신분의 차이를 이야기하는 것은 당연한 일이지만, 자작으로서는 그것을 뛰어넘어 아야코와 맺어지고 싶었다.

그러나 진심으로 그런 성의를 보이기 위해서는, 대등한 인간으로서 아야코에게 결혼을 신청하는 수밖에 없었다. 아야코를 진심으로 존경하고 사랑하는 이상 결혼을 신청하는 것은 아야코를 자신과 동격으로 취급하는 가장 확실하고 가장 합리적인 방법이라고 생각했다.

그는 그날 집에 돌아와서 결심을 하고 두 번째 편지를 쓰기 시작했다.

(1934.2.25)

## 54

### 결혼 신청(2)

아야코 님 귀하.

아야코 씨.

자작은 과감하게 친근감을 가지고 이름을 불렀다.

지금 당신의 답장을 배견하였습니다만, 저는 매우 마음 아프고 안타깝게 생각합니다. 왜 '저 같은 것'이라고 하십니까?

'당신 같은 사람'만큼 정결하고 고귀한 사람은 이 세상에 없다고 생각하는데, 왜 당신은 '저 같은 것'이라고 겸양을 하는 겁니까?

왜 '당신 같은 분'이 제게 와 주신 것이 잘못이라는 겁니까?

당신이 그런 식으로 말씀하시면 저는 작위를 받은 것이 저주스럽습니다.

당신이 저를 문병을 와 주신 일 만큼 기쁘고 행복하고 빛나는 일은 없었습니다. 그러니 그것이 잘못되었을 리는 없지 않습니까?

잘못된 것은 바보 같은 저의 동생입니다. 자기 자신은 경제적 가치도 조금도 없으면서 작위 같은 것을 평생 머리에 장식하고 있는 나의 동생일 뿐입니다.

부탁이니 제발 제 동생을 묵살해 주세요.

제 집에서 기르는, 사람을 보면 함부로 마구 짖어대는 셰퍼드라고 생각해 주세요.

저는 당신을 진심으로 존경합니다. 당신만큼 청순하고 고상한 사람은 없다고 생각합니다.

그러나 이는 저 혼자만의 생각이 아닙니다. 어제 O빌딩을 찾아와서 당신의 엘리베이터를 함께 탄 제 친구는 당신을 존경하는 제 마음을 뒷받침해 주었습니다. 그리고 이렇게 말했습니다.

"그 사람이라면 결혼을 해도 좋네."

이는 제가 마음속에서 몰래 생각만 하고 지금까지 입 밖에 내지 못했던 일입니다.

당신의 정신적 아름다움과 순수함은 정신이 제대로 된 남자의 눈에는 바로 보일 것입니다. 저는 이 친구의 말에 감격을 했고 그 친구에게 새삼 우정을 느꼈습니다.

저는 당신만 허락해 주신다면 결혼을 하고 싶습니다. 당신의 이모부님께는 사람을 보내서 말씀을 드리고 싶습니다.

이는 절대 일시적 기분에서 하는 말은 아닙니다. 또한 경솔한 부탁이라고 생각하지 말아 주세요.

저는 당신을 처음 봤을 때부터 오로지 이런 편지를 쓰기 위한 마음의 준비를 하고 있었던 것 같습니다.

부디 제 진심을 받아 주세요.

구니오 드림.

(1934.2.26)

### 55

### 결혼 신청⑶

자작의 결혼 신청 편지는 아야코의 마음을 깊은 곳에서 뒤흔들었다.

그러나 그녀의 마음속에서 딱 한 가지만은 흔들리지 않았다. 자작의 순정은 큰 파도처럼 그녀를 덮쳐왔다. 그러나 그녀는 그 큰 파도 안에서 자기 자신을 가만히 살펴보았다.

그날은 마침 야학을 가는 날이었다.

자작의 편지를 주머니에 넣고 야학을 갔지만, 수학과 영어 두 시간 동안 교사의 설명은 그저 머리에 윙윙 울릴 뿐이었다.

편지를 받고 읽은 순간부터 승낙을 하는 것은 꿈에도 생각하지 못했다. 하지만 마음은 한없이 심란했다.

절대 승낙은 할 수 없다. 하지만,……눈앞이 캄캄해질 만큼 흥분이 되는 것은 어쩔 수 없었다.

'하지만 저녁에 한 번 찾아간 것만으로 그 난리가 났잖아. 결혼이라도 하게 되면 그 여동생 미친 사람처럼 난리를 치겠지. 첫째 그것이 불쾌하고… 게다가 신원조사라도 당하게 되면….'

아야코는 성선(省線)에 흔들리며 메구로(目黒) 집에 돌아갈 때까지 같은 생각만 하고 있었다.

집은 어둡고 지저분한 이층집. 격자문을 열자 위로 올라가는 장지문이 코에 닿을 듯하다.

"……다녀왔습니다."

이모에게 인사를 하고 바로 2층으로 올라갔다.

허술한 책상, 사라사 목면의 방석. 하지만 도자기로 된 둥그런 화로에는 이모의 호의로 불이 담겨 있다.

아야코는 책상 앞에 앉자 잠시 멍하니 생각에 잠겨 있다가 이윽고 벽에 걸린 돌아가신 어머니의 사진을 돌아보았다.

그것은 아야코가 첫 월급을 받았을 때 산 액자에 넣어 걸어둔 것이었다.

그것은 스물 한두 살 때의 어머니의 모습이었다. 신바시(新橋)에서 이름을 날리던 시절 다카시마다(高島田)[23]로 머리를 묶고 설빔을 입은 요염한 모습이다.

흘러넘칠 듯한 애교 섞인 미소를 띤 아름다운 눈매, 오똑한 코, 자신의 어머니이지만 꽤나 자랑스러운 미모이다.

이렇게 눈앞이 아찔할 정도의 청혼을 받고 난 후 그 아름다운 모습을 보고 있자니, 아야코는 자신을 아버지도 모르는 자식으로 낳은 어머니를 원망하는 마음은 지금까지 한 번도 없었지만, 아버지도 모르는 신세가 새삼 슬펐다.

(1934.2.27)

---

**23** 일본 여자들의 높이 치켜올린 머리 모양. 처녀들의 머리형으로, 신부의 정장용으로 사용.

# 56

## 결혼 신청 (4)

아래층의 벽시계가 땡땡하고 11시를 알렸지만, 아야코는 아직 편지를 쓰지 못했다.

— 결혼을 단호히 거절함과 동시에 자작에게 원 없이 모든 이야기를 해서 이해를 받았으면 하는 복잡한 마음도 있었다. 그런 감정이 마음속에서 밀려 올라와 심란한 마음이 쉽게 말로 표현이 되지 않았다.

겨우 쓴 편지를 다시 한 번 살펴보고 새로 써넣거나 줄을 그어 지워보기도 했다. 그러다가 이러면 실례가 되겠지, 정서(淨書)를 해야 해 하며 다시 새 편지지에 펜을 댔다.


구도 구니오 자작님께.

보내 주신 편지 배독했습니다.

요 며칠간 마음을 써주시고 따뜻하게 대해 주신 것이 과분하여 저 아야코는 어찌해야 할지 모르겠습니다. 그런데, 또 오늘 편지에서 하신 말씀으로 제 마음은 더한층 괴롭고 난처합니다.

신분 차이는 마음을 쓰지 말라고 하셨지만, 전에도 언젠가 말씀드린 대로 저는 아버지도 없고 어머니도 없고 이모와 이모부를 의지하며 살고 있습니다. 물론 이모 부부의 생활은 넉넉하지 못해서 제 생활은 제가 책임져야 합니다.

4월에는 전검 시험이 있기 때문에 만약 다행히 합격을

하면, 더 어려운 희망입니다만, 공부를 계속해서 더 윗 단계 검정시험을 볼 수 있다면……하고 제 나름대로 희망이 있습니다. 그렇게 제가 생각한 대로 살아가는 것이 가장 행복한 삶이 아닌가 생각합니다. 오늘 편지는 저도 배견하지 못한 것으로 생각할 테니까 부디 당신도 쓰지 않으셨다 생각하고 잊어 주세요.

베풀어주신 후의는 깊이 감사드립니다. 이런 말씀을 들으니, 저는 이제 당신 눈에 띄지 않는 곳으로 몸을 숨겨 버리고 싶을 만큼 괴로워 어찌해야 할지 모르겠습니다.

신경을 쓰지 말라고 말씀하셔도, 4부는 고귀한 당신의 집안 때문에 6부는 제멋대로 하고 싶은 일을 해 보고 싶다는 굳은 결심 때문에 거절을 하겠습니다.

저 같은 사람에게 끝까지 친절하고 따뜻하게 말씀해 주셨는데 이렇게 제멋대로 하고 싶은 말씀만 드려서 죄송합니다.

부디 어리석은 저의 결심을 용서해 주세요.

안녕히 계세요.

아야코 올림.


정서를 해서 다시 한 번 읽고 봉투에 넣자, 아야코는 안도가 되어 피곤한 눈으로 다시 벽에 걸린 어머니의 초상화를 보았다.

마음 탓인지 어머니의 면영에 슬픈 기색이 보이는 것 같다.

아야코는 자신도 모르게 일어서서 어머니의 사진에 얼굴을 갖다 대고 어머니를 불렀다.

"엄마, 나 이렇게 하는 게 맞는 거죠? 그렇죠, 엄마?"

눈물이 그녀의 두 뺨을 타고 줄줄 흘러내렸다.

(1934.2.28)

## 57

**결혼 신청(5)**

아야코의 편지는 그 다음 날 자작의 회사 책상 위에 놓여졌다. 그녀는 9시 무렵 출근을 하자, 4층으로 가서 회사 급사에게 자작의 책상 위에 놓아 달라고 건네고 온 것이다.

자작이 그것을 본 것은 11시 무렵이었다.

그는 그 편지를 읽고 한 시간 이상이나 생각에 잠겼다.

그가 아야코에게 결혼을 신청한 것은 그로서는 할 수 있는 최후의 수단이었다. 그 이상은 이제 아무런 방법이 없는 비장의 카드였던 것이다. 보여줄 수 있는 최선의 성의였다.

그러나 그는 아야코의 순수한 성격을 알고 있기에 자작부인이라는 이름이 그녀에게는 별로 매력이 없다는 것도 알고 있었다. 하지만 그녀가 이렇게 예쁘고 이렇게 깔끔하고 분명하게 거절을 하리라고는 생각지 못했다.

얼마나 청순하고 얼마나 착실한 소녀일까 하고 생각했다.

어쩌면 그녀에게 따로 애인이라도 있는 것이 아닐까 생각했지만, 그런 상상은 그녀를 모독하는 것이라 생각했기 때문에 곧 그만두었다. 그녀에게 애인은 없을 것이다. 만약에 있다면 그것을 정직하게 고백을 할 것이다.

신분의 차이와 저런 동생의 존재, 그 두 가지가 역시 큰 장애가 되는 것이다.

자신은 할 수 있는 데까지 해 본 것이다. 더 이상 뭔가 다른 수단을 취하는 것은 무리다. 무리한 짓은 하고 싶지 않다. 자신의 감정을 그녀에게 전할 만큼 전했다.

그녀가, '오늘 편지는 저도 배견하지 못한 것으로 생각할 테니까 부디 당신도 쓰지 않으셨다 생각하고 잊어 주세요'라고 하니, 그녀 말대로 그녀를 위해서 잊자.

그리고 선의의 지인으로서 친절한 친구로서 그녀가 하고 싶은 일을 할 수 있도록 될 수 있는 한 힘을 쓰자.

그는 애모의 마음을 가득 담아 좋은 지인이 되는 것에 만족하기로 결심했다.

그렇게 생각하자 갑자기 기분이 홀가분해졌다.

식사 시간에 아래층으로 내려갈 때 자작은 아야코의 엘리베이터를 찾아서 탔다. 다른 승객이 서너 명 있었지만, 아야코의 등 뒤에 서서 작은 목소리로 말했다.

"잘 알았습니다. 부디 안심하세요."

아야코는 가볍게 끄덕이고 생긋 웃었다. 감사와 희열, 그러나 한편으로는 일말의 아쉬움이 섞인 미묘한 미소였다.

일말의 아쉬움이 섞인 것은 그렇게 큰 자작의 호의를 기분 좋게 받아들일 수 없는데서 오는 슬픔의 표현이었을 것이다.

(1934.3.1)


## 58

**죽기 전 마지막 부탁(1)**

아야코를 애정의 대상으로서는 딱 끊어버리려고 결심을 하고 나서, 자작의 마음은 맑고 깨끗해졌다.

아야코의 모습은 아름다운 꽃처럼, 작고 귀여운 새처럼 일상생활의 위안이 되었다. 매일 엘리베이터로 오르내리는 것을 지켜보면서 그 사람의 행복을 빌며 만일 그 사람에게 불행이 덮칠 때는 만사 제쳐 놓고 단번에 달려가겠다는 기분으로 만족했다.

물론 자신의 애인으로서 자신의 아내로서 가까이 두고 싶은 희망을 잃은 슬픔은 여전히 마음속 어딘가에 떠돌고 있었다. 하지만 그것을 미련이라 생각하고 될 수 있으면 극복하려고 노력했다.

그러는 동안 가을이 지나고 겨울이 되어 새해가 되었다.

후미코는 아야코에 대한 자작의 감정이 급변한 것을 알 길이 없었기 때문에, 언제까지고 아야코라는 강적이 아침저녁 자작 가까이에 존재할 것이라 생각하여 마음이 점점 더 초조해진 듯, 직접 자작의 마음을 얻기보다는 정식으로 사람을 시켜 혼담을 넣는 것이 빠른 방법이 아닌가 생각하게 되었다.

게다가 친구인 노리코를 유일한 아군으로 부탁을 했지만, 노리코가 너무 오버를 하여 오히려 일을 그르치게 되었다는 상황을 알게 되자, 노리코만 의지하는 것이 불안해졌다.

마침 새해가 되었고 정월 보름이 되어 소나무 장식을 치울 무렵이었다.

후미코는 우연히 아버지의 거실에서 둘이서 이야기할 기회가 있었다.

"후미코, 너도 올해는 스물셋이지? 올해 안으로는 결혼을 해야겠구나."

아버지 야마자키 쇼사쿠(山崎将作) 씨는 딸에 대한 자부심이 대단했다.

후미코는 아버지가 눈에 넣어도 아프지 않을 만큼 귀한 딸이었다.

"마치코(町子)도 스무 살이고……. 네가 어서 결혼을 하지 않으면 동생까지 혼사가 늦어진다."

마치코는 후미코의 여동생으로 인물은 후미코에 비하면 훨씬 못하다.

"네에."

"역시 화족이어야 하는 게냐?"

"그래요."

"언젠가 어머니한테 이야기했던 친구의 오빠라는 사람은 어떻게 되었냐?"

"구도 자작이요?"

"그래, 그래. 구도 구니히코(工藤邦彦)의 아들인가? 구도 구니히코라면 한때 사법대신을 한 적이 있지. 귀족원 연구회의 최고 실세였어. 그 사람의 아들이라면 더없이 좋겠는데, 이야기는 어떻게 되었냐?"

"뭐, 아무 관계도 아니에요."

후미코는 살짝 얼굴을 붉히며 역시 아가씨답게 어색한지, 금은 자수가 달린 쿠션의 술을 만지작거리고 있었다.

(1934.3.2)

## 59

### 죽기 전 마지막 부탁(2)

구도 구니오는 화족회관 오락실에서 친구와 바둑을 두고 있었다.

"구도 군. 그 바둑 끝나고 나서라도 괜찮으니까 잠깐 얼굴 좀 볼 수 있겠나?"

옆에 서 있는 흰 수염을 한 노인이 말을 걸었다.

아버지의 친구로 지금도 여전히 연구회를 이끌고 있는 미즈마치(水町) 노 자작이다.

"급한 일이시면 지금이라도 괜찮습니다."

어차피 피차간에 바로 그만두어도 전혀 지장이 없는 심심풀이 아마추어 바둑이다.

"아니 나중이라도 괜찮네. 담화실에서 기다리겠네."

이렇게 말하고 노인은 방을 나갔다.

자작 의원 개선(改選)이 다가왔기 때문에 전부터 이야기한 대로 후보자가 되라는 이야기일 것이라고 생각했다.

바둑은 집을 세어 볼 것도 없이 불계승으로 구도 자작이 졌다. 바둑알을 치우고는 바로 담화실로 서둘러 갔다.

"어이쿠, 불러서 미안하네. 내가 자네 집으로 가서 이야기를 하는 것이 순서인지 모르겠으나, 마침 눈에 띄어서 말이네. 아버님은 평안하신가?"

"많이 안 좋으십니다. 올겨울을 넘기실 수 있을까 생각됩니다."

"그것참, 큰일이군. 어쨌든 잘 보살펴 드리길 바라네. 그런데 오늘 이야기는 좀 갑작스럽기는 하네만, 자네 아직 결혼 이야기는 없었지?"

자작은 아름답게 기른 수염을 자랑스럽게 꼬며 연구회의 노책사다운 날카로운 눈으로 실눈을 뜨며 이야기를 꺼냈다.

"아, 예."

"자네와 꼭 결혼을 하고 싶다는 아가씨가 있다네. 당사자는 자네도 잘 알고 있을 건데 말이네……."

"아, 그런 사람이 있습니까?"

자작도 상대하고는 부담이 없는 사이이기 때문에 가볍게 대답했다.

"야마자키 쇼사쿠의 딸, 아마 후미코 양이라고 했던가. 그 아가씨는 어떤가?"

"후미코 씨를 말입니까?"

자작은, 후미코가 뒤로는 안 되겠다고 생각하고 정면으로 당당하게 밀고 들어오는 데 깜짝 놀랐다.

"자네 집안은 돈이 궁하지는 않겠지만, 지참금은 상당히 가지고 오겠다는 이야기네. 게다가 야마자키는 정당 방면으로도 지금까지 꽤 돈을 냈고, 자네가 장래에 연구회에 들어와서 정치적 활동을 한다고 하면 이렇게 좋은 후원자는 없을 것이고, 자네가 하고 있는 영화회사 자본도 이야기만 하면 얼마든지 내지 않겠나. 그리고 후미코 양은 자네하고도 친하게 교제하기를 지극히 원하고 있어서 내가 옆에서 말을 넣는 것은 쓸데없는 참견으로 여겨질 소지도 있겠지만,……. 하하하하."

책사다운 노련함이 이 웃음 속에 그대로 드러나고 있었다.

(1934.3.3)

## 60

### 죽기 전 마지막 부탁(3)

아야코를 만나기 전까지, 자작은 절대로 후미코가 싫지는 않았다. 동생의 친구로서 2, 3년 동안 서로 알고 지냈고 최근에는 자주 출입을 했다. 그리고 자신에게 연모의 정을 기울이고 있다는 것은 동생을 통해 종종 들어서 알고 있었다. 그러나 그것도 절대로 기분이 나쁘지는 않았다.

노리코와 비교하면 훨씬 온후했고 대 부르주아의 딸 치고 막 자란 편은 아니었다.

그러나 눈앞에 아야코가 출현하자, 인조 꽃이 아무리 예뻐도 자연의 꽃에 비하면 순식간에 색도 향도 없는 초라함이 선명하게 드러나듯이, 후미코는 순식간에 광휘를 잃었다.

게다가 동생이 후미코를 자신에게 갖다 붙이려 여러 가지로 책동을 부리는 것이 오히려 후미코에 대한 반감을 부추겼다.

그러나 지금 미즈마치 노 자작이 새삼 정면으로 이야기를 들고나오자 또 다른 문제가 되어 버렸다.

자작이 장래 귀족원 의원에 들어가기 위해서는 그리고 또 그곳에서 정치가로서 활동을 하기 위해서는 아무래도 미즈마치 자작의 호의를 얻어 둘 필요가 있었다. 물론 미즈마치 자작은 아버지의 친구이기 때문에 혼담을 거절하는 정도로 구도 자작에게 악의를 가질 것이라고 생각하지는 않는다. 하지만 그 어감으로 볼 때 후미코의 아버지 야마자키 쇼사쿠는 미즈마치 자작에게도 유력한 후원자인 것 같았다. 이 혼담을 거절하는 것이 미즈마치 자작의 입장을 난처하게 하지 않을 것이라고 보장할 수 없다.

"어떤가? 자네 여동생하고 친구이기 하고 매우 멋진 이야기라고 생각하는데,⋯⋯. 실은 나도 야마자키에게는 여러 가지로 신세를 지기도 했고 어제 야마자키가 우리 집에 와서 딸 바보의 유일한 소원을 들어달라며 여러 가지 부탁을 하고 갔네. 여간 열을 올리는 것이 아니었다네. 하하하하."

자작은 듣고 있는 동안 점점 더 거절하기가 힘들어졌다.

아야코는 결혼을 신청하기는 했지만 그쪽은 명확하게 거절을 했다. 그러니까 후미코의 청혼을 받아들인대도 아야코에게 미안한 일은 아니었다.

그러나 자신의 집에서 아야코와 후미코가 언젠가 마치 서로 사랑의 적수를 상대하듯이 행동했던 날 밤을 생각하면 아야코가 후미코에게 좋은 감정을 가지고 있을 리가 없었다.

게다가 지금 두세 달 안에 다른 여성과 결혼을 한다면 아야코에 대한 결혼 신청이 일시적 기분에서 비롯된 거짓말처럼 보이지 말라는 법도 없다.

단지 아야코가 자신과의 결혼을 거부했다고 해도 아야코가 아직 결혼을 하지 않은 이상 자신도 결혼을 하지 않는 것이 도리가 아닌가 했다.

자작은 여차하면 다시 아야코에게 다가갈 생각을 품고 있었던 것이다.

하지만 그 자리에서 바로 거절할 수는 없었다.

"후미코 씨라면 잘 알고 있습니다만, 잠시 생각할 시간을 주시지 않겠습니까?"

일단 그 자리를 모면하기 위한 대답을 했다.

(1934.3.4)

### 61

**죽기 전 마지막 부탁⑷**

"그럼 부디 잘 생각해 보게. 나는 만난 적은 없지만 상당한 미인이라고 하네."

노 자작은 보통 중매인과는 비교할 수 없을 만큼 열성적이었다.

"예!"

자작은 쑥스러운 듯 대답을 했다.

"어쨌든 조만간 병문안 겸 아버님께도 부탁을 할까 하네……."

미즈마치 자작은 이렇게 말을 계속했다.

자신이 싫다고 하면 아버지를 공략을 하겠다는 상대의 집요함이 느껴져서 자작은 완전히 마음이 무거워졌다.

마지막으로 노 자작은 '이번에 자작 의원 보결 선거가 치러지게 되면 첫째로 자네를 추천하겠다'고 하는 뉘앙스를 풍기고 구도 자작과 헤어졌다.

어쩐지 마음이 무거웠다. 자신이 거절을 하면 중병으로 자리에 누워 있는 아버지까지도 번거롭게 하는 게 아닌가 하여 기분이 나빴다.

자작의 아버지는 4, 5일 새 부쩍 추워진 날씨 때문인지 용태가 매우 안 좋아졌다. 점점 더 식사를 하지 못하고 심장 기능이 하루하루 저하되었다. 그러므로 자작은 늘 외출을 해서 소재가 바뀌면 집에 전화를 걸어서 알려 두었다.

그날도 집에 돌아오자, 가사 일체를 맡고 있는 나이든 조추 마사에게 제일 먼저 물었다.

"아버지는 어때요?"

"별 차도는 없으십니다만, 밤이 되자 두세 번, '구니오는 아직 오지 않았나'하고 물으셨습니다. '하실 말씀이 있으시면 전화를 걸까요'라고 말씀드렸더니, '그럴 것까지는 없다'고 하셨습니다."

"그런가? 평소에는 그런 말씀은 하지 않으셨지요?"

"네. 몇 번이나 말씀하신 적은 지금까지 없으셨죠."

자작은 외투만 벗고는 그대로 서둘러 아버지의 병실로 갔다. 마음속으로는 상당히 불안했다.

일본식 사랑채에 침대를 놓고 아버지는 그 위에 누워 있었다. 툇마루에는 아버지가 좋아하는 분재가 몇 개 놓여 있었다. 간호부가 교대로 한 명씩 붙어 있다.

"주무시나요?"

자작은 옆에 있는 간호부에게 살짝 물어보았다.

"아니요, 깨어 계십니다."

간호부는 대답했다.

자작은 아버지의 침대 옆으로 다가가 물었다.

"아버지 어떠세요?"

축 늘어진 눈꺼풀을 올리는 것도 매우 힘들어 보였다.

"구니오냐?……딱히 별일은 없다만."

"뭔가 하실 말씀이라도 있으세요?"

"음, 네게 뭐 좀 부탁하고 싶은 것이 있어서 말이다……."

아버지는 희미하고 작은 목소리로 말했다.

(1934.3.5)

## 62

### 죽기 전 마지막 부탁(5)

자작의 아버지는 병 때문에 4, 5년 전부터 은거를 시작했다.

얼굴은 자작의 턱을 길게 한 것 같은 기품 있는 얼굴인데, 볼이 푹 꺼지고 눈가에는 주름이 몇 개나 패여 있어 이제 여명이 얼마 남지 않았음을 한눈에 알아볼 만큼 쇠약해져 있었다. 그러니까 한마디 할 때마다 깊은 숨을 내쉬며 숨이 고르지 않아 말을 할 수가 없었다.

"이건 이야기하지 말까 했는데, 역시 마음에 걸려서 말이다."

아버지는 거기서 말을 끊고 잠시 눈을 감았다가 말을 꺼냈다.

"실은 나는 자식이 하나 더 있다."

이 뜻밖의 말에 자작은 눈이 휘둥그레졌다. 하지만 그렇다고 해서 아버지를 비난하려는 생각이 들지는 않았다.

그보다 죽음을 앞에 놓고 그런 아이를 기억해낸 아버지의 인간적 고뇌에 동정을 했다.

"예."

자작은 신묘하게 대답했다.

"17, 8년 전, 벌써 20년이나 되었나. 신바시 게이샤 중에 다마카(玉

香)라는 여자가 있었는데 말이다……."

아버지는 그 여자의 아름다운 면영을 떠올리기라도 하듯 침대 옆 전기스탠드의 푸른 등에서 흘러나오는 빛을 가만히 응시했다.

"그 여자에게 아이가 태어났어. 나는 내 아이로 키우려고 했는데 그만 어쩌다 그 여자하고 헤어지게 되어서,……."

아버지는 좀 길게 이야기를 계속했기 때문에 괴로운 듯이 연달아 심호흡을 세 번 정도 했다.

"그것도 내가 거듭 잘못한 것이기는 하지만, 어쨌든 헤어지고 나서 아이만 데리고 오겠다고 하니 아무래도 듣지 않았지……."

아버지는 다시 숨을 쉬고 말했다.

"자식을 보내지 않겠다면 양육비를 보내겠다고 해도 싫다고 하더구나. 그럼 일시금으로 주겠다고 해도 듣지를 않았어……."

"고집이 셌군요."

자작은 아픈 아버지가 이야기하기 쉽도록 맞장구를 쳤다.

아버지는 자작이 가볍게 이야기를 들어주는 것이 기뻤는지 야윈 얼굴에 미소를 띠며 말을 이었다.

"그래, 그래. 그랬지. 아직 스물 서넛이었지만 고집이 세고 강한 여자였어……."

"그 후로 그 여자 소식은 못 들으셨네요?"

"그게, 그러니까, 한 스물 일고여덟까지는 게이샤 일을 하고 있었던 것 같은데, 그 후 슬쩍 알아보았지만 알 수가 없었어."

아버지는 암담한 표정을 지었다.

(1934.3.6)

생활의 무지개 **147**

### 63

### 죽기 전 마지막 부탁⑹

처음으로 아버지의 비밀을 들은 것인데, 자작은 아버지를 탓하는 기분은 전혀 들지 않았고, 온화해 보이는 병상에서 그런 고뇌를 품고 괴로워했던 아버지가 불쌍함과 동시에 아직 보지 못한 형제에 대한 애정마저 느껴졌다.

"아버지, 왜 좀 더 일찍 말씀해 주시지 않았어요? 제가 찾아서 아버님이 안심하실 수 있도록 조치를 취했을 텐데. 그리고 그 아이는 남자아이인가요, 여자아이인가요?"

"딸이라고 했어. 그러니까 제 어미와 같은 장사를 하면서 어디에서인가 고생을 하고 있을 것 같구나."

아버지는 희미하게 눈물을 글썽거렸다. 응석쟁이에 아버지 병상도 제대로 들여다보지 않는 노리코를 생각하면, 그런 딸이라도 있으면 좀 따뜻한 말이라도 건네줄 것이라고 아버지는 생각할 것이라 자작은 짐작했다.

"아버지, 찾을 수 있는 실마리는 전혀 없나요?"

"없어. 10년 전에 찾았으면 있었겠지만……."

"그 다마카라는 사람이 있던 예기집 이름은 뭐예요?"

"신노지마야(新野島屋)라는 집이었어."

"알았어요. 어떻게든 찾아낼게요."

자작은 진심으로 다짐을 하며 말했다.

"고맙구나. 하지만 만약 소재를 알아내도 행복하게 살고 있으면 그냥 그대로 놔 두거라. 만약 불행하다면,⋯⋯."

"제 동생으로서 이 집에 받아들이겠습니다."

"아니, 그건 안 된다. 집안의 명예라는 것이 있다. 예기 일이라도 하고 있다면, 돈이라도 좀 주어서,⋯⋯."

"아니요, 아버지. 저는 어떤 경우에 처해 있더라도 제 동생으로서 할 수 있는 만큼은 하겠습니다."

아들의 순정에 아버지의 눈은 완전히 눈물에 젖어버렸다.

"그렇게는 안 될 것이다. 너무 세상의 눈에 띄지 않는 방법으로 행복하게 해 주거라."

아버지는 자작의 태도에 완전히 만족해서 이야기했다.

"아버지, 저는 내일부터 모든 수단을 동원해서 찾아보겠습니다."

"하지만 너무 드러내놓고 하면 내 치부를 세상에⋯⋯."

"그 점도 잘 알고 있습니다. 제가 직접 이 잡듯이 찾겠습니다."

"고맙구나, 고마워."

"하루라도 빨리 찾아서 아버님을 안심시켜 드릴게요."

"죽기 전에 한번 보고 싶지만, 지금까지 내버려 두었으니 그건 새삼스러운 나의 욕심이겠지."

"아니, 그럴 리가 있나요. 2, 3일 안에 꼭 찾을게요."

그것이 여명이 얼마 남지 않은 아버지에 대한 마지막 효도라고 생각했다.

(1934.3.7)

생활의 무지개  **149**

## 64

**수색 시작⑴**

아버지의 병상에서 나와 시계를 보니 아직 10시 전이었다.

주택가의 밤은 깊었지만 화류계에서는 아직 깊은 밤이라고는 할 수 없는 시각이었다. 수색은 하루가 급했다. 아버지의 숨이 붙어 있는 동안 찾아서 한 번이라도 좋으니까 만나게 해 주고 싶었다. 내일까지 기다릴 것도 없이 오늘 저녁부터 수색을 시작해야겠다고 생각했다.

그러나 자작은 신바시 같은 곳에는 발걸음을 한 적이 별로 없었다. 가끔 사람들 초대를 받아 요정 문을 드나들었을 뿐이었다.

어차피 요정에 가서 신노지마야의 예기를 불러 다마카의 소식을 물어보는 것이 첫걸음일 것이었다. 하지만 그렇다고 해서 갑자기 가서 놀 수 있는 집이 없다.

그는 친구 무라야마를 생각하고 지혜를 빌리는 것이 좋겠다고 생각했다. 전화를 거니 무라야마는 집에 있었다.

"이보게, 생뚱맞기는 한데 좀 물어보고 싶은 것이 있네."

"무슨 일인가?"

"자네, 신바시 요정 중에 아는 곳 있나?"

"있지."

"거기, 나 좀 소개해 주게."

"물론이지. 다음에 데려가겠네."

"다음에는 필요 없네. 오늘 밤 당장 소개를 해 주었으면 하네."

그러자, 전화기 저편에서 무라야마는 갑자기 웃음을 터트렸다.

"아니, 이보게, 무슨 일인가? 갑자기 만나보고 싶은 예기라도 생긴 건가?"

"아니, 그런 건 아니고,……."

"아니, 이상하지 않은가? 어딘가 연회에서 보고 반한 여자를 요정에 가서 부르려는 것 아닌가? 그런 짓을 하면 그 가련한 엘리베이터 양에게 미안하지 않은가?"

"그런 쓸데없는 말은 하지 말게. 실은 지금 당장 요정에 가야 할 일이 생겼네."

"이상한 일도 다 있군그래. 하하하하."

어디까지고 우스갯소리로만 받아들여서 자작은 당혹스러웠다.

"사정은 나중에 이야기하겠네. 어쨌든 지금 당장 소개해 주지 않겠나?"

"그럼, 사정을 듣고 나서 벌금을 물리기로 하고 소개를 하지. 나도 그 방면으로는 잘 모르지만, 관리 친구들이 자주 다니는 집이 있네. 신바시 연무장(演舞場) 앞 골목에 가면 금방 알 수 있네. 지금 당장 가는 건가?"

"응, 그렇다네."

"그럼, 전화를 걸어 두겠네. 고타케(小竹)라는 집이네. 작은 대나무라고 쓰는데,……자네가 구도 자작이란 말을 해도 되겠나?"

"응, 물론 괜찮네."

"대단한 기세인걸. 하하하하."

(1934.3.8)

### 65

### 수색 시작(2)

전화를 끊자 자작은 서둘러 자동차를 불렀다.

"신바시 연무장 앞으로!"

이렇게 부탁을 하고 집을 출발했다.

지금 막 죽음의 병상에 누워 있는 아버지와 만나게 하기 위해 아직 보지 못한 이복 여동생을 찾는다.—이는 결코 불쾌한 일은 아니었다. 뭔가 로맨틱하고 보람 있는 일임이 틀림없었다.

다만, 그 여동생이 예기 노릇을 하느라 심신이 모두 황폐해져 있지 않기를, 설령 어떤 처지에 있더라도 흰 연꽃처럼 청초한 모습을 하고 있었으면, 하고 마음속으로 빌었다.

'고타케'라고 쓴 집은 금방 찾았다. 외무성 직원들이 즐겨 찾는 곳이니만큼 차분하고 분위기가 좋았다. 검은 널빤지로 높게 울타리를 치고 현관까지 자갈이 깔려 있었다. 총 2층짜리 건물로, 신축한 지 얼마 안 되었는지 반짝여 보였다.

현관에 들어서자 발자국 소리를 듣고 알았는지 조추 두 명이 바닥에 손을 짚고 기다리고 있었다.

"지금 무라야마 군에게 전화가 있었죠?"

"예, 구도 자작님이시지요? 어서 오세요."

아무리 큰 요정이라도 신용이 있는 손님 하나를 새로 얻는 것은 좀처럼 쉬운 일은 아니기 때문에 조추들은 상당히 공손했다.

안마당을 면하고 깊숙이 들어가 있는 다다미 8장짜리 방으로 안내를 받았다.

방은 벌써 준비가 다 되어 있어서 깨끗한 오동나무 화로 두 개가 놓여 있고, 한쪽 구석에는 전기스토브가 빨갛게 켜져 있었다. 차와 과자가 나오더니 둔하게 살이 찐 어디로 보나 요정집 여주인으로 보이는 여자가 인사를 하러 왔다.

"어서 오세요. 부디 애용해 주세요."

"아니, 이런 곳에 자주 오는 사람은 아니네. 오늘은 좀 용건이 있어서 말이네."

"그런 말씀 마시고 앞으로 종종 놀러 오세요."

"아무래도 이런 방면으로는 별로 연이 없어서 말일세. 그래서 무라야마 군에게 소개를 부탁한 것이네."

"어머, 그런 말씀을 하시다니! 오늘은 누구를 부를까요?"

"누구랄 것은 없네. 여기에 신노지마야(新野島屋)라는 곳이 있었나?"

"있어요."

"그곳의 게이샤를…. 아 그렇지, 가급적 오래된 언니 게이샤가 좋겠는데, 오래전부터 있던……."

"오래전부터 있던 게이샤라면 누구일까?"

여주인은 옆에 있는 조추를 돌아보며 물었다.

"그 언니는 4, 5년 전에 죽었고,……."

조추가 대답했다.

"언니라니 누군가?"

자작이 물었다.

"다마에(玉重)라는 노 게이샤가 있었어요. 그곳 주인인데,……."

여주인이 대답했다. 그 여자가 살아있었더라면, 하고 자작은 좀 실망을 했다.

(1934.3.9)

## 66

**수색 시작(3)**

"그 다마에라는 사람은 마흔 일고여덟에 죽었습니다만, 30년 이상 예기 노릇을 했어요. 일류 예기로 꽤 오래 일한 사람이었지요." 여주인이 설명을 했다.

"다마카라는 사람은 없었나?"

자작은 좀 초조해하며 물었다.

"있어요. 근데 그 아이는 스무 살 정도 되는 젊은 예기예요."

그런 이름을 가진 예기가 있다는 사실만으로도 자작은 좀 든든해졌다.

"그보다 더 나이를 먹은 예기는,……."

"그건 지금의 다마에 씨에요."

조추가 대답했다.

"지금의 다마에….그럼 2대째 다마에라는 거네. 그 여자는 몇 살이지?"

"스물 서넛쯤 되었을 거예요."

"더 오래된 예기는 없나?"

"있죠. 다다에, 다마카, 그리고 동기(童妓)가 둘 있을 뿐이에요."

"믿음이 안 가는군."

"어머, 나이든 예기가 좋아요?"

여주인이 말했다.

"하하하하. 그런 게 아니네. 그럼 그 다마카라는 여자 불러볼까?"

자작은 어쩌면 그 여자가 옛 다마카의 딸인지도 모른다고 생각했다.

조추가 일어서서 전화를 걸러 갔다.

"그 다마카라는 여자는 어떤 여자인가?"

자작은 될 수 있는 한 그 다마카에 대해 알아두고 싶었다.

"기품 있고 괜찮은 아이예요. 신바시에서도 다섯 손가락 안에 들어요."

"그렇게 괜찮은 아이인가? "

"네, 이치고마(市駒), 모토치요(元千代), 만류(万龍), 그리고 지금 곧 올 다마카. 젊은 축으로는 이렇게 다섯을 꼽을 수 있어요."

여주인이 말했다.

"이 집에 자주 오는 사람인가?"

"아니요, 저희 집에는 어쩌다 오는 정도예요. 하지만 당신이 애용을 하신다면 매일이라도 오죠."

"부르는 수밖에 없는 건가? 만나 봐야겠는걸."

"보시면 분명 마음에 드실 거예요. 아주 얌전하고 괜찮은 예기예요."

듣고 있자니 점점 더 아직 보지 못한 자신의 이복 여동생과 비슷한 것 같은 생각이 들었다.

조추가 돌아와서 보고를 했다.

"마침 손님이 없어서 바로 이쪽으로 온다고 합니다."

"그것참 잘됐네."

여주인은 조추에게 대답을 하고 나서 물었다.

"맥주로 하시겠어요, 정종으로 하시겠어요?"

"둘 다 별로 마시지는 않는데, 그럼 맥주로 할까?"

자작은 대답했다.

(1934.3.10)

## 67

**수색 시작(4)**

여주인과 10분 정도 두서없이 이런저런 이야기를 하고 있자니, 옆 방에서 옷자락 스치는 소리가 나는가 싶더니 미닫이문이 쓱 열렸다.

"안녕하세요!"

차분한 목소리가 들리고 뽀얀 옆얼굴을 보이며 손을 짚고 인사를 하는 여자가 있었다.

"다마카 씨! 이쪽으로 와 봐요! 많이 기다렸어요."

여주인이 이렇게 말하자 쑥 일어나서 자작과 테이블을 사이에 두고 앉았다.

검은 바탕에 금사로 수놓은 흩어진 솔잎 모양이 흰 얼굴을 더한층 맑아 보이게 했고, 아름답고 조신해 보이는 좁은 어깨에 나긋나긋한 손발 등 세련되고 기품이 있어서 과연 신바시 일류 명화(名花)의 모든 조건을 갖추고 있었다.

"지명이 있었어. 다마카 씨!"

여주인이 이렇게 소개했다.

"감사합니다. 부디 잘 부탁드립니다."

고개를 살짝 숙이며 천박하지 않게 눈을 치켜뜨며 자작의 얼굴을 가만히 올려다보았다.

"아니, 저는 어쩌다가 올 뿐입니다."

"어머, 그런 말씀 마시고 많이 애용해 주세요."

다마카는 정숙한 표정으로 웃었다.

"이 분은 신바시 쪽에는 별로 오시지 않는대. 그러니까 다마카 씨가 역량을 발휘해서 오시게 해야 해."

"알겠어요. 한 잔 드릴게요!"

이렇게 말하며 다마카는 조추가 가지고 온 맥주병을 들어 자작의 컵에 찰랑찰랑 따랐다.

"저, 당신 한 번 뵌 적 있어요."

다마카가 자작의 얼굴을 가만히 살펴보며 말했다.

"아니, 어디서, ….."

"오다지마(小田島) 백작 원유회에서요."

"아, 맞아요. 그때 갔었어요."

"그렇겠죠……. 왜 당신을 기억하는지 아세요?"

"모르겠습니다."

"호호호호."

다마카는 웃으며 여주인을 돌아보고 말했다.

"있잖아요, 언니. 이분 지에조하고 좀 닮았죠?"

"나도 아까부터 그렇게 생각하고 있었어. 물론 지에조 씨보다는 훨씬 더 기품이 있지만 말이야."

"그래요, 지에조 씨보다……."

말을 하다 말고 다마카는 풋 하고 웃으며 얼버무렸다.

"지에조 씨보다 좋은 남자라고 하고 싶은 거지?"

"물론이죠. 저 기분 좋아요."

"다마카 씨 안 돼. 처음 함께하는 자리에서 홀딱 반해 버리면,……. 그럼, 저는 방해가 될 테니 물러나기로 하죠."

여주인은 게이샤에게 맡기면 될 것이라고 생각했는지 일어서서 방을 나갔다.

(1934.3.11)

### 68

**수색 시작⑸**

자작은 다마카가 자리에 들어온 순간부터 유심히 그 아름다운 얼굴을 응시했다. 어딘가 동생 노리코와 닮지는 않았나 하며,……. 콧날은 어딘가 비슷했다.

그러나 윤곽은 전혀 달랐다. 둥근 얼굴에 턱이 짧았다. 그러나 그녀는 아버지보다는 어머니를 닮았을지도 모른다고 생각했다.

"다마카 씨는 몇 살인가요?"

자작은 익숙하지 않은 어조로 물었다. 이런 곳에서 예기와 마주 앉은 것은 이것이 처음이었다.

"저요? 맞춰 보세요!"

"스물?"

"아니요, 하나 더 아래요."

"열아홉, 젊네요."

열아홉이면 노리코보다 하나 아래다. 이렇게 아름다운 여동생이 하나 더 느는 것은 결코 나쁜 일은 아닌 것 같았다.

"태어난 곳은 어디지?"

"시바(芝)요."

"에도(江戸) 토박이군."

"네, 그래요."

"아버님은 무엇을 하시나?"

"집에서 빈둥빈둥 놀아요. 원래는 포목점 지배인이었어요."

자작은 갑자기 긴장이 탁 풀렸지만 여전히 일말의 희망을 놓지 않고 물었다.

"어머니는 건강하신가?"

"네, 건강하세요."

자작은 이제 거의 절망했다.

"당신, 혹시 양녀 아닌가?"

"아니요, 부모님 모두 친부모예요. 왜 그런 걸 물으시죠?"

다마카는 웃으며 대답을 했다.

"아니, 좀 물어보고 싶어서……."

"제게 그렇게 관심이 있으세요?"

다마카는 맑은 눈동자로 자작을 가만히 바라보았다. 자작은 조금 괴로워하며 물었다.

"아니, 실은 다마카라는 이름이 매우 정겨워서 말야. 자네 집에는 다마카라는 이름의 예기가 많이 있었나?"

"예, 제가 5대째라고 해요! 저희 가게에서는 이 이름을 아무에게나 쓰지 못하게 하고 있어서 어지간히 실력 있는 예기가 아니면 이름을 잇지 못하게 하고 있다고 해요. 이렇게 말씀드리면 제 자랑 같기는 하지만요, 호호호호……."

그녀는 이렇게 분명하게 말을 해 버렸다. 상당히 총명해 보이는 여자였다.

"5대째나 이어졌단 말인가? 지금으로부터 20년 전 정도의 다마카 씨라면 몇 대째지?"

"모르겠어요. 제 바로 위 다마카 씨는 오사카의 부자에게 갔어요. 그 전의 다마카 씨는, 은행원분과 결혼했다고 하던데요……."

"그 다마카 씨는 몇 살 정도지?"

"가끔 저희 가게에 놀러 와요. 서른 두셋일 거예요."

그 다마카도 아닌 것이 확실하다.

(1934.3.12)

## 69

### 성가신 조수(1)

"이 봐, 20년 정도 전에 당신 가게에 있던 다마카 씨에 대해 알려면 어떻게 하면 좋을까?"

자작은 솔직하게 용건을 이야기했다.

"20년 전이면 제가 아직 태어나기도 전이에요."

다마카는 자작이 초조해하면 초조해할수록 더 차분하게 생글생글 웃고 있다.

"당신은 지금 그 가게에 몇 살 정도에 왔지?"

"열두 살 때요."

"그때는 은행원과 결혼을 했다는 다마카 씨가 있었던 거네."

"그래요. 저를 꽤 예뻐해 주었어요."

"아니, 그 다마카 씨는 이제 됐어. 그러니까 그 다마카 1대나 2대 전의 다마카에 대해서는 모르나? 당신이 5대째라면 그 다마카는 3대째겠군. 그러니까 초대 다마카나 2대 다마카에 대해서는 아무것도 모르나?"

"저는 아무것도 몰라요. 너무 어렸을 때예요."

"그렇겠지. 그런데 말이야. 나는 초대나 2대 다마카 씨에 대해 알고 싶은데, 당신 힘을 써 주겠나?"

"하죠. 오라버니 일이라면 무슨 일이라도요."

미소 속에 나이치고는 훨씬 조숙한 색기를 띠고 있다. 이런 조사에 색기는 금물이지만, 다마카는 마음이 끌리는 손님을 알아보고 색기를 보이려 한다.

"농담 말고."

자작이 그것을 막으려 한다.

"네네. 물론 오라버니를 위해서라면 어떤 희생이라도 치르겠어요."

다마카는 자작의 마음도 모르고 점점 더 감겨 붙으려 든다. 그것이 싫은 것은 아니지만 민폐이기도 했다. 그러나 아직 보지도 못한 여동생을 찾기 위해서는 다마카의 호의를 이용하는 수밖에 없다.

"그럼 자네에게 조사를 부탁하겠네."

"네, 알아봐 드리죠."

"어떤 식으로?"

"저희 가게에 오사키라는, 쉰 예닐곱 되는 할머니가 계세요. 벌써

20년 이상 된 조추에요. 그 할머니에게 여쭤보면 뭐든 알고 있을 거예요."

"음, 그래그래. 그분에게 알아봐 주겠나?"

"오늘 밤 돌아가면 바로 물어볼게요. 하지만 그 다마카 씨에 대해 알아내면 제게 어떤 상을 줄 거예요?"

"뭐든지 다 해 줄게. 시계든 반지든."

"그런 건 싫어요."

"그럼, 기모노?"

"기모노 같은 것 싫어요."

"그럼 뭐?"

"저, 아무것도 필요 없어요. 이제부터 오라버니가 저를 만나 주면 돼요."

(1934.3.13)

# 70

### 성가신 조수(2)

의외의 요청에 자작은 당황스러워했다.

"자네와 만난다고 해도 나는 이런 곳에 잘 오지 않아."

"그러니까 있는 힘을 다해 오셔야 해요. 사모님이 엄하세요?"

"아내는 없지만."

"너무 잘됐네요. 좋아요."

다마카는 눈을 반짝거리며 기뻐했다.

"그럼, 1주일에 두세 번만 오세요."

부탁받은 일은 안중에도 없었다.

"자네, 그보다 옛날 그 다마카를 —"

"그러니까 당신이 1주일에 두 번 와 주신다는 약속을 해 주시면 열심히 그 다마카 씨를 찾아드릴게요."

이 여자를 이용하는 것이 어쨌든 편하기도 하고 지금 상황상 달리 방법도 없다. 하지만 1주일에 두 번씩 와 달라니 너무 큰 대가이다.

"한 달에 한 번이라면 약속을 할게."

"싫어요. 그렇게 박정하게 구시면."

"박정! 하하하하."

자작은 당혹스러우면서도 상대의 구김살 없는 열정에 좀 압도되었다.

"그럼 한 달에 두 번으로 하지. 나는 신바시에서 논 적은 없지만, 자네가 그렇게 말한다면 자네의 진력으로 다마카를 찾았을 경우에는 앞으로 한 달에 두 번씩 자네를 만나기로 약속을 하지."

유흥에 익숙지 않은 애송이 같은 자작의 말씨에 다마카는 점점 더 호감이 갔다.

"알았어요. 그럼 한 달에 두 번으로 봐 드리죠. 하지만 다마카 씨를 찾을 때까지는 매일 밤 와 주실 거죠?"

"응. 그야 물론이지."

"그럼, 저 오늘 돌아가면 오사키 할머니에게 물어볼게요."

"너무 노골적으로 드러내놓으면 곤란해."

"알고 있어요. 비밀스럽게 알아봐 드릴게요."

"그래, 그래."

"가급적 시간이 많이 걸리면 좋겠네요."

다마카는 장난스러운 눈빛으로 말했다.

"왜?"

"왜라니요. 그동안은 매일 만날 수 있잖아요."

"바보 같은 소리 하면 곤란해. 하루가 급한 일이라고."

"그래요! 그렇게 급한 일이에요? 그럼 한 달에 두 번은 너무 싼걸요. 성공하면 한 달에 세 번은 만나 줘요."

"어쨌든 그건 자네 하기 나름이야."

"그건 그렇네요. 그럼 명함 주세요."

"명함!"

"당신의 명함이나 전화번호를 모르면 뭔가 의논할 일이 생겼을 때 곤란하잖아요."

그것도 그렇겠다고 생각하고 자작은 명함을 건넸다.

"어머, 구도 자작님이시군요. 역시 1주일에 두 번씩 만나 주겠다고 약속하시지 않으면 일 안 할래요."

(1934.3.14)

### 71

### 성가신 조수(3)

귀한 조수이기도 하지만 성가시기도 했다.

어쨌든 이를 기회로 조금이라도 깊이 자작의 마음속으로 파고들려 하는 다마카를 어떻게든 달래놓고 자작이 집에 돌아온 것은 1시 가까이 되어서였다.

다음 날 회사에 출근을 하니 급사가 와서 전했다.

"전화입니다. 히나타(日向) 씨에게서요."

"히나타라니, 어디에 있는 히나타지?"

급사는 다시 전화를 걸고는 바로 대답했다.

"신바시의 히나타 씨입니다."

자작도 곧 짚이는 바가 있어서 바로 책상으로 연결시키고는 수화기를 들었다.

"아, 여보세요. 제가 구도입니다만."

"저, 다마카예요. 기억나시죠? 어제 뵌……."

애교 섞인 예쁜 목소리가 귀를 간질이듯이 들려왔다.

"알지."

"굉장히 좋은 뉴스가 있어요."

"정말! 어떤 뉴스?"

자작이 캐물었다.

"어머, 어떻게 전화로 얘기해요?"

"그래. 하지만 자세한 이야기는 그곳에 가서 들을 테니까 대충이라도 좀 알려 줘."

"아뇨, 전화로는 대충이라도 말 못해요. 바로 고타케로 오실래요?"

"아직 할 일이 남아서 6시에 갈게."

"어머, 그럼 안 돼요. 6시쯤부터 약속한 술자리가 있는 걸요. 지금 당장이 아니면 싫어요."

자작이 벽에 걸린 시계를 보니 2시 반이다. 3시에는 손님하고 약속이 있다.

"그럼, 1시간 반 정도 지나서."

"네, 그럼 저 이제부터 준비를 할게요. 거짓말하시면 절대 안 돼요."

이제 애인이라도 되는 듯, 애교를 부리는 말씨다. 하지만 자작은 뉴스가 있다는 것이 기뻤다.

3시에 손님이 왔지만 이런저런 교섭을 하고 돌아간 것은 4시가 넘어서였다.

바로 자동차로 고타케로 달려갔다. 낮부터 요정 문을 들어가는 것은 싫었지만 그런 것에 신경 쓸 겨를이 없었다.

(1934.3.15)

### 72

### 성가신 조수⑷

낮 동안의 요정은 휑하니 조용했다.

오늘은 좀 밝고 넓은 2층 방으로 안내를 받았다. 여주인과 조추는 어젯밤 오고 하루도 되지 않아서, 그것도 날도 저물기도 전에 일찍 모습을 나타냈기 때문에 정말로 좋은 손님을 획득했다고 신이 나서 소홀히 할 수 없다는 태도였다.

방은 말끔히 준비가 되어 있었다.

"다마카 씨에게서 아까 나으리께서 오실 것이라고 전화가 와서 미리 준비를 하고 기다렸습니다."

그가 자작이라는 것을 다마카가 벌써 떠들어댄 것 같았다.

"나으리라니, 그런 경칭은 그만두시게. 그런 식으로 말하면 소름이 돋는다고."

"어머, 그렇지만 경칭을 쓰지 않으면 화를 내시는 분들이 많아요."

여주인은 웃으며 말했다.

"나는 집에서도 그런 식으로 말하지 못하게 하네."

"그래요. 그럼 모두에게 그렇게 이야기해 둘게요. 다마카 씨에게는 지금 전화를 걸라고 할 거니까, 금방 올 거예요. 오늘은 식사를 하시는 게 어떠세요?"

"그렇게 하는 것이 좋겠네. 그럼 뭔가 주문을 해 주게."

연회에 사용하는 것으로 보이는 다다미 20장짜리 방으로, 도코노

마(床の間)[24]에는 스이운(翠雲)의 산수화가 걸려 있었다.

5분도 되지 않았다. 계단을 달려 올라오는지 발자국 소리가 크게 났고, 오늘은 6시부터 약속이 있기 때문인지 엷은 하늘색 바탕에 수선화 무늬가 그려진 옷자락을 끌며 다마카가 호리호리한 모습을 출입구에 서 있는 병풍 뒤에서 드러냈다. 그리고 그곳에서 바닥에 손을 짚고 인사를 하고는 성큼성큼 다가와서 자작이 앉아 있는 옆에 무릎을 갖다 대듯이 앉았다.

"믿어도 되겠네요. 이렇게 약속을 지켜 주시리라고는 생각지 못했어요. 저, 이 집에서 전화가 와서 엄청 서둘러서 달려왔어요."

이쪽은 용건이 있어서 만나려는 것이지만, 상대는 그것을 연애로 생각하려는 것이다. 자작은 고민을 하면서 물었다.

"고맙군. 그런데 뉴스라는 것은 뭐지?"

"말할게요. 지금 말할 건데 앞으로 1주일에 한 번씩은 꼭 와 줄 거죠?"

"한 달에 두 번이라고 약속하지 않았나?"

"한 달에 두 번이라니 싫어요. 사모님도 안 계시면서 너무해요."

"하지만 1주일에 한 번이라니,……."

"싫으시면 저 말 안 할래요."

"이봐, 이봐. 나를 힘들게 하지 말아 줘."

---

**24** 일본식 방의 상좌(上座)에 바닥을 한층 높게 만든 곳. 벽에는 족자를 걸고, 바닥에는 꽃이나 장식물을 꾸며 놓음. 보통 객실에 꾸밈.

"하지만 당신은 너무해요."

자작은 쓸쓸히 웃으며 그 자리를 모면하기 위해 대답했다.

"그럼, 1주일에 한 번으로 할게."

"정말?"

"응."

"있잖아요. 20년 전의 다마카라는 분 굉장히 예쁜 분이래요. 하지만, 그분 3, 4년 전에 돌아가셨대요.

(1934.3.16)


## 73

**성가신 조수(5)**

"죽었다고!"

자작은 놀라서 소리를 질렀다.

다마카가 죽었다는 것은 의외였다. 그러나 그것은 문제가 아니었다. 찾는 것은 그 딸이었다.

"네, 죽었대요."

"하지만, 그 다마카에게 자식이 있을 텐데. 그 자식에 대해서는 아무 이야기가 없었나?"

"그건 물어보지 않았어요. 하지만 당신이 그런 말은 하지 않았잖아요."

눈앞에 있는 젊고 아름다운 다마카는 말했다.

"그럼, 다시 한 번 그 오사키 할머니께 물어봐 주지 않겠나? 그 다마카의 자식이 어떻게 되었는지. 또 그 다마카의 친척은 어디에 있는지 말이야."

"네, 물어봐 드릴게요. 그 대신 1주일에 한 번으로는 부족해요."

"아, 이봐. 그만 좀 해. 농담이 아니라고."

자작이 말하자 다마카는 웃으며 대답했다.

"저도 진심이에요."

"진심은 고맙지만, 나는 꼭 필요한 일이 있어서 그 아이를 찾는 거야. 그러니까 그렇게 나를 난처하게 하지 말고 힘을 써 달라고. 정말로 그 아이를 찾으면 그런 약속 같은 것 하지 않아도 자네에게 어떤 식으로든 보상을 할 거야."

자작이 진심으로 진지해지자 다마카도 갑자기 차분해졌다.

"그래요. 그렇다면, 저 조건 없이 열심히 알아볼게요."

"그 오사키 할머니에게 잘 알아보고 나서 될 수 있는 한 방법을 강구해 보고 싶어. 그러나 가급적이면 비밀로 하기야. 누구에게 알아보면 되는지 오사키 할머니에게 잘 알아봐 주지 않겠어?"

"네, 알았어요. 그럼 저 잠깐 집에 갔다 올게요. 당신 급하시죠?"

"응. 어제 이야기한 대로 하루라도 빠르면 좋아."

"그럼, 빨리 서둘러서 돌아가서 알아보고 올게요."

다마카는 태도가 갑자기 바뀌어 진지해지더니 바로 자리에서 일어나서 나갔다.

지금까지 자기중심으로만 움직이던 다마카가 자작의 진의를 알고
나서는 갑자기 진지해진 것이 자작으로서는 기뻤다.

　　20분 정도 지나서 다마카는 매우 서둘러 돌아와서는, 숨을 헐떡거
리며 말했다.

　　"알았어요. 다마카 씨의 자식은 딸이래요. 그 아이가 일곱 살 정도
까지 가끔 가게에 데리고 오는 일이 있었대요. 얼굴이 엄청 예쁘고 귀
여웠대요. 그 무렵에는 다마카 씨도 아직 게이샤일을 하고 있었고요.
서른 정도 때 건강이 좋지 않아서 그만두었대요. 친척이 어디에 있는
지, 자식이 어떻게 지내고 있는지 모르지만 다마카 씨의 친구였던 사
람에게 물어보면 알 거래요."

　　"그 친구는 어디에 있지?"

　　"그분은 이 근방에서 히데요(秀葉)라는 이름으로 일을 하던 사람인
데 지금은 야나기바시(柳橋)에서 하나타나카(花田中)라는 요정을 하고
있대요."

　　"그래? 그럼, 지금 당장 가지."

　　자작이 말했다.

　　"싫어요. 그런 곳에 가시면 또 나 같은 사람이 튀어나와서 오라버
니에게 약속을 하게 하면 싫어요. 그러니, 제가 가서 물어봐 드릴게
요. 내일 오전 중에 꼭 와 줘요."

(1934.3.17)

### 74

### 성가신 조수⑥

자작은 결국 다마카에게 부탁을 하기로 했다. 무슨 일이든 달려드니만큼 상당히 머리가 좋은 재주꾼인 그녀에게 부탁하는 것이 간단할 것 같았다.

다음 날 회사에 간 자작은 오전부터 오후에 걸쳐 다마카의 대답을 목을 빼고 기다렸다.

오후 4시 무렵이 되어서야 겨우 다마카에게서 전화가 걸려왔다.

"저 아침부터 지금까지 조사를 했어요. 감동적이죠? 지금 바로 고다케로 와 주시겠어요? 여러 가지 보고할 것이 있어요."

어제와 달리 완전히 사무적으로 변해 있었다.

자작은 전화를 끊고 바로 준비를 하고 방을 나섰다. 엘리베이터를 타니 뜻밖에 그것은 아야코의 엘리베이터였다. 희한하게도 다른 손님은 한 명도 없었다.

아야코는 뺨에 친근한 미소를 띠었나 싶자 물었다.

"벌써 퇴근해요?"

아야코가 말을 건 것은 오늘이 처음이다. 이미 그녀는 애정의 대상으로서는 단념을 했지만 자작은 위태롭게 심란해져서 대답했다.

"좀 볼일이 생겨서요."

그리고 아야코와의 결혼담이 진척이 되었다면 이번 수색도 터놓고 의논도 하고 같이 도와주기도 할 텐데 하고 생각했다.

아야코는 1층으로 내려올 때까지 계속 미소를 띠고 있었다. 자작은, '결혼 이야기는 거절했지만 저는 절대로 당신을 싫어하는 것은 아닙니다'라는 의미가 그 미소 안에 들어 있다고 생각했다.

아야코와 아직 보지도 못한 동생을 반 정도씩 번갈아 생각하면서 자작은 자동차를 고타케로 몰아갔다.

"어서 오세요. 다마카 씨는 아까부터 와 있습니다."

조추가 자작의 얼굴을 보고 말했다. 두 사람을 아주 열렬한 사이로라도 생각하는 것 같았다.

다마카는 2층의 작은 방에서 기다리고 있었다. 평상복으로 보이는 줄무늬 기모노를 입고 있었다. 어쩐지 그게 더 여염집 여자 같고 느낌이 좋았다.

"저, 서둘러 오느라 평상복으로 왔어요. 괜찮죠?"

"괜찮고말고. 그보다 야나기바시 쪽은 어떻게 됐나?"

"전에 히데요라고 했던 여주인을 만났어요. 그분은 다마카 씨의 임종 때 달려가서 봤대요!"

"그래? 그럼 어디에서 죽었는지도 알겠군."

자작은 동생의 소재를 반은 알아낸 것 같아서 흥분을 했다.

(1934.3.18)

### 75

**찾아내고 보니⑴**

"죽은 병원은 제생회(濟生會) 병원이래요. 그리고 굉장히 불쌍했대요!"

다마카는 옛날 자기와 같은 이름을 사용한 선배의 불행한 죽음이 슬퍼서인지 눈물을 글썽였다.

"가족이나 누가 있었나!"

자작은 캐물었다.

"네, 그분의 언니하고 남편분이 있었대요! 그리고 다마카 씨의 딸이 같이 있었대요! 열대여섯이었는데 엄청 예뻤다고 해요!"

"아하. 그럼 그 사람들의 이름은? 주소는?"

"이름은, 그 언니의 남편성이 사이토(斎藤)라고 했대요."

"집은?"

"그때는 요도바시(淀橋)에 있었는데 그 후 어디로 이사 갔는지 모른다네요.

"왜지?"

"히데요 씨가 다마카 씨의 딸이 너무 예뻐서 게이샤가 되면 훌륭한 게이샤가 될 것이라고 생각해서 이야기를 하려고 갔었대요. 그런데 그 언니 남편 되는 분이 굉장히 견실한 사람으로 좀처럼 허락을 하지 않아서요. 히데요 씨가 서너 번 갔는데 화를 내고 이사를 가면서 어디로 가는지도 안 가르쳐 주었다네요."

"허, 대단한 남자군. 훌륭한 사람이야. 그럼 그 아이는 게이샤가 되지는 않았겠네."

"물론이죠. 게다가 학교에서 공부도 굉장히 잘 했대요."

"이야, 역시. 감동적이군. 그 아이도."

자작이 너무 흥분을 하자 다마카는 이상하게 여기며 물었다.

"대체 그 자식은 누구의 자식인 거죠?"

"아니, 말 못해."

"얘기해 줘요. 저 이렇게 열심히 알아보고 있잖아요."

"그 아이를 찾으면 이야기해 줄게."

"그래요. 그럼 저 열심히 찾을게요."

"부탁해. 나도 구석구석 찾아볼 거야. 그 사이토라는 사람의 직업은 모르나?"

"아마 정원사였던 것 같아요."

"정원사라! 도쿄 근방 분재상을 모두 찾아볼 거야!"

"좋아요. 저한테 맡겨 주지 않겠어요? 내일 요도바시에 가서 이전의 그 사이토라는 분이 살고 있던 곳에 가서 물어보게요. 그러면 아마 어디로 갔는지 알 수 있을 것 같아요."

"그래? 그것참 고맙군그래. 자네는 그럴 시간이 되나?"

"네, 괜찮아요. 우리 가게는 다마카 씨라는 젊은 사람이 주인이에요. 그 사람, 저는 친한 친구 사이예요."

다마카는 점점 더 믿음직스러워졌다.

(1934.3.19)

### 76

**찾아내고 보니**(2)

다마카는 그 다음 날 메이센(銘仙)으로 된 옷을 위아래로 맞춰 입고 될 수 있는 한 여염집 여자 모습으로 9시 무렵 긴자 뒷골목에 있는 집을 나섰다.

하나타나카의 여주인도 요도바시의 사이토라는 사람의 집은 딱 한 번 장례식날 밤에 조문을 하러 갔을 뿐이고, 그것도 밤에 자동차로 간 만큼 전혀 기억이 없고 단지 도야마가하라(戶山が原) 근처라는 것만 어렴풋이 기억하고 있었다.

다마카는 엔타쿠를 타고 무조건 도야마가하라를 목적지로 달려갔다. 그리고 신오쿠보(新大久保) 역 근처에서 내려 그곳 파출소를 찾아갔다.

젊고 아름다운 여자를 보고 순사는 비교적 정중하게 가르쳐 주었다.

"이 근처에 분재상 있나요?"

다마카는 물었다.

"분재상이요? 있어요. 이곳은 1877년 무렵 철쭉의 명소였고 분재상들의 정원도 많이 있었기 때문에 그 영향으로 지금도 네다섯 곳 있어요."

"그중에서 가장 오래된 분재상은 어느 집이죠?"

"글쎄요. 이곳에서 똑바로 가면 건널목이 있어요. 그 건널목을 지

나 첫 번째 모퉁이를 왼쪽으로 돌면 나카무라 신키치(中村新吉)라는
노인이 하는 분재상이 있어요. 그곳이 좀 오래된 곳이에요."

"고마워요."

다마카는 분재상을 찾아가면 같은 업종이므로 사이토라는 사람에
대해 꼭 알아낼 수 있을 것이라 생각했다.

순사가 가르쳐 준 대로 건널목을 건너서 첫 번째 골목을 왼쪽으로
도니 낮은 대나무 울타리를 두른 터에 정원수를 많이 심어 놓은 집이
보였다. 건물은 그 정원 안쪽에 있었다.

문 안으로 들어가서 석등롱 네다섯 개 사이를 지나 들어가니, 현관
도 없이 바로 그 집의 툇마루가 나왔다.

"실례합니다."

장지문이 열리고 안경을 쓴 노파가 얼굴을 내밀었다.

"이 댁 주인분 계신가요?"

"있어요."

이렇게 대답을 하며 안에 대고 부르자 일흔에 가까워 보이는 노인
이 위세 좋게 대답을 하며 툇마루로 나왔다.

"누구요?"

"저, 잠깐 말씀 좀 여쭙겠는데요. 이 근처에 4, 5년 전까지 사이토
라는 정원사 분 계시지 않았나요?"

노인은 다마카의 모습을 빤히 바라보고는 대답을 했다.

"아, 그럼 사이토 쓰네키치(斎藤常吉)겠군. 쓰네라면 내 제자요."

다마카는 뛸 듯이 기뻤다.

"그럼 지금 사는 주소도 아시겠네요."

"알지요. 이봐! 쓰네의 주소 적어 놓은 것 어디 있지?"

노인은 이렇게 말하며 찾으러 안으로 들어갔다.

(1934.3.20)

## 77

### 찾아내고 보니(3)

노인은 안에서 엽서 한 장을 들고나오더니 그것을 다마카에게 보여주었다. 그것은 다마카가 찾고 있던 사이토 쓰네키치가 이 노인에게 보낸 연하장이었다.

주소를 보니 메구로구 가미메구로 171번지라고 적혀 있었다.

"이분 지금도 이곳에 사시나요?"

다마카는 확인 차 물었다.

"살고 있을 거요. 1주일 전에도 나를 찾아 왔으니."

"그래요? 감사합니다. 조만간 다시 인사드리러 찾아뵙겠습니다."

다마카는 서둘러 인사를 하고 그곳을 나왔다.

다마카는 이렇게 간단히 사이토라는 정원사의 집을 알아낸 것이 기뻤다. 바로 공중전화로 구도 씨에게 자신의 공적을 보고할까 하고 생각했지만, 어차피 여기까지 찾아온 이상 자신이 직접 사이토 쓰네키치를 찾아가 옛 다마카 씨의 딸 소식을 확실하게 알아내고 싶었다.

그렇게 하면 자작이 얼마나 기뻐할까 하고 생각했다. 게다가 아직 오전 중이라 서둘러 돌아갈 필요도 없었다.

그녀는 자작을 보고 한눈에 반한 것이다. 신바시 같은 곳에 늘상 오는 치들은 화족이든 재벌 2세든 모두 노는 데만 이력이 나서 음침하고 진지한 구석이 없다. 그에 비하면 구도 자작은 미남이면서도 노는데 물이 들지 않고 성실하고 또 어딘가 따뜻한 구석이 있어서 좋았다. 내가 그 사람이 찾고 있는 다마카 씨의 딸을 찾아주면 그에 감동해서 나를 정말로 좋아해 주지 않을까 하고 생각했다.

폭이 넓은 길로 나오자 마침 그곳에 자동차 사무소가 있어서 메구로까지 가자고 해서 탔다.

차는 최근 개통한 환상선(環狀線) 도로를 달려 14, 15분 만에 메구로에 도착했다.

운전수에게 가미메구로 171번지를 찾아달라고 했지만, 그곳은 복닥거리는 뒷골목으로 다마카가 찾으려고 했던 분재상 정원 같은 것은 어디에도 없었다.

그곳에 있는 막과자가게에서 가게를 보고 있는 여주인에게 물었다.

"이 근처에 사이토 씨라는 정원사 계신가요?"

"우리 집에서 오른쪽으로 돌아서 여섯 번째 집이에요."

여주인은 대충 가르쳐 주었다.

가르쳐 준 집 앞에 서니 임시 건물이나 다름없는 이층집으로, 유리를 끼운 격자를 통해 현관이 보였다. 그곳에 지저분한 옷을 입은 아이들이 두셋 놀고 있었다.

"실례합니다."

격자문을 열고 안으로 들어가니 나이가 위로 보이는 여자아이가 안에다 대고 소리를 쳤다.

"손님 왔어요."

안에서 가게 문장이 새겨진 작업복을 입은 쉰흔 네다섯 되는 마른 노인이 얼굴을 내밀고 물었다.

"뉘신지요?"

분재 주문을 하러 온 손님으로 생각한 것 같았다.

(1934.3.21)

## 78

### 찾아내고 보니(4)

단골손님이 보낸 심부름꾼이라고 생각했는지 노인은 현관에 떡하니 버티고 앉아 앉아 있는 바람에, 다마카는 좀 당황해하며 물었다.

"저, 여기 사이토 씨 댁이신가요?"

"네, 제가 사이토입니다."

"정원사이신?"

"네, 그렇습니다. 당신은 누구신지?"

노인은 되물었다.

"저는 신바시의 신노지마야에서 왔습니다만."

다마카가 거기까지 말하자 노인의 성실하고 마른 얼굴이 갑자기 험상궂어지는 것 같았다.

"신노지마야라구! 게이샤집이지요?"

"예."

다마카가 대답을 하자 노인은 마른 사마귀처럼 갑자기 어깨에 힘을 주며 정색을 했다.

"신노지마야에서 무슨 일로!"

갑자기 그의 어투에서 벌겋게 달군 쇠처럼 드센 장인 기질이 번득이는 것 같았다.

신노지마야라는 말에 왜 그렇게 반감을 갖는 걸까, 다마카는 의외였다.

"저 잠깐 여쭤보고 싶은 것이 있습니다만…."

"예, 무슨 일로!"

마치 잡아먹을 듯한 말투였다.

"저, 옛날, 그러니까 20여 년 전에 이곳 친척분이 저희 가게에서 일을 하셨어요."

"네, 그랬지요."

노인은 두 무릎을 가지런히 하고 몸을 뒤로 젖히며 대답했다.

"그분은 이제 돌아가셨다면서요."

"그래요, 그게 뭐 어쨌다는 거요?"

노인의 얼굴은 점점 더 험상궂어졌고 말씨는 무뚝뚝할 뿐이었다. 다마카는 좀 슬퍼져서 울상이 되어 쭈뼛쭈뼛 물었다.

"그분에게 따님이 한 분 있죠?"

"⋯⋯."

노인은 말없이 다마카를 노려보았다.

다마카는 용기를 내어 물었다.

"그분 지금도 이곳에 계신가요?

그러자 상대는 내뱉듯이 대답했다.

"있든 말든 무슨 참견이요? 신노지마야에서 온 사람에게 그런 질문을 받을 이유가 없소."

온후해 보이지만, 노인이 내뱉는 말에는 가시가 돋쳐 있었다.

(1934.3.22)

## 79

### 찾아내고 보니(5)

호의를 가지고 있는 상대라면 얼마든지 이야기를 할 수 있는 영리한 여자지만, 이렇게 완고한 노인을 상대로는 어떻게 해야 할지 몰랐다.

다마카는 노인이 신노지마야에 몹시 반감을 가지고 있음을 깨닫자, 이는 실수라고 생각하고 다시 물었다.

"저는 신노지마야 사람이기는 하지만, 저희 가게에서 보내서 온 것은 아닙니다."

노인의 얼굴은 좀 부드러워지는 것 같았다. 하지만 여전히 퉁명스러운 말투로 대답했다.

"하지만 당신은 예기지 않소? 예기에게 그런 질문을 받을 일은 없소."

"왜죠?"

다마카는 울상을 짓고 주저주저하며 물었다. 노인은 다마카의 슬픈 모습을 보고는 조금 고집이 꺾인 것 같다.

"신노지마야에서 일을 한 사람은 내 아내의 여동생이요. 그 딸은 우리 집에 있소만, 당신은 젊어서 아무것도 모르겠지만, 5, 6년 전 신노지마야에 있던 언니뻘 되는 사람이 그 딸을 예기를 시키자, 시키자 하며 성가시게 굴며 찾아 왔소. 나도 그렇고 아직 그때 살아있던 그 아이 어미도 그렇고 싫다, 싫다 하며 거절을 하니까 결국은 '그럼 어쩔 수 없지만 예기를 시키는 것이 오히려 출세가 빠르지 않나요? 이런 집에서 커봤자 어차피 여공이 되거나 하겠지요'라고 하는 게 아니요. 나는 그 말이 몹시 거슬려서 이후 신노지마야에서는 누가 오든 모두 혼을 내주려고 생각하고 있었소."

"아, 그러셨군요. 그럼 제가 처음부터 자세히 말씀드릴 걸 그랬어요. 저는 다마카라고 합니다. 이곳에 계셨던 그분도 다마카라고 했죠?"

다마카가 이렇게 말하자 노인은 옛 생각이 났는지 좀 마음을 열고 말했다.

"그렇소? 그럼 당신이 그 이름을 잇고 있는 거요?"

"그렇습니다. 그런데 3, 4일 전에 옛 다마카 씨를 찾는 손님이 있었고, 제가 이름을 잇고 있다고 해서 제게 옛 다마카 씨에 관해 물어보셨어요."

"그렇소? 그 사람은 이름이 뭐요?"

"그분도 비밀로 하고 있어서, 존함을 말씀드려도 괜찮을지 어떨지 모르겠네요. 하지만 훌륭한 분이세요."

"그럼, 그분은 죽은 다마카의 딸에 대해서도 물어보았소?"

"네, 그래요. 그 따님을 찾고 있었어요."

노인은 갑자기 희색이 만면하여 고개를 꾸벅꾸벅 숙이며 말했다.

"어서 오시오. 자, 어서 앉아서 얘기해요."

(1934.3.23)

## 80

### 찾아내고 보니(6)

"그분 성함은 뭐라 하던가요?"

노인은 갑자기 정중한 태도로 물어보았다.

그러나 다마카는 구도 자작이 가급적이면 비밀로 해달라고 한 것이 기억나서 자신이 이름을 이야기하지 않는 것이 좋겠다고 생각했다.

"성함을 말씀드려도 괜찮겠지만, 그분께 한 번 여쭤보고 나서 다시 오겠습니다. 저는 단지 그 따님을 찾아달라는 부탁만 받아서요. 하지만 따님이 있는 곳을 알았으니 아마 기뻐하실 겁니다. 근데 그분 굉장히 열심히 찾고 있었어요."

노인도 어쩐지 희망에 타오르는 듯 눈을 반짝이며 물었다.

"그렇소? 언젠가 이렇게 찾아오시는 분이 있지는 않을까 해서 오랫동안 기다렸소. 그분에게 그렇게 말해 주시오. 옛 다마카의 딸은 어디에 내놓아도 부끄럽지 않은 훌륭한 아가씨라고 말이요. 물론 내가 이렇게 변변치 못하게 살고 있어서 낮에는 일을 하러 다니고 있지만 말이요. 다른 사람들에게 손가락질당할 일은 없는 훌륭한 아가씨라고 말이요!"

노인의 눈은 갑자기 촉촉해진 것 같았다.

다마카도 자기일 같아서 덧붙였다.

"그럼, 즉시 그분께 말씀드리겠어요. 그분도 아마 기뻐하시며 당장이라도 찾아오실 거예요."

"부디 잘 말씀드려 주시오."

노인은 고개를 숙였다.

다마카는 그곳을 나와 넓은 거리로 나가 버스를 타고 메구로 역까지 갔다. 그리고 이는 한시라도 빨리 자작에게 알려야 하는 일이라고 생각했다. '고타케'에 가서 자작을 불러내는 쓸데없는 짓을 할 계제가 아니라고 생각하여, 메구로에서 버스를 내려 그곳에서 엔타쿠로 갈아타고는 아주 서둘러 언젠가 자작에게서 받은 명함을 보고 알아둔 O빌딩으로 차를 달렸다.

현관에 서 있는 수위에게 물었다.

"구도 자작의 사무실은 어디죠?"

"4층입니다."

다마카는 마침 내려온 엘리베이터를 타고 4층으로 가서 엘리베이터 걸에게 물었다.

"구도 자작의 사무실은 어디죠?"

"내리셔서 오른쪽입니다."

엘리베이터 걸은 친절하게 가르쳐 주었다.

간소한 양복을 입고 있지만 얼굴 생김새가 훌륭한 아가씨로 이 여자를 화장을 시키면 신바시 일류 게이샤보다 훨씬 더 아름다울 것이라 생각했다.

다마카는 자작의 회사 안내에 가서 말했다.

"저는 히나타 아키코(日向あき子)라고 합니다. 아주 급한 일로 구도 씨를 뵙고 싶습니다."

(1934.3.24)

## 81

### 찾아내고 보니(7)

자작의 아버지는 2, 3일 전부터 용태가 점점 악화되었다. 1월 말의 심한 추위가 쇠약해진 몸에 눈에 띄게 영향을 미친 것이다.

오늘도 아침부터 이상하게 혀가 꼬이기 시작하여 말을 알아들을 수 없어서 주치의를 불러 진찰을 받았다.

"오늘 어떻게 된다는 것은 아니지만 워낙 연세가 있으셔서 경계하시는 것이 좋을 것 같습니다. 언제 어떻게 용태가 급변할지 몰라서요."

의사는 이런 말을 남기고 돌아갔다. 딱히 고통을 호소하지는 않았지만, 이제 2, 3일 정도밖에 여명이 남아 있지 않다고 생각되었다. 하지만 회사에서 만날 약속을 한 사람이 있어서 자작은 어쩔 수 없이 정오 조금 전에 O빌딩으로 출근을 했다.

그 사람은 벌써부터 와서 기다리고 있었다. 자기 방으로 오라고 해서 10분 정도 이야기를 마치고 서류를 훑어본 후에 곧 자기 집으로 돌아가려 할 때, 급사가 와서 보고를 했다.

"히나타 씨라는 분이 오셔서."

다마카구나 라고 생각하자 자작은 귀찮다는 느낌과 기대감이 섞인 감정을 동시에 느꼈다. 예기가 찾아온 것을 모토키 아야코가 안다면 나를 얼마나 경박한 사람으로 생각할까 하는 생각이 들자 너무 싫었다. 그러나 어쩌면 다마카가 아직 보지 못한 자신의 이복동생의 소재를 찾아서 보고하러 온 것은 아닌가 생각하니 가슴이 설레었다.

"이리 안내해 줘."

위아래 메이센으로 맞춰 입은 다마카는 여염집 여자 같은 느낌이 나서 술자리에서 만났을 때보다 훨씬 더 호감이 갔다.

다마카는 지금까지 울고 있었나 하는 생각이 들 정도로 눈시울을 붉히고 있었다.

"오라버니, 그분 찾았어요."

다마카의 목소리는 흥분으로 떨렸다.

"정말?"

자작은 자기도 모르게 의자에서 벌떡 일어났다.

"정말이고말고요."

"어디 있어! 어디 있냐구?"

자작은 자신도 모르게 다마카에게 다가가서 어깨에 손을 올렸다.

"메구로의 분재상에 있어요.!"

"당신이 만나고 왔어?"

"아니요, 만나지는 못했어요. 하지만 분재상 할아버지가 말씀하셨어요. 어디에 내 놓아도 부끄럽지 않은 훌륭한 아가씨라고요!"

"고마워! 고마워. 그렇게 잘 자란 아가씨란 말이지?"

"네, 엄청 자랑했어요."

"그래. 당장 가 보자고. 당신이 안내해 줘."

"네."

"근데, 용케도 찾았군그래. 다마카 씨, 감사해. 고마워. 보답으로 1주일에 한 번이고 두 번이고 만날게."

"그래요. 너무 기뻐요."

두 사람은 무의식중에 손을 마주 잡았다.

(1934.3.25)

### 82

### 찾아내고 보니(8)

자작의 자동차는 풀 스피드를 내서 메구로로 서둘러 달려갔다.

평소에는 100킬로 이상 달리면 안 된다며 스피드에 신경을 쓰는 자작이었지만, 이때만은 위험하지만 않으면 아무리 속도를 내도 괜찮다며 빨리 가자고 했다.

자작은 빈사 상태에 있는 아버지에게 한 번이라도 좋으니까 자신의 이복동생을 만나게 해 주고 싶었다. 그것이 아버지에 대한 마지막 효도라고 생각한 것이다.

"그 정원사분은 살림은 넉넉한가?"

자작은 메구로 역에 다 와서 다마카에게 물었다.

"아니요, 꽤 어려워 보였어요. 하지만 처음에 내가 신노지마야에서 왔다고 했더니 엄청 험악했어요. 이전에 신노지마야에서 예기를 시키지 않겠냐고 찾아왔대요. 그때 그 정원사분이 신노지마야 사람하고 싸운 것 같았어요. 완고하지만 굉장히 좋은 사람이었어요."

"그래, 그것참 기쁘군! 당신 앞에서 이렇게 말해서 미안하지만 예기가 되지 않아서 다행이야! 그 정원사분에게 감사를 해야겠어!"

자작은 눈물을 글썽이며 감격을 했다.

"그 아가씨는 대체 당신하고 무슨 관계예요?"

다마카가 물었다.

"내 동생이야."

"어머나!"

"내 이복동생. 아버지가 그 다마카에게 낳게 한 아이야."

"어머나, 그래요. 그럼, 당신 정말 기쁘겠네요."

다마카는 또 눈물을 글썽이며 자작의 옆얼굴을 가만히 바라보았다. 그리고는 쓸쓸히 말했다.

"하지만, 제 역할이 끝났으니 이제 저는 만나 주지 않으시겠네요."

"아니, 그럴 리가 있나. 당신이 열심히 찾아줘서 이렇게 빨리 찾게 된 거야. 오늘 찾아 줘서 정말 고마워. 친아버지가 살아있는 동안에 만날 수 있게 된 거지. 나의 그 여동생도 당신에게 엄청 고마워할 거라 생각해."

다마카에 대한 자작의 호의는 상당히 깊었다.

자동차를 골목 입구에 세워 놓고 다마카는 사이토라는 사람의 집으로 자작을 안내했다. 노인은 현관에 정정하게 앉아 있다.

자작이 명함을 내밀자 노인은 그것을 한 번 보고는 바닥에 머리를 대고 절을 했다.

"20년 전쯤 신바시에서 일을 하던 다마카 씨의 딸이 당신 댁에 있다고요?"

"네, 있습니다."

"오랫동안 여러모로 감사합니다. 그것은 제 동생입니다."

자작은 미소를 띠며 말을 했다. 갑자기 목이 메이고 얄궂게도 눈물이 나올 것 같았다.

(1934.3.26)

### 83

### 찾아내고 보니⑼

"옙, 옙."

노인은 몇 번이고 머리를 바닥에 대었다. 그리고 고개를 든 얼굴을 보니, 그 긴 노고로 거무스름해진 양 볼로 몇 줄기나 되는 눈물이 흐르고 있었다.

"구도라는 이름을 알고 있었습니까?"

"네, 존함만은 알고 있었습니다. 다마카가 죽을 때 딸의 아버지를 절대 찾지 마라! 하지만 만약 구도라는 분이 딸을 데리러 오면 보내 줘라, 하지만 그 전에는 딸에게도 그 사실을 말하지 마라! 이렇게 이야기했습니다."

"과연 그렇군요. 그렇다면 자신은 폐를 끼치지 않을 생각이었던 거군요."

자작은 감동을 하며 말했다.

"네, 그렇습니다. 에도 토박이라 못 말리는 고집쟁이였습니다. 하하하하."

노인은 우는 것인지 웃는 것인지 알 수 없는 표정으로 웃었다. 그간의 사정은 자작도 확실히 알 수가 없었다. 그러나 아마 다마카에게 자식이 생겼음에도 불구하고, 자신의 아버지가 다른 여자에게 가 버렸기 때문에 이렇게 된 것일 것이다. 게다가 그 여자는 분명 평생 동안 다마카와는 사이가 나쁜 게이샤였을 것이다. 그렇기 때문에 다마카는 홧김에 자기가 먼저 헤어지자고 하고 '앞으로는 나도 아이도 당신에게 신세를 지는 일은 절대로 없을 것입니다'라고 하며 기염을 토했을 것이다. 강건한 여자인 만큼 자신의 말을 평생 동안 실천했을 것이다. 그러나 죽음을 맞이해서는 자식을 생각하는 모성애에서 만약 부친이 딸을 보고 싶어서 딸의 행방을 찾을 경우에는 딸을 넘겨주어 딸이 본래 누려야 할 행복을 누리게 해 주는 것이 도리라고 생각했을 것이다.

자작은 자신의 상상이 어느 정도 맞다고 믿고 있었다.

"어서 그 동생을 만나보고 싶군요."

자작은 죽음을 맞이한 아버지를 생각하며 초조해했다.

"물론이죠. 당장 회사에 전화를 걸고 오겠습니다. 부디 2층으로 올라가세요. 아래층보다는 조금 나으니까요."

그리고 노인은 부엌에 대고 말을 했다.

"손님을 2층으로 안내해 드려!"

노인의 아내로 보이는 쉰 대여섯 되는 할머니가 손을 닦으면서 나와서 털썩 앉으며 인사를 했다. 지금까지는 옷이 너무 초라한 것이 창피하여 뒤에서 주저주저하고 있던 것 같았다.

노인이 나가자 다마카는 쓸쓸한 표정으로 물었다.

"그럼, 저는 돌아갈게요."

지금은 할 일이 없는 다마카였다.

"그렇게 해 주게. 내 차로 돌아가 줘."

"안녕히 계세요. 조만간 동생분도 한 번 뵙게 해 줘요."

다마카는 그렇게 말하고 밖으로 나갔다.

(1934.3.27)

## 84

**찾아내고 보니**(10)

자작은 노파의 안내를 받고 2층으로 올라갔다.

"이것이 그 딸의 방입니다."

이렇게 말하며 책상 앞에 놓인 붉은 메린스 방석을 자작에게 권했다.

그곳도 가난해 보이는 방이었다. 그러나 가난해 보이기는 하면서도 그곳에 기거하는 사람의 마음 상태를 이야기하기라도 하듯 깔끔하고 정갈하게 정돈되어 있었다. 작은 책상 위도 소박한 책꽂이도 일사불란하게 정리되어 있다.

벽에 걸려 있는 예기의 사진이 눈을 끌었다. 죽은 다마카의 스물일고여덟 무렵의 모습인 것 같다. 피부가 희고 콧날이 오뚝하고 기품이 있는 모습이다.

그와 나란히 수채화가 걸려 있다. 이 근처 교외의 다리가 있는 풍경화이다.

자작은 차를 가지고 온 노파에게 물었다.

"저것은 누가 그린 것인가요?"

"그 딸이 그렸어요."

"그래요. 상당히 잘 그렸군요."

그렇게 말하며 일어나서 다가가서 아직 보지 못한 누이동생의 다재다능한 천분을 기쁜 마음으로 살펴보았다.

그런데 파란 풀을 그린 그림 왼쪽 아래에 'A.Motoki'라고 적혀 있는 것이 아닌가?

자작은 그것을 본 순간 이상한 생각에 온몸이 떨려왔다.

"그 딸은 사이토라는 성을 쓰지 않나요?"

"네? 그렇지 않습니다."

자작의 목소리가 격했기 때문에 노파는 쭈뼛쭈뼛하며 물었다.

"왜 그러시죠?"

"제 동생이 자신의 자식으로 하면 사생아가 되어서 싫다고 하며, 아는 부부의 자식으로 해 달라고 했습니다."

"그럼 성은 뭡니까?"

"모토키입니다."

"이름은요?"

"네, 아야코입니다."

"넷!?"

Motoki라는 로마자를 보았을 때부터 설마 했는데, 지금 노파에게 분명하게 이야기를 듣자 자작은 인생의 불가사의에 놀라서 자빠질 지경이었다. 기쁨도 아니고 희열도 아니고 그렇다고 해서 슬픔도 물론 아니다. 이상한 감동으로 거의 쓰러질 뻔했다.

모토키 아야코에게 마음이 그렇게나 끌린 것은 당연한 것이었다. 게다가 아야코가 자신의 결혼 신청을 분명하게 거절한 것 역시 얼마나 올바른 본능적 판단인가?

이제 비로소 아야코를 얼마든지 사랑해 줄 수 있는 것이다. 백일하에, 공공연하게.

"아아, 아야코, 나의 누이. 용케도 이렇게 훌륭하게 커 주었구나! 얼마나 사랑스러운 아이냐!"

누이를 찾고 보니 나의 애인이었다. 애인을 찾고 보니 누이였다고 할 수도 있을 것이다.

(1934.3.28)

## 85

**누이와 누이**(1)

"아야코 씨, 집에서 전화 왔어. 급한 일이 생겼으니 바로 집으로 오래. 엔타쿠로 돌아오래! 내가 대신 바꿔 줄게."

엘리베이터가 1층에 왔을 때 그곳에서 기다리고 있던 것 같은 사이좋은 미즈노 씨가 말했다.

"그래, 전화는 끊어졌나?"

"네가 일하고 있다고 했더니 전해 달라 했어."

"그래? 그럼 부탁할게."

아야코는 그런 전화가 온 것은 오늘이 처음이었기 때문에 갑자기 불안한 마음으로 가슴이 답답했지만, 서둘러 제복을 벗은 후 메린스로 된 평상복으로 갈아입고 전기 담당자에게 양해를 구하고 O빌딩을 나왔다.

지갑을 열어보니 70전 밖에 없어서 메구로까지 60전에 값을 깎아 엔타쿠를 타고 달려갔다.

'이모가 병이 났나? 오늘 아침까지 아무 일 없이 일을 했는데. 아니면 이모부가 안 좋으신가?'

둘 중 한 분이 병이 났다고 생각하니 우울해졌다.

하지만 자신의 집이 있는 골목 입구에 엔타쿠를 세우고 보니 이모부가 그곳에서 아야코를 이제나저제나 하고 기다리고 있었다.

"이모 아파요?"

"아니, 그런 게 아냐!"

이모부는 많이 긴장을 하고 있기는 하지만 비통한 구석은 조금도 없었다.

"엄청 경사스러운 일이구나!"

이모부는 그렇게 중얼거리더니 앞장서서 집으로 서둘러 들어갔다.

"무슨 일이에요?"

아야코는 이모부를 따라가며 물었다.

"구도라는 화족이 너를 데리러 오셨다!"

"어머나!"

아야코는 깜짝 놀라 그 자리에 멈춰 섰다. 그렇게나 거절을 했는데. 그리고 또 자신의 거절을 듣고 한 번 납득을 했으면서 이모 부부를 설득하여 나하고 억지로 결혼을 하려는 것인가? 그분답지 않아! 이렇게 생각하며 아야코가 집 앞에서 멈춰 서자 이미 집 안으로 들어간 이모부는 아야코를 돌아보며 말했다.

"많이 기다렸다! 이렇게 좋은 일이 없구나! 빨리 가서 얼굴을 보여주거라!"

"하지만, 이모부!……."

아야코가 무슨 말인가 하려 하자, 이모부는 아야코의 어깨에 손을 얹고 2층으로 밀어 올리려 했다.

"죽은 너의 엄마도 아마 저세상에서 기뻐할 게다! 자, 어서 올라가라, 올라가."

평소에는 자신의 기분을 뭐든지 잘 알아주시는 이모부까지…. 이렇게 생각하니 아야코는 슬퍼졌다. 그렇게까지 비상수단으로 나오는 자작이 갑자기 미운 생각이 들어 직접 분명하게 거절을 할 생각으로 기세 좋게 2층으로 올라갔다.

(1934.3.29)

## 86

**누이와 누이(2)**

계단을 다 올라가자 아야코는 역시 조신하게 몸을 숙이며 장지문을 열었다.

아야코의 책상 옆에 단정하게 앉아 있던 자작은 들어온 사람이 아야코라는 것을 알고 눈물과 미소가 섞인 이상한 표정으로 흘깃 보았다.

왜 눈물을 흘리는지 아야코는 이해가 되지 않았다.

"왜 저희 집 같은 곳에 오셨죠?"

아야코는 자신의 초라한 집이 노출된 데 대한 수치심도 더하여 얼굴이 새빨개지면서도 희미한 미소로 지금까지 자작에 대해 느끼고 있던 호의를 보이면서 물었다.

"이모부가 아직 아무 말씀 안 하셨나요?"

역시 자작은 침착하고 조용하게 물었다.

"저를 데리러 오셨다면서요,……. 하지만 그 건에 대해서는 거절을 했잖아요."

아야코는 거의 울음을 터뜨릴 듯한 표정으로 문지방에서 고개를 숙였다.

"아야코 씨, 이쪽으로 더 가까이 오세요. 당신을 데리러 온 것은 신부로서가 아니에요."

"……."

아야코는 무슨 말인가 하여 눈이 휘둥그레진다.

"나의 누이로서입니다."

"어머, 무슨 말씀이세요?"

자작은 눈물을 뚝뚝 흘렸다.

"누이입니다. 누이에요. 나의 친 누이에요, 당신은. 나의 아버지가 당신 어머니에게 낳게 한 것이 당신이에요. 나는 그것을 지금까지 몰랐어요. 아버지가… 아버지가 거의 돌아가시게 되었는데, 2, 3일 전에 처음으로 그 이야기를 했어요. 나는 아주 서둘러서 당신을 찾은 겁니다. 당신을,…매일 만나고 있는 당신을……."

"……."

아야코는 그 말이 믿어지지 않는다는 듯이 그저 눈이 휘둥그레져 있을 뿐이었다.

"당신의 이모부님께 물어보세요. 당신의 어머니는 죽을 때 구도라는 사람이 데리러 오면 당신을 보내 주라고 유언을 했다고 합니다. 하지만 그 전에는 당신에게 아무 말도 하지 말라고."

자작이 거기까지 말을 하자 아야코는 갑자기 일어서서 책상 쪽으로 다가가서 말했다.

"저, 아버지 사진 가지고 있어요. 어머니의 옷장에 있던 것을 몰래 챙겨 두었어요."

이렇게 말을 하며 떨리는 손으로 책상 서랍을 열었다.

거기에서 엽서 등 자질구레한 것이 잔뜩 들어 있는 작은 상자를 하나 꺼내더니 안에서 흰 종이로 싼 작은 사진을 꺼내 자작의 손에 건넸다. 자작은 포장지를 풀어 보더니 소리를 질렀다.

"아! 나의 아버지에요! 당신은 나의 누이야! 분명히 나의 여동생이야!"

이렇게 외치고는 앞에 있는 아야코의 손을 덥석 잡았다. 지금까지는 애인으로서 잡고 싶었던 그 손을.

(1934.3.30)

# 87

**누이와 누이**(3)

손을 마주 잡은 남매는 한동안 눈물만 흘릴 뿐이었다.

둘은 서로 눈물범벅이 된 얼굴을 바라보며 울고 있었다.

"아야코 씨, 이렇게 훌륭하게 살고 있었군요. 고마워요, 고마워. 기뻐. 이렇게 기쁠 수가."

"……."

아야코는 감정에 복받쳐서 말을 잇지 못했다.

"내가 당신을 좋아하다니, 무리가 아니었네요. 하지만 당신은 내 결혼 신청을 거절하길 잘 했어요!"

"……."

"이제부터는 지금까지 못 해준 대신 뭐든 다 해 줄 거예요. 누이로서 나는 얼마든지 당신을 사랑해 줄 수 있어. 당신을 본 순간부터 관심이 간 것도 무리는 아니야."

"내가 지금까지 무사히 클 수 있었던 것은 이모부 덕분이에요."

아야코는 처음으로 입을 열었다.

"그래요! 그래! 좋은 분이신 것 같아요. 그분에게도 충분히 보답을 할 거야."

그렇게 말하고 자작은 생각이 났다는 듯이 양복 안주머니에서 지갑을 꺼내 그 안에서 작은 수표를 꺼냈다.

"여기에 3백 엔짜리 수표가 있으니까 이것을 이모부께 드리고 와요. 이것은 당신을 찾은 것을 축하하는 의미라고 해요."

"네!"

아야코는 순순히 그것을 받아들고는 아래층으로 내려갔다.

'얼마나 예쁜 누이인가? 착한 누이일거야. 전부터 어쩐지 노리코와 닮았다고 생각했는데. 하지만 성격으로 보면 노리코와는 금과 납의 차이지.'

아야코의 뒷모습을 바라보며 자작은 생각했다.

노인 부부는 2층으로 올라왔다. 두 사람 모두 기쁨의 눈물을 흘리며 감사의 말을 했다.

"어쨌든 당장 우리 집으로 가요. 아버지가 오늘내일하시고 계세요. 빨리 가서 아버지에게 얼굴을 한 번 뵈어 드려요!"

자작은 아야코에게 말했다.

"넵."

"아야코! 그 메이센 옷을 입고 가거라!"

역시 이모는 이모, 여자답게 주의를 주고 나서 자작에게 사과했다.

"이렇게 귀한 아가씨를 가난하게만 키워서 죄송합니다."

"무슨 말씀이세요. 나는 두 분께 어떻게 감사를 드려야 할지 모르겠습니다. 나는 이 아야코 씨에 대해서는 잘 알고 있어요. 있는 집안에서 자란 그 어떤 숙녀보다 훌륭합니다. 모두 여러분의 진력 덕분입니다."

이 말을 듣자 정원사 노인은 주먹으로 눈물을 훔치며 말했다.

"그 점은 부디 안심하세요! 착한 아이입니다. 어떤 아가씨와 비교해도 부끄러운 점이 하나도 없습니다. 얼굴도 그렇고 마음씨도 그렇고 이렇게 메린스 기모노를 입게 내버려 두는 것이 아까워 죽겠습니다."

(1934.3.31)

88

**누이와 누이(4)**

자작은 아야코가 옷을 갈아입고 있는 동안 먼저 집을 나와 자동차 안에 들어가서 기다렸다.

잠시 후에 이모에게 전송을 받으며 나온 아야코의 얼굴은 아직 눈물 자국이 다 마르지 않았다. 하지만, 그래서 오히려 더 갓 세수를 한 것처럼 아름다웠다.

갈아입은 메이센 옷도 유행을 타지 않는 수수한 무늬였지만, 타고난 기품은 복장과는 상관없이 빛을 발하여 자신의 누이로서 이대로 어디를 내놓아도 손색이 없다고 생각했다.

"기다리게 해서 죄송합니다."

이렇게 인사를 하고 보조 의자에 앉으려는 것을 보고 자작은 어깨에 손을 얹고 자기 옆에 앉혔다.

"어디에 앉는 거예요! 이쪽에 앉아요!"

그리고 운전수에게 명령을 했다.

"서둘러서 집으로 가 줘!"

"이모하고 이모부는 내가 곧 돌봐 드릴게요. 메지로(目白)에 별장이 있으니까 그곳을 관리해도 좋고,……할 수 있는 건 다 해드릴 겁니다."

"잘 부탁드려요."

아야코는 가볍게 고개를 숙였다.

"그리고 당신에 대해서는 아버지를 뵙고 상담을 하겠지만… 오늘부터 당장 집으로 와도 되고,……."

그렇게 말하자 아야코는 표정이 좀 어두워지며 말했다.

"노리코 씨가 어떻게 생각할까요."

"노리코! 어떻게 생각할 것도 없지 않나요? 노리코에게도 당신은 동생인 것을요……."

"하지만, 저를 그렇게나 싫어하잖아요."

"그것은 당신을 남이라고 생각해서 그런 거예요. 당신이 자기 동생이라고 알게 되면 문제가 없지 않을까요?"

자작은 만사 순조롭게 풀렸다고 생각하여 지극히 밝게 이야기했다. 하지만, 자작의 마음속에서도 누이와 누이가 원만히 지내주길 바라지 않을 수 없는 불안감이 있었다.

차는 왼쪽으로 돌고 또 왼쪽으로 돌아 아오야마묘지(青山墓地)[25]를 빠져나가 아오야마 1초메(丁目)에서 아카사카(赤坂) 다메이케(溜池)로!

자작의 저택에 도착한 것은 오후 5시가 지나서였다. 맞이하러 나온 조추 대표에게 자작은 물었다.

"아버님은?"

"어쩐지 점점 더 나빠지시는 것 같습니다. 무코야마(向山) 씨를 불러 두었습니다.

"그래 알았어!"

"그럼, 곧 병실로 가지!"

맞이하러 나온 조추나 서생의 시선은 일제히 아야코에게 쏠렸다.

그 앞을 자작은 아야코의 손을 잡듯이 하여 사랑채의 병실로 서둘러 갔다.

"어머, 저것 좀 봐. 저분 전에 왔던 사람이네."

"엘리베이터 걸이라던데?"

"무슨 일이지? 도련님 저분하고 결혼하는 것 아냐?"

"설마."

"하지만 이상하잖아. 임종이 가까워졌는데 저런 사람을 데리고 오시다니!"

세 조추는 수군대면서 아야코의 뒷모습을 지켜보았다.

(1934.4.1)

---

**25** 도쿄 도립 공동묘지인 아오야마레이엔(青山靈園)을 말함.

### 89

**누이와 누이**(5)

아야코가 자작을 따라서 사랑채 병실에 들어갔을 때는 이미 환자의 입에 산소호흡기가 장착되어 있었다.

전등에는 푸른 덮개가 씌어 있었고 간호부 두 명과 주치의가 머리맡을 둘러싸고 있었다. 친척들도 대여섯 명 자리를 지키고 있었다.

자작은 방에 들어가자 곧 아버지의 귀에 대고 말했다.

"아버지, 어떠세요?"

아버지는 시각을 거의 잃은 눈에 가만히 힘을 주며, 자작의 목소리는 알아듣겠다는 표정을 지었다.

"제가 하는 말씀 알아들으시겠어요?"

환자는 '알았다'는 말을 하려고 입을 움직이려 했다. 하지만 그것은 희미한 신음 소리로 바뀌어 버렸다. 환자에게 의식이 있다는 것을 확인한 자작은 의사와 간호부에게 말했다.

"대단히 어려운 말씀이지만, 잠시 자리 좀 피해주시겠어요?"

"네."

의사와 간호부는 고개를 끄덕이고 방을 나갔다.

아버지와 아야코의 첫 대면을 의사나 간호부 앞에서 하고 싶지는 않았던 것이다. 친척들도 두세 명 뒤를 따라 나갔다.

"우리들도 나갈까?"

아버지의 여동생인 사야마(佐山) 남작 부인이 말했다.

"아니, 고모님은 계셨으면 해요. 고모님은 증인이 되어 주셨으면 해요. 네? 그렇게 해 주세요, 고모님!"

그리고 나서 자작은 그때까지 병실 입구에서 쭈뼛쭈뼛하고 있던 아야코를 손짓해서 불러 소개를 했다.

"이 아이는 아버지의 자식입니다. 즉 저의 누이예요. 아버지에게 부탁을 받고 겨우 2, 3일 전부터 찾았어요!"

"어머나!"

사야마 부인은 놀래서 낮게 소리를 지르며 눈이 휘둥그레졌다. 그러나 그 눈동자 안에는 비난의 빛은 없었다.

아야코는 긴장을 하며 고개를 숙였다.

"노리코는 없나요? 지금 노리코도 만나게 해 주고 싶은데요."

자작이 물었다.

"노리코는 4시 무렵 나갔다는구나."

사야마 부인이 말했다.

"바보 같은 녀석! 오늘 하루 정도는 집에 있어도 될 텐데!"

자작은 중얼거리며 아야코를 데리고 아버지의 병상으로 다가갔다.

그리고 간호부가 남기고 간 산소호흡기를 아버지의 입에 대면서 말했다.

"아버지, 말씀하신 누이동생 데리고 왔어요. 다마카 씨라는 사람의 아이예요. 여동생입니다. 아버지, 제가 될 수 있는 한 사랑해 줄게요. 아버지!"

자작은 될 수 있는 한 아버지의 귀에 가까이 입을 갖다 대고 소리를 질렀다.

입가에 죽음을 알리는 티아노제[26]가 생기고 있었음에도 불구하고 아버지의 얼굴은 갑자기 생명의 마지막 불꽃을 쏘아 올리듯 빛나고 있었다.

(1934.4.2)


# 90

**누이와 누이**(6)

자작의 아버지는 가만히 눈에 힘을 주며 아야코의 얼굴을 보려는 것 같았지만, 거의 시각을 잃어가고 있는 그 눈에도 아야코의 아름다운 얼굴은 청초한 옥란(玉蘭) 꽃으로 보인 것 같았다.

갑자기 그 퀭한 눈에서 눈물이 배어 나왔다.

"아야코 씨, 아버지라고 불러 드리세요."

"아버님!"

아야코는 처음 보는 아버지의 얼굴을 뒤덮을 듯이 외쳤다.

"아버지! 아야코라고 해요. 엄청 착한 아이예요. 감탄할 만한 훌륭한 아이예요. 제 누이로서도 훌륭해요. 게다가 아버지의 사진을 가지

---

**26** 혈액 속에 산소 부족으로 일어나는 현상.

고 있었어요. 아버지의 자식이 틀림없습니다!"

자작은 아버지의 귓전에 대고 외쳤다. 빈사 상태인 환자의 얼굴에 격한 감정의 파도가 일고 눈물은 눈꺼풀을 비집고 나와 뺨으로 흘러 내렸다.

"고모님! 아버지의 자식이 틀림없죠? 나중에 노리코와 친척분들에게 설명해 주세요."

"응! 알겠다. 정말이지 용케도 늦지 않게 제때에 와 주어서 다행이구나."

쉰 두세 살의 고모는 그저 온후하기만 한 사람으로 아야코의 기품있는 모습에 벌써 상당히 깊은 동정심을 가지고 있는 것 같았다.

"아야코, 아버지 손을 잡아 드려!"

자작은 어느새 친동생으로서 말을 편하게 하고 있었다. 그것은 입에서 자연스럽게 나온 것이었다.

아버지는 그것을 눈치챘는지 까칠하게 야윈 손을 거위 털 이불 아래에서 움직이고 있었다. 자작은 거위 털 이불을 제치고 아버지 손을 자유롭게 하여 아야코의 손을 잡게 했다.

아버지는 그 찰나 자작의 얼굴을 응시하며 무슨 말인가 하려고 필사적으로 입가에 힘을 집중시키고 있었다.

"무슨 말씀이세요? 무슨 말씀이세요?"

자작은 아버지 입에 귀를 갖다 댔다.

"부……부……."

아버지의 입술이 희미하게 움직였다.

"부탁하신다고요?"

자작은 용케 눈치를 채고 물어보았다.

아버지는 끄덕이듯 고개를 움직였다.

"아버지, 안심하세요! 제가 할 수 있는 것은 다 할 거예요. 제대로 해서 시집도 잘 보낼 거예요. 안심하세요!"

이렇게 말하고 자작 자신도 감격한 나머지 터져 나오는 눈물을 한 손으로 훔쳤다.

"너무 흥분하게 하면 안 되는 것 아닌가?"

사야마 부인이 말했다.

"맞아요."

자작은 이렇게 말하고 아야코에게 말을 해서 아버지의 병상에서 물러났다.

"여기에 앉아 있어!"

이렇게 말하며 자작은 의자를 권했다.

그러나 아버지의 시선은 있는 힘을 다해 아야코의 모습을 좇았다.

(1934.4.3)

## 91

**난 그런 것 몰라(1)**

생사의 경계에서 자신의 자식을 처음 본 감격으로 약해진 심장은 마지막 타격을 더 받은 것 같다. 주치의가 다시 불려 들어왔을 때 그는 청진기를 심장에 대고 열심히 심박동 소리를 들으며 작은 목소리로 자작에게 말했다.

"캠플 주사를 놓아도 될까요?"

"네, 그렇게 해 주세요. 노리코가 돌아올 때까지 버티셨으면 해서요."

자작은 대답했다.

처음으로 캠플 주사를 놓았다.

"노리코는 어디로 갔는지 모르나?"

"야마자키 댁 아가씨한테서 전화가 온 것 같습니다만."

"그럼, 당장 야마자키 씨한테 전화를 걸어서 행선지를 알아봐 줘!"

"네!"

제일 우두머리 조추는 방을 나갔다가 잠시 후에 돌아와서 보고했다.

"야마자키 씨 댁 아가씨하고 둘이서 도쿄극장에 가셨다고 합니다."

"한가한 녀석! 당장 극장에 전화를 걸어서 즉시 돌아오라고 게시해 달라 해!"

자작의 목소리는 평소와 달리 험악했다.

친척들이 점점 더 많이 달려왔다.

7시 무렵 주치의가 진찰을 했지만 이제 맥박은 샤인 스톡[27]형으로

---

27  체인스톡 호흡(Cheyne-Stokes respiration)을 말함. 호흡리듬이 불규칙하며 무호

되었다고 했다.

이제 두세 시간 밖에 목숨이 남지 않았다. 호흡이 점점 짧아지고 티아노제가 역력하게 나타났다. 동공이 확대되고 사상(死相)이 시시각각 얼굴과 손끝에 나타났다.

자작이 가끔씩 큰 소리로 '아버지!'하고 불렀다. 하지만 그에 대한 반응은 점점 줄어들었고 혼은 이미 늙은 육체에서 반은 떠났다.

갑자기 복도에서 후다다닥 발소리를 내며 뛰어들어온 것은 노리코였다.

"아버지, 안 돼요!"

역시 긴장한 표정으로 병상에 다가갔다.

"아버지! 아버지!"

연달아 불러보았지만 애초에 반응이 있을 리가 없었다.

노리코는 호들갑스럽게 거위 털 이불 위에 얼굴을 묻고 엉엉 울기 시작했다.

그것이 어쩐지 자신이 늦게 돌아온 탓에 민망해서 그러는 것 같아서 자작은 불쾌했다.

"마지막 물을 드리는 것이 좋겠어요."

사야마 부인이 주의를 주었다.

간호부가 물그릇과 붓을 준비해 왔다.

자작이 제일 먼저 희디흰 붓끝에 물을 적셔 아버지의 입술을 적셨

---

흡과 과도호흡이 교대로 일어나는 특징. 임종시 볼 수 있음.

다. 그 다음 노리코가 그것을 따랐다. 그리고 사야마 부인에게 붓을 건네며 말했다.

"고모!"

그런데 부인은 자신이 하지 않고 친척들 뒤에 서 있는 아야코를 불러서 붓을 건넸다.

그때 처음으로 노리코는 아야코가 있다는 것을 알아차렸다.

"어머! 이 사람이 왜 여기 있지?"

노리코는 깜짝 놀라 눈이 휘둥그레지며 주위를 신경 쓰지도 않고 큰 소리를 냈다.

(1934.4.4)

92

### 난 그런 것 몰라(2)

자작은 때와 장소를 가리지 못하고 큰소리를 내는 노리코를 쏘아보며 야단을 쳤다.

"노리코, 입 다물어. 중요한 이때에 이리저리 돌아다니기나 했으면서 쓸데없는 말 하지 마."

노리코는 원망스러운 듯이 오빠를 쏘아보았다.

"오빠야말로 이렇게 어수선한 틈을 타서 이 사람을 집에 들이려는 거야? 사기꾼같이."

"입 다물어! 이 사람이 왜 여기에 있는지 나중에 설명해 줄게. 자, 아야코, 어서 아버님께 물 드려!"

아야코는 낯선 친척들의 시선을 한 몸에 받으며 슬픔과 수치심이 섞인 이상한 기분으로 오랫동안 사진만으로 동경하고 있던 아버지의 입술에 물을 적셨다. 입술은 희미하게 움직일 뿐이었다.

붓과 물그릇은 사야마 부인에게 넘겨졌다. 그리고 친척들에게 친소관계의 순으로 돌았다.

그러나 그것이 모두에게 다 돌아가기도 전에 환자에게 마지막 경련이 왔고 괴로운 듯이 목이 떨렸다.

"임종입니다."

아까부터 심장에 청진기를 계속 대고 있던 주치의가 자작에게 말했다.

여자들 사이에서 흐느껴 우는 소리가 났다.

옆방에 대기하고 있던 조추들조차 흐흑하며 슬프게 흐느껴 울었다.

노리코 만 아야코에 대한 반감이 더 컸는지 소매로 얼굴을 가리고 있는 아야코를 쏘아보고 있었다.

이윽고 환자는 큰 고통 없이 조용히 숨을 거두었다.

사체에 대한 처치를 하는 동안 모두는 병실 밖으로 나갔다.

자작은 아까부터 아버지의 죽음도 아랑곳하지 않고 뿌루퉁해 있는 노리코에게 말했다.

"얘! 잠깐 할 이야기가 있으니 내 방으로 와!"

그리고 아야코를 돌아보며 말했다.

"너도!"

빨리 자매라는 사실을 밝히고 노리코의 오해에서 비롯될 불쾌한 분위기를 일소하고 싶었던 것이다.

오빠가 부르자 노리코는 뚱한 표정으로, 뒤에서 따라오는 아야코는 돌아보지도 않고 자작의 서재로 갔다.

자작은 아야코와 노리코를 같은 소파에 나란히 앉히려고 했다.

"난 여기에 있을 거야."

노리코는 몸을 가까이하는 것도 싫다는 식으로 창가에 몸을 기대고 서 있었다.

(1934.4.5)

93

**난 그런 것 몰라**(3)

자작은 아야코 쪽을 가리키며 단도직입적으로 말했다.

"노리코, 이 사람은 우리들의 동생이야."

노리코는 깔깔 웃으며 일언지하에 되받아쳤다.

"무슨 거짓말이야?"

"바보같이. 지금 왜 거짓말을 하겠어?"

아버지의 죽음으로 흥분을 한 상태인 만큼 자작은 버럭 화를 내며 되받았다.

"하지만 너무 그럴듯하잖아. 말도 안 된다고."

노리코는 고개를 돌리고 커튼 옆으로 마당 쪽을 보고 있다.

"오빠가 이야기할 테니까 잘 들어. 아버지가 4, 5일 전에 내게 털어 놓으셨어. 우리들과 배다른 여동생이 하나 있으니 찾아 달라고! 나는 요 2, 3일 동안 열심히 찾아다녔고. 그런데 뜻밖에도 그 사람은 내가 전부터 알고 있던 바로 이 아야코였던 거야."

"그렇게 말도 안 되는 이야기는 요즘 일본 영화에도 잘 없는 이야기야."

노리코는 차갑게 외면한 채 말했다.

"정말인지 아닌지 사야마 고모한테 물어보자고."

이렇게 말하더니 자작은 벨을 눌렀다. 그리고 조추가 나타나자 말했다.

"사야마 고모님 좀 불러다 줘!"

"흥, 사야마 고모님이라고! 고모는 엄청나게 오빠 편만 들잖아. 오빠가 이야기하면 무슨 말이라도 다 들어 준다고."

자작은 참을 수 없다는 듯이 말했다.

"노리코, 너 도대체 무슨 생각으로 그런 억측을 하는 거지? 오빠가 이 사람을 좋아해서 누이라고 속이고 이 집에 들일 거라고 생각하기라도 하는 거야?"

"어떻게 된 건지 모르지. 나는 싫어하는 사람은 설사 자매라도 싫어. 싫어하는 사람이 동생이 되면 남일 때보다 더 싫어진다고."

너무 심한 망언에 자작은 뚫어져라 노려볼 뿐이었다.

"게다가 배다른 동생이라고 하면 그것이 정말이라고 해도 어차피 첩이나 게이샤 자식이겠지. 난 그런 사람하고 자매라는 소리 듣기 싫어."

옆에서 듣고 있던 아야코는 마치 몸이 갈기갈기 찢기는 기분이었다. 엘리베이터 걸로서 받은 모욕은 그래도 참을 수 있었다. 이번에는 상대가 피를 나눈 육친인 만큼 더 참을 수가 없었다.

조추가 사야마 부인을 데리고 들어왔다. 자작이 많이 기다렸다는 듯이 말했다.

"고모님, 아까 아야코가 아버지와 부모 자식 대면을 한 모습을 노리코에게 이야기해 주시겠어요?"

"그래, 노리코. 아버지도 아주 기뻐하셨어. 아야코의 손을 잡고 우셨단다."

"그야 나로 착각하셨겠죠. 아버지는 오늘 아침부터 시각이 없으셨어요. 누가 누군지 어떻게 알겠어요?"

"그런 아버지를 내버려 두고 너는 대체 어딜 쏘다닌 거니?"

급기야 오빠는 참지 못하고 고함을 질렀다.

(1934.4.6)

### 94

### 난 그런 것 몰라(4)

"하지만 아버지는 벌써 보름도 전부터 오늘내일하셨잖아. 그렇게 하루 종일 딱 달라붙어 있을 수도 없었다고. 게다가 내가 옆에 있어 봤자 아무 도움도 되지 않고 말이야."

노리코도 싸늘한 태도로 굴하지 않는다.

"그게 말이 되니? 오늘도 네가 집에 제대로 있었으면 아버지 앞에서 아야코하고 서로 자매가 되는 것을 확인할 수 있었을 것 아냐?"

자작이 말하자 노리코는 대들었다.

"아니, 나는 그런 구닥다리는 싫어. 불쑥 여동생이라며 나타나다니 싫다고. 난 그런 것 몰라!"

그렇게 말하고 노리코는 오빠에게도 아야코에게도 눈길 한 번 주지 않고 방에서 홱 나가 버렸다.

"노리코! 노리코!"

자작이 뒤쫓아가며 불렀지만 돌아보지도 않는다.

아야코는 슬퍼서 참고 있던 눈물이 한없이 볼을 타고 내렸다. 자작이 오빠라는 사실을 알았을 때의 기쁨은 절반도 안 되게 줄어들었다. 엘리베이터 걸로서 왔을 때 자신을 적대시하며 미워하던 사람은 자신을 여동생이라고 알고 나서 더 필사적으로 미워하고 있는 것이었다.

"아야코, 울 필요 없어. 노리코가 뭐라 해도 너는 내 동생이야. 아버지의 자식이고."

자작은 침통한 목소리로 말했다.

"정말이지 노리코의 고집은 못 말리겠어. 하지만 자매잖아. 아마 곧 풀어질 거야."

사야마 부인은 아야코를 위로해 주었다.

"노리코에게는 제가 나중에 잘 이야기하기로 하고 어쨌든 아버지 옆으로 가요."

자작은 아야코를 재촉했다. 아야코는 갑자기 메구로의 지저분한 함석 집이 그리워졌다.

"저, 한 번 집에 갔다 올게요."

"아냐, 여기 있어 줘. 계속 여기에 있어 줘야 해. 내게는 노리코보다 네가 얼마나 더 소중한지 몰라."

자작은 결연히 이렇게 내뱉었다.

전에는 애인으로서 자신을 너무 사랑해 준 것이 노리코를 화나게 하는 원인이었지만, 지금은 누이로서 자신을 너무 사랑해 주는 것이 노리코를 화나게 하는 원인이라고 생각하니 아야코는 슬펐다.

오빠와 함께 방을 나오자 모닝코트를 입은 청년 신사가 자작을 보고 말을 걸었다. 그것은 자작의 친구 무라야마였다.

"결국 돌아가셨군. 무어라 위로의 말을 해야 할지."

"아니, 고마워."

무라야마는 자작의 뒤에 서 있는 아야코를 이상하다는 듯이 보았다.

"무라야마 군, 이 아이는 나의 누이였네. 참 신기한 인연도 다 있지. 나하고 매일 얼굴을 마주하면서도 오늘날까지 몰랐단 말이네!"

"아하."

"아버지가 3, 4일 전에 털어놓으셨네."

"아, 그런. 하지만 조금도 이상하지 않네. 나는 처음 보았을 때부터 노리코 씨하고 많이 닮았다고 생각했네. 그랬구나. 역시 그랬어."

무라야마는 감동을 하며 말했다.

(1934.4.7)

## 95

### 상가의 정경⑴

아버지가 돌아가신 날부터 발인 때까지 아야코에게는 당혹스럽고 슬프고 분한 꿈같은 나날이 계속되었다.

오빠와 사야마 부인의 세심한 배려로 단골인 다카시마야(高島屋)[28] 에서 아야코를 위해 상복을 비롯하여 평상복이나 외출복이 주야로 만들어졌다. 손목시계가, 반지가, 자작의 영양으로서 손색이 없는 소지품들을 사서 갖추었다.

모든 것이 노리코의 눈에 띄지 않도록 주의를 기울였다. 그러나 같은 집에서 기거를 하는 이상 노리코의 눈에 어느 정도 띄지 않을 수

---

**28** 오사카에 본사가 있는 백화점.

는 없었다.

'맞춤, 구도 님 귀하'라는 포장 상자가 도착할 때마다 노리코는 험악하게 눈을 부릅떴다.

조추 방에 그 종이 포장이 도착해서 그것을 아야코의 방으로 가져가려는 참에 노리코가 불쑥 들어왔다.

"그거 누구 거야?"

"아야코 아가씨 것입니다."

누군가 대답을 했다.

"아야코 아가씨라니, 그렇게 부르지 마. 엘리베이터 걸이라고 불러. 모두 그렇게 불러, 알았지? 아야코 님이니 아가씨니 걔를 그렇게 부르면 안 돼. 엘리베이터 걸이라고 하기 어려우면 엘리걸이라고 해도 괜찮아."

"어머, 아가씨, 호호호호."

조추들은 어이가 없어 웃음을 터뜨렸다.

"어디 한번 보자."

노리코는 그 포장 꾸러미를 풀어보면서 말했다.

"주제넘게. 자잘한 무늬인데 꽤 멋지네. 아까워. 2, 3일 전까지만 해도, '4층입니다. 내리실 분 안 계십니까?'라고 하던 주제에. 그런 애한테 입히기에는 아까워."

조추들은 속도 모르고 키득키득 웃고 있었다.

"있잖아, 너희들 분하지? 엘리베이터 걸이 주인행세를 하면 말이야. 그러니까 앞으로 될 수 있는 한 경멸하면 된다고. 가급적이면 괴롭혀서 못 견디게 해 주란 말이지."

하지만 평소 조추들 앞에서 뻐기기만 했던 노리코는 조추들에게
는 별로 신망이 없었다.

노리코가 방을 나가자 기쿠라는 조추가 말했다.

"엘리걸인지 모르겠지만, 노리코 아가씨보다 훨씬 느낌이 좋아."

그러자 또 다른 조추가 말했다.

"정말이야. 뭔가 일을 해 주면 이쪽이 무안해질 정도로 공손하게
고맙다고 하는 걸. 좋은 분이야."

(1934.4.8)

## 96

**상가의 정경(2)**

장례식 마지막 날 밤 후미코가 찾아왔다.

노리코는 엄청 기뻐하며 후미코를 자기 방으로 데려갔다.

"너한테 전화해서 좀 와달라고 하고 싶었어."

위로의 말을 듣기도 전에 이렇게 말했다.

"왜?"

"대 사건이 돌발했어. 게다가 좀 말이 안 돼."

"무슨 일인데?"

"그야 너한테는 낭보일지도 몰라."

"이야기해 봐!"

"있잖아, 그 O빌딩의 엘순이 있잖아?"

"엘순이라니?"

"엘리베이터 걸 말야."

"호호호호."

"분해서 엘순이라고 할 거야."

"어머나."

"걔가 말야, 배다른 동생이라는 거야."

"어머나, 정말?"

"정말이라니까. 정말인지 모르겠지만, 오빠가 동생이라며 아버지 임종 때 대면을 시키고 그길로 이 집에 들여앉혔어."

"어머나, 맙소사!"

"하지만 너한테는 낭보지? 오빠도 설마 동생이라는 여자와 결혼한다고 하지는 않을 테니까, 너는 안심이야. 하지만 나는 억울하지 않겠니? 내력도 모르는 사람을 동생이라고 하니 말이야."

"그러게 말야."

"게다가 오빠는 원래 좋아했잖아. 그런데 걔가 동생이라는 것을 알고는 공공연히 예뻐해서 참을 수가 없어. 아버지도 돌아가셔서 어수선한 가운데 옷을 잔뜩 맞춰 주고 있어. 물론 아무것도 없으니까 무리도 아니지만 말야. 나로서는 분하다고. 앞으로 매일 매일 얼굴을 마주 봐야 하니 못 참겠어."

"당연하지."

"걔가 너한테 걸림돌이 되었을 때는 내가 네 편을 들어줬잖아. 이번에는 나한테 걸림돌이 되었으니까 이번에는 네가 내 편을 들어 줘야 해."

"응, 알았어. 얼마든지 협력할게."

"나는 걔를 자근자근 괴롭혀서 이 집에서 못 견디게 할 거야."

"그래."

"여러 가지로 궁리를 하고 있어. 조만간 장례식이 끝나면 천천히 의논할게."

(1934.4.9)

## 97

### 상가의 정경(3)

사체가 안치되어 있는 안쪽 방에서 복도로 죽 늘어서 있는 온실에 핀 군자란, 카네이션 화분들. 꽃잎이 하나씩 지고 또 긴 줄기가 고개를 숙이며, 계속되는 장례식에 차차 슬픈 분위기도 사라지고 방에서 가끔씩 웃음소리도 흘러나왔다. 그리고 그 옆방인 다다미 12장짜리 응접실에 네 개 정도 안치된 자단(紫檀) 테이블 위의 재떨이에는 담배꽁초가 수북이 쌓이고 먹다 남은 귤껍질이나 떡, 과자 쟁반이나 초밥을 담은 접시 등이 아무렇게나 놓여 있다.

학습원(学習院) 제복을 입은 소년이 셋. 게이오대학(慶應大学) 학생이 서너 명. 노리코의 친구가 다섯 명 정도. 그리고 서생들. 젊은이들만 모여서, 당구공을 쳤는데 제자리로 돌아왔다든가 보이지 않게 되었다든가 하는 당구 이야기 혹은 골프 이야기에 한창 열을 올리고 있다. 그런가 하면 영화 이야기가 나오자 노리코는 재미있는 몸짓으로 모 배우의 흉내를 냈고 순식간에 때와 장소에 어울리지 않게 요란한 웃음소리가 일었다.

아야코도 잠시 그곳에 앉아 있었지만, 모두 이상하다는 듯이 가끔씩 쳐다볼 뿐 아무도 그녀에게 말을 거는 사람은 없었다.

검은색 상복을 입고 눈에 띄는 흰 뺨에 쓸쓸하게 긴장감을 드러내며 아까부터 계속해서 몸을 빳빳이 하고 앉아있는 것은 상당히 고통스러웠다.

옆방에서 천천히 독경이 시작되고 종소리가 울려왔다. 아야코는 그 틈을 타서 아무도 모르게 살짝 일어섰다.

노리코는 떠들썩한 분위기에도 불구하고 재빨리 그 모습을 알아보고 역력하게 아랫사람 취급을 하며 말했다.

"얘, 너 그쪽으로 갈 거면 차를 말야. 모두 해서 열여섯 잔. 아, 나를 빼 먹었네. 열일곱 잔 가져다줘."

이렇게 말하고는 바로 다시 원래 화제로 돌아갔다.

아야코가 복도로 나오자 뒤에서 와 하는 웃음소리가 일었다. 노리코가 뭔가 아야코 흉을 본 것 같았다.

아야코는 일일이 모멸과 증오로 자신을 대하고 있는 노리코에게 가슴 저미는 분노와 슬픔을 느끼며 자작이 알려준 자신의 방으로 가려고 긴 복도를 걸어갔다.

엇갈려 지나가는 조추에게 차를 부탁하고 정원이 보이는 툭 튀어 나온 복도의 어두컴컴한 곳에서 초연히 멈춰 서서 메구로의 집 생각을 하고 있었다.

어둡고 초라한 집이지만, 아야코는 철이 들 무렵부터 그곳에서 따뜻한 사랑을 받으며 마음껏 하고 싶은 대로 살아 왔다. 조금도 무시당하지 않았고 미움을 받은 적도 없었다.

처음 알고 만난 아버지는 이제 이 세상 사람이 아니다. 아버지라는 사람은 무지개처럼 떴다가는 바로 사라졌다. 한시라도 빨리 이곳에서 벗어나 메구로 집으로 돌아가 다시 마음대로 사는 것이 나에게는 행복이 아닌가 하며, 멍하니 생각에 잠겨 있었다. 이때 어깨를 툭 치는 손길을 느끼고 깜짝 놀라 뒤를 돌아보니, 모닝코트를 입은 무라야마가 선량한 미소를 띠며 서 있었다.

(1934.4.10)

## 98

**상가의 정경(4)**

생각지도 못한 사람이 가까이 서 있었기 때문에 아야코는 어색하게 고개를 숙였고, 그런 아야코를 위로하듯 무라야마는 말했다.

"안 되겠네요. 안색이 좋지 않아요. 자, 앉으세요."

무라야마는 넓은 마루에 놓여 있는 세련된 등나무 테이블과 다리가 두 개 달린 의자에 자신이 먼저 앉으며 아야코에게도 앉으라고 권했다.

아야코도 순순히 앉았다. 그리고 이유도 없이 노리코에게 받은 모욕과 불쾌감에 살짝 눈물이 고인 눈가를 아무렇지 않게 웃어넘기며 따뜻하게 말을 걸어준 무라야마에게 가벼운 호의를 느끼고 있었다.

"노리코 씨는 어찌할 도리 없는 응석쟁이 아가씨지만 구니오 군은 따뜻하고 좋은 사람이에요. 구니오 군만 믿고 있으면 당신의 좋은 오빠로서 당신이 마음 편히 살 수 있도록 해 줄 거예요. 너무 여러 가지 신경 쓰지 말아요."

창백하고 아름다운 꽃 같은 얼굴을 숙이며 아야코는 대답했다.

"네. 하지만 이곳은 제가 살 집은 아닌 것 같아요. 노리코 씨가 이야기하듯이 정말로 아무런 관계도 없고 인연도 없는 곳이에요. 내일이라도 떠나고 싶어요."

그녀는 마음속 불쾌감을 누군가에게 호소하고 싶었다. 자작은 너무 세세하게 마음을 쓰다가 오히려 본심을 드러내는 것이 미안해서 아무 말도 할 수가 없었다.

무라야마는 호프[29]에 불을 붙이며 말했다.

"노리코 씨는 시쳇말로 고집쟁이에요. 마음속으로는 아버지를 잃은 슬픔을 나눌 사람이 한 명 더 늘었다고 생각하면서도 지금까지 자

---

**29**　JT사(JAPAN TOBACCO INC)의 담배.

신의 기분을 솔직하게 방향 전환할 수 없어서 고집을 부리는 거죠. 게다가 또 구니오군에게 주의를 받고 하니 더 반항심이 생기고 그만큼 더 약점을 보이지 않으려고 순수한 감정을 감추고 있는 겁니다. 다만 교제를 하다 보면 응석쟁이이기는 하지만 사람들에게 친절하고 사랑을 받는 성격입니다. 뭐 당신은 노리코 씨는 노리코 씨대로 그냥 내버려 두면 될 거예요. 구니오 군이 만사 다 알아서 처리해 줄 겁니다.”

“하지만 고집을 부린다고만 생각할 수는 없어요. 볼품없고 보기 싫은 동생이 갑자기 튀어나와서 진심으로 싫어하시는 것 같아요. 저는 그런 생각이 들어요.”

“노리코 씨는 그런 태도로 당신을 대하나요?”

“네에. 매우,…….”

무라야마는 암담한 표정으로 가만히 입을 다물어 버렸다.

“저는 일을 할 거예요. 집으로 돌아가서 일을 하는 것이 훨씬 더 마음이 편해요.”

“고약한 사람이군.”

무라야마는 아야코는 모르지만 자신의 피앙세로서 애인으로서의 노리코를 비난하는 어둡고 슬픈 기분을 절감하며 한마디 했다.

그때 복도를 걸어오는 여자 발걸음 소리가 들렸다.

(1934.4.11)

### 99

### 상가의 정경⑸

그것은 노리코였다. 두 사람이 뒤를 돌아보는 것보다 더 빨리 노리코는 성큼성큼 두 사람 곁으로 와 있었다.

새카만 애프터 눈 드레스에 서양인 같은 목, 밝은색 뺨이 눈이 부시는 것 같았다.

향수 냄새를 풀풀 풍기면서 노리코는 아야코와 무라야마를 번갈아 바라보며 예쁜 빨간 입술을 살짝 일그러뜨리고는 물었다.

"무라야마 씨, 이런 곳에서 뭐 하고 있어요……?"

조용히 묻자 무라야마는 어떻게 대꾸해야 할지 몰라 입을 다물고 있었다.

노리코는 아랑곳하지 않고 조용히 계속했다.

"이 사람 신상에 관한 이야기를 듣고 있었겠죠? 어때요,……. 감격했어요……?"

마지막 말에는 약간 비웃는 듯한 기분이 차갑게 포함되어 무라야마조차 이러한 노리코의 거친 태도에 버럭 화가 났다. 아야코는 순식간에 표정을 감추며 긴 눈꼬리와 입가에 숨길 수 없는 살기를 띠었다.

"호호호호. 저는 쓸데없는 센티멘탈리즘은 질색이에요. 무라야마 씨, 저쪽으로 가지 않겠어요……? 우시코메(牛込)의 숙부님이 오셔서 당신을 찾고 계세요. 당신이 이런 곳에서 눈물겨운 신상 이야기를 듣고 있으리라고는 생각도 못 했어요……."

노리코는 계속해서 아야코의 존재는 무시하듯이 떠들어댔다.

무라야마는 노리코의 쾌활하고 밝은 성격을 좋아하고 평소에는 노리코의 농담이나 장난, 막무가내를 감수했지만, 이때만큼은 마음속에서 구제할 길 없는 여성으로서 불쾌감과 증오를 느꼈다. 그는 수치심에 떨며 조용히 있는 아야코를 감싸듯이 따뜻하고 정중하게 말했다.

"아야코 씨, 당신도 저쪽으로 가시겠어요? 제 숙부님께 소개해 드릴 테니까요……."

아야코에 대한 무라야마의 친절은 아야코의 분노에 기름을 부은 격이 되었다.

"호호호. 숙부님께 이 사람을 뭐라고 소개할 거예요……?"

노리코의 그 말이 끝나기 전에, 아야코는 낮지만 분명한 목소리로 대답했다.

"저, 실례하겠습니다."

그리고 일어서서 총총걸음으로 복도를 나가 버렸다.

무라야마는 어이가 없다는 식으로 노리코의 아름다운 얼굴을 보며 자기도 모르게 노리코의 태도를 입 밖에 내어 비난했다.

"당신은 왜 저 사람을 그렇게 슬프고 수치스러운 생각이 들게 하는 거죠?"

"당신 저 사람에게 친절하네요, 싫어요. 나, 게이샤의 자식으로 천하게 자란 애에게 동정심 같은 것 없어요. 아무래도 자매 같은 기분은 나지 않아요. 친절할 수 없다구요. 게다가 건방지고 새침해요. 당신에게도 여러 가지 이야기를 했죠?"

"아무 말이나 막 하기예요?"

"어쨌든 난 싫어. 그런 뻔뻔한 사람. 오빠가 너무 친절한 것이라구요."

새빨간 입술을 삐죽 내밀고 아양을 부리는 눈으로 무라야마를 올려다보았다.

무라야마는 지금까지는 응석쟁이 정도로 봐 주고 있던 노리코의 여자답지 않은 잔혹한 마음에 상당히 절망하여 말없이 그 눈가를 바라보고 있었다.

(1934.4.12)

## 100

### 새로운 동정(1)

다음 날은 아오야마 장례식장에서 고별식이 있었다.

흰 공단 천으로 싸인 유골. 그 주위에 장식된 수백 개의 꽃다발. 화족, 정치가, 실업가, 조야(朝野) 명사들의 잇따른 분향.

유골 옆 가까이 나란히 서 있는 자작, 노리코, 아야코의 근친자에게 조문객들은 목례를 하면서 이런 때임에도 불구하고 처음으로 보는 아름다운 아야코의 존재에 마음이 끌려 기이한 눈길을 보냈다.

공양 독경이 시작되는 사이에도 눈에 띄게 아름다운 아야코를 보고 손님들은 서로 살짝 눈짓으로 방향을 가리키며 낮은 목소리로 속삭였다.

그중에는 단적으로 이복동생인 줄 아는 손님은 매골식(埋骨式)을 시작하기 전에 일부러 인사를 하러 오기도 했다.

이런 것은 노리코에게 있어 실로 씁쓸한 일로, 그녀의 불쾌감을 두 배, 세 배로 만드는 것이었다.

자신의 뒤에 일일이 아야코의 손이 뻗고 있었다. 매골식에 근친자가 삽으로 한 줌의 흙을 끼얹을 때도 자작은 살짝 눈물을 글썽이고 있는데, 노리코는 오로지 아야코에 대한 불쾌감으로 가득한 듯 자신의 역할이 끝나자 바로 혼자 행동을 하려 했다.

장송 행렬이 모두 끝나면 원래 근친자들끼리 모 요정에서 회식을 하기로 미리 정해 두었다. 자작은 떼를 쓰고 있는 노리코를 부드럽게 불러세웠다.

"돌아가는 거니!"

"응! 그러면 안 돼?"

노리코는 오빠에게 대드는 투로 말했다.

"왜 토라진 것이지? 이럴 때 평소처럼 고집을 부리면 잘못하는 거지."

"내가 고집을 부린다고? 나 이렇게 창피하고 주눅이 든 적은 없었어. 모두가 이 사람이 있는 만큼 우리들을 보고 쑥덕거리는 걸. 더 이상 공개적인 자리에서 동석을 하는 것은 사절이야."

자작. 무라야마. 사야마 고모들. 그 외 네다섯 명의 근친자뿐이었지만, 모두 노리코의 히스테릭한 기세를 염려하여 분위기가 좀 싸늘해졌다.

노리코는 모두가 아무 말 않자 더 기세등등해서 말을 계속했다.

"O빌딩에서 매일 일하고 있었으니까, 손님들 중에는 얼굴을 아는 사람도 있을 거야. 모두 이쪽을 봐서 얼마나 주눅이 들었는지 알아?"

"바보같이. 쓸데없는 소리 그만해."

자작은 어이가 없어 진지하게 노리코를 제지했다.

"알았어. 쓸데없는 소리 할게. 그러니까 나 처음부터 일하는 여자 따위 싫다고 했잖아. 나 정신적으로 빈곤하게 자란 사람 질색이야. 오빠가 잘못한 것이지."

"그만하지 못해, 노리코! 무슨 말이든 더 하면 가만두지 않겠어."

자작은 자기도 모르게 노리코 옆으로 다가가 그녀의 어깨를 쳤다.

(1934.4.13)

## 101

### 새로운 동정⑵

아야코는 창백해진 얼굴을 파르르 떨며 입을 다물고 있었다.

그러나 아야코는 노리코보다 더 조신하고 얌전한 만큼 강단이 노리코보다 더 셌으면 셌지 약하지는 않다.

노리코의 모욕에 한마디도 대꾸를 하지 못하고 있기는 하지만, 참담한 기분은 그 두 눈동자에 나타났고 무언의 반격은 가끔씩 냉소가 되어 뺨에 나타났다.

"노리코는 죽어서까지 아버지한테 불효를 하려 하는구나. 아야코 에게 그렇게 심한 말을 하면 안 되지."

이렇게 말한 것은 사야마 고모였다.

"좋아요. 내가 이 사람을 싫어하는 것이 불효가 된다면 불효가 돼도 상관없어요. 아버지에게 딸은 나 혼자뿐이었을 거예요. 오빠가 돌보는 것을 내가 이러쿵저러쿵할 생각은 없어요. 다만 나하고 자매로서 사람들이 모이는 곳에 가고 싶지 않다는 거예요."

모두는 노리코의 폭언에 아연실색했다. 무라야마는 아야코를 위해 의분을 느끼고 마침내 참지 못하고 따졌다.

"노리코 씨. 나는 당신이 하는 말에 찬성 못 해. 너무 난폭하다고. 이런 곳에서 그런 말을 하면 안 되는 거라구."

"호호호호. 무라야마 씨도 오빠하고 같은 편이네. 동정 정도는 해도 괜찮지. 오빠도 당신도 가난한 사람 편을 드는 것을 미덕이라고 알고 계시는 것 같으니까 말야. 나는 이제 실례하겠어요."

노리코는 홱 발걸음을 돌렸다.

분했다. 아야코는 묶고 있는 허리띠도 입고 있는 상복도 들고 있는 핸드백도 자작이 사 준 것은 모두 갈기갈기 찢어서 땅바닥에 내팽개치고 싶었다.

자작도 역시 강짜를 부리는 노리코에게 질려 노리코의 뒤를 쫓으려고도 하지 않았다.

"어쩔 수 없는 녀석이야. 모두 나갈까?"

이렇게 말하며 입술을 깨물고 흐느껴 우는 아야코를 따뜻하게 위로했다.

"용서해 줘. 자 화장 고치고 와……."

하지만 자작이 아무리 따뜻하게 대해 줘도 다른 사람들이 아무리 동정을 해 줘도 여성으로서 노리코에게 받은 모욕은 어찌할 수가 없었다. 아야코는 한시라도 빨리 이곳 사람들과 헤어지고 싶었다.

귀한 노력(勞力)으로 얻은 보수. 회사에서 지급되는 산뜻하고 피부에 따뜻하게 와 닿는 사무복. 친절한 이모, 이모부, 이종사촌들. 한시라도 빨리 밝고 여유 있는 생활로 돌아가고 싶었다. 화족의 영양으로서의 생활보다 그쪽이 얼마나 더 즐거운지 모른다.

"저도 실례를 하고 싶습니다."

아야코는 결연히 자작의 얼굴을 올려다보며 말했다.

"당신까지 돌아가 버리다니 의미가 없지. 여기 있어요."

자작은 진지한 태도로 아야코를 만류했다.

"피곤해서 실례해야겠어요."

아야코는 주위 사람들에게 목례를 하고 묘지 사이를 재빨리 빠져나와 종종 걸음으로 달리기 시작했다.

"기다려요."

누군가 뒤를 따라 왔지만, 그녀는 멈추지 않았다.

(1934.4.14)

생활의 무지개 235

### 102

### 새로운 동정(3)

아야코는 묘지에서 곧바로 기오이초 저택으로 돌아갔다.

아야코는 안 현관으로 돌아서 그곳으로 올라갔다.

가뜩이나 조용하고 넓은 집이, 출관을 한 후 일하는 사람들도 마음을 놓았는지 고요하여 사람이 있는 기색조차 없다. 성큼성큼 자신의 방으로 가기 위해 응접실 복도를 돌려는데 현관지기이자 회계도 보고 서무도 보며 오랫동안 일을 해온 소네(曾根)라는 비실비실한 노인이, 아직 낯이 익지 않은 아야코를 바로 알아보고 노안경 너머로 빤히 노려보더니 이윽고 그것이 아야코라는 것을 알고는 갑자기 사람 좋은 웃는 표정으로 말했다.

"어이쿠, 이것 참. 아야코 아가씨. 혼자서 돌아오셨어요? 다른 분들은 아직이신가요?"

아야코는 가볍게 고개를 끄덕이고 노리코가 자기보다 먼저 저택에 돌아온 것은 아님을 알고 휴 하고 마음을 놓았다.

방에 들어가자 한쪽 구석에 있는 세면대의 물을 좍좍 기분 좋게 소리가 나도록 틀어 놓고 눈물로 얼룩지고 흥분으로 뜨거워진 얼굴을 시원하게 씻고 난 후, 서둘러 허리띠를 풀어 상복을 벗었다. 그리고 이곳에 올 때 입고 있던, 자신의 힘으로 사 입은 메이센으로 잽싸게 갈아입어 버렸다.

빨간 꽃무늬 허리띠를 꼭 묶고 단정하게 책상 앞에 앉아, 마침 서

랍 안에 있던 하얀 편지지와 봉투를 꺼내 펜을 들고 머릿속에 쌓여 있던 하고 싶은 말을 기세 좋게 써 나갔다.

오라버니께.

안녕히 계세요. 한 번 더 오라버니를 뵙고 싶지만 부디 이것으로 용서해 주세요.

이상하게 연결된 혈연으로 아버지의 임종 날부터 여러 가지로 여간 아니게 마음 써 주신 것을 저는 진심으로 감사 드립니다. 하지만 여러 가지 생각을 해 보니, 노리코 아가씨 가 제게 품고 있는 참을 수 없는 혐오의 감정을 도저히 풀 길이 없을 것 같습니다. 게다가 저는 어쩐지 이런 생활은 맞 지 않게 자랐습니다.

제 마음대로 해서 죄송합니다. 오라버니가 모르시는 이 모 댁의 가난한 삶에서, 저는 모두에게서 귀한 대접을 받고 존중을 받았습니다. 저는 원래의 생활이 그립고 원래의 생 활이 훨씬 훨씬 살기 편합니다.

저는 일을 하는 것이 훨씬 제 성격에 맞는다는 것을 이 번에 절감했습니다.

아버지도 돌아가셨고 지금은 정말이지 노리코 아가씨 의 말대로 저도 노리코 아가씨하고는 자매의 정이 느껴지 지 않습니다.

애초에 저는 없었던 사람이라고 생각하시고 다시는 저

를 찾지 말아 주세요. 부탁드립니다.

　부디 제 결심을 용서하세요.

아야코 올림.

이렇게 붓을 달릴 때 복도에서 달려오는 발자국 소리가 났다.

(1934.4.15)


## 103

### 새로운 동정⑷

누구일까? 아야코는 편지 위에 살짝 핸드백을 올려 숨겨 놓고는 가만히 자세를 바로잡고 발자국 소리의 주인공을 기다렸다.

그곳 미닫이문을 스르륵 연 것은 뜻밖에도 무라야마였다.

그는 숨을 헐떡거렸다. 하지만 그곳에서 아야코를 발견한 순간 바로 기쁜 표정으로 바뀌며 성큼성큼 방안으로 들어왔다.

"아, 안심, 안심. 당신이 그대로 어디론가 가 버렸나 싶어서 얼마나 걱정했나 몰라요."

이렇게 말하면서 아야코의 정면에 그대로 털썩 앉았다.

아야코는 무라야마가 흥분을 하는 원인을 알 수 없었다. 그녀는 말 없이 무라야마를 바라보고 있었다.

무라야마는 앉고 나서 오히려 더 침착함을 잃고 얼굴이 빨개졌다.

그리고 다음 말을 상당히 하기 어려운 모양이었다.

"걱정을 끼쳐서 죄송합니다. 하지만 저 아무 짓도 하지 않을 테니 제발 물러가 주세요. 또 노리코 씨가 돌아오기라도 한다면 무슨 말을 할지 몰라요."

아야코는 자신에 대해 무라야마가 품고 있는 호의를 어느 정도 느끼며 이렇게 말했다.

엄연히 이 집 사람들은 모두 적으로 돌리는 듯한 아야코의 말에 무라야마는 좀 머쓱해졌다. 하지만, 그 점은 외교관이라는 직업상의 부드러움으로 대응했다.

"잘 알겠습니다만, 그 전에 한마디만 하고 싶습니다. 당신이 원래 집으로 돌아가신 것이 아닌가 하여 걱정하고 있었습니다. 나도 당신이 구니오 군의 누이로서 이곳에 있었으면 하고 바라는 사람 중의 하나입니다. 노리코 씨의 무례함에는 저도 분개하고 여성으로서 그녀의 인격은 저도 경멸하고 싶어졌습니다."

무라야마는 얼굴이 빨개졌다. 표정은 굳었고 말투도 긴장이 되었다. 그는 아야코를 똑바로 바라보다 재빨리 시선을 돌리며 말했다.

"아실지 모르겠지만, 저는 거의 노리코 씨의 약혼자처럼 되어 있습니다. 나는,……구니오 군이 당신의 애인으로 좋아하던 시기 나도 당신을 한 번 본 순간 청순하고 아름다운 당신을 상당히 열심히 추천했습니다. 그런데 뜻하지 않게 당신이 구니오 군의 누이라는 것을 알았을 때 나는 진심으로 기뻤습니다. 당신이 갑자기 내게 가까운 사람처럼 여겨졌기 때문입니다. 나는 노리코 씨에게 최후의 승낙을 하지 않기를 잘했다고 생각합니다."

얼렁뚱땅 넘길 수 없는 분위기가 되고 말았다. 아야코는 깜짝 놀라며 잠시 자신의 흥분을 잊고 무라야마의 말에 귀를 기울였다.

"하지만 그렇다고 해서 이런 이야기를 남에게 할 수도 없고, 나는 노리코 씨의 그런 태도를 보고 앞으로 가시밭길이 될 당신의 생활을 생각하며 미력하지만 당신을 지키는 기사가 되어 당신의 행복을 위해 뒤에서 조력을 하겠다고 생각했습니다."

그의 말은 진심이었다. 그의 입가는 때때로 마음을 그대로 다 털어놓는 데 대한 부끄러움으로 떨렸고 얼굴은 새빨개졌다.

(1934.4.16)


## 104

**새로운 동정(5)**

무라야마가 할 말을 다 하자 두 사람 사이는 침묵에 휩싸였다.

아야코는 무라야마를 싫어하지도 않고 좋아하지도 않았다. 그러나 사랑을 담은 그의 말은 노리코 때문에 상처받은 그녀의 마음을 즐겁게 했다.

왜냐하면 거만하고 무례한 노리코가 온갖 경멸적 표현으로 훌륭하게 아야코를 짓밟고 있다고 생각했는데, 의외의 곳에 그녀의 패인이 있는 것이 아닌가?

노리코의 약혼자인 무라야마는 지금 아야코의 발아래에서 그녀를 지키는 기사로서 무릎을 꿇으려고 하는 것이었다.

참고 참았던 아야코의 강한 성격은 노리코에게서 이대로 무라야마를 빼앗아 그 거만한 눈에 눈물을 흘리게 해 줄까, 하며 그녀답지 않은 대담한 생각을 순간 가슴에 떠올렸다.

그러나 그런 대담한 생각은 바로 진정이 되었다. 아야코는 전혀 흐트러짐이 없는 온화한 목소리로 침묵을 깼다.

"무라야마 씨. 호의는 감사합니다만, 저를 이대로 이곳에서 돌아가게 해 주시지 않겠습니까?"

"왜죠……?"

"당신이 제 편이 되어 주시겠다면, 이대로 저를 집으로 돌려보내 주는 것이 제게는 무엇보다 기쁜 일입니다."

늠름한 태도. 재기 있는 말씨. 옥 같은 얼굴.

무라야마는 감격에 겨운 기분으로 아야코를 가만히 돌아보며 말했다.

"그러면 당신은 다시는 이곳으로는 돌아오지 않을 생각인가요?"

"저는 다시 일을 할 겁니다. 일을 하는 것이 제게는 가장 행복합니다."

"그러면 저도 뵐 수 없게 되는 건가요?"

"글쎄요. 또 어디에선가 뵐지도 모르지요."

"다시 O빌딩에서 일하실 건가요?"

"글쎄요. 하지만 이제 그곳으로 다시 돌아가는 것은 어렵지 않을까 합니다. 다시 새 직장을 찾을 거예요.”

“하지만 그것은 당신 자신이 태어나면서 갖게 되는 권리를 포기하는 것입니다.”

“하지만 저는 물질적 영화에 집착이 없습니다. 만약 그것이 있었다면 벌써 오라버니에게 신세를 졌겠죠. 저는 여러분이 힘들 것이라 생각하시는 것이 즐겁습니다. 노리코 씨 입장에서는 그것이 가난한 사람 근성이라고 하겠지만, 제 자신이 가난한 것을 행복이라 생각합니다. 이번에 절실하게 그런 생각을 했습니다.”

아야코는 명랑하고 밝은 미소조차 띠었다.

그녀는 이제 숨김없이 무라야마가 보고 있는 앞에서 자작에게 쓴 편지를 봉투에 넣고 서둘러 일어나려 했다.

“무라야마 씨. 여러 가지로 고맙게 생각합니다. 부디 제가 이렇게 마음대로 하는 것을 용서해 주세요.”

이렇게 말을 하며 이제 붙잡을래야 붙잡을 수 없는 태도를 보였다.

무라야마는 필사적으로 말을 이었다.

“아야코 씨. 돌아가신다고 해도 오늘 밤 하루만 더 내게 맡겨 주지 않겠습니까? 네? 아야코 씨. 오늘 하룻밤만 참으시면, 나는 반드시 잘 해결될 거라고 생각합니다.”

그는 속으로 생각하는 바가 있는 것 같았다. 아야코가 약간 주저하며 말없이 그의 얼굴을 바라보고 있을 때 바깥 현관에서 자동차 경적 소리가 났다.

(1934.4.17)

### 105

**누이는 누이지만(1)**

"노리코는?"

"아가씨는 아직 돌아오시지 않았습니다만,……."

"아야코는?"

"아야코 아가씨는 아까 돌아오셨습니다."

"방에 있나?"

"네, 그렇습……."

먼저 돌아가 버린 자매 둘을 걱정해서 모임이 끝나고 바로 자동차를 달려 돌아온 구니오였다.

소네 노인의 대답도 답답했다.

아야코가 방에 있다는 말을 듣자 갑자기 얼굴이 환해졌다. 노리코는 불쾌감을 친구의 집으로 가지고 갔을 것이다.

구니오는 자기 방으로 돌아가기에 앞서 우선 아야코의 방으로 가려고 복도를 서둘러 가다가 모퉁이에서 하마터면 부딪힐 뻔하며 무라야마와 마주쳤다.

"아, 자네 여기에 와 주었나?"

"음, 아야코 씨가 걱정이 되어서 말이네. 자네에게 의논하고 싶은 게 있네. 자네 방으로 가세."

"괜찮은가……?"

구니오는 눈으로 슬쩍 아야코의 방 쪽을 가리키며 물었다.

"음, 생가로 돌아가겠다는 것을 말려 두었으니 괜찮을 거네."

"아, 그것참. 고맙네. 나도 실은 노리코가 이렇게나 강짜를 부릴 줄은 몰랐네. 나도 자네에게 의논하고 싶은 것이 있네."

두 사람은 이야기를 하며 계단을 올라갔다.

구니오는 방으로 들어가자 재빨리 칸막이 뒤로 들어가서 양복을 실내복으로 갈아입고, 무라야마와 테이블을 사이에 두고 암체어에 아주 피곤한 듯 앉았다.

"그것참 난처하군……."

"곤란하네."

"이제 노리코를 별거시키는 수밖에 없네."

"……."

"어떤가? 자네, 결혼할 것이라면 노리코를 빨리 데려가 주겠는가……?"

"음……."

무라야마가 우울하게 생각에 잠기자 구니오가 밝은 표정으로 말했다.

"자네가 '말괄량이 길들이기'일세."

"나는 채찍을 잘 사용할 수 없을 것 같네."

"질렸나?"

무라야마는 구니오의 그 말에 씁쓸히 웃으며 긍정했다.

"나는 말이네, 자네가 허락해 준다면 아야코를 거두고 싶네."

무라야마는 노리코의 오빠이기도 하고 자신에게는 친구인 구니오에게 숨김없이 마음을 터놓았다. 하지만 얼굴은 새빨개졌다.

"아야코를 거둔다고? 무슨 의미로!"

구니오는 좀 놀란 듯 잠시 무라야마의 얼굴을 바라보았다.

두 사람 사이에는 여러 가지로 복잡미묘한 침묵이 찾아왔다.

(1934.4.18)

106

### 누이는 누이지만(2)

자신이 아야코를 거두겠다. 여기까지는 말이 술술 나왔지만, 그 다음 말은 뚝 끊겼다. 무라야마는 노리코의 오빠 되는 사람에게 갑자기 아야코를 아내로 맞이하겠다는 말은 나오지 않았다.

"자네는 어떻게,……."

이렇게 말을 꺼낸 것과 대답을 기다리지 못한 구니오가 말을 더 이은 것이 거의 동시여서 ─ 두 사람은 눈과 눈을 마주하고 서로 상대의 마음을 살짝 떠보고 있었다. 그러다 구니오는 가볍게 말을 재촉했다.

"뭐가 어떻다는 거지……?"

"자네라면 노리코 씨와 아야코 씨 중 어느 쪽을 아내로 삼고 싶은가……?"

무라야마는 부끄러운 듯 웃는 얼굴을 보이며 물었다.

"나는 자네만 허락한다면 아야코 씨와 결혼하고 싶네."

"그런가? 그런 뜻으로 자네가 거둔다고 한 건가?"

구니오는 끄덕끄덕하면서 잠시 말을 끊었다.

"나는 허락하겠네."

이렇게 가볍게 대답했다.

"그야 나도 아야코를 아내로 삼고 싶네."

그리고 구니오는 쓸쓸히 웃으며 물었다.

"하지만, 자네는 벌써 아야코에게 그 이야기를 했나……?"

"아니."

무라야마는 바로 부정했다.

"오늘 지금 그런 생각이 든 것인가? 아야코와 결혼하고 싶다는 것은……."

무라야마는 고개를 저으며 얼굴이 빨개졌다.

"그 사람이 자네 동생이라는 사실을 안 날부터."

"뭐, 극히 최근의 일이군그래. 노리코하고는 대체 어떤 상태인가? 노리코와 자네의 교제는 얼마나 진척되었느냐는 말일세. 그야 나도 대충은 알고 있지만 말이네."

"노리코 씨는 놀 때는 재미있는 사람이고 자네 동생이기도 하고 결혼을 해도 좋다고 생각한 적도 있기는 하지만, 노리코 씨하고 있으면 아무래도 차분하지가 않다네. 늘 서로 장난만 치게 된다고. 결혼을 하는 것은 좀 불안하네. 화려한 사람이고 보이프렌드도 많고 말이네."

"음. 음."

구니오는 깊이 수긍했다.

"아무래도 아내로서 평생을 같이 하려면 말이네. 그만 어중간한 기분으로 만나고 있었네……. 하지만 이번에 노리코 씨가 아야코 씨를 대하는 태도에는 좀 놀랐네. 그것을 보니 여자다운 따뜻함이란 것이 있는지 어떤지 알 수 없게 되었네."

"음……. 노리코가 그런 녀석이긴 하지만 가엾은 생각도 좀 들기는 해. 하지만 나는 자네가 아야코를 받아주겠다는 것에 찬성이네. 그러나 그렇게 되면 아야코와 노리코는 원수 이상이 될 걸세."

"이대로 있어도 사이가 좋아지지 않겠지만, 나는 그렇게 되는 게,……."

무라야마는 역시 오빠 되는 사람의 심정도 짐작이 되어 말을 끊었다.

(1934.4.19)


## 107

### 누이는 누이지만(3)

구니오는 상대가 하고자 하는 말이 무슨 말인지 알아차렸다.

"그렇네. 그렇게 되어서 아야코가 이 집을 나가는 것이 차라리 더 나을지도 모르겠네. 아야코는 자네와 노리코의 관계를 모르나?"

"조금은 알고 있네. 내가 이야기했네."

"알고 있군그래. 그럼 하필 오늘 자네가 거두겠다고 해 봤자 그 아이는 자네에게 가지 않을 걸세. 노리코와 다른 의미에서 그 아이는 고집이 세네. 난관이네. 그 아이는……."

무라야마는 진지한 표정으로 말했다.

"나는 솔직하게 내 감정을 이야기할 생각이네."

"음. 아무 신경 쓰지 않고 허락을 하면 좋겠네만. 아내로서는 더 이상 좋은 상대는 없지. 엄마 되는 사람이 어떤 사람이었는지는 모르겠지만, 의지가 강한 것은 확실히 구도가의 피를 이어받은 것이라네. 그녀의 성격은 역시 이렇게 같이 있으면 죽은 아버지를 닮은 것 같네. 이렇게 남매가 된 것이 불행하다는 생각이 절로 드네."

구니오는 웃으며 이렇게 이야기했다.

"나도 매일 얼굴을 보고 있었으니 어쨌든 이전에 꽤 좋아했던 것 같아. 이상하게 쑥스러워진다고. 아야코라는 애인이 죽고 그와 똑같은 아야코라는 누이가 생겼네. 그렇게 생각하고 싶지만 역시 현재는 눈에 띄지 않는 곳에 있었으면 하네. 이상한 일이지. 우울해져서 말이네."

구니오는 구구절절 말했다.

"내가 아야코 씨를 거두기로 했다고 한 번 셋이서 잘 이야기를 하는 게 좋겠네."

"아니, 자네 혼자 이야기하게. 확실하게 이야기하게. 아야코가 승낙을 한다고 해도 자네에게는 부모님 의향도 있으실 거고, 나는 자네가 아야코를 설득을 한다면 오빠로서 될 수 있는 한 진력을 하겠네.

확정이 되기 전에는 노리코에게는 일절 비밀로 행동하는 걸세. 노리코가 무슨 말을 해도 전광석화처럼 결혼을 하게."

구니오의 세세한 주의에 무라야마는 새삼 경탄을 했다.

"그럼, 서두르는 것이 좋을 것 같으니 아야코 씨를 만나 봐야겠군."

이렇게 말하며 무라야마는 일어섰다.

"단단히 하게. 그 아이도 복이 많은 아이군."

구니오는 일어서서 다가가 그의 어깨에 손을 올렸다.

무라야마는 쏜살같이 아야코의 방으로 되돌아갔다.

아야코는 뭔가 넋이 나간 표정으로 아까와 똑같은 자세로 멍하니 앉아 있었다.

그녀는 무라야마를 보더니 물었다.

"오빠들 돌아오셨죠?"

"네, 저 오빠하고 당신에 대해 이야기하고 왔어요."

이렇게 대답을 하며 그는 긴장으로 몸을 빳빳이 하면서 아까처럼 아야코의 정면에 앉았다. 솔직하게 이야기할 생각이지만, 마주 앉으니 무라야마는 역시 속시원하게 말을 할 수가 없었다.

"아까 당신을 좋아한다고 했습니다만, 이제 조금 더 감정이 진전되어 당신만 괜찮다면 결혼을 하고 싶습니다. 미친 것 아닌가 할지도 모르겠지만, 저는 당신을 잘 알고 있다고 생각합니다."

갑작스럽기도 하고 매우 심각한 말투이기도 하여 아야코도 바로 대답을 하지 못하고 무라야마를 빤히 쳐다보고 있을 뿐이었다.

(1934.4.20)

# 108

**누이는 누이지만(4)**

‘네’라고 하든 ‘아니’라고 하든 엄연히 자세를 바로 하고 대답을 해야 한다. 미적지근한 대답을 할 수는 없다. 무릎 위에 올려놓은, 살이 얼마 없는 무라야마의 두 주먹에서 힘줄이 꿈틀꿈틀 움직였다.

아야코는 말없이 무라야마의 말을 끝까지 다 듣고 가만히 무라야마의 얼굴을 바라보고 있었다. 무라야마의 호의는 일찍이 이곳에 출입을 하며 그와 알게 된 순간부터 알게 모르게 짐작은 하고 있었지만 그 호의가 한발 더 나아가 연애감정이 되리라고는 생각지도 못했다.

아야코는 무라야마와 둘이서 이야기한 적도 없거니와 하물며 손바닥 한 번 스친 적도 없다. 무라야마는 정말이지 너무나 갑자기 결혼을 신청한 것이다. 엄청 깊이 생각한 태도로 진지하고 솔직해서, 아야코에게도 지금 이 순간이야말로 중요한 순간이라고 느껴졌다.

아야코도 잠시 무언의 상태. 무라야마의 기세에 압도되면서 마음속으로는 정신없이 무라야마라는 남자의 모든 것을 재검토하고 있는 것이었다.

무라야마는 진중하게 또 말을 이었다.

“나에게 당신의 일생을 맡겨 주세요. 나는 당신을 충분히 행복하게 할 수 있을 것 같습니다.”

아야코는 볼을 빨갛게 붉히며 마침내 입을 열었다.

“그렇게 되면 노리코 씨에게 더욱더 원한을 사게 될 것이고 또 저 같은 것이 ─ 이상해요. 당신같이 훌륭한 분의 사모님이 될 수는 없어요."

"노리코 씨에 대해서는 노리코 씨가 당신을 동생으로 취급하지 않는 이상 당신도 남으로 생각하면 됩니다. 노리코 씨 따위 귀신이라도 잡아가라지요! 노리코 씨가 반대해 봤자 아무 의미도 없습니다. 구니오 군이 찬성을 해 주기도 했고! 나는 평생 당신을 꼭 행복하게 해 줄 거예요."

"하지만, 곤란해요. 분란을 일으켜서 엉망진창이 되면, ─ 무엇보다 제가 이곳에 이렇게 있는 것이 부자연스러워요. 나 같은 것은 하루라도 빨리 메구로 집으로 돌아가서 일을 하는 것이 좋아요."

"당신은 나를 싫어하시는 겁니까?"

"아니요."

아야코는 작고 희미하게 대답하며 고개를 저었다.

"나를 싫어하는 것만 아니라면 지금은 눈 딱 감고 내게 달려오세요. 그리고 밝고 멋진 삶을 시작해요. 아내라는 것은 여성의 천직입니다. 아내 역할을 해 주시는 것만으로 충분합니다."

아야코는 상냥하게 웃으며 대답했다.

"당신은 저를 과대평가하고 계십니다. 분명 후회하실 거예요."

"무슨 말씀이세요? 당신 같은 분은 어떤 곳에 계셔도 빛이 나는 분입니다. O빌딩에서 일을 하고 계셔도 이곳에 이렇게 계셔도 어떤 곳에 계셔도 절대 부자연스럽지 않아요. 어디에 가도 당신은 당신다운 빛을 잃지 않는 분입니다. 내게 모든 것을 맡겨 주지 않겠습니까?"

아야코의 대답은 깊은 미소였다.

(1934.4.21)

## 109

**누이는 누이지만(5)**

무라야마는 아야코의 녹을 듯한 미소에 소망의 반을 이룬 것이라 생각하고 애모의 정을 얼굴에 가득 드러내고 말했다.

"우리 집에 당신의 방을 정할 때까지 2, 3일 이곳에 얌전히 있어 줘요. 구니오 군이 만사 알아서 해 줄 것이라 생각합니다. 노리코 씨에게는 일절 비밀입니다. 나는 조만간 독일에 부임을 해야 합니다. 식은 그 전에 후딱 하기로 하고,……. 아니면 잠시 동안 우리 집 가족으로서 살다가 때를 봐서 나중에 독일로 와 줘도 되고요. 어느 쪽도……."

이렇게 무라야마는 벌써부터 장래의 일을 이야기했다. 이러한 무라야마의 성실함과 솔직함은 아야코에게 그대로 먹혔다.

아야코 입장에서도 자작은 풋풋한 첫사랑이었다. 그 사람이 오빠였다는 것이 한때는 행복하게 여겨지기도 했지만, 현재는 큰 불행으로 여겨졌다. 그 사람을 오빠로 부르며 살 수는 있다고 해도 제멋대로이고 거만한 언니에게 괴롭힘을 당하면서 살아가야 할 앞으로의 나날을 생각하면 그것은 암담한 것이었다. 그보다는 스스로 일을 하면서 작지만 희망을 가지고 살아온 과거의 삶으로 쏜살같이 달려서 되돌아가고 싶은 마음도 있기는 하지만, 자신과 함께 평생을 함께 살자고 무라야마가 분명하고 진지하게 말을 꺼낸 것은 그녀 앞에 황량하게 펼쳐진 인생의 하늘에 새로운 무지개가 뜬 셈이다. 그녀는 아가씨답게 감격을 하여 입을 다물고 있었다.

무라야마는 거듭 확인을 했다.

"내가 데리러 올 때까지 아무 데도 가지 않겠다고 맹세해 주세요. 알았죠? 내 부탁을 들어줘요."

그녀는 잠자코 고개를 깊숙이 숙였다.

"승낙하신 거죠?"

"네."

작고 낮은 목소리이기는 했지만 대답은 분명했다. 그리고 중얼거리듯 말했다.

"정말이지 아깝고 두려운 생각이 들지만요,……."

"아니, 아까운 것은 제 쪽이에요. ― 나는 이제 다시 한 번 구니오 군과 당신에 대해 이야기를 하고 돌아가겠습니다. 승낙을 받으니 이렇게 기쁠 수가 없습니다. 정말 고마워요."

만약 아야코가 더 가까이 있었다면 그는 정열을 그대로 담아 그 가날픈 어깨를 가슴에 와락 끌어안았을 것이 틀림없다. 그는 잠시 말없이 아야코를 바라보았다.

* * *

복도에서 무라야마의 발자국 소리가 사라지자, 아야코는 아까 자작 앞으로 쓴 편지를 봉투째 갈기갈기 찢었다. 아야코의 얼굴은 잠시 밝아졌다 흐려졌다 했다. 하지만 어느새 여자다운 수줍음을 담은 상냥함으로 아주 생기 있게 빛나고 있었다.

바로 옆에 있는 그녀의 침실에서 조추가 이부자리를 펴느라 움직이는 소리가 조용히 전해져 왔다. 그녀는 일어서서 허리띠를 풀기 시작했다. 노리코에게 얼마나 원망을 들을까 생각하면 두려웠지만, 그 위험 말고는 모두 행복했다.

(1934.4.22)

## 110

**무지개는 사라지다(1)**

하룻밤 생각을 한 무라야마는 부모에게 이야기를 꺼냈다.

무라야마의 아버지도 외교관. 어머니도 오랫동안 미국에 거주한 적이 있는 사람인만큼 이해의 폭이 넓었다.

그러나 지금까지 약혼자처럼 종종 놀러 오던 노리코를 알고 있었기 때문에 역시 부모에게는 자식의 말이 너무 갑작스러워, 아무리 근대 아가씨로서 활달하고 제멋대로인 노리코라고는 해도 무라야마의 방식은 분란을 일으켜 처녀의 마음에 상처를 주는 것이 아닌가 하며, 특히 미션 스쿨을 나온 모친은 몹시 걱정을 했다.

아버지는 자유론자였지만, 그렇다고 해도 아들의 요구를 흔쾌히 허락할 생각은 없었다.

그러나 만 리의 둑도 개미 한 마리가 뚫으면서 무너지는 법이니, 부모가 만든 벽은 무라야마의 일편단심에 맥없이 무너졌다.

"잘 생각한 게냐?"

"깊이 생각한 끝에 내린 결정입니다."

"노리코 양에게 미안하지는 않냐?"

"미안하지 않습니다. 설령 지금 아야코라는 아가씨가 없었다 해도 나는 노리코 씨가 그렇게 잔혹하고 여자답지 않은 사람이라면 결혼을 그만두었을 것입니다. 게다가 저희들은 아직,…… 저는 노리코 씨에게 진정한 애정을 느낀 적이 없습니다. 부탁이니, 아버지 아야코 씨를 이곳으로 불러서 이 집의 딸로 살게 해 주세요."

"음, 뭐! 자작하고도 잘 이야기해 보고, 노리코 양도 너무 가여우니 잠시 기다리거라."

"구니오 군은 승낙을 하고 찬성을 해 주었습니다. 불쌍한 것은 노리코 씨보다 저렇게 하루고 이틀이고 그 집에서 기거하는 아야코 씨입니다. 노리코 씨가 아야코 씨에게 하는 심술궂은 처사는 아버지의 상상 이상입니다. 오늘이라도 당장 불러 주세요. 제발요, 아버지."

"오빠인 구니오 군이 승낙을 했다면 우리로서는 책임은 없지만."

"괜찮죠? 아버지."

"그래서 당장 결혼할 생각이냐?"

"아버지하고 어머니가 허락만 해 주시면 당장이라도 하고 싶습니다.”

아버지는 씁쓸하게 웃으며 승인의 뜻을 나타냈다.

“결국 네 생각대로 하는 수밖에 없겠구나…….”

무라야마는 마음속으로 만세를 부를 만큼 기뻤다.

“그럼, 오늘 당장 데리고 와도 되죠?”

아버지는 소리 없이 웃으며 확실한 대답을 하지 않았다.

무라야마는 걱정을 하고 있는 자작에게 이 낭보를 한시라도 빨리 전하고 싶었다. 그는 기오이초로 서둘러 자동차를 달렸다.

곧바로 자작의 거실인 2층으로 올라가려는데 갑자기 노리코가 불러세웠다.

“무라야마 씨, 왜 그렇게 허둥대요? 나 당신한테 부탁이 있어요. 아버지 장례식으로 닷새 동안이나 얌전하게 있었으니까 오늘 한가하면 요코하마에 데려다줬으면 좋겠어요. 오빠하고 이야기가 끝나면 바로 내려와요.”

노리코는 단숨에 말하더니 다시 자기 방으로 홱 들어가려 했다.

아무것도 모르는 노리코의 태도에 무라야마는 더 마음이 찔려서 미리 요코하마 동행을 거절하려고 노리코를 불러세웠다.

(1934.4.23)

### 111

### 무지개는 사라지다⑵

노리코는 눈을 동그랗게 뜨고 다가왔다.

"무슨 일이에요?"

"나 오늘은 요코하마에 갈 수 없어. 누구 다른 친구 없어……?"

"갈 수 없어요? 당신 아니면 의미 없어요. 오늘 좋은 이야기 해 주려 했는데, 아사가야(阿佐ヶ谷)의 준(順) 짱이 당신이 올봄에 독일에 갈 거라고 해서 노리코도 갑자기 같이 독일에 가고 싶어졌거든요. 그거 의논하고 싶어서요. 하지만 됐어요. 그럼, 다음에 하죠. 내일은 어때요? 활동사진도 보고 싶고 목욕탕 플로리다에도 가 보고 싶은데,……."

무라야마는 적잖이 마음이 무거워져서 말했다.

"당분간은 안 돼……."

"쳇, 재미없어."

노리코는 입술을 삐죽거렸다.

무라야마가 2층 계단을 채 다 올라가기 전에, 노리코가 같이 노는 다른 친구들을 불러내기 위해 전화를 거는 새된 소리가 밝게 들려왔다. 자신이 아야코를 데리고 가는 것을 알면 한바탕 소동을 일으킬 것이라 생각하니 우울해졌다. 차라리 자작과 의논을 해서 자신이 노리코에게 남자답게 모두 이야기해 버리는 것이 낫지 않을까 생각하며 자작의 방으로 들어갔다.

자작도 무라야마를 몹시 기다리고 있었다. 그의 안색으로 일의 성과를 읽어내려고 그를 뚫어져라 살펴보며 걱정스럽게 물었다.

"어떻게 됐나……?"

"음, 부모님이 승낙해 주셨네."

"그것참 잘 되었군그래. 나도 정말 기쁘네. 그럼 내일이라도 데려가도 되네."

"음."

"내가 같이 따라가서 다시 아저씨께 부탁을 드려볼까?"

"음, 그렇게 해 주면 더 좋겠지."

하지만, 무라야마는 잠시 말이 없었다.

"왜 그러나? 만사 순조로운데 몹시 우울해 보이지 않는가?"

"지금 아래층에서 노리코 씨를 만났네."

"그 녀석 낌새를 채고 또 무슨 이상한 말을 한 게로군?"

"차라리 그럼 좋겠지만, 희한하게도 나보고 요코하마를 같이 가자고 하며 아무것도 모르는 것 같아서 더 난감하네. 차라리 내가 노리코 씨에게 모두 다 이야기하는 게 좋지 않을까 생각했네."

"그건 안 되네. 안 돼. 안 돼. 일절 비밀로 하는 게 좋네. 자네가 이야기하면 노리코는 자네에게는 냉소로 대응하는 정도로 끝나겠지만, 아야코에게는 무슨 짓을 할지 모르네. 이제 자네는 집에 돌아가 있게. 내가 아야코를 잘 데리고 자네 집으로 가겠네."

"음."

무라야마는 마침내 환하고 밝게 웃으며 덧붙였다.

"만사 잘 부탁하네."

"비상시에는 비상수단이지. 형식은 아무래도 괜찮아. 아야코를 자네의 아내로 삼아서 독일에 데리고 가 주게! 그러면 노리코도 손을 쓰지 못할 것일세."

자작은 웃었지만, 그 웃음소리는 환하다고는 할 수 없었다.

(1934.4.24)

## 112

### 무지개는 사라지다(3)

무라야마는 만사를 자작의 생각에 맡기고 아야코도 만나고 싶었지만 노리코의 시선이 두려워 그대로 집으로 돌아와 버렸다.

이것이 혼담이라고 한다면 마치 강아지를 주고받기라도 하는 것처럼 갑작스럽고 간단했다. 그러나 마음은 그런 것은 아니라고 생각하고 안심하고 있었다.

자작은 아야코를 부르러 방으로 갔다.

"결과가 이렇게 된 것을 기뻐해야 할지 어떨지 모르겠지만 네가 무라야마를 신뢰하고 진심으로 경애할 수 있다면 나로서는 이렇게 기쁜 일은 없다."

아야코는 딱히 대꾸할 말이 없어서 눈을 내리뜨고 고개를 숙이고 있었다.

"무라야마는 나의 오랜 친구로서 외골수이고 좋은 친구야. 귀족 취향도 아니고 같이 있어도 아주 마음 편하게 지낼 수 있는 남자지. 부모님께서도 허락을 하셨다니 노리코가 또 뭐라 궁시렁궁시렁 하기 전에 무라야마 집의 딸이 된 셈 치고 오늘부터 가서 살지 않겠니? 오빠로서 나는 네가 이 집에 있기 힘들어서 메구로로 돌아가서 다시 일을 한다는 것은 차마 보고 있을 수 없는 일이기도 하고, 너를 다른 곳으로 시집을 보내야 한다면 너를 진심으로 사랑하는 무라야마 같은 사람에게 보내고 싶구나. 노리코만 저렇지 않다면 아버지 상이라도 끝난 후 마음껏 호사스러운 결혼식을 올려주고 싶지만,……."

아야코는 눈시울이 뜨거워지면서 눈물이 고였다. 이 집에 왔을 때는, 느닷없는 운명의 변화이기는 하지만 오빠의 집에 오는 것이기 때문에 놀라기는 했어도 일면 안심이 되었다. 이번에는 전혀 모르는 남의 집 아내가 된다고 하는 설레는 마음 한편으로 두려움과 불안이 도사리고 있었다.

부모님들은 어떤 분들이실까? 뻔뻔스러운 여자라고 마음속으로 경멸하시지는 않을까? 실은 혼자 살고 있던 원래 생활로 돌아가는 것이 나로서는 가장 어울리는 것 같은데,……. 아야코는 입 밖에 내서 말은 하지 않았지만 마음속으로는 끊임없이 그렇게 생각했다.

하지만 오빠의 친절에도 눈물이 났고 무라야마의 진심에도 마음이 움직였다. 최대한 힘을 내서 뭐든지 하면 못할 것도 없을 거야. 남편에게는 좋은 아내로서 시부모님에게는 좋은 딸로서 할 수 있는 만큼 해야지. 아야코는 기특하게도 이렇게 생각했다.

"내가 같이 갈 거야. 가서 무라야마 군의 부모님께 너를 잘 부탁할 생각이야. 아무리 힘든 일이 있어도 나한테 말하지 않고 무단으로 내가 모르는 곳에 가거나 하면 안 된다. 힘든 일이 있으면 언제라도 내게 의논하러 오거라. 알겠지?"

자작은 일일이 씹어 떠 먹여주듯 거듭 친절하게 일러주었다. 참지 못하고 아야코의 눈에서는 눈물이 볼을 타고 흘러내렸다.

"기모노나 필요한 것들은 차후 내가 보내 줄게. 이것은 당분간 용돈으로,……."

이렇게 말하며 10엔짜리 지폐를 몇 십 장 접어서 품에 넣으라고 했다.

"그럼, 준비를 하고 오너라."

자작이 아야코의 어깨를 가벼운 애무가 담긴 손길로 감쌌다.

(1934.4.25)

## 113

### 무지개는 사라지다(4)

드디어 노리코가 같이 노는 친구들과 전화로 약속을 잡고 화장을 한 후 조추에게 자동차 준비를 켰다. 그러자 조추는 잠시 후 돌아와서 보고했다.

"도련님하고 아야코 아가씨가 외출을 하셨으니 3번(평소 호출을 하던 자동차 사무실)이 올 때까지 잠시 기다려 주세요.”

노리코는 순식간에 험악한 눈빛이 되어 물었다.

“오빠하고 어디에 간 거야?”

“모르겠습니다만.”

조추는 주저주저 대답했다. 3번 자동차가 오려면 5분 정도 시간이 있었다. 노리코는 완전히 심사가 뒤틀려서 새끼 양가죽 장갑을 빙글 빙글 돌리며 현관의 넓은 복도를 왔다 갔다 하고 있다.

노리코는 그날 밤 10시 무렵 귀가하자, 지금 막 돌아왔는지 아직 차고에서 꾸물거리고 있는 크라이슬러를 보더니 달려가서 운전수에게 물었다.

“히로타(広田), 지금 돌아온 거야……?”

“네.”

“어디를 모시고 갔던 거야? 불편했잖아.”

“시모키타자와(下北沢)의 무라야마 댁에, ― 돌아오실 때까지 기다리느라,…….”

“뭐라구? 무라야마 씨 댁에 갔었어? 오빠하고 그 사람을 데리고,……. 이상하네.”

노리코는 확실히 이상하게 여김과 동시에 또한 심사가 뒤틀리기는 했지만, 설마 아야코만 그대로 무라야마가에 남아 있으리라고는 상상도 못했다. 그래서 그대로 발길을 돌려 바깥 현관으로 달려가더니 바로 오빠의 방문을 노크했다.

“들어와.”

구니오는 그렇게 말하고 눈앞에서 확실히 씩씩거리며 서 있는 노리코를 보고 좀 당황해하며 아무렇지 않게 물었다.

"어디 갔었니……?"

노리코는 오빠 바로 앞에 있는 팔걸이의자에 픽 하고 앉더니 물었다.

"그건 내가 오빠한테 묻은 싶은 말이야. 오빠야말로 배다른 누이를 데리고 어디 갔었어……?"

"아야코가 메구로로 돌아가고 싶다고 해서 같이 갔을 뿐이야……."

"거짓말 마. 히로타가 무라야마 씨 댁에 모셔다드렸다고 다 이야기했다고."

구니오는 헉하고 눈이 휘둥그레졌지만 결국 이야기했다.

"그것은……, 내가 무라야마 군에게 볼일이 있어서 그 용건을 마치고 아야코를 바래다줄 생각으로 같이 갔을 뿐이야."

구니오는 그 자리에서 변명을 하면서 자기가 생각해도 이건 아니라는 생각이 들었다.

애초에 자신들의 행동을 일절 비밀에 부치도록 하녀들이나 운전수들에게도 말을 해 둘 걸 그랬다. 그러나 지금까지 그런 음흉한 짓을 한 적이 없는 구니오로서는 그런 것까지 신경을 쓸 리가 없었다.

"오빠, 거짓말쟁이. 거짓말. 거짓말이라고. 나를 바보로 알고 뭔가 책동을 꾸미는 거지."

이렇게 말하면서 노리코는 울먹였다.

구니오는 이제 어떻게 말을 해야 좋을지 모르게 되었다.

(1934.4.26)

### 114

### 무지개는 사라지다(5)

'무라야마 집으로는 안 되겠어. 조금 더 노리코의 눈에 띄지 않는 곳에 아야코를 숨겨야 해.'

구니오는 마음속으로 이렇게 생각하고 있었다.

"좋아. 나 내일 무라야마 씨 집에 가서 오빠들이 무슨 참견을 했는지 다 알아볼 거야……."

노리코는 농담인지 진담인지 알 수 없는, 그런 말을 했다.

"노리코, 아야코는 같은 아버지의 자식이라는 의미에서 우리들의 남매잖아. 게다가 우리들은 풍족한 재산으로 행복하게 살아왔고 아야코는 불행하게도 반생은 아버지도 모르고 일을 하며 살았어. 지금 이야말로 우리는 힘을 합쳐서 아야코를 우리들만큼 생활만이라도 행복하게 해 줘야 하지 않겠니? 그것을 너처럼 아야코의 행동 하나하나를 방해하려는 건 도대체 무슨 까닭이지?"

구니오는 차분하게 타일렀다.

"나는 처음부터 마음에 들지 않는 애였다고. 그런데 아버지 임종 때 툭 튀어나와서—그게 자매였다는 사실을 알았다고 해도 자매 같은 느낌이—실감이, 조금도 자매라는 느낌이 나지 않아. 난 뭐 그 사람의 행동을 방해하려는 생각은 전혀 없어. 오빠가 너무 참견을 해서 그 사람이 주제넘게 된 것 아냐? 그 사람이 무라야마 씨 집에 놀러 가거나 무라야마 씨하고 친해지는 것 아냐? 무라야마 씨는 나의 피앙세나 마찬가지인 사람이고 그 사람하고는 아무 관계도 없는 것 아냐?"

절반은 악이 나서 하는 말이지만 분명하게 이렇게 따지는 노리코의 말에 자작은 아무 말도 할 수가 없었다. 잠시 입을 다물고 있다가 말을 했다.

"네가 조금 더 아야코에게 따뜻하게 해 주었더라면 나도 굳이 아야코를 위로하지 않아도 됐잖아."

"됐어요. 오빠는 뭐든지 이 노리코가 잘못했다고 하니까,……내일 무라야마 씨한테 가서 오늘 오빠의 행동을 알아볼 테니까,……호호호호. 오빠가 기를 쓰고 그 사람 편을 든다면 노리코는 더욱더 그 사람을 적대적으로 대하면 되지 뭐."

노리코는 자작의 신경을 긁듯이, 반은 농담처럼 반은 진담처럼 퍼붓고는 일어서서 휙 하고 방을 나갔다.

자작은 정말이지 구제 불능이라고 생각하면서, 정말로 내일이라도 노리코가 무라야마의 집에 가면 모든 것이 엉망진창이 된다, 어떻게든 선후책을 강구하지 않으면 안 되겠다, 이렇게 생각하고 시계를 보니 11시가 넘었다.

노리코는 늦잠꾸러기니까, 내일 아침 일찍 어차피 일어나면 바로 무라야마 집으로 전화를 걸어서 아야코를 노리코가 가기 전에 숨기라고 해야겠다며, 잠옷으로 갈아입기 시작했다.

(1934.4.27)

### 115

### 무지개는 사라지다(6)

노리코는 산뜻한 색의 레이스 천으로 덮인 프랑스풍의 기분 좋은 목조 침대 위에서 말똥말똥 눈을 뜨고 갑자기 사라진 아야코의 행동을 마음속으로 짐작해 보았다.

그리고 이리저리 생각을 맞춰 보니 오빠도 그렇고 무라야마도 그렇고 어제부터 벌써 자신에 대한 태도가 전혀 달랐다.

아야코가 무라야마의 집에 간 것이라면, 내가 그렇게나 아야코를 싫어하는 것을 알면서도 무라야마가 아야코를 데리고 간 것이라면, 이는 나에 대한 더없이 심한 배신이었다.

오빠도 그에 대해 찬성을 했다면 내 존재는 쓰레기처럼 묵살당한 것이다.

노리코는 지기 싫어하는 성격인 데다가 모두가 떠받들며 쥐면 부서질까 불면 날아갈까 하며 자란 만큼, 이렇게까지 묵살되었다고 생각하는 것만으로도 가슴이 터질 듯 분했다.

일찍이 느낀 적 없는 분하고 화가 치미는 감정에 눈물도 나오지 않을 정도로 머릿속이 하얘졌다. 하지만 오빠의 방을 나와 자신의 침실에서 혼자가 되자 분한 마음에 눈가에 눈물이 배어 나오기 시작했다. 머리가 잠시 확 뜨거워지고 히스테리컬한 흥분에 안절부절 어쩔 줄 몰랐다.

그녀는 무라야마의 집에 있을지도 모르는 아야코를 마음껏 매도 하고 싶었다. 그러기에는 자신이 너무 서둘렀다고 후회했다. 운전수에게 들은 이야기를 오빠에게 말해 버리는 것이 아니었다. 오빠는 무라야마 가에 전화나 속달 같은 방법으로 자신이 모든 것을 알았다는 것을 알릴 것이 틀림없다.

여기까지 생각이 미치자, 노리코는 침대에서 튀어나왔다. 응석쟁이로 멋대로 자란 아가씨는, 어렸을 때 오빠에게서 야단을 맞은 데 대한 복수를 할 때처럼 발소리를 죽이며 오빠의 침실로 올라가서 몰래 모습을 살피고는 자작이 잠이 든 것을 알자 살짝 옆방 서재로 들어가서 탁상용 전화기를 집어들었다. 그리고는 있는 힘껏 비틀어서 줄을 뽑아버렸다.

전화는 또 한 대 있었다. 현관 옆이다. 그녀는 조금 과감한 자신의 행동에 살짝 유쾌한 미소를 띠며 그곳 전화를 망가뜨렸다.

침실로 돌아와서 스프링이 좋은 침대 위로 물속에라도 뛰어들 듯이 털썩 누우니 어쩐지 통쾌했다.

"내일은 일찍 일어나야지."

이렇게 자신에게 말을 하고 급기야는 한 번도 감아본 적이 없는, 머리맡 작은 장식장 위에 올려 둔, 손바닥 안에 들어갈 만큼 작은 스위스제 자명종 태엽을 감아 7시에 울리게 맞추었다. 그리고 히죽히죽 웃으며 스탠드 줄을 당겼다.

(1934.4.28)

### 116

**무지개는 사라지다(7)**

장중한 집들이 여유 있게 들어앉은 시모키타자와의, 아름다운 저편 언덕 중턱에 빨간 기와를 올린 지붕이 보이고 창문의 커튼이 하얗게 흔들리고 있다. 그 창문에서는 커다란 농가의 초가지붕이 보인다. 그 뒤의 잡목 그루터기에 산뜻한 보라색 연기가 가로로 자욱하게 끼어 있다.

자신의 방에 깔린 녹색 융단이나 커튼으로 배색되어 있는 기분 좋은 아담한 양식의 하얀 벽에 설치된 침대 위에서 첫 아침을 맞이한 아야코는 상쾌한 기분으로 주위 풍경을 바라보고 있다.

어젯밤에는 늦게까지 구니오가 여러 가지 이야기를 해 주고 갔다. 무라야마의 아버지는 어쩐지 품격이 있고 말수가 적은 사람으로, 아야코가 두세 번 거듭하는 감사 인사에 깊이 고개를 끄덕일 뿐 아무 말도 하지 않았다. 어머니는 정말로 총명하고 상냥한 분이다. 아야코의 불안은 흔적도 없이 사라졌다.

무라야마와 결혼하기 전까지는 내가 몰랐던 여러 가지를 공부해야지. 무라야마의 거실에 있는 책꽂이에는 예쁜 양서나 문학서가 빼곡하게 꽂혀 있고 또 살롱 같이 꾸며진 방에는 특별히 서고가 설치되어 있어서 자유롭게 책을 읽을 수 있었다.

무라야마는 둘째 아들로 여자 형제는 한 명도 없다. 아야코로서는 그것도 다행이었다. 이와 같은 환경의 변화를 오늘 아침에는 어젯밤

보다 훨씬 더 즐길 수 있는 기분이었고, 아야코는 메구로의 이모와 이모부에게 알리고 싶었다.

아침 식사를 마치고 편지를 쓸 생각으로 방으로 돌아왔다. 그런데 얼마 안 있어 문을 노크하는 소리가 들렸다.

"들어오세요……."

들어온 것은 무라야마였다.

"아, 뭔가 글을 쓰고 있었나요……?"

"네, 아니, 어서 오세요……."

아야코는 부끄러워 볼이 빨개지며 그렇게 대답했다.

"아니, 날씨가 좋으니까 마당에라도 나가지 않을래요? 같이 가자 하려고 왔어요."

무라야마도 어쩐지 기쁜 것 같았다.

"네."

두 사람은 앞서거니 뒤서거니 하면서 복도를 통해 정원으로 내려갔다. 서양풍 울타리 가장자리에 분홍색, 진홍색의 팔겹 동백이 많이 자라서 아름다운 봉오리가 맺혀 있다. 잔디를 밟으며 잠시 말없이 걸었다.

"어떠세요. 어젯밤은 잘 잤나요?"

"네, 덕분에요……."

"될 수 있으면 빨리 집사람이 되어 줘요. 그리고 나에게도 그렇고 어머니에게도 그렇고 하고 싶은 일이나 갖고 싶은 것이 있으면 말해 줘요."

"네."

아야코는 기쁘게 웃으며 끄덕였다.

울타리가 낮아서 길도 보이고 그 앞에 있는 집의 정원도 보였지만, 조용해서 사람 소리 하나 나지 않았다. 두 사람은 마른 황매화 나무 아래 놓인 하얀 벤치에 앉았다.

(1934.4.29)

## 117

### 무지개는 사라지다(8)

잠시 부드러운 아침 햇살 속에서 오솔길을 왔다 갔다 하는 동안 무라야마는 차분해지고 아야코는 대담하고 활기가 생긴 것 같았다.

"저희 어머니도 말씀이 많으시고, 우리 집의 가풍은 돈은 별로 없지만 밝아요. 아버지도 마음이 내키면 저를 상대로 함께 놀 만큼 장난기가 있어요. 아버지는 평소 무뚝뚝하지만, 금방 마음을 알 수가 있어요. 곧 당신을 다른 사람으로 만들 거예요."

"다른 사람?"

"당신은 좀 말이 너무 없어요. 그리고 관찰이 너무 날카롭지 않나요?"

"하지만, 저는 오랫동안 혼자서 살아온 것을요. 자연히 여러 가지 일을 혼자서만 생각하게 되죠. ― 책이 꽤 많이 있어요. 오늘 아침에,

어머니께 말씀드리고 조금씩 공부를 하고 싶다고 생각했어요."

"그것참 좋은 생각이에요. 영어도 읽을 수 있도록 내가 선생이 될 게요. 매일 일과를 정해 놓고,……."

"네."

두 사람 발밑 바로 옆에까지 참새가 먹이를 찾으러 총총거리며 다가왔다.

무라야마는 세상 물정에 밝았다. 그러나 흥분한 어조로 계속 이야기했다.

"나는 당신과 한 지붕 아래 살게 되니, 이렇게 행복한 적은 지금까지 없었습니다. 당신이 날아와 주셨으니 저는 당신을 사랑합니다. 영원히 변함없이 당신을 사랑합니다. 당신 외에 어느 누구도 사랑하지 않겠습니다. 당신을 위해서라면 어떤 희생도 마다않을 생각입니다."

아야코는 진중하고 환한 눈빛으로 생각에 잠긴 듯 고개를 숙인 채 무라야마의 말을 듣고 있었다.

무라야마는 단숨에 입에서 흘러나온 자신의 진실한 사랑의 말에 자기 자신조차 두려운 심정으로 물었다.

"당신, 대답을 안 하시는군요. 내가 이렇게 말하는 것이 경박하다고 생각하시나요?"

"아니요."

아야코는 희미하게 고개를 저었다.

"당신은 나를 조금이라도 인정을 하기에 이곳에 와 주신 것이겠죠? 저의 부모님은 내가 독일에 가기 전에 결혼을 승낙해 주실 입니다. 나는 이제 당신에 관한 것을 생각하지 않고는 아무 것도 의미가 없어 정할 수가 없습니다. 머지않아, 이번에는……제 아내가 되어 주실 거죠? 나를 믿고 나를 받아들여 주는 거죠?"

아야코는 보일 듯 말 듯 미소를 띠며 대답했다.

"네."

무라야마는 아야코의 아름다운 두 손을 잡고 환희에 넘친 나머지 숨을 헐떡거리며 자신의 가슴에 갖다 대었다. 그때 언덕 아래에서 거센 속도로 올라온 크라이슬러가 담장을 따라 천천히 스피드를 낮추며 문 앞에 딱 멈춰 섰다.

"구니오 군일지도 몰라."

두 사람은 서로 감격에 겨워 눈물이 글썽거리는 눈가를 바라보며 미소를 지었다.

(1934.5.1)


## 118

**무지개는 사라지다(9)**

두 사람 모두 멈춘 자동차가 낯익은 구도가의 크라이슬러이므로 똑같이 시선을 차창으로 돌렸다. 그러나 아침 동안 화사했던 두 사람의 얼굴에는 순식간에 청천벽력과 같이 구름이 끼었다. 그와 동시에 두 사람은 모두 멈춰 섰다.

노리코가 자동차에서 가뿐하게 내려서 두 사람을 똑바로 쳐다보면서 성큼성큼 정원 쪽으로 들어오고 있었다. 작은 접이식 문을 몸으로 밀어제치고 다섯 걸음, 여섯 걸음 또각또각 두 사람이 있는 곳으로 다가왔다.

그리고 그곳에 우뚝 멈춰선 두 사람을 세상 모든 증오와 모멸을 담은 두 눈으로 쏘아보았다. 또한 빨간 입술 주변에는 비웃음을 띠며 두 걸음 정도 남긴 곳까지 다가와서 기분 나쁘게 침착한 목소리로 인사를 했다.

"안녕. 신지(愼二) 씨."

무라야마는 어떻게 응수해야 할지 모를 정도로 노리코의 이 불의의 출현에 혼란스러워하며 기가 죽은 목소리로 대답했다.

"안녕."

노리코는 더 다가갔다. 차갑고 엷은 웃음을 띠며 터질 듯한 적의에 이마에는 살짝 땀이 배어 나왔다. 동시에 이글이글 번득이는 눈동자로 날카롭게 아야코를 노려보았다.

"호호호호. 당신이 내가 가장 싫어하는 사람을 이렇게까지 편을 들 줄은 몰랐어."

무라야마가 대답에 궁해 입을 다물고 있자, 노리코는 타오르는 듯한 격한 눈빛을 아야코에게로 돌리며 말했다.

"역시 천하게 자란 사람은 어디가 달라도 달라. 잘 알지도 못하는 남자 집에 와서 아무 일 없다는 듯이 지낼 수 있으니 말야."

"어머나, 그렇게 심한 말을……."

아야코가 새파래져서 응수를 했다.

"호호호호. 심하다는 말은 내가 할 말이지. 나는 처음부터 네가 싫었어. 네가 이렇게 심한 짓을 할 것 같은 예감이 있어서 싫었던 것이지. 너는 나의 친구(ami)를 빼앗고도 태연한 얼굴을 하고 있잖아?"

"빼앗다니……."

아야코가 무슨 말인가 하려 하자, 노리코는 바로 말을 잘랐다.

"그렇잖아. 자기 혼자 비극의 주인공이 되어서 사람들의 동정을 일신에 받을 생각으로 고작 신상 이야기를 해서 무라야마 씨를 끌어들인 것 아냐? 그게 바로 고아근성, 그게 바로 거지근성이라는 거야."

"무슨 말을 하는 건가요? 노리코 씨. 나는 아야코 씨를 구니오 군의 부탁으로 보호하고 있을 뿐이에요."

노리코의 날카로운 혀끝을 완화시키기 위해 무라야마는 고육지책의 거짓말을 했다. 최악의 경우를 상상하여 교묘하게 빠져나가려고 한 무라야마도 이런 최악의 상황은 예상하지 못했다. 그는 횡설수설했다.

"흥! 보호하려고 맡은 사람을 아침 댓바람부터 포옹을 하다니 대단하네요. 두 사람 모두 뻔뻔스러워!"

그때 무라야마의 어머니가 노리코가 온 것을 알았는지 잔디를 밟으며 이쪽으로 걸어왔다.

(1934.5.2)

### 119

**나 혼자만의 푸른 하늘(1)**

노리코는 새하얀 홈드레스를 입고 다가온 무라야마의 어머니를 보고는, 아야코를 대했던 그녀와는 완전히 다른 사람이 되어서 갑자기 호들갑스러운 몸짓을 하며 손수건으로 가볍게 코밑을 눌렀다.

"아주머니, 아빠가 돌아가시니까 모두 저를 괴롭히고 아주머니까지 저를 버리시다니 너무해요. 아주머니는 아무것도 모르시겠지만요."

그녀는 이렇게 의식적으로 기교를 부리며 애상(哀傷)을 노골적으로 드러냈다. 그리고 서양 여배우들이 하듯이 무라야마 어머니의 가슴께로 상반신을 가지고 갔다.

아야코는 앞으로 가지도 못하고 뒤로 물러서지도 못하고 수치와 참담함과 분노로 몸을 떨며 멈춰 서 있고, 무라야마는 망연자실하여 노리코의 태도를 씁쓸하게 바라보고 있었다.

"어머! 아유! 마당에서 흉하구나. 어쨌든 모두 방으로 가자. 자, 어서!"

어머니는 노리코의 어깨를 안듯이 하며 눈은 무라야마를 재촉했다.

무라야마는 아야코를 위로하듯 옆에 딱 붙어서 집안으로 들어왔다. 하지만, 아야코는 더 이상 노리코의 모욕적인 말을 듣고 싶지 않았고 또 어제까지와는 달리 자신이 무라야마 집안의 신세를 지고 있는 것이 약점이라서 마음대로 말을 못 하는 것이 유감스러워, 역시 무라야마의 집에 오는 게 아니었다는 생각을 하고 있었다.

방에 들어가자 노리코는 바로 무라야마의 어머니에게 말했다.

"있잖아요, 아주머니도 오빠도 신지 씨도 모두 이 사람에게 홀딱 속아 넘어간 거예요. 그렇지 않다면 모두 이렇게 노리코를 짓밟지는 않겠지요."

노리코로서는 이제 자신의 품위를 땅바닥에 떨어트려서라도 그저 아야코에게 심술을 부리고 아야코를 망신을 주어서, 아야코가 이 집에 있을 수 없게만 하면 되는 것이었다.

어떤 비상수단을 써도 괜찮으니까 한시라도 빨리 무라야마가에서 아야코를 쫓아내고 싶었다.

"그럴 리가 있겠니? 아야코 양도 조만간 시집을 가려면 지금 여러 가지 살림살이도 보고 배울 필요가 있고 그러려면 엄마도 아빠도 없는 집에 있기보다는 우리 집에 있는 것이 아야코를 위해서도 좋을 것 같다며, 어젯밤 오빠가 데리고 오신 거야. 노리코 양이 하는 말은 숙녀답지 못한 지나친 생각이고 말이 너무 심하구나."

무라야마의 어머니는 어머니답게 조용히 노리코를 타일렀다. 그러나 그녀는 가끔씩, '그러니까 말을 했어야지,……'하는 가벼운 비난의 시선을 무라야마에게 던졌다.

"누가 엄마, 아빠가 없어진 거예요? 부모를 잃은 것은 노리코 아니에요? 게다가 노리코는 신지 씨의 약혼자나 마찬가지였잖아요. 살림을 보고 배워야 할 것은 저 아닌가요? 또 이 사람하고 내가 사이가 나빠서 별거를 하는 것이 좋다면 내가 이 집으로 오겠어요. 그것이 제대로 된 순서 아닌가요? 그렇죠? 아주머니. 제 이야기가 틀렸어요?"

노리코는 기교적으로 순수한 눈으로 무라야마의 어머니를 올려다
보았다.

(1934.5.3)

## 120

**나 혼자만의 푸른 하늘(2)**

세 명은 모두 노리코의 기교적 비탄을 씁쓸하게 생각은 하면서도
한마디도 하지 않았다.

모두 아무 말도 하지 않고 공황(恐惶) 상태에 있자 노리코는 점점
더 격앙되어 아야코의 면전에 대고 말했다.

"애초에 네가 문제의 근원이야. 내 동생이니 뭐니 하며 네가 우리
집에 오고 나서는 한순간도 평화로울 때가 없었어. 내가 언니답지 않
은 게 아니라 네가 내 동생다운 느낌을 보여주지 않아서 그런 것 아
니겠어? 게다가 이런 짓을 저질러서라도 행복한 나를 비참하게 하려
고 계략을 짜고 있는 거 아냐? 신지 씨도 나한테서 빼앗아가고 말야.
네가 한 짓이 얼마나 끔찍한 짓인지는 너도 잘 알고 있겠지? 참 부끄
러운 줄도 모르고 내 앞에 서 있네."

노리코가 잇따라 퍼붓는 모욕적인 말에 참을성 있는 아야코의 순
종적 감정에 급격한 변화가 일었다. 이제 자매로서 서로 얼굴을 마주
대하는 일도 이것으로 마지막이라고 생각했기 때문에 그녀도 분명하

게 말했다.

"천박한 감정을 드러내는 이야기 그만해요. 나는 당신에게 부끄러운 짓을 한 적은 한 번도 없어요."

이제 서로 일격을 주고받은 형국이 되어 버렸다.

"천박한, 천박한 감정이라고……?"

얌전하다고 생각하고 괴롭히던 작은 동물에게 갑자기 손을 물려 아프기도 하고 깜짝 놀라기도 하여, 노리코는 아야코를 노려보며 할 말을 잃었다.

"내가 고지마치 집에서 살게 되면 당신은 언제까지고 내게 바늘방석에 앉은 것처럼 고통스럽게 할 것 같아서 저는 실망을 하고 한시라도 빨리 메구로로 돌아가려 했어요. 하지만 오빠와 무라야마 씨의 호의를 저버릴 수 없어서 잠시 이곳에서 신세를 지게 된 겁니다. 나는 당신에게 부끄러운 일은 조금도 한 적이 없습니다.

"그건 실례지만 네가 어디서 굴러먹다 온지도 모르는 여자의 딸로 가난한 집에서 자랐기 때문에 부끄러운 짓을 하고도 부끄럽게 생각하지 않기 때문이야. 내가 몇 번이나 말했잖아. 무라야마 씨는 나의 피앙세나 마찬가지라고. 너는 그 남자의 호의를 받아들여 그 남자의 집에서 태연하게 살고 있는 거라고."

아야코의 얼굴은 분노로 새빨개졌다.

"당신은 내 어머니의 삶까지 들고나와 어머니까지 모욕하려는 것인가요……? 나는 우리 어머니는 올바른 사람이라고 믿어요. 말씀하신 대로 나는 가난하게 컸습니다. 나는 그 어떤 것에도 예속되지 않고 훌륭하게 한 인간으로서 살아갈 수 있게 컸습니다. 나는 어떤 것이 부끄러운 것인지 잘 알고 있습니다. 단지 좋은 집안에서 태어났다고 해서 뻐기는 것이야말로 수치 아닌가요?”

아야코는 이렇게 말하는 동안에도 마음속으로는 개운하고 산뜻한 원래의 생활이 그리워졌다. 비록 명분상뿐이라고 하더라도 어쨌든 노리코와 피앙세나 마찬가지 관계였던 무라야마와 함께 평생을 산다는 것은 어쩐지 노리코에게 평생 부채를 지는 것 같아서 싫었다.

아야코는 결국 돌아가니만 못하다고 생각했다. 그녀는 갑자기 입구 쪽으로 돌아서더니 빠른 걸음으로 방을 나갔다.

(1934.5.4)

## 121

### 나 혼자만의 푸른 하늘(3)

“아야코 씨.”

무라야마도 아야코를 부르며 방을 나갔다.

아야코는 슬픈 눈빛으로 그를 올려다보았다. 방안에서는 노리코의 흥분한 목소리가 드문드문 들려왔다.

“아야코 씨, 흥분하지 말아요.”

“흥분하고 있는 거 아니에요.”

“방에 계세요. 내가 그 사람에게 모든 것을 이야기하고 돌아가라

하겠어요."

이때 큰 소리로 호들갑을 떨며 흐느껴 우는 소리가 나고 무라야마의 어머니가 무라야마를 불렀다.

"신지, 잠깐 어서,……."

무라야마는 방으로 돌아갔다.

아야코는 무라야마가 딱하다는 생각이 들었지만, 여기서 더 이상 노리코와 이것저것 복잡하게 얽히는 것이 싫었다. 흥분하지 않았다고 했지만 실은 완전히 흥분했다. 그녀는 가슴 속에서 아름답고 기품 있게 간직하고 있는 어머니의 추억을 모욕당한 것만으로도 정신이 아득해질 만큼 분노의 감정이 격앙되었다.

아야코는 한시라도 빨리 집으로 돌아가서 옷궤 위에 혼자 쓸쓸히 아름답게 걸려 있는 어머니의 면영 앞에서 참았던 눈물을 마음껏 쏟아내고 싶었다.

그녀는 정원용 게다를 신은 채, 정처 없이 밖으로 나왔다.

문 앞에 세워 둔 자동차 운전수는 아야코에게 정중하게 인사를 했다.

그녀가 오도 가도 못하고 잠시 그곳에 멍하니 서 있자, 운전수는 문을 열며 말했다.

"아가씨, 타시겠습니까?"

순간 아야코는 이 차로 오다큐(小田急) 역까지 가면 도중에 무라야마에게 붙잡히는 일은 없을 것이라는 생각이 들었다.

이 자동차를 타면 추적당할 걱정도 동시에 없애주는 것이라 생각했다.

"어디로?……."

"시모키타자와 역으로 가 줘요."

"네?……."

운전수는 좀 이상하다는 듯이 대답을 하며 물었다.

"노리코 아가씨는요?"

"그분은 천천히 가실 거예요."

아야코는 아무렇지도 않게 대답했다.

"살 물건이 있으면 제가 대신 다녀오겠습니다만,……."

운전수가 말했다.

"아니요, 괜찮아요. 빨리 출발해 줘요."

아야코는 이상하게 대담해졌다. 이번에야말로 도망을 치는 것이라 생각하니, 이상하게 가슴 속에서 어린아이 같은 즐거움이 솟아올랐다.

역까지는 6, 7정(町)[30] 정도 되었다. 복닥복닥 상가들이 늘어선 좁은 거리를 빠져나와 작은 역으로 나오자 그녀는 마음이 푹 놓였다.

"감사합니다……. 그럼 차는 무라야마 씨 댁으로 다시 가 주세요."

이렇게 말하고, 그녀는 가볍게 차에서 내려 뒤도 돌아보지 않고 표를 끊고는 개찰구로 달려갔다.

(1934.5.5)

---

**30** 정(町)은 거리의 단위로, 1정은 109m.

### 122

### 나 혼자만의 푸른 하늘⑷

이모부는 마침 집 옆에 있는 얼마 안 되는 빈터 작은 온실에서 재배한, 봄에 꽃이 피는 3, 4치 정도 자란 화초묘목을 빨간 토기 화분에 옮겨 심고 있었다.

"어이쿠, 아야코 왔구나."

아야코가 온 것을 빨리도 알아본 이모부는 흙투성이 손을 탁탁 털더니 허리를 펴고 서둘러 집 앞으로 나왔다.

"여보, 아야코가 돌아왔어. 어떻게 된 거냐?……. 자, 어서 들어오너라."

아야코에게, 그리고 집 안에 있는 아내에게 번갈아 이야기를 하며 이모부는 뒤꼍으로 돌아갔다. 이모도 어쩐지 새된 목소리로 대답을 하면서 아야코를 맞이했다.

"혼자,……?"

"네."

"아유! 잘됐다. 너 혼자가 아니면 기모노를 갈아입어야 인사를 할 수 있어서 말야."

이모부보다 여자답게 남의 눈을 의식하고 욕심이 많은 이모는, 그렇게 말하면서 빈손으로 별로 기운도 없이 서 있는 아야코를 머리끝에서 발끝까지 살펴보듯이 불쾌한 눈으로 흘깃흘깃 바라보았다.

아야코는 오랫동안 같이 살았기 때문에 그런 이모의 기분을 잘 알고 있었다.

"저 혼자뿐이에요. 집에는 비밀로 하고 잠깐 돌아온 거예요. 모두 보고 싶기도 하고, 그리고 또 왜 그 있잖아요, 엄마 사진, 오빠도 보고 싶어 해요. 그래서 가지고 가고 싶었어요."

그렇게 말하면서 아야코는 아무렇지도 않게 거짓말을 하는 자신이 두렵기도 하고 부끄럽기도 하고 놀랍기도 하여 얼굴을 살짝 붉혔다.

"저런,……. 말 않고 와도 되니?"

"괜찮아요."

"그래도 그 댁에 말을 하고 왔으면 좋았을 텐데. 너도 참 언제까지 고 철부지구나."

이모는 어쩐지 아쉬운 듯한 표정을 하고 아야코가 아무렇지도 않 게 미소를 지으며 2층으로 올라가는 것을 자신도 함께 따라 올라가며 말했다.

"큰일이야. 근방에 금방 소문이 나서 다들 너를 부러워하지 뭐 냐. 어제 O빌딩의 야마시타(山下) 씨라는 여자 친구가 찾아왔고, 맞 다, 맞아, 3, 4일 전에는 쓰쓰미(堤)라는 마흔 살 정도 되는 남자가 찾 아왔어. 퇴직 수당 이야기를 했는데, 네가 그만둔 것을 엄청 아쉬워 하지 뭐냐. 하지만 복이 많다며 그 사람도 기뻐하며 돌아갔단다."
이모는 주절주절 수다를 떨며 2층까지 따라 올라왔다.

"발판 없어요?……."

"아, 저 사진 떼려고? 내가 떼 줄 테니, 얘, 여기 앉아 있거라……."

"아니요, 제가 할게요. 이것을 떼고 바로 아래층으로 갈게요……."

아야코는 성가시게 구는 이모를 아래층으로 내려보내 버리자, 오랫동안 사용해 온 책상을 발판으로 삼아 어머니의 사진을 내렸다.

그 사진을 재빨리 신문지로 싸서 책상 서랍에서 꺼낸 어머니의 기념품들 서너 개와 함께 한 보자기에 싸고 나서, 잠시 정든 방을 아쉬운 듯 바라보고 있었다. 그러자 구니오나 무라야마가 찾을 수 없는 곳으로 도망을 치려는 아야코의 가슴에는 아까 숙모가 이야기한 O빌딩 지하 전기실에 있는 인사과장 쓰쓰미 씨가 갑자기 떠올랐다.

(1934.5.6)


## 123

**나 혼자만의 푸른 하늘(5)**

아래층으로 내려오니 진심으로 자신의 처지를 생각해 주는 이모부는 아무것도 모르고 말해 주었다.

"말을 하지 않고 왔으면 어서 돌아가거라."

그런데도 마음속에서 몰래 두 손을 모으고 이상하다고 생각하는 동안, 자작 영양이 되어 버린 아야코를 신기한 눈빛으로 바라보며 멈출 줄 모르고 떠들어대는 이모에게도 아야코는 마음속으로 이별을 고하고 마음에도 없이 인사를 했다.

"그럼 조만간 또 올게요. 안녕히 계세요!……."

이렇게 될 수 있는 한 평정심을 유지하며 이별을 고하고는 쏜살같이 다시 역으로 서둘러 갔다.

신바시에서 성선을 내려서는 정든 O빌딩으로 서둘러 갔다. 뒷문을 통해 지하 전기실에 들어가자 얼굴을 아는 청소부가 반갑다는 듯이 그녀의 어깨를 툭툭 친다. 아야코의 얼굴은 근래에 없이 빛이 나고 활기찼다.

전기실은 빌딩의 심장이다.

숨이 콱 막히는 열기도 끊임없는 기계 소리도 아야코에게는 천상의 음악이었다.

지하에서 일하는 사람들은 빌딩 사무실에서 일을 하거나 사무실을 빌린 회사 사람들과는 전혀 교섭이 없다.

이곳에는 이곳만의 춘하추동이 있고 인사이동이 있고 즐거움이 있고 슬픔이 있었다.

쓰쓰미는 이 지하에서 10년 가까이 일을 했다는 직공 출신으로, 하늘색 직공복을 입고 있는 지하 직공들 사이에서는 제일 영향력이 있는 인사과장이었다.

엘리베이터 운전은 지하에 속하는 일이다. 엘리베이터 걸 관리는 일체 이 사람 혼자 하고 있다. 솔직하고 친절해서 누구나가 다 좋아했다. 그중에서도 그는 아야코를 특히 딸처럼 귀여워했다. 그는 좁은 콘크리트 통로를 활기차게 걸어오는 아야코를 보고 진심으로 기뻐하며 맞이했다.

"이야, 잘 왔구나. 너무 갑자기 그만두어서 말이다. 일전에 너희 집에 찾아갔었어."

"진심으로 감사드립니다."

"사람들 말로는 엄청 잘됐다고 하더라. 이제 우리들이 너무 친근하게 함부로 말을 걸면 안 되는 자작 영양이 되었다고 말이다……. 퇴직 수당 같은 것도 필요 없겠지?"

이렇게 한가한 농담을 하면서 쓰쓰미는 아야코에게 허름한 사무용 책상 앞에 있는 의자를 권했다.

"네가 있을 때 같이 소풍을 갔던 하코네(箱根)에서 찍은 사진이 많이 나왔어.

이렇게 말하면서 쓰쓰미는 책상 서랍에서 사진첩을 꺼내 아야코 앞에 놓았다.

아야코는 그 사진에 신경을 쓸 계제가 아니었다. 아야코는 새삼 그의 얼굴을 똑바로 보며 말을 꺼냈다.

"저, 부탁이 있어서 왔어요."

"아, 그래. 무슨,……?"

"어디라도 괜찮으니까, 어딘가 멀리 가서 일할 곳을 좀 알아봐 주셨으면 해요."

쓰쓰미는 자신의 귀를 의심하듯이, 말도 못하고 잠시 아야코의 얼굴을 바라보고 있었다.

(1934.5.7)

### 124

**나 혼자만의 푸른 하늘(6)**

쓰쓰미 씨는 배트[31]에 불을 붙이려다 깜짝 놀라서 아야코의 얼굴을 바라보더니 천천히 되물었다.

"일을 하고 싶다고……?"

"네."

"그럼, 네가 화족의 영양이 되었다는 것은 거짓말이니……?"

쓰쓰미 씨가 하려는 말을 아야코는 귀를 더럽히기라도 한 양 고개를 흔들며 부정했다.

"저는 영양 같은 것 될 수 없어요. 오늘 집을 뛰쳐나왔어요."

"그럼, 안 되지. 모토키 양."

쓰쓰미 씨는 전에 관리하던 소녀를 대하는 어투로 진지하게 말했다.

"하지만, 정말이지 참을 수가 없어요. 물론 오빠는 좋은 사람이지만요,……."

"그래, 그래. 구도 씨라면 4층에 사무실을 내고 있는 구도 씨라고 하더라. 그 사람은 사람이 좋지. 나도 한 번 보고 마음이 따뜻해 보이는 좋은 사람이라고 생각하고 있었으니까 말이다. 네가 그 사람하고 남매라는 이야기를 듣고 진심으로 기뻤어."

"그런데, 여동생이 또 한 명 있었어요. 노리코라고. 그 사람도 이곳

---

31 당시 유행하던 담배 브랜드.

에 가끔 놀러 와서 제 엘리베이터를 탄 적이 있어요. 가난한 사람이나 직업여성은 질색이라며 처음부터 내가 엘리베이터 걸을 한다고 싫어 했어요.”

“괘씸한 여자네. 하지만 오빠는 예뻐해 주지?”

“네, 그건 이미.”

“그럼, 그런 동생 같은 것은 신경 쓰지 말고 그냥 내버려 두면 되지 않겠니?”

“이제 돌아갈 생각은 눈곱만큼도 없어요.”

아야코는 쓸쓸히 웃으며 대답했다.

“내가 가난한 엘리베이터 걸을 했다는 것만으로 나를 경멸해요. 죽은 어머니에 대한 험담까지 해요. 싫어요.”

쓰쓰미 씨는 보라색 담배 연기를 코와 입에서 일시에 내뿜으며 깊이 수긍했다.

“흐음.”

“메구로의 집으로 돌아가면 오빠가 다시 찾을 것이고, 어디 새로운 곳에서 다시 일을 하고 싶어요. 아시는 곳 없으세요?”

아름답고 씩씩하게 일을 하고 공부하는 것을 아주 좋아하는 아야코. 쓰쓰미 씨는 마음속으로 아야코가 자작 영양의 자리를 박차고 일을 하겠다는 것에 일종의 기쁨과 새로운 흥미를 갖기 시작했다.

“생각나는 곳이 한 곳 있기는 하지만, 그곳은 너무 멀어서 안 될 것 같고.”

“멀면 멀수록 좋아요.”

아야코의 얼굴은 빛이 났다.

"멀어도 만주국 신경(新京)인 걸. 너무 멀어."

"신경…?"

아야코 역시 너무 뜻밖의 장소였다.

"멀어서 안 되겠지?"

"아니요, 괜찮아요. 확실한 직장이라면 차라리 잘 되었어요. 저, 새
로운 세상에서 성실한 여성으로서 일하고 싶어요."

아야코의 뺨도 눈도 빛나고 있었다.

(1934.5.8)

## 125

### 나 혼자만의 푸른 하늘(7)

"나의 옛 친구이자 이전에 도쿄에서 기사를 하고 있던 사람인데,
신경에 새로 생긴 백화점의 상당히 높은 자리에서 일하고 있어."

이렇게 말하면서 다시 책상 서랍을 열고 한 장의 사진을 꺼내 아야
코에게 보여주었다.

그것은 신경에 새로 건축되었다는 백화점 전경이었다.

"그 친구가 요 며칠 전부터 괜찮은 소녀가 있으면 열 명 정도 알아
봐서 보내달라고 편지를 보냈어. 그런데 지역이 지역인 만큼 내게 취
직을 부탁하러 오는 아가씨들도 좀 주저하더라고. 숍 걸인지 엘리베

이터 걸인지 확실하지는 않지만, 너라면 무슨 일을 하든 딱이지."

쓰쓰미 씨는 미소를 지었다.

"소개해 주세요. 제발. 여비는 있어요……."

"아니, 전보를 쳐 두면 여비 정도는 보내 준다. 역시 새로운 곳인 만큼 고용하는 것이 곤란하려나……."

"당장 출발해도 되겠지요?……."

"음, 그건 상관없지만?……."

쓰쓰미 씨는 좀 불안한 듯이 아야코에게 눈길을 주었다.

"괜찮아요. 저, 이랬다저랬다 하는 사람도 아니고요, 과장님이 그 쪽에 바로 소개만 해 주시면 저 오늘 밤에라도 당장 출발하겠어요."

"하지만, 이것저것 준비할 것도 있을 거 아니냐?"

"준비는 간단히 백화점에서 사서 하면 돼요."

"음."

쓰쓰미 씨는 잠시 생각을 했다.

"이제부터 점점 따뜻해질 것이기도 하고 그쪽에 가도 그렇게 힘든 일은 없을 거야. 전보를 쳐서 소개를 하지. 너 혼자 출발하는 것이 좀 불안하기는 하지만……."

"괜찮아요."

아야코는 확신에 차서 대답을 했다.

"그럼 이제부터 필요한 것을 사고 준비가 다 되면 우리 집에 가 있 어. 시타야(下谷)의 네기시(根岸)야. 사카모토(坂本) 1초메(丁目)에서 전 차를 내려서 과일가게하고 파출소가 있는 곳에서 왼쪽으로 꺾고 책

방을 오른쪽으로 들어가서 시타야 병원이 어디냐고 물어보면 바로 알 수 있어. 병원에서 두 번째 집이니까 내가 너를 배웅해 줄게."

이렇게 쓰쓰미 씨도, 아야코는 혼자서라도 어디에 가도 틀림이 없는 사람이라고 믿고 아야코를 신경에 소개하기로 승낙을 했다.

아야코는 뜻밖에 모든 것이 잘 풀려서 너무 기쁘고 밝은 기분이 되었다.

긴자에서 여기저기 다니며 필요한 물건을 사다가 누군가의 눈에 띄기라도 하면 안 된다고 생각해서, 히로코지(広小路)의 M백화점에서 물건을 사고 무라야마나 자작이 전혀 모르는 서민 동네인 네기시에서 여장(旅裝)을 갖추어 쓰쓰미 씨에게 보냈다. 그러고 나서 우에노역에서 성선 전철을 타고 요코하마에서 기차를 갈아타려 했다.

그렇게 하는 것이 조만간 자신의 뒤를 쫓을 자작이나 무라야마의 눈을 피하는 데 만전을 기하는 것이라 생각했다.

자기 혼자 원 껏 일을 할 수 있는 세상, 나 혼자만의 푸른 하늘, 그곳에야말로 새로운 생활의 무지개가 뜨는 것이 아닌가 하고 아야코는 생각했다.

(1934.5.9)

### 126

**사랑의 굴레를 벗어나다(1)**

크레이프 드 신[32]이 반짝반짝 빛나는 크림색 블라우스 어깨를 분한 듯이 떨며 마치 연극이라도 하는 것처럼 울기 시작했지만, 노리코는 어느새 정말 슬프고 분해서 눈물이 멈추지 않게 되었다.

"됐어, 됐다고. 아주머니하고 무라야마 씨까지 나를 나쁜 사람 취급하고 슬프게 하면 나야말로, 나야말로 집을 나가버릴 테니까,……."

결국 오빠도 무라야마도 무라야마의 어머니도 마치 벌레 보듯 자신을 취급할 뿐이고, 진정한 배려는 아야코에게만 향하고 있었다.

노리코는 점점 더 심사가 뒤틀려서 구김살 없고 쾌활했던 자신을 잃어 갔다.

무라야마의 어머니는 너무나 난감해서 노리코의 어깨에 손을 얹고 위로를 하고 있었다.

무라야마는 한마디도 하지 않고 그녀 앞에 앉아 있다.

그때 자동차 소리를 듣고 무라야마는 자기도 모르게 고개를 들었다.

"구니오 군인가?"

노리코는 분노와 증오가 넘치는 눈으로 무라야마를 휙 올려다보며 말했다.

---

**32** 크레이프 드 신(crêpe de Chine). 바탕을 오글오글하게 짠 직물.

"오빠가 왔다면 마침 잘됐네. 오빠도 아마 그 사람 응원하러 왔을 거예요. 하지만 괜찮아요. 여기에서 모든 것을 해결해 버릴 거예요. 당신이 아야코를 보살핀다면 나 이제 당신하고는 절교예요."

하지만 자동차는 아무래도 도착한 기색이 없고 그냥 지나간 것 같았다.

무라야마는 이제 노리코는 상관하지 않고 정원으로 나가며 소리를 질렀다.

"아야코 씨."

노리코도 뒤를 쫓아와서 소리를 질렀다.

"어머, 자동차가 없네."

무라야마는 바깥 현관 쪽으로 정원을 가로질러 달려갔다가 어두운 얼굴을 하고 돌아오며 말했다.

"아야코 씨가 그 차로 어딘가로 가 버렸어."

노리코는 자신의 판단이 옳았다는 듯 자랑스럽게 말했다.

"호호호호호. 그것 봐요. 어차피 이렇게 이상한 짓을 하는 사람이라니까요. 그 사람은 무단으로 내 자동차를 타고 기오이초에 가서 오빠에게 내 험담을 해서 오빠를 지원병으로 데리고 올 속셈이겠죠."

"그럼, 좋겠지만 아야코 씨는 아마 메구로 집에 갔을 거야."

"그 사람이 그럴 리가 있겠어요? 그 사람은 꿈처럼 자작 영양이 되고 부자가 된 것을 기뻐하고 있어요. 그러니까 내가 마음에 들지 않는다면서 당신 집에 와서 태연하게 있을 정도가 되는 거죠. 진드기처럼 현재의 삶에서 떨어지지 않으려고 기를 쓰고 있어요. 당신은 그걸 모르는 거죠."

노리코는 경멸하듯이 말했다.

무라야마도 지금은 밀리지 않았다.

"입 다물어요. 당신이 아야코 씨 험담을 하는 것은 그 험담을 듣는 아야코 씨의 가치를 점점 더 높이고 그 험담을 하는 당신 자신을 깎아내리는 일입니다. 내가 당신을 잘 못 봤군!"

"어머, 그렇게 심한 말을 하다니."

노리코가 가만히 쏘아보고 있을 때, 돌아오지 않을 것이라 생각했던 크러이슬러가 조용히 돌아왔다.

(1934.5.10)


## 127

**사랑의 굴레를 벗어나다(2)**

되돌아온 자동차 옆으로 무라야마도 노리코도 달려갔다.

"아야코 씨를 어디에 내려 줬지?……."

"시모키타자와역까지 모셔다 드렸습니다."

"역에,……. 역으로 갔단 말인가?"

무라야마는 시계를 홱 보며 말했다.

"전차가 바로 오지 않았다면 금방 따라잡을 수 있을지도 몰라. 자네 다시 한 번 역에 가 주지 않겠나?"

"아야코 아가씨가 표를 사시기 전에 전차가 왔습니다. 이것을 좁은 길에서 돌리는 동안 타셨습니다. 전차가 가는 것을 봤습니다."

"그럼, 신주쿠(新宿) 역에 가면 시간에 댈지도 모르겠네. 댈 수 있겠지?"

이렇게 묻는 무라야마에게 운전수가 뭐라고 대답을 하려 하자 노리코가 야단을 쳤다.

"넌 왜 그 사람이 하라는 대로 하는 거지? 나를 데리고 왔으면 나를 기다리면 되는 것이지, 쓸데없는 짓을 하고 있네. 그 사람은 우리 식구가 아니잖아. 너까지 그 사람하고 나를 같다고 생각하는 거야!"

운전수는 마음이 약한 사람인지 얼굴이 시뻘게져서 어쩔 줄 몰라 하고 있었다.

어쨌든 기오이초의 집에 아야코가 사라졌다는 것을 알려야 했다.

그런데 그건 그렇다 쳐도 자작은 뭘 하고 있는 것일까? 노리코가 이곳에 와 있는 것을 모르는 것일까? 무라야마는 절치액완(切齒扼腕)[33]하면서 전화실로 달려들어 갔지만 아오야마 3175는 아무리 전화를 걸어도 연결이 되지 않았다. 그래서 전화국을 불러 물었다.

"고장입니다."

한심하고 차가운 대답이 돌아왔다.

당황하여 어쩔 줄 몰라 하고 있는 무라야마를, 노리코는 경멸하듯 히죽히죽 웃으며 계속해서 바라보았다.

---

**33** 애가 타거나 분하거나 하여 자기의 팔을 부르쥔다는 뜻.

구제 불능의 여자군, 노리코. 무라야마는 그녀를 잔뜩 혼을 내고 싶었지만, 지금은 그런 소동을 벌일 계제가 아니었다.

일단 무라야마는 따로 자동차를 불러 기오이초에 가든가 아야코를 쫓든가 해야 했다. 그는 이제 노리코는 전혀 신경쓰지 않고 매우 서둘러 외출 준비를 시작했다. 그때 자작이 상처입은 맹수처럼 낡은 포드 엔타쿠를 타고 달려왔다.

자작은 굳이 무라야마에게 묻지도 않아도 일체의 상황이 상상이 되었다.

그는 의외로 침착했다. 아야코는 메구로로 돌아간 것이다. 메구로에만 가면 그녀를 만날 수 있을 것이라 생각했던 것이다.

자작은 노리코에게 오빠답게 분노와 슬픈 기분으로 말했다.

"적당히 해. 창피한 줄 알아야지. 전화를 그렇게 마구 고장을 낸 건 너지?"

"응, 내가 그랬어. 앞으로 오빠랑 무라야마 씨가 하려는 일은 끝까지 방해할 거야. 모두 나를 이렇게 비참하게 짓밟고 있잖아. 내가 그냥 이렇게 억울한 채로 그대로 있을 줄 알았어?……. 아무리 비겁하고 아무리 한심하다 해도 오빠들이 난처한 일만 할 테니까."

오빠가 오니 노리코는 더욱더 흥분을 하며 도를 넘어섰다.

(1934.5.11)

# 128

**사랑의 굴레를 벗어나다**⑶

자작은 무라야마의 어머니에게 인사를 했다.

"여러 가지로 폐를 끼쳐서 너무나 죄송합니다."

그리고 무라야마를 재촉했다.

"가세."

"나도 돌아갈래."

노리코는 건드리면 깨질 듯한 차가운 목소리로 말했다.

구니오는 이제 상대하지 않았다. 크라이슬러에 타더니 명령을 했다.

"메구로로 가 주게."

"기오이초에 들려서요."

태연하게 말하며 노리코도 타 버렸다.

구니오는 이제 노리코와 일절 말을 섞지 않을 듯, 무라야마에게 말했다.

"성선 쪽이 빨라. 우리들은 신주쿠에서 내리세."

무라야마는 이제는 그저 아야코를 보기 전까지는 불안하고 불안하여 제대로 사고를 할 수가 없었다. 그는 고개를 끄덕일 뿐이었다.

구니오와 무라야마는 신주쿠에서 내려버렸다.

무라야마는 불안한 듯이 물었다.

"정말로 성선 쪽이 빠를까?"

"잘 모르겠네. 노리코가 성가셔서 내렸을 뿐이네."

"노리코 씨, 또 우리보다 먼저 메구로에 가서 아야코 씨를 괴롭히지는 않을까?……."

"그래 봤자, 5분, 10분 차이야."

구니오는 상당히 침착해서 34년형 쉐보레를 세우더니 요금도 정하지 않고 단지 메구로로 가자는 말만 하고 자동차를 서둘렀다.

그리고 그들이 아야코의 집에 도착했을 때는 아야코의 이모와 이모부가 이상하다는 표정으로 두 사람을 맞이했다.

"아야코는 방금 전 잠깐 들렸습니다만, 곧 댁으로 돌아갔습니다."

"집으로?……."

자작과 무라야마는 똑같이 불안해서 안색이 바뀌며 되물었다.

"그 아이 엄마의 사진을 가지고 돌아갔습니다만."

"어머니의 사진을……."

"아야코에게 무슨 일이 생겼습니까?"

이모부도 갑자기 불안한 표정이 되면서 긴장을 했다.

자작은 이모부에게 너무 걱정을 끼치지 않으려고 간단히 사정을 설명하고 물었다.

"어쨌든, 집으로 돌아가 보죠. 아야코 씨하고 사이가 좋은 친구 집을 알고 계시면 알아두었으면 좋겠습니다만……."

"야마시타라고 친구가 있었습니다만, 사는 곳은 좀……."

"O빌딩 친구입니까?"

"네."

자작은 이모부를 걱정시키지 않으려고 위로를 했다. 그러나 그는 이모부 이상으로 걱정이 되어 가슴이 두근거리는 상태로 다시 자동차를 탔다.

(1934.5.12)

## 129

### 사랑의 굴레를 벗어나다⑷

집으로는 절대로 돌아가지 않았다는 사실만 확실할 뿐, 그 뒤는 전혀 짐작이 가지 않았다.

어쨌든 O빌딩에 가 보자. 두 사람의 의견은 이렇게 일치했다.

"내가 잘못 했어. 내가 너무 조급했지. 노리코를 너무 가볍게 봤어."

무라야마는 불안감에 휩싸였다.

"어머니의 사진을 가지고 나갔다니, 아야코 씨 단단히 결심한 것 아닌가? 한순간 울컥하는 마음이 들면 큰일이야."

"바보 같은 소리 마. 아야코는 그런 쓸데없는 짓 하지 않아. 그 점만은 안심이네."

그렇게 말하는 자작의 얼굴에도 불안의 빛은 역력했다.

불행이 올 때는 늘 엎친 데 덮친 격으로 찾아온다. 새 차인데도 엔진이 고장이 나서 시바시로카네(芝白金)까지 오자 딱 멈춰 버렸다.

"급하니까 바꿔 타세."

이렇게 말하고 내리기는 했지만, 잔뜩 흐린 날씨에 10분 가까이 빈차는 한 대도 오지 않았다.

겨우 온 빈 차에 뛰어들 듯이 타고 O빌딩으로. 다섯 대의 엘리베이터를 한 대 한 대 타 보았지만, 야마시타라는 네임 플레이트를 건 소녀는 없었다. 두 사람 모두 지하실에 전기실 왕국이 있다는 것은 꿈에도 알 길이 없었다. 멋진 O빌딩 사무실로 뛰어들어가서 야마시타라는 아야코의 친구의 주소를 알아내려 한 것이다.

지배인은 이발을 하러 갔다고 했다. 급사에게 엘리베이터 걸의 주소를 물어봐도 급사는 출신이 만만하지 않은 구도를 직접 지하 전기실로 안내하려고 하지는 않았다.

겨우 지배인이 돌아오자 지배인은 서둘러대는 구도의 질문에 대답했다.

"엘리베이터 걸에 대해서는 쓰쓰미 군이 다 관리하고 있으니까 지금 쓰쓰미 군을 불러오죠."

"급사. 전기실에 가서 쓰쓰미 군 불러와."

이렇게 명령을 하고 세상 이야기를 시작했다.

"어떠세요? 장사는."

급사는 3, 4분 지나 되돌아와서 보고했다.

"쓰쓰미 씨는 벌써 퇴근했습니다. 자리에도 안 계시고 모자도 없고 스틱도 없습니다."

"그럼, 미안하지만 야마시타라는 아가씨를 불러 주시겠습니까?……."

"알겠습니다."

지배인은 또 급사에게 명령을 하여 부르러 보냈다. 하지만 얼마 안 있어 들어온 엘리베이터 걸은 구도를 동경한다는 아사노라는 소녀였다. 그녀는 수줍은 듯 얼굴을 붉히며 이야기했다.

"야마시타 씨는 오늘은 쉬는 날이에요. 모토키 씨라면 아까 청소 아주머니 말씀이, 아야코가 왔었다고 했어요."

이 말을 듣고 구도도 자작도 뛸 듯이 기뻐했다.

(1934.5.13)

# 130

### 사랑의 굴레를 벗어나다(5)

하지만 청소부 아주머니도 결국은 그저 보았다고 하는 것에 지나지 않았다. 하지만 전기실에 내려간 것 같다고 해서, 겨우 급사에게 안내를 해 달라고 해서 가 보았다. 요란한 기계 소음과 열기에 두 사람 모두 바로 머리가 띵해졌고 불안은 더욱더 고조될 뿐. 기계와 기계 사이에서 아야코의 무참한 시체라도 나오는 것은 아닌가 하는 기괴한 상상에 위협을 느끼며 바로 그곳을 나와 버렸다.

정면에 있는 시계는 정각 4시 반을 가리켰고, 구도는 아사노라는 소녀에게 야마시타 양의 주소를 가르쳐 달라고 해서 시시각각 더해 가는 불안감을 물리치고 물리치면서 아사쿠사구 산야초(山谷町) 65에 있는 야마시타의 집으로 자동차를 달렸다. 하지만 단지 병이 난 것 같은 아야코의 사이좋은 친구인 소녀를 깜짝 놀라게 한 데 불과했다.

"아니, 아야코가 가출을 했다구요?"

"만약 아야코에서 연락이 오면 저에게 알려 주세요."

구도는 명함을 놓고 황망히 그곳을 나왔다. 그러자 이제 아야코를 어디에서 찾으면 좋을지 전혀 짐작이 가지 않았다.

어떻게 하면 좋은가? 무라야마도 자작도 그저 눈앞이 깜깜할 뿐이었다.

"괜찮을까? 만일……."

무라야마는 뒤를 잇지 못했다. 자작은 이를 보고 부정했다.

"괜찮네. 그런 바보 같은 짓은 하지 않아."

그렇지만 두 사람의 머릿속에서는 아야코의 생명에 대한 불안한 느낌이 독혈(毒血)처럼 번져왔다.

"하지만 죽을 원인은 전혀 없지 않은가?"

"모르는 거지. 어머니의 사진을 가지고 나갔고 메구로의 집에 들른 것은 마치 마지막 이별을 고하는 것과 같지 않은가?"

"괜찮아. 어딘가에서 일을 할 생각일 거야."

"돈은 가지고 있을까?"

"음. 자네 집에 가기 전에 내가 준 돈이 있을 거네. 그것이 있으니까 문득 생각난 김에 우리들의 눈에 띄지 않는 곳으로 앞뒤 생각 없이 어딘가 먼 곳으로 가고 싶어 할 녀석이네. 기차를 탔을지도 모르지."

"경시청에라도 부탁을 하는 게 좋지 않을까?"

"음, 괜찮네. 그런 바보 같은 짓을 할 아야코가 아니니까 우리들끼리 찾아내세. 꼭 찾을 수 있을 거네."

"이대로 아야코 씨를 만날 수 없게 되면 나는 미안한 마음으로 중이라도 될 거네."

무라야마는 진심으로 이야기했다.

기오이초에 돌아와서 아직 남아 있는 아야코의 소지품을 조사해 보면 뭔가 단서가 될 만한 것이 있을지도 모른다.

두 사람은 또 자동차를 탔다.

* * *

그 무렵 아야코는 쓰쓰미 씨의 전송을 받으며, 소형 슈트 케이스 하나를 들고 오빠와 무라야마의 추적을 피하기 위해 일부러 전차로 요코하마까지 가서 그곳에서 시모노세키(下關) 직행을 타고 혼자만의 오랜 여행을 출발했다.

(1934.5.14)

## 131

**족지부동(足之不動)(1)**

예년보다 봄의 방문이 늦어졌다.

4월에 들어서서도 여전히 춥다. 심술궂게 뼛속까지 추운 바람이 불고, 아침에는 서리가 내리는 날조차 있었다.

묘연하게 모습을 감춰 버린 아야코의 소재에 대해 어떻게든 단서를 얻고 싶어서, 그날 이후 자작은 매일 아침 일찍부터 두꺼운 옥라사[34]의 겨울 외투를 어깨에 무겁게 걸치고 O빌딩 사무실에서 밤에는 7시, 8시까지 일보다는 아야코의 소식을 찾는 데 전념했다.

캘린더는 오늘로 17장. 1주일 정도 동안은 힘을 쏟았지만, 보름 남짓이나 아무런 단서를 찾지 못하게 되자 무라야마도 구도도 즉각 풀이 죽었다.

무라야마도 근무지인 외무성에서 반드시 하루에 한 번은 O빌딩으로 자작을 찾아갔다.

두 사람이 얼굴을 맞댈 때면, 아야코에 관한 이야기가 아니면 아무 이야기도 하지 않았다.

"자네 쪽에는 아무런 정보가 없나?"

"아무것도 없네……."

무라야마는 친한 사립탐정에게 사정을 터놓고 아야코에 대한 수사를 부탁해 두었다.

안색도 나빠지고 뺨도 홀쭉해진 무라야마의 얼굴을 가슴 아프게 바라보며 자작은 농담을 섞어 위로했다.

---

**34** 옥라사(玉羅紗). 구슬 모양으로 딱딱한 보풀을 가진 두꺼운 방모직물. 주로 오버코트감에 쓰인다.

"생각해 보면 구름을 잡는 것보다 더 막연하게 찾아 왔던 사람이네. 끈기 있게 기다려야 하네. 참아야 해. 단서라면 그날 아야코가 이곳에 들렀다는 것뿐이니까 말이네. — 그에 비하면 아오토 자에몬(靑砥左衛門)[35]의 돈 찾기는 아무것도 아니지."

"아야코 씨, 어떻게 하고 있을까? 병이라도 나지 않았을까? 나, 내일부터 간사이(関西)에라도 가서 백화점에 있는 모든 엘리베이터를 타 볼까?"

"음."

침울한 얼굴로 팔짱을 끼고 멍하니 이런저런 생각을 하고 있는 동안, 자작은 그 이후 정신없는 통에 뜻하지 않게 약속을 위반하고 있는 신바시의 다마카라는 여자의 또렷한 두 눈빛이 떠올랐다.

그리고 '전에는 다마카가 그렇게 열심히 찾아주었는데, 이번에는 다마카도 방법이 없겠지?'라고 생각했다. 그러나 다마카를 만나서 처음에 단서를 얻었다는 오쿠보에 있는 분재상이라도 찾아가 달라고 하면 혹 어떤 단서를 얻을지도 모른다. 게다가 다마카를 한 달 가까이나 내버려 둔 것은 너무 매정했다고 생각했다.

"나도 수사 방침을 바꿔 보겠네."

자작은 어느 정도 밝은 표정으로 무라야마를 바라보았다.

---

35 아오토 후지쓰나(靑砥藤綱, 생몰연도 미상). 가마쿠라시대(鎌倉時代) 후기의 무사. 이름은 사부로(三郎), 자에몬(左衛門). 개울에 떨어뜨린 10전을 찾기 위해 50전을 썼다는 일화가 있다.

"어떤 식으로?……."

"이는 지푸라기라도 잡는 심정으로 통 미덥지 못한 방법이기는 한데, 좀 말하기 어렵네. 뭐 낭보를 기다리고 있게."

자작은 싱글벙글 그렇게 이야기를 하면서, 외투에 팔을 끼우고 모자를 쓰며 나갈 준비를 하기 시작했다.

"어디를 가는 것인가?"

"뭐, 내일 자세히 이야기함세."

"이런 판국에 그렇게 수수께끼 같은 말을 해서 신경을 쓰이게 하다니 악취미일세. 말하게."

"지금까지의 수색 방법이 뜬구름 잡기식이었다면 이번 수사는 더 꿈같은 것이라네. 뭐 내일까지 기다려 주게."

자작은 O빌딩을 나갔다.

(1934.5.15)

## 132

**족지부동(足之不動)(2)**

신바시의 요정 '고타케'의 1층 술자리이다.

완전히 무장을 해제하고 기뻐하는 다마카를 앞에 놓고 자작은 어쩐지 어색해서 들이미는 술잔을 받으면서 그만 분위기에 넘어가 자신도 싱글벙글했다.

"신신심(神信心)이라는 것 참 영험이 있는 것이네요."

"신신심이라니 그게 뭐지?……."

"부동명왕(不動明王) 님께 당신이 꼭 다시 한 번 더 오시게 해 달라고 빌었어요. 내가 공을 제대로 세웠는데 발길을 끊으시다니 너무해요."

순진무구하게 자신만만해하며 아름다운 치열을 드러내는 그녀의 얼굴에 미소가 흘러넘친다.

"어떻게 되신 거예요?……. 아야코 씨?"

"음, 그게 말야. 또 자네의 신신심을 빌리고 싶군그래."

자작이 이렇게 말하며 일의 자초지종을 이야기하는 것을 일일이 진중하게 끄덕끄덕하며 듣더니, 다마카는 대답했다.

"그건 저한테도 너무 어렵네요."

"뭔가 방법이 없을까?"

"일전의 일은 중간중간 끊어지기는 했어도 실이 연결이 되어 있어서 괜찮았지만, 난감하네요. 저도 어떻게 찾아야 할지 모르겠어요."

다마카는 진지하게 말했다.

"나도 정말이지 병이 날 것 같아. 자네한테 오면 어떻게든 뭔가 단서가 있지 않을까 했네. 일전에 수색이 훌륭해서 말이야……."

"너무해요. 아야코 씨하고 관계가 없으면 기억도 해 주지 않으시다니……."

진심으로 원망스러운 듯이 눈을 내리깔았다.

"만일 이번에 내가 아야코 씨를 제대로 찾아낸다면……."

"찾아낸다면 자네가 원하는 것은 뭐든지 들어 줄게."

"꼭이요."

"꼭 들어줄게."

"꼭이죠?"

다짐에 다짐을 하며 진지한 표정이 된다.

"그럼, 저 열심히 찾을게요. 나는 이번에는 당신들보다 더 어려워요. 아무것도 없잖아요. 좋아요. 다시 한 번 부동명왕님께 소원을 빌어서……."

"부탁이야……."

"네, 그럼 발멈춤부동 즉 족지부동(足止不動)이란 것을 모르시나요? 그런 게 있어요. 아깝지만, 부동명왕님의 그림에서 발이 있는 곳에 바늘을 찌르고 잃어버린 사람을 찾아달라고 기도를 하면 단서가 나오고 자연히 제자리로 돌아온대요……."

이렇게 화류계의 예기들이 늘상 그렇듯이, 바보 같이 믿는 미신도 지금의 자작에게는 의지가 되는 밧줄처럼 여겨졌다.

"저같이 곧이곧대로 믿는 정직한 사람은 그냥 정말이라고 믿으니까요. 꼭 공을 세우면 제가 하는 말 들어 주시기예요."

"음, 꼭……."

"그럼, 알았어요."

다마카는 무릎걸음으로 다가와 자작의 귀에 입술을 대고 뭔가 속삭였다. 무엇보다 솔직해서 잘했다. 다마카의 심정에 숨기는 것이 없기 때문에 중간에 아무런 방해물 없이 전해지는 마음의 따뜻함이 있었다.

전에 아야코의 일로 뜻하지 않게 알게 되고 나서 만나면 서로의 호의를 미소 안에 포함하게 되었고, 자작은 특히 아야코를 찾아준 열성에 마음이 상당히 끌렸다.

이날 갑자기 귀에 입술을 대고, '저를 사랑해 주시지 않겠어요……?'라고 속삭인 것을, 자작은 어떻게 받아들여야 좋을지 몰랐다. 자작은 빤히 바라보며 매우 진지하게 대답을 했다.

"하지만 당신과 결혼은 할 수 없을지도 몰라."

그러자 다마카는 대답했다.

"네. 그런 당치도 않은 일은 바라지도 않아요. 그냥 사랑해 주시면 돼요. ……. 이런 식으로 끊임없이 만나 주셨으면 해요.

"그야, 만나기만 하는 정도라면 아주 쉬운 일이지만……. 근데, 그것만으로 괜찮을까?"

자작은 정색을 하고 물었다.

"네."

다마카는 얼굴이 빨개져서 대답했다.

"당신 남자가 되어 달라고 하면 난 할 수 없어!"

자작도 얼굴이 빨개지며 머리를 긁적이자, 다마카는 잠시 조용히 입을 다물고 있다가 뺨을 붉히며 대답했다.

"그런 것은 아무래도 괜찮아요. 그냥 사랑해 주시기만 하면 돼요."

낮은 목소리이지만 또렷했고, 두 눈은 한없이 아름답고 윤기 있게 빛났다.

"자네를 사랑하는 일이라면 할 수 있어. 지금도 많이 좋아하는 걸."

자작은 애무를 하듯이 손과 손을 포갰다.

"기뻐요."

다마카는 처녀처럼 뺨을 붉혔다. 그러나 동시에 그렇게 되기 위해서는 뜬구름을 잡듯이 아무 단서도 없는 실종자 문제가 걸려 있는 것을 생각하니, 이 약속이 원수가 되지는 않을까 불안해져서 어떻게 해서든지 아야코를 찾아내야겠다고 생각했다.

이렇게 해서 아야코를 찾는 사람은 무라야마, 구도, 다마카 세 사람이 되었다.

그날부터 1주일에 한 번 만나기로 약속을 했지만, 끊임 없이 아야코를 찾느라 초조해하는 자작은 집에 있어도 안정이 되지 않은 듯 하루걸러 한 번 정도는 다마카를 만나서 식사를 하거나 같이 활동사진을 보게 되었다.

그러나 아야코의 행방은 여전히 묘연했다. 5월이 되어 버렸다. 5월하고 또 절반이 지났다. 다마카는 족지부동의 효험이 없어서 우울해졌다. 어느 날 밤 두 사람이 고타케에서 만나고 있을 때, 다마카가 말했다.

"아야코 씨의 행방을 알기 전에는 도저히 당신에게 사랑을 못 받는 것인가요?"

자작을 올려다보는 다마카의 눈에는 눈물이 가득 고였다. 자작은 예기 노릇을 하면서도 하얀 진주처럼 순정적인 자신을 잃지 않는 다마카를 진심으로 사랑하기 시작했다. 먼저는 애인으로서의 아야코를 잃었고 이어서 동생으로서의 아야코를 잃어 마음의 안식처를 잃은 그는 다마카를 사랑하지 않을 수 없었다.

"그런 약속 따위 아무래도 괜찮아. 결혼을 해 줄 수 없을지는 몰라도 나는 지금 너를 진심으로 사랑해."

그렇게 말하고 다마카의 부드러운 목에 손을 얹고 자신의 가슴으로 바짝 끌어당겼다.

(1934.5.16)

## 133

### 일곱 빛깔 무지개⑴

5월에 들어서서 무라야마는 간사이에 갔다.

나고야, 교토, 오사카, 고베. 아야코 또래가 일을 할 만할 것 같은 직장을 면밀히 주의 깊게 조사를 했지만 아무런 단서도 얻지 못하고 귀경한 무라야마는, 상심으로 상한 얼굴로 자작에게 이렇게 말했다.

"이대로 독일을 가야 하다니 우울하군……."

"그건 안 되지. 갔다 오게. 우리들의 수사 포인트가 잘못된 거네. 조만간 꼭 있는 곳을 알 수 있을 거네. 자네가 사랑하고 있다는 것은 잘 알고 있다네. 어디에 있어도 아야코답게 야무지게 살고 있을 거네. 자네가 어디에 있든, 어디 있는지 알게 되면 전보로 바로 알리겠네."

이렇게 자작은 권했다.

"어쨌든 아야코 씨를 찾는 것이 삶의 보람처럼 생각되니, 독일에 갈 거면 단념하는 기분으로 가야 하네. 나는 단념할 생각은 조금도 없네. 아야코 씨의 행방을 알기 전까지는 도쿄에 붙어 있고 싶네."

"외교관으로서 중요한 자네의 전도에 한눈을 팔게 할 수는 없지. 아야코 조사는 내가 책임지겠네. 반드시 찾아낼 테니까 다녀오게."

자작은 이대로 두면 병이라도 날 것 같은 무라야마에게 간절하게 독일행을 권했다. 그러나 무라야마는 기일이 와도 출발하지 않았다. 물론 부모도 친구들도 필사적으로 옆에서 무라야마의 출발을 권했다.

그런 상태에서 관청 쪽에는 조금만 더 조금만 더 하며 계속 날짜를 연기했기 때문에, 그쪽에서도 차차 엄한 소리를 하게 되었다. 6월 초순, 무라야마는 급기야 출발을 하지 않으면 안 되게 되었다. 자작 혼자 고베까지 전송을 나갔다.

"이것이 아야코 씨를 찾으러 가는 배의 출발이라면 얼마나 신이 날까? 일본을 떠난다는 것은 아야코 씨를 완전히 떠나는 것 같아."

선창 위에서 승선 직전까지 무라야마는 자작에게 속삭였다.

그리고 며칠간의 뱃길 여행. 다행히 항해는 순조로웠다.

대련에 도착했다.

대련에서 1박을 하고 쉴 예정으로, 호시가우라(星が浦)의 야마토 호텔에 묵었다.

고베 같은 곳과는 달리 질서정연하게 서양식 건물들이 늘어선, 어딘가 이국적 항구마을에 와 보니 점점 더 아야코하고 멀어지는 것 같아 아야코가 더욱더 그리워졌다.

내일은 남만주철도의 오랜 여정에 올라야 한다. 만철에 있는 대학 시절의 친구에게 전화를 걸자 그들은 네다섯 명의 동기를 모아 무라야마를 위해 환영회를 열어주었다. 무라야마의 쓸쓸한 마음도 어느 정도 위로가 되었다.

(1934.5.17)

## 134

### 일곱 빛깔 무지개(2)

야마토 호텔에서의 하룻밤은 쓸쓸했다.

순정적으로 된 데다가 이제부터 혼자서 긴 기차여행을 할 것을 생각하니, 신경쇠약에라도 걸리는 것은 아닌가 하며 자신이 불안해질 만큼 밤에도 깊은 잠을 잘 수가 없었다.

전날 밤을 함께 보낸 친구들에게 전송을 받으며 다음 날 아침 대련을 출발하자, 기차 안에서도 생각나는 것은 아야코뿐이었다. 5년 후, 10년 후에, 혹은 더 먼 훗날 해후했을 때의 일을 상상하거나 평생 이대로 만나지 못하고 죽어 버린다면 자신의 인생도 황량해질 것이라는 생각도 들었다.

왜 아야코가 더 자신에게 집착을 하고 자신을 떠나지 않고 노리코의 그 보잘것없는 심술을 배격하지 않은 것일까 하고 아야코를 원망스럽게 생각하기도 했다.

그는 봉천에서 『만주일보』를 샀다.

　소설란과 활동상설관 광고 사이에 무슨 무슨 소문이라는 가늘고 긴 특설란이 있었다. 그런데 그 제목에 「신경 K백화점에 피는 명화(名花) 한 송이」라는 제목의 기사가 있었고, 그는 아무 생각 없이 읽어나 갔다.

　　"신경 일본교(日本橋) 로에 있는 K백화점에 최근 눈에 띄게 아름다운 숍 걸이 나타났다. 쓰쓰미 아키코(堤曉子) 양이라 하여 최근 도쿄에서 왔다고 하는데, 고아한 기품과 친절한 응대로 이목을 집중시키고 있다. 쓰쓰미 양이 일하는 여성 양복부에는 젊은 청년 손님들이 일부러 문의를 하러 가기도 하고 여성용 손수건을 사기도 한다고 한다. 신경에 로케이션을 하러 와 있는 M시네마에서 수완 있는 감독이 우연히 그녀를 보고 스타로 만들고 싶다고 했으나 면회를 사절했다고 한다. 상당히 강고하고 지조가 굳다. 본사에서는 '일하는 미스, 신경'의 여인(麗人) 사진을 찍으러 갔지만 아무래도 만나 주지 않아서 실례지만 일하는 모습을 찍었다. 정면 왼쪽이 쓰쓰미 양이다."

　이런 내용에, 본문 끝에 작은 사진이 하나 나와 있었다. 고개를 숙이고 있는 희고 작은 옆얼굴이었다. 그런데 그 사진을 가만히 바라보던 무라야마는 가슴이 두근거리기 시작했다.

그것은, 그것은 선명한 사진은 아니지만, 아야코의 얼굴이 틀림없었다. 아아! 이 얼마나 행운인가? 무라야마의 가슴은 뛰어올라 곧 쓰러질 것 같았다. 다행이다! 다행이야!

만일 신문을 사지 않았더라면, 신문을 샀어도 이 특설란을 읽지 못했다면,…… 두근거리는 가슴을 억누르며 무라야마는 들고 있던 신문이 뭔가 고마운 부적과 같은 신비한 감격이 솟았다. 자작에게 알려야겠다고 생각하고, 그는 보이를 불러 전보의뢰용지를 가져다 달라고 했다. 그는 이 기쁨을 어떻게 글로 표현해야 할지 몰랐다.

"만세, 아야코 신경에 있음. 상세사항은 편지로."

이렇게 써서 보이에게 건네고 들떠서 중얼거리듯 말했다.

"신경에서 2, 3일 체재해야지."

그리고 다시 사진을 보았다. 보면 볼수록 잔머리가 난 모습 등이 진짜 아야코였다.

막 저물어가는 광야를 기차가 요란한 소리를 내며 달린다. 2시간, 1시간. 시시각각 아야코가 있는 신경으로 다가간다.

'아무리 성가신 노리코도 신경까지 찾아오지는 못하겠지. 어떻게든 수속을 밟아서 같이 독일로 가야지!'

무라야마가 가는 하늘에는 순식간에 일곱 빛깔 무지개다리가 선명하게 떠 있는 것 같았다.

(완결, 1934.5.18)

# 격류
## (激流)

히사오 주란
(久生十蘭)

# 제1회

## 출발⑴

말이 머리를 흔들면서 울음소리를 낸다.

마부석의 가조(嘉造) 할아범이 온화한 어조로 말을 걸어준다.

"워워."

멀리 떨어진 교사(校舍)에서, 교과서를 함께 읽는 목소리와 아이들이 들뜬 나머지 시끄럽게 내지르는 목소리가, 맑은 아침 공기를 타고 바로 여기까지 들린다.

요시에 마나미(吉江真波)는, 고풍스러운 이륜 마차 위에서 역까지 배웅하려는 원장을 기다리고 있다.

다리 사이를 가을바람이 불어 지나간다. 정강이로 냉기가 들어오는 것 같다.

마차 자리를 덮은 가죽의 냉기가, 양말을 통해서 싸늘하게 피부에 와 닿는다. 그것이 또한 왠지 모르게 마음을 불안정하게 만든다.

외투 자락을 끌어당기고 가능한 한 다리를 오그려 본다. 추운 곳은 다리가 아니다, 아무래도 마음인 것 같다. 하지만 외투 자락으로 마음을 감쌀 수는 없다.

태어나서 처음으로 긴 여행을 떠난다는 막연한 불안이나, 도쿄(東京)라는 도시에 대한 정체 모를 두려움, 고모와의 첫 대면, 대수롭지 않은 시시한 걱정들이 무겁게 가슴을 짓누른다.

그건 그렇다 치더라도 닳아서 떨어진 헤링본(herringbone)<sup>01</sup> 외투가 아니라, 역시 캐멀코트를 입었으면 좋았을 텐데. 여행 가방부터가 이 무슨 초라한 꼴인가. 뭉개져 버린 것 같은, 마치 항복한 것 같은 한심스러운 모습으로, 마부석 위에 웅크리고 앉아 있다.

이런 생각을 하니 촌스러운 펌프스(pumps) 구두<sup>02</sup>도, 찌부러진 것 같은 모자도, 모조리 다 마음에 들지 않는다. 자기 자신까지도 이대로 사라져 없어져 버리는 편이 좋을 것 같은, 견딜 수 없는 존재처럼 느껴진다.

처음 세상으로 나간다는 기쁨과 앞으로의 새로운 생활에 대한 기

---

**01** 헤링본은 '청어의 뼈'라는 의미로 사선무늬 직물의 하나이다. 주로 슈트, 재킷, 코트 등에 쓰인다.

**02** 지퍼나 끈, 고리 등의 잠금장치가 없고 발등 부분이 패인 여성용 구두. 신발의 앞부분이 낮고 발등이 많이 드러나게 디자인되어 쉽게 신고 벗을 수 있다.

대, 결혼에 대한 꿈과 같은 희망보다도, 그런 것에 대한 불안과 회의가 더 깊고 커서, 자신도 모르게 마음이 뒷걸음질 친다.

마나미는, 노랗게 변한 잔디로 뒤덮인, 사람 그림자 하나 없는 넓은 교정 쪽으로, 도움을 청하듯 애처로운 눈길을 보낸다.

"이대로 언제까지나 여기에 있을 수 있으면 얼마나 좋을까."

하지만 돌아오라는 고모의 명령에는 따를 수밖에 없다. 매우 엄격한 고모이기 때문이다.

마나미는 이 세이안도(聖安土) 여학원의 자식과 같은 존재였다. 유치원부터 여학교까지. 그리고 유치부의 보모로 4년. 원장과 수녀들의 품 안, 덩굴이 얽힌 높은 돌담 안에서 17년이나 지내 왔다. 봄 아침, 여름 오후, 가을 저녁, 겨울밤. 고요하고 조금은 지나치게 청정한 즐거운 생활의 여러 추억이 물살이 빠른 여울처럼 마음속으로 흘러내린다.

"할아버지, 할아버지가 긴 작대기로 살구 열매를 따 주시곤 했죠?"

가조 할아범이 마부석 위에서 몸을 틀어, 주름으로 가득한 노(能)[03]의 노인가면 같은 얼굴을 이쪽으로 돌린다.

"긍게요. 벌써 몇 년이 흘러부렀는지. 여적 초등부에 계셨을 적 일인게."

---

**03** 일본에서 가장 오래된 전통 가면극. 14세기에 간아미와 제아미 부자에 의해 오늘날과 같은 형식을 갖추게 되었다. 등장인물은 가면을 쓰고 등장해서 느린 음악에 맞춰 노래를 부르거나 춤을 추며 인간의 희로애락과 고뇌, 이상을 연기한다.

"장작불로 구운 밤도 이젠 먹을 수 없네요."

"그믄, 시방부터는 그 밤들도 솔찬히 쓸쓸해허겄네요."

"몸조리 잘 하세요."

"고맙소잉. 지비처럼 친절한 양반을 시상에 내보낼랑께 월매나 걱정이 되겄소. 원장님도 그걸 허벌라게 슬퍼하셨지라우. 지들도 맴으로나마 기원하겄습니다. 좌우지간 부디 행복허게만 지내쇼. 지들, 매일 아침 종을 치면서 지비를……."

(1939.10.20)

## 제2회

### 출발(2)

원장이 검은 모수자(毛繻子)로 된 겉옷을 손에 들고, 풍채 좋은 몸을 흔들면서 붉은 벽돌의 원장관사에서 나온다.

오늘은 평상시보다 빳빳하게 백합의 꽃잎처럼 쑥 내뻗은 순백색 수녀모를 쓰고 있다. 원장관사의 지붕에서 비둘기 한 마리가 홱 내려와, 원장의 어깨에 앉는다. 원장은 어깨에 비둘기를 앉힌 채, 미소를 지으며 마차 근처까지 온다. 조금 떨어진 곳에 멈추어 서서, 위로하는 눈빛으로 마나미의 얼굴을 바라본다.

"어머나, 당신은 울지 않는 편인가요?"

마나미가 미소를 지어 보였다.

"네, 괜찮아요!"

"정말 대견하네요! ……할아범, 부탁해요, 천천히 가 주세요. 도중에 배웅 나오는 사람을 만날지도 몰라요. ……그리고 상황 봐서 기차를 놓칠 수 있게 해 주세요."

얼굴에 함박웃음을 지으며 다시 말했다.

"이건 농담이에요."

가조 할아범이 코를 훌쩍거렸다.

"지들도 월매나 기차를 못 타게 허고 싶간디요."

말고삐가 찰싹 위세 좋은 소리를 냈다.

"이랴."

말이 움직이기 시작한다. 긴 자갈길. 곧이어 느린 속도로 교문을 달려 나간다.

앞길에 낙엽이 깔린 포플러의 하얀 가로수길이 어디까지고 쭉 이어져 있다. 세상으로 나가는 길이다.

뒤를 돌아보니, 큰 역청색 느티나무들 저편에, 고딕풍 붉은 벽돌의 교사가 엷은 가을 안개 속에서 어렴풋이 윤곽을 드러내고 있다.

'드디어 이별이구나. ……나는 세상으로 나간다. 앞으로 도대체 어떤 일이 일어날까?……'

발밑에서 바람이 불어오는 듯한, 이 세상에 홀로 남겨진 것 같은 고독한 감정이 격렬하게 가슴을 짓누른다.

원장이 마나미의 손을 잡아 준다. 그 순간 갑자기 안타까움이 확 밀려왔다.

마부석에 석유등을 단 이 이상한 고풍스러운 이륜마차. 매해 3월 말경이 되면, 원장이 이 마차로 졸업생을 한 명씩 정거장까지 배웅하러 간다. 훈계를 하기 위한 것이 아니다. 오랫동안 손수 돌본 소중한 딸을 세상으로 내보내기 전에, 긴 포플러 가로수길을 가벼운 이야기를 하면서 둘이서만 흔들거리며 가기 위해서.

마나미는, 원장과 나란히 앉아서 슬픈 표정을 하고 있는 친구들과 이 교문 앞에서 지금까지 대체 몇 번이나 작별을 고했을까? 오늘은 드디어 자신의 차례인 것이다. 거짓말 같았다.

원장은 이 나이에 주름 하나 없는 혈색 좋은 볼을 아이처럼 윤기나게 반짝이면서, 관용적인 얼굴로 생글생글 미소를 짓고 있다. 자신의 왼쪽 손은 원장의 따뜻하고 큰 손 안에 꽉 잡혀있지만, 그것도 얼마 남지 않았다. 곧 정거장에 도착하면 비할 데 없는 든든한 이 따뜻한 손을 떠나 버린다고 생각하니, 앞으로 자신의 손에 남을 쓸쓸함이 걱정되어 풀이 죽는다.

저편에서 마을의 집배원이 자전거를 타고 온다. 마차 위의 두 사람을 보자, 익살스러운 모습으로 자전거에서 뛰어내린다. 손등으로 이마를 어루만진다. 땀을 닦을 정도로 덥지는 않다. 오랜 버릇인 것이다.

"안녕하세요, 원장님, 마나미 씨, 다행히 만났네요. 하지만 어차피 외길이니까요……."

"어머, 전보인가요?"

"그렇습니다. 마나미 씨께 도쿄에서 온 전보입니다."

(1939.10.21)

# 제3회

### 출발(3)

데리러 갈 필요는 없겠지. 혼자서 돌아오너라.

미야케 게이코(三宅馨子).

서늘한 바람이 쏙 가슴 속을 불어 지나갔다.

"자랑스러운 고모님으로부터 온 거니? ……도쿄에서 데리러 오는 건 상당히 힘이 드니까……."

마음이 깊은 이 사람은 풀이 죽은 마나미의 안색만으로 모든 것을 알아차린 것이다. 그건 그렇다 치고, 가슴을 찌르는 듯한 냉담한 전보의 문구를 원장의 친절한 눈에 보이고 싶지 않았다.

"고모는 탈것을 좋아하지 않아요. 언젠가 편지에 확실히 그런 내용이 쓰여 있었던 거 같아요."

"아아, 그렇다면 더욱. ……고모도, 너의 바람을 들어주고 싶은 마음은 굴뚝같겠지만."

"정말로 친절한 고모이기 때문에, 제가 무리한 부탁을 해서 매우 곤란하셨을 거예요."

원장은 다 알고 있는 사람의 표정으로 깊고 큰 눈빛으로 웃으며 마나미의 얼굴을 뒤돌아본다.

"어리광부리면 사람들을 곤란하게 하는 거니까. 이 사람은. ……집배원 아저씨, 수고하세요. 가조 할아버지, 자, 어서 가 주세요. 너무 늑장을 부릴 시간이 없어요."

집배원이 휘파람을 불며 자전거 위에서 능숙하게 몸을 흔들면서 가 버린다. 마차가 움직이기 시작한다.

게이코 고모. 여자치고는 너무나도 차갑다고 생각될 정도로 잘 다듬어진 아름다운 얼굴.

17년의 나날, 기숙사 방의 책상 위 은색 사진틀 속에서, 언제나 조용히 자신을 바라보고 있던 젊고 아름다운 고모. ……연고가 없는 마나미에게 이 세상에서 단 한 명뿐인 혈연이라기보다는, 오히려 마음의 위안과 같은 존재였다.

17년의 긴 세월 동안 단 한 번도 자신을 보러 온 적이 없었던 고모였지만, 그것은 감정에 쉽게 움직이지 않는 이지적인 사람다운 방법으로, 그에 대해서는 존경에 가까운 마음을 가졌으며 원망스럽게 생각한 적은 한 번도 없었다.

지난 2년간 전혀 소식을 보내주지 않았던 그 고모가 5일 정도 전에 갑자기 도쿄로 돌아오라는 편지를 보냈다. 아닌 밤중에 홍두깨 격의 고압적인 방식에 불쾌함이 들기에 앞서, 고모가 자신을 잊고 있지 않았다는 너무나도 기쁜 마음에, 쉽게 떠나기 힘든 학원이었지만 두말없이 고모의 요청에 동의를 해 버렸다.

마나미는 바로 시마바라(島原)까지 자신을 데리러 와 달라고 편지를 썼다. 태어나서 아직 3시간이나 기차를 탄 적이 없는 자신을, 혼자서 도쿄까지 오게 할 리는 없다고 생각했기 때문이다.

'데리러 갈 필요는 없겠지.'

과연 그 말이 맞았다. 생각해 보면 고모가 이런 곳까지 자신을 데리러 와야 할 의무는 없었다. 피가 이어져 있는 것도 아니고.

마나미는 오랫동안 선의와 깊은 친절 속에서만 지내 왔기 때문에, 조금 응석쟁이가 되었음이 틀림없다. 마나미의 상상이 어떻든 간에 현실 세상은 결코 이 학원의 담장 안과 같은, 한적하고 평화로운 곳이 아니라는 것을 경고하는 데, 이 전보는 매우 도움이 된 것 같다.

낙엽이 쌓인 바퀴가 빠져서 마차가 덜커덩거린다.

정신을 차려보니 마나미는 전보용지로 무의식적으로 작은 배를 접고 있었다. 지난 4년간 매일 몇 번이나 아이들에게 접어 준 작은 색종이 배.

냉담한 문자를 한쪽에 붙인 작은 배가 마차가 흔들릴 때마다 마나미의 무릎 위에서 기세 좋게 흔들린다.

(1939.10.22)

# 제4회

### 출발(4)

이륜마차는 긴 가로수길을 통과해 잡목림이 우거진 적토 벼랑길로 달려간다. 숲속에는 옻나무가 새빨갛게 물들어 있다.

원장이 호호하며 온화한 웃음소리를 낸다.

"가조 씨, 보세요. 이 사람은 지금도 작은 배를 접고 있어요. 이렇게 아쉬워하면 곤란한데요."

가조 할아범이 말고삐를 흔들면서 화가 난 듯한 목소리를 낸다.

"아, 말하다마다요. 여태 주구장창 애새끼들만 상대했으니께요. 그 버릇 어디 가겠소."

"네, 맞아요. 손가락이 습관적으로 종잇조각만 쥐면 무의식적으로 바로 무언가 접기 시작해요. 학이나, 투구나……."

"그건 괜찮은데 고모의 전보를 그렇게 구겨버려도 괜찮을까?"

마나미가 허둥지둥 전보의 주름을 편다.

"정말 잘못했어요."

"너도 이제 슬슬 학원에 대해서는 잊어야 한단다. ……언제나 기운을 잃지 않도록 하렴. ……내가 살아 있는 동안은 멀리서 너를 지켜볼게. 이제부터는 고모가 계시니까 쓸데없는 말일지도 모르지만, 어쨌든 너는 학원에서 자랐고 우리가 키운 자식이나 마찬가지니까 우리들도 조금은 그런 권리를 가져도 괜찮다고 생각해."

"그 말씀을 하시려고 저를 배웅해 주셨던 거군요."

"네가 생각하고 싶은 대로 마음대로 생각하렴. 어쨌든 이게 내 의무니까 말이야."

"이별을 할 거라고 지금까지 한 번이라도 생각한 적이 있을까요. ……곧 기차가 정거장에 도착해요. 저는 기차 안에 있고, 원장님은 플랫폼에 서 있을 거예요. 이렇게 같은 곳에 나란히 앉아 있지 않을 거예요. ……기차가 움직이기 시작해요. 원장님과 가조 할아버지의 얼굴이 점점 작아지고, 곧 보이지 않을 거예요. ……보이지 않게 돼요. 보이지 않게 돼요. ……보이지 않게 된다는 건 도대체 어떤 의미일까요. 이별을 하는 게 저는 도저히 상상이 되지 않아요.”

“너는 매일 밤 내 방에 와서 안녕히 주무시라고 말했잖아. 그리고 문을 닫고 자신의 방에 자러 가곤 했지. 그것과 똑같아.”

“하지만 내일 아침 눈을 뜨면 다시 얼굴을 볼 순 없어요. 큰 차이가 있어요.”

“어머나, 울려는 거니? ……마나미 양, 나는 말야, 실은 아까 전보 문구를 봐 버렸어. 볼 생각은 없었는데 저절로 눈에 들어오더구나. ……네가 지금 신경이 쓰이는 건 그거지? 고모가 냉담한 걸 원망하고 있는 거지. 그래서 이런 말도 하고 저런 말도 하는 거야. 그건 역시 네 마음이 좁기 때문에. ……이런, 설교가 되어 버렸구나. 마치 네가 접은 나뭇잎 배와 같은 거지. 설교가 입에 배어 버렸어.”

“더 말씀해 주세요.”

“아아, 난처하구나! 지금 와서 나에게 무슨 말을 하라는 거니? 설령 지금 아무리 훈계를 한들 그건 아무런 도움이 되지 않아. 결국은 앞으로 스스로 세상을 헤쳐 나갈 수밖에 없으니까 말이야. ……다른 사람한테만 의지하지 말고 자신의 힘으로 극복하지 않으면 안 된단다.”

“지금으로서는 장담할 순 없지만, 원장님과 함께한 시간 동안 배운 거로, 어떻게든 헤쳐 나갈 수 있으리라 생각해요.”

“아아, 그런 마음가짐이라면 더 이상 해줄 말은 없구나. ……곧 정거장이네.”

길이 크게 커브를 돌자 그 맞은편에는 쓸쓸한 건널목이 보이기 시작했다. 시그널이 옅은 안개 속에서 희미해지고 있다.

(1939.10.23)

## 제5회

**출발**(5)

쓸쓸한 이별이었다.

플랫폼은 인적도 드물게 밖에 보이지 않고 어둠 속에 평화로운 모습으로 잠들어 있다.

수녀들이나 아이들의 모습이 한 명도 보이지 않는 것은, 조용히 이별을 하려는 원장의 배려였다.

기차의 출발 시간이 다가왔다.

기관차가 배기 밸브를 열고 증기를 뿜어낸다. 그 모습이 마나미에게 너무나도 쓸쓸하고 복잡한 기분을 들게 했다.

마나미는 플랫폼에 서 있는 인내심으로 가득 찬 원장의 얼굴을 바라보면서 몸이 찢기는 것 같은 괴로움을 한 몸에 견디고 있었다.

아무리 매달려도 곧 멀리 떠나게 된다. 무언가 무정한 힘이 강제로 떼어 놓는 것으로밖에는 생각되지 않았다.

친절한 원장님과 수녀들, 그리고 사랑스러운 아이들. ……특히 자신을 키워준 이 땅의 풍토와 계절과 곧 헤어진다고 생각하니, 오열할 힘조차 없는 것 같은 기분이 든다.

마지막으로 다시 한번 이 풍경을 눈 안에 담아두려고, 창문으로 몸을 내밀어 학원 쪽을 바라봤다.

둥근 언덕 위에서 포플러의 행렬이 천천히 나뭇가지 끝을 흔들고 있을 뿐. 붉은 벽돌의 건물은 여기에서는 보이지 않았다.

원장이 가볍게 마나미의 손을 흔든다.

"또 그런 얼굴을 하네. 웃어 봐요."

마나미는 미소를 지어 보였다. 분명히 웃었지만, 웃었다고는 아무래도 웃었다고는 믿어지지 않았다.

"왠지 울음이 터질 거 같아요."

"울 거면 울거라. 이별이라는 건 괴로운 거니까. ……하지만 그것도 잠깐만 참으면 돼……. 내가 없어지면 바로 대신할 사람이 나타나서 너를 위로해 줄 거야……. 고모의 편지에도 그렇게 쓰여 있었지? 도쿄에는 네가 귀향하기를 학수고대하는 건실한 청년이 있다고……."

이런 때 그런 농담을 하는 원장이 원망스러웠다.

'내가 이렇게 슬퍼하는데 원장님은 저런 한가한 말을 하고 있어.'

그렇게 생각하는 한편 알 수 없는 마음의 화끈거림을 느껴 무심결에 눈을 내려떴다.

가조 할아범이 꽃다발을 안고 다가왔다. 학원 정원에 피어 있는 하얀 아네모네와 들국화 꽃다발이었다. 기차가 움직이기 시작할 때 건네줄 생각으로, 지금까지 마부석 밑에 숨겨두었던 것이다.

원장이 그것을 받아들고 마나미의 손에 건넸다.

"이것은 아이들과 수녀님들이 한 송이씩 꺾은 거야. 내 것과 가조 할아범의 것도 하나씩 들어 있단다. 다 함께 너를 배웅하는 거지. 도쿄까지 배웅해 줄게."

마나미의 눈앞이 뿌옇게 흐려졌다.

"원장님, 원장님 꽃은 어느 거예요?"

원장은 가장 작은 아네모네 꽃을 가리켰다.

기적이 놀란 듯한 소리를 낸다. 기차는 덜컥하며 한번 뒤로 물러났다가, 천천히 움직이기 시작했다.

정신이 멍해지는 것 같은 순간이 왔다.

"원장님, ……가조 할아버지, 안녕히 계세요. 안녕히 계세요."

마음속으로는 이렇게 중얼거렸다.

'과연 이게 이별이라는 거구나. 앞으로 몇 번이나 이런 일이 있을까……'

원장과 가조 할아범이 손을 흔들면서 생글생글 웃고 있다. 아무 말 없어도 그것만으로 서로의 마음이 통하는 것이었다.

두 사람의 얼굴은 점점 작아져 그리고 보이지 않게 되었다.

(1939.10.24)

# 제6회

마나미는 꽃다발을 팔 안에 품고 침울한 얼굴로 좌석에 앉아 있었다.

가을 끝자락의 샴페인 색 풍경이 분주하게 차창 밖을 지나간다.

걱정거리가 있어서 자연 따위에 눈길을 줄 여유가 없다. 가시처럼 따끔따끔한 것이 어딘가 박혀있어서, 아무래도 마음이 편해지지 않았다.

'멋진 청년이 네가 돌아오기만을 손꼽아 기다리고 있단다.'

고모가 편지 끝에 덧붙여 쓴 것은 단지 이 한마디뿐이었다.

한 줄도 되지 않는 짧은 문구지만, 이 안에 이해하기 어려운 여러 뉘앙스와, 젊은 처녀의 마음을 설레게 할 정도의 의미 있는 듯한 시사가 음모처럼 교묘하게 숨겨져 있었다.

말이 간단한 만큼 상상의 영역이 풍부해서 생각하려면 얼마든지 생각할 수 있다.

멋진 청년…….

매우 확실한 표현이지만 마나미는 뭔가 부족한 것 같았다.

'멋지다는 것만으로는 무슨 말인지 알 수가 없어.'

이것만으로는 의미가 통하지 않는다. 전혀 아무 말도 하지 않는 것과 같다.

멋지다는 것은 그 자체로 매우 허술한 말이지만, 그것뿐만이 아니라 전체적인 느낌이 너무 가볍다. 무책임하게 사람을 구슬리고 있는 것 같아서 참을 수가 없다.

이상하게 들떠있는 이 표현 안에서 요즘 고모의 생활을 엿볼 수 있는 것 같아서 왠지 불안해 진다.

'그건 그렇고 도대체 어떤 분일까……'

마나미는 오늘날까지 자신이 만난 얼마 안 되는 남성의 얼굴을 하나씩 마음속에 떠올려 본다.

성실하고 정직할 것 같은 얼굴, 오만한 얼굴, 방심할 수 없는 얼굴, 축축한 얼굴, 멍청한 얼굴…….

학원 돌담 안의 마나미의 좁은 생활 속에도 이 정도 남성의 얼굴은 있다.

이들은 장학관이나 참관인의 얼굴, 이따금 수녀들을 만나러 오는 친척의 얼굴이지만, 어떤 얼굴도 '청년'에는 어울리지 않는 것 같았다.

마나미는 문득 2년쯤 전에 보호자 모임의 다도회에서 만난 젊은 법학사의 얼굴이 떠올랐다.

머리카락을 딱 머리에 붙이고 몸통이 잘록한 옷을 입어서, 감정의 그림자가 비치지 않는 냉담, 혹은 그렇게 보이려고 애를 쓰는 시치미 떼는 청년의 얼굴이 선명히 기억이 난다.

모두가 멋진 청년이라고 칭찬을 했고 너무나 예의 발랐지만, 그럼에도 뻔뻔스러운 잉꼬처럼 입속에서 우물거리며 말을 하는 청년이 대체 어디가 멋있다는 것인지 마나미는 도저히 알 수 없었다.

고모가 멋진 청년이라는 것도 역시 저런 타입이 아닐까 생각하니 온몸에 소름이 돋는다.

그건 아무래도 괜찮은데 그 청년이 자신이 돌아오는 것을 애타게 기다리고 있다고 한다면 이야기가 다르다.

'도대체 무엇 때문에 나를 기다리는 거지? ……언제, 어디에서 나를 본 건가? ……그러니까 나하고 결혼이라도 하려는 건가…….'

이 생각은 역시 조금은 지나친 것임에 틀림없다. 하지만 그렇게 생각할 수 밖에 없었다.

귀청을 찢는 날카로운 기적 소리를 길게 내며, 기차가 갑자기 급정차했다.

그 흔들림에 지금까지 통로에 서 있던 한 청년이 큰 동작으로 마나미 쪽으로 쓰러졌다.

(1939.10.25)

## 제7회

### 출발(7)

쓰러진 청년은 정면으로 쿵 하며 마나미의 어깨에 부딪쳤다.

타성으로 휘청거리며 좌석 사이로 쓰러져서, 바닥에 손을 짚고는 잠시 거기에서 바르작거렸지만, 바로 힘차게 일어나서 조금 부끄러운 얼굴을 마나미 쪽으로 돌려서 쾌활한 목소리로 말했다.

"이런."

말끔하고 균형이 잘 잡힌 이렇다 할 그늘이 없는 밝은 용모의 청년
이었다.

"아프지 않으세요? 어딘가 부딪치신 거 같은데."

마나미는 어깨 언저리가 살짝 아팠다. 하지만 그렇다고 말하지 않
았다.

"아니요, 별로……."

"그럼 다행입니다만……. 멍하니 있다가 심하게 흔들려 버려
서……."

벌레 소리로 시끄러운 초원 한가운데에 기차가 조용히 멈췄다.

조용한 분위기 속을 두세 명의 사람이 레일 사이의 자갈을 밟는 소
리를 내며 부산스럽게 달려간다.

기차 앞머리 쪽에서 무언가 떠들썩하게 서로 외치는 목소리가 들
린다.

청년은 창문으로 목을 내밀어 그쪽을 바라보다가, 달려 돌아오는
차장처럼 보이는 사람에게 큰 목소리로 물었다.

"무슨 일이에요?"

"별일 아니에요. 소가 치었어요."

"흠, 만사태평하군."

청년이야말로 상당히 만사태평하다고 생각한 마나미는 자신도 모
르게 키득 하고 웃었다.

기차가 다시 움직이기 시작했다.

청년이 쓰러지며 팔꿈치가 세게 닿았던 것 같았다. 가슴 단추 구멍

에 꽂은 아네모네 꽃이 납작하게 눌려서 불쌍한 모습이 되어 있다.

원장님이 꺾어주신 하얗고 작은 아네모네. 몸에 지니고 도쿄까지 갖고 가려고, 이 한 송이만은 특별히 빼서 소중히 가슴에 달고 있었던 것이다.

마나미는 슬퍼서 꽃다발을 좌석 위에 놓고 가슴에 턱을 붙이고는 원망스럽게 아네모네를 바라보면서, 양 손으로 여기저기 꽃잎을 만져 보았다.

청년은 자기 자리로 가다가 그것을 보고 다시 돌아와서, 미안한 듯한 목소리로 말했다.

"이런, 이런, 꽃이 완전히 망가져 버렸네요. 제 팔에 닿았군요."

마나미는 눈을 들자 바로 자신의 얼굴 옆에 생각보다 가까운 곳에 청년의 얼굴이 있어서 매우 당황해 버렸다.

"괜찮아요."

"꽃이 빠지려고 하네요. 제대로 고쳐드릴게요. 없으면 안 되니까요."

남성에게 이렇게 친절하게 위로받은 적이 없었기 때문에, 마나미는 더욱 어찌할 바를 몰랐다.

"아니에요. 괜찮아요. ……정말로 괜찮아요……."

"두려워하지 않아도 괜찮아요. 제가 한 짓이니까 제가 고치는 게 당연하죠."

아이를 타이르는 듯한 온화한 말투로 그렇게 말하고는 무심한 듯 마나미의 가슴 쪽으로 손을 뻗어, 손가락으로 하나씩 정성스럽게 꽃잎을 펴기 시작했다.

"⋯⋯망가진 게 아니네요. 조금 꺾였을 뿐이에요. ⋯⋯보세요. 이렇게 펴면, 원래대로 돌아가죠."

"정말 고마워요⋯⋯. 하지만⋯⋯."

무의식적으로 꽃 쪽을 향한 마나미의 손이 청년의 손가락에 강하게 닿았다. 전율이라고는 말하기 힘든 뭔가 미묘한 느낌이 등골을 싸늘하게 했다.

(1939.10.26)

## 제8회

**출발**(8)

마나미는 당황해서 팔을 움츠렸지만, 화상과 비슷한 느낌이 언제까지나 따끔거리며 손가락 끝에 남았다.

청년은 자신이 고친 마나미의 단추 구멍의 아네모네 꽃의 모양새를 바라보기 위해서, 뒤로 물러가서 맞은편 자리에 앉았다.

눈을 가늘게 뜨고 이리저리 살펴보고는 아주 만족스러운 듯이 말했다.

"이제 괜찮네요. 어쩌면 전보다 더 좋아졌는지도 몰라요."

청년은 콧등을 찌푸리며 익살스러운 얼굴을 해 보였다.

대단히 자신감 넘치는 사람이라고 생각한 마나미는 또 웃음을 참지 못하고 소리를 내어 웃어 버렸다.

청년은 좁은 좌석 사이에서 긴 다리를 다루기 힘든 듯이, 고민한 끝에 책상다리를 하고 앉아 자신도 편안한 자세로 하하 웃으며 말했다.

"무엇이든 자연 그대로는 아름답지 않다는 게 저의 생각입니다. ……그림은 자연보다 아름답다고 하지요. 즉, 그것과 같은 사고방식입니다. ……또 웃으실지 모르지만, 당신이 아무렇지 않게 꽂고 있던 때보다도, 제가 이렇게 조금 꽃잎을 강조한 편이 확실히 더 아름다워요."

마나미는 미소를 지었을 뿐 대답은 하지 않았다.

비스듬히 차창을 통해 들어오는 빛이 청년의 넓은 이마에 모여 빛나고 있다.

마나미는 상대의 이마 위에 반짝이며 움직이는 빛의 물방울을 바라보면서, 이 청년이 이번에는 도대체 무슨 말을 할지 기다리고 있었다.

이 청년과 마주하고 있으면 왠지 모르게 주눅이 들지 않는다.

그냥 기분이 편안해져서 자연스럽게 볼의 긴장이 풀리며 이유 없이 미소를 띠게 된다.

스물 일고여덟으로 보이는데 매우 젊고 건강한 사려 깊은 눈빛 속에 확신이 있는 사람에게만 볼 수 있는 희망의 빛 같은 것이 있었다.

야무지게 다문 입술은 어떠한 난관도 헤쳐 나가려는 강한 의지력을 나타냈고, 연갈색의 넓은 이마는 민감함과 성실함을 나타내고 있었다.

'이런 얼굴을 가진 사람은 절대 나쁜 짓을 하지 않아.'

경험으로부터가 아니라 여성 특유의 날카로운 직감으로, 마나미는 이렇게 느꼈다. 그리고 바로 이것이 마나미의 마음에서 굳어 버렸다.

청년은 좌석의 등받이에 후두부를 기대고는 천장을 올려다보면서 즐거운 추억을 회상하듯 혼자서 싱글벙글거리다가, 답답한 듯 책상 다리를 다시 고치더니 갑자기 입을 열었다.

"……뭐, 아네모네 꽃에 국한된 게 아니에요. 세상일이 전부 그렇죠. 아무리 힘들어도 조금 궁리를 하면 어떻게든 유쾌하게 해 나갈 수 있어요."

어떤 사람이라도 이렇게까지 담백하지는 않을 것 같은 명랑한 말이 이어졌다.

"……저는 지금 무일푼으로 도쿄에 나간답니다. 언뜻 보기에 도저히 어찌할 방도가 없는 상태입니다만, 이것도 조금 손을 쓰면 어떻게든 유쾌하게 해 나갈 수 있을 거라 생각해요. 좀처럼 쉽지는 않겠지만요."

마나미는 놀라서 앵무새처럼 되물었다.

"무일푼이라니요……?"

"즉, 1전도 없어요."

"1전도?"

"1전도!"

"도쿄에 아시는 분이 계신가요?"

"없습니다."

"그럼, 친구분이라도?"

"없습니다."

"뭔가 소개장이라도 갖고 있으세요?"

"없습니다."

(1939.10.27)

# 제9회

**출발⑼**

마나미는 어안이 벙벙해서 청년의 얼굴을 쳐다봤다.

'이 사람은 바보일까?'

상식적으로 생각하면 제정신을 가진 사람이라고는 생각할 수 없었다.

단 1전도 없이 혼자서 지인도 친구도 없는 도쿄로 나간다. 그런데 아무 걱정 없이 이렇게 명랑하다니, 도대체 어떻게 된 걸까.

마나미의 얕은 경험으로는 도저히 이해할 수가 없었다.

너무나도 납득하기 어려웠기 때문에 다시 한번 이렇게 묻지 않을 수 없었다.

"불안하지 않으세요?"

"아니요."

그렇게 말하고 청년은 어린아이처럼 천진난만한 표정으로 가볍게 미소를 지었다. 허세를 부리고 있는 것 같은 모습은 어디에도 없었다.

"홍역은 이미 옛날에 앓았어요. 이미 면역이 생겼지요."

너무 기발해서 잘 이해할 수 없었다.

"홍역이라니요?"

"아하하, 홍역으로는 이해하지 못하실 수도 있겠네요. ……가난에 대한 불안감이나 공포감 같은 건 오래전에 해치웠다는 말이에요. ……아니, 해치웠다고 하면 안 되죠. 뭐 그렇게 자랑할 만한 것도 아니지요. ……가난은 오랜 친구예요. 긴 세월 익숙한 거라, 쭉 친하게 지내고 있어요."

그렇게 말하고 이 말이 상당히 마음에 들었는지 유쾌하게 웃기 시작했다.

진심인 것 같기도 하고 농담인 것 같기도 했다.

마나미는 이야기에 이끌려 웃으며 솔직하게 말했다.

"농담하시는 거죠? 전 진심으로 대했어요. ……나쁜 분이네요."

말하고 나서 마나미는 부끄러운 마음에 얼굴을 붉혔다. 이렇게 가벼운 기분이 도대체 자신의 어디에서 나오는 것일까? 그것이 신기했다.

어찌할 도리가 없을 정도로 마음이 들떠서, 무슨 말을 할지 알 수가 없었다.

"농담이라니요. 이 이상 진실은 있을 수 없을 정도로 진실된 이야기예요"

청년은 마치 다른 사람의 이야기를 하는 것처럼 편안한 어조로 말했다.

"전 고아예요. 오무라(大村)의 고아원에서 자라서 바로 어제까지 거기 밥을 먹고 있었어요. 쉽게 말하면 어렸을 때부터 보살핌을 받은 답례로, 고아들을 보육하고 있었지요. 물론 월급은 안 받고요. 준다고 해도 전 받을 생각이 없어요. 절 키워준 만큼 제가 일을 해서 보답하는 건 당연하니까요."

"그건 그렇지만. ……하지만."

"……하지만? ……하지만, 어떻다는 거죠? 제가 너무 고지식하다는 건가요? 당연히 그렇게 생각할지도 몰라요. 하지만 전 전혀 반대되는 생각을 갖고 있어요. 성인이 되서 그대로 쫓겨나도 불평을 할 수가 없는데, 남 못지않은 직업까지 얻었으니까요. 비록 겨우 먹고 살수 있을 정도일 뿐이라도 말이에요. 이렇게 일하기 어려운 시기에."

매우 정색을 하고 마치 덤벼드는 듯한 기세로 말하는 것이었다. 그 모습에 소박한 마음이 잘 보여서 마나미는 크게 감동했다.

"……무보수라고는 해도 한 달에 1엔씩 급여를 받을 수 있어요. 그리고 아주 조금씩 남은 돈이 모이고 모여서, 도쿄까지 가는 기차 요금을 내고도 아직 돈이 남았을 정도예요. ……전 도쿄에 나가기만 하면 무슨 일이든 할 수 있지만, 고아들은 그렇지 않아요. 때문에 기차 요금을 내고 남은 돈은 전부 과자나 과일을 잔뜩 사서 잔치를 베풀어 줬어요."

(1939.10.28)

# 제10회

두 명의 고아.

한 명은 유치원부터 17년간의 긴 세월 동안, 세이안도 여학원의 높은 돌담 안에서 세상의 풍파를 피해 온 처녀.

한 명은 오무라 고아원의 차가운 울타리 안에서 자라, 바로 어제까지 자신과 같은 연고가 없는 아이들의 보육을 맡았던 청년.

양쪽 모두 실제 세상의 교섭에서 격리된 풍토의 한구석에서 지내다가, 지금껏 경험하지 못한 도쿄의 거센 파도로 배를 띄우려 하고 있다.

이 두 새로운 출발.

경우의 차이는 있지만 비슷한 원인과 과거로 점철된 이 두 사람이 아주 사소한 우연으로 만나 서로 마주 보고 앉게 된 것은 우연한 만남치고는 매우 놀라웠다.

마나미를 더욱 놀라게 한 것은 구김살 없는, 정말이지 걱정이 없는 청년의 태도였다.

누구 하나 지인이 없는 도쿄에 가려는데, 기차 요금만 남기고 마지막 1전까지 고아들에게 송별 잔치로 사용하고서도 아무런 후회도 없이, 마치 행복의 샘물에 빠져 있는 듯한 즐거운 모습을 하고 있다.

마나미는 이 청년을 바보일지도 모르겠다고 생각한 자신의 경박함을 부끄럽게 생각했다.

바보이기는커녕 이 청년의 마음의 깊이와 크기는 마나미의 빈약한 경험으로는 도저히 헤아릴 수 없는 것이었다.

이루 말할 수 없는 성실함. 이루 말할 수 없는 상냥함.

이제 이런 소박한 마음을 지닌 청년이 이 세상에 있다는 사실조차 믿을 수 없을 정도였다.

청년은 무한한 상냥함으로 눈가를 찌푸리며 자신의 이야기를 했다.

"……저도 일생일대의 잔치였지만, 아이들에게도 이 세상에 태어난 이래, 마치 꿈과 같은 대향연이었어요. ……카스텔라를 두껍게 자른 것 하나씩에, 자몽이 반의 반씩 나왔죠. 이루 말할 수 없는 호사였죠! ……아아, 정말이지 얼마나 떠들썩했는지 당신은 모르실 거예요. ……이걸 식당의 긴 식탁에 쭉 늘어놓고 갑자기 데리고 와서 자 맛있게 먹으라고 했더니, 모두 부들부들 떨어서 다가가려고 하지 않았어요. 이건 나와의 이별 음식이니까 먹어도 괜찮다고 같은 말을 몇 번이나 하고서야 겨우 납득을 시켰어요. 아이들은 완전히 흥분해서 식당의 벽에 붙은 널빤지에 붙어서 큰 소리로 울기 시작하는 거예요."

청년은 황홀한 표정을 지어 보였다.

"당신도 그렇게 생각하죠? 이렇게 행복한 추억을 만들 수 있다면, 전 재산을 들여도 결코 아깝지 않아요. 기차 요금의 잔돈을 1전도 남기지 않고 다 써버려도, 절대 지나치다고는 생각하지 않으시죠?"

마나미는 완전히 감동해서 바로 대답을 할 수 없었다. 부랴부랴 이야기의 실마리를 찾으면서 허둥댄다.

"네, 그렇고 말고요! 그건 당연하죠. ……하지만, 지금부터 고생하시겠네요. 도쿄는 매우 힘든 곳인 거 같으니까요."

자신의 복잡한 감동을 전할 확실한 말이 있을 것 같았지만, 이런 두서없는 말밖에 할 수 없는 것이 한심스러웠다.

청년은 매우 침착한 눈빛으로 흘끗 마나미의 얼굴을 바라보았다.

"힘들다고요? 그건 저도 모르는 바 아니지만, 괜찮아요! 전 살아 있으니까요……. 무서운 건 아무것도 없어요. 죽어 버리면 어찌할 도리가 없지만……. 제가 고아였다는 건 방금 이야기했죠. 오히려 태어났을 때부터 아무것도 갖고 있지 않았기 때문에, 도쿄에 가더라도 더이상 가난할 일은 없어요. 손해를 본다면 그건 저보다도 오히려 도쿄 쪽일 거예요."

(1939.10.29)

## 제11회

**출발(11)**

청년이 걱정 없는 웃음소리를 내면서, 자리를 떠났다.

어느새 차창 밖은 완전히 날이 저물어 어두운 바다 위에 사이토자키(西戸崎)의 등대 불빛이 따뜻하게 점멸하고 있다.

이야기에 열중하고 있는 사이에 하카타(博多)를 지나, 기차는 하코자키(箱崎) 근처를 달리고 있었다.

'아아, 맞다' 하고 생각한 마나미는 갑자기 공복을 느끼기 시작했다.

생각해 보니 오늘 아침 출발하기 전에 학원에서 가벼운 조식을 먹은 이후, 10시간 이상이나 아무것도 먹지 않았다.

식사 시간이 되면 도시락을 사라고 원장이 걱정하며 역의 판매원을 부르는 몸짓까지 보여주었기 때문에 그것은 잘 알고 있었다. 하지만 오무라를 지나 청년이 자신 쪽으로 쓰러지고 나서부터 끊임없이 이야기가 이어졌기 때문에 식사를 신경 쓸 겨를이 없었다.

기차는 분기선을 덜컹덜컹 넘으면서 하코자키의 플랫폼으로 들어가려고 하고 있다.

마나미는 핸드백의 지갑에서 50전 은화를 하나 꺼내 쥐고, 자리에서 일어나 창을 밀어 열었다.

별안간 어떤 생각이 떠올라 심장이 바짝 오그라들었다.

창틀에 걸려 있던 손이 굳은 것처럼 그대로 움직이지 않았다.

'……1전도 없는 사람 앞에서 자신만 아무렇지 않게 도시락을 먹으려고 하다니.'

은화를 쥐고 허둥거리며 일어섰을 때, 바로 지금까지 마주하고 즐겁게 이야기를 하던 불행한 사람은 전혀 생각하지 않고 있었던 것이다.

마나미는 수치심에 가까운 기분으로 머리를 숙였다.

오랜 세월 원장과 수녀들의 깊은 배려와 사심 없는 친절함 속에서 지내 왔다.

그런 것을 자신도 조금씩 마음에 새기고 마음에 옷을 입혀 왔다 여겼다. 비록 보잘것 없는 자신이지만, 어느 정도는 타인의 불행을 함께 느끼는 영혼을 갖고 있다고 생각했다. 그리고 그것이 최소한의 자신의 가치라고 생각했던 만큼 지금의 이 실수는 너무나도 비참하여 어찌할 수 없는 기분이 들었다.

차분한 발자국 소리가 다가오더니, 마나미의 등 뒤로 청년의 쾌활한 목소리가 들렸다.

"그물 선반의 짐을 내리실 거라면 제가 해드리지요."

정신을 차려보니 자신은 일어선 채 멍하니 창틀에 기댄 모습을 하고 있었다.

마나미는 두근거리는 마음으로 자리에 앉았다.

"아니에요, 괜찮아요. 이미 해결했어요."

그렇게 말하고 마음속으로 식은땀을 흘렸다.

'정말로 안 봐서 다행이다.'

도시락을 사고 있는 것을 보기라도 했다면 얼마나 부끄러웠을지 생각하며, 청년이 아무것도 모르는 것 같아 저도 모르게 안심했다.

마나미는 그 자리에서 결심했다.

이 청년과 마주 보며 가는 이상, 자신도 도쿄까지 아무것도 먹지 않기로 한 것이다.

청년의 도시락을 사 주는 정도는 어려운 일은 아니지만, 상대가 1전도 갖고 있지 않은 것을 알면서 도시락을 먹으라고 내밀 수는 없었다.

마나미의 오른 손바닥 안에서 방금 꺼내서 쥐고 있는 50전 짜리 은화가 불처럼 타오른다. 그 주위로 찌르는 듯한 아픔이 느껴졌다. 그 손을 어디에 두면 좋을지 몰랐다.

청년이 아쉬운 듯 말했다.

"당신과도 곧 시모노세키(下関)에서 이별하겠군요."

마나미는 깜짝 놀라 당황하며 되물었다.

"어머, 왜 그렇죠?"

"당신은 당연히 특급이겠지만, 저는 느린 보통 급행으로 가니까요."

생각지도 못한 말이 들려왔다.

"저도 덜컹덜컹 거리는 걸 타고 가요!"

자기가 생각하기에도 말을 잘 했다는 생각에 기뻤다.

(1939.10.30)


# 제12회

### 출발(12)

마이바라(米原)는 비가 내리고 있었다. 안개와 같은 가을 보슬비가 촉촉이 공기를 적시고 있었다.

고베(神戸)에서 한번 잠을 깼지만, 어느샌가 다시 잠이 들었던 것 같다.

실눈을 떠 보니 청년의 깊은 눈빛이 어루만지는 것 같은 상냥함으로 가만히 자신의 얼굴 위에 쏟아지고 있었다.

마나미는 참을 수 없이 기뻐서, 하마터면 미소를 지을 뻔했다.

지난 밤, 급행열차가 출발하는 11시까지 고요한 시모노세키의 야심한 거리를 두 시간 정도나 둘이서 돌아다니다가, 기차를 타자마자 피로감과 풀린 긴장감 때문에 견딜 수 없는 졸음이 밀려와 잠이 푹 들어 버렸다…….

너무 배가 고팠다. 타는 듯한 느낌이 위를 몹시 괴롭힌다.

그런데 청년은 철저한 침착함으로 창틀에 팔꿈치를 올리고, 여전히 느긋하게 쉬고 있다.

마나미는 목으로 침을 삼키며 참을 수 없는 공복감을 견뎠다.

그리고 다시 끊임없이 이야기를 했다.

마나미는 학원의 돌담 안에서만 지내온 자신의 과거와 갑작스러운 고모의 전보, 냉담한 문구, 뭔가 들뜬 것 같은 고모의 생활에 대한 의혹, 그런 생활 속으로 들어가는 불안감과 기우 등을 전부 털어놓았다.

청년은 당황하는 기색의 마나미의 눈빛을 모두 받아내고는 힘 있는 목소리로 말했다.

"허둥대지 말고 매사에 핵심을 파악하는 지혜만 있다면, 별다른 실수는 하지 않을 거예요. 제가 어제, '어떻게 하느냐에 따라 힘든 일도 즐거움으로 바꿀 수 있다.'고 말했죠. 그건 10년 남짓이나 고아의 보육을 해 온 제 경험을 말한 거예요."

억지로 기운을 내게 하려고 마나미 옆으로 몸을 붙이면서, 끈기 있게 몇 번이나 반복했다. 그 모습에 거짓 없는 친절한 마음이라는 확신이 들어, 무한한 위로를 받았다.

마나미는 더욱더 고조되는 공감의 기분에 사로잡혀 무한한 안도감을 느꼈다.

마나미는 어제까지의 자신이 낯설게 느껴졌다. 따뜻한 봄의 파도가 찰싹찰싹 마음속에서 일렁인다.

시나가와(品川)……신바시(新橋). ……도쿄의 가로등이 보슬비 내리는 하늘을 맹렬히 불태우고 있다.

기차가 도쿄역 홈으로 미끄러지듯 들어왔다.

도쿄역의 하차구 출구에서 드디어 헤어질 시간이 되자, 친밀감 있는 간단한 눈빛을 주고받고 고개를 살짝 숙였다.

마나미는 보기 흉한 모습을 보이지 않으려고 "안녕히 가세요."라고만 말했다.

생각해 보니 아직 이름도 묻지 않았다.

'적어도 이름만이라도!'

그렇지 않으면 언젠가 다시 만나더라도 아무런 단서도 없다.

마나미는 정신없이 찻길로 달리기 시작했다.

"잠깐 기다려 주세요!"

필사적인 목소리로 이렇게 외치고 있었다…….

일순간 마음의 동요가 인 것이었다.

흥분한 상태에서 정신을 차리고는 경망함을 부끄러워하며 바로 자신을 억눌렀다.

마나미는 빨아들일 것 같은 눈빛으로 바라보고 있었다.

청년은 마루비루(丸ビル) 옆 보도를 몸에 안 맞는 헐렁헐렁한 상의 옷자락을 바람에 부풀리며, 딱 벌어지고 우뚝 솟은 어깨를 으쓱거리며 걷는가 싶더니, 바로 건물 모퉁이를 돌아 어둠 속으로 사라져 버렸다.

'이젠 만날 수 없겠구나!'

마음속 깊이 미련이 남았다.

역의 포터가 손을 올려 신호를 하자 택시가 쓱 옆으로 와 멈췄다.

마나미는 흐릿한 목소리로 중얼거렸다.

"아자부(麻布) 류도초(龍土町)까지……."

택시는 빗속을 달리기 시작했다.

(1939.10.31)

## 제13회

### 겨울장미와 피리새(1)

"차라도 마시고 싶으면, 편하게 말해."

"신경 쓰지 않아도 돼."

"별로 신경은 안 써."

"오늘은 할 이야기가 좀 있어서 왔어."

"항상 진지하네. ……난 미안하지만 누워서 들을게."

"네 이야기도 있어. 얼굴 정도는 이쪽을 봐."

"그렇게 하지 않아도 이야기는 들려."

"이거 참, 건방진 소리 하지 말고 이쪽을 보라니까."

게이코는 베개 위에서 휙 머리를 돌렸다.

"네, 보고 있어요. 무슨 이야기야?"

노요리 가즈에(野依数枝)는 마르셀 브로이어(Marcel Breuer)[04]의 파이프로 된 걸상을 끌고 침대 옆으로 갔다.

"역시 이렇게 가까이서 보니, 어딘가 풀려 있는 느낌이네."

"피차일반이지."

"얄밉게 말하네. 그런 말 하지 말라고. 노화 방지 약은 그 후 쭉 사용하고 있니?"

얇고 가벼운 깃털 이불을 턱밑까지 끌어 올려서, 가늘게 바짝 깎은 눈썹 사이로 주름을 모으며 말했다.

"바보, 그런 이야기는 그만 좀 해."

피부 깊숙이 상아빛을 띠고 있고, 여자치고는 지나치게 맑고 단정하고 아름다워서 다가가기 좀 어려운 느낌이 든다.

"아침부터 사람을 억지로 깨워서, 쓸데없이 헐뜯는 건 뭐니? 백화점 여주인이 특이한 취미를 갖고 있네."

"어머, 잠투정이 별로 좋지 않네, 너도."

조금 살이 찐 고풍스러운 궁녀 같은 원만한 얼굴을 익살스럽게 일그러뜨렸다.

"그런데 무슨 이야기를 하려고 했더라. ……아아, 맞다, 맞아. 어제 그 편지의 요지는 잘 알았어. 수표로 괜찮으면 지금 바로 줄게."

"뭐야, 그 이야기야?"

---

**04** 마르셀 브로이어(Marcel Breuer, 1902~1981). 헝가리 출신의 미국 건축가 겸 가구 디자이너. 1937년 미국으로 건너가 하버드대학교 건축과 교수를 역임했다.

눈을 부라린다.

"큰소리치지 마. 없으면 곤란하잖아."

"그렇지도 않아. 개서(改書) 정지라서 조금 당황했을 뿐이야. 내일 아침에 중개인이 오니까, 그때까지만 참으면 돼."

호들갑스럽게 놀란 흉내를 내며 물었다.

"정말 그때까지 참으면 되는데, 5천 엔이나 필요해?"

"내버려 둬."

"요즈음, 영락해서 금리생활을 하는 화족 나부랭이는 기세가 등등하단 말이지. 우리들처럼 소박한 장사를 하고 있는 사람은, 도저히 근처에도 갈 수 없지. ……신토(新東)[05]는 어땠니?"

"뭐, 그럭저럭."

"숨기지 마, 섭섭하게. ……너란 애는 마음속에 차가운 부분이 있다니까."

"금리생활자의 특징이야. 어쨌든 인색하니까."

"돈 이야기가 아니라."

"설령 그렇더라도 말이야."

게이코는 차분한 눈빛으로 가즈에의 얼굴을 바라보았다.

"그건 그렇고, 오늘은 출근이 늦네. 일도 슬슬 질렸지?"

이쪽은 눈도 돌리지 않는다.

"전혀 안 그래. 돈을 버는 건 전혀 질리지 않아."

---

**05** 1930년대 당시 증권시장에서 거래되던 주식종목.

"변덕이 그렇게 심한 너인데 말이야. ……그런데 그 사람은 어떻게 지내? 잘 지내? 요즘 별로 같이 있는 걸 못 봐서."

"이젠 안 만나기로 했어."

"그럼 벌써 버린 거구나."

메마른 게이코의 대답이 돌아왔다.

"오늘 새벽에 자살했어."

"저런."

누군가 문을 두드린다.

(1939.11.1)

## 제14회

### 겨울 장미와 피리새(2)

"유라 노리코(由良祈子) 씨가 전화를 하셨는데요, 여기로 연결할까요?"

"무슨 일인지 물어봤어요?"

"아니요."

"저번 약속 이야기라면 알고 있다고 전해 줘요. 곧 갈 거라고."

"잘 알겠습니다."

"그래서 이야기가 잘 되면 대답을 전하러 오지 않아도 괜찮아요. ……보리수 차라도 가져다줘요. 가는 김에 커튼도 열어주고. ……그쪽이 아니라, 유리문 쪽만."

발코니의 유리문에서 정오에 가까운 잔뜩 흐린 잿빛 햇살이 비추고, 호두나무로 만든 조각이 있는 호화롭고 큰 침대와 샤임 수틴(Chaim Soutine)[06]의 그림이 걸린 벽의 일부를 희미하게 비춘다.

게이코와 가즈에는 여학교 때부터의 오랜 친구로, 여기 한 명 더, 무용가인 유라 노리코를 더해 뿔뿔이 흩어진 여자 친구들 중에서도, 비교적 친하게 교제를 하고 있다.

7, 8년 소식이 없었지만 노요리 가즈에는 돌아가신 아버지의 뒤를 이어, 시부야(渋谷)의 큰 백화점을 혼자서 꾸리고 있었고, 마나미의 고모 미야케 게이코는 긴 이혼 재판으로 옥신각신 하던 끝에 골치 아픈 악연을 끊고 후련한 얼굴을 하고 있던 참에, 마침 미국에서 돌아온 유라 노리코의 발표회장에서 만나 급격히 옛정이 부활했다.

우연히 세 사람 모두 인생의 행보를 새롭게 내딛던 차였고 더 분발하려던 때였기 때문에, 마음도 잘 맞고 너무나 들떠서 오히려 질릴 정도였다.

여학교 친구라고는 해도 가즈에는 2년 위였기 때문에, 세 명 중에서는 가장 나이가 많았다. 예전에는 니혼바시(日本橋)의 노포에서 자란 만큼 작은 일에 구애받지 않는 성격이었지만, 상당히 눈치가 빠르기도 해서 아무렇지 않게 두 사람의 상담 상대를 하고 있었다.

---

**06** 샤임 수틴(Chaim Soutine, 1894~1943). 리투아니아의 출신의 프랑스 화가. 격렬한 표현주의적 기법으로 죽은 동물, 풍경, 인물 등을 그렸다.

노리코의 발표회 때도 뒤에서 돈을 꽤 많이 낸 것 같았지만, 두 사람에게는 그런 내색조차 하지 않았다.

주주라고 해도 6할 정도는 친족이었는데, 총회에서는 거리낌 없이 말을 하여 상당히 무리한 일도 강요하는 배짱도 있었다.

젊은 지배인이라고 하기보다는 친구라고 하는 것이 잘 통하는 기시모토 세이지로(岸本清次郎)와의 일이 친족 간에 문제가 되었을 때도, 눈썹 하나 까딱하지 않고 냉담한 대응을 한 가즈에였지만, 그럼에도 역시 이마 주변이 창백해졌다.

"7시쯤에 경찰 전화로 깼어. 그때는 덜컥 겁이 났지. 설마 그런 짓을 하리라고는 생각도 못 해서, 그야말로 아닌 밤중에 홍두깨였어."

"뭔가 짐작 가는 게 있지?"

가즈에는 조금 짜증나는 얼굴을 했다.

"난 자살할 동기 같은 거 만든 기억이 없어."

게이코는 차가운 눈빛으로 가즈에의 얼굴을 올려다본다.

"그럼 세이지로 군, 무슨 이유로 자살한 걸까?"

"인생관에 관한 문제겠지, 아마. ……참 어리석어."

"어리석은 거야 그렇다고 해도."

"난 단지 지배인을 그만두라고 했을 뿐이야."

"그럴 거라고 생각했어."

음침한 미소를 짓는다.

"그래서 후임자는 누구야?"

"그건 아직 말할 수 없어."

"세이지로 군의 뒤처리는 어떻게 하려고?"

"내가 앞장서서 할 일은 없겠지. ……하지만 할 수 있는 만큼은 할 생각이야."

(1939.11.2)

# 제15회

### 겨울 장미와 피리새(3)

내색은 하지 않았지만, 가즈에의 애인인 기시모토 세이지로가 자살했다는 것은, 게이코에게도 상당히 견딜 수 없는 일이었다.

오래된 학창 시절의 세 친구―자신과 가즈에와 노리코를 묶고 있는 유대감은 애초부터 우정에서 나온 것이 아니라, 극히 이기적인 것으로 표면적인 겉보기에는 어쨌든 간에, 깊은 곳에서는 이 관계를 가능한 한 서로 이용해도 된다는 암묵적인 이해가 있었다.

개성이 없는 아름다움이라고나 할까. 옆에 앉아 있는 것을 가끔 잊게 되는, 요즘 청년의 무기력한 면을 대표하고 있는 것 같은 기시모토 세이지로.

조금 눈에 띄는 용모를 지니고 있을 뿐으로, 듬직한 부분도 없고 배짱도 없어, 오직 가즈에의 욕정에 추종하면서 만족해하던 그 음울한 청년이 살든 죽든 게이코와는 조금도 관계가 없었지만, 뭔가 여파와 같이 밀려오는 답답함에 어찌할 수 없는 느낌을 도저히 참을 수 없었다.

세 사람의 교제는 서로의 이익만을 위한 것이기 때문에, 손실은 처음부터 계산에 들어 있지 않았다. 가즈에 자신의 문제 때문에 이렇게 민폐를 끼친 적이 없었다.

게이코는 가즈에의 걷잡을 수 없는 성격 때문에 애초부터 별로 호의적이지 않았다.

가즈에가 고인이 된 아버지의 사업을 이어받아 시부야 백화점의 사장에 취임했을 때 잡화부의 잘 나가는 판매원에 지나지 않았던 기시모토 세이지로를, 주위의 강력한 반대를 무릅쓰고 갑자기 지배인으로 승진시킨 용기에 놀람과 동시에, 그 뻔뻔스러움에 혀를 내둘렀다.

물론 충고 따위는 할 생각도 없었고, 가즈에의 적나라한 비밀이야기에 가볍게 맞장구를 치면서, 아무렇지 않게 세이지로를 화제로 웃기도 했지만, 이것 때문에 결국 시끄러워질 것 같은 느낌을 그때부터 어렴풋이 느끼고 있었다.

올 게 왔다는 심정으로 뭔가 심한 말을 해서 혼내주고 싶었지만, 마음속에서 할 말을 찾는 사이에 그것도 귀찮아서 그만뒀다.

"……하지만, 꽤 좋은 사람이었잖아. 많이 상심했지?"

게이코 입장에서 보면 가장 아픈 곳을 건들인 것인데, 가즈에는 순순히 받아들인다.

"잃고 보니 역시 조금 마음에 걸리네."

"생각나니?"

"여기에 오는 도중에 세이지로의 아파트 밑을 지나잖아. ……조금 생각이 났어. 어쩌지 싶을 정도로."

'견딜 수 없어!'

시시하고 하찮은 감정에 이끌려, 제정신이 아닌 것 같은 이런 상대와 더 이상 대화를 계속할 마음이 사라졌다.

하얀 얼굴로 침대 위에서 일어났다.

"오늘 노리코와 점심을 하기로 했어. 슬슬 약속 시간이니까 바로 화장하고 올게. 너도 그 사이에 수표를 써 줘."

"나도 따라갈까."

"나만 오라고 해서, 오늘은 참아줘."

역시 안 좋은 얼굴을 한다.

"어머, 나만 빼는 거야?"

바로 평상시 말투로 돌아왔다.

"괜찮지, 따라가도. 절대 안 된다고 하면 돌아갈게."

게이코는 귀찮아졌다.

"응, 그럼 그렇게 해. ……잠시만 기다려."

"응, 기다릴게."

그렇게 말하고 순순히 수표를 쓰기 시작했다. 불쌍한 것 같기도 했다.

(1939.11.3)

# 제16회

### 겨울 장미와 피리새(4)

게이코와 가즈에는 자신만의 생각에 잠겨 아무 말 없이 자동차 안에 앉아 있었다.

가즈에는 아침부터 느꼈던 마음의 동요를 되씹고 있었고, 게이코는 이제부터 만날 노리코와의 담판을 생각하며 어렴풋이 마음이 어두워졌다.

노리코는 가즈에와 달리 편협하게 해석을 하면서도 단호한 처세술도 갖고 있고, 음흉한 성격을 정숙하게 보일 정도의 지성도 지니고 있다.

이 점은 대체로 게이코의 성격과 닮았기 때문에, 때때로 화가 나기도 하지만, 두 사람의 기분에는 일종의 소통하는 부분이 있어서 믿고 말을 할 수가 있었다.

이것도 집요한 성격 때문이겠지만, 추문에 대해서는 빈틈이 없을 정도로 조심스러웠다. 오히려 너무 신중한 편이었는데, 그 대신 절대로 사람들이 보지 않는 곳에서는 실컷 방탕하게 놀기도 했다.

평소 행실은 아직 사람들 입에 오르내린 적이 없어서, 무용가라는 사회적으로는 흔하지 않은 순수한 타입으로 여겨지는 것이 가소롭기 짝이 없었다.

마음을 감추며 어떤 비밀도 다른 사람에게는 보여주지 않겠다는 빈틈없는 자세는, 게이코도 마찬가지이지만 이쪽은 좀 더 거친 성격이라서 그렇게까지 신중하지는 못했다. 전남편인 모즈 히사타케(方代久武)와의 이혼 재판의 분쟁을 안심하고 노리코에게 대신 맡긴 것도 그 치밀한 조심성을 신뢰했기 때문이었다.

노리코의 의견으로는 잠시 자신이 대신 맡는 편이 이야기가 잘 정리될 것이라며, 능숙하게 히사타케를 자신의 쪽으로 끌어왔다.

진절머리가 나는 이혼 재판에 결론이 난 것은 전적으로 노리코의 힘에 의한 것이었기 때문에, 게이코는 지금도 그것을 감사해 하고 있다. 이번에 히사타케가 노리코에게 요구한 5천 엔의 위자료를 줄 마음이 생긴 것도 그 때문이었다.

자동차는 도리이자카(鳥居坂)에 다다랐다.

호랑가시나무를 심은 둑 저편에 싸구려 코르뷔지에(Le Corbusier)[07] 풍의 건물이 서 있다. 이것이 기시모토 세이지로가 어제까지 살고 있던 아파트였다.

어떤 모습인지 보고 있었는데, 가즈에는 아주 심하게 무릎을 떨면서 도로에 접한 3층의 창문 쪽으로 힐끗 시선을 보냈다.

'저 창문이었구나.'

이렇게 생각하며 게이코가 머리를 낮게 해서 올려다보니, 창문에 설치한 꽃장에 시들기 시작한 겨울 장미의 화분이 하나 놓여 있고, 뒤엉긴 연분홍색 커튼 끝이 펄럭펄럭 그 위에서 나부끼고 있었다.

---

**07** 르 코르뷔지에(Le Corbusier, 1887~1965). 스위스 태생의 프랑스 건축가. 근대 건축의 3대 거장 중 한 명으로, 혁신적이고 합리적인 건축설계로 유명하다.

외투를 놓는 곳에 칠부 길이의 코트를 벗어두고 2층의 식당으로 가 보니, 항상 앉는 창 쪽 자리에서 노리코가 기다리고 있었다.

적포도주색 슈트를 차분히 입고 가늘고 긴 눈으로 두 사람의 얼굴을 보며 인사를 했다.

"같이 잘 왔어. 가즈에, 잘 지냈어? 반년 동안 못 봤네."

격식 차린 말투에 냉담한 인사치레였다.

가즈에를 데리고 와서 노리코가 기분이 안 좋다는 것은 알았지만, 게이코는 그냥 내버려두고 모르는 체하며 자기만 의자에 앉았다.

가즈에는 아무렇게나 의자를 잡아당기고는, 식탁의 한가운데에서 걸리적거리는 꽃병을 옆으로 치운다.

"노리코, 나도 있어도 괜찮지? 얼마 정도는 낼 테니까."

이대로 앉아 버릴 것 같아서 노리코는 분명히 싫어하는 얼굴을 한다.

"오늘은 곤란해, 의논할 일이 있어서."

"그러니까 의논할 일이 있으면 나도 한마디 하게 해 줘. 어쨌든 손해는 안 볼 거야."

무슨 말을 해도 노리코가 상대해 주지 않자, 가즈에는 포기하고 돌아갔다.

(1939.11.4)

# 제17회

## 겨울 장미와 피리새(5)

노리코는 나가는 가즈에에게 눈길도 주지 않고, 평상시대로 종업원에게 식전에 마시는 술을 두 잔 주문하고는 게이코를 향해 정색을 하며 말했다.

"돈 갖고 왔니?"

기시모토 세이지로가 자살한 것은 이미 오늘 아침 신문에 났고, 노리코도 그것을 잘 알고 있을 거라고 생각했기 때문에, 그 이야기라도 하면서 그때그때 대응하는 식으로 담판을 지으면 괜찮을 거라고 대수롭지 않게 생각하고 있던 차에 갑자기 이렇게 이야기를 꺼내자 게이코는 조금 주춤했다.

불과 5일 정도 전에 우연히 여기에서 만나 함께 식사까지 한 세이지로가 자살했다고 하니, 겉치레 인사라도 한마디 정도는 그 건에 관해서 말해도 좋을 것 같은데, 쌀쌀맞게 단도직입적으로 피할 수 없는 이야기를 하는 노리코의 뻔뻔함은 역시 대단했다.

자동차 안에서도 생각했던 대로 어쨌든 자신이 지불하지 않으면 안 되는 5천 엔이지만, 내지 않아도 된다면 그것보다 좋은 일은 없었다. 그래서 게이코는 마지막까지 버텨볼 심산이었다.

5천 엔짜리 수표는 밖으로 나올 때 가즈에에게 받아서, 현재 가방 안에 들어 있었다.

지금까지는 피할 수 없으면 줄 수밖에 없다고 생각했지만, 막상 이런 상황이 되니 갑자기 집착하게 되어 비굴하게 돈을 건넬 마음이 사라졌다.

게이코는 애매한 미소를 띠면서, 고개를 끄덕이는 건지 아닌지 모르는 몸짓을 하더니 갑자기 눈을 크게 뜨며 넌지시 떠본다.

"오늘 아침 이야기 알고 있어?"

"응, 알고 있어."

노리코는 와인글라스의 가느다란 다리를 손가락으로 돌리면서 퉁명스러운 말투로 대답했다.

거짓말도 가식도 아닌, 이것이 노리코의 본질이기 때문에, 도저히 당해낼 수 없을 것 같은 기분이 들었다. 자신의 일 이외에는 아무 흥미를 갖지 않는, 이 시원시원한 에고이즘은 그 나름대로 일종의 품격이 있었다.

"오늘 아침 자고 있는데 갑자기 와서 무서웠어, 정말."

부추기듯이 게이코는 말했지만, 노리코는 능숙한 손놀림으로 수프 숟가락을 사용하며 대답도 하지 않았다.

"뭔가 하고 싶은 말이 있는 거 같았지만 결국 아무 말도 하지 않았어. 짐작해 보건대, 가즈에는 미련이 아주 많아. 싸우면서 헤어지자는 이야기를 한 거 같은데, 진심이 아니었을 거야."

"흠."

"아직 후임자가 없는 것이 그 증거야. 가즈에는 요즘 뭔가 초조해하고 있어."

말을 하면 할수록 이쪽이 지는 것 같아서 짜증이 났다. 말이 두뇌를 통과하지 않고 갑자기 입 밖으로 나오는 것 같아서 매우 어설펐다. 타성에 젖어 질질 구렁텅이에 빠져 가는 것을 스스로도 잘 알았다.

"방금 가즈에가 갈 때 태도 너무 나쁘지 않았니? 저런 식이면 앞으로도 별로 이용가치가 없을 거 같아."

노리코는 관심이 없다는 듯 포크의 등으로 생선 프라이를 으깬다.

"요컨대 발육 불량이야. ……가즈에 일은 어찌 되든 상관없잖아. 빨리 돈 줘."

게이코가 노리코와 다른 점은 끈질긴 면이 있다는 것이었다.

노리코도 참을성이 상당했지만, 마지막 한 발짝이라는 순간에 열정을 잃고 포기해 버리는 약점이 있었다. 그것이 게이코가 노리는 점이었다.

"돈, 지금 갖고 있지 않아."

노리코가 어떻게 나올지 두고 볼 만했다.

(1939.11.5)

## 제18회

### 겨울 장미와 피리새(6)

모즈 히사타케는 미야케 집안 집사의 아들이었다.

집사인 아버지가 노령을 이유로 보기 좋게 은퇴하자, 다짜고짜 그 후임자로 앉혀 게이오(慶応) 이재과(理財科)[08]를 막 나온 기개 있는 스물여섯 살의 청년이 줄무늬 하카마(袴)를 입고, 선대의 거실 문지방에 엎드리는 전혀 수치심이라고 찾아볼 수 없는 뻔뻔함이 있었다.

보통 일본인과는 조금 다른 반듯한 용모와 지나칠 정도로 예의 바른 태도에, 스물세 살이 된 세상 물정 모르는 게이코를 홀딱 빠지게 해 버렸다.

히사타케는 선대가 죽기 전까지 7년 동안 조용히 지냈지만, 선대의 죽음을 계기로 순식간에 방약무인하게 되어, 어딘가 바의 여급이었던 약간 멍청한 여자를 공공연히 여기저기 데리고 다니게 되었다.

그 정도는 게이코도 그렇게 신경 쓰지 않았지만, 맹장염으로 입원하고 있는 동안에 그 여자를 저택으로 불러서, 게이코의 침대에서 재웠다는 것을 알았기 때문에, 도저히 참을 수 없어서 자신의 물건을 정리해서 하야마(葉山)의 별장으로 거처를 옮겼다.

바로 고문 변호사에게 이혼소송을 의뢰하였지만, 옥신각신하며 3년이 지나도 결말이 나지 않아 골머리를 앓고 있을 때, 미국에서 노리코가 돌아와 흔쾌히 히사타케와의 일을 맡아주었다.

히사타케는 이 신선한 꽃에 흠뻑 빠져서, 노리코의 말대로 5만 정도의 돈으로 이혼을 승낙했다.

노리코는 이혼 건을 처리하자, 정신 차리라는 듯이 갑자기 이전과는 사뭇 다른 행동을 했지만, 히사타케는 끝까지 포기하지 않고 2년

---

**08** 현재의 경제학과와 경영학과.

동안 귀찮게 따라다녀서 노리코를 힘들게 했다.

과연 노리코도 질려서 간신히 돈으로 관계를 끊을 수 있게 되었지만, 물론 그런 돈까지 노리코가 내야 할 이유는 없었다. 게이코가 당연히 지불해야 했지만 그것을 머무적거려서 노리코에게 꽤 심한 말을 들을 거라 생각했다. 그런데 노리코는 순간 자신의 머릿속을 정리하는 것 같은 눈빛으로 가볍게 말했다.

"곤란하네."

이 대응은 게이코에게는 전혀 의외였다.

무슨 생각을 하고 있는지 생각하며 어리둥절해하는 사이에, 노리코는 갑자기 고개를 들며 단호히 말했다.

"쓸데없는 말은 하지 마."

노리코는 재빨리 이쪽의 기분을 꿰뚫고 아무렇지 않게 반격을 생각하고 있었던 것이다.

게이코로서는 저렇게 말한 후 바로 그런 돈 내가 지불할 리가 없다고, 못을 박아 두었어야 했다. ……이렇게 깨달았을 때는 이미 늦었다.

하지만 바로 정신을 차렸다.

"쓸데없다니, 무슨 소리야. 나는 전혀 무슨 소린지 모르겠어."

노리코는 태연한 얼굴로 말했다.

"그게 쓸데없다는 거야……. 이게 애초에 입씨름을 해야 되는 이야기니?"

"하지만 5천 엔이면 나도 꽤 타격이 커. 편지는 봤지만, 너하고 히

사타케의 그 후의 자세한 경위도 잘 모르는데, 갑자기 아닌 밤중에 홍

두깨도 아니고……."

　이렇게 되면 끝까지 발뺌을 하는 수밖에 없었지만, 그다지 확신할

수는 없었다.

　처음부터 돈을 내지 않을 심산으로 좀 더 치밀하게 계획을 세우고

왔어야 했는데 라고 생각하며 후회를 했다.

　노리코는 끄떡도 않고 말을 계속했다.

　"이해를 못 하는 건 아니겠지……. 별거하고 있는 동안, 히사타케

에게 지불해야 했던 부양료를 내 덕분에 한 푼도 내지 않았으니까, 이

정도의 금액은 당연히 네가 내야. 이제 와서, 내가 이런 말을 하게

하다니, 좀 너무하지 않아?"

(1939.11.6)

## 제19회

### 겨울 장미와 피리새(7)

　노리코는 자신이 한 말을 확인하듯 음침하고 빈틈없는 눈빛으로

물었다.

　"……있잖아, 게이코, 너 거기에 돈 갖고 있지?"

　게이코는 눈도 깜빡이지 않고 대답했다.

　"끈질기네. 안 갖고 있다고 했잖아."

"하지만, 그렇게 하기로 약속했잖아?"

"약속 같은 거 한 기억이 없어. ……별거하고 있는 동안 히사타케의 부양료는, 법률로 지불하지 않아도 괜찮다고 했어. 그걸 이제 와서 왜 내가 내야 해?"

"내가 중개를 해서 그걸 지불하지 않은 거니까, 그 청구권은 당연히 나한테 이전되는 거야. 이러쿵저러쿵하지 말고 어서 줘."

게이코는 흘려들으며 되물었다.

"그래서 히사타케는 요즘 어떻게 지내?"

노리코는 여유 있는 모습을 보인다.

"곧 여기로 올 거야."

이것은 생각지도 못한 공격이었다.

긴 세월 동안 힘겹게 도망 다녀 간신히 인연을 끊은 전남편 히사타케와 여기에서 얼굴을 마주할 거라고 생각하니 소름이 끼쳤다.

이미 허세도 활기도 없었다. 게이코답지 않게 괴로울 정도로 당황했다.

"너무해. ……이런 곳에서 나와 히사타케를 만나게 하는 거니?"

노리코는 눈으로는 보이지 않을 정도의 신랄한 미소를 띄웠다.

"아무리 해도 돈을 내는 걸 주저한다면, 너와 히사타케가 직접 이야기하게 하려고, 그래서 일부러 이런 곳으로 나오게 한 거야. ……수표만 받는 거였으면 너희 집으로 가도 됐지."

"곤란하네."

"곤란하면 깔끔하게 지불해. 지불할 의사가 있으니까, 가즈에에게 수표를 쓰게 한 거잖아."

'방금 자신이 조금 거리를 내려다보고 있는 사이에, 가즈에가 노리코에게 무언가 귓속말을 한 게 이거였구나.'

그리되니 게이코도 주눅 드는 기색 없이 말했다.

"거기까지 알고 있다면 어쩔 수 없지. 어차피 주려고 했으니까. ……자, 이거……."

노리코도 머리회전이 빨라서 평상시대로 얄미울 만큼 아름다운 웃음을 띤 얼굴로, 선뜻 수표를 받고는 지금까지의 일은 잊은 듯 말을 이었다.

"저번 요도(淀)<sup>09</sup>의 경마는 어땠어? '히사타케'가 자주 나왔다던데. 역시 팔지 말고 두는 편이 좋았어."

게이코는 적당히 맞장구를 치며, 허둥지둥 냅킨을 테이블 위에 놓는다.

"나는 이쯤에서 돌아갈게. 슬슬 히사타케가 올 거잖아."

노리코는 시치미를 뗀다.

"히사타케가 올 리가 없잖아. 그냥 그렇게 말해 본 거야."

게이코는 너무 어이가 없었다.

"어쩜, 나쁜 년!"

"누가 할 소리!"

---

**09** 교토부 교토시 후시미구(伏見区) 서남부에 위치한 지역으로 교토 경마장으로 유명하다.

"그럼, 방금 수표 이야기도 넘겨짚은 거구나."

"가즈에와 함께 온 이상, 네가 가즈에에게 수표를 쓰게 한 정도는 예상할 수 있잖아. 마침 개서 정지라서 넌 돈을 움직이게 할 수 없고. 게다가……."

그렇게 말하고는 갑자기 테이블 위로 손을 뻗어 게이코의 손목을 잡고, 식당 위에 나 있는 발코니 계단으로 눈짓을 하였다.

게이코가 그쪽을 보자 자신의 딸과 같은, 언니 딸인 아키코(曉子)가, 쉰 정도의 옷차림이 좋은 중년 신사의 팔에 기대어 발코니 위로 올라가고 있었다.

(1939.11.7)

## 제20회

### 겨울 장미와 피리새(8)

아키코는 깃이 없는 분홍색의 조젯(georgette)[10]으로 된 옷의 가슴에 난초꽃을 꽂고, 볼에 댄 새끼손가락 끝을 허세를 부리듯 입술 쪽으로 구부려, 상대의 얼굴을 눈만 위로 치켜 뜨고 바라보며 무언가 작은 소리로 말을 하고는 요염하게 웃고 있다.

---

**10**  조젯크레프(georgette crepe)의 속칭으로 표면이 주름 모양을 이루고 있는 직물. 여름철에 입는 여성 의류에 많이 쓰인다.

집에 있을 때는 얼어 있는 생선처럼 조용하고, 말을 할 때도 입술조차 움직인 적이 없는 냉담한 이 아이에게 도대체 어디에 이런 요염함이 숨어 있었는지 게이코는 어안이 벙벙해서 바라보고 있었다.

식탁을 사이에 두고 서로 마주하고 있는 것은 수수한 옷을 깔끔히 입고 멋을 부린 중년의 신사로, 골프로 탄 야무지고 거무스름한 얼굴을 정면에 있는 아키코의 얼굴 위로 고정하고, 기분을 잘 맞추며 아키코의 이야기에 고개를 끄덕이고 있다.

매우 친해 보이기도 하고 데면데면해 보이기도 해서, 두 사람이 어떤 관계인지 짐작이 가지 않아 기분이 좋지 않았다.

게이코가 두 사람에게 정신이 팔린 사이에, 노리코는 흐느끼는 듯한 묘한 웃음을 머금었다.

"조금 놀랐니? ……그런데 이게 처음이 아니야. 저번에는 다른 중년과 자동차에서 내렸었지 아마? ……아키코는 아무래도 중년을 좋아하나 봐."

이것도 처음 듣는 이야기였다.

게이코는 놀라서 물었다.

"잠깐만, 그거 정말이야?"

"누가 그런 거짓말을 하니? 내가 확실히 봤다니까."

"언제? 어디서?"

"5일 정도 전. 여기에서 세이지로와 점심을 하고 돌아가는 길이었어. ……신바시 옆에 차를 세우고, 둘이서 팔짱을 끼고 흙다리 쪽으로 걸어갔어."

"어때 보였어?"

"오늘과 비교하면 별로였어. 하지만 그때도 대단했어. 푸조 같은 주제넘은 자동차를 가지고 있었지……."

아키코가 게이코에게 맡겨진 것은 이미 12년 정도 전으로, 게이코가 히사타케와 결혼한 다음 해였고 아키코는 열 살이었다.

언니 도모코(智子)는 불행한 결혼을 해서 남편과 일찍 사별하고, 바로 자신도 폐병을 앓다가 죽고 말았다.

히사타케가 그런 생각을 했을 리도 없고 게이코의 의지도 아니었으며, 어쩌다가 아버지의 의견에 따랐을 뿐, 물론 아키코에게 애정 같은 것을 느낀 것은 아니었다.

가정교사라도 붙여두면 될 거라 생각했고, 그것 때문에 자신이 번거로워질 일은 없을 것 같았기에, 아무런 책임감 없이 아버지가 말하는 대로 했다.

마나미와 다르게 이쪽은 확실히 피로 연결된 이모와 조카딸이기 때문에 불편할 일은 없었지만, 대체로 마음이 침울하고 우울한 면이 있는 아이로, 자신이 지내게 된 정원 안 쪽 별채의 양옥집에서 혼자 조용히 지내고 있었다.

미야케 집안의 기질로, 이 집안사람 누구나가 그렇듯이, 냉담하고 무관심하고 무슨 일이 있더라도 감정의 잔물결조차 얼굴에 드러내지 않는다.

머리는 예리할 정도로 좋았던 것 같고 학교 성적도 뛰어나게 좋았지만, 일상생활은 매우 귀찮아하고 지나치게 침착해서, 유심히 관찰은 하지만 절대 자신의 의견은 말하지 않는다.

아직 스물셋밖에 안 되었는데 항상 귀찮아하는 표정에 말수가 적고 음침하고, 아주 어른인 양 행동하고 있다. ……그런 아키코와는 다른 사람인 것 같은 이 요염한 모습은, 확실히 게이코를 놀라게 하기에 충분했다.

"……저 아이, 도대체 어떻게 된 걸까?"

무의식중에 그렇게 중얼거리자, 노리코는 의미 있는 듯이, 입술 끝에 힘을 주며 게이코의 눈속을 들여다보듯이 묻는다.

"즉, 저건 반항인 거지. 아키코가 도대체 왜 저렇게 되었는지, 너 짐작이 가는 게 있니?"

(1939.11.8)

## 제21회

### 겨울 장미와 피리새(9)

노리코는 힘껏 몸을 뒤로 젖혀서, 게이코를 내려다보면서 고압적인 어조로 말했다.

"몰랐을 리 없잖아. 너처럼 영리한 애가."

너무나도 고압적이라 게이코는 기분이 상했다.

"말이 좀 심한 거 아니야? 아키코가 저런 중년과 놀러 다니는 게 나와 무슨 관계라도 있다는 거니?"

노리코는 심술궂게 실눈을 뜬다.

"관계가 아니고 동기야."

게이코는 딱 잘라서 말했다.

"어머, 무슨 소리야. 그만둬, 그런 트집은. 난 그런 기억이 없어."

"정말로 없니?"

"집요하구나!"

"어쩜, 그렇게 모르는 척 해도 되는 거니?"

살짝 짐작이 가는 것이 있었다.

하지만 그것이라면, 그것대로 무슨 일이 있어도 모르는 척 해야 할 필요가 있었다. 이 비밀만큼은 노리코라도 알려줄 수 없었다.

"집요하구나. 그렇게 몰아가도 안 넘어가."

노리코는 다 알고 있다는 얼굴로 흥 하고 콧방귀를 뀌며 말했다.

"발뺌을 할 거라면, 확실히 말해줄까?"

"또 넘겨짚는 거니? 도대체 왜 그러는 거야?"

노리코는 가차 없는 말투로 말을 이었다.

"아키코의 저런 반항의 원인은 결국 네 친구인 도야마 후유히코(戸山冬彦)라는 청년에게 있어."

게이코는 무시하는 척하면서 미소를 띠고 있었지만, 마음은 전혀 그렇지 않았다.

게이코는 정신적으로 방탕한 생활을 하는 가운데에서도 도야마 후유히코를 향한 은밀한 사랑의 감정만큼은 마치 이상이라도 되는 듯 신성시하며, 그에게 내색을 하지는 않았지만, 마치 열예닐곱 소녀처럼 그날그날 사랑하는 마음을 일기에 써서 오로지 자기 혼자만의 비밀로 여기고 있었다.

감정이 메말라 버린 게이코에게 이것은 마음을 촉촉하게 해 주는 맑고 차가운 샘과 같은 것이었다. 후유히코에게 멀리 아련한 마음을 보낼 때만, 게이코의 마음은 이를 데 없는 깊은 꿈을 꾸는 것 같은 황홀한 기분에 사로잡힌다.

타산적인 게이코도 이 애정만큼은 상당히 높이 평가하여, 다소 복잡한 뉘앙스는 있더라도 이것은 모성애에 가까운 것일지도 모른다고 생각했다.

이번에 마나미를 후유히코의 배우자로 선택한 것도 후유히코만큼은 확실하고 제대로 된 아내가 필요하다는 바람과 후유히코를 앞으로 오래도록 가까운 곳에서 보고 싶은 기분이 강하게 작용한 사실은 부정할 수 없었다.

이런 애정에 어떤 이름을 붙이면 좋을까? 오랫동안 심리적으로 복잡하게 고심하며 방탕을 했음에도 불구하고 잘 알 수가 없었다.

남의 속을 잘 떠보는 노리코이기 때문에 곧 말을 걸어올 거라 생각하고 있었지만, 이렇게까지 끈질기게 추궁하니 치밀어 오는 화를 참을 수가 없었다. 하지만 여기에서 화를 내거나 하면 멀쩡히 눈을 뜨고 노리코의 계략에 빠지는 거라 과감하게 그렇게 할 수 없는 것이 분했다.

게이코는 몰래 어금니를 꽉 물었다.

"그러니까 후유히코가 어떻게 됐다는 거야?"

"후유히코 씨가 아키코를 상대하지 않고 너와 같은 중년만 좋아하니까, 아키코가 반항하는 거야. ……그렇다면 아키코도 새파란 청년 따위 신경 쓸 필요 없지. ……무리도 아니네."

(1939.11.9)

## 제22회

**겨울 장미와 피리새(10)**

후유히코는 항상 얌전해서 게이코의 얼굴을 제대로 바라본 적조차 없었다.

게이코도 친한 척을 한 적은 단 한 번도 없고, 빈틈없는 태도만 취해 왔기 때문에, 당연히 후유히코가 자신에게 그런 감정을 가질 거라고는 단 한 번도 생각해 본 적도 없다. 하지만 노리코에게 그런 식으로 정곡을 찔리자, 역시 가슴이 화끈거렸다.

노리코는 위압적인 태도로 말했다.

"요즘 아가씨들은 모두 일종의 과민증에 걸려 있어서 무슨 일이든 바로 알아차려. 너도 후유히코 씨도 꽤 조심하고 있는 거 같지만, 나름대로 어딘지 모르게 부자연스럽거든."

게이코는 참을 수 없어서 금방이라도 고함을 지를 것 같았지만 간신히 쓴웃음으로 얼버무렸다.

"바보구나, 너란 애는. 시시한 억측만 하고……. 품성이 비열하니까."

"네, 네, 어차피 별로 좋은 편은 아니지요."

이상하지도 않지만, 과장해서 웃어 보인다.

"후유히코는 말이야, 마나미의 남편이야. 말조심하라고. 큰일 나."

"어머!"

노리코로서 이것은 갑작스럽게 허를 찔린 것 같았다. 눈을 동그랗게 뜨며 물었다.

"오, 정말 놀라운 데. 그거 정말이야? 속이는 거 아니지?"

간신히 위기에서 벗어난 것 같았다. 게이코는 마음속으로 안도의 한숨을 쉬었다.

"일단 조급해하지 말고 보고 있어 봐. 거짓말이 아닌 걸 바로 알 수 있을 테니까."

노리코는 민첩하게 힐끗 쳐다본다.

"이야, 정말 대단한 실력이야."

이건 그냥 듣고 흘려보낼 수 없었다. 하지만 말투만은 부드러웠다.

"야, 무슨 말을 그렇게 하니?"

노리코는 무언가 말하려 했지만, 마음을 바꿨다.

"마나미 씨는 좋은 처녀인가 봐."

"너무 정직해서 조금 딱딱한 면이 있지만, 후유히코의 부인으로는 좋을 거 같아."

노리코는 뻔뻔한 표정으로 말을 계속했다.

"내가 말할 자격은 없지. 실수로 얼떨결에 말을 하는 일도 없을 거야. 어쨌든 소중하고 귀중한 아이니까."

"그걸 알고 있다면 앞으로는 조금 말을 조심해 줘."

노리코는 또 살피는 듯한 눈빛으로 되물었다.

"그래서, ……그 두 사람을 결혼시켜서 어쩌려는 거니?"

게이코는 가볍게 받아넘긴다.

"이러지도 저러지도 않을 거야. 좋은 장모가 되려고. 둘 다 세상 물정을 잘 모르니 잘 보살펴 줄 필요가 있겠지."

노리코는 큭큭 웃으면서 비아냥거린다.

"역시, 그렇구나. ……보살핌 받는 쪽이 꽤 무섭겠네."

또 화가 치밀어 올랐지만 참아낸다.

"이런 인정미를 너 같은 벽창호가 알 리가 없지."

"그래서, 방금 분명히 말씀을 드렸습니다."

그렇게 말하고는 핑거볼[11]에 잠시 손끝을 담근다.

"너 이제부터 어떻게 할 거니? 바인가르트너(Paul Felix Weingartner)[12]라도 들으러 갈래?"

"아니 안 가, 아키코를 데리고 돌아가야 하니까."

"어머, 기특한데!"

"몰랐으면 모를까, 알게 된 이상 가만둘 수 없지. ……돌아가려면 혼자 돌아가. 난 저 두 사람이 나갈 때까지 여기에서 기다릴게."

(1939.11.10)

---

**11**  식사 후에 손을 씻기 위해 물을 담은 작은 사발.

**12**  폴 펠릭스 바인가르트너(Paul Felix Weingartner, 1863~1942). 오스트리아의 지휘자, 작곡가. 고전적인 형식미를 추구하였고, 베토벤을 새롭게 해석하였다.

# 제23회

## 겨울 장미와 피리새(11)

노리코가 돌아가자 게이코는 메모지에 한 줄 휘갈겨 써서 종업원에게 아키코가 있는 테이블에 전달해 달라고 하고, 자신은 로비의 소파에서 아키코가 오는 것을 기다리고 있었다.

아키코가 도야마 후유히코를 사랑하고 있다는 것은 노리코의 어림짐작으로, 사실 그런 일이 있을 거라고는 생각할 수 없었다.

아키코는 후유히코와 한 번도 말을 섞어본 적이 없었다.

아키코가 있는 곳은 안채에서 떨어진 정원 안 별채이고, 후유히코가 저택을 출입하게 된 것은 아주 최근의 일이기 때문에, 후유히코와 얼굴을 마주친 일조차 손에 꼽을 정도였다.

남달리 공리적인 저 아키코가 멀리서 한두 번 본 정도로 그 청년을 사랑하게 되었다는 것은 생각할 수도 없는 일로, 따라서 반항과 같은 그런 감정을 불러일으킬 이유도 없었다.

게이코도 그 점을 걱정하여 두 사람에게서 눈을 떼지 않았기 때문에, 그런 추측은 쓸데없는 기우라고 해도 좋았다.

하지만 아키코가 굳이 중년의 신사하고만 놀러 다닌다는 것은 너무나도 교묘했고, 게다가 저 교태는 방관할 수 없었다.

노리코의 안목은 근본부터 잘못되어서, 후유히코와 관계가 있는 것은 아니다. 그렇지만, 그럼에도 저렇게까지 비뚤어진 모습을 하는 이상, 뭔가 그만한 이유가 있을 터였다.

아무리 그냥 둔다고는 해도 단 하나뿐인 조카이기 때문에, 비뚤어졌다면 비뚤어진 대로 그것을 바로잡고 풀어주지 않으면 안 되었다.

같은 집에 살며 5일에 한 번 정도는 얼굴을 마주하면서, 긴 세월 무관심하게 방치해 두었던 아키코가 요즘 어떤 생각을 하고 있는지 그것을 알고 싶다고 하는 흥미도 있었다. 그럴 일은 없겠지만, 곧 마나미도 도쿄에 도착하니 어떻게든 물러날 수 없게 밀어붙여서, 적어도 후유히코에 대한 거짓 없는 마음만이라도 확실히 알아낼 필요가 있었다.

심리전이나 감정을 속이는 데에는 충분한 자신이 있는 게이코였지만, 그럼에도 아키코를 상대하기에는 상당한 각오가 필요했다.

일단 자신의 일이라면, 조개처럼 침묵하고 어떤 작은 일이라도 누설하지 않으려는 완고한 아키코의 입으로 나름 괜찮은 이야기를 꺼내게 하는 것은 좀처럼 쉬운 일이 아닌 것 같았다.

카펫을 밟는 가벼운 발소리가 들린다.

고개를 들어 보니 아키코가 평소처럼 뼛속까지 얼어버린 듯한 새파란 얼굴을 치켜들고 이쪽으로 곧장 오고 있었다.

보면 볼수록 빈틈이 없는 얼굴이다.

아름다움은 한층 두드러지지만, 이를 악문 것 같은 이런 완고한 얼굴의 처녀를 사랑하는 청년이 과연 있을까 생각했다.

아키코는 뚱한 아이처럼 우뚝 서서 눈 하나 깜빡이지 않고 게이코의 얼굴을 가만히 바라보며 말했다.

"무슨 일이에요?"

"그런 곳에 서 있지 말고 여기 앉아."

전연 대답이 없었다.

게이코는 그러지 않으려고 생각했지만, 늘 그렇듯이 화가 났다.

"너 우리가 플로어에서 점심 식사를 하고 있는 거 알고 있었지?"

"네, 알고 있었어요."

"알고 있으면서 왜 인사하러 안 오니?"

"그래서 이렇게 인사하러 왔잖아요."

(1939.11.11)


# 제24회

**겨울 장미와 피리새(12)**

'정말 귀여운 구석이라곤 없는 아이구나.'

자연스럽게 입가에 차가운 미소를 띠게 되는 것을 자신도 알았다.

"내가 와 달라고 해서 겨우 온 거잖아."

아키코는 슬슬 입을 닫으려는 듯 평상시처럼 무뚝뚝한 얼굴로 대답했다.

"네, 그건 그래요."

"무슨 그런 인사가 있니?"

"……."

"뭐라도 말 좀 해봐."

"……."

갑자기 귀가 먹은 것처럼 무감각한 얼굴로, 우두커니 서서 게이코의 얼굴을 가만히 바라보고 있다. 이렇게 되면 이제는 간단히 끝날 것 같지 않았다.

게이코는 질려서 다 그만두고 싶었다.

아직 젊은 처녀가 중년의 남자와 놀러 다니는 것은 매우 염려되는 이야기지만, 어차피 여자의 인생은 도박과 같은 것이라 옆에서 참견을 한들 어쩔 수가 없다.

후유히코의 일도 그렇다. 이 아이에게 후유히코를 좋아해서는 안 된다고 말을 할 수도 없고, 좋아하고 싶다면 그래도 되지 않는가. 그러면 결혼한 후에 마나미가 곤란해질 것 같지만, 그것도 내가 알 바 아니다.

얼마나 진심으로 생각하고 있는지 그 점이 조금 불안하지만, 노리코가 말하는 것처럼 이런 삐뚤어진 행동을 하는 것이 그 반동이라면 어차피 뻔한 일이다. 상관하지 말고 그냥 두자.

이 건방진 아이가 뼈저리게 느끼게 하려면 전부 무시하는 게 제일이야. 누가 물어보기나 한데.

눈치채지 못할 정도로 슬쩍 말투를 바꿔본다.

"……그런 못마땅한 얼굴을 할 일이 아니야. 오랫동안 아무 데도 같이 못 가서, 오늘은 밤까지 너하고 같이 있으려고 부른 거야."

이 말투는 매우 자연스러웠다.

"어디든 가고 싶은 곳이 있으면 같이 가자."

아키코의 볼에 순간 화색이 도는 듯싶더니 돌연 다시금 파래졌다.

'어쩌려는 거야, 이 아이는.'

뭔가 상당히 격동하고 있는 것 같은데, 그게 뭐 때문인지 헤아릴 수도 없었다.

게이코는 아무것도 모르는 체하며 물었다.

"혹시 나하고 있으면 기분이 좀 그러니?"

아키코는 조심스럽게 가라앉은 목소리로 대답했다.

"저는 어느 쪽이든 괜찮아요."

그렇게 말하고는 다리를 바꿔 쉬어 자세를 취하면서 빠른 말로 덧붙였다.

"가고 싶은 곳은 특별히 없는데요……."

이 완고한 아이가 이 정도로 고집을 꺾는 것은 확실히 흔치 않은 일이었다.

게이코는 바로 가볍게 맞장구를 쳤다.

"하긴, 재미있는 곳도 없는 거 같고……."

갑자기 생각이 난 듯 물었다.

"너 바인가르트너는 어떠니? ……가 본 적 없지?"

"네, 없어요."

"어떻게 할래?"

"같이 갈게요."

게이코는 크게 기운이 난다.

"잘 됐다! 그럼 결정된 거지. ……그런데 너 점심은 다 먹었니?"

"아뇨, 차만 한 잔 했어요."

"이런, 이런, 그럼 여기에서 먹을래? ……먹을 거면 같이 있어 줄게."

처음으로 머리를 끄덕인다.

"네, 먹을게요."

(1939.11.12)

## 제25회

### 겨울 장미와 피리새(13)

식당으로 돌아가 식탁에 마주하고 앉아, 게이코는 아키코의 식사를 주문하고 자신은 친자노(Cinzano) 화이트 와인을 갖고 오게 하고 입을 댄다.

"요즘 어떻게 지내니?"

아키코는 애피타이저로 나온 성게알젓을 검은 빵에 올리고는 힐끗 곁눈질하며 말했다.

"항상 똑같아요."

같은 집에 살면서 이런 문답도 이상하지만, 이것이 가끔 두 사람이 얼굴을 마주했을 때 서로에게 하는 틀에 박힌 말이었다. 의미가 있는 것은 아니고, 안녕 정도의 인사에 불과했다.

그건 그렇고, 생각해 보니 게이코는 벌써 보름 정도 아키코를 만나지 않았다.

감기 기운 때문에 쭉 침실로 식사를 갖고 오게 했고, 건강이 좋아지고 나서도 게으른 버릇이 들어서 내킬 때만 식당으로 내려갔다.

지금까지는 잘 몰랐지만 이렇게 밝은 창가에 서로 마주하고 있으니, 보름 정도 못 본 사이에 아키코가 완전히 다른 사람이 된 것 같다는 것을 알게 되었다.

'아니, 대체 어찌 된 걸까?'

머리도 얼굴도 그대로지만, 손목이 많이 가늘어졌고 눈 밑이 살짝 거뭇해서 마음의 갈등과 싸우고 있는 것 같은, 뭔가 힘든 슬픔을 견디고 있는 것 같은, 묵직하고 침착한 것이 표정 속에 나타났다.

"왜 그렇게 제 얼굴만 보고 계세요?"

지금까지 멍하니 아키코의 얼굴을 바라보고 있었다. 게이코는 바로 웃으면서 얼버무렸다.

"요즘 갑자기 예뻐졌구나. 깜짝 놀라서 바라보고 있었어."

긴장을 풀고 있던 아키코의 얼굴이 굳어졌다.

"그만하세요, 그런 심한 농담은."

"농담이라니. 보름 정도 못 본 사이에 마치 다른 사람이 되어 버린 거 같아."

아무 생각 없이 말했지만, 아키코에게는 이 말이 크게 자극을 준 듯 흠칫 어깨 주변을 떨면서, 갑자기 눈을 딴 데로 돌리고 더욱 아무렇지 않은 말투로 말했다.

"어머, 그런가요?"

당황해서 얼버무리는 느낌이 들었다.

'역시 뭔가 감추고 있구나.'

하지만 이쪽은 무시할 생각이었기 때문에 일부러 시치미를 뗀다.

"가는 김에 벨 모드(Les Belles Modes)[13] 가게에 들러 볼까? 뭔가 새로운 게 있을지도 몰라."

"네, 상관없어요……."

아키코는 관심이 없는 듯 말하고, 보기 드물게 두려운 눈빛으로 살피듯이 눈 끝으로 힐끗 게이코의 얼굴을 올려본다.

"방금 전 그분이 제게 골프 치자고 권유했어요."

'역시 하고 싶은 말이 있구나.'

게이코는 마치 못 들은 것처럼 행동한다.

"그래서 점심은 어디서 할래? ……그것도 정해 두자."

아키코는 입술을 깨물며 잠시 얼굴은 숙였지만, 바로 평상시의 차가운 표정으로 돌아와 동자승처럼 매우 차분하게 식사를 계속했다. 두 번 다시 그 이야기는 꺼내지 않았다.

나가려고 할 때 아키코가 말했다.

"마나미 씨, 오늘 점심 기차로 도착하죠? 마중 나가지 않아도 괜찮아요?"

'아, 그랬지.'

시마바라까지 데리러 와 달라는 전보에 매몰찬 답장을 보냈다. 적어도 도쿄역까지는 가려 했으나, 그것도 내키지 않았다.

---

**13** 1927년에 도쿄에서 개업한 여성용 모자 브랜드.

"어린애도 아니고, 굳이 마중 나가지 않아도……."

바인가르트너를 듣고 나서 늦은 저녁을 마치고, 11시가 넘어서 두 사람이 집으로 돌아오자, 불빛이 없는 응접실 의자에 마나미가 홀로 쓸쓸히 앉아 있었다.

(1939.11.13)

# 제26회

### 낙엽의 기록⑴

……겨울이 되면 나무는 뿌리에서 수분을 흡수할 수 없기 때문에, 남아 있는 양분을 소중히 사용하지 않으면 안 된다.

그러기 위해서는 양분을 필요로 하는 부분은 줄일 필요가 있다. 이런 이유로 가을이 되면 잎이 떨어진다. 잎은 나무를 보전하기 위해서 나무 전체를 생각해 기꺼이 떨어진다.

그럼, 안녕, 안녕.

오빠의 편지는 이렇게 끝맺고 있었다.

유서라는 것을 알게 되자, 가슴이 철렁하며 큰 충격을 받았다. 몸안의 피가 다 빠져나간 느낌이다.

아파트의 관리인 할머니로부터 편지를 받았을 때, 왜 일부러 편지 같은 것을 보냈는지 기시모토 사치코(岸本幸子)는 의아해했다.

뿔뿔이 흩어져서 따로 살며 내가 먼저 오빠 세이지로의 아파트에는 절대 가지 않겠다는 약속은 하였지만, 시부야 백화점에 가기만 하면 언제든지 만날 수 있고, 바로 그저께 밤에 여기에 와서 3분 정도 이야기하고 갔으니, 편지를 보낼 정도의 용무는 없을 터이다. 그런데 묵직한 오빠의 편지는 특별한 이유 없이 가슴을 두근거리게 했다.

곧 상회로 출근할 시간이라 옷은 입고 있었지만, 아직 양말은 신기 전이었다.

창가에 우두커니 서 있는 맨발 끝으로 흐린 날 뼛속까지 스며드는 초겨울 아침의 추위가 오싹오싹 정강이까지 기어 올라온다.

머릿속은 혼란스러웠지만 유서 문구를 더듬어 보았다. 가슴이 두근두근할 뿐, 무엇을 읽었는지 전혀 기억이 안 났다.

서둘러 창가의 의자에 앉아, 차분히 중간 정도부터 다시 읽어보았다.

　　……1933년, 1934년쯤 좌익사상의 반동시대에, 나는 인생에서 가장 소중한 청춘의 개화기를 보냈다.

　　질풍노도의 시기가 겨우 지나고, 바다 위는 아직 어둡고 파도는 하얀 거품을 뿜어내며 사납게 출렁거리고 있었다.

　　무엇을 알아야 하고, 무엇을 목적으로 살아가야 하는지 모른 채, 단지 무기력하게 휩쓸려 내려갈 뿐이었다.

무언가, 새로운 시대가 다가오고 있었다. 하지만 그것이 어떤 것인지, 전혀 가늠할 수 없었다.

학문조차 아무런 희망도 주지 않고, 살아가는 것 자체가 무의미하다고 생각되는 것 같은,

그런 참혹한 시대에 나는 대학 생활의 대부분을 보내고, 아무런 자신도 없이 '세상'에 내던져졌다.

게으름과 방탕, 허무의 정신이 내 주변에 밀려왔다. 희망도 목적도 없는 매일의 고통을 감추기 위해, 그런 것이 꼭 필요했다고도 말할 수 있을 것 같다.

그런데 새로운 날이 밝았다.

일본은 지금 국운을 걸고 정의를 위해 전쟁을 벌이려고 하고 있다.

이 위대하고 엄숙한 새벽을 맞이하여 이매망량(魑魅魍魎)[14]은 아연실색했다.

오랜 세월 태만과 방탕과 음습함에 길들여진 나의 정신은 도저히 이런 장렬한 시대의 압력에 견딜 수 없을 것 같다. 그리고 나와 같은 유해한 인간을 스스로 소멸시키는 것만이, 내가 할 수 있는, 일본을 사랑하는 유일한 방법이라고 생각한다.

---

**14** 산이나 하천의 요괴나 괴물 등 온갖 도깨비로 남을 해하는 악인을 비유하는 말.

나의 방탕의 상대, 노요리 가즈에에 대해서는 여기에서 언급하지 않겠다. 두 사람 사이에 어떤 시시한 일이 있었는지 언젠가 너도 알게 될 테니까.

솔직히 고백하면 내가 자살하는 원인은 분명히 가즈에에게 있다. 하지만 그것이 전부는 아니다. 이것만큼은 잘 기억해 주거라.

누구의 잘못도 아니다. 청년기에 봉착한 이 '불행한 시대'가 나를 이런 파탄의 구렁텅이로…….

(1939.11.14)

# 제27회

### 낙엽의 기록⑵

사치코는 오빠의 유서를 무릎에 놓은 채, 창문을 향해 오랫동안 꼼짝 않고 앉아 있었다.

거무스름한 구름이 잎을 떨어뜨린 느티나무의 가지 끝 위에 무겁게 걸려 있고, 두세 개 열매를 남긴 쥐참외가 땅 경계의 함석담 위에서 추운 듯 흔들리고 있다.

사치코는 아무것도 보고 있지 않았다.

시선은 살풍경한 아침 경치를 바라보고 있지만, 마음은 두서없이 과거의 일을 아련히 추억하고 있었다.

사치코가 시마바라의 세이안도 여학교를 졸업하고 도쿄로 나왔을 때, 오빠는 이미 시부야의 백화점 지배인이었다.

규슈(九州)의 대학에 있었을 때처럼 말수가 없었던 것도 완전히 없어졌고, 본토박이 도쿄 사람처럼 되어 있어서 놀랐다.

빈틈이 없는 복장도 그랬지만, 완전히 도시적으로 변한 것은 오히려 심리적인 측면이었다.

말끝에 일일이 지나치게 공손한 억양을 붙였는데, 그럼에도 표정은 얼음처럼 차갑고 아주 조용했다. 말을 붙일 수가 없는 느낌이었다.

언니의 반생을 통해 결혼의 불행이라는 것을 절실히 보고 느꼈기 때문에, 무슨 일이 있어도 같은 전철을 밟지 않으려고 굳게 마음을 다잡고, 혼자서 먹고 살 수 있는 직업을 갖는 것에만 전념해 온 사치코였다.

도쿄에 왔다고는 해도 물론 오빠에게 의지할 생각은 없었지만, 점잔 빼는 예의 바른 모습만은 참을 수가 없었다.

오빠가 별거를 하게 된 이유는 백화점 주인인 노요리 가즈에와의 방탕을 감추기 위한 것이라는 것을 그 후 바로 알았지만, 아마 그럴 거라고 예상했기에 그리 놀라지도 않았다.

사치코도 모처럼 도쿄에 나온 이상, 자신의 생각대로 행동할 수 있는 자유를 원했기 때문에 오히려 안심할 정도였다.

문 위의 회전창을 통해 차가운 바람이 불어온다.

방안에 불기운이 없어서 오싹오싹 몸이 차가워진다. 손을 뻗으면 닿는 곳에 외투가 걸려 있지만, 고집을 부리며 이를 악물고 추위에 저항하고 있다.

오빠의 유서는 여러 이야기를 하는 것처럼 보이지만, 사실 아무 말도 하고 있지 않다. 무슨 말을 하려는 것인지 전혀 종잡을 수가 없다. 이럴 거면 애써 이런 것을 쓸 필요도 없지 않았을까 생각했다.

이 유서 안에 있는 것은 애매한 관념과 내용이 없는 공허한 느낌뿐이다.

자살하려는 때조차 또 이런 거짓말을 하고, 자신의 행위를 서정적으로 치장하려고 하고 있다.

사치코는 오빠 세이지로의 여린 성격과 게으름을 처음부터 은근히 경멸하고 있었는데, 이렇게까지 구제불능이라고는 생각하지 않았다. 정신을 잃은 현대의 청년의 비극적인 일면을 똑똑히 보게 된 것 같아서, 참을 수 없는 슬픔을 느꼈다.

무심코 목소리를 내서 중얼거렸다.

"자살하는 게 당연하지."

이런 조잡한 성격에 연민을 느끼는 것이 잘못이라고 생각했다.

설령 오빠라고 하더라도, 정체 모를 경박함에는 채찍을 휘두르지 않을 수 없는 기분이었다.

그렇지만 도쿄에 와서 아직 2년여밖에 지나지 않았는데, 자신의 손으로 오빠의 장례를 치르지 않으면 안 된다고 생각하니, 역시 슬펐다.

사치코는 의자에서 일어나 책상으로 가서 오늘 오후에 도쿄에 도착하는 마나미에게 갑자기 불행한 일이 생겨서 마중을 나갈 수가 없으니, 정리가 되면 이 주소로 와 달라고 편지를 썼다. 그리고 서둘러 외출 준비를 한 후 그 편지를 손에 들고 아래층으로 내려갔다.

(1939.11.15)

# 제28회

### 낙엽의 기록⑶

현관의 계단 입구에서 아파트 관리인 할머니가 한때 게이샤(芸者)였던 젊은 숙박인과 선 채로 이야기를 하고 있었는데, 사치코의 모습을 보자 난처한 표정으로 고개를 돌렸다.

'뭔가 소문이 났구나.'

민감하게 바로 알아차렸지만, 표정도 바꾸지 않고 말했다.

"할머니, 오빠가 죽어서요, 장례를 치르고 뒷정리하려면 4~5일 정도 못 돌아올 거 같아요. 아무쪼록 잘 부탁해요."

놀란 얼굴로 아무 말 없이 쳐다보고 있는 할머니에게 쌀쌀맞게 말을 이었다.

"……오늘내일 중으로 요시에 마나미라는 여자가 찾아올 거예요. 오면 이 편지를 전해 주세요. 잘 부탁해요."

할머니는 예예 하고 고개를 끄덕이며 어떻게 말해야 좋을지 모르겠다는 듯이, 입을 우물거리며 말했다.

"아이고, ……오늘 아침 신문에서 봤어요, 너무 놀라서. ……많이 상심했죠……."

쓸데없는 참견이라 생각하며, 대답도 하지 않고 서둘러 구두를 신고 현관문을 나섰다.

후타바 여학교(双葉女学校)의 모퉁이를 돌자, 요쓰야(四谷)역의 광장에서 바람이 하얀 흙먼지를 일으키고 있었다. 초겨울에 자주 있는 새하얀 쌀쌀한 아침이었다.

사치코는 몸을 웅크리고 광장을 곧장 가로질러, 역의 판매점에서 『긴자 다요리(銀座だより)』라는 네 쪽짜리 신문을 샀다. 사교계의 추문이나 화류계의 정사를 즐겨 싣는 유명한 황색 신문이었다.

역 옆에 있는 공중전화로 상회에 전화를 걸었더니, 주인인 모즈 히사타케가 이미 와 있어서 직접 전화를 받았다.

"오빠가 자살을 해서요, 결국 제가 혼자 처리를 해야 해요. 4~5일 쉬도록 할게요."

"그렇다면서, 나도 방금 듣고 놀랐네."

히사타케는 무관심한 목소리로 말하더니 갑자기 소리 없이 웃으며 대답했다.

"뭐, 네가 할 일은 없겠지. 가즈에한테 다 시키면 되니까. 그게 당연하지."

노골적으로 비열한 말투에 불끈 화가 치밀어 올랐다.

"이런 때에 그런 저속한 농담은 하지 마세요."

히사타케는 하하 웃으며 얼버무린다.

"그렇게 화내지 마. ……오후에 나도 그쪽으로 갈게……."

기회가 있을 때마다 약점을 이용하려는 중년 남성의 뻔뻔함을 참을 수 없었다.

"오지 마세요! 오빠의 시신 앞에서 당신 같은 사람과 만나고 싶지 않아요."

히사타케는 조금 진지한 목소리로 물었다.

"네가 장례식을 전부 준비하려면 돈은 어떻게 할 생각인가? 돈은."

돈을 지불한 지 얼마 안 되어서, 사치코는 5~6엔밖에 갖고 있지 않았다.

"저 혼자 어떻게든 해 볼 생각이니, 그냥 두세요. 오빠 물건이라도 팔면 어떻게든 될 거예요."

"그런 터무니없는 소리를 해도 어쩔 도리가 없잖아. 아무리 손쉽게 처리하려고 해도, 그 정도로 충분하지는 않으니까……."

너무 귀찮아서, 쾅 하고 수화기를 내려놓았다.

미쓰케(見付) 다리를 건너 정류장에 서 있자, 바로 미하라바시(三原橋)행 전차가 왔다.

좁은 좌석 틈으로 무리해서 비집고 들어가 앉자마자 신문을 펼쳤다.

"시부야 백화점 여사장의 난행(亂行), 남창 지배인의 불쌍한 말로"라는 자극적인 표제를 3단으로 해서, 잡화부의 판매원에 지나지 않았던 오빠가 일약 지배인으로 발탁된 당시부터의 일이 적혀 있었다. 두 사람의 방탕한 생활을 소름이 끼칠 만큼 집요한 표현으로 세세하게 대서특필해서, "이 비상시에 무슨 일인가. 노요리 가즈에, 죽고 싶을 정도로 부끄러워할지어다."라고 끝맺고 있었다.

(1939.11.16)

# 제29회

**낙엽의 기록⁽⁴⁾**

'로드 하우스'라는 것은 창문만 있는 것 같은, 잘 알려진 코르뷔지에 식으로 솜씨 좋게 흉내 낸 싸구려 건물로, 역시 오빠 마음에 들 것 같은 아파트였다.

사치코는 지금까지 몇 번이나 이 아파트 앞을 지나가기도 했고 그때 3층에 있는 오빠 방의 창문을 올려다본 적도 있었지만, 내부로 들어가는 것은 이번이 처음이었다.

회전문을 밀고 넓은 갤러리로 들어가자 오른편에 접수처 같은 곳이 있었고, 쉰 정도 되어 보이는 잘 갖춰 입은 고양이 같은 얼굴의 몸집이 작은 남자가 앉아 있었다. 무슨 이유인지, 매우 멋진 콧수염을 기르고 있었다.

"저는 기시모토 세이지로의 여동생입니다만⋯⋯."

오지 않았으면 하고 생각했는데, 역시 상대는 울분도 아니고 원망도 아닌 것 같은 복잡한 표정으로 의자에서 일어나면서 인사를 했다.

"아, 당신이 기시모토 씨의 여동생분."

다가와서 직접 본인 여부를 확인이라도 하듯이 사치코의 얼굴을 빤히 바라보더니, 여동생이든 뭐든 내 알 바 아니라는 듯한 노골적인 미소를 지으면서 재차 확인했다.

"정말로 여동생이신가요?"

"네, 그렇습니다."

콧수염의 남자는 정말 그렇다면 할 말이 조금 있다는 듯이 갑자기 태도를 바꾼다.

"정말 난처하게 됐네요, 이거 참."

어떤 식으로 울분을 풀까 하는 눈빛으로 눈을 흘긴다.

"기시모토 씨에게는 전부터 여러 소문이 있어서, 조만간 다른 곳으로 이사를 부탁하려던 차에 이런 일이 생겨서, 정말 너무나도 민폐……."

접수처 직원이라고 생각했는데, 아무래도 이 사람이 주인인 것 같았다.

과연 맞은편 책상에 하늘색 사무용 겉옷을 입은 아가씨가 따로 혼자 앉아, 상대의 기분을 상하게 하려는 듯한 기교적인 미소를 띠면서 가만히 바라보고 있다.

사치코는 양쪽 다 상대하지 않고 일부러 물었다.

"관리인이나 주인분을 뵙고 싶은데요……."

콧수염의 남자는 몸에 밴 격식 차린 헛기침을 한 번 하고는 대답했다.

"제가 이 아파트의 주인입니다만."

돈을 긁어모으는 관리자의 오래된 수법이라는 것을 한눈에 보고 알았다.

"아아, 그렇습니까? 처음 뵙겠습니다."

폐를 끼쳤다는 진부한 인사가 입 밖으로 나올 뻔했지만, 그런 말을 할 필요가 없다는 생각에 그만뒀다.

"……어젯밤 1시에 자는 사람을 깨워서, 그때부터 계속 그 일과 관런해서 정말 혼났어요. 형사가 오질 않나, 신문 기자가 오질 않나, 당신……."

사치코는 몸을 뒤로 뺀다.

"갑작스럽지만, 장례식을 마칠 때까지, 오빠를 여기에 둬도 괜찮을까요?"

주인은 선수를 빼앗겼다는 솔직한 표정을 하고는 당황해서 얼굴을 찌푸린다.

"아, 그건."

"둬도 될까요?"

"그것만은 좀."

"당장 이사할 곳도 마땅치 않아서요."

"그렇게 말씀하셔도 저로서는 뭐라고……."

"그럼 어떻게 할까요?"

주인은 들리지 않는 척한다.

"그, 노요리라는 분도 계시니까, 그분과 상의하셔서……."

"노요리라는 분은 몰라요. ……전, 예의상 이렇게 말씀드리고 있는 거예요. ……내일 하루, 오빠를 이곳에 둘게요!"

(1939.11.17)

# 제30회

## 낙엽의 기록(5)

문을 열자 작은 현관 바닥이 있었고, 거기서부터 여섯 평 넓이의 응접실로 이어져 있다.

마루에는 탱자색 카펫이 전면에 깔려 있고, 알코브(alcove)[15] 책장의 양쪽에 카펫과 같은 색의 긴 의자가 붙박이로 되어 있다.

꽃무늬의 큰 갓을 씌운 플로어 스탠드. 파이프 테이블. 각양각색의 쿠션.

너무나도 서양풍이고 취향이 고상해 보이지만, 가까이에서 보면 전부 서양 가구의 디자인을 그대로 흉내를 내서 급한 대로 형태만 모방한 모조품들뿐이었다.

몹시 탐나는 표정으로, 이런 가구에 둘러싸여 생활하고 있는 이 방 주인의 얼굴이 보이는 것 같았다.

사치코는 책장 옆의 벽에 기대어 서 있었다.

이 방에서 반복된 오빠와 노요리 가즈에의 일상을 상상하자 역겨워서 도저히 긴 의자에 앉을 마음이 생기지 않았다.

열린 창 사이로 바람이 불어오고 있다.

바람 속에 미미한 약품 냄새가 섞여 있었다. 오빠의 시신이 놓여 있는 옆 침실에서 나는 냄새 같았다.

---

**15** 서양식 건축에서 방 한쪽에 설치한 오목한 장소. 침대, 서재, 책상 등을 놓는다.

사치코의 정면에 마호가니로 된 침실 문이 있다.

'저쪽에 오빠가 죽어서 누워있다.'

그것은 이 방을 들어왔을 때 이미 알고 있었지만, 바로 그 문 쪽으로 다가갈 마음은 들지 않았다.

무슨 핑계로 그쪽으로 걸어가면 좋을지 몰랐다. 어차피 곧 직면하지 않으면 안 되는 음울한 정경이 마음을 무겁게 짓눌러서, 이미 그것만으로도 견딜 수 없는 기분이 들었다.

노크 소리가 들리고 검은 양복을 입은 남자가 들어왔다. 이 사람도 위엄 있는 콧수염을 기르고 있었다.

사치코 쪽으로 다가와서는 선 채로 물었다.

"기시모토의 여동생이란 사람은 당신인가요?"

어떤 사람이 온 것인지 단번에 알아차릴 수 있었다.

사치코는 벽에서 등을 떼고, 조금 격식을 차린 말투로 대답했다.

"예, 그렇습니다."

이제부터 시작될 일의 번거로움을 생각하니, 완전히 기분이 우울해졌다.

"전, 아자부 경찰서에서 왔습니다만, 몇 가지 물어보고 싶은 것이 있습니다. ……아무래도 이쪽은 아무것도 모르니까요."

직업적이고 빈틈없다.

"단지 형식적인 절차일 뿐입니다. ……서서 이야기할 수는 없지요. ……자, 이쪽으로 와서 앉으시죠."

사치코를 앉히고 나서, 자신도 작은 의자를 끌고 와 앉으면서 바로 추궁이 시작됐다.

"죽은 기시모토와 시부야 백화점 점주인 노요리 가즈에라는 부인과는 도대체 어떤 관계였습니까?"

"오빠는 지배인 업무를 하고 있었어요."

형사는 조금 기분이 상한 듯 말했다.

"그 정도는 알고 있습니다."

"어떤 것을 알고 싶으신 거죠?"

형사는 갑자기 고약한 말투로 물었다.

"노요리 가즈에와 기시모토 사이에 육체적 관계가 있었다는 것은 사실입니까?"

사치코는 속으로 참으면서 대답했다.

"저는 잘……. 지금까지 오빠 집을 방문한 적도 없는걸요."

"도쿄에 안 계셨습니까?"

"아뇨, 계속 도쿄에 있었어요."

"싸움이라도 했습니까?"

"아뇨, 특별히."

"이상하군요. 같은 도쿄에 있으면서 싸움도 하지 않았는데, 한 번도 오빠를 만나러 오지 않았다는 건."

(1939.11.18)

# 제31회

## 낙엽의 기록⑹

오빠를 방문하든 안 하든 그것은 개인의 자유로 비난받을 이유도 없고 질문에 하나하나 대답해야 할 의무도 없지만, 거부할 정도의 일도 아니기에 사치코는 더욱 정중한 말투로 답했다.

"특별히 깊은 뜻이 있지는 않아요. ……오빠는 항상 바빴고 저도 일을 하고 있어서, 조만간 조만간 하다가 이 지경이 되어 버려서……. 다만, 오빠는 일주일에 한 번 정도는 절 만나러 왔어요."

사치코가 고분고분한 태도를 취했기 때문에 형사도 마음을 바꿔 그대로 수긍했다.

"흠, 그다지 사이가 좋은 남매는 아니었던 거 같군요."

이렇게 말하고 바지 주머니에 양손을 푹 질러 넣어 기교적으로 편한 자세를 취한다.

"자살이라는 건 알고 있습니다만, 주의해서 나쁠 건 없어서요. 그래서 좀 기시모토의 최근 상황이라도 여쭤보고 싶었습니다."

뭔지 알 수 없는, 사치코의 마음을 뜨끔하게 하는 생각이 스쳐 갔다.

그것은 너무나도 빨라 파악할 수 없는 것이었기 때문에, 지금 자신의 마음을 스쳐 간 생각이 대체 무엇이었는지 알 길이 없었다.

'방금 무슨 생각을 했지…….'

생각을 정리하기 위해 순간 눈을 감았다.

하지만 아무리 해도 정확히 생각이 나질 않았다.

사치코의 침묵을 형사는 말하기 곤란해서 그런 것이라고 판단했는지 달래듯이 말했다.

"그렇게 긴장할 필요 없습니다. 꼬투리를 잡으려는 것도 아니고, 증거가 어떻다고 이야기하려는 것도 아닙니다. 최근에 특이한 점이 있었는지 알려주시면 됩니다. 근래 오빠를 만난 건 언제쯤이었습니까?"

"바로 그저께 저녁이요."

"아, 그저께 저녁이군요."

무의미하게 반복하고는 정말이지 형식적으로 아무렇지 않게 재차 묻는다.

"뭔가 특이한 점은 없었습니까?"

"……특별히 그런 건 없었어요. 침울한 얼굴도 하지 않았고, 그렇다고 해서 부자연스러운 부분도 없었던 거 같아요. ……원래 오빠는 감정을 얼굴에 나타내는 편이라서, 그런 게 있었다면 바로 제가 눈치 챘을 텐데 집에 돌아갈 때까지 평상시와 같은 모습이었어요."

그것이 이상해서……라고 하려다 입을 다물었다. 어떤 마음의 작용인지 오빠가 평상시와 다르지 않았다는 것을 미묘하게 과장하고 있는 자신을 발견했다.

'무슨 생각으로 이런 말을 하는 걸까?'

형사는 눈을 내리뜨고 흠, 흠 하며 고개를 끄덕이고 있었는데, 무언가 잠시 생각하더니 갑자기 눈을 들어 한 번 더 확인했다.

"특이한 점은 전혀 없었던 거죠?"

"없었어요."

"유서 같은 건 받으셨습니까?"

생각지도 못한 말이 사치코의 입에서 튀어나왔다.

"유서 같은 거 못 받았어요."

그렇게 말하고 바로 깨달았다.

방금 살짝 마음을 스쳐 간 생각이 무엇인지. 짓궂은 장난을 쳐서 조금 노요리 가즈에를 혼내줘야지. 마음속 깊은 곳에서 그렇게 생각했던 것이다.

(1939.11.19)

## 제32회

### 낙엽의 기록(7)

오빠는 벽 쪽에 바싹 붙인 침대 위에서 쓸쓸하고 고요한 모습으로 눈을 감고 있었다.

코와 볼이 가시처럼 우뚝 솟아 있고, 볼이 움푹 들어가 그 주변에 뭐라 말할 수 없는 핼쑥한 그늘 같은 것이 있었다.

고요한 고인의 얼굴이었다. 고뇌의 빛도 없고 비애의 흔적도 없다. 넋이 나간 듯 멍한 표정이 사치코의 슬픔을 자아냈다.

겨울 파리가 한 마리 날아와 오빠의 얼굴 위에 앉았다.

사치코는 그것을 내쫓으려고 팔을 뻗는 순간, 가슴속을 도려내는 것 같은 극심한 비애감이 북받쳐 올라왔다.

갑자기 눈물이 쏟아졌다. 손으로 얼굴을 닦을 여유도 없었다.

쓴 눈물이 계속해서 흘러 나와 아무리 해도 멈추질 않았다.

몸이 찢기는 듯한 통렬한 슬픔에 휩싸이면서, 사치코는 태어나서 처음으로 혈육의 정이라는 것을 확실히 느꼈다.

따로따로 떨어져 있어도 그립다는 생각도 하지 않았고, 도쿄에 오고 나서도 먼저 만나고 싶다는 생각조차 한 적이 없는 오빠였지만, 마음속 깊은 곳에서는 얼마나 오빠를 사랑했고 의지하고 있었는지를 여의고 보니 그것을 아주 확실하게 알게 된 것이다. 자신에게는 이제 오빠가 없다.

'난 결국 외톨이가 되어 버렸어!'

쓸쓸한 느낌이 슬픔 속에 스며든다.

겨울의 옅은 햇살이 비치는 이 텅 빈 방 안에서, 오빠의 시신을 마주하고 울고 있는 모습이 정말로 쓸쓸하게 자신의 마음속에 비친다.

고요한 방에 자신의 울음소리가 가득 차며, 벽에 메아리쳐 울림을 만들어 낸다. 그것은 너무나도 서글펐다.

도쿄에 온 후에 갈팡질팡하는 모습은 있었지만, 어렸을 적 오빠는 소극적이고 마음이 상냥했다. 언니는 빨리 시집을 가서 남매 둘이서 살아가야 했기 때문에, 항상 서로 의지하며 지냈다.

오빠와 보냈던 그 시절 추억이 조용히 마음속을 흘러간다.

'아아, 그런 일도 있었지.'

사치코는 소리를 내며 울었다.

"이젠 다 끝나 버렸어. 전부 추억 속에만 남아 있어."

슬픔은 점점 사라지고 그 대신 분노와 비슷한 감정이 가슴에 사무쳐 온다.

오빠는 살아갈 힘을 잃어버려서 자살한 것이겠지만, 사치코에게는 뭔가 눈에 보이지 않는 가혹한 것이 연약한 오빠를 쓰러뜨려 생명을 빼앗아 버린 것 같았다.

"정말로 연약한 오빠였으니까……."

문뜩 오빠 유서의 한 구절이 생각났다.

'내가 자살하는 원인은 분명히 가즈에에게 있다. 하지만…….'

"오빠는 가즈에한테 살해당한 거나 마찬가지 아니었을까?"

그렇게 중얼거리자 생각지도 않게 무언가 가슴을 죄어오는 것을 느꼈다.

이 생각에는 확실한 근거가 있었다.

저 염치없고 뻔뻔한 가즈에가 유약한 오빠에게 어떤 식으로 장난을 치고 이용해서 소모시키고, 그리고 결국에는 버렸는지, 그 방법의 세세한 부분까지 하나하나 확실히 알 수 있을 것 같았다.

낮고 애절한 비구름이 움직일 때마다, 죽은 오빠의 얼굴 위에 엷은 빛이 비치기도 하고 그늘지기도 했다.

그 모습을 가만히 바라보고 있는 사이에, 형사에게 그렇게나 심한 거짓말까지 한 것이, 결코 단순한 감정에서 나온 것은 아니라는 것을 알았다.

"오빠는 역시 가즈에한테 살해당한 거나 마찬가지야."

이성이 격렬한 분노의 감정 속에서 죽어가고 있었다.

(1939.11.20)

# 제33회

**투지**(1)

노요리 가즈에에 대한 격렬한 분노가 뜨거운 피처럼 온몸을 휘돌았다.

사치코는 잠시 끓어오르는 감정에 몸을 맡겼다.

분노가 증오로 변하고, 일종의 확고한 관념처럼 되어 마음속 깊은 곳에 묵직하게 자리 잡았다.

격정이 서서히 가라앉아 볼에 달아올랐던 피가 조용히 식어 가고 있음을 알았다.

사치코는 자신의 귀에도 잘 들리지 않을 정도의 목소리로 중얼거렸다.

"그냥 둘 수 없어!"

사치코는 핸드백에서 거울을 꺼내 자신의 얼굴을 천천히 비쳐 보았다.

핏기가 없는, 표정을 상실한 노의 가면처럼 새파란 얼굴이 거울에 비쳤다.

늘 보던 익숙한 자신의 얼굴이 아니다. 전혀 모르는 낯선 얼굴이 거기에 있었다.

사치코는 오빠의 귀에 입을 가까이해서 한 번 더 중얼거렸다.

"제 얼굴을 잘 봐 두세요. 그년을 쓰러뜨리는 그 날까지 이 얼굴은 결코 웃지 않을 거예요. 어떤 작은 웃음이라도……맹세할게요!"

조금 입을 열고 있는 쓸쓸한 세이지로의 얼굴 위에 또 엷은 빛이 비친다. 천장 가까이에서 파리의 날갯소리가 나고 있었다.

"너무나 슬픈 얼굴을 하고 있네요, 오빠. ……당신은 단정한 옷차림을 좋아했죠. 전 오빠의 그런 취향들을 싫어했지만, 호기를 부리려면 부렸으면 됐지, 왜 끝까지 그것을 고집하지 않았어요? ……무슨 일이든 괜찮지만, 마지막까지 버티지 못한 당신의 그런 나약함을 난 인정할 수 없었어요. ……지금까진 이런 쓸데없는 말은 한마디도 하지 않았지만, 이게 마지막이니까 잘 들어 두세요. ……정말 한심한 사람이네요, 이렇게 죽어 버리다니. 적어도 이런 얼굴을 여동생에게 보이지는 말아야죠."

사치코의 눈에서 조용히 눈물이 흘러나왔다.

"있잖아요, 오빠, 당신은 어떻게 죽은 거예요? 아마 몸치장을 할 틈도 없이 바빴나 보네요. 오빠도 이런 얼굴로 죽고 싶지는 않았겠지만……. 잠시만 기다려요. 제가 지금 아름답게 해 드릴게요. 가루분을 바르고, 립스틱을 발라서 그 누구의 죽은 얼굴보다도 아름답게 해 드릴게요. 기다리고 계세요, 지금 바로 할게요."

사치코는 거즈에 콜드크림을 발라 오빠의 얼굴을 정성스럽게 닦아 내고, 분첩으로 가루분을 옅게 발랐다. 그리고 볼연지와 립스틱을 바르고, 예쁘게 눈썹을 그렸다. 이것이 오빠에게 해 주는 여동생의 마지막 책임이라는 애절한 생각이 가슴속에 사무쳤다.

세이지로의 입술은 갑자기 생기가 넘치는 빨간 꽃이라도 핀 것처럼 보이고 볼은 아련히 엷은 분홍색으로 물들어, 뭔가 즐거운 일이 있어서 설레는 듯 보이기도 했다.

"……어쩜 이렇게 예뻐졌어요! 마치 결혼식 날 아침처럼 예쁜 얼굴이 되었네요. ……정말 좋네요. 내친 김에 조금 웃어 보세요."

이런 오빠의 얼굴도 이제 곧 이 세상에서 볼 수 없게 된다고 생각하니, 슬프다기보다는 쓸쓸한 기분이 더 커서 앞으로 이런 거친 세상을 혼자서 살아갈 외로움이 새삼 뼈아프게 느껴졌다.

사치코는 오빠의 죽은 얼굴을 마주한 채, 오랜 시간 동안 움직이지 않고 의자에 앉아 있었다.

시간이 조용히 흘러간다, 사치코는 시간의 흐름을 완전히 잊고 있었다.

갑자기 침실 문이 열리며 은빛 여우 목도리를 한 살집이 좋은, 어딘가 기름기가 흐르는 느낌의 서른일곱, 여덟의 부인이 들어왔다.

사진으로 본 적이 있는 노요리 가즈에였다.

(1939.11.21)

# 제34회

**투지(2)**

"어머, 누구시죠?"

아무도 없을 거라 생각하고 들어왔는데 기시모토의 시신 머리맡에 젊은 여자가 앉아 있는 것을 보고, 가즈에는 의외라는 듯이 침실 문 옆에 멈춰 서서, 험상궂은 눈을 하고 따지듯 물었었지만, 이내 알아차린 듯 바로 상냥한 얼굴로 변했다.

"아아, 여동생이군요? 죄송해요, 이번에 이런 뜻밖의 일로……."

시끄럽게 지껄이면서 사치코 쪽으로 다가왔다.

"생각지 못했다고는 해도 정말 이런 경우도 있네요. ……깜짝 놀랐어요. 도저히 정말이라고는 믿어지지가 않아요."

노요리 가즈에의 출현은 확실히 조금 빠른 감이 있었다.

사치코는 아직 마음의 준비가 충분히 되어 있지 않았기 때문에 조금 놀랐다. 하지만 생각보다 침착한 자신을 보고 안심했다. 투지라고 할까, 아플 정도로 가슴을 죄어오는 것이 느껴졌다.

언젠가는 타도해야 할 상대를 조용히 바라보면서, 사치코는 첫마디를 꺼냈다.

"당신은 누구시죠?"

가즈에는 과장스러운 동작으로 대답했다.

"저는 노요리예요. ……노요리 가즈에."

"무슨 일로 허락 없이 들어오신 거죠?"

"……."

사치코의 태도는 가즈에를 놀라게 한 것 같았다. 순간, 눈을 크게 뜨고 사치코의 얼굴을 다시 쳐다봤지만, 기시모토의 여동생이라면 자신과 기시모토의 관계를 모를 리 없는데, 이렇게 타박을 받을 리가 없다는 듯 덤비는 말투로 말했다.

"그러니까, 저는 노요리라고 말씀을 드렸는데요."

사치코는 차갑게 받아쳤다.

"그건 방금 들었어요."

"……."

'무슨 일이 있어도 오빠 곁으로 가지 못하게 할 거야!'

"여긴 오빠 침실인데, 허락도 없이 마음대로 들어오셨네요."

가즈에는 부끄러운 듯 엷은 웃음을 지었다.

"어머, 당신은 기미모토 씨와 저에 대해서 모르셨나요?"

설마 그럴 리 없을 거라는 얼굴로 태연하게 의자에 앉으려 하자, 사치코는 비난하듯이 말했다.

"보시다시피 여긴 오빠의 시신이 놓여 있으니까, 용무가 있으시면 저쪽 방에서 듣도록 할게요."

상당히 차가운 말투이지만 분노도, 증오의 모습도 보이지 않는다. 침착한 사치코를 바라보며 이 아이는 도대체 무슨 생각을 하고 있는 것인지 당황스러운 얼굴을 한다.

"그러네요, 어디서든 이야기는 할 수 있지만……."

이 방에 미련이 남아 우물쭈물하는 것을 밀쳐내듯 옆방으로 내보내고는, 손으로 쾅! 침실 문을 닫았다.

"무슨 일로 오신 거죠?"

가즈에는 살이 많이 올라 있는 통통한 턱을 바짝 당기고는, 어떻게 말해야 할지 초조한 듯이 대답한다.

"아무것도 모른다면, 옛날에 있었던 일부터 자세하게 이야기해야 겠네요……."

"그런 이야기를 들어도 소용없어요."

가즈에는 '이년이!'라는 듯이 눈을 번뜩였지만, 바로 쓴웃음을 짓는다.

"너무나 무서운 얼굴을 하고 있네요. 이런 대우를 받을 거라곤 생각도 못 했어요."

사치코는 상대도 하지 않는다.

"용무만 말씀해 주세요."

가즈에도 할 말을 잃은 듯한 모습이었다.

(1939.11.22)

## 제35회

### 투지(3)

가즈에는 조금 화난 얼굴을 했지만 바로 침착하게, 그쪽이 그렇게 나온다면 이쪽은 이렇게 하겠다는 식으로 더욱 깔보는 말투로 말했다.

"이야기를 단도직입적으로 시작하는 건 저도 찬성이에요. 언제까지고 이런 일에 얽매여 있을 여유는 없으니까요."

어떻게 분풀이를 해야 할지 생각하며 뚫어지게 사치코의 얼굴을 쳐다본다.

"정말로 이럴 수 있나요? 그만둔 이상 죽든 살든 자기 맘이라고 하면 그뿐이지만, 저에게는 정말로 민폐예요. 이렇게 된 이상 저희가 뭔가를 더 배려하는 건 어리석은 이야기지만, 백화점 이름도 있고 하니, 기시모토 씨의 뒤처리는 역시 저희 쪽에서 하는 수밖에 없어요."

사치코는 냉담하게 딱 잘라 거절했다.

"감사한 말씀이지만 그건 사양하겠습니다. 그렇게 하실 이유는 없으니까요."

가즈에는 흥 하고 콧방귀를 뀌고는 다시 말했다.

"이유는 지금 말씀드린 대로입니다만, 기시모토 씨가 지배인을 그만둔 건 저와 그 사람 사이의 일로, 아직 공식적이지 않기 때문에, 가게로서는 역시 그 정도의 처리는 해야 해요. 가게 규칙도 있고 게다가……."

너 같은 꼬맹이가……라는 경멸하는 눈빛으로 힐끗 내려다본다.

"게다가 당신이 그런 이야기를 하는 건, 좀 쓸데없는 참견 아닌가요?"

너 따위는 꺼지라고 말하는 듯한 말투였다.

사치코의 마음속에서는 첫 공격을 할 준비가 되어 있었다. 어디 두고 보라고 생각하면서, 애써 온화한 어조로 말했다.

"이건 오빠의 뜻이기도 해서 여동생으로서 역시 거기에 따르는 게……."

아니나 다를까 가즈에는 갑자기 눈을 번뜩인다.

"……뭔가 그런 내용의 유서라도?"

"글쎄요, 뭐라고 말씀드려야 할까요. ……유서라기보다는 오히려 감상이라고 하는 게……."

가즈에는 태도를 바꿔 타산적인 어조로 재차 물었다.

"어머, 그랬군요! 여기엔 유서 같은 것도 없고, 무슨 원인으로 자살했는지 모르기 때문에 경찰이 이것저것 물으러 와서 정말 난감했어요. 설마 내가 죽였다고 생각하고 있진 않겠지만, 시끄러운 건 질색이라. 그런 게 있었다면 정말 안심이네요. ……그래서 그 편지 지금 갖고 있나요?"

사치코는 핸드백에서 오빠의 유서를 꺼내 그것을 작은 테이블 위에 놓았다.

가즈에는 뻔뻔스럽게 바로 손을 뻗는다.

"이거 제게 잠시 빌려줄 수 있나요?"

"사양할게요."

"내가 곤란하다는 것을 빤히 알고 있으면서 그렇게 말씀하시는 거예요?"

"어쨌든 간에 제 자유예요. 이건 오빠가 저에게 보낸 개인 편지니까요."

만만치 않다고 생각했는지 갑자기 분위기를 바꾼다.

"그러네요. 제 말투가 좋지 않았네요. ……그럼, 신문 기자들에겐 납득할 수 있게 당신이 보여주세요."

"원하신다면 그렇게 할게요. ……하지만 미리 말씀드리지만 이 편지에는 자살의 원인 같은 건 조금도 쓰여 있지 않아요. 쓰여 있는 건 좀 다른 거예요."

가즈에는 깜짝 놀란 듯 거의 혼잣말처럼 말했다.

"어떤 내용이 쓰여 있을까."

"방탕한 생활의 고백이나, 시부야 백화점의 계략, 그리고 지난번 도쿄 상회 사재기의 경위……."

어떤 엉터리 같은 이야기라도 아무렇지 않게 말할 수 있을 것 같았다.

(1939.11.23)


## 제36회

**투지(4)**

가즈에는 당혹감을 애써 감추려고 차갑게 콧방귀를 뀌었지만, 그것은 격한 마음의 동요를 드러내는 데에 도움이 될 뿐이었다.

"후후, 비열하네. 자살하는 순간에 그런 짓을 하다니, 기시모토 씨가 할 것 같은 행동이네요."

"오빠는 당신의 가게와는 이미 관계가 없는 사람이에요."

"어쨌든 비열한 거죠."

"어머, 왜 그렇죠? ……우리들은 서로 다 속내를 털어놓고 이야기해 온 남매예요. 오빠가 여동생에게 어떤 편지를 쓰든, 당신한테 비열하다는 말을 들을 이유는 없어요."

가즈에는 이를 꽉 깨문다.

"그럼, 방금 나와 기시모토의 관계를 모른다고 말한 건 거짓말이었네요."

"그렇게 말씀드린 건 당신에 대한 예의예요."

"대단히 침착하네요. 역시 기시모토 씨의 여동생이네요."

말로는 강한 것처럼 이야기하면서 손으로는 무의식적으로 손수건을 꽉 잡고 있었다. 가즈에가 얼마나 불안하고 초조해 하는지 확연히 알 수 있었다.

걷잡을 수 없는 감상적인 오빠의 유서…….

그 안에 오빠와 가즈에의 방탕한 생활의 고백과, 백화점의 악랄한 계략이 자세하게 폭로되어 있다는 것은, 사치코의 투지에서 비롯된 순간적인 발상이었지만, 그 효과는 사치코조차 예상하지 못할 정도로 확실한 것이었다.

가즈에를 쓰러뜨리려고 해도 어떤 식으로 하면 좋을지, 지금까지 찾을 길이 없었지만, 가즈에가 뜻밖에 당황하는 모습을 보이자 막연하게나마 그 방법을 알게 되었다.

가즈에는 어떻게 대응하면 좋을지 생각하며, 속눈썹을 내리깔고 한쪽 구석을 바라보고 있다가 돌연, 사치코 쪽으로 고개를 획 돌린다.

"저기, 그 편지 나한테 팔아요."

사치코가 대답을 하지 않자, 가즈에는 그것을 승낙의 의미로 이해했는지, 살집이 좋은 무릎을 앞으로 쑥 내민다.

"그 대신 충분히 보상할게요."

핸드백에서 수표장과 만년필을 꺼내 재빨리 금액을 써서 그것을 테이블 위에 놓는다.

"3천 엔으로 합의해 줘요. 괜찮은 가격이에요."

누군가 문을 노크한다.

특이하게 성급한 노크 방식에 사치코는 모즈 히사타케가 왔다는 것을 바로 알았다. 기뻤다.

가즈에는 곤혹스러운 표정을 지으며, 사치코에게 대답을 하지 말라는 듯한 눈짓을 했지만, 그보다 먼저 사치코는 침착한 목소리로 외치고 있었다.

"누구세요? 괜찮으니까 들어오세요."

히사타케는 체비엇(cheviot)[16] 옷을 깔끔히 입고, 손에 모자를 들고 조금 벗겨진 이마를 내밀 듯이 두 사람 쪽으로 다가와서, 가즈에 얼굴에 빈정대는 미소를 보낸다.

"오늘 아침 신문에서 읽었는데, 이 일은 아무리 여장부라도 조금 충격이었지?"

---

16 잉글랜드와 스코틀랜드 경계의 체비엇 지역의 양털로 짠 모직물. 조직이 치밀하고 전체적으로 광택이 있다. 주로 재킷, 코트, 신사복 등에 쓰인다.

노리코의 계략에 걸려서 약간의 푼돈으로 게이코와의 이혼을 승낙한 이래, 노리코, 게이코, 가즈에 이 세 명을 눈엣가시로 여기고 있다는 것은 가즈에도 잘 알고 있기 때문에, 가즈에에게 이 상황은 너무나도 좋지 않았다.

"저는 괜찮아요. ……그보다 당신, 이 분과는 아는 사이예요?"

"기시모토 사치코 양은 우리 다이토 상회(大都商会)의 충실한 비서지. 불행한 일을 당했다고 해서 잠깐 애도의 말을 전하러 온 참이야. ……보아하니 두 사람 다 상당히 심각한 표정을 하고 있는데, 뭔가 이야기 중이었나?"

가즈에가 얼버무리려고 하자, 사치코가 거침없이 말을 해 버렸다.

"노요리 씨가 오빠의 유서를 3천 엔에 사 주신다고 하네요. 테이블 위에 있는 수표가 그거예요."

(1939.11.24)

# 제37회

**투지**(5)

히사타케는 테이블 위의 3천 엔짜리 수표와 기시모토 세이지로의 유서를 유심히 번갈아 보았다.

"흠, 이 편지를 말이지."

히사타케는 이렇게 말하고는, 빨리 숨김없이 털어놓으라는 식으로 사치코에게 재빨리 눈짓을 했다.

사치코는 짐짓 차분한 말투로 말했다.

"유서라기보다는 오히려 참회록 같은 거예요. ……노리코 씨와의 끔찍한 생활에 대한 후회나, 엉망으로 백화점을 운영하는 방식, 그런 것을 남김없이 상세하게 밝히고 있어요. ……본질은 정말로 유약했던 사람이기 때문에, 오빠로서는 자살하기 전에 적어도 이런 거라도 남겨놓지 않으면 도저히 참을 수 없었을 거라고 생각해요."

히사타케는 별안간 실실 웃기 시작한다.

"농담……."

코끝으로 튕기듯이 말하고 나서 말을 잇는다.

"그렇다면 이 값이 아니죠. 한 자릿수 정도 단위가 다르네요, 그럼."

가즈에는 과연 머쓱해진 듯이 조금 당황한 모습을 보인다.

"히사타케 씨, 당신이 상관할 바 아니니까, 잠자코 계세요."

히사타케는 가즈에 쪽으로 통쾌한 듯이 곁눈질을 한다.

"참견할 권리는 없을지 모르지만, 당신이 상심하는 걸 통쾌하게 생각해도 좋을 이유가 있거든."

가즈에는 지지 않는다.

"푸념을 할 거면 노리코나 게이코한테 하세요. 엉뚱한 사람한테 하지 말고요."

이렇게 반박하고는 사치코를 향해 말을 이었다.

"이제 그만 옥신각신하고 이야기를 끝낼까요? 어서 팔아요, 밑지는 거래는 아니에요."

사치코는 내동댕이치는 듯한 어투다.

"그만둘게요."

"그게 최종 답변이에요?"

"그리고 백화점에서 치루는 장례도 분명히 거절할게요."

가즈에는 오늘은 때가 아니라고 생각했는지 단념한 듯 수표를 집어 핸드백에 넣고는, 시치미 떼며 미소를 짓는다.

"다음에 다시 상황을 보고 다른 사람을 보내도록 하기로 하고 오늘은 이쯤에서……."

천천히 일어나며 히사타케 쪽을 본다.

"조만간 어디서 한 번 볼까요?"

히사타케는 상대도 하지 않는다.

"글쎄, 굳이. ……나는 아줌마를 싫어해."

"무슨 인사가 그래요. 여자가 싫어하는 타입이에요, 당신은."

히사타케는 그 말에 대답하지 않고, 힐끗 가즈에의 얼굴을 올려다본다.

"아래층 갤러리에서 형사가 기다리고 있어. 뭔가 심각한 이야기였어. 너무 기다리게 하지 말고 가 봐."

가즈에는 아무렇지 않은 듯 '이런, 또야.' 라고 가볍게 받아들였지만, 역시 얼굴빛이 확 어둡게 변해 내키지 않는 모습으로 방에서 나갔다.

가즈에와 히사타케가 듣기 싫은 대화를 하는 동안, 사치코는 직면

한 문제를 생각하고 있었다.

우선 오빠의 뒤처리를 하지 않으면 안 되었지만, 사치코의 지갑에는 5~6엔밖에 돈이 없었다.

원래는 오빠의 가구라도 팔아서 어떻게든 처리하려고 했지만, 허접한 이불이나 바닥 전등으로는 얼마 되지 않을 것 같았다.

해서 안 될 것은 없지만, 오빠의 불쌍한 얼굴을 보자, 그런 비참한 장례식으로 끝을 낼 수는 없었다.

5분 정도 깊이 생각하고 나서 마음을 정했다.

'히사타케에게 몸을 팔아 그 돈으로 멋진 장례를 치르자. 어차피 이 일은 히사타케도 돕게 할 필요가 있기도 하니……'

"……부탁이 있는데요, 저쪽 방까지 같이 가 줄래요?"

히사타케는 조금 놀란 듯한 얼굴이다.

"이야기라면 여기에서도 할 수 있잖아요."

"오빠의 유해 앞에서가 아니면 할 수 없는 이야기예요."

(1939.11.25)


## 제38회

**투지**(6)

오빠의 유해 앞에서 히사타케와 마주 앉자, 사치코는 마지막으로 다시 한번 결심을 확인하기 위해 눈을 감았다. 마음이 바로 호응했다.

'무슨 희생을 치르더라도!'

이 결의는 이성의 힘으로는 어찌할 수 없는 일종의 광신에 가깝다는 것을 확실히 인지했다.

호색한인 히사타케에게 자신의 순결을 파는 것도 광기와 같은 이 투지 앞에서는 거의 아무런 값어치도 없는 것이었다.

'오빠, 제 몸을 팔아서 멋진 장례를 치러 드릴게요. ……당신은 제가 지금 무슨 생각을 하고 있는지 알고 있죠? ……당신이 고통스러웠던 만큼 반드시 가즈에한테 복수할게요. 그년이 쓰러질 때까지는 죽어도 멈추지 않을게요. 부디 지켜봐 주세요!'

히사타케는 게이코로부터 받은 5만 엔의 위자료로 유압식 연마기와 래핑 머신의 발명권을 싸게 구입해, 우라타(浦田)에 작은 제조공장을 만들고 마루노우치 나카도리(丸之內中通) 로에 사무실을 내서 정밀기계 종류의 무역을 하고 있었다.

사치코가 선배의 소개로 히사타케의 상사에 전표 담당자로 취직한 것은 지난해 봄의 일이었다. 히사타케가 노리코의 호의는 게이코와의 이혼을 승낙시키기 위한 계략이었다는 것을 확실히 알아차린 지 얼마 되지 않았던 때였다.

노리코 건에는 강경한 히사타케도 힘들어 보였는데, 친절하게도 취직하자 마자 바로 맹장염에 걸린 사치코를 불쌍히 여겨서, 입원부터 퇴원 후의 뒷바라지까지 일체를 떠맡아 주었다.

사치코는 처음 도쿄에 온 지 얼마 되지 않아서, 도쿄에서 생활한다는 자체가 전혀 자신이 없었던 때라 히사타케의 이런 친절이 매우 감사했다.

그해 여름 사변이 일어났고, 호황의 파도를 탄 절호의 호기가 바로 눈앞에 와 있는데, 히사타케는 노리코 건으로 완전히 자포자기해서, 거래도, 공장의 감독도, 기계 납입도 전부 내동댕이치고는 아카사카(赤坂)나 신바시에서 주색잡기에 빠져 상사에는 통 붙어있지 않았다.

사치코는 그냥 보고 있을 수 없어서 히사타케 대신에 공장에 나가 제작 독촉을 하거나 규격검사에 입회하거나 주문처와 절충하는 등, 그야말로 잠잘 틈도 없이 분투해서, 이 호기에서 일탈할 위험을 극복하기 위해 열심히 노력했다.

사치코의 노력 덕뿐만이 아니라, 거기에는 큰 흐름이 작용하여 어떻게든 낙오하지 않고 끝났다고 사치코가 안도의 한숨 돌렸을 때쯤에는 히사타케의 상회는 정밀기계 상회 사이에서 어엿한 위치로 성장해 있었다.

히사타케가 간신히 제정신을 차리고 4개월 만에 방탕한 생활에서 돌아오자, 싫든 좋든 공장 확장을 하지 않으면 제작 주문에 대응할 수 없는 상태였다. 이는 스물여섯밖에 안 되는 아가씨의 가는 팔로 해냈다고는 도저히 믿을 수 없을 정도였다.

히사타케는 당연히 감격하여 4개월간 사치코가 처리한 거래의 성과를 정확히 계산해서 상당한 금액을 상여금으로 주려고 했지만, 사치코는 딱 잘라 거절하고는 뒷일은 히사타케에게 일임하고 자신은 이전의 전표 담당자 위치로 물러났다.

사치코로서는 일전의 히사타케의 친절에 보답할 생각으로 한 것이었지만, 히사타케는 그렇게 생각하지 않고 매우 진지하게 사치코에게 청혼을 했다.

사치코는 게이코나 노리코와의 추잡한 경위를 다 알고 있었을 뿐만 아니라, 히사타케의 자만심과 저능함에 질려서 기회가 있을 때마다 집요하게 다가오는 히사타케를 상대조차 하지 않았다.

사치코가 눈을 감고 있는 것을 기도라도 하고 있다고 생각한 듯 히사타케도 기특하게 고개를 숙였다. 이런 모습으로도 마음속으로는 무슨 생각을 하고 있는지 알 수 없다고 생각하니 너무나 우스웠다.

사치코는 담담하게 말을 꺼냈다.

"모즈 씨, 제 몸을 사 주실래요? ……부탁이라는 건 이거였어요."

히사타케는 어안이 벙벙해서 사치코의 얼굴을 거듭 바라보고 있었다.

(1939.11.26)

## 제39회

**투지**(7)

히사타케는 바로 대답하지 않고 상황을 파악하려는 눈빛으로 사치코의 얼굴을 바라보면서 물었다.

"도대체 무슨 말이죠, 그건?"

사치코는 담백한 어조를 바꾸지 않고 대답했다.

"다 알고 있는 걸 되묻지 마세요. ……지금 여기에 돈이 필요한 일이 있잖아요. 그 때문이에요."

"무슨 바보 같은 말을! 그거 때문에 내가 이렇게 와 있잖아요. ……시대에 뒤처진 이야기는 하지 말아요, 언짢으니까."

"언짢으셔도 어쩔 수 없어요. 뭐라고 말해도 마찬가지예요. 틀림없으니까요."

히사타케는 마음속의 격정과 싸우는 듯 턱을 끌어당겨 침묵하고 있었지만, 목소리는 떨렸다.

"결혼해 주지 않을래, 그런 시시한 말 하지 말고."

"용서해 주세요. 그건 이미 몇 번이나 말씀드렸잖아요. 사 주셨으면 싶은 건 몸뿐이에요. 당신에게 은혜를 입을 정도라면, 저는……."

히사타케는 끝까지 이야기하지 못하도록, 하려는 말을 끊었다.

"잘 알았어요. ……그러니까 확실히 하면 되는 거죠? 그렇다면 간단하잖아요. 돈을 빌려줄 테니 일을 해서 갚아주세요. 더 확실히 하고 싶으면, 보증인도 세우고 이자도 내도록 해요."

"지금 월급으로는 제 코가 석 자라, 그것으로 빌린 돈을 갚는다는 약속을 해도 그건 거짓말이에요. 저도 지금 이상으로 생활을 비참하게 할 생각은 없기도 하고요."

히사타케는 돌연 손을 뻗어 사치코의 두 손을 잡고는, 이렇게 하면 상대의 마음에 호소할 수도 있다는 듯 격하게 흔들었다.

"결혼해 줘요, 부탁이에요."

사치코는 히사타케에게 손을 잡힌 채 냉담하게 말했다.

"신사인 척하지 마세요. 당신이 원하는 건 제 몸뿐이잖아요? 그럼 그걸 사세요. 저도 보통 아가씨보다는 훨씬 잘 팔고 있는 거예요. 저의 의지는 어떤 경우라도 당신의 간섭을 받지는 않을 거니까요."

히사타케는 움찔하며 볼에 경련을 일으키더니, 거칠게 손을 뺀다.

"안 사요. 그런 생각이라면 사지 않을래요."

어차피 연극이겠지만, 히사타케의 이런 반응은 조금 의외였다. 사치코는 조용히 받아들인다.

"싫다면 그만둬도 좋아요, 다른 사람에게 사 달라고 하면 되니까요……. 그럼 이제 돌아가 주실래요? 저는 일이 있어서요."

히사타케의 눈에 눈물이 맺히기 시작했다. 크게 눈을 뜬 채, 마음을 진정시키기 위해 숨을 죽이고 있었지만, 얼마 안 있어 낮은 목소리로 불쑥 말했다.

"살게요! 얼마예요?"

"1년 이율로 천 엔은 어때요?"

슬픔을 참으려는 듯 어금니를 악물면서, 입술 사이로 대답했다.

"좋아요!"

그렇게 말하고는 수표장을 꺼냈다.

"현금이 좋죠? 지금 바로 갖고 오라고 할게요. ……그건 그렇고 혼자서 괜찮아요? 혹시 일손이 필요하면……."

"괜찮아요, 장의사와 둘이서 어떻게든 해 볼게요. 장례식도 혼자가 좋아요……. 아무도 찾아오지 않는 게 편해요. ……정말 죄송하지만,

돌아가시는 길에 하쿠젠샤(博善社)[17]에 전화 좀 해 주실래요?"

"아, 좋아요."

히사타케는 모자를 집어들고 일어서면서 무슨 말인가 하려 했지만, 결국 아무 말 없이 어깨를 흔들며 나갔다.

바로 하쿠젠샤의 종업원이 찾아왔다.

요쓰야 고샤(四谷郷社)[18] 신사에서 신관처럼 하카마(袴) 바지를 질질 끌고 있는 것이, 뭔가 이 장소의 상황과 어울리지 않았다.

"역시 불교식으로 치르시겠습니까?"

"가장 간단한 건 뭐예요?"

종업원은 놀란 듯한 얼굴로 되물었다.

"간단, 하다는 건?"

(1939.11.27)

# 제40회

### 투지(8)

긴 밤이 지나고 새벽빛이 창가에 들이비친다. 관에 비치는 촛불의 불꽃이 약간 붉어져, 방 구석구석이 어렴풋이 밝아졌다.

---

**17** 1915년에 일본에서 최초로 설립된 장례와 화장을 업무로 하는 회사.

**18** 현재 신주쿠에 위치한 스가 신사(須賀神社)의 옛 이름.

방 가득히 늘어놓은 백합과 장미, 난의 향기와 선향 냄새가 뒤섞여, 공기는 썩은 것처럼 답답하게 정체되어 있다.

사치코는 의자에서 일어나 창문을 열었다. 거기로 차가운 아침 바람이 불어와, 흔들흔들 촛불의 불꽃을 흔든다.

아주 맑은 아침이었다. 눈 아래로 수로의 물 위에 오리 세 마리가 떠 있고, 당송(塘松) 나뭇가지 끝이 아침 햇살로 붉게 물들고 있었다.

아무런 감회도 없다. 고요한 무감정이 물처럼 가슴 깊은 곳에 스며든다.

나가사키(長崎)에는 선조의 묘지가 있지만, 저렇게 도쿄를 사랑했던 오빠이기에 역시 이곳의 흙이 되는 편이 맘에 들 거란 생각에 유골은 도쿄에 묻기로 했다.

묘지 구입이나 비석 설치까지 일체를 하쿠젠샤에 부탁해서 전부 선금을 주고 척척 처리해 버렸다. 절은 우시고메(牛込)의 고넨지(光念寺)가 좋을 거라고 해서 독경을 하러 온 승려에게 영대(永代) 회향료(回向料)로 꽤 많은 돈을 건넸다.

아파트에는 지금까지 발생한 경비를 지불하고, 따로 청소비로 상당한 금액을 내자 주인은 갑자기 다른 사람처럼 모닝코트를 입고 분향을 하러 왔다.

향을 피워 이마에 대고 일일이 "이크!"라며 기묘한 목소리를 내고는 공손하게 향로에 던져 넣었다.

11시경이 되어서 영구차가 왔다.

하쿠젠샤의 종업원은 오늘은 검은 신사복을 입고 팔에는 상장을 두르고 있다. 너무나도 형식적인 모습이 사치코의 화를 돋구었다.

세 명의 남자들이 관을 짊어지고 현관까지 나오자, 주인과 세 명의 사무원이 자랑스런 얼굴로 죽 늘어서 있었다.

관이 영구차에 실리고 이제 막 출발하려고 할 때, 마나미가 허둥지둥 택시에서 내렸다. 사치코가 자신의 아파트에 써 둔 편지를 보고 달려온 것이었다.

마나미는 정신없이 달려와서는 사치코의 손을 힘껏 잡았다.

"사치코……."

이미 눈에 눈물을 한가득 머금고 있었다. 사치코는 그 손을 마주 잡았다.

"잘 왔어."

마음씨 착한, 샘물과 같은 청결한 영혼을 가진 이런 사람을 한 명 친구로 두고 있다는 것이 너무나 감사해서 자신도 모르게 눈물을 흘렸다.

마나미는 솔직한 마음을 숨기려 하지 않고, 어떻게 하면 사치코를 위로할 수 있을지 마음을 졸였다.

"너하고 도쿄에서 처음 만나는 게 이런 날이라고는 생각지도 못했어."

둘이서 쭉 같은 기숙사에서 지내며 이 친구만이 나의 이상이라고 항상 생각했던 그 마나미가, 이런 때에 달려와 줘서 가슴이 벅찰 정도로 기뻤다.

"마나미, 네가 와주지 않았다면 나 혼자서 오빠를 배웅할 뻔했어."

꽃으로 묻힌 것 같은 매우 화려한 영구차지만, 그것을 배웅하는 것은 사치코 한 명뿐이라는 것을 알자, 마나미는 가슴이 미어져서 아무 말도 하지 않고 고개를 낮게 떨구었다.

이 청순한 친구. ……적어도 예전에는 나도 이러했다. 완전히 변한 자신의 모습을 되돌아보고 새삼스럽게 차분한 마음이 들었다.

두 사람이 올라타자 영구차는 천천히 움직이기 시작했다.

사치코는 배웅하는 네, 다섯 명의 사람들에게 가볍게 머리를 숙였다.

기리가야(桐ヶ谷)에 있는 화장터에서 돌아올 때쯤에는 이미 해가 저물고 있었다. 길가의 노란 색 국화가 눈에 들어왔다.

사치코는 무릎 위에 있는 오빠의 유골함을 품에 안으면서 낮은 목소리로 속삭였다.

"마나미, 내가 살아 있는 동안 네가 죽으면 안 돼. ……너만이 나의 힘이니까. 진심으로 부탁할게. ……왜 이런 말을 하는지 조만간 알게 될 테지만……."

(1939.11.28)

# 제41회

만찬(1)

마나미는 자기 방 창가에 앉아 상복의 하얀 옷깃에 턱을 파묻은 모습으로, 지난 3일간의 일을 회상하고 있었다.

마나미로서는 마음의 파도가 끊임없이 넘실거리는 듯한 어수선한 3일이었다.

불기운이 없는 응접실에 쓸쓸히 앉아 있자, 11시가 다 돼서야 겨우 두 사람이 돌아왔다.

게이코는 오랜만이라는 말도 없이, 선 채 냉담한 말투로 말했다.

"어머, 너였구나. ……먼저 자고 있지 그랬니."

눈치가 없는 애라고 말하는 것 같았다.

아키코는 응접실 입구에 우두커니 서서 슬쩍 곁눈질을 하고, 외투를 마루 위로 질질 끌면서 자신이 지내는 별채로 가 버렸다.

게이코 고모는 사진보다는 확실히 나이가 들어 보였지만, 놀랄 만큼 윤기가 있고 홀딱 반할 정도로 아름다웠다.

마나미는 반가움에 가슴을 떨면서, 자신을 도쿄로 불러 준 감사의 인사를 하려고 했지만 게이코는 익숙한 동작으로 제지했다.

"오늘 밤은 피곤하니까 이야기는 내일 하도록 해 줘."

그리고는 하녀에게 2층으로 안내하도록 했다.

창문이 두 개 있는 일곱 평 정도의 서양식 방으로 불기운은 없었다.

오랫동안 사용하지 않아 침대나 의자를 덮은 하얀 천 위에 먼지가 얇게 쌓여 있었다. 손님을 대비하고 기다린 흔적은 어디에도 없었다.

마나미는 옷을 벗고 잠옷으로 갈아입었지만, 많이 흥분한 탓인지 도저히 바로는 잠을 잘 수 없을 것 같아, 책상의 먼지를 털어내고 원장과 수녀들에게 편지를 쓰기 시작했지만, 음울한 편지가 될 것 같아 그것도 그만뒀다.

텅 빈 방 한가운데에 홀로 앉아, 차가운 밤기운을 온몸으로 느끼면서 매달리는 듯 사치코에 대해 생각했다.

매우 머리가 뛰어나고 의지가 강한, 유쾌한 성품의 아이였다.

여학부를 졸업하고 마나미는 학원에 남아 유치부의 보모가 되었고, 사치코는 나가사키에서 속기나 영문타이핑 공부를 해서 도쿄로 떠났다. 헤어진 지 4년이 되지만 두 사람의 마음은 바위 아래를 지나는 약한 물줄기와 같이 한결같아서, 연락이 끊기지 않고 한 달에 두 번 정도씩 마음을 담은 편지를 주고받았다.

이 한없이 넓은 바다와 같은 도시에 사치코의 모습이 견고한 바위처럼 우뚝 솟아 있다. 거기에만 도달하면 꽉 끌어안고, 몸도 마음도 쉬게 해줄 수 있었다.

다음 날 아침, 조식을 마치고 급히 사치코의 아파트로 가서 편지를 보고 깜짝 놀라 그곳으로 달려갔더니, 마침 영구차가 출발하려던 참이었다.

사치코는 슬퍼하는 기색도 보이지 않고, 턱을 바싹 당긴 채 영구차 옆에 서 있었다.

만나지 못한 4년 동안, 표정 속에 악랄한 것이 더해졌는지 뭔가 사나운 느낌이 들어 마치 다른 사람 같았다.

사치코와 둘이서 세이지로를 보내고 화장터의 대합실 한쪽에서 단둘이 유골을 기다리고 있었다.

장례도 역시 둘이서만 치렀다. 약한 겨울 햇살이 비치는 넓은 본당에서 서로 몸을 맞대고 독경을 들었다.

이것이 마나미가 도쿄에 도착한 다음 날의 일이었다.

마나미는 마음이 허전해져 무의식중에 옷깃을 끌어당겼다. 쉽게 마음이 가지 않는 대도시 생활의 전경을 한눈에 다 본 것 같은 기분이 들었다.

문을 두드리고 고모가 들어왔다.

사치코가 상복을 입은 채로 있는 것을 보고, 아름답게 바싹 깎은 눈썹을 찌푸린다.

"아직도 그런 모습을 하고 있었니? 초대한 손님이 있다니까, 말을 안 듣는구나. 빨리 옷을 갈아입거라, 오늘은 너에게도 중요한 날이 될 거야."

(1939.11.29)

# 제42회

만찬(2)

마나미는 놀라서 고모의 얼굴을 올려다봤다.

어제 오전에 사치코를 만나러 바삐 나가던 길에 식당 출구에서 고모가 내일 저녁은 손님이 올 테니 알고 있으라고 했다.

마음은 온통 사치코에게 가 있었고, 그리고 계속되는 마음의 착란 때문에 솔직히 그런 것을 생각할 여유조차 없었다.

고모가 그렇게 말해서 손님이 있다는 것만은 겨우 기억이 났지만, 오늘의 초대가 왜 자신에게 중요한 것인지 그 설명을 들은 기억은 없었다.

마나미의 당혹스러운 얼굴을 게이코는 일종의 냉혹한 눈빛으로 바라본다.

"왜 그렇게 놀란 얼굴을 하니? 어제 아침에 분명히 이야기해 두었는데. 잊은 거니?"

"잊기는요, 그런 일……. 하지만 중요한 날이라는 게 무슨 말인지 몰라서, 그래서……."

게이코는 '얘가!'라고 생각될 정도로 격앙됐다.

"그건 편지로도 썼잖니! 읽지 않은 건 아니지? 그렇게 모르는 척하지 말아 줄래?"

바로 기억이 났다.

"멋진 청년이 네가 돌아오기만을 손꼽아 기다리고 있단다."

고모가 편지 말미에 쓴 바로 그 이야기였다. 마나미의 마음 속에는 그다지 유쾌하지 않은 감정이 스쳐 지나갔다.

잊고 있었던 것은 이쪽 잘못일지도 모르지만, 그렇다고 해도 고모가 질책하는 이 방식은 상식을 벗어난 것이었다. 아무리 고모라고 해도 이렇게까지 말할 필요는 없었다.

"제가 잘못했어요. 그렇지만 왜 이렇게까지 혼이 나야 하나요?"

마나미가 그렇게 말하자, 게이코는 잠깐 당황한 듯한 기색을 보였다.

"그러게, 좀 그랬지? 어젯밤 잘 자지를 못해서, 오늘은 기분이 별로란다. 신경 쓰지 말거라."

마나미는 미소를 보였다.

"그런 거였다면 더 자세히 이야기해 주시지 그랬어요. 저에게도 중요한 일인 걸요."

"놀라게 해 주려고 했지."

수습하려는 것을 확실히 알았다.

마나미는 신경 쓰지 않으려고 노력하면서, 스스럼없는 말투로 말했다.

"이미 충분히 놀랐어요."

게이코는 이쪽으로 걸어와서 마나미와 긴 의자에 나란히 앉아, 조금 격식 차린 말투로 말했다.

"마나미, 있잖니. 내 마음을 솔직히 고백하면, 너는 이젠 나에게 둘도 없이 소중한 사람이란다."

마나미는 자신도 모르게 게이코의 얼굴을 쳐다봤다.

게이코는 입술 끝으로 확실히 우울한 미소를 짓는다.

"나는 불행한 결혼을 해서 그것만으로도 너무 힘들었어. 아키코는 저렇게 냉혹한 아이인 데다가, 우리들의 생활환경에는 손쓸 수 없는 부식성 같은 것이 있어서, 자기 자신을 소모시키기만 하고 있단다. 내 생활도 잘 설명할 수 없을 정도로 비참하지. 가정도 없고 사랑도 없어. 우리 같은 사람은 무엇에 의지하며 살아가면 좋을지 오랜 시간 얼마나 고민했는지 모른단다."

게이코는 애써 쾌활한 말투로 말을 이었다.

"너를 내 옆으로 부른 건 그 때문이란다, 마나미. ……내가 살아갈 목표를 너에게서 얻으려고……."

(1939.11.30)

# 제43회

**만찬⑶**

게이코는 자신이 한 말의 효과를 확인하려고 힐끗 마나미의 얼굴을 쳐다본다.

"너만이 나의 희망이란다, 살아갈 힘이라고 해도 좋아. 주제 넘는 말을 하고 있다고 생각하지 말아 줘. 이상하게 들릴지 몰라도, 이건 진심이란다……."

마나미는 참견하지 않고 듣고 있었다.

게이코의 방식에는 뭔가 뛰어난 웅변술의 매력 같은 것이 있었다.

게이코는 오늘 어찌 된 일인지 상당히 다정다감해서, 점차 감정이 담긴 떨리는 목소리다.

"내 기분을 고백하려고 했지만, 이런 감회 같은 것까지 말할 생각은 없었어. ……마나미, 너도 이미 눈치챘지? 나 오늘 왠지 이상하지. ……그건 나도 알고 있어. ……이런 걸 도대체 뭐라 하지. 감상적이라고 하나? ……설마, 그렇게까지는 생각하지 않지만 대체로 그거와 비슷한 거 같아. ……마음의 작용이란 건 정말로 이상하구나. 솔직히 말하면 네게 할 말을 제대로 준비해 뒀단다. ……그런데 말을 꺼내자 생각지도 않았던 말이 연달아 나와서 아무리 해도 어찌할 수가 없구나."

연약한 마음을 숨길 수 없었던 것이 한심하다는 듯 살짝 미소를 짓는다.

"……하지만 오히려 그러는 게 좋았어. 지금 말한 건 전부 내 진심이라고 생각해 줘."

이 사람에게 상냥한 마음 따위가 있을까 생각될 정도로, 이성으로 마음을 무장하고 있는 냉혹한 고모가, 이런 감정의 혼란을 보일 거라고는 생각지도 못했다. 그런 모습을 보자 마나미는 지금까지 불쾌했던 감정도 잊고 예전에 고모에게 느꼈던 애정이 다시 마음속으로 되살아나는 것 같았다.

"고모, 기숙사 제 책상 위 은색 액자에 고모 사진을 넣어 두었어요.

……고모의 얼굴과 제 얼굴을 서로 마주 보게 해 둬서, 제가 책상에서 고개를 들면 항상 당신의 얼굴을 볼 수 있었어요. ……그 사진을 제게 보내주신 게 벌써 7년도 전이네요……. 지난 7년간 전 아침저녁으로 고모 얼굴을 마주하며 살아왔는데, 그동안 제가 무슨 생각을 했는지 아세요?"

게이코는 열정을 상실한 사람처럼 피곤한 기색을 보인다.

"응응, 잘 알지."

빠른 말로 그렇게 말하고는 방금 전과는 전혀 다른 형식적인 말투다.

"요컨대, 난 누군가가 나에게 많이 의지하거나, 내가 모든 애정을 누군가에게 쏟고 싶은 그런 나이가 됐다고 생각해. ……마나미, 네가 나를 위로해 줄 수 있겠니?"

마나미는 고조되고 있던 감정이 스르르 빠져나가는 쓸쓸함을 느끼면서 조용히 중얼거렸다.

"고모, 제가 할 수 있는 일이라면요."

"잘 이해해 줘서 고마워."

귀찮은 듯한 몸짓을 한다.

"오늘 밤 오시는 분은 도야마 후유히코라는 분인데, 오랫동안 난초를 특수하게 연구하는 학자였던 아버지가 돌아가시고 나서는, 그분이 아타미(熱海)에서 아버님 연구를 이어서 하고 계셔. 내가 이야기할 수 있는 건 이 정도란다. 나머지는 직접 만나 보는 게 좋겠지. 나로서는 그분이라면 진심으로 너를 행복하게 해 줄 거라고 생각하는데,

이건 나만의 감상이란다. 너무 믿지 않아도 괜찮아."

그렇게 말하고 일어선다.

"오늘 밤은 기모노(着物)를 입도록 하거라. 하지만 꼭 그렇게 하지 않아도 돼."

(1939.12.1)

# 제44회

### 만찬(4)

초겨울이면 흔히 그렇듯이, 놀랄 만큼 커다란 해가 멀리 보이는 집 위로 지고 있었다.

하늘은 벌겋게 물들고, 석양빛은 영국식 정원에 희미하게 붉은빛을 비춘다.

꽃밭에서는 다알리아나 패랭이꽃 같은 가을 꽃들이 생기를 잃고 한 덩어리가 되어 추위에 고개를 숙인 채, 잡초 위에 침울하고 긴 그림자를 드리우고 있다.

마나미는 베란다 유리문을 열어 정원 구석에 있는 해먹 쪽으로 걸어갔다.

오랫동안 입지 않았던 기모노가 몸에 착 감기지 않고, 허리띠가 갑갑하게 가슴을 죄어서 기분을 울적하게 했다.

마나미는 해먹에 허리를 굽히고 앉아 살짝 몸을 흔들어 봤다.

생각하지 않으면 안 되는 것들이 많이 있기는 한 것 같은데, 멍한 기분이 들어 제대로 생각을 할 수가 없었다.

처음 하는 긴 여행의 피로감. 도쿄라는 곳에 대한 끊임없는 불안과 우려. 비 오는 하늘이 붉게 물드는 대도시의 장대한 풍경을 처음 본 순간의 격한 흥분. 익숙하지 않은 침대의 불편함. 영구차 옆에 선 사치코를 본 순간의 격동. 둘만의 장례식의 쓸쓸함. ……그리고 자신을 행복하게 해 주기 위해 돌연 예고도 없이 자신 앞에 나타나려는 도야마 후유히코.

담쟁이덩굴이 뒤엉킨 고요한 학원 담장 안에서만 지냈던 온화한 마나미의 마음으로는, 도저히 감당할 수 없을 정도의 큰 부담이었다.

마나미의 마음은 갑작스러운 상황의 급변에 갈팡질팡했고, 급류에 떠 있는 나뭇잎처럼 떴다 가라앉았다 하다가 생각지도 못한 곳으로 정처 없이 흘러가고 있는 것 같은 불안한 심정이었다.

마나미는 발끝 근처까지 기어오는 꽃들의 그림자를 멍하니 바라보고 있었다. 추위에 떠는 낙엽 하나가 바람에 불어와, 미세한 바람 속에서 돌아다니고 있다.

마나미는 뭔지 알 수 없는 한숨을 내쉰다. 마음은 어느새 시마바라의 평화로운 풍토로 돌아간다.

17년이라는 긴 세월 동안 마나미를 따뜻하게 위로해 주었던 그 따뜻한 정이 저 멀리 마음이 닿지 않는 곳에 있다고 생각하니, 이미 그것만으로도 처량한 고독감에 넋이 나갈 것 같았다. 마나미의 가슴 속에 뭔가 어렴풋이 따뜻한 추억이 밀려왔다.

'활력이 넘치던 그 사람은 잘 지내고 있을까?'

거의 만 하루를 끊임없이 계속 대화를 했던 그 순박한 청년.

안개비에 젖으면서 어깨를 으쓱거리며 마루비루의 모퉁이를 돌아 사라진 청년의 뒷모습이 또렷하게 마음속에 새겨져 있다.

언젠가 다시 만날 때를 대비해서, 적어도 이름만이라도 알고 싶어 빗속을 달리던 상기된 자신의 모습을 다시금 수치스럽게 회상했다.

갑자기 원망스러워졌다.

'이름 정도는 말하고 가도 좋았을 텐데……. 아마 그 사람은 나 따위와는 다시 만나고 싶지 않아서 일부러 그렇게 한 거야.'

하지만 도저히 그렇게 생각하고 싶지 않았다.

마나미의 또 다른 하나의 마음이 그것을 부정했다.

'그렇게 느긋한 성격을 한 사람이 그런 복잡한 생각을 할 리가 없어. 멍하니 있다가 중요한 것을 잊고 간 거야. 정말 어쩔 수 없는 무사태평한 사람 같으니라고!'

인기척에 문뜩 눈을 들어 보니, 게이코의 조카인 아키코가 노인처럼 뒷짐을 지고, 바로 옆에 우두커니 서서 눈을 치켜들고는 빤히 자신을 바라보고 있었다.

(1939.12.2)

# 제45회

**만찬**(5)

아름답다고도 할 수 있지만, 코와 턱이 움푹 들어간 붙임성 없는 얼굴을 숙여서, 진기한 동물이라도 보고 있는 것처럼 아키코는 뚫어지게 마나미의 얼굴을 보고 있다.

깊고 커다란 검은자위가 끈질기게 마나미의 눈에 달라붙어 언제까지고 떨어지지 않는다. 자연히 서로 노려보는 모습이 된다.

이미 4일이나 같은 집에 살면서 아직 첫 대면 인사도 하지 않았다. 단지, 처음 도쿄에 도착한 날 밤에, 응접실 입구에 서서 심술궂은 눈빛으로 째려본 기억은 있지만, 둘이서만 마주하는 것은 이번이 처음이다.

사람 만나는 것을 싫어한다고 할까, 열여섯 평 정도 되는 별채의 양옥집에서 혼자 살고 있는, 조금 특이한 아이에 대해서 마나미도 고모에게 들어서 알고는 있었지만, 이렇게 스스럼없는 눈빛으로 쳐다보니 완전히 주눅이 들어 어떻게 인사를 하면 좋을지 몰랐다.

마나미는 애매한 미소를 지으며 상대의 얼굴을 바라보고 있었는데, 아키코는 집요하게 마나미의 얼굴을 쳐다보며 뾰로통한 말투로 입을 열었다.

"예뻐요."

이 불의의 기습에 마나미가 더 당황해서 해먹 의자에서 일어서려 하자, 아키코는 노숙하고 매우 침착한 목소리로 말했다.

"내가 볼 수 있게 조금만 더 그대로 있어 줘요. ……1분만 더."

마나미는 부끄러운 마음이 들었다.

"어머, 싫어요."

이렇게 말하며 얼굴을 숙이려 하자, 아키코는 명령하듯이 말한다.

"움직이지 말라니까! 고개를 들어요."

응석받이 같은 말투가 아니라, 억지로 자신의 의사를 따르게 하려는 위압감을 주는 느낌이었다.

마나미가 난처해서 아키코가 하라는 대로 고개를 들자, 아키코는 구멍이라도 내려는 듯 뚫어지게 바라본다.

"정말로 예쁘네요. 이거 큰일인데."

이유를 알 수 없는 말을 중얼거리며, 느릿느릿 마나미 쪽으로 다가온다.

"저는 아키코예요."

"난 마나미예요."

그렇게 말하고 허둥댄다.

"잘 부탁해요."

이렇게 덧붙이고는 다시 한번 얼굴을 붉혔다.

좀 더 말을 잘할 수 있었지만, 완전히 압도되어 말이 잘 안 나왔다.

"잘 부탁해요."라니. 너무나 얼빠진 인사라는 생각이 들어 매우 우울해졌다.

"흠, '잘 부탁해요'라."

이렇게 중얼거리며 아키코는 무심하게 해먹 의자에 앉더니, 귀찮은 듯 몸을 흔들었다.

"그럼 이제 우리 친해진 거죠? 그렇죠?"

마나미는 고개를 끄덕였다.

"네, 그래요."

'이번에야말로'라고 생각하며 있는 힘껏 대답했다.

"친해져서 기뻐요."

아키코는 흥 하며 코웃음을 친다.

"그런 걸 지금부터 알 수가 있나요?"

눈구석으로 뚫어지게 갸우듬하게 마나미를 향해 눈을 흘기며 말을 잇는다.

"단, 당신이 하기 나름이죠. ……어쨌든 만만치 않은 상대라는 건 알아주세요."

(1939.12.3)

## 제46회

**만찬(I)**

'무슨 이야기를 꺼내려는 걸까.'

마나미는 아키코의 얼굴을 쳐다봤다.

아키코는 당장 달려들 것처럼 말한 것도 잊은 듯, 매우 침착하게 방금 전의 침울한 표정을 보인다.

"그런 얼굴 하지 마요. 특별히 의미 있는 말은 한 것도 아니니까. ……여자끼리라는 건 어차피 원수 같은 거잖아요. 결국 같은 편이 아니잖아요. 그래서 처음 만날 때 항상 이런 식으로 뾰로통하게 해서 놀라게 해요. 이게 제 방식이에요."

마나미는 지금까지는 수녀들의 구김살 없는 단순한 말에만 익숙했기 때문에, 생각이 미치지 않는 깊은 곳에서 뭔가 속셈이 있는 것 같은 이런 복잡한 레토릭을 어떻게 받아들이면 좋을지 몰랐다.

그건 그렇고, 이제 겨우 막 열여덟 살이 된, 자신보다도 여섯 살이나 어린 처녀의 이런 과도한 민감함에 어딘지 씁쓸한 기분이 들었다.

마나미는 웃어 보인다.

"상당히 준비성이 좋군요."

'맞받아치는구나.'라고 생각하며, 아키코는 귀찮은 듯이 몸을 흔들었다.

"맞아요, 뭐든지 조심성이 많은 게 좋아요. 그렇지 않으면 살해당하니까……."

뭔가 생각하듯 잠시 침묵하더니, 노래를 하는 듯한 말투로 말했다.

"……바람에 흔들리는 갈대를 믿지 마라. 또 의지하지 마라. 모든 육체는 풀과 같고 그 영화는 들판의 꽃처럼 금방 시들어버리고 만다……."

이것은 마나미가 시마바라의 수도원에 있을 때, 아침저녁으로 항시 가까이했던 『그리스도를 본받아』<sup>19</sup>속의 한 구절이었다. 심리가 황폐해진 이 아이의 입에서 이런 말이 나오는 것은 의외였기 때문에, 마나미는 자신도 모르게 미소를 지었다.

입술 끝으로 잔물결이 일 정도의 작은 미소였지만, 아키코는 눈치 빠르게 바로 알아챘다.

"흥, 지금 웃었죠?"

마나미는 솔직히 사과했다.

"미안해요. ……하지만 웃은 건 정겨워서 그런 거예요. 지금 그 구절은 제 자장가였거든요, 그래서……."

아키코는 마치 듣고 있지 않았던 것처럼 대답한다.

"웃는 건 마음이지만, 언젠가 반드시 의미를 이해할 날이 올 거예요. 그때 지금처럼 웃을 수 있다면 정말 인정할게요. 제가 갈채를 보낼게요. '브라보, 브라보.'라고."

마나미의 마음에 막연한 불안의 그림자가 덮쳐왔다.

아키코의 복잡한 말 속에 뭔가 속셈이 있다고 느낀 것은 틀린 생각이 아니었다.

아키코는 넌지시 뭔가를 자신에게 알아듣도록 일러주고 있다.

'뭔가 있구나. 아마, 오늘 밤 만찬에 관한 거겠지만…….'

그냥 두어서는 안 될 것 같기도 했지만, 자신이 먼저 그 이야기를 하는 것도 무서웠다.

---

**19**  15세기에 토마스 아 켐피스가 쓴 중세 그리스도교의 대표적인 수덕(修德) 문학 작품.

침울한 표정의 침묵이 이어지자, 아키코는 구두의 코끝으로 자갈을 걷어찬다.

"도야마 후유히코와는 아직 만나지 않았죠?"

마나미의 마음이 바짝 움츠러들었다.

"성함을 들은 것도 오늘이 처음이에요."

"사진은요?"

"네, 그것도……."

"예비지식을 드릴까요?"

마나미는 대답을 하지 않았다.

아키코는 갑자기 들뜬 표정을 짓는다.

"그분은 매우 미남이에요."

이렇게 말하고는 손을 맞부딪친다.

"아도니스(Adonis)[20]! ……맞아요, 확실히 아도니스라고 해도 좋아요. 당신도 뛰어나게 예쁘니까, 바로 연애가 시작될 거예요. 내가 보장해요."

(1939.12.4)

---

**20** 그리스 신화의 미소년. 아프로디테(비너스)에게 사랑을 받았으나 사냥을 하다가 산돼지 습격으로 목숨을 잃는다. 그때 아도니스가 흘린 피에서 핀 꽃을 아네모네라고 한다.

# 제47회

만찬(7)

하녀가 조용히 들어와서 보고했다.

"도야마 님께서 오셨습니다."

후유히코는 생각보다 조금 일찍 왔다. 마나미는 상갓집에서 돌아온 지 얼마 되지 않아서, 왠지 모르게 기분이 가라앉아 바로 만나고 싶지는 않았다.

게이코는 생각하는 척한다.

"잠시 저쪽에서 기다려 달라고 하세요. 지금 손님이 와 계시다고 말해 주세요."

날이 저물어, 가구나 꽃병의 꽃의 색깔이 푸른 그림자 속으로 가라앉아, 바닷속처럼 적연한 기운이 방 구석구석을 채우고 있다.

게이코는 소파에서 꼼짝도 하지 않고 걷잡을 수 없는 생각에 잠겨 있었다.

게이코가 도야마 후유히코를 처음 본 것은 재작년 봄쯤의 일이었다.

후유히코는 브라질 대사의 신임 환영회에 아버지의 대리로 출석했다.

그때는 아직 농학부의 학생으로, 학생복을 깔끔히 입고 불안한 표정으로 응접실 구석의 의자에 단정히 앉아 있었다.

얌전히 눈에 띄지 않게 한쪽 구석에 틀어박혀 있었기 때문에, 그 존재를 모를 뻔했는데 사소한 우연으로 두 사람은 가까워졌다.

그날 밤은 노리코도 함께였다.

노리코는 리우데자네이루에서 무용 공연을 했을 때, 이번에 대사로 임명된 사람에게 많은 신세를 진 적이 있어서, 그 감사의 말을 하려고 했다.

대사의 부인은 매우 마음씨가 좋고 담백한 사람으로 게이코와 노리코를 테라스의 차를 마시는 테이블로 안내하면서, 후유히코 앞을 지나다가 불편하게 앉아 있는 후유히코를 보고 그 앞에 멈춰 서서 상냥하게 양쪽을 보고 웃으며 소개했다.

"이 멋진 청년을 소개할게요. ……아버님은 난초에 관한 독특한 연구를 하고 계시는 독실한 학자로 이미 두 번이나 브라질에 오신 적이 있어서, 일본에서보다는 오히려 우리나라에서 더 유명하세요. 아버님이 편찮으셔서 오늘은 아버님 대신 인사를 와 주셨어요. ……후유히코 도야마."

그 청년은 주눅 든 모습으로 일어나서 가볍게 머리를 숙였다.

게이코는 인사를 하려고 했지만 가슴이 심하게 뛰어서 바로 말이 나오지 않았다. 매우 당황한 모습에 노리코가 비웃으면서 게이코의 옆구리를 찔렀다.

그 정도로 후유히코는 아름다웠다.

뛰어난 지혜와 이성을 나타내는 넓은 이마 아래에 정열적인 눈이 있고, 검은 늪과 같은 눈동자 위에 민감하게 긴 속눈썹이 함초롬히 그림자를 드리우고 있다.

잘 정돈된 심성을 보여주는 놀랄 정도로 형태가 좋은 코. 입술은 적당히 다물고 있어서, 아직 사람들이 만지지 않은 소박한 들판의 꽃을 생각하게 했다.

그럼에도 이 얼굴 윤곽의 단정함이란! 신화 속에서 인간의 피가 아직 신과 뒤섞여 있던 때의, 가냘프지만 고상한 미의 이상이라고도 할 만큼 완벽한 조화를 이루고 있었다. 바로, 천상의 미였다.

이 걷잡을 수 없는 아름다움은 냉정한 게이코의 마음을 철저하게 교란시킬 만한 힘을 갖고 있었다.

게이코의 마음은 무서운 기세로 방출되는 격정의 분수에 한 번 높이 밀려 올라갔다가는 곧 쿵 하고 추락했다.

게이코의 가슴 속을 불안과 비슷한 전율이 번개처럼 예리하게 꿰뚫었다.

게이코는 한번 새빨갛게 얼굴을 붉히고는 바로 새파래졌다.

게이코는 쓰러질 것 같은 목소리로 말했다.

"전……미야케 게이코라고 해요."

할 수 있는 말은 고작 그것이었다.

(1939.12.5)


## 제48회

**만찬(8)**

게이코는 도야마 후유히코의 아름다움에 감동한 것에 지나지 않는다고 꽤 오랫동안 그렇게 생각하고 있었다.

세속의 취미와 다양한 심리의 방탕 끝에, 자신의 마음은 완전히 고갈되어 연애와 같은 미숙한 정서가 자신의 마음을 설레게 할 것이라고는 생각하지 않았다.

그런데 마음의 작용이라는 것은 게이코가 얕보고 있는 것처럼 그렇게 단순한 것이 아니라는 것을 이내 뼈에 사무칠 정도로 깨닫게 되었다.

어느 날, 외출하려고 계단을 내려오다가, 돌연 후유히코에 대한 격렬한 감정에 사로잡혔다.

애틋하다고 할 수도 없고 애달프다고 할 수도 없는, 가슴을 옥죄는 것 같은 격렬한 감정을 게이코는 견딜 수 없어서 계단 난간에 기대어서서 울음을 터뜨려 버렸다.

눈물은 바로 그쳤지만, 한번 마음의 강가에 밀려온 정열의 파도는 가라앉기는커녕, 점점 더 용솟음쳐서 손을 쓸 수 없게 되어 갔다.

게이코는 외출을 단념하고 자신의 방으로 돌아가 후유히코에게 긴 편지를 쓰기 시작했다.

물론, 후유히코에게 보내려는 것이 아니라, 이 갑작스러운 격정을 매듭짓기 위해 기분이 평안해질 때까지 마치 참을성을 시험해보기라도 하듯이 언제까지나 써 내려갔다.

한밤중 가까이가 되어 분출할 만한 것이 다 분출되어 버리자, 마음이 조금 진정되었다.

대판 괘지 앞뒤로 다섯 장이나 되는 긴 편지를 완성했다.

찢어 버릴지 남겨 둘지 무척 고민한 끝에, 미련이 더 강해서 남겨 두기로 했다.

게이코가 후유히코에게 은밀한 편지를 쓰는 습관은 이렇게 시작이 됐다.

대판 괘지로는 그다지 볼품이 없다고 생각해서, 가죽 표지의 큰 일기장으로 바꿔서 아는 공예가에게 부탁을 해 열쇠를 달게 했다. 후유히코에 대한 생각으로 잠을 이룰 수 없을 때면, 한밤중이든 새벽녘이든 일어나서 몇 시간이나 쉴 새 없이 편지를 썼다.

후유히코에 대한 사모의 정은 보통이 아니어서 거의 매일 이런 상태가 찾아왔기 때문에, 봄부터 여름 사이에 500페이지나 되는 일기장 한 권을 다 써 버렸다.

후유히코와의 재회는 생각지 못한 일이 계기가 되어 이루어졌다.

어느 더운 여름날 아침, 하녀가 명함을 들고 게이코의 방으로 들어왔다.

도야마 다이지(戸山泰二)라고 새겨진 아버지의 이름만 지우고, 그 옆에 작게 후유히코라고 자신의 이름을 쓴 명함이었다.

"일전에 브라질 대사의 환영회에서 인사드린 도야마라고 합니다만, 부탁이 있어서 왔습니다."

명함에는 꼼꼼한 글씨로 이렇게 쓰여 있었다.

게이코는 빈혈을 일으키기 전의 그 멍한 기분을 느끼면서 명함을 바라보고 있었다.

하녀가 나가자 마음을 진정시키기 위해서 한번 마음껏 울고 나서,

천천히 긴 시간에 걸쳐 얼굴을 고쳤다.

게이코가 응접실로 들어가자 후유히코가 바로 용건을 말했다.

아버지 때부터 아타미의 변두리에 있는 난초의 온실이 토지 소유권 이전으로 인해 서둘러 다른 곳으로 옮기지 않으면 안 되는데, 바로 옆이 당신의 소유지라는 것을 들었고, 이 때문에 적당한 토지를 찾을 때까지 온실을 설치할 만한 토지를 빌려줄 수 있는지 부탁을 하러 온 것이었다.

게이코는 신중한 표정으로 후유히코의 이야기를 듣는 척하고 있었다.

시종일관 정체 모를 도취감에 빠져 있었기 때문에, 아무말도 들리지 않았다. 후유히코의 용건을 이해한 것은 그리고 나서 훨씬 뒤의 일이었다.

(1939.12.6)

## 제49회

### 만찬(9)

게이코는 응접실 문의 손잡이에 손을 갖다 댄 채, 심장이 격렬하게 두근거리는 것을 억누르기 위해 잠시 호흡을 멈췄다.

지난 2년간 손잡이에 손을 댈 때마다 일전의 여름날 아침에 맛을 본 예상지 못한 재회의, 그 눈이 부시는 듯한 환희의 느낌을 그때 그대로 기억하는 것이었다.

후유히코는 난로에서 떨어진 구석에 있는 의자에 양 무릎을 붙이고 반듯이 앉아 있었는데, 게이코가 들어가자 평소처럼 기계적으로 일어나서 목례를 했다.

두 사람의 눈이 순간 서로를 응시했다.

게이코는 그림자가 드리워진 후유히코의 깊은 눈동자를 바라보면서, 후유히코의 몸을 힘껏 자신에게 끌어당기고 싶은 욕망을 느꼈다.

후유히코는 거침 없는 눈빛으로 조용히 게이코의 눈을 바라보고 있다.

'내가 이렇게 사랑하고 있는데, 이 사람은 나를 조금도 생각해 주지 않아.'

게이코의 마음은 평소처럼 쓸쓸한 감정에 사로잡혀 천천히 풀이 죽어 갔다.

"기다리게 해서 미안해. 방금까지 손님이 계셔서."

후유히코는 아름다운 눈가에 살짝 미소를 지어 보였다.

"제가 올 때는 항상 손님이 계시네요. 바로 뵌 적은 한 번도 없었어요."

'그건 당신을 만나기 전에 마음을 안정시킬 필요가 있어서 그래, 후유히코 씨. 그렇지 않으면 무슨 말을 할지 몰라서……'

게이코는 생각하는 척한다.

"그랬나? 잘 기억이 나지 않는데……."

후유히코가 이런 것을 기억해 줘서 기뻤다.

"그럼 다음부터는 다 돌려보낼게. 꼭 기다리지 않게 할게."

"그렇게 말씀하셔도 바로 잊어버리니까 믿을 수가 없어요."

"괜찮아. 믿어 줘."

후유히코와 대화를 할 때는 항상 친구 사이처럼 자연스러운 말투로만 이야기했다.

후유히코에 대한 격렬한 연정은 누구도 들여다보지 못하는 깊은 마음속에 감춰 두고, 그 사람 앞에서는 아무리 작은 설렘도 내색하지 않았다.

후유히코에게 몰래 쓰는 연애편지를 매일 일기장에 쓰는 습관은 지금도 여전히 계속하고 있어서, 만나는 날이면 그날의 아쉬움이나 안타까움, 말로 표현할 수 없었던 모든 진정성을 소녀처럼 진심으로 마음 가는 대로 씀으로써 어느 정도 위안으로 삼았다.

2년간의 이런 생활은 게이코에게 있어서도 너무나 괴로웠다.

전혀 알지 못하는 여자에게 후유히코를 넘기는 것은 도저히 참을 수 없었다. 마나미를 시마바라에서 불러와서 후유히코와 결혼을 시키려는 생각은 후유히코를 언제까지나 자신과 가까운 곳에 두고 싶은 바람 외에, 이런 괴로움을 조금이라도 가볍게 하고 싶은 약간 모순된 마음도 분명히 포함되어 있었다.

그리고 그렇게 하는 편이 더욱더 정신적인 매력을 깊이 느낄 수 있고, 이 괴로운 연정을 평화로운 혈육적인 자애로 바꿀 수 있었다.

자신의 역할이 정말이지 아량이 있는 멋진 것처럼 생각되어, 그런 생각이 들 때는 너무나 기쁜 나머지 눈물을 글썽이기도 했다.

게이코는 희미해지는 느낌으로 곧 자신에게서 멀어져 갈 이 아름다운 청년의 얼굴을 바라보고 있었다.

후유히코의 애정은 머지않아 마나미에게만 쏟아지고, 자신은 그 아이의 고모라는 위치로 물러날 것이다. 그때 마나미를 질투하지 않을 수 있을까? 그 기분은 벌써 은연중에 나타나고 있다.

마나미는 매우 아름다웠다. 적어도 사진을 통해 상상하고 있던 것보다 훨씬 아름다웠다.

응접실에서 처음 마나미를 보았을 때의 자신의 당혹감. 그리고 오늘……마나미와 마주하고 있는 동안 감당하기 힘든 질투심에 끊임없이 격앙되어 있었다…….

게이코는 마음을 억누르면서 차분히 말을 꺼냈다.

"오늘 밤, 당신을 한눈에 반하게 할 아름다운 여성을 소개할게."

(1939.12.7)

## 제50회

**만찬(10)**

게이코는 담백한 말투로 말을 덧붙였다.

"그게 정말 놀랄 정도로 예쁜 사람이야. 당신이 놀라는 얼굴을 자세히 봐 둘게."

눈치채지 않도록 가능한 한 자연스럽게 말을 이어갈 필요가 있었다.

후유히코를 마나미에게 소개하려는 마음과 한편으로는 그렇게 하고 싶지 않은 기분도 분명히 작용하고 있었기 때문에, 게이코는 양 극단 사이에서 괴로워했다.

'지금 한 말은 농담이야. 당신을 한번 떠본 거지'

그러고 보니 지금이라면 아직 얼버무릴 수 있었다. 생각지도 못한 사이에 그렇게 입 밖에 낼 것 같아서, 그것을 참느라 힘들었다.

실제로 그렇게 했다면 민감한 후유히코에게 자신의 마음을 들켜 버린다. 이미 시작한 이상 계획한 대로 진행할 수밖에 없었다.

"더 자세하게 듣고 싶지?"

"아뇨, 그다지."

"지금 가능한 한 침착하게 있어. 어차피 이따가 당황할 테니까."

후유히코는 차분한 모습을 하면서, 말만은 가벼운 어투로 대답했다.

"마음을 놓을 수 없네요. 그렇게 아름답다면 지금 마음을 단단히 해 두지 않으면 안 되겠네요, 당황하지 않도록. 도대체 어떤 분이죠?"

게이코는 장난스럽게 웃는다.

"드디어 알고 싶어졌구나. ……그게 사실은 조카뻘 되는 사돈이야. 내 죽은 오빠의 며느리의 여동생……. 조금 복잡하지? 이해해 줘!"

"흠, 그런 분이 계셨군요. 지금까지 한 번도 들은 적이 없었네요."

"응, 그렇지, 당신과 같은 사람에게 보여주면, 큰일 나니까."

"이런, 이런."

"뭐가 '이런, 이런.'이야? 당신과 같이 너무나 아름다운 사람은 여자에게는 역시 저항하기 힘든 적이야. 한번 당신을 만나게 하면 잠시도 버티지 못할 테니까, 지금까지 숨겨둔 거지.”

후유히코는 예의상 눈으로만 웃고 만다.

“그런 분을 오늘 밤 저에게 소개하려는 건 무슨 심경의 변화가 있었던 거죠? 당신이란 사람은 변덕쟁이라 매일 생각이 바뀌어서, 사귀는 데에 너무 못 미더워요. 저도 지금까지 몇 번이나 따돌림당했는지 몰라요.”

후유히코는 무슨 말인가 하려 하고 있다. 무슨 말을 하려는지 게이코는 잘 알고 있었다. 게이코의 짐작이 딱딱 맞았다.

‘후유히코는 어쩌면 나를 사랑하고 있어……’

마음에 확 역량이 일어서, 자칫하면 후유히코 쪽으로 몸이 쓰러질 뻔했다.

겨우 정신을 차리고 멈췄다. 죽는 것보다 고통스러운 순간이었다.

후유히코는 갑자기 말문이 터진 것처럼 서두른다.

“당신은 정말로 무서워요. 냉담한데 게다가 너무나 총명해서. 당신과 이야기하고 있으면, 유쾌하다기보다는 오히려 괴로워요.”

더 이상 말을 하게 내버려 두면 도저히 이쪽이 견딜 수 없을 것 같았다.

게이코는 평소의 매우 차가운 눈빛으로 돌아온다.

“어머머머, 무슨 말을 하는 거야!”

다시 부드러운 말투다.

“왜 소개할 마음이 생겼냐면 큰맘 먹고 마나미를 당신 색시로 주려고 생각했기 때문이야. 욕정적인 부분은 부족할지 몰라도, 육체는 좋은 편이야. ……그러니까 내가 당신의 장모가 되는 거야. 이 생각 그렇게 나쁘지 않지? 수락해 줘. 좋은 엄마가 돼 줄 테니까."

후유히코의 눈 안에서 언뜻 불꽃 같은 것이 타올랐다가 바로 잿빛으로 변했다.

(1939.12.8)

## 제51회

### 만찬(11)

마나미와 후유히코를 일부러 나란히 앉혔다.

아키코를 후유히코 정면에 앉게 하고, 자신의 자리는 세 명의 얼굴을 한눈에 볼 수 있도록 기다란 식탁 가장자리에 두었다.

마나미와 후유히코가 정면으로 마주 보는 긴장으로부터 벗어나게 해서, 마음을 놓고 있는 동안의 숨김없는 표정을 두 사람 얼굴에서 읽어낼 계획이었다.

'이렇게만 해 두면 아키코의 표정도 알 수 있고…….'

그런데 아키코 입장에서 보면 후유히코와 게이코가 대각선으로 앉아 있어서, 두 사람의 감정의 움직임을 유심히 관찰할 수 있었다.

이런 상황 속에서 어쨌든 만찬이 시작됐다.

세 사람의 표정에 계속해서 주의를 기울이는 것은 막상 해 보니 생각 외로 성가신 일이었다.

이 상황을 세 명이 알아채지 못하게 항시 자연스러운 대화를 하도록 해야 했고, 음식을 나눠 주거나 마실 것을 조심히 따라주면서, 그러는 사이에 티 안 나게 세 사람의 얼굴을 지켜보아야만 했다.

게이코는 긴장한 나머지 평온한 얼굴만 하고 있을 수는 없었다.

스스로도 깨닫고는 표정을 바로잡지만, 어느새 다시 빈틈이 조금도 없는 험악한 표정이 되어 있었다.

게이코의 초조함은, 생각지 못한 이 번거로운 상황 탓만이 아니라, 후유히코가 마나미에게 상냥하게 대하는 것도 그 원인이었다. 아키코는 아키코대로 평상시처럼 엉뚱한 말을 해서 게이코를 곤란하게 했다.

이모라는 말을 좀처럼 입 밖으로 내지 않는 아키코가, 오늘따라 이상할 정도로 다정스레 "이모, 이모"라고 매달려서 매우 성가셨다.

게이코의 언짢은 기분과는 별개로 만찬은 매우 즐거운 분위기에서 진행됐다.

마침 닭고기를 젤리로 한 음식이 나왔을 때, 하녀는 네 명의 와인잔에 백포도주를 따르고 있었다.

후유히코는 전에 없는 열띤 어조로 마나미에게 자신이 재배하고 있는 난초의 변종 이야기를 하고 있었다.

게이코와 둘이 있을 때의 그 침울한 모습은 온데간데없고, 들뜨고 매우 홀가분한 모습으로 계속 이야기를 하다가, 말로 설명하기 어려우면 마나미 쪽으로 몸을 구부려 식탁 위에 손가락으로 그림을 그려서 보여 준다.

마나미도 후유히코의 이야기가 상당히 흥미로운 듯 꽃의 형태를 잘 보기 위해서, 식탁에 얼굴을 가까이한다. 두 사람의 머리카락이 식탁 끝에서 서로 스쳤다가 떨어진다. 그럴 때마다 게이코는 뭐라 말할 수 없는 괴로운 기분이 들었다.

후유히코는 게이코가 떠 준 닭고기 접시를 무의식적으로 옆으로 치운다.

"1800년대의 난초 연구에 대한 열광적인 모습은 정말 대단한 것이었어요. 1862년에는 브랏소 랄리오 카틀레야(Brassolaelio Cattleya) 같은 3속간 교배종까지 나타났을 정도예요. ······한편으로는 세계 각지에서 미지의 난초 식물을 발견하려고 많은 탐험가를 파견했어요. 보헤미안인 레츨(Benedikt Roezl)[21]은 일생의 대부분을 남미의 각지에서······."

게이코가 그렇게 하지 않으려고 생각하는 사이에, 말이 저절로 입밖으로 나왔다.

"많이 고생했겠네. 그런데 두 사람 다 조금 더 먹는 게 어때? 안 그러면 난초도 배를 곯을 거야."

이야기를 잘 했다고 생각했지만, 게이코의 말에 어떤 서투른 어조가 있었는지, 아키코는 접시 위에 머리를 숙이더니 피식하고 웃었다.

(1939.12.9)

---

**21** 베네틱트 레츨(Benedikt Roezl, 1823~1885). 오스트리아의 원예가, 식물학자. 난초 수집가로 유명.

# 제52회

### 만찬(12)

아키코의 의미심장한 웃음은 확실히 게이코의 허를 찔렀다.

스스로는 의식하지 않았지만 마나미와 후유히코에게 말한 내용 중에는 분명히 도를 넘은 신랄한 어조가 포함되어 있었음에 틀림없다.

자신의 감정을 억제하여 깔끔히 정리해 깊은 곳으로 넣어 두고, 어떤 어렴풋한 그림자조차도 다른 사람에게 보여주지 않는 것을 자랑스럽게 여겨 온 게이코에게, 이것은 생각지 못한 비참한 실수였다.

마나미에 대한 질투의 감정을 아키코까지 알아차리는 흐트러진 모습을 보였다고 생각하니, 게이코는 살을 에는 듯한 심한 굴욕감을 느꼈다.

항상 도도하고 절대로 낮추는 법이 없었던 게이코의 자존심과 귀족성은, 후유히코를 만나고부터 어느덧 무기력해져서 자신도 모르는 사이에 칠칠치 못하게 흘러내리고 있었다. 오늘 밤의 실수는 바로 그 때문이었다.

'나는 마나미 같은 계집애한테 질투를 하고 있어!'

이러한 자각은 참을 수 없었다.

이제 갓 스물네 살이 된 세상 물정 모르는 시골 처녀를 이렇게까지 보기 흉하게 당황해서 질투해야 할 정도로 자신감 없는 내가 아니었다.

마나미를 후유히코와 결혼시키는 것은 후유히코를 자신의 곁에 붙들어 두기 위한 쇠사슬 역할을 시키기 위한 것으로, 필요하다면 언제라도 후유히코를 자기 옆으로 부를 수 있다. 마나미 따위를 질투해야 할 이유는 전혀 없었다.

감정의 폭풍이 돌연 멎어 마음의 늪 표면은 거울처럼 진정되었다. 이젠 잔물결도 일지 않고, 달빛만이 밝게 비쳤다. 냉혹한 달빛.

과민성의 비뚤어진 이 아이는 확실히 뭔가 알아채고 있다. 하지만 냉정한 상태로 돌아온 게이코의 마음은 그런 것을 상대할 생각은 없었다.

게이코는 아키코 쪽은 완전히 무시한 채 내버려 두고, 미안한 듯한 얼굴로 포크를 들고 있는 두 사람에게 말했다.

"이런, 이런, 분위기를 망쳤네. 미안해. 신경 쓰지 말고 계속해 줘. 방금 한 난초 이야기 멋졌어."

후유히코는 힐끗 마나미와 서로 미소를 짓고는 곤란한 아이처럼 단순한 표정으로 대답했다.

"아뇨, 그만할게요."

"어머, 그러지 말아 줘."

"난초 이야기는 이따가 할게요. 모처럼 먹는 맛있는 음식이 식겠어요."

"이건 젤리야. 원래부터 차가워. 왜 그렇게 당황하는 걸까?"

마나미는 구김살 없는 웃음소리를 냈다.

후유히코는 전에 없는 당황한 얼굴이다.

"이거 참 거듭해서……. 이야기에 너무 정신이 팔려서."

"지금부터는 정신을 팔지 말아요. 당신 성급한 면도 있군요."

마나미와 후유히코는 눈에 보이지 않을 정도로 얼굴을 살짝 붉혔다.

게이코는 전혀 눈치를 채지 못한 것처럼 갑자기 화제를 바꿨다.

"하지만 우리들이 아름다움에 홀리는 순간만큼 순수한 감동은 없다고 생각해. 그런 기회를 한 번도 받지 못하고 끝나기도 하는데……."

자신이 지금 두 사람의 심리를 어떻게 이끌어 가고 있는지, 잘 알고 있어 너무나도 통쾌해서 자신도 모르게 미소를 띠었다.

"……두 사람은 그런 기회의 한가운데에 있는 거야. 너무나 부러워. ……그건 그렇고 얼마나 아름다워, 당신들 두 사람은!"

눈 끝으로 힐끗 아키코 쪽을 보니, 아키코는 분한 듯 입술을 깨물며 고개를 숙이고 있었다.

(1939.12.10)


## 제53회

**만찬(13)**

게이코는 다시 한번 천천히 반복했다.

"끈질긴 거 같지만 두 사람 다 너무나 아름다워. 보고 있으면 가슴이 두근두근거릴 정도로!"

마나미와 후유히코가 서로의 아름다움에 놀라고 있는 것은, 상대의 얼굴에 계속해서 시선을 두는 것만으로도 충분히 알 수 있었다.

확실히 얼굴을 돌리지 않으면 볼 수 없는 위치에 있었기 때문에, 마나미도 후유히코도 서로를 향해 얼굴을 돌릴 수 있는 자연스러운 포즈를 만들기 위해 여러모로 애를 쓰고 있다.

그렇게 하지 않으려고 자신을 억누르지만, 어느새 눈이 그쪽을 향하고 있었는데, 그것을 게이코나 아키코가 눈치채지 못하게 하려고 해서 오히려 그 노력이 빤히 들여다보여 보고 있으면 우스꽝스러운 정도였다.

후유히코는 눈빛 안에 역시 조심스러운 부분이 있지만, 마나미는 놀란 아이처럼 천진난만하게도 보이는 대담한 표정으로 후유히코의 얼굴을 훔쳐본다. 너무나 아름다워서 아무리 봐도 질리지 않는 것 같았다.

이런 두 사람에게 게이코의 선동은 상당히 효과적이었다.

게이코가 그렇게 말하자, 그것을 계기로 두 사람은 전혀 얼굴을 마주 보지 않게 됐다.

마나미는 게이코의 얼굴만 바라보고, 후유히코는 후유히코대로 아키코 쪽만 향하고 있다. 두 사람의 마음이 게이코의 말 때문에 자유롭지 않게 된 증거였다.

슬슬 서로를 인지하고 있는 두 사람의 의식에 박차를 가하는 것은 이것으로 충분한 효과가 있었지만, 두 사람의 마음을 확실히 연결하기 위해서는 기회를 놓치지 않고 이 틈에 한 번 더 일격을 가해 둘 필요가 있었다.

"……우생학 책을 보면 순혈마종(純血馬種)이 어떤 식으로 생기는 지 그 과정을 알 수 있어서 재밌어. ……난초도 그렇죠? 좋은 꽃은 좋은 꽃끼리 교배해야만 생기잖아요."

후유히코는 드디어 화제에 오른 기쁨에, 식탁 위에 몸을 쑥 내민다.

"……다윈(Charles Robert Darwin)이 난초의 꽃가루는 충매(虫媒) 에 의하지 않고서는 결실을 맺지 않는다는 걸 발표하고 나서부터, 난 초를 재배하는 사람들은 이젠 우연을 기대하지 않게 됐어요. ……좋은 품종의 계통을 따라가면, 싫든 좋든 훌륭한 꽃이 생기니까요……."

"그건 당연하죠."

아키코는 천천히 얼굴을 들더니, 차가운 눈초리로 마나미와 후유 히코의 얼굴을 번갈아 보면서 거침없이 말했다.

"그럼, 두 사람은 결혼하시면 되겠네. 우생학 만세."

무슨 생각으로 아키코가 이런 말을 했는지는 모르지만, 게이코로 서는 이건 오히려 바라던 바였다.

게이코는 타이른다.

"아키코, 너 실례잖니."

아키코는 차분한 말투다.

"어머, 전 이모가 에둘러 말씀하시는 걸 분명히 이야기해 드린 거 예요, 잘못했나요?"

"너에게 부탁한 적 없는데."

"이모는 도야마 씨하고 마나미 씨를 결혼시키고 싶죠? 그렇게 빙

돌려서 말씀하실 필요가 있나요?"

"그러니까 이런 게 섬세함이란 거야."

"복잡하다는 의미에서라면 그러네요. 분명히 지나치게 섬세한 면이 있는 거 같아요."

그렇게 말하고는 시치미 뗀 얼굴로 커피 잔 속으로 설탕을 떨어뜨렸다.

(1939.12.11)

## 제54회

### 의혹⑴

신바시 기타구치(北口)의 고가선의 아케이드를 많은 남녀가 발걸음을 재촉하며 쉴 새 없이 지나가고 있다.

아키코는 개찰구의 놋쇠 울타리에 기대어 마나미가 오기만을 기다리고 있었다.

마나미에게 아타미의 도야마 후유히코가 있는 곳으로 편지를 갖고 가라고 이모가 이야기하는 것을 오늘 아침에 우연히 지나가다가 슬쩍 들었기 때문에, 앞질러 와서 여기에서 기다리며 무리해서라도 마나미와 함께 아타미까지 갈 생각인 것이다.

후유히코에게 너무 빠지기 전에 마나미가 이모의 잔혹한 심리에 의해 방탕의 희생이 되고 있는 것을 주의하라고 하고 싶었지만, 자신이 그렇게 상냥한 마음을 지니고 있지 않기 때문에, 어쩌면 좀 다른 이유일지도 모른다.

이 세상에서 증오의 대상인 이모의 독선적인 계획을 산산조각내서 코를 납작하게 해 주고 싶어서 이런 생각을 한 것이 틀림없다.

그럼 마나미에 대한 동정은 전혀 거짓인가 하면 꼭 그렇다고는 할 수 없는 부분도 있다.

마나미는 이모의 신랄한 심리유희의 희생이 되어, 앞으로 극심한 불행의 늪에 빠지게 될 것이다.

그 격렬함도, 그 슬픔도 잘 알고 있기 때문에 자기 자신 외에 한 번도 다른 사람에게 관심 따위를 갖은 적이 없었던 아키코조차도, 이것은 뭔가 간과해서는 안 되겠다는 마음의 유연함을 느꼈다.

여자끼리의 연대감이라고 할까, 마나미를 위해서가 아니라 한 여성에게 가해지는 부당함에 대한 분노와 같은 것이 이렇게 쓸데없는 참견을 하게 하는 것이라는 생각도 든다.

오랫동안 다른 사람에게 동정하거나 주의를 기울이는 것을 뼛속까지 경멸했다.

면도날처럼 자신을 날카롭게 하는 것을 유일한 생활태도로 유지해 온 자신이, 선량함과 단순함밖에 없는 견딜 수 없이 따분한 시골 처녀에게 번거롭게 충고를 하려고 이런 곳에 서 있다.

평상시의 자신의 방식과는 맞지 않아 너무나 우스꽝스러운 기분이 드는 것을 참을 수가 없었다.

아키코는 흥 하고 콧방귀를 뀌며 낮은 목소리로 중얼거렸다.

"웃기지도 않아."

'저런 애가 살든 죽든 내가 알 바 아니야. 이런 바보 같은 참견을 하는 건, 결국 내 이익을 위한 거야. 이모가 오랫동안 나를 냉담하게 대한 것에 대한 대갚음으로 이보다 더 좋은 기회는 없으니까.'

자신이 지금 무슨 짓을 하고 싶은지, 무슨 짓을 하고 있는지, 어렴풋이 이해가 되었다.

놋쇠의 가로대에서 전해지는 한기가 팔에서 가슴으로 전해져서, 가슴속에 일종의 통렬한 느낌을 불러일으켰다.

히쭉 웃으면서 한 번 더 중얼거렸다.

"요컨대, 마나미를 내 복수의 도구로 사용하는 거뿐이야."

그건 그렇다 하더라고 왜 이렇게 당황하는 걸까.

마나미가 혼자서 후유히코가 있는 곳으로 간다는 말을 듣자마자, 정신없이 집을 뛰쳐나왔다.

마나미를 후유히코와 단 하루라도 둘이서만 지내게 한다는 것은 생각만 해도 참을 수 없다.

분명히 단념했다고 생각한 후유히코에 대한 사모의 정을 실은 아직 버리지 못했다는 것을 깨닫자, 아키코는 답답해서 입술을 꽉 깨물었다.

(1939.12.12)

# 제55회

아버지가 돌아가시고 아키코가 이모의 집으로 가게 된 것은 열한 살 때였다.

본채에서 떨어진 별채에 가정교사와 단둘이만 팽개쳐 둔 것은, 자신에게만 가해진 냉담함은 아닌지 알고 있어도, 자신이 고아라는 감정이 점차 아키코의 마음을 비뚤어지게 해서, 어느새 이모인 게이코가 자신의 적이라고 믿어버리게 되었다.

실제로 게이코는 냉담했다. 이따금 복도에서 마주칠 때면 '어머, 못 보던 얼굴인데, 이런 애가 우리 집에 있었나?'라는 눈빛으로 아키코의 얼굴을 쳐다보곤 했다.

아키코는 그럴 때마다 이모의 이런 잔인한 무관심에 언젠가 반드시 톡톡하게 되갚아 주겠다고 다짐했다.

아키코의 냉혈과 침묵은 고독과 외로움에서 자신을 지키기 위한 일종의 자위수단과 같은 것이었다.

살아가기 위해서는 반드시 그런 태도가 필요하기 때문에, 오랜 시간에 걸쳐 열심히 스스로 쌓아 올린 것이었다.

이런 냉담함과 무심함이라는 버팀목이 없었다면 어찌할 수 없는 고독감에, 아키코는 오래전에 파멸했을지도 몰랐다.

정원 안에 덩그러니 세워진 열여섯 평 정도의 양옥집에서 가정교사와 둘이서만 지내는 7년 동안, 아키코는 오로지 자신을 갈고닦는

데에만 전념했다.

가정교사가 가진 정도의 지식은 아키코에게 너무나 미적지근한 것이었기 때문에, 지식을 배우는 것이 아니라 가정교사를 남성이라는 것을 배우는 연구교재로 사용했다.

어설픈 연애로 신세를 망치지 않도록, 별로 영리하지 않은 가정교사와 자연스럽게 연애를 하면서, 남성이 하는 그때그때의 태도를 꼼꼼히 관찰했다.

도야마 후유히코를 만난 것은 아키코에게 무시무시한 돌풍이 불어 닥친 것과 같았다.

후유히코의 완벽한 미모에 눈이 휘둥그레진 순간, 이 청년은 내 거라고 굳게 믿어 버렸다. 두 번째 만났을 때는 후유히코의 얼굴을 바라보면서, 프러포즈는 한 달 이내에 하리라 결심했다.

그런데 이 결심은 영원히 실현하지 못하고 끝나게 되었다.

매달 용돈을 받기로 정해진 날, 이모의 방으로 들어갔더니 항상 잠겨 있는 정리 선반이 열려 있었고 그 안에는 못 보던 가죽 표지의 일기장이 들어 있는 것을 발견했다.

아키코에게 이 세상에서 이모의 마음의 비밀을 들여다보는 것보다 통쾌한 것은 없기 때문에, 인정사정 볼 것 없이 그것을 꺼내서 읽기 시작했다.

세 줄도 읽기 전에 이모가 얼마나 미친 듯이 몰래 후유히코를 사랑하고 있는지를 알게 되어서, 너무 고통스러운 나머지 자칫하면 소리 내서 울어 버릴 뻔했다.

오랜 시간에 걸쳐 단련된 마음이 아슬아슬하게 울음을 터뜨리는 것을 막아 주는 대신, 슬픈 심정은 일거에 후유히코에 대한 혐오로 비약해 버렸다.

"후유히코 자식, 이젠 죽어도 상대하지 않을 거야!"

눈에 보이지 않는 곳에서 이모의 연정의 한숨에 따뜻하게 데워지고 있다고 생각하니, 그런 남자를 보는 것만으로도 역겨운 기분이 들었다.

아키코는 후유히코를 단념하는 것을 납득하기까지 자신을 타일러, 간신히 그에 성공했다고 생각했다…….

"아키코 씨, 당신 어째서 이런 곳에…….."

아키코가 얼굴을 들어보니, 마나미가 단순히 놀라움을 표하면서 아키코의 얼굴을 보고 눈을 크게 뜨고 있었다.

(1939.12.13)

## 제56회

**의혹⑶**

자신만의 생각에 깊이 잠겨 있었기 때문에 마나미가 옆으로 오는 것을 전혀 눈치채지 못했다.

너무나 갑작스러워서, 마음을 가다듬을 여유가 없었다. 그럴 생각도 없었는데, 불쑥 말이 나왔다.

"당신을 기다리고 있었어요."

불필요하게 상냥한 말에 화가 치밀어 올라서 마음속으로 혀를 찼다.

"어머, 뭔가 저한테 용무가 있나요?"

아키코는 바로 되받아치듯이 말했다.

"용무 같은 거 없어요. 그런 게 있다고 해도 이런 곳에서 기다리고 있을 리 없죠."

그리고는 일부러 의미심장하게 말한다.

"나도 아타미에 가요. ……단지 전 심부름이 아니라, 후유히코 집에 놀러 가기로 약속을 해서요."

마나미는 마치 어린아이처럼 단순히 웃는 얼굴로 답했다.

"그랬군요, 기뻐요, 당신과 함께할 수 있다면……."

이어 곤란한 듯한 표정으로 바뀐다.

"아타미는 제가 처음이라 불안해서 어떻게 하면 좋을지 걱정하고 있었거든요."

개찰구를 지나 플랫폼으로 나오니 새삼스레 손이라도 잡고 싶은 듯 몸을 가까이 당겨온다.

"도중에 이야기도 나눌 수 있고, 거기에 가서도 여러 가지로 중재해 줄 수 있으니까 정말 감사해요."

'뭐 이런 애가 다 있지!'

여학생같이 촌스럽고 스스럼없이 대하는 것을 참을 수 없었다.

선량이라는 것은 따분한 것이다. 이 속을 알 수 없는 사람의 선함에는 두 손을 들 수밖에 없었다. 도대체 지금까지 얼마나 느긋한 생활을 해 왔을지 생각하니, 어이가 없어서 화가 치밀어 올랐다.

"같이 가려고만 한 거지, 특별히 친절을 베풀려고 한 건 아니에요. 착각하지 말아 줘요. 감사 같은 거 할 필요 없어요."

마나미는 대수롭지 않게 받아넘긴다.

"그럼, 감사하지는 않지만 역시 기뻐요."

그건 그렇고 내가 후유히코와 만날 약속이 있다고 은근슬쩍 말했는데, 마나미는 못 들었나?

한 번 더 확실히 해두는 게 좋겠다.

"전 후유히코에게 놀러 가는 거고, 당신은 심부름을 가는 거니까, 전혀 목적이 다르죠. 당신의 중재를 할 수 있을지 어떨지 몰라요."

마나미도 이번에는 분명히 이해했을 터였다.

어떤 효과를 나타낼지는 모르지만, 쌀쌀한 눈빛으로 말끄러미 마나미의 얼굴을 바라보자 마나미는 전혀 눈치채지 못한 듯하다.

"그렇다면 그것도 괜찮아요. 하지만 당신이 아타미에 간다면, 고모가 당신에게 부탁을 하면 좋았을 텐데. 제가 일부러 가지 않아도……."

편지부탁은 아키코에게 맡기고 돌아갈 수 있다면, 자신은 돌아가고 싶다는 말투였다.

아키코는 어이가 없어서 한 번 더 마나미의 얼굴을 쳐다봤다.

'이 사람, 후유히코에게 가는 걸 귀찮아하고 있어.'

예상치 못한 마나미의 마음을 어떻게 해석하면 좋을지 몰랐다.

마나미가 후유히코에게 끌리고 있다고 굳게 믿고 있었는데 보기 좋게 허탕을 쳐서 조금 당황했다.

저렇게 아름다운 청년에게 감동하지 않다니 도대체 이런 애가 있을까. 갑작스러운 차분함에 왠지 모르게 압도당하는 것 같았다.

(1939.12.14)

## 제57회

### 의혹(4)

마나미는 무릎까지 오는 편한 코트를 입고 이쪽으로 옆얼굴을 보이며 서 있다.

특별히 옷을 잘 입은 것은 아닌데 아무렇게나 입은 만큼 옷이 자연스럽고, 코트의 디자인이 매우 간단한 것이 오히려 세련된 것처럼 보인다. 무리해서 가슴을 조이고 꾸민 것같이 화려한 자신의 코트가 싫어져서 더 기가 죽었다.

'그건 그렇고 이렇게 아름답다니!'

그날 밤 아키코의 마음속에는 응접실에서 처음 마나미를 보았을 때 가슴을 찌르는 듯한 질투심이 다시 밀려왔다.

고가선 아래로 늘어선 집을 바라보고 있는 마나미의 옆얼굴은 적당히 부드러운 윤곽을 갖추고 있고, 시선을 바꿀 때마다 긴 속눈썹이 건강한 아이처럼 혈색이 좋은 볼 위에 아른아른 그림자를 드리운다.

귀 뒤에서 목덜미에 걸쳐 피부색이 희미하게 보여서, 두터운 하얀 장미 꽃잎의 감촉을 생각나게 한다.

다른 사람에게 보여주려는 모습은 전혀 없고, 여기저기 허점투성이에 그 부주의한 모습은 가엾기까지 하지만, 자신은 흉내 낼 수 없는 서글서글한 면이 있고, 자신의 상식으로는 지금까지 경험한 적이 없었던 타입이라 어떻게 이해하면 좋을지 당혹스러웠다.

그런데 나는 왜 이리 당혹스러워하는 것일까? 꾸준히 마나미의 옆얼굴을 몰래 엿보며 혼자 초조해하고 있는데, 마나미는 마치 자신의 일은 문제가 없다는 듯 태연하게 마을을 바라보고 있다.

'건방진 년! 자신의 미모가 뛰어나다고 생각하니까 차분한 거지.'

자신도 마나미만큼 예뻤다면, 혼자서 후유히코에게 반발하거나, 삐치거나 허둥거리지 않고 차분히 있을 수 있을 거라 생각하니 조금 슬퍼졌다.

식탁을 마주하고 있는 동안 놀란 듯이 후유히코의 얼굴을 바라보던 마나미의 눈빛은, 어쩌면 무슨 일에나 바로 놀라는 시골 처녀의 눈빛이었기에, 마나미가 후유히코에게 반했다고 생각한 것은 지나친 생각이었을지도 모른다.

그에 비해 후유히코가 마나미를 보는 눈빛은 어떠했는가.

참을 수가 없어서 이모가 날카로운 소리를 낸 것도 무리는 아니었다.

'마치 익사하고 있는 사람과 같은 눈빛이었어.'

다시 생생하게 그 생각을 하니 마음을 에는 듯한 아픔이 느껴졌다.

'후유히코 자식, 분명히 마나미에게 홀딱 반했어.'

어떻게 해서든 늦기 전에 방해를 해야 했다.

"있잖아, 마나미 씨, 나 한 가지 부탁이 있는데……."

마나미는 미소를 지으며 바로 되돌아본다.

"네, 무슨 부탁이에요?"

"솔직히 말하면 내가 후유히코 씨에게 가는 건 절대 비밀이에요."

마나미는 잠시 눈을 크게 떴지만 바로 평상시의 붙임성 있는 얼굴로 대답했다.

"나는 모르는 일로 해 둘게요. 신경 쓰지 않아도 괜찮아요."

그 말은 너무나도 자연스럽고 조심스러웠기 때문에, 아키코는 멋쩍어져서 기운이 빠져 버렸다.

"어머, 어디 가세요?"

아키코가 돌아보니 노리코가 여행 가방을 들고 뒤에 서 있었다.

(1939.12.15)

## 제58회

### 의혹(5)

노리코가 아타미의 도야마 후유히코를 방문하는 용건은 게이코에게 알려져서는 곤란했기 때문에, 노리코로서는 여기에서 아키코를 만나는 것은 조금 껄끄러웠다.

어슬렁거리는 모습으로 보아 멀리까지 가는 것은 아니겠지만, 그럼에도 목적지는 확인해 둘 필요가 있었다.

노리코가 천연덕스럽게 물어보자 아키코는 오른쪽 구두 뒤축으로 휙 요령 좋게 몸을 돌려 매우 침착한 어조로 되물었다.

"이모는요?"

노리코는 조금 당황했지만 어떻게든 되겠지 싶어 확실히 말해 버렸다.

"난 아타미에 가."

아키코는 흠 하며 콧방귀를 뀐다.

"아타미에는 뭐 하러 가세요?"

'여전히 되바라진 아이구나'라고 생각해서 혀를 차면서 태도만은 친근하다.

"별일이 있는 건 아냐. 심심해서."

아키코는 민첩한 눈초리로 힐끗 노리코의 얼굴을 노려본다.

"흐음, 심심해서란 말이죠. ……도야마 후유히코 씨에게 가는 거 아니에요?"

자신도 모르게 눈살을 찌푸리며 되묻는다.

"어머, 어째서?"

"특별히 이유는 없어요. 그냥 그런 기분이 들어서요."

이 과민증이 있는 아이의 머릿속은 도대체 어떻게 되어 있는 걸까. 노리코는 무심코 아키코의 얼굴을 쳐다봤다.

노리코가 대답을 하지 않자, 아키코는 딸꾹질하듯 엷은 웃음을 보인다.

"죄송해요. 뭔가 쓸데없는 질문을 한 거 같네요. 하지만 신경 쓰지 마세요. 좀 그런 느낌이 들었을 뿐이니까."

머리라도 한 대 콱 쥐어박고 싶은 기분이었다.

"그래서 넌 어디 가니? 역시 심심해서 나온 거니?"

아키코는 시치미 뗀다.

"우리들은 후유히코 씨에게 가는 길이에요. 하지만 심심해서 가는 게 아니에요. 이모의 심부름으로 후유히코 씨에게 편지를 갖고 가는 거예요. 우편법 위반이죠."

의외였기 때문에 노리코는 멈칫거렸다.

가즈에게 부탁받은 용건은 매우 긴급한 이야기라 무슨 일이 있어도 오늘 중으로는 비밀리에 후유히코를 만나야만 하는 사정이 있기 때문에 이 상황은 확실히 타이밍이 좋지 않았다.

하지만 결국 뚜껑을 열면 바로 알 수 있는 이야기이기도 하고, 자신이 이 역할을 맡은 것도 일전의 게이코의 건방진 모습을 혼내주려는 것이어서, 오히려 지금의 상황을 그대로 진행해서 당황하게 만드는 것도 좋겠다고 생각해 일부러 명확한 억양으로 말했다.

"짐작한 대로야. 실은 토지 건으로 나도 후유히코 씨를 만나러 가는 길이야. 함께 가서 기쁜데."

아키코는 그것을 그냥 흘려듣고는, 돌아앉아 있는 여자의 등을 언뜻 본다.

"……아아, 맞다, 아직 모르시죠? 소개할게요. ……이쪽은 이모의 오빠 며느리의 여동생……. 첫, 설명이 기네요. 즉 조카뻘 되는 사돈이에요, 요시에 마나미 씨. ……들은 적 있죠? 5일 정도 전에 시마바라의 시골에서 상경한 지 얼마 안 됐어요.”

여자는 느긋하게 이쪽을 돌아보고 인사를 했다……. 그 여자의 얼굴을 보자 노리코는 무의식중에 숨을 멈췄다. 그 정도로 아름다웠다.

“……마나미 씨, 이쪽은 미국에서 귀국한 무용예술가……, 맞죠? 무용예술가인 유라 노리코 님이에요. 그럼 잘 부탁해요.”

(1939.12.16)


# 제59회

### 의혹(6)

겨울에 들어서는 계절이라고는 생각되지 않는 밝은 햇살이 기차의 창을 통해 들어와, 마주하고 있는 마나미의 머리를 비춰서 그 위에 동그란 원빛을 그리고 있다.

확실히 대단히 아름다웠다. 지나치게 잘 다듬어진 단정함도 아니고, 매우 눈에 띄는 요염함도 아니다. 고전파의 화가가 이상으로 추구한 ‘미의 기원’과 같은 혼연의 아름다움이 얼굴 안에 있다.

조금 고개를 기울이는 평범한 몸짓으로도 비길 데 없는 자연스러움과 청순함이 가득해서, 우아하다는 표현으로는 도저히 이루 다 말할 수 없는 아름다움이 있었다.

보기만 해도 연약한 것 같은 도시풍의 병적인 아름다움의 계열이 아니라, 건강과 단순함으로 단단히 관철되어 아무리 나이를 먹어도 이 아름다움은 변하지 않을 것이라고도 생각된다.

모든 남성은 눈을 크게 뜨고, 어떤 여성이라도 본능적으로 질투심을 느끼지 않을 수 없는 그런 빼어난 아름다움이었다.

'지나치게 아름다운 거 같아. ……이 아가씨를 보고 질투하는 여자들의 생각만으로도, 앞으로 그다지 행복하지 못할 거야. 이렇게 아름다우면 누구라도 조금은 심술을 부리고 싶을 것 같으니까.'

노리코는 넋을 잃고 마나미의 얼굴을 바라보면서 이런 생각을 하고 있었다.

이 아이와 저 아름다운 도야마 후유히코가 나란히 있는 것을 상상하니, 노리코 자신 어찌할 수 없는 애타는 마음이 든다.

그럼에도 이렇게 예쁜 아이와 후유히코를 결혼시키려는 게이코의 대담한 방식에는 역시 노리코도 깜짝 놀랐다.

게이코가 남몰래 매우 열광적으로 후유히코를 사랑하고 있는 것은 빤히 보였다.

후유히코를 마나미와 결혼시키려는 것은 간단히 말하면, 마나미를 핑계로 해서 후유히코를 언제까지나 자신의 곁에 두려는 것은 분명했지만, 게이코가 이렇게 아름다운 아이에게 질투를 하지 않을 정도로 감정이 메말랐는지는 알 수 없다.

얼마나 중요한 편지인지 모르지만 우편으로 보내면 되는 것을, 후유히코에게 마나미를 보내는 것은 일부러 아슬아슬한 기회를 만들어서, 마나미와 후유히코의 관계를 막다른 골목으로 몰아넣으려는 속셈일 것이다.

일단 그렇게 하기로 정했다면 감정을 움직이지 않고 쇠로 된 채찍이라도 휘둘러 철썩철썩 때리듯이, 순서를 밟아 가는 추진력은 과연 그녀다웠다.

'역시 대단하구나!'

아무래도 대적할 수 없을 것 같았다.

노리코의 용건은 완전히 삐쳐 버린 기시모토 세이지로의 여동생 사치코를 세이지로의 친구였던 후유히코의 입으로 적당히 달래게 해서 참회문과 같은 세이지로의 유서를 이쪽으로 넘기게 하는 역할을 부탁하려는 것이었다.

사치코라는 아이는 의외로 만만치 않은 데다가, 가즈에, 게이코, 노리코 트리오를 눈엣가시로 여기고 있는 게이코의 전남편인 모즈 히사타케까지 밀어주고 있어서 좀처럼 방심할 수 없다.

가즈에와 세이지로의 정사와 백화점의 내막을 폭로하고 있다는 그 유서를 큰맘 먹고 악덕 신문에라도 팔아넘기기라도 하면, 가즈에로서는 돌이킬 수 없는 치명적인 타격을 받기 때문에, 오늘 중으로 기필코 막아야만 했다.

'저 아름다운 후유히코가 설득한다면 아무리 완고한 여자라도 함락될 거야.'

(1939.12.17)

# 제60회

## 의혹(7)

무엇 때문에 노리코가 가즈에를 위해서 이런 역할을 맡았는가 하면, 솔직히 게이코의 처사에 대한 참을 수 없는 울분 때문이었다.

4~5년이나 옥신각신하며 다투고 있던 히사타케와 게이코의 이혼 소송을 보다 못해, 자처해서 히사타케를 대신 상대하여 잘 구슬려 이혼을 승낙하게 했다.

이번에 자신이 히사타게와의 관계를 끊는 단계가 되어 간신히 돈으로 마무리를 하게 되기까지에 이르렀는데, 그에 상응하는 돈 정도는 게이코가 지불하는 것이 당연한데도 불구하고, 옛 은혜를 잊고 겨우 5천 엔 정도의 푼돈을 이러지도 저러지도 못하며, 내기를 꺼려해서 노리코는 분을 참을 수 없을 정도로 화가 치밀어 올랐다.

결국 받아야 할 돈은 받았지만, 게이코의 태도에 너무나도 화가 나서, 호되게 되갚아 줄 생각으로 이 역할을 맡았다.

게이코가 지금 가장 가슴 아픈 것은 무엇보다도 도야마 후유히코와 멀어지는 것이지만, 그것은 이쪽이 노리는 점으로 이번 유서 건과 결부시켜 일석이조의 '수단'으로 사용할 생각이었다.

후유히코가 온실을 이전시킬 적당한 토지가 없어서 곤란해하고 있는 것을 예상하여, 가즈에가 갖고 있는 아타미의 땅을 무상으로 제공해 옮기게 한 다음, 후유히코와 게이코의 사이를 멀어지게 하고 친절을 빌미로 후유히코가 세이지로의 여동생 사치코를 설득시켜, 교묘하게 유서를 받아내려는 손이 많이 가는 계획이었다.

그건 그렇더라도 마나미의 이 아름다움은 전혀 의외였다.

게이코가 순간 입을 잘못 놀려서 마나미라는 여자애와 후유히코를 결혼시킨다는 것은 들어서 알고 있었지만, 어차피 별일 아닐 거라고 얕보고 있었다.

하지만 그 아이를 이렇게 바라보고 있으니, 도저히 멍하니 바라보고만 있을 수는 없는 기분이 들었다.

후유히코가 이렇게 예쁜 여자에게 끌리지 않을 리 없기 때문에, 게이코의 계획대로 두 사람의 결혼이 성립되면, 후유히코는 게이코의 의붓사위가 된다. 그러면 후유히코를 게이코에게서 멀리 떨어뜨려서 괴롭게 만들려는 이쪽의 계획이 허사가 되기 때문에, 무슨 일이 있어도 후유히코와 마나미의 결혼을 방해하지 않으면 안 되는 상황이었다.

그렇게 하기로 마음먹었다면 서두르는 것이 좋다.

게이코에 대한 반감뿐만 아니라, 이렇게 너무나도 아름다운 아이를 후유히코와 결혼시켜서, 빤히 알면서 행복하게 끝내는 것도 왠지 모르게 분했다.

"당신과 후유히코 씨에 대해서는 고모에게 자주 들었어요. ……결혼하신다면서요, 축하해요."

아마 수줍어할 거라고 생각했는데, 마나미는 형식적으로 놀라 눈을 크게 뜬다.

"하지만 전 아직 그런 이야기를 못 들었어요."

일상적인 이야기라도 하듯이 아무렇지 않게 대답을 했다.

그런 대답을 들으니 본인보다 주변 사람이 주제넘게 앞질러 간 것 같아서, 매우 겸연쩍었다.

노리코는 당황해서 물었다.

"어머, 아직 몰랐다고요?"

자신답지도 않게 멍청한 말을 해서 얼굴을 붉혔다.

마나미는 그건 방금 말했다는 듯 예쁘게 미소만 지으며 대답하지 않았다.

맞붙을 자세를 취하고 일어났더니, 깨끗이 역전패를 당한 형국이 었다.

(1939.12.18)


## 제61회

**의혹**(8)

반박을 하거나 의미 있는 듯한 말을 해 오면, 얼마든지 방법이 있지만, 이렇게 솔직하게 나오면 말문이 막혀 다음 말이 나오지 않았다.

오랜 수련으로 심리전이나 트릭이라면, 어떤 벅찬 상대라도 제압해 버릴 자신이 있는 노리코였지만, 이런 무기교에 자연스러운 사람은 지금까지 아직 한 번도 만난 적이 없었던 부류였기 때문에, 어떻게 다루면 좋을지 짐작이 가지 않았다.

마나미의 얼굴을 바라보면서 마음속에서 끊임없이 제자리걸음을 했지만, 어찌할 방도가 없자 타고난 오기가 불끈 발생해서, 어떻게든 힘껏 때려눕히지 않으면 안 될 것 같은 기분이 들었다.

빈틈이 없는 자세로 뭐라도 걸리라는 심정으로, 웃으면서 일부러 아랫사람 대하듯 물어봤다.

"그저께, 선을 봤다면서? 도야마 씨의 인상은 어때?"

어떤 식으로 나올지 봤더니, 마나미는 막힘이 없는 눈빛으로 노리코의 얼굴을 쳐다본다.

"매우 다양한 인상을 받아서, 뭐라고 말씀드리면 좋을지 모르겠어요."

보통 여자는 영리하면 영리한 대로 대충 얼버무리던가, 그렇지 않으면 자신의 머리가 좋지 않은 것을 감추기 위해 무리하게 재치 있는 말을 하려고 하던가, 어느 쪽이든 무슨 생각을 하는지 바로 꿰뚫어 볼 수 있는데, 이 아이는 이상하게 트집 잡을 곳이 없었다.

수도원 같은 여학교에서만 생활을 했다고 하는데, 그동안 어떤 생활을 한 걸까?

'전혀 바보가 아니야?'

시골 사람의 딱딱하거나 비굴한 면이 없다. 그런데 도시 아이처럼 지나치게 건방진 모습도 없고, 상대를 불쾌하지 않게 하려고 이지적이고 수줍은 미소를 띠면서, 차분히 좌석에 앉아 있다.

노리코는 마음속으로 당황해서 한 말을 취소했다.

'전혀 바보가 아니야.'

자신답지 않게 쩔쩔맨다.

"인상이 많다는 건 솔직하네. 하지만 결론은 어떻게 됐니? 들어보고 싶어."

듣기에 따라서는 상당히 실례되는 질문이지만, 마나미는 상냥하게 고개를 끄덕이면서, 조금 곤란한 얼굴을 해 보였다.

사실 그렇게 곤란해하지도 않았고, 이런 이야기에 흥미가 없다는 것을 상대에게 알려줘서, 기분을 상하지 않게 하려는 속 깊은 배려를 하고 있다는 것을 그 태도로 분명히 알았다.

마나미는 잠시 생각하더니 단순하고 밝은 표정으로 대답했다.

"솔직히 말씀드릴게요. ……실은 전 태어나서 아직 대여섯 명 정도의 남성분밖에 본 적이 없었어요. ……봤다기보다는 힐끗 봤다고 하는 편이 좋을지도 모르겠네요……. 그 대여섯 명도 일 년에 한 번 오는 장학사나, 학부형이나, 그리고 수녀들의 친척, 학교 심부름꾼 할아버지, 그렇게 나이를 드신 분들뿐이에요……. 도야마 씨와 같은 젊은 분과는 아직 한 번도 이야기를 해 본 적이 없어서, 깜짝 놀라 어떻게 인상을 정리하면 좋을지 모르겠어요. 경험이 없어서."

그렇게 말하고는 뭔가 생각난 듯이 말을 잇는다.

"잠깐 착각했어요……. 도쿄로 오는 기차 안에서 이야기를 나눈 젊은 분이 있었으니까, 도야마 씨는 두 명 째네요."

(1939.12.19)

# 제62회

## 의혹(9)

태어나서 젊은 남자와 마주 보며 이야기한 것이 아직 두 번밖에 없었다는 것은, 거짓말이 아니라면 시치미 떼고 있다고 생각할 수밖에 없었다.

또한 이쪽 질문을 피한 것이라면, 아무리 사교성 좋은 부인이라도 이렇게까지 멋지게 할 수는 없을 것이라고 생각될 정도로 두드러지게 눈에 띄었다.

하지만 마나미의 모습을 보면 거짓말을 하는 것 같지도 않고 시치미를 떼고 있는 것 같지도 않다. 자신이 한 말이 이상했는지 천진난만하게 키득키득 웃기 시작했다.

"참 이상하죠. 믿기 어려우실지도 모르지만, 정말이에요."

"요즘 세상에 그럴 수 있다니 도저히 믿을 수 없을 정도야."

"……엄격한 가톨릭 학교인 데다가 쭉 기숙사에서만 생활을 했거든요. ……그 점만은 너무 손해를 본 거네요."

이쪽 기분에 맞장구를 쳐주려는 듯 말은 그렇게 하고 있지만, 자신이 불행하다고 생각하는 모습은 어디에도 없다. 오히려 과거의 생활이 얼마나 행복했는지, 충분히 만족한 표정을 감출 수 없었다.

이런 별난 상대에게 게이코와 후유히코의 복잡한 심리전을 넌지시 말하며, 에둘러 험담을 해도 과연 성공할지 어떨지 의심스러웠다.

"어머, 그럼 큰일이네. 앞으로 서둘러 여러 가지를 알아야 하겠네."

마나미는 조용히 되물었다.

"여러 가지라는 게 어떤 거죠?"

"가까이에 있는 도야마 씨만 하더라도 네가 모르는 일이 많이 있지 않을까?"

조금 말이 지나치지 않나 생각해서 힐끗 아키코를 봤더니, 아키코는 평소처럼 무관심한 표정으로 소형책의 여백에 짧은 연필로 뭔가 열심히 낙서를 하면서 두 사람의 대화에서 완전한 고립을 지키고 있었다.

아키코는 어차피 게이코와 한패도 아니고 게다가 분명히 청년을 경멸하는 편으로, 중년의 신사 같은 사람하고만 놀러 다니는 특이한 아이라서, 조금 복잡한 깊은 이야기를 해도 특별히 마음에 두지도 않을 거라고 생각해 신경 쓰지 않고 계속했다.

"남자와 여자의 우정이라는 건 존재할 리도 없는데, 게이코하고 도야마 씨의 우정만은 이렇게 길게 무사히 잘 이어졌단 말이야. 그 점 참 믿을 수 없을 정도로 대단했어. ……이상적이라고 해도 좋을 정도로."

마나미는 조금 눈을 크게 떴다.

놀란 것이 아니라 이것도 상대를 놓치지 않기 위한 일종의 예의인 것 같았다.

'진짜 대단히 침착하구나.'

노리코는 초조해졌다.

"저런 변함없는 우정이란 게 이 세상에 있을까? 서로에 대한 존경과 성실, 아낌없는 헌신. ……뭔가 시의 작용이라고 해도 좋을 것 같은 게 있어. ……정말로 저렇게 서로 사랑받는 두 사람은 본 적이 없어. 서로가 상대의 생활 속에서만 살아가고 있는 거 같단 말이야."

이렇게 말하며 아키코의 동의를 구한다.

"그렇지 아키코! 너도 잘 알고 있지?"

아키코는 무심하다.

"글쎄요, 어떨까요? 저는 떨어진 곳에 살고 있어서, 두 사람이 어떻게 사는지 몰라요. ……하지만 그런 게 우정일까요? 만약에 그게 우정이라면 특이한 우정도 있네요. 만나기만 하면 두 사람은 한숨만 쉬니까요. 참 이상하죠."

(1939.12.20)

## 제63회

**의혹(10)**

아키코가 이야기에 끼어서 노리코는 한숨 돌렸다.

이 아이가 '청년'에게 반감을 갖고 있다고 하더라도, 마음속 깊은 곳에서는 역시 후유히코와 마나미의 결혼에 대해 가만히 있을 수 없기 때문에, 그 점에서는 우선 두 사람의 의견이 일치했고, 아키코가 이야기에 낀 이상, 그 다음은 아키코에게 맡겨 두는 것이 좋다고 생각해 자신은 슬슬 뒤로 빠지려고 했다.

노리코는 일부러 재미있겠다는 듯한 웃음소리를 낸다.

"그건 도대체 어떤 한숨일까?"

아키코는 프랑스 소설책 위로 획획 아무렇게나 그림을 그리며 대꾸했다.

"한숨은, 한숨이죠. ……한숨의 내용까지는 몰라요."

아키코도 슬슬 도망갈 궁리를 하고 있는 것 같았다.

노리코는 매달린다.

"너무 변죽 울리는 거 아냐. 상관없잖아, 더 확실히 말해 봐. 마나미 씨도 들어 두는 게 좋잖아."

아키코도 보통내기가 아니라 그 말에는 대응하지 않고 갑자기 화제를 바꾼다.

"있잖아요, 이모, 방금 말씀하신 토지 이야기는 무슨 일이에요?"

생각지도 못하게 허를 찔려서 조금 대답하기 곤란했지만 이내 정신을 차린다.

"도야마 씨가 온실을 옮길 장소가 없어서, 곤란해하고 있잖아. 아타미에 좋은 장소가 생겨서 혹시 괜찮으면 소개해 주려고."

아키코는 책 위에 얼굴을 묻은 채, 흰 눈으로 힐끗 노리코의 얼굴을 올려본다.

"오, 정말 친절하시네요. 그건 누구 땅이에요?"

역시 말문이 막혀서 바로 대답을 할 수 없었다.

"그런 게 있어. 그건 아직 말 못 해."

"하지만 이모는 후유히코 씨의 온실이 특별히 방해된다고 생각하지 않는 거 같아요. 오히려 죽을 때까지 거기에 두려고 하는 거 같은데."

"그건 게이코 생각이지. 도야마 씨는 어떻게 생각하고 있는지 모르잖아?"

"그건 두말하면 잔소리죠. 저도 후유히코 씨의 기분은 모르지만, 이사할 곳이 없어서 곤란했던 건 예전 이야기잖아요. 이젠 옮길 생각이 없을 거예요."

다른 사람의 일에 전혀 무관심한 얼굴을 하고 있으면서 그런데도 전부 다 알고 있다. 참 다루기 힘든 아이였다.

"그럼 나의 친절은 쓸데없는 거네."

"쓸데없는지는 잘 알고 계시잖아요? 후유히코 씨가 이모 곁을 떠나고 싶어 하지 않는 걸 잘 알고 있으시면서, 땅 이야기를 하러 가는 건 좀 이상하죠. ……어머, 죄송해요. 이런 이야기 제가 할 말은 아니었네요. 신경 쓰지 마세요."

이쪽이 반박할 여유도 주지 않고, 바로 또 말을 이었다.

"저기, 이모, 후유히코 씨와 마나미 씨의 결혼에 반대한다면서요?"

이렇게까지 직설적으로 말하리라고는 생각하지 못했다. 엉겁결에 말투가 매서워진다.

"아키코, 농담하지 마. 그건 좀 말이 지나치잖아."

"그런가요? 방금부터 이모가 한 말을 들으면, 아무래도 그렇게밖에는 생각되지 않아요. 하지만 이건 저만의 감상이에요."

노리코는 이제 잠자코만 있을 수는 없었다.

"여전히 이해가 빠르구나. 솔직히 말하면 그렇지. 마나미 씨가 불쌍하니까. 무슨 의미인지 너도 알지?"

아키코는 매우 침착한 목소리로 대답했다.

"전 그런 거 잘 몰라요."

(1939.12.21)

# 제64회

### 의혹(11)

아키코와 노리코의 대화를 마나미는 조용히 듣고 있었다.

화제는 자신과, 고모와, 도야마 후유히코에 관한 것으로 정확한 의미를 파악할 수 없었지만, 아키코도 노리코도 뭔가 에둘러 자신에게 말하고 있는 것만은 알았다.

'도대체 내게 뭘 이해시키려는 걸까?'

후유히코와 처음 만찬이 있던 날 저녁에도, 아키코가 넌지시 수수께끼 같은 말을 한 것을 기억했다.

세상 물정을 모르는 마나미도 그럭저럭 그것이 자신과 후유히코에게 관련된 이야기라는 것은 어렴풋이 알았지만, 가능한 한 단순하게 받아들여 다른 사람의 속마음을 헤아리지 않는 것이 자신의 가치라고 생각했고, 오랫동안 그런 식으로 지내 왔기 때문에 그때도 그다지 깊게 생각하지는 않았다.

아키코의 경우는 이쪽에게 알 수 없는 의혹을 일게 할 뿐이었지만, 오늘의 노리코는 자신과 후유히코와의 결혼이 별로 행복하지 않을 것이라고 매우 분명하게 암시하고 있다.

'그건 알겠는데 한마디 하면 끝날 일을 왜 이렇게 시간을 들여 말해야 하는 걸까?'

마나미는 오히려 그것이 의심스러울 정도였다.

그것도 들으라는 듯이 아키코와 대화를 하고 있을 뿐이다. 자신을 상대하고 있다면 대응할 방법이 있지만, 두 사람의 대화에는 끼어들 필요도 없다고 생각해서 침묵하고 있자, 노리코는 적당한 미소를 지으면서 아키코에게 말했다.

"어머, 너도 모르는 게 있니? 그건 좀 믿어지지 않는데."

말투는 온화하지만 말 속에 신랄한 가시가 있었다.

아키코는 그런 것은 전혀 눈치채지 못한 듯 오히려 상냥하게 대답했다.

"네, 그래요, 모르는 거 투성이예요. 너무 과대평가하지 말아 주세요."

노리코는 천연덕스럽게 고개를 끄덕인다.

"그건 그렇지. 겸손한 건 찬성이야. 직감만으로는 모르는 것도 많이 있으니까, 그렇게 말 해두는 게 안전하지."

아키코는 방긋 웃음을 보인다.

"이모, 당신과 제 의견이 일치한 건 이게 처음이죠? 별로 사이가 좋은 편이 아니잖아요. ⋯⋯하지만 전 신경 쓰지 마시고 하시고 싶은 걸 계속하시는 게 어때요? 저도 듣고 싶어요. 저한테도 틀림없이 참고가 될 테니까요."

노리코는 생글생글 웃는다.

"그렇게 태도를 바꾸면 곤란한데. ……실은 이건 내 추측일 뿐인데, 게이코가 후유히코 씨와 마나미 씨를 결혼시키려는 생각에는 뭔가 기발한 책략이 있는 거 같은 기분이 든단 말이야."

이렇게 말하고 매우 기교적인 방식으로 마나미의 얼굴을 바라본다.

"뭐라고 하면 좋을까. ……예를 들면, 대수식이지. ……A와 B의 값을 바꿔도 전체 값은 변하지 않는, 뭐, 그런 거지. ……네 말을 흉내 내는 건 아니지만, 이건 나만의 감상이니까 신경 쓸 필요도 없지만……."

마나미도 이제 겨우 이해할 수 있었다.

자신의 행복 따위는 관계없이 이 두 사람은 자신과 후유히코를 결혼시키지 않고 싶은데, 그것을 서로의 입을 통해서 말하게 하려고 하고 있다…….

'이 얼마나 복잡한 방식일까!'

마나미는 기분이 우울해졌다.

(1939.12.22)

# 제65회

### 의혹(12)

마나미가 자신의 생각에 푹 빠져 있는 사이에 아키코는 매몰찬 말투로 노리코에게 말했다.

"그럼 마나미 씨와 후유히코 씨의 결혼에 뭔가 부자연스러운 부분이 있다고 말씀하시는 거죠? 혹시 그렇다면 그게 뭐예요? 대수식이 아니라 보통 말로 깔끔하게 말해 주지 않을래요?"

"그러니까 방금 이건 내 추측이라고 말했잖아. 진짜인지는 잘 모른다고. 단지 게이코가 예전처럼 제멋대로의 리리시즘(lyricism)[22]으로 너무 두 사람을 노리개로 삼는 것은 아닐까 하고 그게 걱정이 될 뿐. 요컨대, 쓸데없는 근심이지."

"그러니까, 이모는 이 결혼에 반대지요?"

"그런 넌?"

"저는 대찬성. 이모는요?"

"나도 대찬성이야!"

마나미는 어이가 없어서 두 사람의 얼굴을 바라봤다.

'이 사람들 왜 이렇게 야단법석이지?'

자신은 후유히코와 결혼한다고 말을 한 적도 없고, 그런 태도를 보인 기억도 없다. 또한 생각해 본 적조차 없었다.

---

**22** 시나 소설 등에 주로 사용하는 서정적인 정취. 시정(詩情).

고모가 자신을 도야마 후유히코의 결혼 상대로 혼자 정했다고 해도, 고모의 의사가 그대로 자신의 의사는 아니었고, 어쨌든 그런 독단적인 제약을 받지 않으면 안 될 이유는 없었다.

마나미의 마음에는 조금도 걱정이 없어서, 후유히코에게도, 고모에게도, 여기에서 마주하고 있는 이 두 사람에게도, 매우 자유로운 생각을 할 수 있었다.

고모에게는 자신을 잊지 않고 도쿄로 불러 준 것에 단순히 감사의 마음을 갖고 있을 뿐이고, 도야마 후유히코의 경우는 '이렇게 아름다운 사람도 이 세상에 있구나'라고 감탄하며 바라봤을 뿐이었다. 고모의 조카인 아키코는 매우 신경질적인 사람이라 생각하며 어차피 나같은 애가 맞대결할 수 있는 상대도 아니기 때문에, 무리한 이야기도 대체로 들어주기로, 그날 저녁 정원 구석에서 만났을 때부터 그렇게 정했다.

그런데 이 노리코라는 사람은 도대체 뭐지? 뭔가 혼자 초조해서 지나가는 사람은 모두 물고 늘어지려는 자세를 취하고 있는 것처럼 보인다. 이 사람도 에둘러 말하는 것에 관해서는 아키코와 많이 비슷하지만, 특히 실례되는 말을 해서 무리하게 상대방을 화나게 하려는 것은 그다지 유쾌하지 않았다.

'이런 게 사교라는 걸까?'

그게 뭐든 간에, 처음 만나는 사람의 결혼문제에 염치도 없이 참견하는 뻔뻔스러운 방식은 마나미에게는 첫 경험이었기 때문에, 무대무용가라는 특별한 인간을 바로 눈앞에서 보는 호기심도 영향을 줘서, 성가셨지만 상당히 흥미를 갖고 바라볼 수 있었다.

그렇다고 해도 고모가 생각해 낸 자신과 후유히코의 결혼 계획이 뭔가 납득이 안 간다는 것은 어떤 의미일까? 내가 불행하게 된다는 것은? ……아키코에게 분명히 그렇게 말했다.

마나미는 고모가 과잉 친절의 독단으로 자신을 후유히코의 상대로 선택해서 시마바라에서 도쿄로 부른 것이라고 생각했다.

'우편으로 보내면 될 편지를 왜 굳이 나에게 줘서 후유히코에게 보내는 것일까?'

지금까지 평화롭던 마나미의 마음은 갑자기 불안해져서 다양한 의혹이 가슴을 짓누르기 시작했다.

자신도 모르는 사이에 개운치 않은 것이 자신의 주변을 가득 채워서, 자신은 멍하니 그 안에 감싸여 있는 것처럼 느껴졌다.

'이 편지에는 무슨 말이 쓰여 있는 걸까?'

마나미의 의혹을 해소할 열쇠가 바로 이 안에 있다고 생각하니 견딜 수가 없었다.

(1939.12.23)


## 제66회

### 온실 속(1)

온실 속은 확실히 그렇다고 지적할 수 있는 일종의 방만한 상태로 지배되고 있었다.

오전 10시에는 반드시 잠그는 송유관의 조절 밸브가 열려 있고, 실내의 습도를 조절하는 수조의 물도 완전히 말라 있었다.

화분 진열장에 깔아 놓은 석탄 찌꺼기를 만져 보니, 이것도 바싹 말라 있다.

도야마 후유히코가 자신도 모르게 눈썹을 찌푸리면서 온도계 쪽으로 가 봤더니, 실내 온도에 비해 습도가 거의 영도까지 떨어져 있다. 난초에게는 가장 위험한 상태였다.

후유히코는 당황해서 스팀 조절 밸브를 잠근 후, 수조에 물을 넣고 석탄 찌꺼기에 물을 뿌리기 시작했다.

커튼을 닫는 것을 잊어버린 유리 지붕을 통해 직사광선이 꽃잎 위에 초점을 맞추고 있어서, 여기도 위험한 상태로 방치되어 있었다.

후유히코는 치밀어 오는 화를 느끼며 강하게 혀를 차고는 서둘러 커튼을 닫기 시작했다.

수조에 퍼 넣은 물과 석탄 찌꺼기에서 금세 수증기가 피어올라, 유리 지붕 안쪽에 작은 물방울이 맺히기 시작했다.

후유히코는 손수건으로 땀을 닦으면서 진열실로 들어가 '홍두 아마나 란'이 있는 곳으로 가 봤다.

일지를 볼 것도 없이 당연히 꽃눈이 생겨야 하는 시기인데, 생긴 것은 아무 것도 없다. 이것은 개화를 재촉하는 데에 필요한 에테르의 분무를 소홀히 하고 있다는 증거였다.

"구메 녀석, 도대체 뭐 하고 있는 거야!"

격한 말이 입 밖으로 나올 뻔했지만, 그래도 그렇게는 하지 않았다. 하지만 조수인 구메 게이지(久米圭二)에 대한 분노는 한 층 더 걷잡을 수 없게 되었다.

후유히코는 진열실 구석에 있는 등나무 의자에 앉아, 참을 수 없는 분노에 괴로워했다.

이번 일은 허술했다 하는 정도로 가볍게 넘길 수 없다. 오랫동안 이 일에 종사해 온 사람의 일이라고는 생각되지 않을 정도로 악질적이라, 뭔가 자신에 대한 구메의 적개심과 같은 것마저 느껴졌다.

곰곰이 생각해 봤지만 무엇 하나 짐작이 가는 것이 없었다. 구메의 신경을 자극한 적도 없고, 질책을 한 기억도 없다. 오히려 구메에게 전부 위임한 동안에 발생한 골절에 대해서 많지는 않지만 특별 수당도 지급하지 않았던가.

"이 일을 하기 싫어진 건가?"

그러고 보니 될 대로 되라 하는 식의 자포자기를 느끼지 못한 것도 아니다.

"하지만 구메라면 이런 행동을 하지는 않을 텐데……."

규슈의 고아원에서 아버지의 온실 관리인으로 데리고 온 이래 7년간, 비할 데 없을 만큼 이 일에 열중해 온 구메가 어떤 이유든 간에 갑자기 저렇게 열정을 잃어버렸다고는 도저히 생각조차 할 수 없었다. 그게 아니라면 이런 나태한 태도는 도대체 어찌된 일일까?

꽃들의 숨소리도 들릴 것 같은 고요한 온실의 천장 주변에서 어렴풋이 벌이 날아다니는 소리가 들린다.

이번에야말로 후유히코는 얼굴이 새파래졌다.

난초를 인공교배해서 전 세계의 식물잡지에 신종을 발표하려는 일에 무엇보다 두려운 것은, 의도치 않게 곤충이 꽃가루의 매개 역할을 하는 것이었다.

몇 년이나 걸려 두 개의 순종끼리만 교배를 거듭하는 고된 일은, 온실 속에 잠입해 온 단 한 마리의 벌 때문에 수포로 돌아가 버린다.

온실 입구를 이중 방충망으로 하고 공기 조절 창문을 열기 전에 꽃에 하나하나 얇은 천으로 된 덮개를 씌우고, 거기에 만약을 대비해 진열장 문을 닫는 것도 결국 이런 위험을 방지하기 위함이었다.

후유히코는 곤충망을 들어 올리고는 미친 듯이 벌이 있는 쪽으로 돌진했다.

(1939.12.24)

## 제67회

### 온실 속(2)

발돋움해서 한 번에 벌을 잡아채자, 곤충망을 바닥에 내던지고는 태어나서 처음이라고 할 정도로 거칠게 그것을 신발로 밟아 뭉갰다.

벌은 형태를 알아볼 수 없을 정도로 뭉개져서 날개 한쪽만이 망의 그물코에 남았다.

후유히코는 숨을 가쁘게 몰아 쉬면서 그것을 바라보다가, 그것만으로는 분이 덜 풀려서 망에서 날개를 집어서 손가락으로 찢어버렸다.

방충망을 잡아당겨 여는 소리가 들렸다.

구메가 하얀 사무용 옷의 주머니에 양손을 찔러 넣은 채 어슬렁거리며 온실 안으로 들어왔다.

후유히코는 달려들고 싶은 충동을 느꼈지만 간신히 참았다.

구메를 질책하기 위해서 애써 냉정해질 필요가 있었지만, 이마에 머리를 늘어뜨린 그다지 호감을 가질 수 없는 퉁명스러운 표정으로 우두커니 서 있는 거만한 모습을 보자, 냉정해지기는커녕 한층 더 화가 치밀어 올라 자신도 모르게 날카로운 목소리로 호통을 치고 말았다.

"이봐, 구메 군, 자네는 내 일을 망칠 생각인가?"

구메는 움푹 들어간 눈으로 후유히코의 얼굴을 쳐다보지만 침착한 말투다.

"그건 무슨 의미시죠?"

오금이 저리는 듯한 분노가 치밀어 오르는 자신을 느끼면서, 후유히코가 소리쳤다.

"의미고 뭐고 간에 말이야. ……이봐, 그렇지? 확실히 대답해 보라고."

구메의 얼굴이 갑자기 핏발이 서더니 바로 새파랗게 변했다. 허리에 손을 대고 몸을 조금 뒤로 젖히고는, 성난 개와 같은 눈빛으로 후유히코의 눈을 쳐다본다.

"저는 당신의 일을 망치려고 생각한 적이 단 한 번도 없습니다. 도대체 무슨 말씀이세요?"

"무슨 말씀이라니?"

혀가 굳어지는 것 같아 단숨에 말을 할 수가 없었다.

"……왜 밸브를 잠그지 않았지? 수조의 물은 어떻게 된 거야? 온상은 바싹 말라 있고, 커튼까지 열어 둔 채이고. ……자넨 이 일을 벌써 7년이나 하고 있잖아. 이렇게 하면 꽃이 어떻게 되는지 잘 알고 있지. ……그치? 이봐, 어떻게 된 거야, 말 좀 해 보라고."

"깜빡했습니다."

후유히코는 무심결에 돌진하듯이 두 세 걸음 구메 쪽으로 다가선다.

"깜빡했다고? 그게 말이 된다고 생각해?"

"인간이 하는 일이니까 깜빡할 수도 있죠. ……하지만 역시 제 실수임에 틀림없으니 사과는 해 두겠습니다. 그 대신, 당신에게 한마디……."

후유히코는 아무 말도 듣고 있지 않았다.

목의 혈관을 따라 모든 피가 욱신욱신 요동치며 머리 쪽으로 올라간다.

긴 세월 동안 견뎌온 고생이 이 남자 때문에 일순간에 무너져 버렸을지도 모른다고 생각하니, 비분이라고도 격분이라고도 할 수 없는 감정이 가슴을 관통하고 정체를 알 수 없는 격앙된 눈물이 눈에 맺히기 시작했다.

"뭐야, 그 태도는! 이봐, 구메, 온실의 방충망은 도대체 왜 있다고 생각해? 말해!

"다 알고 있는 걸 저한테 왜 물어보세요."

이젠 무슨 짓을 저지를지 자신도 알 수 없었다. 순식간에 구메에게 달려들어 힘껏 주먹으로 턱을 가격했다.

무방비로 서 있던 구메는 허를 찔려서 방충망이 있는 곳까지 비틀거리며 가더니, 방충망에 심하게 부딪친 후 바닥에 쓰러졌다.

양발을 벌리고 벌떡 자빠진 채로 있다가, 바닥 위에 떨어진 전지가위를 손에 쥐고 천천히 일어났다.

몹시 화가 난 눈으로 입술 끝을 파르르 떨고 있었다.

(1939.12.25)

## 제68회

### 온실 속(3)

분노와 흥분으로 인해 걸음걸이가 자유롭지 않아 보이는 구메는 살피는 듯한 기묘한 걸음걸이로 느릿느릿 후유히코 쪽으로 다가와서 두세 발짝 앞에서 멈춰 섰다.

오른속에 쥐고 있는 전지가위가 어색하게 움직였고, 그럴 때마다 가윗날이 날카롭게 빛났다.

'도대체 어쩌려는 거지?'

단숨에 덤벼들지 않는 것은 구메의 감정에 제동이 걸리고 있는 증거로, 아직 이쪽이 말하는 이유 정도는 아직 통할 여지가 있어 보였다.

평소에는 온화한 남자인데 이렇게 화를 내는 데에는 뭔가 알 수 없는 이유가 있는 것 같아서 그 점이 조금 섬뜩했다.

섬뜩한 것은 무슨 짓을 할지 모르는 불안이 아니라, 오히려 흉하게 일그러진 구메의 창백해진 얼굴이었다.

열심히 일을 할 때에는 빛이 나는 것처럼 보이는 소박하고 말재주가 없는 얼굴이 화가 나면 이렇게까지 추악하게 변한다고 생각하며, 이런 얼굴에 직면하지 않으면 안 되는 상황이 후유히코의 신경을 건드렸다.

"이봐, 구메 군, 그런 걸 갖고 어쩌려는 거야?"

구메는 웃고 있는 것처럼 경련을 일으키는 얼굴을 치켜든 채, 다시 한 발짝 살며시 다가왔다.

'젠장! 진짜 한번 해 보자는 건가?'

그렇다면 이쪽도 방어할 방법을 생각하지 않으면 안 됐다.

일방통행인 출입구는 구메가 막고 있고, 통로는 한 명이 통과할 정도의 공간밖에 없기 때문에 몸을 피할 수가 없었다.

화분 진열장 위에 큰 모종삽이 있다. 손을 뻗어서 그것을 잡고 싶은 충동을 느꼈지만, 그렇게 하지 않았다.

"건방진 행동을 하면 가만두지 않을 거야. 넌 맞아도 싸다고."

"시끄러, 풋내기."

목소리가 쉬어서 거의 알아들을 수 없었다.

"당신한테 맞을 이유는 없어."

후유히코는 유리 지붕의 마룻대에 달려있는 조절 창문을 손가락으로 가리킨다.

"이봐, 큰소리치려면 저길 봐. ……저기가 열려 있어서, 여기로 벌이 들어왔어. 어떤 이유로 나에게 덤비든 간에, 이 태만함만은 용서 못해."

구메는 신경질적으로 힐끗 열려 있는 조절 창문을 올려다보았다.

"아버지 때부터 해 온 일을 이런 식으로 파멸시켜도 괜찮은 거야?"

과연 이 말에 영향을 받은 듯 눈을 내리뜬 채 대답을 하지 않았다.

"뭐라고 말 좀 해, 이봐."

"죄송합니다."

"할 말은 그것뿐인가?"

"…………."

"자네의 태만함 때문에 어쩌면 이 일은 다시 처음부터 시작해야 할지도 몰라. ……정신적인 의미에서, 이 온실의 순수함은 이제 신용할 수 없게 됐다고."

"…………."

"……내가 이 일을 이어받은 지 아직 일 년밖에 되지 않았지만, 지금까지의 아버지의 고생을 생각하면 자네의 태만함은 정말 맞아도 싸다고."

"…………."

"이봐, 어째서 이런 짓을 한 거지?"

구메는 갑자기 얼굴을 들더니, 침착하고 뻔뻔한 표정으로 바뀌었다.

"그건 제 잘못이 아닙니다. ……오히려 천벌입니다."

"뭐라고!"

"그럼 여쭙겠습니다만, 아버님의 '아마나 란'의 신종을 완성시키는 게 일입니까? 미야케 백작 부인과 놀아나는 게 당신의 일입니까? 솔직하게 말해 보세요."

(1939.12.26)

## 제69회

### 온실 속(4)

후유히코에게 구메의 이런 힐문은 역시 뜨끔했다. 바로 아무런 대답도 없이 가만히 있자, 구메는 심하게 말을 더듬었다.

"저의 태만함을 책망할 권리는 당신에게 없어요. 힐책할 쪽은 오히려 저예요……. 곧 수분을 해야 하는 가장 중요한 시기에, 당신은 일을 내팽개치고 도쿄의 호텔에 묵으며 돌아오지 않았어요……. 무언가 일이 있겠지 생각했는데, 매일 밤 남몰래 미야케 백작 부인의 저택 주변을 어슬렁거리고 있다고 하대요……. 저는 당신의 연애에 주제넘게 참견 하려는 게 아니에요. 그렇게 해서 일은 어떻게 하려는 거냐는 거예요."

무사태평한 부분도 있는 구메가 이런 것까지 알고 있다니 의외였다. 과연 너무나 부끄러워서 뭐라 할 말이 없었다.

"……저는 분명히 실례되는 말을 하고 있어요. 이렇게 말하는 게 건방지다는 건 저도 잘 알고 있습니다만, 이걸로 당신과 작별을 할 생각이기 때문에 마지막으로 하고 싶은 말만은 하게 해 주세요."

너무나 의외의 태도에 후유히코가 어이없어하는 사이 구메는 말을 이었다.

"우리들이 하는 일은 두 사람의 정신적 긴밀함만으로 유지해 가는 성질의 일이기 때문에, 앞으로 이대로 당신의 조수로 일할 생각이라면 하고 싶은 말이 있더라도, 말하기 껄끄러운 건 하지 않을 거예요. 조용히 그냥 넘어가겠죠. 하지만 이젠 그만둘 거라 이런 말도 자유롭게 할 수 있어요."

"구메 군, 자네, 그게……."

"일단, 조용히 들어보세요. 이번에는 제가 말할 차례예요. ……저는 방금 두 사람의 정신적인 긴밀함이라고 말했지만, 사실은 이건 돌아가신 아버님과 당신, 저, 세 사람의 정신의 조화가 필요한 일이에요. ……그런데 거기서 당신이 빠지면 그 뒤는 어떻게 될까요? ……한 명이 부족해졌다는 단순한 문제가 아니라, 완전히 일의 목표와 추진력을 잃어버리게 되는 거죠. ……있잖아요, 후유히코 씨, 맞아요, 조절 밸브는 열려 있었고, 온상도 말라 있었어요. 커튼을 닫는 것도 잊었지요. ……7년이나 이 일에 몰두해 온 제가 도대체 이런 부주의를 저지를 수 있을까요? 저 스스로, 절대 생각할 수 없어요! ……그런데 어때요? 현실은 이런 참혹한 결과가 발생했어요. ……왜 이렇게 됐을까요? ……당신은 저를 태만하다고 말씀하셨어요. 하지만 태만함만으로 이렇게 됐을까요? 절대 그렇지 않아요. 절대로, 절대로, 절대로! ……저는 철학자가 아니니까 철학적인 방법으로 말은 하지 못해요. 그런 번거로운 문제를 들먹이지 않아도, 저는 단 한마디로 말할 수 있어요. 요컨대 이 일을 지탱해 가는 정신이 없어졌기 때문이죠. 당신의 연애가 시작되고 나서부터 일에 대한 저의 기력이 조금씩 떨어졌어요. 당신의 연애에 대한 열중도가 올라가는 것에 비례해서, 일에 대한 저의 집중력은 하락했어요. 이상한 현상이죠. ……저는 일 년간 참으면서 당신의 연애를 지켜봤어요. 이 이상한 정신적 소모와 어떻게 싸워 왔는지 몰라요. 그런데 결국 마지막 날이 온 것 같네요. 지탱하든 안 하든 대조를 이루는 정신이 완전히 없어져 버렸어요. 솔직하게 말하면, 듣기 거북하더라도 참으세요. 한마디로 당신과 함께 일을 할 마음이 없어졌어요. 구메 게이지는 도야마 후유히코를 포기했어요. 당신은 아버님 일의 계승자가 아니에요. 따라서 구메 게이지는 당신의 일을 도울 필요가 없어진 거죠. 이의가 있으면 충분히 들을게요. 하지만 저는 일과 연애를 함께 하려는 상태는 상당히 난센스라고 생각해요. 반박하고 싶은 말이 있으면 먼저 이 점부터 말씀해 보세요. 제가 오히려 묻고 싶을 정도예요.”

(1939.12.27)

# 제70회

## 온실 속(5)

자신이 아버지의 일의 계승자가 아니라는 구메의 무례한 독단은, 후유히코를 발끈하게 할 만한 힘이 있었다.

후유히코는 머릿속에 쇄도해 오는 말의 선택을 고민했다.

"이봐, 구메 군, 무례한 말을 하면 용서하지 않을 거야. 무슨 근거로 그런 건방진 판단을 하는 거지? 자네가 나에 대해서 뭘 안다는 거야?"

구메는 일에 관한 이야기를 할 때처럼 끈질긴 말투다.

"당신에 대해서 저는 몰라요. 저에 대해서 당신이 모르는 것과 같죠. ……독단이라는 말은 조금 납득이 가지 않지만, 독단이라면 독단이라도 상관없어요. 그렇다고 해도 제가 이 독단을 내리기까지는 만일 년이 걸렸어요. 시간의 길이를 말하려는 게 아니에요, 그 안팎의 이야기예요. ……우리들이 감수분열에서 핵분열까지의 경과를 조사해서, 소포자의 상막을 암술머리에 접수하고 꽃가루관이 발달해서 극핵과 난핵에 중복수정을 할 때까지의 경과를 관찰하듯이, 지난 일 년간 잠자코 저는 당신을 관찰했어요. 방금 말씀드린 건 제 연구 결과예요."

후유히코는 점액처럼 휘감아 오는 집요한 구메의 논리를 어떻게 빠져나갈지 초조해했다.

"그렇군, 그렇다면 자네는 나를 미행했다는 말이군. 그렇지 않으면 내가 게이코 부인의 저택 주변을 산책하는 습관이 있다는 걸 알 수가 없었을 테니까. 너무 광기를 부리고 있지 않나? 자네가 그런 탐정취미가 있다는 걸 오늘까지 몰랐네."

구메의 힐난은 무수히 많은 바늘을 갖고 있었다. 무례하다고는 해도 너무나도 정당했기 때문에, 후유히코는 매우 뜨끔했다.

이 참을 수 없는 상황으로부터 벗어날 수만 있다면, 나머지는 어떻게 되든 상관없다는 자포자기의 마음이 가슴 깊이 일어났다. 이젠 반항할 기력도 없어져서, 어떻게든지 이 대화를 빨리 끝내고 싶은 생각만 가득했다.

"……내가 자네에게 일을 맡겨 놓은 사이에, 자네는 그런 시시한 시간 때우기를 하고 있었다니 의외였네. 당연히 나도 자네에 대한 인식을 바꾸지 않으면 안 되게 됐군. ……자네는 나를 포기했다고 고압적인 태도로 말을 했지만, 이 관점에서는 나도 자네에게 같은 말을 할 수 있지. 결국 앞으로 오래 함께 일을 할 수 있는 상대가 아니라는 걸 이제 알게 됐네."

"그게 당신의 괴롭힘이든 허세든 저에게는 이제 상관이 없어요. 얻어맞는 것 이상의 모욕이 있을 리 없으니, 입으로 뭐라 말씀하셔도 괜찮아요. 헤어지기 전에 한마디만 더 해 둘게요. 당신은 학자도 아니고 또한 학자에 어울리는 진솔한 정신도 갖고 있지 않다는 것을 잘 기억해 두세요. 이건 당신에게 망신을 주기 위함이 아니라, 예의상 말씀드리는 거예요. ……저는 당신을 경멸하고 있기 때문에, 우정 같은 게 있을 리 없어요. 어려운 일에 관여하고 있는 우리들 모두의 연대감에서 하는 일종의 권고와 같은 거예요. 당신처럼 진지하지 않은 태도로 이런 훌륭한 일에 참여하는 걸 거부할 권리를 우리는 갖고 있기 때문이에요."

"시끄러, 그만해! 꺼져 버려!"

"솔직히 고백하자면 당신의 조수로서 일한 지난 일 년은 저를 고아원에서 꺼내 주신 아버님의 은혜에 보답하기 위한 것이었지, 당신과는 별로 관계가 없었어요."

구메는 화분 진열장 위에 전지가위를 놓고, 휙 뒤로 돌았다. 웬일인지 한번 비틀거리더니 평상시처럼 신중하게 방충만을 열고 나가 버렸다.

(1939.12.28)


## 제71회

**온실 속⑥**

후유히코는 화분 진열대에 기대어 멍하니 서 있었다.

참을 수 없는 굴욕감과 구메에 대한 분노, 막연한 자책감 등이 걷잡을 수 없이 뒤섞여서 신랄하게 후유히코의 마음을 어지럽혀, 한참 동안 진정이 되지 않았다.

눈앞의 화분 사이에 구메가 놓고 간 전지가위가 있었고, 그 손잡이 부분이 구메의 진땀으로 흥건히 젖어 있었다.

구메가 이것을 들고 자신에게 다가오는 동안은 특별히 무섭다고 생각하지 않았지만, 커튼을 통해 비치는 햇살에 반짝반짝 빛나는 전지가위를 보자 험악함에 가까운 오싹한 공포를 느꼈다.

지금까지 몹시 흥분했던 구메에 대한 울분은 갑자기 공포에 압도되어 맥없이 힘이 빠졌고, 그 뒤에는 굴욕과 반성만이 앙금처럼 남았다.

후유히코의 방탕한 생활에 구메가 불만을 폭발시킨 것은, 일에만 전념해 온 성실한 구메로서는 지극히 당연한 것으로, 지난 일 년간 꾹 참고 있었던 것이 오히려 놀라울 정도였다.

미야케 부인에게 남몰래 사모의 정을 갖게 되고 나서 자신의 모습은 스스로도 차마 눈 뜨고 볼 수 없을 정도로, 한밤중에 갑자기 잠에서 깼을 때는 어안이 벙벙한 기분이었다.

지금까지 연애 경험이 없었던 것도 아니고, 다양한 애정 사이에서 방탕한 유희를 한 적도 있었지만, 미야케 부인에 대한 애정 속에는 뭔가 심한 부식성이 있어 산처럼 이성을 갈기갈기 좀먹어 버렸다.

일찍부터 어머니를 여의었기 때문에 미야케 부인에 대한 애정 속에는 어머니의 사랑에 대한 추모의 정이 담겨 있다고 억지를 썼지만, 그것은 변명에 지나지 않는다는 것을 스스로도 잘 알고 있었기에, 그만큼 마음의 고민은 더욱 복잡해졌고 참혹할 정도로 열중하게 되었다.

미야케 부인에 대한 은밀한 연정에는 주기적인 간만(干滿)의 차가 있어서, 월초쯤부터 갑자기 높아졌다가 중순부터 정리가 되면서 조금씩 진정되어 가는 형태였다.

브라질 대사의 환영회에서 처음 미야케 부인을 만난 것이 딱 월초

였기 때문에, 그 날의 황홀했던 강렬한 인상이 계절의 관념과 뒤엉키면서 잠재의식의 깊은 곳에 남아 이런 이상한 발열상태를 불러일으키는 것임을 훨씬 나중에서야 깨달았다.

그런 것은 아무래도 상관없다고 하더라도, 발열기가 되면 일 같은 것은 전혀 손에 잡히지 않게 되어 버린다. 난초의 꽃가루를 분석하는 중요한 일이 한창일 때조차 전부 내팽개치고, 정신없이 도쿄로 향한다.

아자부 류도초의 미야케 부인 저택 근처에 있는 호텔 빵숑에 방을 잡고, 날이 저물어 어두워지면 외투의 깃을 세우고 모자를 눌러쓰고 저택 주변을 하릴없이 어슬렁어슬렁 서성거린다.

미야케 부인의 아름다움에 대한 후유히코의 동경에는 다소 도를 넘은 광신적인 부분이 있어서, 흡사 미에 대한 미학자의 탐닉과 많이 비슷했다.

밀러의 비너스 상이나 라파엘로(Raffaello Sanzio)의 '성가족'의 마돈나에 대한 것과 같은 미적 도취가 후유히코의 마음에 파도를 일게 했고, 미야케 부인이 가까운 곳에 있다고 생각하는 것만으로도 더할 나위 없는 행복감을 느낀다.

비가 내리는 밤은 비에 젖으면서 손가락으로 문기둥 여기저기를 더듬고, 높은 돌담 너머로 부인의 침실 불빛이 꺼지면 흡족한 것 같기도 하고 부족한 것 같기도 한 복잡한 심경으로 빵숑으로 돌아가 매우 청결하고 차가운 시트 위에 몸을 눕히는 것이었다.

(1939.12.29)

# 제72회

## 온실 속(7)

후유히코가 아버지로부터 물려받은 일에 좀처럼 몰두할 수 없게 된 것은, 미야케 부인에 대한 탐닉으로 인한 것은 물론이거니와 그 외에도 이유가 또 있었다.

아버지 대부터 쭉 빌렸던 서쪽의 토지가 돌연 토지회사의 손으로 넘어가 갑자기 온실을 다른 곳으로 옮기지 않으면 안 되게 되어, 적당한 토지를 찾는 데에 한 달이나 동분서주했다. 하지만 온천 조합으로부터 온실 난방의 뜨거운 물을 공급받기 좋은 토지는 그리 손쉽게 찾을 수 없었다.

괜찮다고 생각되는 땅이 있어도 절벽 옆이라 중요한 남쪽이 막혀 있거나, 숲으로 둘러싸여 있어서 생각만큼 햇빛이 비치지 않거나, 뜨거운 물을 공급하기에는 너무 멀어서 철관을 설치하기에는 많은 돈이 든다는 이유로 몹시 고민했다.

야마기타(山北)에 미야케 집안의 별장이 있는 것이 생각나서 브라질 대사의 환영회에서 소개받은 정도의 면식이었지만, 사정을 이야기하고 간곡히 부탁을 해 보았더니 미야케 부인은 별장이 있는 토지 안으로 온실을 옮기는 것을 승낙해 줬고, 후유히코와 구메를 위해 아홉 평 크기의 별채 양옥집을 자유롭게 사용해도 좋다는 허락까지 해 주었다.

토지 쪽은 이렇게 해결이 되었지만, 이 온실은 제임스(James

Begbie)가 1891년에 요코하마(橫浜) 야마노테(山手) 44번지에 난초 온실을 만든 것과 거의 같은 시기에 생긴 것으로, 처음에는 스리쿼터였던 것을 양쪽 지붕으로 고치기도 하고, 진열실을 추가해서 지금까지도 여러 번 수선해 온 낡은 건물이다. 게다가 이전을 할 때 난폭한 토공이나 목수의 손으로 더 나빠져서, 이전은 했지만 여기저기 파손투성이로 유리 천장의 접합부에서 물이 흘러들어 오거나 환기창에서 덜컹덜컹 바람 소리가 나기도 해서 참으로 지독한 상태였다.

이백 개나 되는 희귀한 난초도 하나하나 충분히 정성을 들였지만, 이전하는 날에는 마침 바람이 세차게 불었고 게다가 일손도 부족했기 때문에 3분의 1 정도는 완전히 못쓰게 됐다.

아버지 대부터 신종을 만드는 것에 몰두하고 있는 '홍두 아마나란'과 '브랏소 카틀레야'만은 어떻게든 무사히 옮길 수 있었지만, 바람을 쐬거나 움직이게 한 것이 영향을 줬는지 꽃눈의 발생이 예정보다 많이 늦어져서, 강산으로 꽃눈을 씻거나 에테르의 연기를 피워서 개화를 촉진시키지 않으면 안 되는 형편이었다.

견딜 수 없는 이런 상황이 후유히코의 기분을 우울하게 했다.

후유히코의 성격에는 이런 끈기가 필요한 일에 종사하는 학자에게 어울리지 않는 매우 연약한 점이 있어서, 기세 좋게 일이 진행되는 동안은 한숨도 자지 않고 노력하지만, 일이 조금 잘되지 않거나 난관에 부딪히면 마치 딴사람처럼 풀이 죽어 버린다.

이것은 꼭 일의 경우만이 아니라, 일상생활의 감정이나, 생활태도에도 항상 그림자를 드리워서, 자신의 용기에 대한 자신감의 결여가 결국 후유히코의 정신을 쇠약하게 만들어 청년답지 않게 매우 내성적으로 만들어 버렸다.

이러한 성격은 연애의 경우에 특히 잘 나타나서 상대 여자에게 이상의 극치라는 완전무결한 순결을 요구하여, 대수롭지 않은 작은 실수가 있으면 그것만으로 갑자기 애정이 식어서 되돌아보지 않게 되는 것이었다. 이상주의자인 후유히코에게 난초의 변조만으로도 매우 심한 상처를 받았는데, 여기에 하나 더 절친한 기시모토 세이지로의 자살이라는 생각지도 못한 정신적 타격이 더해졌다.

(1939.12.30)

## 제73회

### 온실 속(8)

좌익사상의 전성기 바로 뒤에 찾아온 혼돈한 반동기에 대학 생활의 대부분을 보내고, 생활의 목표를 잃어버린 불행한 상태로 흐지부지하게 세상에 나온 후유히코는 기시모토를 포함한 동시대의 청년처럼 사상의 결여에 대한 남모르는 심각한 고민을 갖고 있었다.

이번 사변을 계기로 일본에 엄숙한 정신의 여명이 찾아와서, 지금까지 함부로 날뛰고 설치던 개인주의나 이기심, 적당주의, 눈속임, 냉담함, 음탕함, ……이런 이매망량이 새벽빛과 함께 일소되려는 큰 기운을 느껴서, 기시모토 세이지로는 일종의 자책감 때문에 방탕한 반생을 깨끗이 청산해 버렸다.

그런데 이쪽은 아버지의 연구를 계승한다는 명목 아래에 속세로부터 멀리 떨어진 온실 속에 틀어박혀, 서양난초의 신종을 만드는 등하찮은 일로 도피하여 거짓된 생활을 영위하고 있다.

'지금 자신이 하고 있는 것은 이런 상태에 있는 일본에 어울리는 일이라고 말할 수 있을까?'

자신 또한 국가의 하나의 세포라는 겸손한 마음으로 반성을 해 보니, 자신이 하고 있는 것이 너무나도 시대와 동떨어졌다는 것을 느끼지 않을 수 없다.

매우 진지한 과학적 연구처럼 보이지만, 실은 학문에 대한 열의가 있는 것도 아니고, 문화의 진보나 인류의 행복이 궁극의 목표인 것도 아니다.

요컨대 귀중한 시간을 허비해서 꽃의 신종을 고안해 내고, 거기에 '도야마'라는 자신의 이름을 붙여서 외국의 식물잡지에 발표함으로써 이기적인 만족에 취하는 세속적인 도락에 지나지 않는다.

기시모토의 자살로 인해 갑자기 상기하게 된 이 안타까운 자각은 후유히코의 정신을 간신히 지탱하고 있던 무책임한 생활태도를 산산조각내어 버렸다.

미야케 부인에 대한 열광은 이 안타까움과 초조한 마음 때문에 더욱 박차가 가해졌음에 틀림없는데, 목표를 벗어난 탐닉의 방식이 그것을 잘 증명하고 있었다.

후유히코는 낙담한 마음으로 당신은 학자로서의 진지함을 갖고 있지 않다고 한 구메의 말을 다시금 씁쓸하게 음미했다.

후유히코의 마음은 매우 연약한 항의의 몸짓을 하였지만, 곧 그 사실을 받아들였다.

'학자는커녕 인간으로서의 진지함도 갖고 있지 않아.'

입구의 방충망이 열리고 구메가 들어왔다. 손에 작은 여행 가방을 들고 있다.

깊은 감정을 가슴속에 묻고 굳은 표정으로 후유히코 쪽으로 다가와서 정중하게 머리를 숙였다.

"……그럼, 저는 이만……."

후유히코의 가슴에 적막함이라고도 슬픔이라고도 할 수 없는 감정이 밀려와서 자신도 모르게 만류하려는 행동을 보였다.

"자넨 정말로 떠날 생각인가?"

구메는 단호하게 고개를 끄덕였다.

"그건 방금 말씀드렸습니다."

"나 혼자 남기고 가 버릴 생각인가?"

미련이라고 생각하면서 그렇게 말하지 않을 수 없었다. 구메는 그것에는 대답하지 않는다.

"이틀 안에 책임지고 적당한 후임을 찾아서 최대한 폐를 끼치지 않도록 할 생각입니다. ……오랫동안 신세 졌습니다. 아무쪼록 건강하십시오……."

다시 한번 정중하게 인사를 하고 천천히 나가 버렸다.

후유히코는 등나무 의자에 앉아 <u>으스스</u> 몸을 떨었다.

'저 남자한테도 버림받았어.'

적막한 마음 위로 그저께 미야케 부인의 만찬 자리에서 처음 만난 마나미라는 여자의 모습이 문뜩 떠올랐다. 어떤 슬픔이라도 감싸고 위로해서 달래줄 것 같은 그 온화한 눈빛을 구원을 청하는 마음으로 회상했다.

(1939.12.31)


## 제74회

### 네 명의 손님(1)

나무울타리 저편의 정문 쪽에서 자동차 경적 소리가 들렸다.

좀처럼 흔치 않은 일이라서 후유히코는 깜짝 놀라 귀를 기울였다.

구메는 벌써 한 시간도 전에 나가 버려서, 이맘때 이곳을 찾아올 사람이 누구인지 짐작이 가질 않았다.

'어쩌면 게이코 부인일지도 몰라!'

그렇게 생각한 순간 두근두근 가슴이 뛰기 시작했다.

일상이 정확한 틀 속에 맞춰져서 도를 지나치거나 변덕스러운 행동을 할 부인이 아니었고, 용무가 있으면 전화로 해결하기 때문에 예고 없이 갑자기 오리라고는 생각할 수 없었지만, 만찬이 있던 날 밤에 귀가하는 현관에서 부인이 2~3일 중으로 조금 놀랄만한 일이 있을 거라고 살짝 귓가에 속삭였던 것을 떠올렸다.

지금까지 그것을 알아차리지 못했지만, 그것이 오늘의 예고였을지도 모른다.

무슨 용무인지 의문을 가질 여유는 없었다. 낙담한 정신과 고독한 감정에 홀로 빠져서 매우 풀이 죽어 있던 후유히코에게, 생각지 못한 이 방문은 마치 구호의 천사가 찾아온 것 같았다.

이것은 우연이 아니다. 눈에 보이지 않는 깊은 곳에서 자신과 부인이 서로 운명을 느끼는 정신으로 연결되어 있어, 부인이 자신의 슬픔을 느끼고 그것을 위로해 주기 위해 달려온 것 같아서 비할 데 없는 희열이 흘러넘쳤다.

후유히코는 문 쪽으로 달려가고 싶은 기분을 억누르면서, 등나무 의자에 가만히 쭈그리고 앉아 있었다.

단정하고 아름다운 자태의 게이코 부인의 모습이 잔디 사이의 좁은 길을 따라서 한 발 한 발 이쪽으로 다가오고 있다.

'……지금, 바로 길모퉁이의 식나무 숲 옆을 걷고 있다. ……봐봐, 벌써 산울타리 옆까지 왔어…….'

이렇게 눈을 감고 있으니, 부인이 한 발짝 한 발짝 걸어오는 모습이 명확히 망막에 비쳤다.

단아한 발걸음과 옷자락을 다루는 모습까지 눈으로 보는 것보다 더 정확히 보였고, 달려가서 소원을 이루기보다 기다리는 고통을 꾹 참고 있는 편이 지금의 자신의 감정에 정말이지 딱 맞는다고 생각됐다.

"이제 곧…… 앞으로, 20초……."

안채와 별채의 양옥을 구분하는 프랑스 문 근처로 이제 슬슬 부인의 발소리가 들려야 했다.

　문 저쪽에서 쾌활한 여성의 웃음소리가 들렸고, 좁은 자갈길을 밟는 세, 네 명의 발소리가 이쪽으로 다가온다.

　"누군가 동행이 있구나."

　조금 놀랐고 동시에 뭐라 말할 수 없는 아쉬움을 느꼈다.

　후유히코는 등나무 의자에서 일어나 유리 지붕 옆까지 가서 좁은 길 쪽을 바라봤다.

　부인의 저택에서 세 번 정도 얼굴을 마주친 적이 있는 무용가라는 유라 노리코를 선두로 해서, 부인의 조카인 아키코와 그저께 처음 만난 마나미라는 아름다운 처녀가 이쪽으로 오고 있다.

　발돋움해서 프랑스 문 쪽을 봤지만 부인의 모습은 보이지 않았다.

　뭔가 배신당한 것 같은 섭섭한 감정이 가슴을 파고들었다.

　'그건 그렇고 저 사람들이 뭐 하러 온 거지?'

　마나미의 얼굴이 보이는 것은 기뻤지만, 나머지 두 사람은 전혀 뜻밖이라 약간 어찌할 바를 모르는 심정이었다.

　방충망이 난폭하게 열리고 아키코가 얼굴을 내밀었다.

　"귀머거리! 그렇게 경적을 울렸는데 안 들렸을 리 없잖아요. 마중 정도는 나와야죠, 당신."

(1940.1.1)

# 제75회

## 네 명의 손님⑵

후유히코에게 말을 할 틈도 주지 않고, 아키코는 유심히 온실 속을 둘러본다.

"호오, 이런 곳이구나. 뭔가 꽤 특이한 곳이라고 생각했는데 그냥 온실이잖아."

이렇게 말하고는 갑자기 목소리를 낮춰서 매우 빠른 말투로 말을 잇는다.

"후유히코 씨, 전 당신과 만날 약속이 있어서 온 거로 되어 있으니 잘 부탁해요, 괜찮죠?"

그리고 이 사이로 혀끝을 살짝 내밀어 보였다.

부인 앞에서는 조개처럼 입을 꾹 다물고 무감정의 어두운 표정만 하고 있는 아키코가, 이렇게 해맑고 쾌활한 모습을 하리라고는 생각도 못했기 때문에, 후유히코는 어안이 벙벙해서 대답도 하지 않고 아키코의 얼굴을 바라보고 있었다.

아키코는 그런 것은 개의치 않고 하고 싶은 말만 하고는 입구 쪽으로 돌아가 손바닥으로 시끄럽게 방충망을 친다.

"여기예요, 여기. 이쪽으로 들어오세요. 성가신 듯 이상한 얼굴을 하고 있어서, 별로 기분은 좋지 않은 거 같지만……."

어수선한 발소리가 다가와 조심하는 기색도 보이지 않고 거침없이 노리코가 들어왔다.

매우 부자연스럽고 무의미한 웃음을 지으면서 인사를 했다.

"……오랜만이네요, 잘 지냈어요? ……여럿이서 갑자기 들이닥쳐서 폐를 끼치는 거 아니죠?"

후유히코는 체념하며 정중하게 인사를 했다.

"잘 지냈습니다. ……무슨 바람이 불어서 멀리 이런 곳까지 오셨습니까?"

상냥하게 말할 생각이었지만, 마음의 작용으로 그만 쓴소리가 나왔다. 황급히 다시 말했다.

"너무나도 뜻밖의 영광으로 어안이 벙벙하네요."

이것도 좋지 않았다. 후유히코는 풀이 죽어서 입을 다물어 버렸다.

아키코는 후유히코의 얼굴을 빤히 올려다본다.

"흥, 별로 마음에 들지 않는 거 같네요. 사람을 불러 놓고 그런 얼굴이 어딨어요? 한 번이라도 방긋 웃으세요."

후유히코는 어쩔 수 없이 쓴웃음을 지었다.

노리코는 바로 말을 이었다.

"전 어떤 표정을 하셔도 상관없어요, 후유히코 씨. ……급한 용무 때문에 온 거라, 심각한 얼굴은 어울리지 않을 정도예요."

후유히코는 무의식중에 변명하는 것 같은 말투다.

"……실은 방금 전에 여기에서 큰 소동이 있었어요, 그래서 조금 짜증이 나 있던 차라……. 무뚝뚝한 얼굴은 그 일 때문이에요."

"저런, 저런."

"지금까지 제 일을 도와주던 남자가 너무나 칠칠치 못해서, 나가라고 했거든요. 아무래도 이젠……."

'젠장! 뻔뻔스럽게 거짓말을 지껄여대는군. 이 비열한 점이 당신의 정체라고'

뾰족한 것이 따끔하게 양심을 찔렀다.

하지만 잘못 놀린 말은 바로 멈추지 않았다.

"시시한 녀석이라 이 일을 하는 진정성이나 진지함도 없는 남자예요. 일의 일부분을 맡겨야 할 필요도 있는데, 이런 식이면 도저히 안심할 수가 없으니까요……."

간신히 거기에서 말이 멈췄다. 마음속으로 몹시 부끄러웠다.

아키코는 느닷없이 큰소리로 외쳤다.

"그런 곳에 우두커니 서 있지 말고 이쪽으로 들어와요."

방충망을 밀고 마나미가 얌전한 모습으로 들어왔다.

(1940.1.3)


# 제76회

### 네 명의 손님(3)

빛이 나는 듯한 아름다움이란 것은 이런 것을 말하는 거라고 후유히코는 마음속으로 생각했다.

꾸며진 외면적인 아름다움이 아니라, 내면의 아름다움과 같은 것이 표정과 몸짓 속에서 두루 드러나는 느낌이었다.

마나미는 가까이 다가와 마음 깊이 차분한 인사를 했다.

"지난번에는 여러 가지 이야기를 해 주셔서 감사했어요."

조용히 말하고 핸드백에서 서양봉투에 들어 있는 편지를 꺼내서, 후유히코 앞에 바치듯이 내민다.

"이것은 고모가 당신에게 보내는 편지예요. 답장은 안 하셔도 괜찮다고 하셨어요."

후유히코에게 편지를 건네자 자신의 용무는 끝났다고 생각했는지, 바로 뒤로 물러나서 화분 진열장 쪽으로 가서 호기심 어린 눈으로 꽃장의 난초꽃을 바라보기 시작했다.

아래 단에 있는 꽃을 건드리지 않도록 외투의 끝자락을 살며시 잡았다.

아무것도 아닌 무의식적인 행동 안에 올곧고 상냥한 마음씨가 잘 나타났다.

자신도 모르게 그쪽에 마음을 빼앗기고 있자, 노리코가 자랑하듯이 잡다한 말투로 말했다.

"저기요, 후유히코 씨, 아가씨들을 상대하는 건 조금 뒤로 미루고, 먼저 제 용무를 처리해 줄래요? ……어차피 그 편지도 장문일 테니까, 그걸 읽는 것도 나중에 하기로 하고……."

여전히 넉살이 좋다고 생각했지만 후유히코는 오늘은 이상하게도 이런 조잡한 느낌이 좋았다. 약간 자포자기의 심정으로 피가 끓어오르는 자신의 기분과 뭔가 상당히 잘 맞았다.

자연히 이쪽도 거기에 대응을 한다.

"그러네요, 성가신 일은 먼저 처리하는 게 좋죠. 무슨 일인지는 모르겠지만요……."

그렇게 말하면서 아키코가 있어도 괜찮은지 눈짓을 하려고 그쪽을 돌아보니, 아키코는 마나미와 반대쪽 화분 진열장 옆에서 난초 꽃에 코를 갖다 대거나, 손가락으로 튕기고 있다. 조금 발끈했지만 나무랄 마음은 생기지 않았다.

노리코는 바로 고개를 끄덕인다.

"그러게요, 여긴 좀. 상당히 복잡한 이야기라, 당신 방에서라도……."

"네, 그거야 뭐……. 그사이 아가씨들은……."

아키코가 이쪽을 돌아봤다.

"괜찮아요, 신경 쓰지 마세요. ……우리들은 안채에 가서 뒹굴고 있을게요. ……어차피 오늘 밤 여기서 묵을 예정이라 서두르지 않아도 돼요."

마나미는 아키코 쪽으로 몸을 돌리고 조용히 물었다.

"저도요?"

아키코는 당연하다는 듯한 말투다.

"그럼요, 당신도요."

마나미는 조금 불안한 표정을 짓는다.

"하지만 전 그런 이야기는 듣지 못했는데……."

"그런 것까지 일일이 묻지 않아도 괜찮아요. ……이젠 어차피 못 돌아가잖아요."

가차 없는 목소리로 그렇게 말하고는 평소와 같은 의미심장한 눈빛을 보낸다.

"……아마 방금 그 편지에도 그렇게 쓰여 있을 거예요, 마나미를 여기에서 묵게 해 달라고."

피식 웃음을 터뜨린다.

"조금 말이 심했네요. ……이럼 오해 사겠어요. 우리들은 안채에서 잘게요, 걱정하지 마세요."

(1940.1.4)

## 제77회

**네 명의 손님(4)**

의자에 앉자 갑자기 노리코가 말을 꺼냈다.

"후유히코 씨, 오늘은 조금 심각한 이야기를 할 테니 각오하세요."

"네, 단념했어요."

"단념할 정도의 이야기는 아니지만, 그렇게 상냥하게 말씀해 주시니 다행이네요. 조금 말하기가 힘든 점도 있어서요."

"부디 살살해 주세요. 요즘 계속 겁에 질려있거든요."

"아무쪼록 경기 일으키지 마세요. 당신처럼 큰 사람은 돌보기 힘드니까."

"그런 말씀을 하신다면, 정말로 쓰러질 거예요."

"오늘은 조금 말이 잘 통하는 거 같네요, 그렇지 않아요?"

"하지 마세요, 그런 기분 나쁜 눈빛."

"하하, 어차피 게이코 부인처럼은 못해요."

"그게 하기 힘든 이야기인가요?"

"네, 맞아요."

"그럼, 뭔가 게이코 부인의 일로."

"눈치가 빠르네요. ……그 건으로 약간 충고할 게 있어요. 게이코의 토지에 관한 거예요."

"토지란 이 별장의 땅을 말씀하시는 건가요?"

노리코는 고개를 끄덕인다.

"네, 그래요, 게이코는 이 땅을 팔고 싶어 하는 거 같아요. 모르고 계셨나요?"

생각지 못한 이야기였기 때문에 당황해서 바로 응답할 수 없었다.

노리코는 빈틈이 없는 눈빛으로 후유히코의 얼굴을 힐끔 쳐다본다.

"당신의 온실이 있기 때문에, 팔고 싶어도 팔 수 없다는 거예요."

'게이코 부인이 온실을 성가셔하는구나.'

아버지가 뇌출혈로 쓰러지는 순간까지 정성을 들였던 '덴드로비움 노빌'과 '소프로니티스 그란디플로라' 등의 난초 꽃의 변종의 사생화가 액자에 담겨서 벽에 걸려 있다.

후유히코는 노리코의 어깨너머에 있는 그림 위로 시선을 보내면서, 계속해서 그 생각만 하고 있었다.

미야케 부인이 아타미의 이 땅을 팔고 싶어 한다는 것은 지금까지 생각해 본 적조차 없었지만, 후유히코 자신이 얼마 안 되는 아버지 재산의 이자로 생활을 하고 있기 때문에, 사변 이후의 금리생활자의 경제적인 불안은 매우 잘 알고 있다.

사변 이후 재산세나 재산 소득세의 부담이 갑자기 증가했을 뿐만 아니라, 생각지 못한 변동으로 일본의 경제조직이 일변해서, 금리의 수입은 전혀 예상하지 못하게 될지도 모른다는 불안도 있고, 평가절하의 단행 또한 우려되기 때문에, 어떻게 될지 전혀 예상할 수 없는 상태였다.

그런 절박한 사태가 되면 부동산은 반대로 손발이 묶이게 되기 때문에, 판다면 바로 지금이 적기라서 주저할 이유는 전혀 없다.

'당신의 온실이 있기 때문에, 팔고 싶어도 팔 수 없다는 거예요.'

노리코의 말을 그대로 받아들이면 미야케 부인은 자신의 온실을 귀찮게 생각하고 있음에 틀림없어, 그 생각이 후유히코의 기분을 울적하게 했다.

예측할 수 없는 경우에 대비해서 부동산은 늦기 전에 확실히 정리해 두지 않으면 안 되는 사정은 후유히코도 너무나 잘 알고 있었지만, 이유는 그렇다 하더라도 왠지 모르게 버려진 것 같은 쓸쓸함을 느끼지 않을 수 없었다.

무엇보다 부인이 자신을 성가셔한다는 생각이 참을 수 없었다.

(1940.1.5)

# 제78회

### 네 명의 손님⑤

노리코는 점차 웅변을 토한다.

"지난 반년 동안 완전히 사회정세가 변해 버렸기 때문에, 게이코도 지금까지처럼 무사태평하게 있을 수는 없으니까요."

"그건 물론 그렇겠죠."

"게이코 성격상 아무리 힘들어도 생활의 내막을 알려줄 리 없어요, 절대 말하지 않을 거예요. 그 정도는 당신도 잘 알고 있죠?"

거만한 표정이다.

"다른 사람은 몰라도 당신에게 땅을 팔 테니 다른 곳으로 온실을 옮겨 달라고는 말 못 해요."

"……."

"당연히 당신이 먼저 알아차렸어야 했어요. ……그런데 당신은 가만히 두면 아무리 지나도 모를 거예요. 도저히 그냥 두고 볼 수가 없어서 일부러 여기까지 충고를 하러 온 거예요. ……쓸데없는 참견일지도 모르지만."

이유야 어쨌든 친절함만은 가슴에 사무쳤다. 후유히코는 고개를 숙인다.

"변명의 여지가 없습니다. 당신이 말씀하시는 대로 제가 먼저 알아서 잘 물러났어야 했는데. ……저도 어렴풋이 느끼지 못한 건 아니지만, 그만 제 일에만 쫓겨서……. 말씀해 주시지 않으셨다면, 계속

빈둥거리며 큰 폐를 끼칠 뻔했네요."

그렇게 말을 하기는 했지만, 부인이 성가셔한다는 말에 우울한 기분은 전혀 사라지지 않았다.

노리코는 정말로 비밀이라도 털어놓는 것처럼 의미심장하게 낮은 목소리로 말을 잇는다.

"이런 말까지 하면 제가 엄청난 배신을 하는 게 되지만, ……실은 게이코가 요즘 상당히 돈이 궁한 거 같아요. 바로 4일쯤 전에 시부야 백화점의 노요리 가즈에로부터 수표 5천 엔을 차용했어요."

"그게 정말입니까?"

"많이 놀랐죠? 저도 의외였어요. 게이코가 겨우 5천 엔이 없어서 곤란해하다니 꿈에서조차 생각하지 못했어요. ……하긴 다른 사람의 금고 사정을 다른 사람은 알 리 없지만……."

이것도 역시 뜻밖의 이야기였다.

후유히코는 게이코 부인과 노리코, 가즈에, 이 세 명에 대해서도 알고 있었고, 부인이 전 남편인 모즈 히사타케와의 이혼 재판으로 힘들어할 때, 노리코가 뒤에서 아슬아슬한 방식으로 히사타케를 굴복시켰다는 것도 알고 있었다. 부인의 내막을 누구보다도 잘 알고 있는 노리코가 하는 말이기 때문에, 이 이야기는 사실이라고 믿을 수밖에 없었다.

노리코는 달래는 말투다.

"이런 말까지 할 생각은 없었지만, 이야기를 확실히 하려면 어쩔 수 없네요. ……하지만 후유히코 씨, 소위 이건 저의 호의이기 때문에, 제 입으로 이런 이야기를 했다고 게이코한테 말해서는 곤란해요."

"그럴 리가요, 애도 아닌데."

노리코는 앞으로 몸을 내민다.

"혼자서 분발하고 있는 건 아닌데, 쓸데없는 충고를 한 대신에 그만한 걸 갖고 왔어요."

"그만한 거라는 게 도대체 뭐죠?"

"온실을 옮길 땅을 확실히 정하고 왔어요."

"네에? 이 아타미에서요?"

(1940.1.6)

## 제79회

### 네 명의 손님(6)

노리코는 고개를 끄덕인다.

"네, 맞아요, 잘 몰랐을지 모르지만, 이마이하마(今井浜)에 노요리 가즈에의 땅이 있어요. 완전히 놀고 있는 땅이라서, 곤란하다면 거길 사용해도 된다고 하네요. 건물은 여기만큼 좋지는 않지만, 역시 온천이 나오니까 온실 난방에는 지장이 없을 거예요."

후유히코는 자신도 모르게 말이 튀어나왔다.

"그런 호의를 베풀어 주시다니."

"당신만 좋으면 언제라도 좋아요!"

이렇게 말하고 노리코는 지체 없이 바로 다음 말을 뱉었다.

"그런데 가즈에는 장사꾼이니까 교환조건은 아니지만, 당신에게 한 가지 부탁이 있다고 하네요."

"그거야 물론이죠. ……너무 어려운 것만 아니라면."

"어려운 일이 아니에요. ……자살한 기시모토의 유서가 여동생 손에 있는데, 그게 상당히 자포자기하는 심정으로 쓴 유서라서 백화점의 내막을 거침없이 폭로하고 있는 거 같아요. 그런 걸 걱정을 하는 게 아니에요, 오히려 흥미가 있다고 할까, 어떤 것이 쓰여 있는지 읽어보고 싶다는 거죠."

이렇게 말하며 의미 있는 듯이 한쪽 눈을 감아 보인다.

"이러쿵저러쿵 하고 있지만, 결국 감정의 문제예요. 역시 그냥 보고 있을 수는 없지요."

"그래서 제가 어떻게 하길 바라시죠?"

"여동생한테서 그 유서를 2~3일 빌려 와 주실 수 있나요?"

자신의 방탕이 부끄러워서 남자답게 결말을 지었다고만 생각했던 기시모토가, 그런 미련이 남는 유서를 남기고 갔다고는 생각지도 못했다. 그렇게만 생각하고 기시모토의 방식과 비교해서 자신의 칠칠치 못한 점을 절실히 반성했었는데, 그게 사실이라면 어찌할 수 없는 우울감에서 벗어날 수 있다. 가즈에가 어떻든 간에 자신도 그것을 읽어보고 싶은 욕망을 느꼈다.

"그 정도의 일이라면 제가 할 수 있습니다."

"정말로 해 주실 거예요?"

"다짐할 만한 일은 아니에요. 기시모토와 저는 둘도 없는 친구라는 건 저쪽도 잘 알고 있을 거예요……."

노리코는 천장을 올려다보며 거의 혼잣말처럼 중얼거린다.

"……그렇다 하더라도, 조금 서둘러야 하는데."

"서두르다니 언제까지요?"

"가능하면 내일 중으로 해 줬으면 하는데……."

"이런, 이건 너무 갑작스러운 이야기네요."

"여동생이 기시모토의 유서를 갖고 고향으로 돌아갈지도 모르니까……."

"과연, 그런 사정이라면."

"내일 중으로 해 주실 수 있나요?"

"그럼, 내일 가도록 할게요. 어차피 여러분들도 정오쯤의 기차로 돌아가실 테니까, 배웅하는 겸."

노리코는 자못 가벼운 말투다.

"그럼, 부탁해요."

"그래서 빌려온 유서는?"

"정말 죄송하지만, 제가 있는 곳까지 갖다 주실래요?"

"네, 좋습니다."

"……그럼, 이걸로 이야기는 마무리하는 거로……."

노리코는 기지개를 켠다.

"충고하는 김에 하나 더 말씀드릴게요. ……있잖아요, 후유히코 씨, 게이코가 마나미 씨와 당신을 결혼시키려는 건 자신을 단념하라고 에둘러 말하는 거 아닐까요? 깨닫게 하려는 수단으로요. ……저는 아무래도 그렇게밖에 생각되지 않네요. 이것도 당신이 더 빨리 눈치 챘어야죠."

(1940.1.7)

# 제80회

### 네 명의 손님(7)

노리코는 문 옆에 대기시켰던 차에 올라타자, 회전 창문 틈으로 얼굴을 내밀어 다시 한번 확인하고 나서, 서둘러 자동차를 출발시켰다. 상행열차가 도착하기까지 15분 정도 여유가 있었다.

후유히코는 이마이하마의 땅을 좀 더 확실히 해두고 싶은 심정이었지만, 노리코가 일어서면서 한 말이 신경이 쓰여 그럴 상황이 아니었다.

게이코 부인은 마나미와 자신을 결혼시키고 싶다고 확실히 말하며, 만찬 때에도 무리하게 두 사람을 연결하려는 중매자 역할을 맡았지만, 후유히코는 그것은 장난이 짓궂은 부인의 평상시 버릇이라, 자신을 당황하게 해서 천천히 놀리려는 것이라고만 생각했다.

완전히 그 책략에 걸려든 척하며 마나미라는 여성에게 반한 것 같은 얼굴을 하거나 친한 것처럼 보인 것은 부인의 짓궂은 장난에 가벼운 복수를 하기 위함이었다.

노리코가 말한 것이 사실이고 실은 그건 부인의 능숙한 비유이기 때문에, 자신과 마나미의 결혼을 암시한 진의는 부인이 이쪽의 은밀한 연정을 느끼고 그것이 귀찮아서 그만두게 하려고 한 것이라면, 부인의 총명함은 물론이거니와 그 방식도 조금 원망스러웠다.

부인에 대한 자신의 은밀한 헌신과 리리시즘은 항상 자연스러운 일상의 의복으로 감싸서, 내색조차도 하지 않아 알아차릴 만한 행동을 한 기억은 단 한 번도 없었다.

늘 이런 은밀한 자신의 감정이 부인의 마음에 그림자를 드리우는 것이 두려워서, 사랑하는 것보다도 자신의 마음을 끝까지 숨기는 데에만 노력을 계속해 왔다.

이 정도로 겸손하고 은밀한 애정의 뿌리까지 왜 말려 죽이려는 걸까, 부인의 마음을 헤아릴 수가 없어서 후유히코는 문 옆의 벤치에 앉아 자신도 모르게 신음 소리를 냈다.

'역시, 단순한 우정이었어⋯⋯. 형식적인 우정⋯⋯.'

자신에 대한 부인의 우정에는 총명하게 위장된 사랑의 감정이 뒷받침되어 있다고 믿었고, 그에 대한 자각은 여름날 처음 부인을 만난 날부터 한 번도 변한 적이 없었다.

부인에 대한 비교할 수 없는 격렬한 애정은 그날 부인이 자신에게 보여준 깊은 눈빛과 태도로 갑자기 자각하게 된 것이었다.

부인의 평범한 억양과 이쪽을 바라보는 눈빛을 보고, 자신의 겁 많은 마음을 고무시켜 좀 더 대담해져도 괜찮다고 허가를 해 줬다고 생각했다.

그 후, 그때그때의 초대나 저녁 식사, 산책, 음악회의 동행 때마다, 흔한 우정의 뒷면에 숨겨진 항상 변함없는 사랑의 그림자를 보고 또 그것을 확인했다.

비가 내릴 것 같은 초가을의 발코니에서 둘이서 먼 곳에서 치는 번개를 바라볼 때, 후유히코는 이런 부인의 속삭임을 분명히 들었다고 생각했다.

"베르테르 씨, 나의 소중한 사람……."

후유히코가 부인 쪽을 돌아보자, 부인은 얼굴에 아무런 표정의 변화도 보이지 않고 먼 하늘 저편의 비구름 사이에서 끊임없이 반짝이는 가을 번개를 조금 차가운 눈빛으로 조용히 바라보고 있었다.

분명히 환청은 아니었다.

귀로 듣기보다도 확실히 마음으로 그것을 듣고 남모르는 자신의 헌신과 애정의 시정이 처음으로 부인에게 용인되었다고 생각해서, 마음도 넋을 잃을 정도의 기쁨을 느꼈다…….

하지만 노리코의 말이 사실이라면, 지난 일 년간 자신이 믿어온 것은 전부 어리석은 마음의 신기루였다.

(1940.1.8)

# 제81회

## 네 명의 손님(8)

겨울 햇살이 약해지고 있다. 꽃대가 가늘고 긴 잎이 바람에 팔랑팔랑 나부끼고 있다.

후유히코는 부인의 편지를 무릎 위에 올려놓고 봉투 앞면을 바라보고 있었다.

봉투의 무구한 흰색이 일종의 냉혹한 느낌으로 눈에 비친다. 의식이나 공문서에 사용하는 각봉투의 매정함과 많이 닮아 있다.

아무런 따뜻함도 친절함도 보이지 않는, 이 봉투의 모습을 본 것만으로 그 속에 담긴 편지 문구의 냉정함을 헤아릴 수 있을 것 같았다. 이 편지로 부인과의 애정의 유대감이 뚝 끊어져서, 자신이 부인에게 사랑받고 있다고 착각했던 마음이 손바닥으로 세게 뺨을 맞을지도 모른다고 생각하니, 쓸쓸함이나 괴로움보다 그런 현실에 직면하는 것이 두려워서 쉽게 봉투를 열 용기가 나오지 않았다.

당신이 마나미를 몹시 흥분하게 한 것은 부정하기 힘들어요.

당신에게 마음이 있으면, 저 아이는 바로 굴복할 거예요. 내 생각이 아니라, 이건 객관적인 사실이에요.

색정적인 부분은 조금 부족할지도 모르지만, 좋은 몸매를 갖고 있어요. 그 점에서 당신의 일을 방해할지도 모르지만, 그건 또 다른 이야기예요.

　이 편지를 들려서 마나미를 당신에게 보냈어요.

　솜씨를 발휘해 보세요.

게이코.


　노리코의 암시는 거짓말이 아니었다.

　후유히코는 이 네 번째 손님의 입으로 단호한 '선고'를 들었다.

　'나를 따라다니지 않도록 해 주세요.'

　후유히코는 무한한 고통 속에서 이제는 부인을 단념하지 않으면 안 된다는 것을 깨달았다.

　그렇다고 해도 이 얼마나 상냥한가! 이미 냉혹하고 무정한 것과 많이 닮아 있다. 냉혹한 만큼의 정중함…….

　이것은 자신의 마음 바로 위를 내리치는 부인의 경멸의 채찍이었다.

　후유히코에게는 이것이 매우 괴로웠고, 고통의 감정 속에 지나치게 총명한 부인의 방식에 대한 원망이 섞였다.

　이 오랜 시간 동안의 남모르는 헌신과 성실이 무엇을 위해 이렇게까지 호되게 비웃음을 사지 않으면 안 되는가? 쓸쓸한 감정 속에 무념의 기분이 밑바닥에 흐르는 것을 어찌할 수 없었다.

　자신의 단순함은 물론이거니와, 이 결과는 너무나도 우스꽝스러워서 자신의 모습이 너무나도 비참하게 느껴진다.

　"대단하네. 아까는 구메 게이지. ……이번에는……."

　하루에 두 번의 연타는 역시 견디기 힘들었다. 온 세상 사람들로부터 버림받은 것 같은 얄팍한 감상은 왠지 기분이 좋았다.

"어차피 나 같은 건……."

쓰레기 같다고 중얼거리려고 했지만, 그것은 입끝에서 멈췄다. 과연 쓴맛이었다. 깔끔하게 남자다운 결말을 낸 기시모토 세이지로의 방식이 너무 부러워서, 당황하는 감정이 몸 안을 관통하고 포기하는 심정이 바로 그 뒤를 따랐다.

자포자기하는 미소가 볼에 나타나는 것을 멈출 수가 없었다.

"당신이 그렇게 말씀하신다면, 따를 수밖에……."

부인을 사랑하는 고통에서 해방되기 위해서라도 다른 누군가를 사랑할 필요가 있었다.

후유히코는 한 여성을 사랑하면서 몇 번이나 그 여자를 속일 수 있었던 지난날 자신의 연애를 추억했다.

그것에 비하면 이번은 오히려 죄가 가벼운 편이라고 할 수 있다.

굴복할지 어떨지 한 번 시도해 보기로 했다.

(1940.1.9)

## 제82회

### 네 명의 손님(9)

이쪽이 사랑의 감정을 움직이지 않고 상대만 자신에게 굴복시키는 것은 어려울 것 같기도 하고 또한 쉬울 것 같기도 하다.

일견 모순되는 것처럼 보이지만, 실은 깊은 곳에서 서로 소통을 하고 있어 쉬울지 어려울지 결국 이쪽의 각오의 정도에 달려있는 것 같다.

후유히코의 경우는 부인에 대한 사랑의 괴로움에서 자신을 해방시키는 데, 그 필요한 정도의 유혹을 하면 되기 때문에 홀딱 반하게 하는 것은 그렇게 중요한 것이 아니었다.

이쪽이 상대를 사랑하는 것이 아니고, 어떤 경우라도 객관성을 잃어버리는 일은 없을 테니까, 진정한 애정으로 상대하는 것보다 여러 면에서 수월했다.

굴복시킬 기술이 있는 것은 아니고, 어차피 이쪽이 상대를 사랑하는 척하는 기술밖에 없지만, 성공할지 실패할지는 이쪽이 어디까지 거짓말을 할 수 있을지에 달려 있다.

후유히코는 잔디 사이에 난 좁은 길에 서서 낮은 목소리로 중얼거렸다.

"거짓말을 하는 거라면 그것도 꽤 잘 할 수 있을 거 같지만……."

본심인 것 같기도 하고 허세를 부리는 것 같기도 했다.

"그래그래, 그렇게 어렵게 생각하지 말자. ……나도 여자 한 명 정도 유혹하지 못할 건 없지. 모른 체할 것도 없다. 어차피 별거 아니야."

그렇다 하더라도 무엇 때문에 이런 일을 하려는 걸까?

이 반동은 자신이 아직 미야케 부인을 포기하지 않았다는 증거라고 생각하니, 한심한 기분이 들었다.

"속된말로는 일부러 강짜를 부리는 것이라고 합니다."

헤헤 하며 코웃음을 쳐 봤지만, 전혀 기분이 나아지지 않았다.

안채를 둘러싸고 있는 나무숲 사이로 피아노 소리가 흘러나온다. 슈베르트(Franz Peter Schubert)의 즉흥곡이었다.

항상 닫혀 있고 집을 지키는 할멈이 한 명밖에 없는 매우 고요한 별장의 안채에서, 빠른 소절의 가벼운 선율이 흘러나온다. 조금 이상했다.

평소 같으면 마음이 들뜰 텐데, 반대로 매우 김이 새는 기분이 들었다.

지금 자신의 복잡한 감정에 피아노 소리는 정말이지 시끄럽고 초조하게만 들려서, 그런 평화로운 세계에서 슈베르트를 연주하는 침착한 모습을 질투하는 심정으로 증오했다.

"저렇게 태평한 세계도 있구나."

후유히코는 조락한 감정 속에서 무의식적으로 이렇게 중얼거렸고, 그 때문에 더욱더 화가 치밀어 올랐다.

자신의 앞에는 자포자기와 방탕하고 처량한 길이 길게 이어져서, 어제까지 마음속에 살아 있던 평화로운 기분 따위는 이제 죽을 때까지 자신을 찾아오지 않을 거라 생각하니, 그 쓸쓸함에 눈시울이 조금 젖어들었다.

그런 심리 위를 너무나도 온화한 피아노 소리가 어루만지며 지나간다.

아키코도 상당히 능숙한 솜씨로 피아노를 연주한다. 하지만 지금 치고 있는 것은 아키코가 아니라, 마나미라는 것을 후유히코는 분명히 느끼고 있다.

'저쪽에 마나미가 있다!'

지금 자신이 하려는 것은 한 여자의 운명을 틀어지게 하고, 파멸의 늪에 빠지게 하는 것이라고 잘 알고 있다. 하지만 부인에 대한 괴로운 애정에서 해방되기 위해서는, 어떻게든 자신의 마음을 달랠 도구가 필요했다.

후유히코는 나무숲 사이에 서서 꽤 오랫동안 평화로운 피아노 소리와 싸우고 있었지만, 결국 완전히 패배해서 옆에 있는 느릅나무 가지를 하나 꺾어서, 그것을 채찍처럼 휘두르며 마나미를 굴복시키기 위해 안채 안으로 들어갔다.

(1940.1.10)

# 제83회

**즉흥곡(1)**

한쪽 창문으로만 들어오는 은은한 겨울의 석양이, 이 방에 바닷속처럼 고요한 분위기를 자아낸다.

새가 나는 소리도 들리지 않고, 나뭇가지 끝이 흔들리는 소리도 여기까지는 미치지 않아, 차분한 기운이 방 안을 지배하고 있었다.

의자나 소파에는 먼지를 방지하기 위해 하얀 커버가 씌어 있어서, 방 구석구석의 옅은 어둠과는 대조적으로 청정하고 명상적인 느낌을 만들어 내고 있었다. 어딘가 시마바라 수도원의 단칸방과 비슷했다.

시마바라를 떠나고부터 오늘까지 매일같이 정신없이 분주해서 쉴 여유도 없었던 마나미의 마음은, 이런 차분한 석양녘의 분위기 속에 홀로 남겨져서 며칠 만에 마음 편히 숨을 돌렸다.

여러 가지 자극이나 갑작스러운 상황의 변화로 자신의 마음이 마치 자신의 것이 아닌 것 같아서, 일종의 우울증을 동반한 막막함에 괴로워했다.

사치코의 불행은 제쳐 놓더라도 끊임없이 마음을 긴장시켜야 하는 번거로움 때문에, 도쿄에 오고 나서 정신 건강이 두드러지게 나빠지는 것을 스스로도 분명히 인지할 수 있었다.

고모의 냉담한 태도나 예측할 수 없는 아키코의 변덕, 수수께끼 같은 말투, 노리코의 천박한 사교술, 성가신 레토릭, 그런 것들이 서로 상승작용을 하여, 단순한 마나미를 소용돌이 속으로 끌어당기며 마음대로 끌고 다닌다.

이쪽은 대항할 마음도 없이 그냥 당하는 대로 가만히 있어서, 기분상의 손해는 어느 정도까지 방지할 수 있었지만, 그럼에도 매일 기운이 빠지는 피로감을 느끼지 않을 수 없었다.

마나미는 속이 깊은 사람들 사이에서만 지내서, 지금까지 번거롭게 뒤틀리는 심리를 몰랐고 걱정해야 할 정도의 고민은 아무것도 없었기 때문에, 유례없이 정신적으로 의젓한 구석이 있었다.

매사에 구애받지 않고 꾸밈없는 자연스런 심리 안에서만 생각하거나 행동해 왔기 때문에, 어떤 경우라도 결코 타인으로부터 침범당하지 않는 '자신'이라는 것을 확고히 생활의 중심에 갖고 있었다. 하지만, 역시 이런 번거로움에는 짜증이 났다.

아키코는 피아노라도 치고 있으라며 마나미를 이 방에 혼자 남기고, 사다요(定代) 할머니에게 이야기를 하러 갔다.

오랫동안 잠겨 있었기 때문에 케케묵은 냄새가 방 안에 풍겼고, 그 냄새와 해가 지기 직전의 고요한 석양빛이 마나미의 마음에 온화함과 침착함을 주었다.

마나미는 오래간만에 마음의 편안함을 느끼며 크게 한숨을 쉬었다.

"어쩜, 이렇게 조용할까!"

속삭이는 정도로 중얼거린 혼잣말이 탁한 해 질 녘의 공기 안에서, 조금 높은 톤으로 귀에 들려왔다. 이것도 까닭 없이 즐거웠다.

초겨울 저녁 미사가 끝날 때쯤에는 교회당 안이 정확히 이런 어스레한 빛을 띤다.

구석구석이 어두워진 교회당의 나무 의자에 홀로 남아, 썰렁한 저녁의 고요함 속에 젖어있는 것이 마나미는 너무 좋았다.

마나미는 소파 끝에 앉아 멍하니 마음을 가라앉히고 있었지만, 아키코가 말한 대로 피아노를 치고 싶은 생각이 들어서, 보겔의 그랜드 피아노 쪽으로 걸어갔다.

덮개를 열고 건반 위에 살며시 손가락을 올려 봤다. 피아노에서 이 석양에 어울리는 그윽한 소리가 흘러나와서, 지난 4~5일간 메말라진 마나미의 마음을 촉촉이 적셨다.

손가락이 저절로 움직여서 슈베르트의 즉흥곡 제4번의 앞부분을

연주하기 시작했고, 얼마 지나지 않아 자신이 연주하는 곡에 빠지게
됐다.

(1940.1.11)

## 제84회

**즉흥곡(2)**

뒤쪽에서 인기척이 났기 때문에 눈을 들어 피아노 맞은편 거울을
봤더니, 먼지로 뿌옇게 된 거울에 후유히코의 모습이 비치고 있다.

먼지가 잔뜩 쌓인 탓에 후유히코의 얼굴이 이상하게 찌부러져 있
었다.

후유히코 쪽은 마나미가 보고 있다는 것을 모르는지, 입구의 문에
기대어 대담한 눈빛으로 이쪽의 어깨 근처를 꼼짝 않고 쳐다보고 있다.

만찬이 있던 날 밤의 그 온화한 얼굴이 아니라, 눈빛 속에도 분명
히 마음의 동요와 같은 것이 나타나 있다.

봤다고 해도 화음에서 화음으로 손가락을 옮기는 아주 짧은 순간
흘끗 쳐다본 것에 지나지 않았지만, 그 순간에 마나미가 받은 인상은
그다지 유쾌한 것은 아니었다.

인상이라고 하기보다는 좀 더 강렬한 여성 특유의 직감 같은 것으
로, 후유히코가 뭔가 자신을 곤란하게 할 이야기를 꺼낼 것이라고 확
실히 느꼈다.

마나미로서는 각별히 불안할 것도 두려울 것도 없었지만, 온화하고 차분한 분위기 속에서 오래간만에 자신을 되찾아 자신만의 생각과 즐거움에 사로잡혀 있던 참이었기 때문에, 모처럼의 고요함에서 다시 번잡한 사교나 교제를 위한 대화 속으로 돌아간다고 생각하니 그 번거로움을 참을 수 없었다. 즉흥곡이 마침 칸타빌레로 옮겨 갔고, 도저히 건반에서 손을 떼고 싶지 않아 개의치 않고 연주를 계속했다.

마나미는 가능한 한 평정심을 유지하려고 했지만, 역시 신경이 쓰여서 지금까지처럼 즐겁게 칠 수가 없었다.

한 번 더 흘끗 거울 속을 올려다봤더니, 후유히코는 방금 전과 같은 모습으로 가만히 서 있다. 예사로운 일이 아니었다.

'나한테 무슨 용무가 있는 거지?'

언제까지 이렇게 속일 수는 없어서 성가신 일은 빨리 끝내버리는 편이 좋다고 생각해 돌연 연주를 멈추고 회전의자에 앉은 채로 천천히 후유히코 쪽으로 몸을 돌렸다.

"무슨 용무라도 있으세요?"

후유히코는 자신이 와 있는 것을 전혀 모르고 있다고 생각하고 있었는지, 눈에 띄게 당황하더니 서둘러 얼굴 표정을 바꾼다.

"제가 여기 있다는 걸 알고 계셨나요?"

마나미는 아무 말 없이 미소를 보였다.

후유히코의 눈 속을 상처받은 분노와 같은 것이 언뜻 지나갔다.

"방해를 했군요."

상대가 뭔가 짜증을 내고 있는 것이 이쪽의 가슴에 와 닿아서 실수를 했다고 생각했다.

방해라는 것은 이미 알고 있는데, 그것을 입 밖으로 내는 것은 정말이지 쓸데없는 짓이었다.

후유히코가 격앙된 원인이 무엇인지 모르지만, 그런 것까지 이쪽에서 살펴야 할 필요는 없다고 생각해서 마나미는 생각하고 있던 대로 분명히 대답을 했다.

"마침 혼자 있고 싶던 참이었거든요. ……하지만 이젠 괜찮아요."

그리고 다시 한번 같은 질문을 반복했다.

"무슨 용무라도 있으세요?"

후유히코는 절망적인 용기와 같은 매우 허무한 눈빛으로 말했다.

"용무? ……네, 중요한 용무가 있어요. ……실은 전 사랑을 고백하러 왔어요. 귀찮으시겠지만, 조금 사정이 있어서 도저히 이렇게 하지 않으면 안 되는 처지가 되었답니다. 그러니까 절대적으로 필요한 거예요."

(1940.1.12)


## 제85회

**즉흥곡(3)**

마나미는 마음을 다잡고 침착하게 상대의 얼굴을 돌아봤다.

어쨌든 후유히코가 자신에게 하고 싶은 이야기는 그런 종류의 이야기임에 틀림없고, 그것은 처음부터 예상했기 때문에, 갑작스러운 후유히코의 이야기에도 불구하고 그렇게 보기 흉하게 당황하는 모습을 보이지는 않았다.

그럼에도 단 한 번 함께 식사를 했을 뿐인데, 이렇게 느닷없이 프러포즈를 할 수 있을까? 솔직하다고 해도 조금 도가 지나쳤다.

전혀 세상 물정을 알 기회가 없이 자신만의 관념의 세상에 살며, 매우 단순한 사람들 틈에서만 살아온 마나미였기 때문에, 허위나 심리전을 견딜 수 있는 힘도 없고 또한 그런 경험도 거의 없었지만, 그만큼 관찰과 판단은 늘 신선하고 올바르게 정체를 판별할 수 있는 안목을 지니고 있었다.

자신도 여자인 이상 모든 여성이 통과하는 위험한 다리를 한 번은 건너지 않으면 안된다는 사실을 각오하고 있었고, 언젠가는 이런 프러포즈에 답하지 않으면 안 되는 자신을 예상하고 있었다. 그에 대한 각오를 하고 자기 나름대로 마음의 준비도 하고 있다.

그래서 마나미는 전혀 놀라지 않았지만, 뭔가 다짜고짜 기교적이라고 할 정도로 압도적인 후유히코의 태도에는 도저히 적응할 수 없었다.

마나미가 가만히 있자 후유히코는 더욱 초조해진 모양새다.

"지금 단계에서는 아직 대답하지 않아도 괜찮아요. ……그렇죠, 이렇게 아닌 밤중에 홍두깨도 아니고, 대답을 못 하는 게 당연하죠. ……저로서도, 이런 곳에서 적당히 맞장구를 치지 않아 주셨으면 해요. ……많이 있잖아요, 여성 특유의 무의미한 상냥함 같은 거요. ……

상대의 기분을 딴 데로 돌리지 않게 하려고, 단지 그것 때문에 생각에도 없이 고개를 끄덕이거나, 이유도 없이 미소를 띠거나……. 저로서는 그 공허함이 바로 느껴져서, 우선 대부분 기분이 안 좋아지는 경우가 많아요. 그런데 당신은 그런 천박한 짓을 하지 않아요. 아직 대답을 해야 할 상황이 아니라서 침묵을 지키고 계세요. 네, 맞아요! 이러면 무슨 말인지 도통 알 수가 없어요, 저는 아직 아무 말도 하지 않았거든요. 이런 곳에서 대답을 들으면, 전 너무나 부끄러워서 견딜 수가 없을 거예요. 그건 잘 아시겠죠."

마나미는 상냥하게 고개를 끄덕인다.

"제가 드리려는 말씀을 당신이 전부 다 말씀해 버리셨네요."

후유히코는 곧 강연을 시작하는 사람이 드디어 본론에 들어갈 때 반드시 하는 딱딱하고 무의미한 몸짓을 한다.

"도대체 남성이 어떤 특별한 여성에게 끌리고 있는 상태를 설명할 때, 어떻게 하면 좋을까요? ……'저는 당신을 좋아해요'라든지, '저는 당신에게 빠졌어요'라고 하겠죠. 일본어의 표현으로는 우선 이 정도일 거예요. ……이런 복잡한 심리를 표현하는 데에, 겨우 이 정도의 말밖에 없어요. ……빠졌다고 해도, 끌리고 있다고 해도, 좋아한다고 해도 전부 표현할 수 없는 심정은 대체 어떤 말로 표현하면 좋을까요? 실제 문제로서 제대로 표현을 할 수가 없어요. ……부족한 말을 동작으로 보완하려고 한다면, 서양에서는 먼저 무릎을 꿇어요. 이것도 19세기 말에 끝이 난 풍습으로 지금은 너무 오래돼서, 제가 그런 걸 해도 당신은 장난치고 있다고밖에 생각하지 않으실 거예요. 무를을 꿇는 건 쉽지만, 모처럼의 열의가 그로 인해 바보 취급을 당하면 곤란하니까, 저도 그렇게는 못해요. 결국 어찌할 수 없는 처지인 거죠."

(1940.1.13)

# 제86회

### 즉흥곡(4)

후유히코는 더욱더 웅변을 토한다.

"저는 당신을 사랑해요. 그런데 표현할 방법이 없으면 자연히 저도 격해지지 않을 수 없어요. 우리들의 고민 중에 자신이 하고 싶은 말을 명확히 표현할 수 없는 것만큼 심각한 고민은 없거든요. ……보세요, 제가 너무나도 기묘하게 보이죠? 간단히 말하면, 이건 일종의 착란상태예요. 뭔지 모르지만, 지나치게 많이 말을 해요. 마치 옷자락에 불이라도 붙은 것처럼 막 지껄여 대지만, 생각이 잘 정리된 이야기를 하는 것도 아니에요. 그냥 이렇게 무턱대고 떠드는 거죠. ……즉, 이게 고민의 상징인 거예요. ……그런데 전 도대체 무슨 말을 하러 온 거였죠? ……이런 말을 해도 아무쪼록 기분 나빠하지 마세요. 정신이 나간 것도 아니고, 장난을 치는 것도 아니에요. 장황한 거 같지만, 제가 하고 싶은 말을 표현할 방법이 없어요. 당신도 단지 사랑하는 것만으로는 불만이시죠. ……뭔가 부족해. 말만으로는 바로 마음을 주기도 그렇고, 좀 신용하기 힘들잖아요. 어떻게 할까요? 여기에서 목이라도 매달까요? 아니면 공중제비라도 넘을까요?"

마나미는 조용히 물었다.

"당신은 저를 화나게 하러 오셨나요?"

후유히코는 약간 신랄한 표정을 지었다.

"그 대답은 뜻밖이네요. 이런 제가 당신을 화나게 하러 온 것처럼 보이세요? 저는 당신을 굴복시키러 온 것이지, 싸움을 하러 온 게 아니라서, 그렇게 해석하시는 건 유감이네. ……하긴, 당신도 지금 하신 말씀은 약간 의례적인 거겠지만요……."

마나미는 끝없이 떠들어대는 상대를 바라보면서, 나라면 이런 경우 어떻게 해야하나 생각하고 있었다.

말만으로 상대를 납득시킬 수 없는 답답함, 불충분한 말에 대한 회의감에 사로잡히면, 자신도 다소 이런 심정일 거라 이해하지 못할 것도 없었지만, 이 끝이 없는 이야기 속에 뭔가 자신의 감정을 무리하게 부추기려는 속임수가 있어, 자연스럽게 보여주려는 것이 오히려 전부 거짓말이라는 것을 알아차렸다.

후유히코는 마음에도 없는 말을 요설(饒舌)의 무지개로 꾸며서, 이쪽 눈을 현혹시키려 하고 있다. 마나미가 수상쩍게 생각하는 것은 진심도 아닌 것을 무엇 때문에 이렇게 떠들어대려는 것인가에 있었다.

"무슨 말씀을 하시려는 건지, 잘 이해할 순 없지만, 공중제비 정도로 굴복하는 건 이상하네요."

"물론 공중제비는 비유에 지나지 않아요. 전혀 여기에서 바보 같은 짓을 하려는 게 아니에요. 당신을 굴복시키기 위해서 어느 정도의 굴욕을 제가 견딜 수 있을지, 각오의 정도를 설명한 것에 지나지 않습니다. ……목을 매다는 건, 이건 뭐 말도 안 되죠. 여기에서 목매달고 나서 당신이 굴복을 하더라도 어찌할 수가 없으니까요."

후유히코의 눈은 약간 형용하기 힘든 정열 때문에 아름답게 빛났고, 조금도 이쪽 눈에서 떨어지지 않아서, 마나미는 고개를 돌릴 수가 없었다.

후유히코가 무리하게 이쪽을 믿게 하려면 할수록, 장난을 치면 칠수록, 장난을 치고 있다고는 생각하지 않는다. 오히려 그말 속에는 뭔가 자포자기하는 씁쓸한 맛이 있어서, 마나미의 마음을 위로에 가까운 가벼운 감상적인 기분으로 만들지 않을 수 없었다.

'이 사람에게 무슨 일이 있었던 거지?'

뭔가 어찌할 바 모르는 고심 때문에 내몰린 짐승이 된 아름다운 그 눈을 마나미는 가만히 지켜보고 있었다.

(1940.1.14)

## 제87회

### 즉흥곡(5)

후유히코는 지금까지 기대고 있던 피아노에서 팔꿈치를 떼고 천천히 이쪽으로 의자를 옮겨왔다. 한차례 마나미 바로 앞에 놓았다가 다시 생각을 고쳐먹고 5미터 정도 떨어진 곳으로 가지고 가서 불안정하게 그 위에 앉았다.

후유히코는 상의 옷자락을 당기거나, 초조하게 손바닥을 문지르면서, 다급한 눈빛으로 마나미의 얼굴을 쳐다보고 나서 낮고 쉰 목소리로 말했다.

"자아, 이제 차분해졌어요. 하고 싶은 말은 전부 해서 조금 편해졌네요. ……그렇죠? 아주 침착해 보이지 않나요?"

마나미는 비꼬는 듯하게 들리지 않도록 조심하면서 말했다.

"진짜 그래 보여요. ……하지만 좀 더 이야기하셔도 괜찮아요. 뭔가 아직 부족해 보여요."

후유히코는 씁쓸한 표정을 하고 고개를 휙 돌린다.

"아니요, 이제 그만합시다. 자신을 경멸하는 것도 적당히 하지 않으면, 정말로 목이라도 매달아야 할 것 같은 상황이 될 수도 있거든요."

그렇게 말하고 갑자기 풀이 죽어서 가슴에 턱을 대고는 입을 다물어 버렸다.

방 안이 완전히 어두워지고 후유히코의 아름다운 옆모습에 아주 어슴푸레한 석양빛이 비치고 있다. 클래식한 그림이라도 보고 있는 듯한 느낌이었다.

어두컴컴한 방에 남자와 단둘이 있는 것은 보통이라면 어느 정도 꺼림칙한 기분이 들어야 하지만, 반대로 매우 자연스러운 기분이 드는 것이 이상했다.

당신을 굴복시키러 왔다고 저속한 말을 하고, 무례하다고 생각될 만한 말을 하는데도 전혀 불쾌감도 혐오감도 느껴지지 않는 것은, 후유히코가 마음에도 없는 행동을 하고 있는 것을 확실히 이쪽이 알고 있어서 불쾌감보다는 먼저 연민을 느끼게 했기 때문이다. 비참해 보이기까지 했다.

"저를 굴복시키러 오셨다는 건 잘 알겠어요. 그래서요?"

후유히코는 얼굴을 들어 탄원하는 것처럼 횡설수설한다.

"기다려 주세요. ……제 머릿속에 지금 언뜻 생각나는 게 있어요. ……뭔가 아마 중요한 거 같아요. 지금 그걸 정확히 파악할 테니까 조금만 기다려 주세요."

다시 의자에 푹 앉았지만, 격렬한 몸짓으로 바로 튀어 올랐다.

"알았어요! ……그러니까 저를 도와주셨으면 좋겠어요. 그 이야기를 하고 싶었어요."

말이 분명치 않아 뒷부분이 들리지 않았다.

"잘 들리지가 않았어요……."

후유히코가 화가 난 것 같은 말투로 반복했다.

"저를 도와달라는 겁니다."

후유히코의 표현은 별로 유쾌한 것이 아니었다. 마나미는 당혹스러운 듯 가벼운 미소를 띠었다.

"……제가 당신을 어떻게 도와드리면 되죠? ……그건 그렇고 일전에 난초에 관한 이야기를 한 게 처음이었고, 다시 뵙는 건 이번이 겨우 두 번째예요. 전 당신에 대해서 아무것도 모르고, 당신도 저에 대해서 전혀 모르실 거예요. ……그런데 느닷없이 그런 이야기를 꺼내시는 건 무슨 연유로 그러시는 거죠? 당신은 여성을 경멸하시는 쪽 아니세요? 죄송해요, 말이 지나쳤네요. 하지만 도저히 그렇게밖에 생각되질 않아요."

"부디 화내지 말아 주세요……. 그건 지금부터 설명드릴 테니까 그 전에 대답만이라도 해 주세요. 저를 도와주실래요? 아니면 도와주지 않을 건가요? ……약간의 동정이나 위로. 그런 거라도 괜찮아요. ……그것도 안 되면 이야기를 들어주시는 것만으로도 충분해요. 그 정도라면 서로를 잘 알지 못해도 상냥한 마음만 갖고 계시면, 못하실 것도 없으니까요."

(1940.1.15)

## 제88회

**즉흥곡(6)**

마나미는 들을 자세를 취했다.

적당한 어둠이 마음을 진정시키고 어렴풋이 밖에 얼굴이 보이지 않아서, 서로의 표정의 반사로 감정을 어지럽힐 우려도 없었다.

차분한 어둠 속에서 우울한 후유히코의 목소리가 울려왔다.

"당신 앞에 앉아 있는 저는 다음 시대로부터 낙오하고 있는 불쌍한 녀석이에요. 전 이미 마음이 진정이 되었으니까, 과장해서 말하고 있다고 생각하지 말아 주세요. 오히려 실제로는 더 참혹해요. 도저히 불쌍하다는 말로는 표현할 수 없을 정도로. ……그건 게으르고 독선적인 생활의 업보로 물론 자업자득입니다만, 그래도 이렇게 비참한 결말에 이를 거라고는 단 한 번도 상상조차 한 적이 없었어요. ……이젠 이러지도 못하고 저러지도 못해요. 곧 다가올 전쟁 후의 일본의 신세기 마지막 재판의 나팔이 울려 퍼지면, '넌 일본에 도움이 되지 않으니까 멸망하는 쪽으로 들어가'라는 선고를 받을 거예요. 저는 확실히 알고 있어요. ……저의 파멸은 턱밑까지 와 있어요. 이것도 거짓말이 아니에요. 그런데 저 자신은 어떤 모습을 하고 있냐면, 여전히 옛날 풍습을 몸에 걸치고, 도움도 되지 않는 자기반성과 피상적인 인도주의의 마약 속에서 황홀하게 선잠을 자고 있는 꼴이에요."

후유히코는 어둠 속에서 살짝 몸을 움직인다.

"베토벤(Ludwig van Beethoven)에게 용기를 주고, 그 위대한 성과를 이루게 한 건 베토벤의 '불멸의 연인'인 부룬스비크(Therese von Brunsvik)의 애정의 힘이에요. 부룬스비크에 대한 영원한 동경이 없었더라면, 베토벤은 그만한 일을 하지 못했을 거예요. 부룬스비크는 이성과 논리로 베토벤을 편달한 게 아니라, 여성스러움이나 넘치는 상냥함과 같은 여성으로서의 덕행으로 몰래 비호했던 거예요. 우리가 사상의 결여로 고민하거나, 정신의 고갈로 인해 진퇴양난에 빠져 있을 때, 그런 절망의 늪에서 구해 주는 건 자기비판이나 의지의 힘이 아니라 항상 상냥한 여성의 애정인 거죠."

"하지만……."

"네, 분명 이것은 이기적인 이야기예요. 아직 두 번밖에 만난 적이 없는 당신에게 이런 부탁을 하는 건 너무나 기괴하여 정말이지 미친 거 같아요. 전 이성을 상실하고 있으니, 그렇게 냉정하게 비판하지 말아 주세요. 적어도 지나치게 유심히 여기저기 쳐다보지 마세요. ……제 감정은 엉망이지만, 하지만 최소한은 유지하고 있으니까, 그것도 믿어주셔도 괜찮아요. ……마나미 씨, 당신에게 저를 사랑해 달라고 말하는 건 아니에요. 용기를 불러일으키기 위해서 당신의 위안과 위로를 바라고 있는 거예요. ……자애와 같은 혹은 그 한 방울이라도. ……그렇게만 해 주신다면, 전 반드시 일어설 수 있을 거 같아요. ……전 방금 당신을 굴복시키러 왔다고 말했어요. 그건 사실이에요. 왜 그런 생각을 했는지, 너무나 바보 같아서 설명은 하지 않겠지만, 이 어둠 속에서 당신과 이야기를 하는 동안 갑자기 제 기분이 변해 버렸어요. ……저로서는 의외였지만 하는 수 없이 당신에게 굴복하게 됐어요. 굴복한 건 다시 말해 저예요. ……당신에게 도움을 받는 편이 먼저라고 생각하게 됐어요. 이건 진심이에요."

돌연, 전등 불빛이 흘러넘치듯 방안으로 퍼져 들어왔다.

아키코가 문에 등을 기대면서 얼굴을 찡그리고 두 사람을 바라보고 있었다.

"훌륭한 통속소설이네, 이건. 그건 그렇고 왜 좀 더 가까이 가지 않아요? 5미터나 떨어져 앉아 있다니, 바보 같아."

(1940.1.16)

# 제89회

### 즉흥곡(7)

아키코가 들어온 것은 마나미에게는 마침 다행이었다.

아키코가 조금만 더 늦게 들어왔더라면, 자칫 후유히코에게 어색한 대답을 해야 할 뻔했다.

마나미는 어색한 것을 두려워하지는 않았지만, 가능하면 아무런 문제 없이 간단하게 끝내고 싶었다.

게이코 고모가 지레짐작할 정도로, 마나미는 후유히코에게 관심을 가지고 있지 않았고, 고모의 친구 중 한 명 이상으로 심각하게 생각하고 있지 않았다.

바로 얼마 전에 처음 만난 자신에게 이런 불성실한 태도로 말을 하는 천박함은 차치하더라도, 말하는 것이 정말이지 지리멸렬하고 전혀 두서가 없었다.

사상의 고민이라고 하지만 어디에도 고뇌하는 모습은 없고, 입에 발린 말이라는 것은 술술 늘어놓는 말투로도 확실히 알 수 있었다. 아직 잘 알지도 못하는 상대의 애정으로 구원받을 정도의 사람이라면, 결국 대수롭지 않은 사람일 테고 진지하게 상대할 필요도 없었다.

후유히코가 하고 싶은 말은 이런 것이 아니라 뭔가 좀 더 다른 것이라고 생각했지만, 언제까지나 얼토당토않은 이야기를 하고 있기에, 마나미는 귀찮아서 당신이 진정 하고 싶은 말을 해 보라고 말을 할 뻔했지만, 사람을 바보 취급하는 것 같은 이런 적당한 농담은 변덕이나 즉흥적 기분에서 하는 말이라고 흘려듣는 것이 제일이라 생각해서 그 말조차 입 밖에 내지 않았다.

종잡을 수 없는 후유히코가 즉흥적으로 하는 말에 비위를 맞출 정도로 유쾌한 기분도 들지 않았고, 그렇다고 해서 비굴하게 웃어넘기지도 못할 것 같아서, 굳이 대답을 하려면 당신을 상대하지 못하겠다고 대답할 수밖에 없다. 아키코가 입구에 서 있는 것을 보았을 때, 마나미는 안도의 한숨을 쉬었다.

식당으로 들어가니 하얀 식탁보가 덮인 식탁 위에 아키코가 만든 요리가 놓여 있었다.

집에 있을 때는 한 시간에 한 번도 말을 하지 않을 만큼 성격이 비뚤어진 아키코가, 이렇게 바지런한 행동을 할 거라고는 생각지도 못했다.

평소의 신랄한 느낌은 어디에도 없고 평범해 보일 정도로 상냥하게 작은 목소리로 콧노래를 부르면서, 부지런히 접시를 모두에게 나눠주기도 한다. 마나미는 어안이 벙벙해졌다.

"무서워하지 말아요, 독살할 생각은 없으니까. 맛없는 건 어쩔 수 없어요. ……그래도 열심히 만든 건 사실이에요. ……부둣가까지 일부러 새우를 사러 갔다 왔어요. 친절하게 마요네즈를 뿌려놓았다고 생각하고 참고 드세요."

후유히코가 놀란 듯한 목소리를 낸다.

"친절하게 마요네즈를 뿌려놓은 건 대하보다 위험해요. 이건 좀 무서운데요."

평소라면 바로 맞받아쳤겠지만, 오늘 밤은 순순히 수긍한다.

"네, 맞아요. 당신한테는 무서울지도 모르겠네요. 하지만 다른 이야기예요. 저의 친절을 드시라는 이야기가 아니에요. 저에게도 이런 친절한 면이 있다는 것을 알아줬으면 해서요. ……이거 봐요, 대단하죠?"

그렇게 말하고는 이 사이로 혀끝을 살짝 내밀면서 입술 끝을 꽉 끌어당겼다.

익살스러운 얼굴이라도 보여주려는 것이라는 예상과는 달리, 목구멍 깊은 곳에서 흑 하는 이상한 소리는 내는가 싶더니, 식탁에 엎드려 큰 소리로 울기 시작했다.

하지만 그것도 잠시 바로 고개를 들고 평소처럼 말했다.

"저, 지금 병에 걸렸어요. 그래서 그래요."

아무렇지 않은 얼굴로 심각한 이야기를 꺼냈다.

(1940.1.17)


## 제90회

**즉흥곡(8)**

후유히코는 마나미와 아키코와 셋이서 안채의 객실에서 밤늦게까지 수다를 떨다가, 11시쯤 두 사람에게 잘 자라고 인사를 하고 자신의 별채로 돌아왔다.

대화의 여운이 가시지 않아 바로 잠들 수 없을 것 같아서, 책장에서 대충 책을 꺼내 읽었지만 흥분하고 있는 주제에 머릿속이 피곤해서 책의 글씨가 조금도 머리에 들어오지 않았다.

정원이 보이는 창문으로 목련의 나뭇가지 끝 너머 안채의 남쪽 2층 창문들이 보인다.

마나미도 아키코도 아직 자고 있지 않은 듯, 이웃하고 있는 두 창문에 환한 불빛이 비치고 있다.

후유히코는 책을 무릎에 놓고 그것을 멍하니 바라보다가 무슨 까닭인지 갑자기 눈에서 눈물이 흘러나왔다.

울만한 이유는 조금도 없다. 슬픈 것도 아니고 애절한 것도 아닌데, 눈물이 마음대로 흘러나와서 뺨을 타고 턱 언저리까지 흘러, 뚝뚝 소리를 내며 책 위에 떨어진다.

후유히코는 잠시 동안 눈물이 흘러나오는 대로 그냥 두었다. 그러고 있으니 매우 마음이 편안해서 왠지 즐거운 기분마저 들었다. 후유히코는 손수건을 꺼내 눈물을 닦는다.

"난 신경쇠약이야, 멋진 병이지."

이렇게 중얼거렸다.

이 생각은 정말 멋진 것이었다.

마나미에 대한 저급한 욕정과 미쳤다고밖에 생각할 수 없는 갑작스러운 프러포즈는 너무나도 시시해져서 스스로도 어이가 없을 정도였다.

아키코가 들어오기 조금 전까지는 미묘하게 이성이 마비되어, 무슨 짓을 할지 전혀 예상할 수 없는 상태로 정말이지 주체할 수가 없었다.

자칫하면 마나미 쪽으로 돌진할지도 모른다는 불안감이 있었는데, 그것을 억누르려고 하면 오히려 역효과가 나올 것 같아서 두려웠다.

아키코가 들어온 것은 후유히코에게는 확실히 구원이었다. 그 어둠 속에 그대로 더 마나미를 마주하고 앉아 있었더라면, 아마 보기 흉한 짓을 했을 것이다.

식당으로 자리를 옮겨 두 사람과 유쾌한 대화를 하면서 후유히코는 자신의 소행이라고는 생각되지 않는 야비한 행동을 부끄러움과 수치심으로 반성하고 있었다.

이런 갑작스러운 착란이 무엇으로 인해 발생한 것인지 스스로도 이해할 수 없어서 끊임없이 그 생각만 하고 있었다.

"역시, 신경쇠약 탓이었어."

자신의 바보 같은 행동도, 엉뚱한 이야기도 전부 이것으로 깔끔하게 설명이 됐다.

자신의 탓이 아니다, 신경쇠약 탓이다.

이 생각 속에는 교활한 눈속임이 숨겨져 있다는 것을 어렴풋이 느끼면서도, 후유히코는 충분히 위로를 받았고, 그리고 안도했다.

어찌할 방도가 없는 자기혐오와 수치심으로부터 해방되어 갑자기 기분이 가벼워졌다.

눈을 떠 창가 너머로 안채 쪽을 보니, 두 개 중 한쪽만 불빛이 남아 있다.

깨어있는 것은 어느 쪽인지 그리고 지금 어떤 모습을 하고 있을지 상상해 보았다.

몹시 피곤해서 아무런 생각도 들지 않았고, 그 대신 졸음이 몰려왔다. 귀찮은 듯 파자마로 갈아입고 침대 안으로 들어갔다.

졸음이 몰려와 바로 잠이 들어 버렸다. 반수면 상태에서 문뜩 인기척을 느껴서 눈을 떠 보니, 침대 등의 빛 속에 호리호리한 사람이 서 있다. 아키코였다.

"일어나세요. 할 이야기가 있으니까."

(1940.1.18)

## 제91회

### 즉흥곡(9)

후유히코는 벌떡 일어나고 싶은 충동을 느끼면서 침대 안에서 가만히 참고 있었다. 당황하는 자신의 모습을 보이는 것이 싫어서가 아니라, 그렇게 하면 아키코를 놀라게 할지도 모를 거라 생각해서였다.

아키코는 조금 떨어진 곳에 선 채로 빤히 쳐다보면서 빈정거리는 말투로 말했다.

"안 일어나도 괜찮아요. 상관없으니까 그러고 있어요."

그리고는 방 한쪽 구석에서 커다란 소파를 밀고 오더니 눕다시피 편안한 자세로, 이쪽을 향해 양발바닥을 보이며 소파 위에 다리를 옆으로 하고 앉았다.

파란색 가선을 두른 진주색 새틴으로 된 중국 잠옷 바지가 말아 올라가, 하얗고 매끈한 정강이를 드러내고 있다.

등받이에 머리를 밀착시키고 새끼 고양이 같이 웅크리고 있는 모습은, 자못 어린아이 같으면서도 육감적이었다.

침대 등의 빛이 아키코의 얼굴의 콧등 언저리에서 또렷이 흑과 백으로 나뉘어져, 성깔이 있어 보이는 얼굴이 한층 더 과장되어 보인다.

아름답다고 하기보다도 성격이 숨김없이 드러난 개성적인 얼굴로, 심술궂거나 냉혹해 보이기는 하지만 그것은 그 나름대로 호감을 갖게 했다.

방금 침대에서 일어나서 온 듯 머리카락은 헝클어져 있고 얼굴은 매우 상기되어 있는데, 눈빛만은 불타오르듯이 반짝이고 있다.

이런 경우 무엇을 하러 왔는지 묻는 것은, 너무나도 바보 같은 질문임에 틀림없지만, 어떤 용무가 있든 간에 젊은 여자가 남자의 침실에 야밤에 혼자서 들어오는 것은, 그다지 칭찬받을 일은 아니기에, 먼저 확실히 해두기 위해서도 그 점을 이야기하는 편이 좋을 것 같았다.

"어쩐 일이시죠? ……꽤 늦은 시간인 거 같은데……."

비난하는 심정을 담아 그렇게 말하며, 실내복을 당겨서 파자마 위에 걸치고 일부러 시간을 들여 침대 끝에 앉았다.

아키코는 후유히코의 몸차림이 끝나는 것을 다 보고 나서, 뭔가 불만 섞인 일부러 얼버무리는 듯한 목소리로 대답했다.

"흥, 그러고 있는 모습을 보니, 매정하게 쫓아낼 생각은 없나 보네요, 감사해요."

순간 귀찮아질 것 같은 예감이 후유히코의 마음을 스쳤다. 이 여자는 조금 감당할 수 없겠다고 생각하며 애매한 자세를 취했다.

아키코는 민감하게 바로 후유히코의 모습을 간파한다.

"제가 당신을 곤란하게 하고 있는 거 같네요."

후유히코는 쓴웃음을 지을 뿐 일부러 대답을 하지 않았다.

"방해가 되는 건 알지만 이건 꼭 필요한 거예요."

"이렇게 늦은 시간에 저만 있는 곳에 오는 게?"

아키코는 빈정거리는 후유히코의 말을 가볍게 흘려듣는다.

"네, 맞아요."

"그렇게 중요한 이야기입니까?"

"네, 그래요. ……당신을 위해서도, 저를 위해서도, 마나미 씨를 위해서도, 게이코 여사를 위해서도 매우 중요한 이야기예요."

식당에서 아키코가 갑자기 히스테릭하게 울었던 일이 생각났다.

'무슨 일이 있었구나…….'

귀찮아하는 것처럼 보이지만, 뭔가 심각해 보이고 말투에도 진지함이 묻어 나왔다. 자신과 부인에게도 중요한 이야기라는 말에 도저히 묵과할 수 없었다.

(1940.1.19)

격류  569

# 제92회

## 즉흥곡(10)

그러려고 생각하기 전에 말이 저절로 입 밖으로 나와 버렸다.

"게이코 부인에 대한 중요한 이야기란 게 어떤 겁니까?"

그렇게 말하고는 눈치를 채지 않았을까 생각하며, 바로 자신의 경솔함을 후회했다.

아키코는 눈에 보이지 않을 정도로 가볍게 미소를 짓는다.

"네, 제가 묻고 싶었던 건 그거였어요. ……세 명 중에 당신이 누구한테 가장 관심이 있는지 이제 잘 알았어요."

후유히코는 보기 흉하게 당황하며 그것을 감추려고 애썼다.

"제가 여기에 온실을 두고 있는 게, 혹시 마담 게이코에게 폐를 끼치고 있는 거 같은 기분이 들어서, 지금 그게 가장 걱정이라. ……어쩌면, 당신의 이야기라는 건 그게 아닌가 했어요."

아키코는 감추려고 해도 다 알고 있다는 듯하다.

"이모가 나한테 대신 말하라고 시킬 리도 없고, 당신도 그걸 예상하고 있지 않았으니, 그런 쓸데없는 말은 안 하는 편이 좋아요. ……어쨌든 당신이 이모를 사랑하고 있는 걸 알게 돼서 다행이네요."

후유히코는 간신히 정신을 다시 차린다.

"제가 부인을 사랑한다고요? 다른 사람의 일을 그렇게 함부로 말해도 될까요? ……당신은 저에 대해서 아무것도 모를 텐데……."

"맞아요, 당신이 말씀하시는 건 반 정도는 진심이에요. 아마 그럴 거라고 상상하고 있었지만, 어딘가 애매한 부분이 있어서 곤란했어요. 하지만 오늘 확실히 알았어요."

"할 이야기라는 게 그건가요? ……수수께끼 같은 말만 하지 말고, 알기 쉽게 말해 주세요. 이런 상황에서 대화를 하는 건 그다지 좋은 취미도 아니고, 별로 도움이 될 이야기도 아닌 거 같으면 아주 간단히 말씀해 주세요. 30분 정도라면 괜찮으니까……."

"30분 정도로 끝날지 아침까지 걸릴지 당신이 대답하기 나름이에요. 그러니까 시간은 정해두지 마세요. 그렇게 간단한 일이 아닐지도 모르니까요."

살짝 소파에서 몸을 움직인다.

"저, 게이코 부인의 일기장을 훔쳐본 적이 있어요. ……당신에 관한 게 쓰여 있었어요."

후유히코는 흠칫 가슴을 떨었다. 몸을 움직이지 않았는데 침대가 삐걱거렸다.

차가운 이성의 벽으로 꽉 둘러싸인 게이코 부인의 마음속에 어떤 화원이 있을까? ……그것을 한번 볼 수 있다면, 목숨도 아깝지 않다고 생각하고 있는 후유히코였다.

부인이 자신을 어떻게 생각하고 있는지, 그것은 죽을 때까지 밝혀지지 않을 비밀이라고 포기하고 있었던 만큼, 아키코의 이 말은 후유히코의 가슴속에 격렬한 갈망을 불러일으켰다.

아키코가 어디까지 진실을 말할지, 어디까지 신뢰해도 될지, 그다지 믿음이 가지 않는다는 것을 잘 알고 있으면서 그 이야기를 들어보고 싶다는 유혹을 이길 수가 없었다.

"어차피 별로 좋은 이야기는 없었을 거 같군요."

아키코는 역시 묻지 않을 수 없을 것이라는 애태우는 듯한 눈빛으로, 후유히코의 얼굴을 바라본다.

"글쎄요, 어떻게 말하면 좋을까. ……나쁜 인상은 없었던 거 같지만, 당신이 이모를 사랑하고 있는 만큼, 이모는 당신을 좋아하지 않아요."

(1940.1.20)

## 제93회

**즉흥곡(11)**

아키코는 후유히코의 안색을 신경 쓰지 않는다.

"쓰여 있던 대로 암기해 볼까요? 그게 이모의 기분을 확실히 알 수 있을 거 같아요."

후유히코는 쉰 목소리로 대답했다.

"들려주십시오."

이것으로 일기를 훔쳐본 아키코와 공범이 되었다는 것을 분명히 마음으로 느꼈다.

아키코는 머리를 획 뒤로 젖히고는 말을 이었다.

"……먼 구름 사이로 번개가 치고 있었다. 정확히 기억이 나지 않지만, 「젊은 베르테르의 슬픔」[23] 속에 분명히 이런 정경이 있었다. 어쩌면 투르게네프(Ivan Sergeevich Turgenev)의 「첫사랑」[24]이었을지도 모른다. 어느 쪽이었는지 확인하고 싶어서 후유히코를 바라봤는데 후유히코와 눈이 마주쳤다. 후유히코는 지금까지 나의 옆모습을 바라보고 있었던 것이다. 이 경우, 나보다 분명히 번개가 더 아름다운데, 그것을 알아채지 못한 후유히코의 정조라는 것이 어떤 것인지 알 수 있는 것 같아서 별로 유쾌하지 않았다……. 어때요? 생각나요?"

후유히코가 그것을 잊었을 리 없다.

그 가을 발코니에서 부인이 '베르테르 씨, 저의 소중한 사람……' 이라고 속삭인 것 같아서, 자신의 은밀한 헌신과 애정이 드디어 부인에게 인정을 받았다고 우쭐했던 그날의 일기였다. ……결국 큰 착각이었다.

"감사해요. ……기억이 나요."

확실히 감사할 일이었다.

이 짧은 문장 속에 명확히 자신의 전모가 파악되어 있었다. 절도가 없는 애정에 넋을 잃은, 가엾은 자신의 모습이 있었다.

부인이 지적하는 것은 오늘 아침 구메가 지적한 것과 같은 것이

---

**23** 1774년에 출간된 괴테의 서한체 소설. 젊은 변호사 베르테르와 약혼자가 있는 로테와의 이루어질 수 없는 사랑을 그린 작품.

**24** 1860년에 투르게네프가 발표한 중편 소설. 연상의 여인 지나이다를 사랑하는 열여섯 살 소년 블라디미르의 비정상적인 첫사랑을 그렸다.

었다.

구메의 경우에는 반발할 비겁한 용기라도 갖고 있었지만, 이번에는 변명의 여지가 없었다.

순간 아키코의 눈에서는 이제껏 반짝반짝 빛나던 것이 없어졌다. 그녀는 넋이 나간 표정을 지었고, 목소리까지 가라앉았다.

"……너무 실망이네요. ……당신이 그 정도로 부인을 좋아했군요. 이미 각오는 했지만 당신의 그런 모습을 보니, 역시 얄밉네요."

이제 그만 이 정도로 해 줬으면 했다.

"잘 알았으니까……."

"전 당신을 곤란하게 해서 재밌어하려는 게 아니에요. 악의를 갖고 있지 않다는 것만은 맹세할 수 있어요. ……물론 이모의 일기를 당신에게 보여주려고 온 게 아니라는 건 당신도 잘 아시죠? 이건 정말 서론에 불과해요."

잠이 들어 버렸나 생각이 들 정도로 긴 침묵이었다.

"……후유히코 씨, 실은 말이에요, 저 오늘 당신과 헤어지러 왔어요. ……아닌 밤중에 홍두깨도 아니고, 이런 말을 해도 무슨 소린지 모르시겠죠? ……맞아요, 모르실 거예요. 당신은 항상 이모의 옆모습만 바라봐서 그런 당신의 눈에는 저 같은 건 고집 세고 되바라진 애로만 보였을 거예요. ……물론 그게 나쁘다는 게 아니에요. 당신에게는 당신의 생활이 있고, 생각의 자유라는 게 있어도 괜찮으니까, 원망스럽다고 하지는 않을게요. ……후유히코 씨, 저는요, 긴 세월 동안 당신을 좋아했어요. ……어째서 그렇게 놀란 얼굴을 하세요? 제가 당신을 사랑해서는 안 되나요? ……그것 때문에 한 번도 당신에게 폐를 끼친 적은 없으니까, 이런 이야기를 한다고 해서 적어도 그런 표정만은 짓지 말아 주세요.”

(1940.1.21)

## 제94회

### 즉흥곡(12)

찡그린 미간 사이로 굵은 주름이 생겼다. 울지 않으려는 것 같기도 했고, 무리하게 기운을 내려는 것 같기도 했다.

“……후유히코 씨, 전 안채에서 여기까지 맨발로 왔어요. ……제가 여기에 오는 걸 마나미 씨가 알아차리지 않게 하려는 게 아니라, 이렇게 하는 게 지금 제 마음에 딱 맞는 거 같아서예요. 자갈길을 지나지 않고, 일부러 가시밭길이나 모난 돌 위를 밟아 왔어요. 왜 이렇게 왔는지 전 잘 알고 있지만, 설명한들 당신은 이해하지 못할 테니 설명은 안 할게요. ……하지만 고통스럽지 않았던 건 아니에요. 50미터 정도의 길이지만, 여기에 오기까지 정말 힘들었어요. 모난 돌에 발끝을 부딪치기도 하고, 발바닥에 가시가 박히기도 해서 너무 아파서 쓰러져서 울기도 했어요. ……어두운 곳에서 울면서 생각했어요. 갈지 말지 말이에요. 가시밭길을 가는 건 일부러 절 괴롭혀서 통쾌한 기분을 느끼려는 게 아니라, 뭔가 좀 더 다른……예를 들면, 용기라든가 순박함 같은 걸 격려하기 위한 수단이에요. 자신이 얼마나 할 수 있을지 시험이 되기도 하겠죠. ……그렇다면 이 정도의 일로 주저앉을 수 없다고 생각하며 힘을 내서 걷기 시작했지만, 오랫동안 서리 위에 앉아 있던 탓에 다리가 얼어서 완전히 무감각해져 뭘 밟아도 이젠 아무렇지 않았어요, 참 의외였어요. ……이렇게 앉아 있으면 당신 쪽에서 제 발바닥이 보이죠? 다시 볼 필요는 없지만 당신이 만약에 모기의 눈물만큼이라도 친절한 마음을 갖고 있다면, 설령 상대가 쓰레기 같은 여자라도 이 상처투성이뿐인 발바닥을 알아챘을 거예요. ……저는 이곳에 이렇게 앉을 때부터 눈치를 채 줬으면 좋겠다고 생각하기도 하고 눈치를 채지 말았으면 좋겠다고 생각하기도 하며, 둘 다를 기대했죠. 당신은 결국 눈치채지 못했어요. 네, 그걸로 괜찮아요. 결국 그게 잘된 거예요. 이걸로 저와 당신이 다른 세상의 인간이라는 걸 잘 알았기 때문에, 미련 없이 끝내는 것이 얼마나 다행인지 몰라요. ……후유히코 씨, 당신을 별 볼 일 없는 사람이라고 말하면 화낼 거예요? ……단, 이건 방금 전에 알게 된 거예요. 제가 방금 잠시 가만히 있었죠. 그때 이렇게 시시한 사람을 왜 그렇게 죽을 만큼 좋아했을까 생각했어요. ……당신이 아름다워서? 친절해 보여서? 그 외에는……이제 없네요. 스스로 따져 보니 다른 대답을 할 수 없어요. 요컨대 전 당신을 정서만으로 사랑했다는 걸 잘 알았어요. 그리고 제가 원했던 건 당신의 애정이 아니라, 당신으로부터 해방되는 것이었다는 것도요. ……정말로 좋아했던 게 아니었어요. 그걸 오늘에서야 겨우 알았어요, 지금 방금 전에요. ……여기에 오기까지는 아직 조금은 개운치 않았지만, 이

걸로 확실히 당신한테서 벗어날 수 있게 돼서 정말 기뻐요. ……정말 묘한 애정이네요. 비웃어도 좋아요. ……어렸을 때부터 가정교사만을 상대했기 때문에 누구의 보살핌도 받지 않고, 인정도 받지 못하고 혼자서 살아와서 이렇게 비뚤어졌어요. ……하지만 오늘부터 처음으로 돌아가 제대로 다시 시작해 볼 생각이에요. 당신의 천박함이 좋은 본보기가 된 셈이에요. 다시 말하면, 전 당신에게 작별을 고하러 온 거예요. 웃긴다고 생각할지 모르지만, 저에게는 이건 절대로 필요했어요, 저의 앞으로의 시작을 위해서도……. 이렇게 오랫동안 당신을 좋아했기 때문에, 적어도 작별인사 정도는 하게 해 주세요. 그럼 안녕, 후유히코 씨. ……당신이 이모나 마나미 씨에게 앞으로 어떤 경박한 짓을 할지 제 새로운 눈으로 똑똑히 봐 줄게요."

(1940.1.22)

# 제95회

### 쓰바키 데이조(1)

녹은 서리에 젖은 하코네 조릿대의 잎이 아침 햇살에 빛난다. 자금우의 빨간 열매.

바다 같은 깊은 색을 띤 초겨울, 하늘 높이 여객기가 학처럼 날개를 펼치고 지나간다. 담과 덤불과 나무숲으로 삼면이 둘러싸인 정원 한쪽 구석의 양지쪽 잔디에서, 마나미는 편안한 자세로 다리를 뻗고 앉아 있다.

근처에 정향나무가 있는 듯, 달콤한 향기가 공기 안에 뒤섞여 있다.

식당에서 아키코와 후유히코를 기다렸지만, 아무리 기다려도 오지 않아서 혼자 가벼운 아침 식사를 마치고 정원으로 나왔다. 햇살은 건강하고 밝고, 나무줄기도 관목의 잎도 차분하고 진지한 모습을 하고 있다.

이런 것에 둘러싸여 앉아 있으니, 매일의 반복이나 사람과 사람의 교류 등은 너무나도 어수선해서, 생활의 파도에 시달리면서 애쓰는 것이 매우 시시한 것처럼 생각됐다.

아키코가 어젯밤 늦게 안채의 침실을 빠져나가 몰래 후유히코가 있는 별채로 간 것이, 지금까지 계속 마나미의 마음을 무겁게 했다.

아키코의 과감한 방식을 걱정하는 마음 외에 그런 행동이 아무렇지 않게 통용하는 것이 아무래도 납득이 가지 않아, 자신이 다른 세계에 있는 것 같은 어색함을 느끼지 않을 수 없었다.

마나미는 바위 위에 튼튼하게 뿌리를 내린 소나무처럼 조금 고풍스럽지만, 확고한 윤리의 자기장을 갖고 있다. 도시의 풍조 정도로 쉽게 흔들릴 리는 없다고 해도, 눈에 보이지 않는 곳에서 자신이 매일 조금씩 부식되는 것 같은 기분이 들어 너무나 불안했지만, 이 덤불의 그늘 속에서 다리를 쭉 뻗고 있는 동안에 조금씩 자신감을 되찾아서 알 수 없는 응어리가 남김없이 사라져 버렸다.

객관적으로는 조금 심한 아키코의 방식이지만, 어쩌면 다른 사람은 모르는 복잡한 사정이 있을지도 모른다. 현상만으로 경솔하게 비난하거나 경멸하는 것은 삼가는 편이 좋다고 판단해서, 거기에 자신의 감정을 너무나 깊이 이입하지 않기도 했다.

과거에 아키코와 후유히코 사이에 어떤 일이 있었는지 전혀 모르기 때문에, 그것에 대해서 불쾌하게 생각하거나, 지레짐작하는 것 역시 쓸데없는 짓이었다.

그런 광경을 목격한 후에 후유히코가 무슨 생각으로 그렇게 갑작스럽게 프러포즈를 했는지 더욱 이해할 수 없었다.

마나미는 복잡한 상황에 괴로워하면서 다양한 감정의 기로 안에서 당황하여 제자리걸음을 하고 있었지만, 도저히 이해할 수 없을 것 같아서 이것도 깨끗이 포기해 버렸다.

어떤 경우라도 자신을 바꾸지 않고 견뎌 내는 힘은, 시바마라의 수도원에서 17년간 확실히 길러지고 단련되어 왔기 때문에, 이 정도의 일로 허둥지둥할 필요는 없었다.

바로 옆에 있는 굵은 참나무의 줄기에 손을 대보니, 줄기가 햇볕에 살짝 따뜻해져 왕성히 수액을 빨아올리고 있는 생생한 힘이 바로 손에 전해지는 것 같았다.

걱정도 불안도 없어지고 자연의 위안 속에서 황홀함에 눈을 감고 있을 때였다.

"또 만나네요!"

깜짝 놀라서 눈을 떠보니, 이거야말로 생각지도 못했던, 시마바라에서 도쿄까지 오는 긴 여행 동안 끊임없이 대화를 나누었던 그 건강한 청년이었다.

마나미는 너무 놀라 어찌할 바를 몰랐고, 너무나 기쁜 나머지 울음을 터뜨릴 뻔했다.

"어머, 당신이셨군요."

(1940.1.23)

# 제96회

### 쓰바키 데이조(2)

청년은 정말 반갑다는 듯이 밝은 얼굴로 싱글벙글 웃으면서 마나미의 얼굴을 바라보고 있다.

마나미는 마음의 동요를 진정시키려고 애를 썼지만, 태평하게 웃는 청년의 얼굴을 보고 있는 사이에 기차 안에서 느낀 친근함과 신뢰감이 그때처럼 되살아났다.

기차에서 만난 날부터 오늘까지 아직 일주일도 지나지 않았는데, 그 짧은 사이에 청년의 모습은 완전히 변해 있었다.

얼굴은 햇볕에 그을어 묵직한 음영을 만들었고, 푸르스름한 수염 빛깔은 얼굴에 생기를 주고 건강한 광채를 더했다.

'오쿠라 토목 이노우에 조(大倉土木井上組)'라고 하얗게 쓴 조금 낡은 상호가 새겨진 윗도리에 코르덴 바지를 입고, 오른손을 느긋하게 작업복의 주머니 속에 집어넣고 있다.

아무래도 평범하지 않은 생활을 하리라는 것은 기차 안에서 본 청년의 굳은 각오와 비범한 기운으로 충분히 짐작했지만, 그럼에도 이것은 너무나도 큰 변화였다.

어깨를 으쓱거리면서 가랑비가 내리는 마루비루의 옆길을 돌아가는 모습을 언젠가 다시 만날 때를 대비해서, 적어도 이름만이라도 알아두려고 열심히 차도까지 쫓아갔던 상기된 자신의 모습을 가벼운 수치심으로 회상했다.

마나미가 무엇보다 묻고 싶었던 것은 그날 밤 이후 어떻게 됐는지에 대한 것이었다.

불기운이 없는 고모의 집 응접실에서 깊은 밤까지 그 걱정만 하고 있었다.

그 염려가 그날 밤 그대로의 감정으로 무심결에 입 밖으로 튀어나왔다.

"그날 밤……그 후에 어떻게 되셨어요? 잘 쉬셨어요?"

비에 젖지 않고 잘 수 있었는지 물을 생각이었다.

흥분한 자신을 보고 조금 부끄러워졌다.

이것이 후유히코나 다른 청년의 경우라면 좀 더 당황했겠지만, 대범하고 사소한 것에는 별로 개의치 않는 이 청년 앞에서는 무슨 말을 해도 편해서 이런 실수도 크게 걱정이 되지 않았다.

청년은 아하하 여유 있는 목소리로 웃고 나서, 아무래도 그렇게 하지 않으면 안 되겠다는 듯이, 마나미 옆으로 걸어와서 나란히 잔디 위에 다리를 뻗는다.

"그날 밤, 전 구덩이 안에 있었어요."

마나미는 몸이 확 움츠러드는 기분이 들었다.

"어쩜, 구덩이 안에서 주무셨어요?"

청년은 한 번 더 태평한 웃음소리를 낸다.

"잠을 잔 게 아니라, 아침까지 일을 했어요."

이야기가 너무나 엉뚱해서 무슨 의미인지 잘 파악할 수가 없었다.

"구덩이 안에서 뭘 하신 거예요?"

청년은 윗도리에 하얗게 새겨진 글자 위를 왼손으로 툭툭 친다.

"직함을 매일 짊어지고 돌아다니는 것은 상당히 멋진 일이에요. ⋯⋯보세요, 여기에 쓰여 있죠? 전 신바시역 북쪽 육교 옆의 지하철 공사 17호라는 곳에서 일하고 있어요. ⋯⋯즉, 막노동이에요."

마나미는 어안이 벙벙해서 청년의 얼굴을 바라봤다.

청년은 마나미의 표정은 신경 쓰지 않는 듯했다.

"⋯⋯도쿄역을 나와 마루비루의 모퉁이를 도니, 저쪽에서 세 명의 노동자가 오는 게 보여서 이 근처에 아침까지 쭉 일을 하는 공사장은 없는지 물었더니, 요즘 야간작업을 하는 곳은 지하철 공사장일 거라고 알려줘서 길을 물어 바로 갔지요."

(1940.1.24)

# 제97회

## 쓰바키 데이조⑶

"……공사장에 가 보니, 깊은 구멍 위에 침목 같은 커다란 각목을 나란히 세워서 판자를 대거나, 파냈던 곳을 다시 메우거나 하며 많은 인부가 기세 좋게 일하고 있었어요. 전 바로 관리 감독이 있는 곳에 가서 '잘 곳이 없는데, 이 비를 맞으며 아침까지 돌아다닐 수는 없으니까, 날이 밝을 때까지 일을 돕도록 해 주세요. 별다른 수당은 받지 않을 테니까요……'라고 부탁하니, 제가 농담이라도 하고 있다고 생각했는지 웃으면서 상대를 해 주지 않아서, 맘대로 다른 인부와 마찬가지로 침목을 짊어지고 판자에 세우자, 현장감독도 고집을 꺾고 나이든 인부와 한 조로 아침까지 일하게 해 주었어요. ……거의 전전날부터 아무것도 먹지 않은데다가, 거기에 파트너가 저에게만 무거운 걸 옮기게 해서 50개나 짊어졌을 때는 휘청거릴 정도로 힘들었어요……. 새벽 2시쯤 야식 시간이 돼서 모두 모닥불 주변에서 도시락을 먹기 시작했는데, 전 도시락이 없어서 판자가 있는 곳에 가서 철사로 침목 머리를 묶고 있자, 파트너가 와서는 '젊은이, 내가 오늘 조금 몸 상태가 안 좋아서 자네한테만 무거운 걸 짊어지게 해서 미안했네'라며 신문지로 싼 찹쌀떡 두 개를 줬답니다. ……그걸로 기력을 되찾아 다시 세 시간 정도 일하고 있는 사이에 드디어 날이 밝아왔어요. 날만 밝으면 내 맘대로 할 수 있어서, 현장 감독에게 가서 감사 인사를 하고 파트너에게 들은 간다바시(神田橋)에 있는 직업소개소로 가려고 그쪽으로 걷기 시작했는데, 조장이 저를 불러 세우며 이건 일당이라고 저에게 신문지로 싼 걸 줬어요. ……전 그럴 생각으로 일한 게 아니라고 받지 않겠다고 했더니, 조장은 화가 난 듯한 얼굴로 '넌 받고 싶지 않을지 모르지만, 이쪽은 이걸 주지 않으면 수지 계산이 맞지 않는다'고 꼭 갖고 가라며 매우 험악하게 말을 하는 통에 결국 받을 수밖에 없었어요. 신문지를 펴 보니 무려 2엔 50전이나 들어 있더군요! ……기차 안에서도 이야기했었죠. 제가 오무라의 고아원에서 고아의 보육을 하고 있을 때, 한 달에 1엔씩 수당을 받아 매우 감사히 생각했던 일을. ……그런데 밤부터 아침까지 단지 9시간 정도 일했을 뿐인데, 2엔 50전이나 받아서 전 어안이 벙벙해서 어찌할 줄 몰랐어요. ……저 자신도 고아이고, 쭉 고아원에서 일했기 때문에, 태어나서 지금까지 아직 2엔 50전이라는 제대로 된 돈을 손에 쥔 적이 없어요. ……거짓말이라고 생각하실지 모르지만, 그런 세계도 있어요. 실제로 제가 그 한 명이지만, 이건 큰일이라고 생각해서 서둘러 조장이 있는 곳으로 돌아가서, 이건 너무 많으니까 그만큼 일을 조금 더 하겠다고 하자, 조장은 묘한 얼굴로 '이상한 녀석이군'이라며 얼굴을 빤히 쳐다보더군요. 하고 싶으면 일을 주겠지만, 우선 아침부터 먹고 오라며 근처에 있는 밥집을 알려 줬어요. 그곳에 가서 3일 만에 배불리 먹고 기운이 넘쳐서 돌아오자, 십장은 저에게 곡괭이를 건네며 땅을 파는 일을 시켰어요. ……그러니까 전 도쿄에 도착한 지 반나절 만에 어엿한 인부로 인정을 받은 거예요."

잠시 말을 끊었다.

"……그때 기차에서 말했죠? 두고 봐! 난 살아 있다고. 아무리 어려운 상황 속에서도 저한테 성실하게 일할 마음만 있다면, 충분히 기분좋게 헤쳐 나갈 수 있다고. ……확실히 그건 거짓말이 아니에요. 저의 확신에 잘못이 없었다는 점에서, 전 지금 매우 만족하고 있어요."

(1940.1.25)

## 제98회

### 쓰바키 데이조⑷

마나미는 가만히 듣고 있었다.

힘든 일을 하면서 누구보다도 즐거운 듯 싱글벙글 웃으며 만족해하고 있다.

쉽게 흉내 낼 수 없을 것 같은 비범한 행동을 하면서도, 자신은 그에 대해 전혀 의식하지 않는 모습이었다. 말투는 매우 자연스럽고, 어디에도 과장이나 허세가 없다. 이렇게까지 자신의 일을 담백하게 이야기할 수는 없다고 생각될 정도로 경쾌한 느낌이 들었다.

'고생을 느끼는 신경은 전혀 갖고 있지 않구나, 뭐 이런 사람이 다 있지?'

기차 안에서처럼 뭐라 말할 수 없는 공감과 호감을 느껴서 무심결에 큭 하고 웃어 버렸다.

이 청년과 이렇게 나란히 있으니 왠지 마음이 편안해져서, 봄의 파도에 흔들리는 것 같은 느긋한 기분이 들었다. 어떤 사람도 다짜고짜 편안하게 마음을 풀게 하지 않고는 못 견디는 이상한 힘을, 이 청년은 갖고 있는 것 같았다.

마나미는 청년의 얼굴을 바라보면서 이런 생각을 했다.

'이 사람이라면 무슨 일이든지 할 수 있어.'

턱의 양 끝이 팔자 모양으로 움푹 파여 있고, 어떠한 어려움이라도 아무렇지 않게 극복할 것 같은 힘 있는 입술. 생각이 깊은 듯한 눈빛 속에는 스스로 자신의 생활을 개척해 가려는 확신에 찬 사람의 씩씩한 빛이 있었다.

"도쿄에서 처음 경험한 게 인부가 된 것이군요. 매우 만족해하시는 것처럼 보여요!"

자신의 어디에서 이런 가벼운 기분이 생기는지 놀랐지만, 그것이 너무나 즐거웠다.

청년은 작업복 주머니 안에서 오른손을 꼼지락거리면서 말했다.

"전요, 당신이 빈정거리는 말을 할 수 있는 사람이 아니라는 걸, 기차 안에서 확실히 알았기 때문에, 무리해서 비아냥거려도 그건 소용없어요. 당신은 말은 그렇게 하면서, 실은 제 성공을 기뻐하고 있을 거예요. 그렇죠?"

조금 놀려주려고 무리하게 반대되는 말을 하려고 했지만, 마음이 도저히 허락하지 않았다. 고개를 끄덕일 수밖에 없었다.

"네, 맞아요. 제가 별로 빈정거리는 게 능숙하지 못한 것도 맞아요. 스스로도 충분히 인정하고 있어요."

청년은 어린아이처럼 천진난만한 표정을 짓는다.

"드디어 항복했군요. ······기차 안에서 제가 당신의 아네모네 꽃을 고쳐드린 일을 기억하세요? ······그때 당신은 상당히 당황해서 금방이라도 울 것 같은 보기 흉한 얼굴을 했어요. 남자에게 아무렇지 않게 그런 볼품없는 얼굴을 보여주는 아가씨는 좀처럼 없죠. 그래서 존경하는 마음이 들었어요."

이번에야말로 마나미는 얼굴이 새빨개졌다.

문득 얼굴을 들어 보니, 청년의 얼굴이 너무나 자신의 얼굴 가까이에 있어서, 몹시 당황했던 그때의 감정이 확실히 생각이 났다. 무의식중에 뺨에 손을 가져간다.

"어머, 제가 그렇게 보기 흉한 얼굴을 했어요?"

"코 주변을 찌푸리고 속눈썹을 끌어 내리며 기린이 출산이라도 하는 거 같은 얼굴을 했어요."

"됐어요. 이제 그만하세요. 그런 심한 말을 하면 화낼 거예요."

"또 거짓말하네요. 화를 낼 것도 아니면서."

마나미는 정말 때릴 생각으로 손을 들어 올렸다. 남자에게 이런 행동을 하는 것은 태어나서 이것이 처음이었다.

(1940.1.26)

# 제99회

### 쓰바키 데이조(5)

청년은 콧등을 찌푸리며 이전처럼 천진난만한 얼굴로 돌아와 있었다.

"이런, 이건 대단한 변화네요. 기차에서 만나고 아직 일주일밖에 지나지 않았는데, 당신은 분명히 악화됐네요. 아니면 진보한 건가요?"

목젖을 드러내며 큰 목소리로 아하하 웃는다.

"들어 올린 그 손은 하늘을 가리키기 위한 겁니까? 아니면 절 때리려는 겁니까? ……하던 일이니까 빨리 마무리하세요."

마나미는 화가 나서 소리쳤다.

"네, 이건 당신을 때리기 위한 거예요. 그 정도도 제가 못할 거 같아요? 그런 말씀 하시면 정말로 때릴 거예요."

마나미의 동작에 청년은 가볍게 몸을 피했기 때문에, 내려친 마나미의 손은 청년의 어깨가 아니라 작업복 주머니에 넣고 있던 오른쪽 손등을 스쳤다.

청년은 아야 라고 소리를 내며 잔디에서 펄쩍 뛰어올랐다.

너무나 갑작스러웠기 때문에 마나미도 놀라서 엉거주춤한 자세가 됐다.

다시 오른손을 넣은 곳을 보니, 손 크기가 확실히 두 배 이상이나 부어 있었다.

마나미는 조심스러운 목소리로 물었다.

"손을⋯⋯다치신 거예요?"

청년은 작업복 주머니에서 천천히 오른손을 꺼내서 보여줬다.

겹겹이 붕대로 싸매서 손목부터 끝은 공처럼 부풀어 있었고 피는 묻어 있지 않았지만, 상당히 큰 상처를 입었다는 것을 알 수 있었다.

청년은 아픔을 참으려고 인상을 쓴다.

"이것도 당신과 제가 인연이 있다는 증거예요. 하필이면 제가 가장 아픈 곳을 때렸으니까요."

청년은 아직도 농담을 멈추지 않았다. 마나미는 엉겁결에 청년 쪽으로 다가갔다.

"농담은 그 정도로 해 두세요. ⋯⋯말해 봐요, 어디 다치기라고 한 거예요?"

"⋯⋯지난번 지하철 폭발 소동 때, 새끼손가락하고 약손가락을 날려 버렸어요."

"어쩜!"

마나미의 등에 오싹 한기가 돌았다.

청년은 놀라려면 마음대로 놀라라 하는 듯한 무심한 얼굴이었다.

"다시 말하면, 전 '인간은 손에 열 개의 손가락을 가진 동물이다'라는 인간의 정의에 속하지 않게 됐어요. 한 개 반이 없어졌으니까, 대충 8할 5리밖에 인간이 아니네요."

마나미는 슬퍼졌다.

이런 때에도 농담을 하는 청년에게 너무나도 화가 났다.

"이런 상황에서 그건 별로 좋은 취향이 아니에요, 듣고 싶지 않네요."

그렇게 말하며 자신도 아픈 듯이 얼굴을 찌푸리면서, 다친 손을 물끄러미 바라본다.

"어떻게 다치신 거예요? ……뭔가 실수라도 했어요? 그럼, 능력 있는 인부라고 자랑할 수 없잖아요."

청년은 다시 한번 어린애 같은 얼굴 표정을 지었다.

"또 틀렸어요. 너무 지레짐작하지 마세요. 이건 제 탓이 아니라, 시민의 의무를 다한 결과예요."

마나미는 조바심이 났다.

"거드름 피우지 말고 빨리 말씀해 주세요."

"이런."

"뭐가 '이런'이에요? 제가 당신을 놀라게라도 했나요?"

"놀라지 않을 수 있나요. 당신은 저에게 명령을 했어요. 당신에게 그런 권리가 있나요?"

마나미는 조금 짜증난 목소리로 되받았다.

"그럼요, 있고말고요. 친구로서의 권리예요."

(1940.1.27)

# 제100회

청년은 평상시처럼 침착한 표정을 지었다.

"이제 장난치지 않을게요. 더 이상 부끄러워하지도 않을게요. 제가 많이 착각을 했었던 거 같아요. 좀 슬프네요."

그렇게 말하고 무리하게 슬픈 얼굴을 해 보였다.

마나미는 웃음이 터질 것 같았지만 참았다.

"그게 슬픈 얼굴이에요? 웃고 있는 거처럼 보여요, 그런데 착각이란 게 무슨 말이에요?"

"제가 히비야(日比谷) 병원에서 치료를 받고 있을 때, 많은 신문 기자들이 와서 제 조난 이야기를 그날 석간에 크게 실었어요. 사진은 없었지만, 제 이름도 분명히 있었기 때문에, 당신은 그걸 읽고 제 용감한 행동을 칭찬하고 있을 거라고 생각했어요. 아아, 정말 실망이네요. 그렇다면 당신은 전혀 아무것도 몰랐던 거군요."

마나미는 어이가 없어서, 속을 알 수 없는 무사태평한 청년의 얼굴을 지그시 바라봤다.

'이름도 안 알려줬으면서!'

적어도 이름만이라도 물어보려고 서둘러 청년의 뒤를 쫓았던 그날 밤 일이 다시 생각이 나서 분한 마음이 치밀어 올라왔다.

"당신처럼 태평한 사람이 또 있을까요? 이름도 모르는데 어떻게 제가 당신이라는 걸 알아요. ……천벌이에요, 이름도 알려주지 않고 가서……."

뒤따라 빗속을 달려간 것을 이야기하고 싶었지만 가슴 아픈 추억이라 그만뒀다.

청년은 깜짝 놀란 어린아이처럼 단순한 놀람을 얼굴 전체로 표현하는 듯했다.

"제가, 이름을 알려드리지 않았나요?"

마나미는 상냥하게 반복했다.

"제 이름조차 묻지 않았어요. 기린처럼 생긴 얼굴을 한 여자 따위 관심도 없겠지만요……."

청년은 머리에 손을 가져갔다.

"전 이름을 이야기한 줄 알았어요. 제 실수네요."

담백하게 말하고는 조금 정중하게 태도를 바꿨다.

"저는 쓰바키 데이조(椿貞三)라고 합니다. 조금 서정적인 이름이지요? 하지만 사람은 정반대라서 매우 덜렁대니, 이름만으로 높이 평가하지는 말아 주세요. 그렇지 않으면 당신이 손해를 봐요."

분한 마음이 순식간에 사라졌다.

"쓰바키 데이조. ……좋은 이름이네요. 나쁘지 않아요. 이번에는 제 이름을 물어봐 주세요."

"공주님, 당신의 이름은 어찌 되십니까?"

"그런 말투, 싫어요."

"네 이름은 무엇이냐?"

"전 노예가 아니에요."

"공주님도 아니고 노예도 아니시라면 뭐죠?"

"그냥 평범하게 해 주세요. 장난치면 또 아픈 데를 때릴 거예요."

"농담은 그만할게요. 게다가 그런 즐거운 경험은 단 한 번만으로도 확실히 인상에 남으니까요. 그럼 당신의 이름을 알려주세요. 어딘가에 잘 새길 테니까요."

"어디에 새길 생각이에요?"

청년은 집게손가락으로 가슴을 가리켰다.

"여기 가장 깊은 곳에요."

마나미의 가슴속에 깜짝 놀란 것 같은 뜨거운 피가 끓어올랐다.

"전 요시에 마나미라고 해요."

청년은 몇 번이나 입 속에서 불러 본다.

"벌써 잊었어요."

청년은 단호하게 말했다.

무한한 즐거움이 마나미의 온몸을 감싸서 마치 취한 것 같은 기분이 들었다.

(1940.1.28)

# 제101회

### 쓰바키 데이조(7)

쓰바키는 자신이 한 말이 상대에게 어떤 영향을 주었는지 전혀 알지 못했다. 책상다리를 한 무릎 위에 손을 짚은 채, 어깨를 들썩이면서 힘 있는 목소리로 말했다.

"마나미 씨, 들어 보세요. 이런 일이 있었어요. ······방금 제가 아침을 먹고 돌아 왔더니, 땅을 파는 일을 시켰다는 곳까지 말했죠?"

마나미는 꿈속에 있는 사람처럼 넋이 나간 목소리로 대답했다.

"네, 맞아요. 거기까지였어요."

쓰바키 매우 즐겁다는 듯이 몸을 흔들었다.

"······그러고 나서, 전 마루 밑으로 들어가서 지나치게 의욕적으로 구덩이를 팠어요. 11시가 되자 점심시간이라고 해서, 스무 명 정도의 인부 뒤를 따라서 구덩이 밖으로 나왔어요. ······밥집으로 가려고 다무라초(田村町) 쪽으로 50미터 정도 걸어가고 있을 때, 바로 뒤에서 엄청난 폭발음과 함께 땅이 흔들렸어요. 지진인 줄 알았는데 당황해서 그 주변을 둘러보니, 시오세(塩瀬)라는 제과점 앞의 찻길이 스무 평 정도 날아갔고, 맹렬한 검은 연기 사이로 9미터 정도 높이의 노란 화염이 뿜어 나와서, 바로 옆 가게 2층으로 불이 붙었어요. ······망연자실해서 바라만 보고 있는 사이에, 뒤이어 지면이 크게 함몰되기 시작했고, 불이 난 곳 서쪽으로 굉장한 소리를 내면서 노면이 지하철 공사의 갱내로 떨어져 내렸죠. 휘어진 가스관이나 매몰 전선 등이 물고기의 창자처럼 튀어나왔고, 수도관에서는 폭포처럼 물이 뿜어져 나와서, 지금까지 제가 파고 있던 지하 공사장으로 점점 흘러 들어가는 거예요."

여기까지 단숨에 말을 하고, 이제부터가 하이라이트라는 듯이 약살짝 눈짓을 했다.

"······불타고 있는 곳 남쪽으로 지하철 공사의 중요한 갱도가 있어서, 통풍 갱도가 열십자로 교차하는 곳에 도쿄 가스의 510밀리의 고압관이 지나는데, 거기에 세 명 정도의 철공이 남아서 용접기로 철각(鉄脚)을 용접하던 게 생각이 났어요. ······도로를 건너보니 여기저기에 사람들이 쓰러져 있었어요. 당황해서 집에서 뛰쳐나온 이웃 주민들은 모두 신바시의 철교 맞은편으로 도망가서, 300미터 정도를 지나는 동안 사람 한 명 없이 이상할 정도로 고요했어요. 화염이 비치는 도로가 불길한 색으로 물들고, 철관에서 뿜어져 나오는 물과 검은 연기와 화염이 높은 곳에서 한데 어우러져 형용할 수 없는 처참한 광경을 만들었어요. ······그러는 사이에도 계속해서 폭발이 일어나서 땅이 마치 배처럼 흔들렸어요. 전 서 있을 수 없어서 노선 위에 주저앉아 버렸는데, 문득 생각해 보니 만약에 510밀리의 고압가스관이 터진다면, 그 세 명은 산산조각이 날 거 같았어요. 지금이라면 아직 도와줄 수 있다고 생각해서 어떻게든 구덩이에서 꺼내려고, 필사적으로 땅을 파던 곳으로 기어가기 시작했어요. ······그런데 언덕처럼 경사가 진 도로 위에는 엿가락처럼 휘어진 전차의 궤도에 전선과 가스관이 철조망처럼 뒤엉켜 있었고, 가로수 몇 개가 쓰러져 있어서 그걸 헤치고 넘어가는 건 정말 말로 표현할 수 없을 정도로 힘들었어요. 땅은 계속 흔들리지, 불은 활활 불타는 소리를 내며 반대쪽에서 불어오지······. 딱 반 정도 갔을 때, 제 주변의 가로수에 불이 붙어서 굉장한 기세로 타오르기 시작했어요. ······그게 한두 군데가 아니라 앞뒤로 사방에서 타오르기 시작했어요. 앞으로 나아가는 것도 뒤로 돌아가는 것도 불가능해서, 이러다가 여기서 죽을 수도 있겠다고 생각했는데, 5미터 정도 앞에 예순 정도 되는 사람이 쓰러지면서 혀를 깨물었는지 입에서 피를 흘리며 신음을 하고 있었어요."

(1940.1.29)

## 제102회

### 쓰바키 데이조(8)

쓰바키도 점점 다가왔고, 마나미도 어느새 가까이 와서 무릎과 무릎이 닿을 정도가 됐다.

쓰바키는 손을 사용하거나 일어서서 그때의 광경을 눈에 보이는 것처럼 연기해 보였다.

"……의식은 있는 것처럼 보였어요. 누운 채로 전선을 끌어당기면서 어떻게든 불 속에서 벗어나려고 발버둥 치고 있었어요. 하지만 벌써 발 주변에 불이 옮겨붙기 시작해서, 그대로 두면 타 죽을 것 같았어요. 난 괜찮으니까 적어도 그 사람만이라도 도와주려고, 젠장, 젠장 하면서 불타는 가로수의 가지를 뛰어넘어 그 사람 곁으로 다가갔어요. 다행히 바로 옆 수도관에서 뿜어져 나온 물이 연못처럼 고여 있어서, 바로 그 사람을 물웅덩이로 밀어 넣었어요. ……정신없이 움직이다 보니 어느샌가 전 불 밖으로 나와 있었어요. 정말 감사히 여기며 방금 그 사람의 지혜를 흉내 내서 전선을 끌어당기며 땅을 판 갱도

입구까지 다다랐어요.”

마나미는 숨이 막혀 와서 가만히 듣고 있을 수 없었다.

“……그래서 그 세 명은 살았나요? 먼저 그걸 말해 주세요.”

쓰바키는 거드름피우며 손으로 제지했다.

“좀 기다리세요. 이제 차례대로 말할 테니까.”

쓰바키는 앉으려다가 다시 일어나 섰다.

“……간신히 구덩이 안으로 들어가 보니, 불이 통풍 갱도를 따라 들어와서 쓰러져 있는 세 명 바로 옆 철각에 옮겨 붙으려는 거예요. ……그 위가 방금 말한 510밀리의 위험한 고압가스관이에요. 거기에 불이 붙으면 세 명뿐만 아니라, 그 주변의 집은 한 채도 남김없이 다 날아가 버리죠.”

그러고는 천진난만한 얼굴로 씩 웃었다.

“……인간의 마음의 작용은 정말로 이상해요. 그런 아슬아슬한 순간에 제가 뭘 했는지 아세요? ……후후후, 곡괭이가 어디 있는지 찾아다녔어요. ……실제로 좀 이상해요. 제가 10분이나 더 그런 바보 같은 짓을 하고 있었더라면, 저는 가루가 되었을지도 몰라요. ……퍼뜩 정신이 들었을 땐, 저도 두려워서 부들부들 떨었어요. 이러고 있을 때가 아니라고 생각해, 다시 세 명이 있는 곳으로 돌아가서 한 명을 어깨에 메었는데, 생각해 보니 구덩이 입구까지는 너무 멀어서 한 명씩 옮기기에는 시간이 부족할 거 같았어요. 고압가스관에만 불이 붙지 않으면 되기 때문에, 역시 불을 막는 게 먼저라고 생각해 주변의 갱목이나 침목을 대충 쌓아 올리고, 그사이를 흙으로 메워서 필사적으로 통풍 갱도를 막기 시작했어요. ……그런데 불길이 너무 세서 쌓는 족족 불이 붙어서 타버렸어요. 아무래도 침목 정도로는 막을 수가 없었죠. ……공교롭게도 침목이 불타기 시작한 탓에, 불은 더 고압가스관에 가까워져서 큰일이 난 거예요. ……저로서는 할 수 있는 일은 다 했기 때문에, 이 이상 어찌할 도리가 없었어요. 할 만큼 했으니 될 대로 되라고 생각하고는, 구덩이 속에 책상다리를 하고 앉아서 5분 정도 있었어요. ……그런데요, 전 이래 봬도 꽤 좋은 머리를 갖고 있어요. 정말 간단한 일인데요, 잠시 머리 체조를 한 덕분에 모든 일이 잘됐어요. 어떻게 했다고 생각하세요?"

마나미는 제정신이 아니었다.

"뜸 들이지 마세요."

쓰바키는 우쭐거리며 머리를 뒤로 젖혔다.

"당신도 생각해 보세요. 간단한 거니까요……."

(1940.1.30)

## 제103회

**쓰바키 데이조⑼**

마나미는 조금 생각하는 척하더니 바로 포기해 버렸다.

"근데 그건 무리예요. 지하철 구덩이 속이 어떻게 돼 있는지 도저히 전 상상할 수 없네요."

쓰바키는 유쾌하게 웃었다.

"사과하신 거라면 이야기해 드릴게요. ······제가 그렇게 태연하게 책상다리를 하고 있었던 건 전혀 쓸데없는 일이 아니었어요. ······무심코 통풍 갱도의 천장을 올려다보니, 거기에 수도 철관이 지나가고 있었어요. 그걸 보고 전 바로 곡괭이로 철관을 부수기 시작했죠. ······이게 성공하면 어떻게든 불길을 일시적이나마 막을 수 있어서, 그사이에 세 사람을 밖으로 데리고 나갈 수 있을 거 같았어요. ······그런데 그것도 그리 간단한 일이 아니었어요. 아무래도 단단한 철이라 곡괭이 정도로는 쉽사리 구멍이 나질 않았지만, 끈기 겨루기에 질쏘냐 하는 마음으로 같은 곳을 계속 쳤더니 뭔가 딱딱하고 무거운 게 갑자기 제 가슴에 정면으로 부딪쳐서, 제 몸이 공중에 뜨더니 9미터 정도 떨어진 곳에 있는 철각에 힘껏 내동댕이쳐졌어요. 나중에 들은 이야기지만, 병원에서 정신을 차려보니 제 새끼손가락과 약손가락이 날아가 버렸고, 단벌 양복은 8부 정도 타 버려서 바지의 허리 정도밖에 남지 않은 거예요."

마나미는 가슴을 짓누르는 듯한 기분으로 듣고 있었다.

"······그래서 510밀리 고압가스관은 무사했나요?"

"별일 없었어요."

무심결에 목구멍에 걸리는 침을 삼키면서, 마나미는 다시 한번 물었다.

"······그리고, ······그 세 사람은?"

"무사했어요. ······아주 태평한 녀석들인데, 제가 이렇게 고생하고 있는 동안, 잠이 들어서 아무것도 몰랐대요. 첫 폭발이 있었을 때, 공기의 진동으로 가벼운 뇌진탕을 일으켜서 마침 기절을 했다네요."

마나미는 마음 구석구석까지 가벼워진 듯이 안도하면서 낮은 목소리로 중얼거렸다.

"……다행이네요."

그럼에도 불구하고, 쓰바키의 행동을 영웅주의라고 간단히 정리해도 될까? 봉건사상에 대한 일종의 반동으로, 자기희생의 형태로 일어나는 모든 행동을 영웅주의라고 명명하여 조롱하는 습관을 우리들은 갖고 있다.

그런 관념론자는 우리들의 사회가 끊임없이 상호 연대감과 자기희생의 위에 구축된다는 것을 생각해 보려고 하지도 않는다.

마나미는 조금 주저했다.

"하지만 큰일이네요, 손가락을 두 개 잃어버려서. 앞으로 매우 불편하게 지내야 하잖아요. ……역시 아깝다고 생각하죠?"

"아아, 제가 후회하고 있다고 말씀하시는 거죠? ……없는 거보단 있는 게 좋지만, 날아가 버린 마당에 지금 그런 말을 해봤자 어쩔 수 없죠. ……설령 직장이 전쟁터라고 한다면 제 행동이 영웅주의라고 비평을 받기 전에, 당연한 의무를 다한 거라 해도 좋을 거예요……. 그때 전 이렇게 하자는 확실한 신념에 따라 행동을 한 건 아니었지만, 결과적으로 전 제 나름의 평범한 신념에 따라서 행동을 한 거라 생각해요."

(1940.1.31)

# 제104회

### 쓰바키 데이조(10)

마나미는 더 이상 할 말이 없었다.

강건한 감정의 물길에 정면으로 얼굴을 마주하여 쓰바키의 정신을 지지하고, 그 저류에 굵직하게 관통하고 있는 것이 무엇인지 명확히 알 수 있었다. 진정성. 그것이었다.

자신이 믿는 바를 바로 행동으로 옮길 수 있는 의지. 쓸모도 없는 자기비평이나, 작은 반성에 괴로워하지 않는 이 강건한 감정. 그것이었다.

어깨가 낡고 해진, 오래된 윗도리를 입고 아침 해 쪽으로 얼굴을 향하고 있는 이 위대하고 평범한 사람의 얼굴을 마나미는 찬탄하는 기분으로 가볍게 올려다봤다.

마나미의 가슴에 갑자기 의문이 생겼다.

'그런데 이 사람은 왜 이런 곳에 와 있는 거지?'

아무리 생각해도 그것이 너무 이상했다.

"쓰바키 씨, 당신은 이 근처에 무슨 용무라도 있으셨나요?"

쓰바키는 뜬금없이 놀랄 정도로 큰 소리로 웃기 시작했다. 너무나 이상해서 참을 수 없다는 듯이 몸을 비비 꼬면서 계속 웃고 있었다.

쓰바키가 겨우 웃음을 멈추고 손등으로 눈물을 닦으면서 말했다.

"……아이고, 죄송해요. ……요즘 이렇게 웃어본 적이 없었어요. ……아아, 정말 잘 웃었네요. 자칫하면 숨이 막힐 뻔했어요. ……네,

그렇습니다. 전 부득이한 사정이 있어서 당신이 있는 곳에 왔어요."

마나미는 놀라서 눈이 휘둥그레졌다.

"제가 있는 곳에요?"

"당신과 어떤 관계인지는 모릅니다만, 도야마 후유히코라는 분에게……."

마나미는 조금 낙담했다.

"도야마 씨는 제 고모의 친구예요. ……그래서 부득이한 사정이라는 건?"

바로 깨닫는다.

"이런 걸 물으면 안 됐나요?"

쓰바키는 크게 고개를 흔들었다.

"제가 너무 과장해서 말을 했네요, 특별히 당신에게 숨겨야 하는 이야기는 아닙니다. ……이미 알고 계실지도 모르지만, 도야마라는 분의 조수였던 구메 게이지라는 사람이 뭔가 감정 문제로 갑자기 그만두게 됐는데, 감정은 감정이고 일의 계획을 망칠 수는 없으니까, 적당한 사람을 찾을 때까지 잠시 도와주라는 부탁을 받아서 오게 됐어요."

"……하지만 기차 안에서는 도쿄에 친구분은 안 계시다고 하셨던 거 같은데……."

쓰바키는 태연한 얼굴로 고개를 끄덕인다.

"……분명히 없었어요. 설명하는 순서가 뒤바뀌었지만, 구메는 저와 같이 규슈에 있는 오무라의 고아원에서 자란 남자로, 꽤 사이가 좋았던 친구였어요. 후쿠오카에 일자리가 있어서 갔다 오겠다고 떠난

채, 벌써 7~8년이나 소식을 듣지 못했어요. 그런데 제가 다무라초의 공사장에서 조장의 대리로 되메우기를 지시하고 있을 때 우연히 지나가다가 만난 거예요. ……신문기사를 보고 같은 이름도 있구나 했는데, 설마 제가 이런 곳에서 땅을 파고 있을 거라고는 생각지도 못했다고 하더군요…….”

쓰바키는 이렇게 말하고 갑자기 뭔가 생각난 듯했다.

“아아, 깜빡하고 있었네요. 그 사건으로 전 일약 오하야시 조의 조장으로 승진했어요. 5일간의 비약으로는 대단하죠?”

그리고 정말 기쁜 듯이 웃었다.

(1940.2.1)

# 제105회

### 쓰바키 데이조(11)

마나미는 쓰바키의 단순함에 놀라서 방긋 웃었다.

마나미가 미소를 짓자 쓰바키는 바로 거기에 대응하듯이 얼굴에 주름을 만들면서 후후후 웃었다. 그 얼굴이 몹시 유쾌해서 마나미는 큰 소리로 웃기 시작했다. 너무나 재미있어서 어찌할 수가 없었다.

쓰바키는 더 큰 목소리로 마치 온몸이 웃고 있는 것처럼 와하하 하고 소리 내며 웃기 시작했다.

여유가 있는 쓰바키의 웃음소리와 아주 맑은 마나미의 웃음소리가 뭐라 말할 수 없이 아름다운 하모니를 자아내며 선명하게 파란 초겨울 하늘에 울려 퍼졌다.

끝이 없던 웃음소리가 겨우 진정되어 문득 서로의 얼굴을 마주 보았을 때, 두 사람의 마음이 같은 생각으로 연결되어 있다는 것을 서로의 눈 속에서 확실히 읽었다.

완전히 서로를 이해하는 연결된 마음속에서는, 말 같은 것은 전혀 필요가 없었다.

마나미는 쓰바키의 깊은 눈 속에서 이 여성을 사랑하고, 비호하고, 모든 불행으로부터 지켜주는 것에 자신의 남은 인생을 바치려는 단호한 의지를 읽었고, 쓰바키는 신뢰로 가득한 아름다운 마나미의 눈빛 속에서 이런 대답을 들었다.

'당신이 가시는 곳이라면, 어디라도 따라갈게요!'

어느 쪽이 먼저랄 것도 없이 자연스럽게 두 사람은 천천히 손을 잡았다. 서로의 손바닥을 통해 절대적인 신뢰와 안심을 혈액처럼 서로의 심장으로 보내는 것이었다.

쓰바키가 말문을 열었다.

"마나미 씨, 부디 3년만 기다려 주세요."

마나미는 바로 대답했다.

"기다릴게요."

"그리고 그사이 가능하면 저를 만나지 않겠다고 약속해 주세요."

"약속할게요. ……하지만……."

마나미의 목소리가 조금 작아졌다. 쓰바키가 미소를 지으며 되물었다.

"……하지만?"

"멀리서 보는 거 정도는……."

쓰바키는 고개를 끄덕였다.

"어차피 전 도로에서 일하고 있으니, 그걸 보지 말라고 말할 권리는 제게 없어요. ……그럼, 이번에는 당신 차례."

두툼하고 부리부리한 눈으로 마나미의 눈 속을 바라보았다.

"뭐든지 말해 보세요. 반드시 지킬 테니까요."

마나미는 고개를 가로저었다.

"아무것도 없어요."

쓰바키는 순간 짙은 눈빛을 하고는, 한마디 하고 넘어갔다.

"그럼 그걸로 됐어요."

휙 하고 채찍을 휘두르는 것 같은 소리가 났고, 잡목림의 입구 쪽에서 이런 목소리가 들렸다.

"마나미 씨, 매우 유쾌해 보이네요. 당신의 즐거운 웃음소리가 별채까지 들렸어요."

후유히코였다.

나뭇가지를 휘두르며 쓰바키의 얼굴을 굳은 표정으로 유심히 쳐다보면서 물었다.

"이 분은 누구시죠?"

쓰바키와 마나미는 아직도 손을 잡은 채였다. 쓰바키는 마나미의 손을 놓자 천천히 일어났다.

"저는 구메 게이지의 부탁을 받고 당신을 도우러 온 사람입니다. 하지만 2주 이상은 약속할 수 없어서, 그사이에 부디 적당한 분을 찾아주시길 바랍니다. ……한쪽 손이 이런 상태지만, 사양하지 마시고 뭐든지 시켜만 주십시오, 어떤 일이라도 처리할 테니까."

'뭐야 막노동꾼이잖아'라는 후유히코의 찌르는 듯한 조소를 쓰바키는 전혀 느끼지 못하는 것 같았다.

아키코가 후유히코의 뒤에서 불쑥 얼굴을 내밀고 뚫어지게 쓰바키의 얼굴을 바라보고 있었다.

(1940.2.2)

## 제106회

### 대리인(1)

"말씀은 잘 알겠지만 왜 저런 걸 보려고 하시는지 그 점을 좀 더 자세하게 말씀해 주세요."

사치코는 빈틈없는 자세를 취하면서, 도야마 후유히코를 대신해 오빠의 유서를 받으러 온 이 남자를 다시 한번 쳐다봤다.

한눈에 빌려 입은 옷이라는 걸 알 수 있을 정도로, 전혀 기장이 안 맞는 양복을 무리하게 입었기 때문에, 햇볕에 탄 시커먼 손목이 소맷부리로 불쑥 15센티미터 정도나 튀어나왔고, 작은 와이셔츠의 깃이 목을 옥죄어 목에 두꺼운 혈관이 부풀어 올라 있다. 윗도리의 단추가 떨어져 나가지 않도록 필사적으로 아랫배에 힘을 주고 있다는 것을 알았다.

넓은 이마 아래로 단숨에 한일자로 그은 늠름한 눈썹. 성실하게 꼭 다문 입술. 눈빛 속에 온화한 색을 띠고, 타인의 불행에 민감한 사람에게만 보이는 동정의 샘과 같은 차분한 것이 있었다.

스물여덟, 아홉으로는 보이지만 매우 힘이 넘치고 젊은 데다가, 이렇다 할 구김살 없고 성실과 선의로 가득한 명쾌한 용모로, 이 얼굴에서 책략과 악랄, 비열함과 같은 것을 찾을 수는 없었다.

어이가 없다는 것은 이런 경우를 말하는 것이었다.

노요리 가즈에가 사치코로부터 유서를 빼앗으려고 상당히 신경을 쓴 사람을 보낼 것이라는 것은 충분히 예측할 수 있어서, 여러 경우를 대비해 이쪽도 태도를 치밀하게 생각하며 마음을 면도날처럼 날카롭게 갈면서 기다렸지만, 지금 사치코의 앞에 나타난 상대는 전혀 상상조차 하지 않았던 순박한 타입이었다.

사치코는 맥이 빠진 것 같은 기분을 느끼면서, 선의와 같은 쓰바키라는 청년의 얼굴을 바라보고 있었다. 결국 이 사람도 한 명의 적이라고 생각하며 무리해서 적개심을 가지려 했지만, 이 청년의 얼굴을 힐끗 본 순간에 풀려버린 긴장감과 경계심은 사치코의 노력에도 불구하고 쉽사리 되찾을 수 없었다.

사치코의 말에 쓰바키는 사려 깊은 듯한 표정으로 천천히 사치코의 얼굴을 바라보고 나서, 뱃속에서 울려오는 것 같은 묵직한 목소리로 말했다.

"전 도야마 씨의 대리로 비평을 할 수 있는 입장이 아니라서, 도야마 씨의 기분을 맘대로 추측하는 건 좋지 않다고 생각합니다만, 만약 허락하신다면 도야마 씨는 당신의 오라버니와 같은 고민을 갖고 있기 때문에, 기시모토 씨가 그것을 어떻게 해결했는지 그것을 알고 싶으신 게 아닌가 합니다. 이건 제 상상에 지나지 않기 때문에, 별로 존중하실 필요는 없습니다만, 전 제 맘대로 그렇게 상상해서 다소 동정하는 마음도 있기 때문에 이렇게 이 역할을 맡게 된 것입니다."

　"도야마 씨는 오빠의 친구라서 그렇다면 말이 안 되는 것도 아니지만, 그럼 왜 직접 오지 않으셨나요?"

　"네, 저도 납득이 가지 않아 그 점을 여쭤봤습니다. 직접 오시는 게 예의니까요."

　"뭐라고 하셨나요?"

　"당신의 불행한 모습을 직접 볼 용기가 없다고 하셨습니다."

　"그건 전혀 대답이라고 할 수 없어요."

　"그것도 그렇지만 도야마 씨는 난초 연구를 하셔서 자연의 아름다움만 추구하고 있기 때문에, 지나치게 감정이 섬세해진 탓에 타인의 불행에 직면하는 것에 일종의 미적 혐오를 느낄지도 모릅니다."

(1940.2.3)

# 제107회

대리인(2)

사치코는 오빠가 자살했을 때, 도야마가 결국 마지막까지 한 번도 얼굴을 비치지 않았던 것을 분노에 가까운 심정으로 돌이켜 보았다.

"단 한 명뿐인 친구가 불행한 파멸을 맞이하였는데, 결국 장례식에도 오지 않은 건, 확실히 미학적인 태도네요."

유치하다고 생각하면서 자신도 모르게 비꼬는 말투가 되는 것은 어쩔 수 없었다.

쓰바키는 입을 꽉 닫은 채 그 말에는 반응하지 않았다.

자신과 관계가 없는 일에 경솔하게 말참견을 하지 않는 신중함을 잘 볼 수 있어서, 믿음직스럽다고 생각하면서 사치코는 자신의 버릇 없는 태도를 후회했다. 왠지 이 청년에게서 멸시당하는 것은 고통스러워서 허둥지둥 말을 덧붙였다.

"장례식에도 오지 않았다는 세속적인 의미에서 도야마 씨를 비난하고 있는 건 아니에요. 우정이라든가 친절이라든가 하는 안일한 사고방식을 갖고 있는 건 아니지만, 오빠의 자살을 자신에게 이득이 되도록 이용하려는 그 태도를 전 썩 유쾌하게 생각할 수가 없어요."

이렇게 말하고 있는 사이에 사치코로서는 오히려 너무나 당연한 회의감이 들었다.

'어쩌면 이것도 가즈에의 책략일지도 몰라!'

자못 있을 법한 일이었다.

친구라는 것을 빌미로 해서 후유히코의 손으로 유서를 빼앗게 하는 것은 매우 자연스럽고, 거기에 이쪽의 정서나 감상에 호소하는 힘을 다분히 갖고 있다. 교활한 가즈에와 노리코가 생각해 낼 만한 일이었다.

한번 누그러진 사치코의 마음이 가시처럼 날카로워져, 다시 빈틈이 없는 자세를 취했다.

자연히 덤비는 것 같은 말투로 바뀌었다.

"그건 그렇고 사람은 정말 잘 뽑았네요. 성실한 것처럼 보이게 해서 유서를 뺏는 배역에 당신은 정말 딱 맞아요. ……도야마 씨는 그러니까 가즈에와 노리코의 로봇이고, 당신은 그 부하인 거죠. ……그러면 에고이스트인 도야마 씨가 왜 갑자기 오빠의 유서를 읽고 싶다고 하는지 확실히 알 수 있을 거 같네요."

쓰바키는 상대가 말하는 것을 방해하지 않으려는 태도를 취했지만, 사치코가 말을 다 끝내기를 기다렸다가 담백한 어투로 대답했다.

"제가 명령을 받은 건 정말 한마디로 처리할 수 있는 단순한 것이었기 때문에, 그 속사정은 전혀 모릅니다. ……지금 이야기를 듣고 있으니, 그 유서에 뭔가 복잡한 사정이 있는 것 같습니다만, 도야마 씨가 제게 이 일을 의뢰할 때 그런 사정을 숨기고 말하지 않았다면, 도야마 씨의 방식은 아무래도 그다지 칭찬받을 만한 일은 아닌 거 같군요. 다른 사람에게 무언가를 부탁할 때 솔직하지 않았다는 점만으로도, 제가 도야마 씨의 명령대로 움직일 필요는 없어진 거 같습니다. ……아무것도 모른 채 그다지 좋지 않은 일에 이용당하는 건, 저도 유쾌하지 않고, 설사 도야마 씨가 제 임시 주인이라 하더라도 그런 것에 까지 굴복할 필요는 없기 때문입니다. 당신이 말씀하신 의미대로 도 야마 씨가 절 이용하려 했다면, 저는 분명히 거절하겠습니다. ……당 신에게도 그런 수상쩍은 일로 제대로 된 부탁을 할 수는 없으니까요. 말도 안 되는 일로 소란을 피워서 정말 죄송합니다만, 일단 돌아가서 사정을 제대로 알아보고 올 테니, 오늘은 이만 실례하도록 하겠습니 다."

사치코는 지나치게 진지한 이 청년의 얼굴을 오히려 망연자실한 기분으로 바라보고 있었다.

(1940.2.4)

## 제108회

### 대리인⑶

"쓸데없이 확인을 하는 거 같지만, 그럼 당신은 전혀 아무것도 몰 랐나요?"

"그건 방금 말씀드렸습니다. ……도야마 씨라는 사람을 만난 건 오 늘이 처음이라, 제가 속사정을 할 수가 없습니다."

사치코는 놀라서 되물었다.

"오늘 처음?"

"오늘이라고 해도 아직 몇 시간도 지나지 않았습니다."

"그럼 어떤 인연으로 도야마 씨의 대리를 맡게 되셨나요?"

쓰바키는 서글서글한 말투로 대답했다.

"저는 이런 좋은 옷을 입고 있지만, 이건 도야마 씨의 옷이고 그 점에서는 정말 바보 같지만 작업복을 입고 올 수는 없었습니다……. 이 정도로는 무슨 말인지 잘 이해가 안 가시겠지만, 실은 저는 지하철 공사장의 인부입니다. 다무라초 근처에서 매일 구덩이를 파고 있습니다만, 친구가 간곡히 부탁을 해서……."

후유히코의 조수였던 구메 게이지가 감정적으로 갑자기 일을 그만두게 돼서, 적당한 후임을 찾을 때까지 2주 정도 일을 도와달라고 부탁받은 사정을 설명했다.

"저는 온실의 일을 도와드리는 것만으로 충분합니다만, 조수가 된 이상 이런 일도 제 일의 일부라고 생각해서 맡게 되었습니다."

거짓말을 하는 것 같지는 않았다.

'이 사람은 정말로 아무것도 모르는구나.'

담담한 쓰바키의 모습을 보고 있는 사이에 방금 전 신뢰에 비슷한 느낌이 사치코의 마음에 다시 돌아와, 이 정직한 청년에게 오빠의 자살에 대한 복수를 하기 위해 가즈에를 타도하려는 자신의 결심을 고백하고, 잠시나마 분노의 고통에서 벗어나고 싶은 마음이 들었다.

일단 하기로 결정하면 끝까지 밀고 나가는 고집 센 사치코가, 상대에게 의지하거나 상대에게 동정을 바라는 듯한 나약함을 자신에게서 발견한 것은 이것이 처음이었다.

상대의 솔직한 태도 속에 어쩔 수 없이 그렇게 하게 만드는 힘이 있는 것은 확실했지만, 그럼에도 이 느낌은 너무나도 기묘해서 어째서 이렇게까지 자신의 마음이 약해졌는지 명확히 알 수가 없었다.

언뜻 보기에 애정으로 오인하기 쉽지만, 결코 그렇게 단순한 것이 아니고 어딘가 윤리에 대한 애틋한 향수와도 비슷하다.

오빠의 유서에 가즈에와의 추한 육체관계의 역사를 전부 적나라하게 고백하고 있는 것처럼 보이게 하고, 백화점의 악랄한 뒷모습까지 거침없이 폭로하고 있다며 가즈에에게 큰 정신적 충격을 줄 수단으로 사용했지만, 사실 그런 내용은 한마디로 쓰여 있지 않았고 두서없는 감상을 아무렇게나 쓴 감상적인 유서에 지나지 않았다.

가즈에에 대한 복수심은 지금도 전혀 약해지지 않았고 오랫동안 바작바작 속을 태우게 하려고 했지만, 역시 너무나 집요한 방식에 자신도 차마 눈 뜨고 보고 있을 수가 없었다.

모즈 히사타케에게도 비밀로 했던 고민을 이 청년에게 고백할 수 있다면 얼마나 마음이 가벼워질까 생각하니, 평소의 이상한 행동력이 박차를 가해서 도저히 고백하지 않으면 죽을 것 같은 다급한 마음이 들었다.

사치코는 갑자기 말을 꺼냈다.

"저 솔직한 이야기를 하고 싶은데, 당신이 들어주실래요?"

우왕좌왕 헤매는 사치코의 시선을 쓰바키가 잘 받아 냈다.

"들려주세요, 저로 괜찮으시다면."

(1940.2.5)

격류 613

# 제109회

대리인(4)

사치코는 오빠 세이지로가 노요리 가즈에의 비열한 욕정의 포로가 되어 양품부의 인기판매원에서 단숨에 시부야 백화점의 지배인으로 승진하고, 로드 하우스의 고급 아파트를 받아서 남첩처럼 빈둥거리는 생활을 계속했던 것. 그리고 게이코·노리코·가즈에의 트리오와 그 세 명의 빈틈없는 심리의 방탕. 게이코의 전 남편인 모즈 히사타케와 이혼을 하기 위해서, 무용가 노리코가 대신해서 이혼 재판을 끝낸 악랄함. 게이코 부인이 도야마 후유히코를 심리의 방탕한 상대로 선택해서, 후유히코를 자신의 곁에 두기 위해서 아타미의 별장으로 온실을 옮기게 한 일. ⋯⋯남자뿐만 아니라 도덕이나 윤리, 일상의 올바른 습관을 농락해서, 남모르는 곳에서 몰래 빨간 혀를 내미는 것을 생활의 즐거움으로 하는 것 같은 구원하기 힘든 천박한 세 선수에 대해 쓰바키에게 이야기했다.

노골적으로 격해지는 모습은 보이지 않았지만, 이야기가 이어질수록 사치코의 마음속에 세 명에 대한 정의의 분노와 같은 것이 치밀어 올라와 사치코를 매우 숨 막히게 했기 때문에, 때때로 이야기를 멈추고 두세 번 심호흡을 해야만 했다.

사치코는 자신의 윤리의 자장이 어디쯤에 자리 잡고 있는지 아직 한 번도 생각해 본 적이 없었지만, 오빠의 자살을 매개로 가즈에에 대한 분노의 감정은 혈육에 대한 연민과 같은 것을 훨씬 뛰어넘는 윤리 감정의 아픔에 가까운 것을 느꼈고, 이 발견에 우선 놀라면서 아직 겪어보지 못한 안심과 어렴풋한 마음의 광명을 느꼈다.

전혀 근거가 없는 허구의 유서를 수단으로 가즈에를 계속 협박하는 사이, 사치코는 하찮고 추잡한 것과 정면 대결을 하는 것 같은 기분이 들어 사치코의 자부심은 항시 고뇌를 하고 있었지만, 생각지 못한 이런 도달을 이루고 보니 자신이 상대한 것은 노요리 가즈에나 노리코, 게이코가 아니라, 악덕에 대한 멈출 수 없는 무의식에 대한 반격의 자세였고, 자신에게 연약하지만 정의감의 푸른 풀이 자라고 있음을 알아 너무나 기쁜 나머지 자칫하면 울음을 터뜨릴 것 같았다.

하지만 도대체 무슨 이유로 이 갑작스러운 마음의 비약이 발생한 것일까.

이 세상에 존재한다고 생각할 수 없는 쓰바키라는 청년의 성실함과 단순함이 자신의 마음을 풍화시키고 그 깊은 곳에 감춰져 자신도 몰랐던 선한 마음에 빛을 비춰 주었다고 생각할 수밖에 없었다.

하지만 이유가 뭐든 간에 오랜 시간 동안 아집으로 단련해 온 완고한 마음이 처음 만나는 청년의 영향만으로 일거에 무너질 리는 없기 때문에, 골똘히 생각해 보면 결국 이해를 할 수 없게 되는 것이었다.

사치코의 마음 어딘가에 돌연 자신의 의지를 휘저어 정서적으로 매우 약하게 만들어 버린 이 청년에 대한 반발심이 없는 것도 아니었다. 왠지 얄미워져서 더 이상 말을 하지 않겠다고 생각하면서도, 전부 털어놓고 싶은 강한 바람이 있어서 대화를 하는 도중 이 두 가지 감정 사이에서 끊임없이 고민하고 있었다.

사치코는 무슨 일이 있어도 유서의 트릭만큼은 고백하지 않으려고 했지만, 상냥한 정서가 그 결심을 손쉽게 뒤흔들어 버렸다.

사치코는 이 소박한 청년의 매력에 자신이 완전히 패배한 것을 인정하고, 솔직하게 그것을 따르기로 마음먹었다.

분명히 그것은 기분 좋고, 오랫동안 이를 악물고 싸워 온 고독한 감정을 샘물처럼 적셔주는 것 같았다.

(1940.2.6)

## 제110회

### 대리인(5)

사치코는 과감히 유서의 트릭을 자백했지만, 쓰바키는 특별히 놀란 얼굴도 하지 않았다. 전부 알고 있던 사람처럼 온화한 표정을 지었다.

"그건 참 힘드시겠네요. 상대를 물리치려면 이쪽도 절반은 포기할 각오가 아니면 안 되기 때문에, 그 점 동정합니다."

상대를 대등한 위치보다 높이려고 노력하는 배려심이 확실히 나타났다.

빌린 옷을 입고 있는 이런 이상한 모습을 한 청년의 도대체 어디에 이런 사려 깊은 말이 있었는지 생각하며, 사치코는 눈을 크게 뜨고 청년의 얼굴을 쳐다봤다.

비평을 하거나 교훈을 주는 말은 하지 않고 단순히 동정만을 보이고 있다.

사치코의 날카로운 마음이 드넓은 바다처럼 커다란 청년의 마음에 완전히 감싸이는 것 같은 기분이 들었다.

자신과 이 청년의 거리가 너무나 떨어져 있기 때문에, 위로받는 것조차 평소와 같은 반발심은 느끼지 않았다.

"그렇게 말씀해 주셔서 정말 감사해요. 지치지는 않겠지만, 아무래도 저와 같은 성격으로는 버티기 힘든 격렬한 싸움이라서요. ……하지만 그 여자를 무너뜨릴 때까지 결코 그만두지 않을 거예요. 저렇게 참담하게 죽은 오빠의 복수만을 위한 게 아니라, 이걸 완수하면 제 도덕성에 뭔가를 더할 수 있을 거 같거든요……."

"아아, 그거라면 저도 대찬성입니다. 자신의 도덕성을 갈고 닦는다는 점에서는요. 하지만 상대를 쓰러뜨리거나 파멸시키는 것으로 자신의 도덕성을 높일 수 있을지. 가령 수단이라고 해도 말이죠. 저는 경험이 없어서 확실한 걸 말씀드릴 수 없네요. 어차피 관념론이지만, 왠지 그런 기분이 드네요."

쓰바키의 온화한 말은 사치코가 알아채지 못하고 있던 아픈 곳을 따끔하게 건드렸다.

"제 방식이 잘못되었다고 말씀하시는 거죠? ……하지만 악덕을 못 본 체하는 무관심한 태도보다는 분명히 낫다고 생각해요."

"그건 물론이고말고요! ……단지 제가 느낀 것을 솔직하게 말씀드리면, 사라질 자질이 있는 사람이라면 당신이 그렇게 노력하시지 않으셔도 자연히 사라질 거라 생각합니다. 이번 전쟁을 계기로 일본이 지금 벌이는 운동은 성실한 것과 불성실한 것을 가려내는 정신의 재창조를 목표로 하고 있기 때문에, 당신이 지금 하려는 건 일본의 큰 정신적 선회 속에서 해결될 사항이 아닐까요? ……이야기는 잘 알았으니까, 저는 이제 유라 노리코 씨가 있는 곳으로 가서 유서를 빌리지 못했다고 간단히 보고할 생각입니다."

담백한 것도 정도가 있다. 왜 좀 더 날카롭게 추궁하며 충고를 해 주지 않는지 미련이 남았다.

"벌써 돌아가시는 거예요?"

쓰바키는 일어서서 예의 바르게 머리를 숙였다.

사치코는 끌리듯 함께 일어서면서, 양손으로 붙잡고 싶은 격렬한 충동을 느꼈다.

'뭐든지 좋으니까 한마디만 더!'

한마디만 더 해 주면 확실히 자신의 잘못을 반성하고, 그것을 납득할 수 있을 것 같았다. 하지만 아무리 생각해도 이 청년이 충고를 하거나 괜한 참견을 하는 사람이 아니라는 것을 알았기 때문에, 입 밖으로 나오려는 말을 간신히 막았다.

"실례가 많았습니다."

천천히 문을 열고 쓰바키가 나가 버렸다. 사치코는 아무 말 없이 그 뒷모습을 바라봤다. 태어나서 처음으로 커다란 마음의 공허함을 느끼면서.

(1940.2.7)

# 제111회

## 애착(1)

가즈에는 후유히코의 이름 옆에 나란히 쓰바키 데이조라고 굵게 쓴 명함을 손가락 사이로 힘껏 구부린다.

"잠깐, 노리코, 이 쓰바키라는 이름은 뭐지?"

"모르겠는데, 전혀 몰라."

노리코는 관심이 없다는 듯 말하고, 가즈에의 사무용 의자 위에 놓여 있는 '악랄하고 비인도적인 시부야 백화점을 응징하라!'고 빨간 잉크로 커다랗게 이중 동그라미가 그려진 전단을 턱으로 가리킨다.

"구의회에서 꽤 시끄러운가 보네. 이 정도로는 그리 쉽게 진정되지 않을지도 몰라."

가즈에는 얼굴을 찌푸린다.

"그러니까 말이야, 시부야 백화점의 흥망의 갈림길이니까, 배후 인물인 네가 좀 더 정신을 차리지 않으면 곤란하다고. 너, 내가 목을 매게 해서 죽일 생각이야?"

노리코는 재떨이로 손을 뻗으면서, 냉혹한 눈빛으로 힐끗 가즈에의 얼굴을 흘겨본다.

"……하지만 말이야, 가즈에, 그렇게 나에게만 기대고 있어도 어찌할 방도가 없어. 네 목을 매게 해서 즐길 마음은 없어. 난 네 가게의 흥망까지 떠맡을 생각은 없다고. 그 점을 확실히 해 줘. ……난 게이코의 방식이 얄미워서 후유히코를 여기로 데리고 온 다음 고통스러운 경험을 하게 하려고 했을 뿐, 너의 배후 인물이 된 기억이 없어. 너, 뭔가 착각하고 있는 거 아니니?"

'젠장'이라고 생각하기 전에 변함없는 노리코의 냉담함이 뼈에 사무쳐서, 무심결에 푸념하듯 말했다.

"너도 꽤 무자비한 면이 있구나. 새삼스럽게 말할 것도 없지만. ……억지로 도와 달라고는 안 했지만, 꼭 그렇게까지 말하지 않아도……."

지금까지 빈틈은 보이지 않았지만, 애인 기시모토 세이지로의 자살은 가즈에에게도 상당히 심한 충격이었다.

사변 후의 급격한 긴축풍조의 영향으로 지난 반년간, 언제나 4할에도 미치지 않는 매상으로, 경상비조차 부족한 극심한 적자가 계속될 때, 뒤편의 대지를 악랄한 트릭으로 팔아넘긴 사건이 탄로가 나서, 전부터 시부야 백화점의 방약무인한 방식에 반감을 갖고 있던 구의 주민들이 무자비하게 내쫓긴 소매점 측에 붙어서 구민대회를 열어, 시부야 백화점 징벌의 소리를 내기 시작했다.

일 년 정도로 사변은 진정될 거라고 얕본 가즈에의 천박한 전망이 이 파탄의 중대한 원인이 되었지만, 더 본질적인 것은 가즈에가 사업적인 재능을 전혀 갖고 있지 않다는 점에 있었다.

자신이 뛰어난 장사꾼이라고 자부하고 있던 것은 실은 기가 센 것에 지나지 않았고, 경영에 재능이 있다고 자부하고 있던 것은 요컨대 여자로서 조금 눈치가 빠른 정도에 지나지 않았다.

약간 기발한 가즈에의 화려한 경영방침은 소위 칭찬받고 싶은 얼토당토않은 자기만족에 도취하고 있었던 것에 지나지 않고, 실제보다도 화려해서 놀라게 하는 방식은 가즈에의 여성으로서의 결점을 여실히 폭로한 것으로, 아버지 대부터의 고정 고객 수가 매달 눈에 띄게 줄어들고 있는 것으로도 간단하게 그 사실이 증명됐다.

시부야 백화점은 호경기 시대의 물결을 타고 실력도 없이 성공한 가게로, 다른 백화점처럼 나무뿌리가 대지로 착실히 파고들어 가는 것처럼, 긴 세월과 노력을 들여서 완성한 구입처를 갖고 있지 않아 이런 급격한 사회정세를 견딜 실질적인 힘이 부족했기 때문에, 허둥지둥 긴축에 들어가려 했을 때는 이미 늦어 버린 상태였다. 개점 당시부터 너무 우쭐댔던 화려하고 방만한 경영방침이 빌미가 되어 이러지도 저러지도 못하는 상황까지 와 버렸다.

이런 상황에서 사치코의 손으로 기시모토 세이지로와의 추악한 정사 등이 세상에 발표되면 가즈에 자신은 물론, 시부야 백화점의 신용은 치명적인 타격을 입을 것이었다.

(1940.2.8)

# 제112회

### 애착(2)

노리코는 견딜 수 없다는 듯 가늘게 바짝 깎은 눈썹을 힘껏 찌푸렸다.

"뭔가 상당히 불안하구나. 그런 푸념이 나올 정도면 몰락은 이미 정해진 거 같잖아, 안 돼, 안 돼."

세게 내리치는 것처럼 말하고서 이어서 때리듯이 말했다.

"넌 어떤 기분으로 있었는지 모르지만, 너와 같은 조잡한 두뇌로는 원래부터 백화점을 운영해 갈 수가 없었어. 요컨대 인식 부족 탓이야. 당연한 귀결이지, 은감불원(殷鑑不遠)[25]이라고. 그런 엉터리 방식으로 지금까지 어떻게든 꾸려 온 게 오히려 이상할 정도야. 아등바등하지 말고 이젠 단념해. ……인간이란 말이야, 졌을 때는 미련 없이 꽁무니를 빼고 도망가는 유머를 알아야 해. 적어도 마지막 순간에 자신을 존경하는 걸 기억하라고. 그만둬, 백화점 따위! 이런 운명의 갈림길에서 아직도 매달려 있는 꼴이란. 어차피 소용없으니까, 포기하면 깨달음을 얻을 수 있어. 쓸데없이 고민하지 않아도 된다고!"

흘긋 곁눈질한다.

"넌 정말 바보라서 정나미가 떨어져서 내버려 두려고 했어. 이런 충고도 피력할 생각은 없었지만, 그래도 여러 가지로 아옹다옹한 사이니까, 혈육처럼 생각해서 하는 말이야. 친구를 잘 뒀다고 생각해."

뿌리치는 것처럼 보이지만, 그럼에도 마음속 깊은 곳에서는 역시 감싸주는 노리코의 노골적인 마음이 바로 이쪽 가슴에 전해져 뜨거운 것이 힘껏 가슴에 부딪쳐 왔다.

헛기침으로 얼버무리려고 했지만, 축축한 물기운이 되는 것을 막

---

**25** 다른 사람의 실패를 자신의 거울로 삼으라는 말.

지 못했다.

"……진퇴양난에 빠진 건 너보다 내가 더 잘 알고 있어. 결단을 내리지 못하고 매달려 있는 것처럼 보일지 모르지만, 마음속에서는 결국 포기할 생각이었어. 면밀하게 손익 시트를 보면, 기껏해야 30만 엔 정도의 손해를 볼 테니 놀랄 일도 아니야. 실컷 하고 싶은 대로 즐겼으니까, 사업 놀이의 유흥세라고 생각하면 도리어 저렴한 편이지. ……하고 싶은 만큼 했으니까, 지금이 적당한 때이지……. 그만둘게."

변명하듯 말을 하고는 스스로도 깜짝 놀랄 정도의 상냥한 말투로 말을 이었다.

"……이런 말을 한다고 해서 자만하고 있다고 생각하지 말아 줘. ……사실 중요한 국면에 놓여 있고 그것도 일단 되살리려고 한다면 못할 것도 없지만, 실은 사소한 일로 인해 세상이 허무해져서, 그런 속세에 대한 집착은 완전히 없어져 버렸어. 내가 이 가게를 포기하기로 한 건 다시 말해 심경의 변화라는 거지."

"그렇구나."

"노리코, 들어주겠니?"

"왜 그렇게 격식을 차려, 도대체 무슨 말이니?"

"들어줄 거야?"

"들어줄게."

"……노리코, 나, 사랑을 하고 있어."

"……."

"어머, 안 웃네. 웃어도 괜찮아."

"끈질기구나, 넌! 그게 뭐가 이상하니. 난 안 웃어. 전혀 안 이상하니까."

눈시울에 맺히는 눈물을 손가락 끝으로 누른다.

"노리코, 내 손을 잡아줘."

"좋아, 잡아줄게, 이렇게?"

(1940.2.9)

## 제113회

### 애착(3)

아무렇지 않게 내민 노리코의 손이 생각지도 않게, 있는 힘껏 이쪽 손을 꽉 잡았다.

울컥 목이 메어오는 것을 한번 목구멍에서 저지했지만, 도저히 견딜 수가 없어서, 가즈에는 손으로 얼굴을 감싸고 어린아이처럼 흐느껴 울었다. 소맷부리를 꺼낼 여유도 없이, 바로 눈으로 가져간 손을 따라 눈물이 팔꿈치 쪽으로 흘러 떨어진다.

지난 오랜 시절 동안 방탕한 생활로 인한 끊임없는 마음의 고통과 정신적 외로움. 세이지로의 자살과 백화점의 파탄. 그것들을 견디고, 그것들을 극복하려는 필사적인 몸부림. 거기에 뜻하지 않게 한번 보고 나서, 체면이고 뭐고 사랑에 빠지게 된 이름도 모르는 사람들에 대한 강렬한 인상의 애착. 고민도 고통도 근심도 슬픔도 이 한 친구의

진심이 꽉 안아 줘서 눈물과 함께 모두 녹아버리는 것 같은 기분이
든다.

여학교를 졸업할 때쯤에 아버지로부터 시부야 백화점을 물려받
고, 세상은 뭐든지 자기 생각대로 된다는 짧은 생각으로 콧대가 센 인
생을 보내 온 가즈에였지만, 그런 마음속에 뭐라 말할 수 없는 허술한
부분이 있어서 스스로도 차마 눈뜨고 볼 수 없는 심각한 방탕도 결국
이 외로움을 달래기 위한 것이라는 것은 자신도 잘 알고 있었다.

백화점의 경영은 결국 마음을 위로해 주는 자양분이 되어 주지 않
았고, 수많은 연애도 방탕스런 방법으로 하는 경우에는, 더욱 더 마음
의 외로움을 느끼게 할 뿐이었다.

끝이 없는 방탕도 방임도 서른다섯이라는 소리를 들으면, 도저히 참
을 수 없을 정도로 큰 부담이 되어 걸핏하면 비틀거리기가 일쑤였다.

기시모토 세이지로를 연애 상대로 고른 것은 생활의 희망으로서
가 아니라 그런 고민을 얼버무리려는 도구로 사용하기 위한 것이어
서, 즐거움보다는 고통이 더 많았고, 이번 일로 충격을 받은 것은 자
살한 세이지로보다도 오히려 가즈에 쪽이었다.

인간의 진심이나 진실에 대한 의심이나 회의는 더욱 심해져서, 마
음의 안식처도 없이 죽을 때까지 고독한 방황을 계속해야 한다고 생
각하니, 방탕의 업보라고는 하지만 앞으로의 긴 나날을 하루하루 어
떻게 버텨갈지 자신도 모르게 눈물을 글썽이는 일조차 있었다.

이 쓸쓸한 마음에 예상치 못한 노리코의 위로는 너무나 고마워서,
가즈에는 물에 빠진 사람이 엉겁결에 얕은 여울에 발을 디뎠을 때처

럼 분명히 전해지는 어떤 안심과 몸의 긴장이 풀리는 환희에 잠겨 계속해서 울고 있었다.

엉엉 아이처럼 우는 자신의 울음소리가 자신의 귀에는 정말이지 즐거웠고, 이러고 있으니 일곱, 여덟 살 때의 온화한 마음으로 돌아가는 것 같은 기분이 들어 좀처럼 울음을 그치고 싶지 않았다.

"……노리코, ……난……외로웠어. 넌 이해할까? ……그게 얼마나 괴로운 것이었는지……."

노리코의 얼굴이 눈물로 희미해져서 흔들거린다.

"……진짜야, 괴로웠다고. 정말로 힘들었어. ……난 항상 외톨이였거든. ……이해해 줘, ……단 한마디라도 괜찮으니까 위로해 줘. 고생했다고……."

사십 먹은 여자가 마치 어린아이처럼 사리 분별을 못하고 있다. 그렇게 생각하니 까닭 없이 그것이 마음에 들었다.

볼에 뭔가 좋은 향기가 나는 폭신폭신한 것이 닿았다. 노리코가 내민 손수건이었다.

"이제 그만 울어. 네가 그렇게 울고 있으니, 뭐라 말할 수 없을 정도로 비참한 기분이 들어. 천벌이야, 이것도……."

(1940.2.10)

# 제114회

노리코가 말하는 대로 정말로 그런 기분이 들겠구나 하고 생각하니, 마치 지옥 같은 기분이 들어 다시 풀이 죽었지만, 그럼에도 마음속은 어렴풋이 밝았다.

"……아아, 너무 울었구나. 이제 이 정도로 하고 그만 울게. 너무 얌전해졌어, 내가 생각해도 어이가 없네."

"나도야."

"때려도 좋아. ……정말이니까 어쩔 수 없어."

"이번에는 어떤 사람이니? 너를 울게 만든 사람이니 상당한 인물 같아 보이는데."

일부러 얄미운 말을 하고 있다는 것을 알면서, 자신의 한결같은 사랑이 이런 식으로 취급되는 것이 너무 분해서, 안색이 확 바뀌는 것을 스스로도 잘 알았다.

"노리코, 그런 말 하지 마. 넌 나에게 둘도 없는 사람이지만, 그런 말 한다면 지금 당장 절교할 거야."

숨이 차서 도저히 한 번에 말을 할 수가 없었다.

"부탁이니까 진지하게 들어줘, 노리코."

"성숙해졌구나. 칭찬해 줄게. ……많이 힘들었지. ……나로 괜찮으면, 이야기해 봐, 잠자코 듣고 있을 테니. ……얼버무리지 말고. 아마 이게 너의 마지막 기회일 거야. 얼마나 진지하게 말할 수 있는지 한번 해 봐."

가즈에는 고개를 끄덕인다.

"응, 그럴게. ……나도 사느냐 죽느냐의 갈림길에 있어, 장난칠 이유가 없지."

불과 5일 정도 전의 일인데, 너무나 고통스러운 기억에 다시 눈시울을 붉혔다.

"……5일 정도 전에, 다무라초에서 지하철 대폭발이 있었잖아. 그때 난 마침 '닛카(日菓)' 2층 창가에서 차를 마시고 있었어. 큰 소리가 나고 집 전체가 공중에 붕 뜨는 것 같은 느낌이 들었는데, 바로 눈앞의 보도에서 새빨간 불기둥이 솟아올랐고, 바람에 불이 이쪽으로 번져서 옆의 시오세 2층 차양에도 불이 붙어서 점점 타오르기 시작했어. ……삽시간에 바로 아래 보도가 함몰됐고, 전찻길은 경사가 져서 한쪽으로 기울어지고, 가로등이나 가로수는 한꺼번에 쓰러졌어. 정말 뭐라 형용할 수 없을 정도로 대단했지. ……난 창문틀을 부여잡고 있었어. ……도망치려고 해도 바로는 도망칠 수 없었어. 집이 배처럼 흔들렸거든. 서 있는 게 고작인데, 어설프게 허둥지둥 댔다가는 살아남지 못할 거 같아서 단념하고 가만히 있기로 했지. 연기가 창문에 세차게 불어왔고, 옆의 등불이 새빨갛게 천장까지 옮겨붙었어. ……이번에야말로 '큰일 났구나' 하고 생각했어. 무섭다기보다 뭔가 허무해서 훌쩍훌쩍 울어 버렸어. ……그사이에 누군가가 집 밖에서 지진이 아니라 가스관이 폭발했다고 외치는 목소리가 들렸어. ……다행이라고 생각하며 겨우 안심했어. 그때만큼 기뻤던 적은 태어나서 처음이었어. 이렇게 보잘것없는 것 같지만, 그래도 살아 있는 목숨이라고 생각하니, 너무 감사해서 어느 틈엔가 "아아, 감사합니다"라는 말을 하고는 그만 얼굴이 새빨개졌어. ……지금까지 내 자신의 행적을 생각해 보니, 너무나 부끄러워서 그런 말을 할 처지가 아니었지. 만일 신이라는 게 있다면, 나 따위는 이런 기회에 제일 먼저 사라지는 쪽에 넣었을 거라 생각하니, 내 자신의 자만심에 화가 나서 어찌할 수 없는 초라한 기분이 들었어. ……내 목숨을 가져가지 않고 이렇게 살아남게 해 준 것이야말로, 나에 대한 징벌이라고 깨닫고 역시 섭리라는 게 대단하구나 감탄했어. ……한심했지."

(1940.2.11)

## 제115회

### 애착(5)

"……요컨대 나는 그때 생각지 못한 장렬한 걸 경험한 거야. …… 그건 나중 이야기지만, ……그래서 가스관 폭발이라는 걸 알고는 조금은 기분이 안정됐지만, 눈 아래 도로는 형용할 수 없을 정도였어. 두께가 1인치나 되는 쇠 파이프가 종잇장처럼 부서지고, 철로 된 전봇대의 위쪽 절반이 날아가 버렸어. 지면에서는 계속해서 폭발이 있는 거 같았고, 그때마다 도로의 콘크리트가 60센티미터 정도의 두께 그대로 3미터나 하늘로 날아갔어. 그리고 거기서 적황색 불기둥과 시

꺼먼 연기가 소리를 내며 뿜어 나왔어. ……그런 참혹한 지옥에서 스물일곱, 여덟의 청년이 뭔가를 하고 있는 거야. 전봇대하고 가로수가 쓰러져 있고, 게다가 지하에서 튀어나온 매립선과 전선이 철조망처럼 뒤엉켜 있는 걸 천천히 밀어 헤치면서 이쪽으로 기어왔어. 뭘 하려는 건지 지켜봤지. 20미터 정도 앞에 쓰러져 있는 예순 정도의 노인을 도와주러 가는 거 같았어. ……양복을 입은 평범한 샐러리맨 같은 청년이었어. ……그런데 그 청년이 기어가는 곳 바로 앞에서 가장 큰 불기둥이 솟아오르고 있어서 활활 불타고 있었어. 한 사람만 죽으면 될 걸, 두 명이나 죽으면 무슨 소용이야. '바보 같은 짓을 하는구나' 생각하며, 난 너무나 화가 나서 더 이상 보지 않기로 했어. ……예상한 대로였어. 불기둥 근처까지 기어가서 서로 겹쳐서 산처럼 쓰러져 있는 가로수에 불이 붙어서 대단한 기세로 타올랐어. 앞뒤로 마치 불의 고리와 같은 형세가 되어 버렸어. ……'이젠 타 죽겠구나' 생각하며 떨면서 눈을 떠보니, 청년은 불의 고리와 불기둥을 멋들어지게 빠져나가서 10미터 정도 이쪽으로 기어오고 있었어. ……기뻤어. ……그 다음은 도저히 서서 걸을 수 없는 급경사면이었지. 어떻게 하는지 봤더니, 이번에는 전선에 매달려서 줄타기를 시작했어. 아마 손도 댈 수 없이 타버린 전선을 말이야. 그리고 조금씩 앞으로 나아갔어. ……그런데 그쪽에 쓰러져 있는 건 그 청년과는 아무런 관계도 없어 보이는 거지 같은 모습을 한 늙은이였어. ……그런데, 노리코 이런 일이 있을 수 있을까? 인간은 불에 타지 않는 존재인가? 그럴 리 없지. 그럼 내가 본 건 도대체 뭐였을까? 난 확실히 깨달았어. 한마디로 말

할 수 있지. ……말해도 될까? ……그건 신념이란 거야. 그리고 진정
성과 용기. ……그거였어. 얼마나 강렬한 감동이었는지 아니? 그때의
그 떨림은 지금도 잊혀지지가 않아. ……얼마되지 않아 청년은 마침
내 도달해서 물웅덩이로 그 늙은이를 데리고 가서는, 겨우 안도한 듯
이 콘크리트 지면 위에 책상다리를 하고 앉아서 한가로이 앉아 있더
라고. 불구덩이 속에서 말이야. ……아무렇지 않게 이쪽을 올려다보
는 그 얼굴! 침착한 것도 정도가 있지. 정말로 몸이 단단했고, 게다가
소름이 끼칠 정도로 아름다운 거야. ……우리들이 일 년에 한 번 정도
이거야말로 진정한 일본인의 얼굴이라 생각되는, 형언할 수 없는 정
신적인 얼굴 있잖아. 그 가장 순수한 타입인 거지."

"대단하네."

"……그렇지? 노리코. ……죽어도 좋으니까 그 사람 옆에 가 보고
싶어서, 이미 다른 걸 생각할 여유가 없었어. 버선발로 2층에서 도로
로 뛰쳐나갔어, 엉엉 울면서 말이야. ……지난 오랫동안 만신창이가
되면서 찾고 있던 건 바로 이 사람이었어. 그걸 이제 확실히 알았지.
무슨 일이 있어도 만나야겠다고 생각하며, 불이 없는 곳을 골라서 그
쪽으로 기어갔어……."

(1940.2.12)

# 제116회

**애착(6)**

"고통스러웠어. ……고통스러웠다고, 노리코."

바닥 위를 굴러다니는 걸 노리코가 꽉 안아 올려서 있는 힘껏 안았다.

"그래, 그래, 착하다, 착해. ……울지 말고 말해 봐. ……그리고 그 사람은 알겠다고 했니?"

가즈에는 아이처럼 머리를 흔들었다.

"시시한 말은 그만두라고 했어. ……땅바닥에 양손을 대고 콘크리트에 쿵쿵 머리를 찧으면서 부탁했지만, 한사코 싫다는 거야. ……물론 미치광이로 밖에는 보이지 않았을지도 몰라. ……하지만 절대 포기할 수 없어, 포기 안 해, 포기하지 않을 거야, 죽어도 포기하지 않을 거야! 반평생이 지나 간신히 찾아낸 소중한 사람이니까. 나도 많은 희생을 치렀어. 나의 방탕과 스캔들은 결국 저 사람을 찾기 위한 필사적인 희생이었어. 그걸 나는 지금 아주 잘 알고 있어. ……목숨도 필요 없어. ……정말로 이대로 죽어 버리고 싶어. ……너무나도 고통스럽거든……."

"죽어 버려, 죽어 버리라고. 정 그러면 죽는 수밖에 없지. 넌 지금 희생이라고 했지만, 그런 사람을 끝까지 기다릴 수 없어서 갈팡질팡하는 건 역시 네가 타락했기 때문이야. ……여자는 왜 이렇게 약한 걸까? 나도 마찬가지야. 여성 공통의 약점은 믿고 끝까지 기다리지 못하는 점인 거 같네. 아무것도 아닌 거 같지만, 여기에 여성의 함정이 있어. 모두 여기에서 좌절하고 말지. 너뿐만이 아니야. 나도 그렇고, 게이코도 같은 이유로 비슷한 최후를 맞이하겠지, 대단한 트리오였어, 비참하네."

하기타(萩田)라는 여자 비서가 들어와 쓰바키라는 청년이 방금 전부터 기다리고 있다고 속삭였다.

가즈에는 휴대 거울로 눈을 비춰 본다.

"자, 들어오라고 하세요."

벌컥 문을 열어젖히며, 쓰바키 데이조가 들어왔다.

지난 5일간 가슴의 상처에서 한 방울씩 피를 흘리는 심정으로 그리던 그 사람!

가즈에는 뭔가 강렬한 빛이라도 비치는 것처럼 정신이 혼미해지는 감각 속에서 괴로워하면서, 그 사람의 얼굴을 올려다보고 있었다.

쓰바키 데이조는 어깨에 멘 삼각건으로 오른팔을 감싸고 왼팔로 문을 닫고는, 우두커니 선 채 여유 있는 굵은 목소리로 말했다.

"도야마의 대리로 왔습니다. 기시모토 씨를 만나 뵙고 부탁을 드렸습니다만, 유서를 빌리지는 못했습니다. 도야마는 자살한 기시모토 씨가 계셨던 방을 빌려서, 오늘부터 당분간 도쿄에 계실 것이니 이후의 일은 도야마 씨에게 직접 명령해 주세요."

이쪽 얼굴을 잊었을 리 없다. 손과 무릎에도 매달리며 필사적으로 구애한 이 얼굴을 잊을 리 없다. 그럼에도 쓰바키는 가즈에의 얼굴을 똑바로 마주하고는 힘 있는 눈빛으로 조용히 이쪽을 바라보고 있을 뿐이었다. 쓰바키의 표정에는 아무런 놀라움도 없고 관심도 없고, 저 무심한 태양처럼 밝게 빛나고 있다.

"이걸로 이제 끝……."

가즈에가 중얼거리는 듯한 목소리로 말했다.

"여러 가지로 수고를 끼쳐드려서 죄송했습니다."

쓰바키라는 청년은 머리를 숙이고 나서 천천히 나가 버렸다.

"이대로 여기서 죽어 버리고 싶어……."

슬픔과는 다른 뭔가 가볍고 큰 공허함이 가슴에 구멍을 뻥 뚫어 버렸다.

가즈에는 넋이 나간 목소리로 중얼거렸다.

"……노리코, 봤니? 내가 사랑하는 사람은 방금 여기 왔던 청년이야. ……알겠지? 내가 지금 무슨 생각을 하는지. ……너와도 이젠 이별이야. ……슬프진 않아. ……왠지 졸린 것 같아……."

(1940.2.13)

## 제117회

**여성의 힘⑴**

시부야 쪽에서 파 온 갱도와 신바시 쪽에서 진행해 온 갱도가 아카사카 미쓰케 근처에서 딱 만나려 하고 있다.

지하철 공사는 마지막 구축작업으로 전쟁이 난 것처럼 어수선했다. 도로에서는 올려다봐야 하는 망루가 있는 증기 망치가 수증기를 뿜어내고, 콘크리트 믹서차가 커다란 머리를 흔들면서 끊임없이 회전하며 널빤지를 제거하고 다시 메운 곳에 바로 물다짐을 해 간다.

지하철에서는 다리 기둥 좌우로 I형 쇠를 박아 넣고, 그 위에 목조 지지대를 설치해서, 다리 기둥의 좌우를 철판으로 흙이 무너지지 않도록 방지한다. 반대편에서는 콘크리트 옹벽을 만들고, 이쪽에서는 노선 부설이나 지하매설물 처리에 분주하다. 질서 있는 대혼잡이 대도쿄의 태내에서 극심한 경련을 일으키고 있었다.

그 폭발사건이 있고 나서 쓰바키는 재료의 배급이나 검수의 감독을 맡았지만, 지하철 공사의 노동자들 사이에서는 매우 신뢰를 받게 되었다. 솔직한 쓰바키의 성격이 공사 노동자들의 단순한 기질과 어딘가 매우 잘 맞았으며, 쓰바키의 희생적인 행동은 이런 사회에서 중요시되는 도의라고 해서 극진한 대접을 받게 되었다.

담당한 일도 일절 쓰바키에게 시키지 않고, 주변 사람들이 달라붙어 처리해 버린다. 쓰바키는 그냥 보고만 있으면 되기 때문에, 틈만 나면 갱 속으로 들어가서 지하철 구축을 열심히 견학했다.

쓰바키는 시부야 백화점에서 돌아오자 바로 17호 갱 속으로 들어갔다.

구메 게이지는 후유히코와의 감정 문제로 뒤얽힌 경위는 전혀 설명하지 않았고, 이쪽도 그런 것을 추궁할 마음은 없었다. 단지 구메가 성실하게 일하는 모습에 끌려서 2주 정도 후유히코의 일을 도와주기로 수락했지만, 후유히코가 비열한 일에 자신을 이용하려 한 태도도 싫었고, 사치코나 후유히코를 둘러싸고 있는 분위기가 시시한 데 정나미가 떨어져서 반나절 만에 그만둬 버렸다.

우정이든 약속이든 당연히 한도가 있어서, 자신의 정신을 저하시키면서까지 친분을 유지하는 그런 우스꽝스러운 일은 하고 싶지 않았기 때문에, 아이의 심부름 정도로 형식적으로 간단하게 임무를 완수하고 시부야 백화점을 나오자, 힘껏 머리를 흔들며 말도 안 되는 지금까지의 경위를 머리에서 털어 버렸다.

평소처럼 다리 기둥 옆에 서서 물다짐 구축을 견학하고 있었는데, 사다카메(定龜)라는 인부가 와서 매우 멋진 여자가 당신을 만나고 싶다며 16호 출구에서 기다린다고 놀란 얼굴로 전했다.

쓰바키가 갱에서 지면으로 기어 올라가 보니, 아키코가 다무라초의 교차로에 있는 파출소 앞 가로수에 기대고 서 있었다.

아타미의 도야마 후유히코 집에서 아키코를 만난 것은 바로 오늘 아침 일이었고, 후유히코와 마나미와 아키코 이렇게 네 명이서 도쿄까지 기차로 계속 수다를 떨면서 왔기 때문에, 외투도 모자도 바뀌었지만 당연히 한눈에 바로 알아차렸다.

"이런, 이런, 이거 귀한 손님이 오셨네요."

"너무 친한 척하지 마세요."

"이런, 기분이 별로 신가요?"

"네, 오히려 안 좋은 편이네요."

아키코는 구두 뒤축으로 보도를 툭툭 찬다.

"지금 바빠요?"

쓰바키는 어깨에 멘 삼각대의 손을 조금 흔들어 보인다.

"어쨌든 이런 상태니까요. 모두 너무나도 잘해 줘서, 저한테 아무일도 안 시켜요. 게다가 2주간의 휴가 중이기도 하고, 제가 없다고 지하철이 곤란한 거 같지도 않아요."

눈을 흘끗 치켜떴다.

"잘됐네요. ……그럼, 이 근처에서 차라도 할래요? 할 이야기가 있어요, 마나미 씨 일로."

왠지 상당히 긴장하고 있는 것을 아무렇지도 않은 듯한 모습 속에서도 분명히 알 수 있었다. 쓰바키는 차분한 얼굴로 고개를 끄덕였다.

"갑시다."

(1940.2.14)

## 제118회

### 여성의 힘(2)

작업복을 입고 오른팔을 삼각대로 맨 남자와, 로뎅 망토 드레스에 스퀘어 브림 모자를 쓴 멋쟁이 여성과의 대조가 매우 기묘해 보였는지, 찻집의 젊은 아가씨들이 놀란 눈으로 멀리서 두 사람 쪽을 바라보았다.

아키코는 안고 있던 꽤 두꺼운 책처럼 보이는 종이 꾸러미를 대리석 테이블 위에 놓자마자 뜸 들이지 않고 바로 말을 꺼냈다.

"쓸데없는 참견이라고 생각하지 말아 줘요. 저같이 비뚤어진 애가 이런 일을 하는 건 신중히 생각하고 하는 거니까요. ……많이 생각했어요, 어떻게 할지. ……전 다른 사람이 친절하게 대하는 것도 싫고, 제가 친절하게 행동하는 것도 너무 싫었어요, 어제까지는. 확실히 그랬어요. ……하지만 갑자기 이상해져 버렸어요. 뭐라고 표현하면 좋을지 모르겠어요. 적당한 표현을 찾을 수가 없네요. ……죄송해요. 전 당신을 별로 좋아하지 않는다고 말할 생각이었어요. ……있잖아요, 쓰바키 씨, 제가 만약, ……만약에 말이에요, 지금부터 무슨 행동을 하든, 전부 거절해 줬으면 좋겠어요. ……첫눈에 반하는 건 실제로 있겠죠? 저도 이번에 깨달았어요. ……어머, 이런 말을 하려는 건 아니었는데. ……확실히 믿어요. 하지만 제 경우는 달라요. 저한테는 절대로 그런 일은 일어날 리가 없어요. 옛날부터 전 사랑받기보다 버림받는 쪽을 원했거든요. ……그러니까 저를 내버려 두세요. 어쩌면 제가 당신을 좋아한다고 헛소리를 할지도 모르지만, 그건 아무렇게나 하는 말이에요. 왜 그러는가 하면……."

갑자기 말이 끊기더니 잠시 후에 천천히 말을 덧붙였다.

"……그러니까, 당신을 말의 꼬리라고도 생각하고 있지 않으니까요."

쓰바키는 매우 유쾌한 표정을 지었다.

"더 이야기해 보세요. ……전 당신의 이야기를 듣는 게 좋아요. ……기차 안에서도 그렇게 생각했어요. ……아무튼 대단히 재치가 있네요. 이것 참. 어떤 식으로 공부를 했는지, 정말 감탄하게 돼요."

아키코는 의심에 찬 눈으로 뚫어지게 쓰바키의 얼굴을 바라보며, 쓰바키가 빈정거리는 것은 아닌지를 끝까지 확인하고는 말을 이었다.

"어쩜, 이런 사람이 다 있지. 전 당신을 말의 꼬리라고 했어요."

"재밌네요!"

"당신처럼 바보 같은 사람과 이야기 하는 건 처음이에요. ……그리고 절 그렇게 칭찬해 준 사람도 당신이 처음이에요. 눈물이 날 거 같잖아요. 왠지 한심해지네요."

울고 있는 것도 아닌데, 손등으로 코를 비볐더니 훌쩍하며 물소리가 났다.

"이젠 아무 말이나 막 하는 건 그만할게요. 전 아무 말 명인이에요. 그걸 참고하라고 보여드린 거예요."

"진심으로 유쾌했어요. 벌써 끝인가요?"

"이제 끝이에요. 죽을 때까지 두 번 다시 이렇게 아무렇게나 이야기하지는 않을 거예요. 당신은 민감한 분이니까 분명 뭔가 눈치를 챘겠지만, 저를 불쌍하게 생각하지 않아도 괜찮아요. ……그럼, 슬슬 마나미 씨 이야기를 할까요. 별로 유쾌한 이야기는 아니고, 게다가 매우 궁지에 몰린 거 같은 기분이 들어요. ……무슨 말부터 하면 좋을까요? ……간단히 요점만 먼저 설명할게요. ……이모는 말이에요, 후유히코를 상대로 너무 지나치게 심리적 방탕을 즐기고 있어요. 뭐라 말할 수 없을 정도로 불결해요. 그건 이 이모의 일기를 읽어보면 잘 알거예요, 제가 장황하게 말하는 거보다는요."

(1940.2.15)

# 제119회

## 여성의 힘(3)

게이코의 일기장이라는 책 보따리를 손가락 끝으로 살짝 밀어서 넘겨주었다.

"저, 이걸 훔쳐왔어요. 당신을 위해서. 어머, 또 실수했네요. 마나미 씨를 위해서예요. ……이모는 후유히코를 언제까지나 자신의 곁에 두려고, 후유히코와 마나미 씨를 폭력적으로 결혼시키려고 하고 있어요. 이 일기장 안에 그런 의도와 계획, 심리의 전개가 자세하게 쓰여 있어요."

사치코에게 이야기를 들었기 때문에 이미 쓰바키도 충분히 알고 있었다.

"아아, 그렇군요."

"'아아, 그렇군요'라니요. 어쨌든 일기를 읽어 보세요. 당신은 그럴 권리가 있어요. ……의무도요."

"그런 글로 쓴 문장보다, 당신이 친절하게 말해 주는 게 전 더 맘에 들어요. 제발 그렇게 해 주세요. ……훔쳐 온 일기장 같은 걸 보는 게 싫다는 말이 아니에요. 당신과 함께라면 기꺼이 공범이 되겠지만……."

아키코는 눈꺼풀을 치켜 올리며 반짝반짝 빛나는 눈으로 한번 쓰바키를 보고 나서 천천히 다시 눈꺼풀을 내렸다.

"아마 그렇게 말할 거라고 생각했어요. ……물론 나도 알고 있었어요. 내가 훔친 일기 따위를 당신이 그리 쉽게 읽을 리가 없다는 것을. ……그러니까 제가 혼난 거죠? 하지만 괜찮아요. 기뻐요.”

“이해해 주신다면 말씀드리겠습니다만, 저로서는 다른 사람의 정열 같은 걸 감상하는 걸 좋아하는 사람도 아니고, 다른 사람의 마음속을 들여다보는 것도 그리 좋아하지 않아요. 저 혼자만의 취미니까 부디 기분 나빠하지 마세요. ……그보다도 지금 말씀하신 폭력적으로 결혼시킨다는 건 무슨 의미입니까? ……여느 때처럼 당신의 기발한 레토릭인가요? 아니면?”

아키코는 그렇게 상냥한 말을 듣는 것이 너무나도 기쁘다는 듯이, 잠시 고개를 끄덕였다.

“마나미 씨는 자신의 일을 대체 어느 정도까지 당신에게 이야기했나요? ……물론 당신 두 사람의 세계에 간섭할 생각은 없지만, 잘 이해하려면 듣기 거북한 말도 하지 않으면 안 되니까, 아무쪼록 용서해 주세요. ……마나미 씨가 이모의 편지를 갖고 후유히코가 있는 곳으로 심부름을 간 건 아마 당신도 알고 있겠죠? 심부름은 어찌됐든 괜찮은데, 이모가 마나미 씨에게 갖고 가게 한 편지가 문제예요. 낭송해 볼까요? ……‘색정적인 부분은 조금 부족할지도 모르지만, 좋은 몸을 갖고 있어요. 솜씨를 발휘해 보세요’라고. ……후유히코가 식당에 간 사이, 상의 주머니에 그 편지가 얼굴을 내밀고 있었어요. 전 우는 척하면서 몰래 빼내 와서 식탁 밑에서 읽었어요. 저, 그런 일에는 명인이에요.”

세속적으로는 뭐라고 하는지 모르지만, 쓰바키는 이 이해할 수 없는 애증의 관계 안에 한 오라기의 날실이 되어 관통하고 있는 아키코의 순정을 확실히 느꼈다.

"그런 거라면 저도 할 수 있어요. 게다가 저라면 더 감쪽같을 거 같아요."

아키코는 역시 그 말에 호응하지 않고, 흥 하며 콧방귀를 뀐다.

"위로해 주지 않아도 괜찮아요. 두 번 다시 이런 하찮은 일은 하지 않을 테니까요. 이야기가 건너뛰어 버렸는데, 마나미 씨는 또 조금 전 후유히코의 아파트에 심부름을 갔어요. ……후유히코는 이모에게 보기 좋게 실패했다고 보고했어요. 이모는 너무 애가 타서, 이번에야말로 제압하라고 격려했어요. 시골에서 온 지 얼마 안 되는 저런 어린애를 제압할 수 없으면, 당신의 미모도 별거 아니라고 했어요."

"그럼, 마나미 씨는 지금 후유히코의 방에 있나요?"

"네, 그래서 이렇게 급하게 온 거예요."

(1940.2.16)


## 제120회

### 여성의 힘(4)

롯폰기(六本木)에서 전차를 내려 쓰바키는 아키코의 손을 잡아끌며, 후유히코의 아파트와 반대편인 류도초 쪽으로 성큼성큼 걷기 시작했다.

인정사정없이 억지로 손을 잡고 끌고 가서, 아키코는 질질 끌려가 듯이 보기 흉한 모습으로 종종걸음으로 따라간다.

남의 눈을 의식하지 않고, 대낮에 태연한 얼굴로 여성의 손을 끌고 가는 쓰바키의 용기가 감탄스럽기도 하고 난감하기도 했다.

뭔가 나쁜 짓을 해서 끌려가는 것 같아, 이러면 누가 봐도 에로틱한 연상을 하지 않을까 생각하니, 아키코는 너무 우스워서 가쁜 숨을 내쉬면서도 킥킥 웃기 시작했다.

'이런 야만인을 본 적이 없어. 창피함을 전혀 느끼지 않네.'

이렇게 난폭하기는 하지만, 쓰바키의 손바닥은 크고 따뜻했다.

손을 잡혔다는 어중간한 기분이 아니라, 아키코는 자신의 작은 손이 그 안에서 확실히 보호받고 있다는 믿음직스러운 느낌이 들었다.

열 살까지 할머니와 둘이서만 지냈고, 그 이후에는 불친절한 가정교사와 둘이서만 지내서, 고독만이 유일한 생활의 친구였던 그 오랜 세월 동안, 죽을 만큼 아키코가 찾고 있던 것은 바로 이런 두툼한 남자의 큰 손바닥이었다.

이 손바닥은 물론 자신의 것이 아니라 마나미의 것임에 틀림없지만, 이상하게도 그 사실은 아키코의 가슴을 침울하게 하지는 않았다.

어디를 봐도 보잘것없는 세속적인 남자들뿐이고, 막연하게 자신이 찾고 있던 뛰어난 청년은, 현실에는 존재하지 않는다고 포기하고 있던 아키코의 마음에 쓰바키는 분명히 생생한 확증을 주었다.

'내가 만나고 싶었던 남자가 여기에 한 명 살아 있어!'

이 생각이 아키코의 가슴속에 활짝 꽃을 피웠다. 앞으로 살아갈 희망과 즐거움에 압도되어서 발걸음이 비틀거리는 것 같았다.

"손이 끊어지겠어요."

쓰바키는 일단 발걸음을 멈추고 장난스럽게 아키코의 얼굴을 돌아보더니, 한층 더 심하게 성큼성큼 큰 보폭으로 걷기 시작했다.

아키코는 당나귀처럼 몸을 뒤로 젖히고 완강히 버텼지만, 그 정도로 주춤할 상대가 아니었다.

밭에서 우엉이라도 뽑듯이 쑥 끌어 올리더니, 한 번에 1미터 정도 데리고 가 버린다. 건져 올려지는 것처럼 다리가 거의 땅에 닿지 않았다.

"넘어질 거 같아요, 숨 막혀."

정말로 숨이 막힐 것 같았다.

"손 놔요!"

이렇게 말은 했지만 그러면 진짜로 놓을 것 같아서 두려웠다. 이젠 죽어도 좋다고 생각하며 눈을 감고 단념했다.

목구멍 속이 바싹 말랐고, 귀 고막이 숨을 쉴 때마다 따끔따끔 아팠다. 관자놀이 부분의 혈관이 부풀어 올라서, 대단한 기세로 욱신거린다.

'……이제, 죽는구나…….'

눈을 떠보니 류도초의 이모 집 바로 근처까지 와 있다. 마나미가 저 더러운 녀석에게 봉변을 당할지도 모르는데, 이 야만인은 이런 곳에서 태평하게 딴전을 부리고 있다.

아키코는 쉰 듯한 목소리로 외쳤다.

"어디 가는 거예요? 후유히코의 아파트는 반대쪽이에요."

쓰바키는 걸음걸이 속도에 맞춰 한마디 한마디 힘주어 대답했다.

"지금부터 게이코 부인의 집으로 뛰어들어갈 생각이에요. 찬성해요?"

쓰바키가 무슨 짓을 하려는 건지 아키코는 상상도 할 수 없었지만, 숨이 막 끊어질 듯이 대답했다.

"찬, 성, 이, 에, 요."

(1940.2.17)

## 제121회

### 여성의 힘(5)

심이 부드러운 연필로, 단번에 그린 것 같은 묘하게 압력이 있는 이 청년의 얼굴을, 게이코는 짐승이라도 보고 있는 것처럼 가만히 관찰하고 있었다.

게이코가 가장 싫어하는 타입이었다.

먼지로 더럽혀진 삼각건으로 오른팔을 어깨에 메고, 마치 뿌리라도 난 듯이 묵직하게 의자 위에 앉아 있다. 산에서 발굴한 자연석이라도 털썩 옮겨 놓은 것처럼 숨이 막히는 느낌이었다.

와이셔츠의 옷깃이 뒤틀려서 넥타이의 매듭이 턱밑까지 올라와 있다. 아이들 옷을 무리해서 입은 듯이 소매에서 큰 나무의 뿌리같이 거친 팔을 쑥 내밀고 있고, 그 손은 촌스럽게 주먹을 쥐고 무릎 위에 올려놓고 있다.

지저분한 붕대가 게이코의 신경을 심하게 건드렸다.

샐러리맨처럼 보이지도 않고, 악덕 신문사 기자처럼 보이지도 않았다. 깡패라고 하기에는 너무 밝았고, 세속적인 청년치고는 중량감이 아주 컸다.

무엇보다 후유히코가 입고 있는 옷이 이해가 가지 않았다.

'정말 이상한 짐승이구나!'

상대의 정체를 알 수 없다는 것이 게이코의 자존심을 초조하게 했다.

이런 부랑자와 같은 청년을 자신의 저택으로 데리고 온 아키코의 행동에 너무나도 화가 났다.

상대가 입을 열기까지 결코 이쪽이 먼저 말을 하지 않겠다고 결심했지만, 그만 감정이 폭발해서 표현 가능한 모멸과 혐오를 담아서 말했다.

"아키코, 설명해 줄래. 도대체 뭐야, 이 꺼림칙한 느낌의 사람은? 번지수가 다른 거 아니야? 아니면 이 사람이 너를 성폭행이라도 했니?"

"네, 맞아요. 정말로 나쁜 사람이에요."

쓰바키는 재밌다는 듯이 하하하 웃기 시작했다.

아키코도 큭 하고 웃었다.

"이런 상황에 웃음이 나와요? 당신, 얼굴을 붉히는 건 못 해요?"

쓰바키는 천천히 대답했다.

"매일 햇볕에 말리고 있어서, 얼굴색이 눈에 띄지 않는 거 같아요."

게이코는 바로 눈치를 챘다.

이 뻔뻔함의 뒤에는 뭔가가 있어. 특히 아키코의 안하무인격 태도는 자신에 대한 명백한 도전이라고 해석해도 좋을 것이었다.

그건 그렇고, 이 방자한 무례함은 도대체 뭘까? 자신이 여기에 있다는 것을 완전히 처음부터 무시하고 있다.

그럼 점점 이쪽 입장이 불리해질 것 같아서 도저히 이렇게 말을 꺼내지 않을 수 없었다.

"대체 어떤 용무인지 말씀해 주실래요? ……당신과 같은 저속한 사람과 마주하고 있는 것만으로도, 저로서는 참을 수 없을 만큼 괴로워요. 가능하면 빨리 해방시켜 주세요. ……5분 정도면 될까요?"

쓰바키는 해맑은 느낌으로 대답했다.

"전 장난을 치고 있는 것도 아니고 농담을 하고 있는 것도 아닙니다. 실은 말을 꺼내기 좀 힘든 문제라서, 그래서 망설이고 있습니다. ……이건 저에게도 상당히 중대한 문제이기 때문에, 듣기 좋게 말을 하는 쓸데없는 노력은 하고 싶지 않습니다. 정말로 죄송합니다만, 굳이 난감한 이야기를 해야 할 것 같습니다. 그 점도 미리 양해해 주십시오."

그렇게 말하고 무릎 위에 놓여 있던 종이 꾸러미를 테이블 위에 올려 놓고, 종이 꾸러미 안에서 책을 꺼내 게이코 쪽으로 밀어서 전달했다.

"이건 당신의 일기장입니다만!"

외설, 육욕, 질투, 악랄한 계략, 잔인……. 온갖 마음의 분비물을 몰래 토해 둔 자신의 일기장!

게이코의 발밑의 바닥이 크게 흔들린 것 같았다.

(1940.2.18)

# 제122회

### 여성의 힘(6)

쓰바키는 게이코의 당황하는 모습을 오랫동안 방관하고 있었다. 아무렇지 않게 한 행동이 상대에게 너무나 큰 영향을 준 것에 놀란 듯이 게이코의 모습을 바라보고 있다가 매우 예의 바른 말투로 말을 이었다.

"갑자기 이런 걸 내밀어서 상대를 곤란하게 하는 방법도 분명히 있다고 생각합니다. 하지만 전 그럴 생각은 없습니다. 이것을 여기에 꺼낸 건 제가 이것을 읽지 않았다는 것을 말씀드리려고 했기 때문입니다."

게이코는 쓰바키의 말은 절반도 듣고 있지 않았다.

열쇠로 잠긴 책장 깊은 곳에 넣어둔 이 일기장이 어째서 쓰바키의 손에 넘어간 것인지 그것은 극히 명백했다.

게이코는 아키코가 언젠가 자신에게 복수할 거라 느끼고 있었지만, 이 수단은 분명히 치명적이었다. 아키코는 최선의 방법으로 멋지게 복수한 것이었다.

그럼에도 다른 세상의 사람인 것 같은 이런 거친 남자를 이 문제에 결부시키다니 도대체 무슨 속셈일까?

쓰바키가 무슨 말인가 하고 있는 동안 아키코에 대한 반격의 자세만은 생겼지만, 이 바위같이 답답한 청년을 어떻게 다루면 좋을지 전혀 짐작도 가지 않았다.

게이코는 반격의 수단을 생각하면서 지난 2년간 이 일기장 속에서만 살아온 후유히코에 대한 은밀한 애정이 다른 사람의 눈에 띈 이상, 이제 아무런 가치도 없어져 버린, 오랫동안 마음의 친구였던 일기장을 쓸쓸한 표정으로 바라봤다.

애석한 마음은 순식간에 마음에서 떠나 버렸고, 그 대신 이성이 차츰 돌아와서 제대로 가슴 속에 자리 잡았다.

"지금 무슨 말씀이신가 하신 거 같은데, 제 일기를 보지 않았다는 것을 보고하려고 일부러 와 주신 건가요?"

상당한 반응을 예상하고 준비를 하고 있었는데, 그에 대해 쓰바키는 미소를 살짝 지을 뿐이었다.

매우 상냥한 미소였지만, 그 속에 전혀 게이코 따위를 문제 삼지 않는다는 것이 확실히 보였고, 이것이 게이코를 조급하게 했다.

"당신은 도대체 누구세요? 그걸 먼저 말씀해 주세요. 무엇 때문에 제가 당신과 같은 사람과 이야기를 해야 하는지 그 이유도 함께요."

쓰바키는 마치 그 질문을 기다렸다는 듯이, 곧바로 시원스럽게 말했다.

"저는 마나미 씨의 약혼자입니다."

이것도 역시 생각지 못한 의외의 대답이었다.

"어머!"

반사적으로 이 작은 감탄사에 가능한 경멸의 마음을 담아서 내뱉었지만, 상대에게는 놀라서 말문이 막힌 듯이 초라한 인상만 주고 말았다.

게이코는 서둘러 정신을 차렸다.

"그런 건 제가 인정하지 않을 거예요. 자기소개를 할 거면 좀 더 제대로 해 주세요."

쓰바키는 전혀 듣고 있지 않은 듯했다.

"그리고 제가 찾아온 이유는 당신과 함께 작은 실험을 하고 싶어서입니다."

'실험? ……대체 무슨 이야기를 하려는 거지?'

실험이라는 말에 신경이 쓰여서 허둥지둥 그 의미를 생각하고 있는 사이에, 게이코는 조금씩 곤란해하는 자신을 분명히 느꼈다.

(1940.2.19)

## 제123회

**여성의 힘**(7)

쓰바키는 침착한 표정을 지었다.

"솔직하게 말씀드리겠습니다만, 당신이 어떤 의도로 마나미 씨를 일부러 시마바라의 학원에서 도쿄로 불렀는지, 무슨 생각으로 도야마 씨와 결혼시키려고 하시는지, 여기에 계신 아키코 씨로부터 전부 들었습니다. ……그런 방식에 대해 전 제 나름대로의 감상이 있습니다만, 비평 같은 건 저한테는 맞지 않고, 또한 별로 흥미도 없습니다. 사실, 귀찮습니다. ……이런 말씀을 드려도 부디 화내지 말아 주세요."

"제가 당신의 비평을 듣고 싶어 하는 것처럼 보이나요? 잘 아는 척 하지 말고, 빨리 하고 싶은 말만 하고 냉큼 돌아가 주세요."

"당신과 제가 의견이 일치한 건 이게 처음이군요. 그 점이라면 저도 찬성입니다. 저도 장황하게 말하는 건 질색이니까, 요점만 말씀드리겠습니다. ……당신은 오늘 마나미 씨를 도야마 씨한테 정복을 하게 하려 그의 아파트로 보냈더군요."

'아아, 그것 때문이었구나!'

이 청년이 무슨 목적으로 이곳에 왔는지 비로소 이해를 했다.

이 경위를 폭로한 것은 물론 아키코겠지만, 공들여 봉인을 해서 마나미에게 갖고 가게 한 편지를 어떻게 읽었는지 오히려 그것이 궁금했다.

지금까지는 쓰바키의 방문 의도를 몰라서 조바심이 났지만, 그 이야기라면 얼마든지 이쪽도 대응을 할 수 있었다. 오랫동안 단련해 온 냉혹한 심리전이라면, 이런 촌스러운 청년 따위는 상대할 가치도 없었다.

"맞아요, 당신이 말한 대로예요. 절대 부정하지 않을게요. 그래서 그게 어쨌다는 거죠?"

"비평 같은 건 일절 하지 않겠다고 방금 말씀드렸습니다. 당신이 하신 일에 제가 이러쿵저러쿵 말할 권리는 없으니까요."

쓰바키에게 상냥한 미소를 보이고 난 후, 아키코에게 말했다.

"아키코, 이게 네가 오래전부터 바랐던 일이구나. ……날 골탕 먹이려 하는 건 꽤 전부터 나도 알고 있었어. 드디어 숙원을 이뤘니?"

아키코는 천천히 상체를 펴면서 말했다.

"이모, 지금 당신이 말씀하신 것으로, 저와 당신이 다른 세계의 인간이라는 것을 분명히 알았어요. 구태의연하네요. 얼마나 비참한 세계에 살고 있는지! ……도대체 어떤 대답을 하면 맘에 들어 하실까요? 귀찮아서 설명은 하지 않을 테니, 당신 맘대로 생각하세요. 전 괜찮으니까, 마나미 씨의 이야기를 계속해 주세요. 그게 당신을 위해서도 분명히 유리해요."

쓰바키는 가능하면 간단하게 끝맺으려는 듯이 말했다.

"그것에 대해서는 제가 설명해 드리겠습니다만, 아키코 씨가 저한테 온 것은 도야마 씨에게 가서 마나미 씨를 지켜달라고 한 것이지 당신과 관계가 있는 건 아닌 거 같았습니다."

"우리들 문제가 아니었다고요?"

"실례되는 말입니다만, 실은 그렇습니다. 당신은 물론 이 문제의 중심에 계십니다만, 하지만 특별히 저한테는 관계가 없다는 정도의 의미입니다."

"그렇다면 왜 여기에 오셨죠?"

쓰바키는 거침없이 말했다.

"여성의 힘을 존경한다는 걸 당신에게 알려드리려고……그것 때문입니다."

(1940.2.20)

## 제124회

**여성의 힘⑧**

'여성의 힘을 존경한다는 걸 알려주고 싶다.'

얼굴에 저절로 냉소가 떠올랐다.

"알려 주세요. ……단, 저도 여성이라는 걸 부디 잊지 마시고요."

"당신으로부터 그런 말을 듣다니 의외네요. 제가 알고 있는 한 당신은 여성 이상입니다."

"이해할 수 있게 말씀해 주세요. 여성 이상이라면 전 뭐죠?"

"이매망량!"

눈썹 하나 까딱이지 않았다. 태연하게 말을 하고 나서, 깊은 눈빛으로 게이코의 눈을 바라보았다.

"그렇지 않으면 현상입니다. ……아침 해가 떠오르면 어느샌가 사라져 없어지는 들판의 안개와 같다고 생각합니다. ……우리들이 사회의 유기체로서 생활하고 있는 경우에만 우리들의 실체성이 있기 때문에, 당신처럼 관능의 세계에서만 생활하는 분은 일종의 자연현상과 같다고 해도 결코 틀리지 않을 겁니다. ……실례되는 말을 했나요?"

도저히 억누를 수 없는 분노가 관자놀이 근처에서 치밀어 올라왔다.

'용서할 수 없어, 박살을 내주겠어!'

"아니요, 그 반대예요, 확실히 명연설이네요. ……하지만 자연 속에는 현상이라는 것도 필요해요. 당신과 같은 천한 사람이 살아도 전혀 지장이 없도록."

"이런, 실수했네요. 전 느낀 걸 말씀드린 것뿐이었습니다. 저도 그 정도의 자유는 허락받아도 괜찮다고 생각합니다. ……뭔가 더 하실 말씀이 있습니까? 있으시다면 듣겠습니다만, 없으시면 제가 좀 더 제 이야기를 하게 해 주세요. ……아키코 씨의 친절은 대단히 감사했습니다만, 저는 아키코 씨의 충고를 따르지 않았습니다. ……당신이 마나미 씨에게 써 준 편지 속에는, 무슨 수를 써서라도 마나미를 마음대로 하라고 쓰여 있었다고 하네요. ……저는 도야마 씨가 무엇 때문에 일부러 기시모토 세이지로 씨가 목을 맨 방에서 묵으려는 건지 알고 있습니다. ……도야마 씨는 기시모토 씨가 자살한 방에 틀어박혀서, 목을 맨 대들보를 매일 올려다보면서 정신을 단련하려 한다고 합니다. ……다시 말하면, 자신의 신경은 강인하기 때문에, 기시모토처럼 자살 같은 건 하진 않는다고 차분히 자기 자신에게 말하기 위해서입니다. 저는 도야마 씨의 입으로 그 이야기를 들었을 때, 세상에는 이렇게 유머러스한 이야기도 있구나 생각하며 도야마 씨의 기지에 감탄했습니다. ……어쨌든 그런 생각을 하는 도야마 씨이기 때문에, 정말로 일을 저지르려고 하면 상당히 악랄한 짓도 할 거라는 건 저도 충분히 짐작을 했습니다. ……현실의 문제로서 마나미 씨는 지금 심한 위기에 직면해 있습니다. 그건 저보다 당신이 더 잘 알고 계실 것입니다. ……저도 잘 알고 있습니다만, 마나미 씨를 구하기 위해 도야마 씨의 아파트로 달려가지는 않을 생각입니다. ……그건 여성의 힘……속에 감춰진 마나미 씨의 힘을 굳게 믿고 있기 때문입니다. 마나미 씨는 반드시 돌아올 겁니다. 자신의 힘만으로, 완전히 몸을 지키고 당당히 돌아올 겁니다."

게이코는 스스로 그렇게 말하려고 생각하기도 전에 크게 소리쳤다.

"마나미는 이길 수 없어요."

쓰바키는 고개를 끄덕였다.

"당신이 반드시 말씀하실 거라 생각했습니다. 몸을 끝까지 지켜 돌아올지 어떨지, 당신과 둘이 여기에서 그 결과를 지켜보려고 찾아왔습니다. 만약에 마나미 씨가 순결한 상태로 돌아오면, 그게 당신에 대한 징벌이 될 테니까요."

쓰바키의 굵은 눈썹이 이때 처음으로 힘껏 올라갔다.

(1940.2.21)


## 제125회

**여성의 힘(9)**

쓰바키가 게이코와 통렬한 대치를 하고 있는 사이, 마나미는 후유히코의 방 소파에서 태연하게 처신하고 있었다.

어제 아타미에서 갑자기 프러포즈를 했을 때는 매우 지리멸렬했지만 그만큼 속을 알 수 있어 안심했는데, 오늘은 매우 침울해서 무슨 짓을 할지 전혀 짐작할 수 없었다.

아파트에 가면 결국 후유히코와 둘이서만 있게 되는 것은 알았지만, 고모의 편지 심부름을 거절할 구실이 생각나지 않았다.

게이코 고모가 자신을 후유히코와 결혼시키려는 것은 누가 뭐래도 호의에서 나온 것이라 상당한 예의를 갖춰야 하는 난처한 입장이었다.

마나미로서는 고모의 편지를 후유히코에게 전해 주고 바로 그 방을 나가고 싶었지만, 어제 아타미에서 여러 가지로 친절한 호의를 받은 이상 그렇게는 하기 힘들었다.

출입구로 나온 후유히코는 이 반나절 동안 마치 다른 사람처럼 참혹한 모습을 하고 있었다.

쓰바키와 게이코, 자신과 네 명이서 도쿄까지 돌아오는 기차 안에서 후유히코는, 앞으로 한 달 정도 기시모토 세이지로가 목을 맨 방에서 열심히 자신의 정신을 단련할 거라고 했다. 그러자, 아키코가 그건 바로 세이지로 씨가 당신을 부르고 있기 때문이라며 빨리 가라고 놀려서, 후유히코의 모처럼의 비장한 결심을 망쳐 버렸다. 아키코는 그 일이 생각나서 이 모습은 어쩌면 자신이 말한 대로 목이라도 맬 수 있는 것으로 보였고, 이쪽까지 우울한 기분이 들었다.

칠칠치 못하게 실내복의 끈을 늘어뜨리고, 그 끝을 바닥에 질질 끌고 있는데, 본인은 그것을 전혀 모르는 눈치였다. 그 느낌이 오싹해서 마나미를 움츠러들게 했다.

평소에도 그다지 좋은 혈색이 아닌데, 심하게 새파래진 안색에 반짝이는 눈빛은 온데간데없었다. 선 채로 편지를 읽고 있는 옆모습을 보니, 넋이 나간 것처럼 벌린 입에서 왼쪽 볼에 걸쳐서 죽음의 그림자와 같은 새까만 것이 섬뜩한 모습을 하고 있다.

'고모의 편지에 도대체 무슨 말이 쓰여 있는 걸까?'

그것을 읽고 있는 사이에 후유히코의 표정 속에 뭐라 형용할 수 없는 사악한 것이 엿보였다. 하지만 그것도 한순간이었고, 방금처럼 울적한 표정으로 바뀌며 기운 없는 목소리로 말했다.

"마나미 씨, 죄송합니다만, 제 답변을 게이코 부인에게 전해 주지 않겠어요? ……오늘은 기분이 울적해서 도저히 펜을 들 기분이 아닙니다. ……민폐인가요?"

"그 정도의 일이라면 기꺼이……."

"그럼, 죄송합니다만, 저쪽 소파에라도……한 번에 다 말할 수 없는 거라서."

소파 쪽으로 걸어가는 마나미 뒤에서 찰칵 열쇠로 문을 잠그는 것 같은 희미한 소리가 났다. 뒤를 돌아보니 후유히코가 열쇠 구멍에서 열쇠를 빼서 실내복 주머니에 넣으려는 참이었다.

마나미는 후유히코 쪽으로 방향을 바꿔서, 가차 없이 따졌다.

"후유히코 씨, 지금 뭐 하는 거예요?"

후유히코의 얼굴이야말로 볼 만 했다. 반은 비애, 반은 잔인을 나타내는 야누스의 가면과 같은 기묘한 표정을 하고 있었다.

"뭐라니요, 열쇠로 문을 잠근 것뿐이에요. 당신이 도망가지 못하도록."

성욕의 바람에 휩쓸리듯이 우스꽝스러울 정도로 격렬한 숨소리를 내면서, 천천히 마니미 쪽으로 다가왔다.

마나미는 무의식중에 창문 옆까지 뒷걸음질 쳐서 거기서 몸을 일으켰다.

"무슨 짓을 하려는 거예요?"

(1940.2.22)

# 제126회

### 여성의 힘(10)

마나미의 바로 눈앞에 있는 후유히코의 얼굴은 다시 말하면 추악하다고밖에 할 수 없어서, 홀딱 반할 것 같은 아름다운 용모를 이 얼굴에서 상상하는 것은 어려웠다.

이것은 분명히 모든 인간이 본성 속에 갖고 있는 양면 중 한쪽이겠지만, 차마 눈 뜨고 볼 수 없는 이런 얼굴을 봐야 하는 것은 역시 마나미의 불행이었다.

이미 날은 저물고 있고, 방금 순간적으로 열어젖힌 창문으로는 바람이 불어와서 늑골 사이를 가로질러 간다. 바람의 냉기가 통렬하게 몸에 스며들어, 바람이 자신의 용기를 고무하기 위해 불어오는 것 같은 기분이 들었다.

슬쩍 창문 아래를 보니 가로등이 골짜기 아래에 있는 등처럼 저 멀리 아래 쪽에 있고, 푸르스름한 빛의 고리 안을 한 마리의 강아지가 엄지손가락 정도의 크기로 스쳐 지나갔다.

'내 몸에 손가락 하나라도 대면 이 창문에서 뛰어내려야지!'

후유히코가 창가 쪽으로 몰아넣었을 때 바로 창문을 연 것은 무엇 때문이었을까? 마나미는 무의식중에 그때 이미 확실히 결심을 했다.

이 순간에 망설임 없이 자신의 행동을 정할 수 있었던 것은, 17년 간 아침저녁으로 싫증내지 않고 받아온 도덕교육 덕분이었다.

'원장님, 제가 이런 상황에서 멈칫거리지 않고 자신의 행동을 결정할 수 있는 건, 확실히 당신 덕분입니다. 전 당신처럼 독실한 신앙심을 가진 것은 아니었지만, 당신이 하신 일은 결코 쓸데없는 일이 아닌 거 같습니다. 당신은 성실성의 소중함을 가르쳐 주심으로써 우리들의 깊은 곳에 잠들어 있는 여성의 힘이라는 걸 각성시켜 주셨어요. ……진심으로 감사드려요. 아마 이게 제 마지막일 거예요. ……가조 할아버지 안녕히 계세요. 여러 가지로 친절하게 대해 줘서 고마웠어요…….'

쓰바키에게는…… 쓰바키에게는 이별의 말을 할 필요가 없었다. 앞으로 몇십 년 동안 부인으로서 지켜야 할 정절과 성실을 이 순간에 응축해서 그 사람에게 바친다. ……이 순간이야말로 분할되고 확대된 그날그날 반복되는 삶보다도 훨씬 숭고하고 동시에 순결한 것이라고 생각했다.

후유히코가 또 한 발짝 다가왔다.

"아주 그럴 듯한 표정을 짓고 있는데, 그런 거에 놀라지 않아요. ……마나미 씨, 당신을 정복하는 데에만 제가 살아갈 길이 있기 때문에, 전 어떤 난폭한 짓이라도 아무렇지 않게 할 거예요."

아무런 대답도 할 필요가 없었다. 마나미는 침착한 표정으로 후유히코의 얼굴을 쳐다보고 있었다.

'전쟁터에서 조국을 위해 많은 젊은 청년들이 피를 흘리고 있는 이 때에…….'

"저기, 마나미 씨, 부디 당신을 사랑하게 해 주세요. ……어서요, 어서."

후유히코의 말이 너무나도 가소로운 음향으로 마나미의 귀에 전해졌다.

"제게 손가락 하나라도 대면 이 창문에서 뛰어내릴 거예요."

"그런 협박에 속을 거 같아요? 시시한 말은 하지 말고……."

어깨로 뻗는 손을 팔꿈치로 있는 힘껏 뿌리쳤더니, 후유히코가 비틀거리며 두 발짝 정도 뒤로 간 사이에, 마나미는 천천히 창틀 위에 올라섰다.

9일 전 처음 도쿄에 도착한 밤처럼, 이 대도시 위에 낮은 비구름이 서로 뒤쫓으며 빠르게 흐르고 있었다. 마나미에게는 그것이 이 대도시의 협곡을 흘러내리는 격류처럼 보였다.

후유히코의 손이 마나미의 맨팔에 닿았다.

'무슨 일이 있더라도!'

"기어코 나를 건드릴 생각이에요?"

깊이 숨을 들이쉬고는 탄력을 줘서 창틀에서 뛰어내리자, 몸이 공중에 한번 붕 떴다. 그리고 이상하게 아무 반응이 없는 공간 속으로 현기증이 날 정도의 속도로 떨어져 갔다.

(완결, 1940.2.23)

본서는 일본의 주류 작가이자 통속소설 작가인 기쿠치 간(菊池寬)의 『생활의 무지개(生活の虹)』와 히사오 주란(久生十蘭)의 『격류(激流)』를 번역한 것이다.

『경성일보(京城日報)』는 한반도에서 간행되었지만 문예물, 특히 장편소설은 주로 일본문단의 주류작가나 신인작가, 재조일본인 작가의 작품들이 게재되었다. 그중에는 『경성일보』 초출이거나 일본의 신문에 동시 게재된 작품들도 있다. 이러한 『경성일보』 초출 혹은 동시게재 작품들에는 조선의 사람이나 문화, 풍물, 자연 등 소재나 배경이 되고 있거나 식민지 지배와 문화정책과 밀접하게 관련되고 있는 경우가 많아서, 작품의 이해를 위해서는 『경성일보』라는 매체의 성격을 시야에 넣고 읽어야 하는 경우가 많다. 그러나 그와 같은 서지정보는 현재 일본문학 연구분야에서 제대로 알려지지 않거나 알려졌다 해도 그와 같은 발표매체의 성격을 중요시하지 않고 작가 전집에 수록되지 않은 경우도 있다. 본서에서 번역하는 기쿠치 간의 「생활의 무지개」와 히사오 주란의 「격류」 역시 집필 계기나 작품의 공간적 배경이 『경성일보』라는 발표매체의 성격과 밀접한 관련을 보이고 있다. 이들 작품을 간단히 소개하면 다음과 같다.

### 기쿠치 간 「생활의 무지개」: 식민지 시기 소비도시의 발달과 프롤레타리아·부르주아 여성의 삶

기쿠치 간의 「생활의 무지개」는 『경성일보』와 『나고야신문(名古屋新聞)』, 『대만일일신문(台湾日日新聞)』에 1934년 1월 1일부터 5월 18일까지 134회에 걸쳐 동시 연재된 장편소설로, 동년 『속 기쿠치 간 전집』(平凡社, 1934.10) 제7권에 「명려화(明麗花)」와 함께 수록되고, 후지야쇼보(不二屋書房)에서 단행본으로 간행되었다.

그러나 이와 같이 「생활의 무지개」가 『경성일보』에 게재된 사실은 잘 알려져 있지 않다. 사실 기쿠치 간은 1920년대부터 『경성일보』에 자주 소개되었으며, 1930년 9월 남만주철도 초청 강연과 1940년 8월 '문예총후운동대강연회(文芸銃後運動大講演会)'를 위해 경성을 방문하였다. 1939년에는 '조선예술상'을 설치하여 조선문단에 막강한 영향력을 행사하였다. 본서에 실린 「생활의 무지개」는 1930년 남만주철도 초청 강연이 계기가 되어 『경성일보』에 게재된 것이다. 1930년 만철은 당시 문단의 거장 기쿠치 간을 필두로 구메 마사오(久米正雄), 나오키 산주고(直樹三十五), 사사키 모키치(佐々木茂吉), 이케타니 신자부로(池谷信三郎), 요코미쓰 등 6인을 초청하여 만철 연선(沿線) 강연 여행을 실시하고, 이들은 1930년 9월 15일 일본공수회사(日本空輸会社) 여객기를 전세로 여의도에 화려하게 도착하여 조선호텔에 묵는다. 이 강연 여행 후 그들의 작품이 『경성일보』에 게재된 것이다.

「생활의 무지개」는 프롤레타리아 여성의 삶을 다룬 작품으로, 작품이 게재되기 한 달 전인 1933년 12월부터 '종래 도쿄(東京), 오사카(大阪) 이외의 신문에 장편소설을 집필한 적이 없었'던 '문단의 거장 기쿠치 간 씨'가 '본지에 처음으로 게재'한 소설이라며 대대적인 광고와 함께 예고가 되었다. 이 광고로 보면, 첫째, 종래 부르주아 생활만을 묘사하던 작자가 시야를 넓혀 가난한 생활을 그린다는 점, 둘째 작가가 지방 신문에 처음으로 작품을 게재한다는 점, 셋째, 현재의 혼란스러운 사회상황에서 부르주아 청년, 여성들 혹은 가난한 여성들은 어디에서 생활의 무지개를 찾아야 하는지 각 계층의 청년, 여성들의 무지개가 제각각 교착되는 지점을 그리고 있다는 점에서 주목할 만하다. 이러한 배경에서 발표된 이 작품에 조선의 독자들은 '열광'하였고, '하루하루 흥미를 더해가는 작품의 내용에 조간이 기다려진다'는 기사에서 엿볼 수 있듯이, 조선에서 상당한 인기를 얻고 있었음을 알 수 있다.

내용은 도쿄의 유명 빌딩의 엘리베이터 걸인 아야코(綾子)를 중심으로 전개된다. 그녀는 O빌딩의 미모의 엘리베이터 걸로 남성 이용객의 주목을 받게 되고 4층에 사무실을 연 구도 공작은 그녀의 성실한 생활태도와 미모에 이끌려 청혼을 한다. 그러나 전형적인 부르주아 여성인 그의 여동생 노리코(典子)는 직업여성인 아야코에게 노골적인 적대감을 드러내며 모욕을 주고, 신분의 차이를 극복하기 힘들 것이라 판단한 아야코는 구도 자작의 청혼을 거절한다. 한편 구도 공작은 여명이 얼마 남지 않은 아버지로부터 숨겨둔 딸이 있으니 찾아달라는 부탁을 받고 동생을 찾는다. 그런데 그 이복동생을 찾고 보니, 그것은 자신이 사랑한 아야코. 아야코는 새로 찾은 아버지의 임종을 맞이하고 장례식 후 오빠의 친구이자 노리코의 약혼자나 다름없는 무라야마로부터 청혼을 받는다. 그러나 이 역시 노리코와의 불화로 포기하고 아야코는 아무도 모르게 일자리를 찾아 신경으로 떠난다. 아야코를 찾다가 포기하고 결국 외교관으로서 독일 부임을 하게 된 무라야마는, 대련에서 백화점 숍 걸로 일하고 있는 아야코의 기사를 읽고 그녀를 찾아가는 장면에서 작품은 끝난다.

이상과 같이, 본 작품은 식민지 시기 일본 주류 문단의 문학작품이 외지 문단으로 그 영역을 확대해 가는 양상을 보여줄 뿐만 아니라, 통속소설 작가로서 문단의 거장으로 그 지위를 확보하고 있던 기쿠치 간이 프롤레타리아 문학 정신에 대한 작가 의식의 실험을 보여주고 있는 소설이다. 즉, 식민지 시기 소비도시의 발달로 인해 출현한 엘리베이터 걸이나 백화점의 숍 걸과 같은 프롤레타리아 여성의 일하는 삶과 영화나 음악과 같은 문화생활을 즐기며 소비하는 부르주아 여성들의 삶을 대비시키며 1930년대 전반 여성들의 새로운 삶의 양상을 그리고 있다는 점에서 주목할 만하다.

## 히사오 주란 「격류」: 자신의 신념을 지키는 여성상을 그린 신체제하의 가정소설

히사오 주란의 「격류」는 『경성일보』에 1939년 10월 20일부터 1940년 2월 23일까지 총 126회에 걸쳐서 연재된 신문소설이다. 또한, 『대만일일신보(台湾日日新報)』에 같은 제목으로 1939년 10월 29일부터 1940년 2월 23일까지 총 113회에 걸쳐 연재되었고, 내지의 『나고야신문(名古屋新聞)』에는 「애정의 행방(愛情の行方)」이라는 제목으로 1939년 10월 16일부터 1940년 2월 21일까지 총 126회에 걸쳐서 연재되었다. 『신청년』에 주로 탐정소설을 게재하던 주란은 1939년에 젊은 여성을 주인공으로 하는 「갸라코 상(キャラこさん)」(『신청년』 1월~12월호)을 발표하여 제1회 신청년독서상을 수상하는 등 활발한 창작활동을 하였다. 이러한 시기에 신문에 연재되기 시작한 「격류」의 줄거리는 다음과 같다.

요시에 마나미는 어린 시절부터 17년간 지낸 미션 스쿨의 생활을 마치고 수녀원장과 가조할아범의 배웅을 뒤로 하고, 고모 미야케 게이코의 초대를 받아 나가사키에서 도쿄로 향하는 기차에 몸을 싣는다. 불안과 기대감을 안고 도쿄로 향하는 기차 안에서 우연히 만난 고아원 출신의 이름 모를 남자와의 짧지만 행복한 시간을 함께 한 후 헤어진다. 한편 도쿄에서는 같은 미션 스쿨 출신인 사치코의 오빠 기시모토 세이지로가 연인 관계였던 시부야 백화점의 주인 노요리 가즈에와의 불화로 인해 자살하는 사건이 발생한다. 가즈에는 복수를 다짐하는 사치코로부터 세이지로가 남긴 유서를 빼앗으려고 세이지로의 친구인 도야마 후유히코에게 난초 연구를 위한 땅을 제공하겠다며 사치코를 설득하여 유서를 가져다 주길 의뢰한다. 도야마 후유히코와 미야케 게이코는 서로를 사랑하면서도 서로의 마음을 알지 못하는 사이였다. 게이코는 그런 후유히코를 마나미와 결혼시켜서 자신의 근처에 두려고 했지만, 후유히코의 프로포즈를 마나미가 거부해서 첫 번째는 실패하고 만다. 재차 후유히코에게 강제로라도 마나미를 자신의 것으로 만들라는 게이코의 편지를 갖고 후유히코를 찾아간 마나미는 후유히코의 방에서 자신의 신념을 관철하기 위해 창밖으로 몸을 내던지며 소설은 끝을 맺는다.

이와 같은 줄거리의 소설 「격류」는 여러 남녀의 착종하는 관계의 모습을 적나라하게 그리고 있는 통속적인 연애소설의 형식을 취하고 있다. 중일전쟁이라는 시대적인 상황 속에서 부르주아 계층을 비판하고 자신의 신념을 끝까지 지키는 여성상과 진취적인 청년상을 제시하는 신체제하의 가정소설이라는 측면에서 작품을 평가할 수 있다.

마지막으로 작품의 서지사항을 살펴보면, 『정본 히사오주란 전집』(2007~2013)에는 「격류」라는 작품의 제목은 보이지 않는다. 하지만 전집 4권에는 「여성의 힘」이라는 장편소설이 수록되어 있는데, 그 내용은 『경성일보』에 연재된 장편소설 「격류」와 일치한다. 전집 해제에는 「여성의 힘」 초출에 대해서 「1940년 11월에 박문관에서 『소설선집』의 한 권으로 간행」하였다고 되어 있지만, 정확히는 식민지 조선에서 발행되었던 『경성일보』에서 처음 발표되었던 것이다. 단, 「여성의 힘」은 신문 연재 시의 126회분에 6회분 정도를 더 가필하였다. 『경성일보』 연재 시에는 마나미가 후유히코로부터 도망가려고 창문에서 뛰어내리는 장면으로 끝을 맺고 있지만, 초출과 단행본에서는 그 후의 후일담이 이어지고 있다. 그 외에도 초출에서는 마나미가 동경으로 향하는 기차 안에서 만난 같은 고아 출신의 남자 「쓰바키 데이조」의 이름이 「간 나오키」로 변경되어 있다.

이와 같이 본서는, <내지>에서 작가로서의 위치를 확립한 주류 통속소설 작가들의 작품을 번역함으로써, 1930년대 <외지>로 그 영역을 확대해 가는 <내지> 문단의 양상과 소비문화가 발달하면서 새롭게 출현한 계급이나 계층에 따른 여성들의 삶의 양상, 그리고 신체제 하에서 새롭게 부상하는 일하는 여성상과 가정소설의 양상을 그린 작품을 소개하고 있다. 이와 같은 본서의 번역이 해당 시기에 관심을 두고 있는 연구자나 독자들에게 식민지 시기 일본인들에 의해 다루어진 '내지' 문단과 조선문단과의 관계에 내재된 정치성뿐만 아니라 일본 주류 문학의 양상을 입체적으로 파악하는 데 필요한 시좌를 제시할 수 있다면 역자로서는 큰 기쁨이라 생각한다.

2020년 5월
역자 김효순, 엄기권

## 생활의 무지개

지은이 **기쿠치 간**(菊池寛, 1888~1948)

다이쇼(大正), 쇼와(昭和) 시대의 극작가, 소설가, 저널리스트. 아쿠타가와 류노스케(芥川龍之介), 구메 마사오(久米正雄) 등과 제3차, 제4차 『신사조(新思潮)』 동인. 소설에 「원수의 저편에(恩讐の彼方に)」, 「도주로의 사랑(藤十郎の恋)」, 「진주부인(真珠夫人)」, 희곡 「옥상의 광인(屋上の狂人)」, 「아버지 돌아오다(父帰る)」 등이 있음. 문예가협회를 설립하고, 잡지 『문예춘추(文芸春秋)』를 창간하였으며, 아쿠타가와상(芥川賞)과 나오키상(直木賞), 기쿠치간상(菊池寛賞)을 설치하였을 뿐 아니라, 다이에이(大映) 사장으로 영화사업에도 관여하는 등 '문단의 거물'로 불리었다. 조선과 관련해서는, 1920년대부터 『경성일보』에 자주 소개되었으며, 1930년 9월 남만주철도 초청 강연과 1940년 8월 '문예총후운동대강연회(文芸銃後運動大講演会)'를 위해 경성을 방문하였다. 1939년에는 '조선예술상'을 설치, 조선 문단에 막강한 영향력을 행사하였다. 제2차세계대전 후에는 공직추방을 당한 상태에서 1948년 협심증으로 사망하였다.

삽화 **시무라 다쓰미**(志村立美, 1907~1980)

일본화가, 삽화, 미인 화가. 『주부의 벗(主婦の友)』, 『부녀계(婦女界)』 등의 잡지 표지화로 유명하여, 하야시 후보(林不忘) 작 「단게사젠(丹下左膳)」의 삽화를 그림. 출판미술가 연맹회 회장. 작품집 『미인 백태(美人百態)』로 일본작가클럽상 수상.

옮긴이 **김효순**

고려대학교 글로벌일본연구원 교수. 쓰쿠바대학에서 아쿠타가와 류노스케 문학을 연구, 현재는 식민지시기 조선 문예물의 일본어 번역에 관심을 갖고 연구하고 있다. 주요 논문에 「식민지 조선의 문화정치와 경성일보 현상문학 연구-「파도치는 반도」와 나카니시 이노스케 작 「동아를 둘러싼 사랑」을 중심으로-」(『일본학보』 제115호, 2018.5), 「'에밀레종' 전설의 일본어 번역과 식민지시기 희곡의 정치성-함세덕의 희곡 「에밀레종」을 중심으로-」(『일본언어문화』 제36호, 2016.10), 역서에 다니자키 준이치로의 『열쇠』(민음사, 2018), 편저 『(동아시아의 일본어문학과) 문화의 번역, 번역의 문화』(역락, 2018) 등 다수가 있다.

# 격류

지은이  **히사오 주란**(久生十蘭, 1902~1957)

　　홋카이도 출신의 소설가 겸 연출가. 본명은 아베 마사오(阿部 正雄). 하코다테(函館) 신문사에 근무하면서 희극, 시, 소설 등을 집필. 1929년부터 1933년까지 프랑스 파리에서 연출가 샤를 뒬 랭의 지도를 받음. 귀국 후 『신청년』 등에 탐정소설, 유머소설, 시대소설 등 다양한 창작활동을 함. 1952년 「스즈키 몬도(鈴木 主水)」로 제26회 나오키상(直木賞)을 수상했고, 1955년에는 「모 자상(母子像)」으로 세계단편소설 콩쿠르에 1등으로 당선. 1957 년 식도암으로 사망할 때까지 취재와 창작활동을 계속함. 해박 한 지식과 특유의 기교로 다양한 장르를 넘나들어 '다면체작가', '소설의 마술사'로 불린다.

옮긴이  **엄기권**(嚴基權)

　　한남대학교 강사. 규슈대학교에서 『경성일보』의 일본어 문 학을 연구하였고, 현재는 전후 재일조선인 발행 신문과 잡지에 도 관심을 갖고 연구를 진행하고 있다. 주요 저서로 『전후 재일 조선인 마이너리티 미디어 해제 및 기사명 색인 1』(박문사, 2018), 『재일조선인 미디어와 전후 문화담론』(박문사, 2018) 등이 있고, 역서에 『만주사변과 식민지 조선의 전쟁동원 1』(역락, 2016)이 있다.

『경성일보』 문학 · 문화 총서 ❹
장편소설 생활의 무지개 · 격류

초판 1쇄 인쇄  2020년 5월 12일
초판 1쇄 발행  2020년 5월 20일
지은이       기쿠치 간(菊池寬) · 히사오 주란(久生十蘭)
옮긴이       김효순 · 엄기권
펴낸이       이대현
편 집        이태곤 문선희 권분옥 임애정 백초혜
디자인       안혜진 최선주 김주화
마케팅       박태훈 안현진
펴낸곳       도서출판 역락
주 소        서울시 서초구 동광로 46길 6-6 문창빌딩 2층
전 화        02-3409-2060(편집), 2058(마케팅)
팩 스        02-3409-2059
등 록        1999년 4월 19일 제303-2002-000014호
전자우편      youkrack@hanmail.net
홈페이지       www.youkrackbooks.com

ISBN        979-11-6244-509-9  04800
            979-11-6244-505-1  04800(전12권)

* 책값은 뒤표지에 있습니다.
* 파본은 구입처에서 교환해 드립니다.
* 이 도서의 국립중앙도서관 출판예정도서목록(CIP)은 서지정보유통지원시스템 홈페이지(http://
  seoji.nl.go.kr)와 국가자료종합목록 구축시스템(http://kolis-net.nl.go.kr)에서 이용하실 수 있습니
  다.(CIP제어번호 : CIP2020019038)